鈴木比佐雄 評論集

沖縄・福島・東北の先駆的構想力

——詩的反復力Ⅵ（2016–2022）

コールサック社

沖縄・福島・東北の先駆的構想力

——詩的反復力Ⅵ（2016-2022）

鈴木比佐雄評論集

目次

Ⅱ　東北　福島

Ⅲ　東北　青森・秋田・岩手・山形・宮城

Ⅳ　詩歌・アンソロジーの可能性

沖縄・福島・東北の先駆的構想力

――詩的反復力Ⅵ（2016－2022）

鈴木比佐雄評論集

序　「先駆的構想力」とは何を意味しているか

1

　二〇一五年に詩論集『福島・東北の詩的想像力――詩的反復力V（2011―2015）』を刊行した。その後に執筆した評論の中から本書は、沖縄と東北に関わる評論だけを集めて評論集『沖縄・福島・東北の先駆的構想力――詩的反復力VI（2016―2022）』として刊行することにした。

　本書に収録した評論を書き始めた二〇一六年は、私にとって三・一一前に構想していたことなどを開始する時期だった。二〇〇五年に亡くなった福島県の詩人三谷晃一氏の全詩集を、南相馬市の詩人若松丈太郎氏と一緒に企画・編集していたが、東日本大震災の影響で中断していた。若松氏の評論集『福島原発難民』と『福島核災棄民』、『若松丈太郎詩選集一三〇篇』など現役の福島・東北の詩人・評論家たちの本を刊行することを優先すべきだと考えていた。そして二〇一五年頃から若松丈太郎氏と相談し、詩人の齋藤貢氏、安部一美氏、前田新氏や三谷氏の著作物の管理を任されていた伊藤和氏などと『三谷晃一全詩集』刊行委員会を立ち上げて、多くの福島の詩人や全国の支援者のおかげで二〇一六年二月の没後十一年にして刊行することが出来た。三谷晃一氏は私の敬愛する浜田知章氏と親しく交流していて、「コールサック」で私が連載していた『戦後詩の内在批評』の試みを理解し一九九〇年代後半頃から励ましの便りをくれて私信のやり取りをしていた。福島県の戦後詩の歩みにとって重要な役割を果たした三谷氏を後世に残すことを福島の詩人たちと出来てやりがいのある仕事だった。

　二〇一六年新春には、かつて理事をしていた日本現代詩人会と沖縄の詩人たちが開催した沖縄でのゼミナールに参加した。講演をした八重洋一郎氏と平敷武蕉氏、また朗読した伊良波盛男氏、高良勉氏と初めて出会い、交流会で接することもできた。また二次会で石垣島の八重洋一郎氏とは詩「日毒」の意義を語り合い、宮古島の下地ヒロユキ氏とは神話的・存在論的な試みを話し合ったりした。二人とも思想・哲学などの思索と詩作の両方に関心があり、その文学観などをお聞きすることもできた。また東京で交流していたが沖縄に戻っていた画家・詩人の久貝清次氏とも再会することもできた。その後に沖縄に行くたびに時間を作り彼を誘って辺野古や沖縄の歴史的な場所に足を運ぶことになり私の沖縄を理解する機会を作ってくれた。私は二〇一八年に刊行することになる『沖縄詩歌集』を構想していたこともあり、その装画に久貝氏の辺野古・大浦湾のモクマオウの樹木の絵画を使用させてもらったことも良き記念になった。また二〇一九年初めに吉永小百合氏と坂本龍一氏が沖縄でチャリティーコンサートを開いた際に、『沖縄詩歌集』から六篇が朗読されたが、その中で久貝氏の詩を吉永氏が朗読し坂本氏が伴奏されるのを見つめる久貝氏の横顔を私は忘れることが出来ない。久貝氏は二〇一九年の春に他界されたが、ニライカナイに住んでいる久貝氏との友情は今も続いているように感じている。

本書はⅣ章に分かれている。Ⅰ章「沖縄」では次のような詩人・作家・批評家たちの言葉を中心に論じた。八重洋一郎氏の「日毒」、「血債」、「危機《クライシス》」。新城貞夫氏の「無への自由《リベリテ》」。下地ヒロユキ氏の「魂のポリフォニー(多声音楽)」。与那覇恵子氏の「口ごもる真実」。玉城洋子氏の「仲よし地蔵」。おおしろ房氏の「東御廻り《アガリウマーイ》」。伊良波盛男氏の「ムスヌー（ユタ）の霊感」。玉木一兵氏の「敗者の空」。大城貞俊氏の「抗いとしまくとぅばの実験」。平敷武蕉氏の「カチャース(まぜこぜにする)の内的必然」。かわかみまさと氏の「仏桑華《アカバナ》の涙」。高柴三聞氏の「キジムナーとマジムン」。このような沖縄の詩人や作家の言葉には、日本とは異なる異次元の地域文化がその存在を露わにしている。また『沖縄詩歌集～琉球・奄美の風～』を公募した際の呼び掛け文と刊行時の解説文の二編も最後に収録した。

Ⅱ章「東北　福島」では、冒頭から六編は二〇二一年四月に亡くなった若松丈太郎氏の追悼詩、二冊の詩集の各解説文、三編の評論だ、特に最後の評論は、若松氏の連作詩「かなしみの土地」十一篇において、なぜウクライナのチェルノブイリ原発事故の実相に向き合うことによって、東電福島第一原発事故を予言した「神隠しされた街」が書かれたかを十一篇を通して考えてみた。この評論は、本書の後に刊行される「若松丈太郎英日詩集『かなしみの土地』」にも英語と日本語で再録される予定だ。

その他の福島の詩人たちの次の言葉を論じた。三谷晃一氏の「地域」。前田新氏の「光のエネルギー」。高橋静恵氏の「梅の精」。根本昌幸の「昆虫の愛と哀しみ」。みうらひろこ氏の「ふらここの涙」。吉田美惠子氏の「小さな命」。長嶺キミ氏の「影の存在」。二階堂晃子氏の「埋み火」。斉藤六郎氏の「マグニチュード9・0」。鈴木正一氏の「〈核災〉の根本原因」。髙橋正人氏の「創造的な思考力」。五十嵐幸雄氏の「日々新たに」。赤城弘氏の「原利八の再起」。松村栄子氏の「極限の存在論」。橘かがり氏の「様々な宿命」。天瀬裕康氏の「福島に寄せる混成詩」。黒田杏子氏の

「ひかりの棒」。

Ⅲ章「東北 青森・秋田・岩手・山形・宮城」では、福島以外の東北五県の出身者もしくはその地に縁の深い表現者たちの論考を収録した。その表現者の中心テーマの言葉を紹介したい。井口時男氏の「永山則夫の異物としての言葉」。齋藤愼爾氏の「逸脱する批評《クリティーク》」。齋藤愼爾氏と高野ムツオ氏の「みちのくの闇」。金子兜太氏の「原曝忌」。石村柳三氏の「足の眼」。村上昭夫氏の「サナトリウム」。桐谷征一氏の「賢治の文字マンダラ」。大畑善昭氏の「広大無辺の慈悲」。照井翠氏の「泥の亡骸から泥天使へ」。ワシオ・トシヒコ氏の「神である紙」。千葉貢氏の「可惜命《あったらいのち》の精神」。佐藤竜一の「日中の架け橋・黄瀛」。福司満氏の「秋田白神方言詩」。藤原喜久子氏の「緋の羽音」。小島まち子氏の「日米の架け橋」。いとう柚子氏の「冬青草」。万里小路譲氏の「石垣りんの日常のドラマ性」。

Ⅳ章「詩歌・アンソロジーの構想力」では、冒頭に昨年十二月半ば頃、NHKラジオ深夜便に「困難な時代を詩歌の力で切り拓く」というテーマで出演した際に、事前に用意した原文を収録することにした。ラジオ深夜便の玉谷ディレクターから、コールサック社が二〇〇七年に刊行した『原爆詩一八一人集』（日本語・英語版）などの今まで刊行した二十冊ほどのアンソロジーについて紹介し、昨年刊行した『闘病・介護・看取り・再生詩歌集』についてもその編集の考え方や作品についても詳しく語らせて頂いた。『沖縄詩歌集』と『東北詩歌集』以外の『アジアの多文化共生詩歌集』、『地球の生物多様性詩歌集』、『闘病・介護・看取り・再生詩歌集』と『日本の地名詩集』などの解説文も収録した。また今年八月頃に刊行する『多様性が育む地域文化詩歌集』を呼び掛ける評論を最後に納めた。詩歌集の解説文はこの時代にとってこのテーマの持つ意味を論じ、また参加者たちの作品の心に刻まれる言葉を引用し紹介している。読者にとっては煩雑だと思われるが、この時代の証言ともなりうる言葉の記録として収録させて頂いた。

2

ところで本書のタイトル『沖縄・福島・東北の先駆的構想力』の「先駆」とは、ハイデッガーの『存在と時間 第二編 現存在と時間性』の「第五三節 本来的な《死へ臨む存在》の実存論的投企」（細谷貞雄・亀井裕・船橋弘共訳、三名とも東北大学教授、理想社刊）で次のように論じられている。
「《死へ臨む存在》として可能性へむかう存在は、この存在において、かつこの存在にとって、死が可能性としてあらわになるというありさまで、死へむかって関わり合うはずのものである。このありさまで可能性へむかう存在を、われわれは術語的に、可能性のなかへの先駆(Vorlaufen in die Möglichkeit) と言い表すことにする。(略)《死へ臨む存在》は《可能性のなかへの先駆》となるとき、はじめてこの可能性を可能にし、これを可能性として発揮するものなのである。(略) こうして、先駆とは実は、ひとごとでないもっとも極端な存在可能を了解することの可能性なのであり、とりもなおさず、本来的実存の可能性なのである。」

ハイデッガーは「先駆」という言葉に本来的な未来の時間を引き寄せる言葉として特別な働きを込めているように考えられる。私たち存在者が、《死に臨む存在》を遠ざけて非本来的な時間を生きざるを得ない中で、「先駆」を通して本来的な時間が開示してくる可能性を粘り強く思索している。もう少しハイデッガーの「先駆」を辿っていきたい。

「先駆は現存在に世間的=自己への自己喪失を暴露し、現存在を引きだして、第一義的には配慮的待遇に支持を求めることなく自己自身として存在することの可能性へ臨ませるが、その自己とは、世間のもろもろの幻想から解かれた、情熱的な、事実的な、おのれ自身を確承せる、不安にさらされている《死へ臨む自由》における自己なのである。」

この箇所などはハイデッガーの存在者の存在を問う「現存在」としての自己が、「世間のもろもろの幻想から解かれた」、様々な内面の格闘や「不安」を抱え込む《死へ臨む自由》な存在であることを記述した思索的な名文であり名訳だと私は考えている。その「先駆」について「第四章　時間性と日常性　第六八節　開示態一般の時間性」でさらに詳しく論じ、本来的な時間として「瞬間」や「反復」に関しても論じている。

「非本来的将来は、予期 (Gewärtigen) という性格をそなえている。自分が従事している仕事をもとにしておのれを世間的=自己として配慮的に了解することは、その可能性の《根拠》を、この予期という将来の脱自的様態のうちにもっているのである。そして、事実的現存在がおのれの存在可能をこのような形で、自分が配慮しているものごとから予期しているからこそ、現存在がなにごとかを期待したり、なにごとかを待ち受けたりすることができるのである。なにごとかを期待するということがありうるためには、そのものがそこから期待される地平と方面とがいつもすでに予期によって開示されていることが必要である。期待は（——本来的には先駆という様態で時熟する将来の——）予期にもとづくひとつの様態である。死を配慮的に期待することよりも、先駆することの方がいっそう根源的な《死へ臨む存在》であるのは、このためである。」

この訳文の中の「時熟」という言葉が分かりづらいと思われる。その訳についてハイデッガー哲学・現象学などの優れた解説書・翻訳書を数多く執筆している木田元氏（山形県最上町出身）が、『ハイデッガー「存在と時間」の構築』（「岩波現代文庫」）の中で、「時熟」ではなく「おのれを時間化する（ジツヒ・ツアイテイゲン）」という訳が相応しいと指摘しているが、私もその「おのれを時間化する」方が存在論的で理解しやすいと考えている。

ところでハイデッガーは「世間的＝自己」から脱自して本来的な自己なるためには、期待や予期ではなく「先駆」によって、《死へ臨む存在》を見据えて、有限な存在のさらにその先を見すえて時間を生きようとする「先駆」という時間性に特別な力点をおいて考察しているようだ。さらに本来的な時間に立ち還る際の「先駆」と「覚悟性」とが密接に関係して結びついていく「先駆的覚悟性」に至りつく際に、「瞬間」と「反復」の本来的な時間性の働きを次のように論究していく。

「覚悟性の先駆にも現在がぞくしているが、これは決意がそれに従って状況を開示する現在である。覚悟性においては、現在は、とりあえず配慮されているものごとへの散逸から取りもどされているだけでなく、将来と既往性のうちに抱かれている。このように本来的時間性のうちに抱かれていて、したがって本来的である現在を、われわれは瞬間となづける。（略）瞬間とは、本来的現在(die eigentliche Gegen-wart) として、用具的もしくは客体的に《時間のなかで》存在しうるものを、はじめて出会わせるものなのである。」

このように現在の「瞬間」の働きを論究し、さらにハイデッガーは「先駆」と「覚悟性」結びつけた「先駆的覚悟性」が本来的な時間に立ち還る重要な役割を果たす使命を与えているようだ。そして次に引用するように過去の時間を本来的な時間に転換しようとする「反復」の働きを見出してくる。その「反復」が「瞬間」や「先駆」と「根源的時間」を構築する重要な位置を示している。

「先駆的覚悟性において起こるおのれへ向かっての本来的向来は、とりもなおさず、おのれの孤独化のなかへ投げられているひとごとでない自己への帰来である。現存在がこのようにして、おのれがすでに存在してきた存在者を覚悟的に引き受けることを、現存在に可能ならしめるものは、この脱自態なのである。現存在は先駆においておのれをふたたび取りもどして、ひとごとでない存在可能性に直面させる。このように本来的に既往的に存在することを、われわれは反復（Wiederholung）となづける。」

このようにハイデッガーは、有限な自己の死を自覚した「先駆的覚悟性」こそが「反復」・「瞬間」・「先駆」の構造を持つ根源的時間として開示させていく。その本来的で根源的時間にあっても、《死に臨む存在》という将来を透視する「先駆」を重要視しているように考えられる。ハイデッガーの『存在と時間』は序論の第八節「論考の綱要」による第二部に分かれ各三編ずつの構想していた企画・編集案の第一部二編しか論述されなかった。その中に論究されるはずだった内容に、後に全集に納められた『カントと形而上学の問題』があり、『存在と時間』の二年後の一九二九年に発表されている。その中で「根源的時間」を考察する際にカントの「超越的構想力」を手掛かりに「根源的時間」を解明しようとハイデッガーは考えていて着手を始めた。その結論とも言える「第三五節　定置された基礎の根源性と形而上学の問題」の箇所を引用する。

「カントによる形而上学の基礎づけは超越的構想力に到達する。超越的構想力は感性と悟性という二つの幹の根である。このような根として超越的構想力は存在論的綜合の根源的統一を可能にする。しかるにこの根は根源的時間に根ざしている。基礎づけにおいて顕わになる根源的な基礎は時間である。／カントによる形而上学の基礎づけは一般形而上学を着始として、やがて存在論一般の可能性への問いとなる。この問いは存在者の存在構成の本質への問い、換言すれば、存在一般への問いを提起する。／形而上学の基礎づけは時間を基礎として生じる。存在への問い、すなわち形而上学の基礎づけの根本的な問いは「存在と時間」の問題である。」

「形而上学」とは世界や世界の諸事物の根拠を問うことで西洋哲学の重要なテーマであった。ハイデッガーその問いの遍歴を辿り最終的にその基礎づけは、「感性と悟性という二つの幹の根である」ところの「超越的構想力に到達する」と結論づける。カントは「感性」、「悟性」、「理性」とは何かを『純粋理性批判』などの批判哲学で論究したが、「感性」と「悟性」の間に「超越論的構想力」が潜んでいることを指摘していた。カントの用いる「超越論的」とは分かりづらいが、経験的なものではなく純粋・ピュアで先天的なものと考えれば理解可能だろう。

　長くなったが、今回の評論集のタイトルを『沖縄・福島・東北の先駆的構想力』とした背景を私が特に影響を受けたハイデッガーの哲学などから説明させてもらった。またハイデッガーの『ヘルダーリンの詩の解明』の「詩は歴史を担う根拠である」や「詩は存在の建設として根源的な言葉である」や、『乏しき時代の詩人』の「詩は存在の家である」という詩論・存在論は私の生涯の課題となっている。言葉が世界や存在の問いを発して対話を続ける地平に私も関わるところで、私は同じような問いを発する他者たちと共に関わる多くの時間の中に、本来的な「超越論的構想力」や「根源的時間」を問うてきた。

　本書の中でも「Ⅰ　沖縄」の八重洋一郎氏「日毒」、「Ⅱ　福島」の若松丈太郎氏の「かなしみの土地」、「Ⅱ　福島」の黒田杏子氏の「証言・昭和の俳句」という言葉やそこに込められた構想力は、「先駆的構想力」に相応しい最も特筆すべき優れた、二十世紀・二十一世紀の歴史を担い、地域文化を担う多くの人びとの歴史を担った思いとその不屈の精神を宿したものであると私は考えている。この序文の1で引用したように本書で論じた表現者の作品も中にもそれに匹敵する言葉が潜んでいるのであり、そんな根源的な言葉を本書から発見し、機会があれば論じられた書籍を読んで頂ければと願っている。

I

沖縄

石垣島から世界を俯瞰する詩の力

八重洋一郎詩集『日毒』

1

八重洋一郎氏の数多くの詩集や詩論集は、最南端の琉球諸島・石垣島から届けられてきた。それらを読むたびに、八重氏の肉体を切り裂いた鮮血のような衝撃が、目の前に広がってきた。真実を語らなければ済まない衝動が、見てはならないものを現出させてしまうのだ。その切実さは痛みと言うよりも、高祖父から続く沖縄の民衆の激痛に近いものだろう。八重氏の第一詩集『素描』の「素描Ⅰ」を引用する。

くるひゆく　しづけさのほの暗い言葉から／踏む足に
／高々と　杉《すぎ》杉聳え　逞しい調べ組む／そよぐ杪にこぼ
れくる　あきらかな風景よ／空　は／きえ　赤裸に遊ぶ
／水笑ひ／かぜ　徹る／彫《う》くはごろもは　日々を切り／
蓄む手の　裡に瞑《なが》むるかろらかの盈凝《あふれ》／さみどりは萌ゆ
／飛びかう火の／ほ　ひろびろと降られゆくつたはり
は／動《ゆ》れて／たまきはる母音さす　恥《やさ》し／ゆび／うなは
らを　翻し／戚《かな》しみ　ひらく　壁立は／（略）

このようなどこか懐かしい擬古文の不可思議な魅力をたたえて、私たちの深層に訴えてくる言語体験こそが、八重氏の詩の出発の特徴だった。「くるひゆく　しづけさのほの暗い言葉」に引きずり込まれて、その言葉の中でもがき苦しむことを追体験することが、八重氏の詩を読むことなのかも知れない。故郷の石垣島の光景を見詰めていると「くるひゆく」心境になってゆかざるを得ない宿命を抱え込んでいる。あまりにも正気であるからこそ「くるひゆく」ことになる惨劇を物語っている。そんな「しづけさのほの暗い言葉」を八重洋一郎という詩人が産み出してしまったのだ。聳え立つ杉、「水笑う」浜辺、吹きわたる海風、萌える蕾などが裡から溢れ出てきたことを、八重氏はこのような文体で「素描」した結果がこのような詩篇になったのだ。八重氏は第一詩集を刊行した一九七二年当時は、東京都世田谷で数学塾を営んでいたという。大学で哲学を専攻し、数学にも通じていて、さらにこのような文体を持つ詩篇を書き続けていた八重氏は、日本の周辺から競り上がり日本の首都に辿り着き、さらに世界の根幹の秘密を垣間見てしまう思索力を鍛えているかのようだった。「蓄む手の　裡に瞑《なが》むるかろらかの盈凝《あふれ》」とは、誕生した我が子の蕾のような手を眺めていると、内面の奥底に瞑想する本来的な自己の在り様が溢れ出てきたのではないか。「たまきはる母音さす」とは、魂を極めていくと母音となって言葉が火のように点火されると物語っている。八重氏は石垣島の高校を卒業後に島を離れ、都市の中で暮らすことによって、逆に石垣島で生きているあらゆる存在の意味を再び現出させようとしていったのだろう。

一九八五年に刊行された第二詩集『孛彗《はいすい》』のタイトル詩である長詩「孛彗」の冒頭の詩行を引用してみたい。

ゑけ　あがる三日月や／ゑけ　神ぎゃ金真弓《かなまゆみ》／／天空さてとび上る声々／躍る肉　苦世《にがゆ》の底に／群がる血族《うから》／青一色に澄みわたる奥行き深き大海に／白波けたててはじける筋肉／たぎる汗　声のかぎりの狂熱に／風は割れ歴史は剝れ／ああ　けがれなき「時」は／今　大海の舞い深く／肉の底　つきあげる血潮を核《たね》に／大空間にひらかれて／おお　生れたばかりのふるえはじらう青やみに／おお　今浮ぶ金色の利鎌《かま》／／森が裂ける海が盛り上がる／白浜が舞いあがる／ゆらめきどよめきかさなりひしめきとけあう／「声」が／爆発する／（略）

冒頭の二行は十六、十七世紀の琉球王府編纂による古謡集『おもろさうし』の詩行からの引用であり、「ゑけ」とは感嘆詞「あぁ」とか掛け声「いぇ」などの意味と言われている。八重氏が詩を促される時に、古謡の「ゑけ」という感嘆詞が無意識に呼応して表出されてくる。石垣島の静かな大海の奥に八重氏は「苦世《にがゆ》の底に／群がる血族《うから》」を想起してしまい、また「声のかぎりの狂熱に／風は割れ　歴史は剝れ」ることをリアルに透視してしまうのだ。そして先祖たちが背負ってきた「苦世」の苦難の歴史が「声」として爆発的に甦ってくるのだろう。最後の三連を引用する。

ゑけ　あがる凶星《まがぶし》や／ゑけ　神ぎゃ怒り髪！／／予言によって俺がこの世に言いたかったこと／それゆえに　俺がこの世に／はいずりまわらねばならなかったこと／燃えあがる倫理！／もう一度灼かれたいあの星に／／空間は時間へ帰る　俺は／消滅する／空間から時間への／瀧の落下／おお／構造の奇蹟！　あらゆる影の崩壊をしのいで／老いさらばえたわが胸の跡から／激情が噴出する／ああ／ずたずたにひき裂かれ／虚空へひきわたされわが／生命《いのち》／虚無と実在　あらゆる位相へしみわたり／存在を消し　遍満し／いい知れぬ／「時」を奏でる

八重氏はこの世をはいずりまわり、「ゑけ　あがる凶星《まがぶし》や

／ゑけ　神ぎゃ怒り髪！」（ああ、上がっていく不吉な星、神がお怒りになった頭髪）と言う表現が『おもろさうし』にある表現か八重氏の言葉かは分からないが、琉球国の神歌を予言者のように語り、たとえ呪われた詩句になっても、あえて詠っていこうと決意したのではないか。そのことを「燃えあがる倫理！」とも語っている。「ずたずたに引き裂かれた／虚空へひきわたされ」ていく「わが生命《いのち》」を救済するためには、〈いい知れぬ／「時」を奏でる〉ことが、自らの使命だと告げているかのようだ。その意味で八重氏は自らの存在が琉球王国やその国の官吏に家系が繋がっていることや、石垣島の風土や海や天空を通して生かされていることを自らの存在全体から感受してしまったのだろう。島からは「孛彗」がよく見えるのだろうが、それゆえに人間は小さな存在で少しの有限な時間しか生きられない宿命であるが、「言い知れぬ」あまたの存在を背負った「時」を生き得る存在であることも告げている。

2

二〇〇一年に刊行し小野十三郎賞を受賞した詩集『夕方村』の中に詩「サラサラ」という忘れがたい詩がある。

サラサラ

姉はねていた／思いきり身をくねらせきついX字形の足をして／やっと神経の世界から自由になって／私がはじめてここにねている人を見たのは／祖母である　長い手を組み手の甲には黝《くろ》ずんだ／青い入れ墨　足を三角に立て硬かった／祖父の姿は写真で見ただけ／出発に際して祖父はまだ生まれて五ヵ月の／赤んぼにすぎない私にむかって／さようならさようならと繰りかえし　その時の／写真が私の見た初めての写真／幼い私にレントゲン写真のように少しずつ／現われるシャレコウベ／父は真っさおな顔でねていた／長い意識の混濁のすえに　突然／「感無量！」さらに大声で「タオルを持ってこい」／大粒の涙をタオルにあてて　次の瞬間／手を落とし　見るみる蒼くなったのだ／母／「長門《ナガジョウ》　門から玄関までの長い道　両脇に組まれた／石垣の裾で小さな葉っぱの芽を小さなゆびで／ひとつぬきひとつぬき　いくつものたばをきれいに／ならべ　せなかに暖かい春の陽ざし／ワタシはカミの子……」／三歳の記憶を思い出しては／あんなにみんなを笑わせた母も　老い　病み／歪み　ここにねていた／九十三歳まで壮者をしのいだ曾祖母／／息子どもを長竹でたたきしつけ　彼女は／島の役人の最高位・頭《カサ》のむすめであったから／ここにねた時も彫像のような

白皙／一方　舟材を求めて深山へ入り三十三歳で／蚊に刺され寒さにふるえこわばった／曾祖父　たたみをはがし水をかけ枕もとでは／泣き声がはじけバンバンと火がたかれ……／久しぶりに帰郷の我家　からっぽになった／広間のまん中　懐かしい白骨が次から次へと湧き／あがり　サラサラと／ひとおどり踊ってはわが名を呼んで消えていく／消えていくその跡に　今一つ／カスミを食って歯の欠けたサラ新品の／漂白非人

帰郷した八重氏の実家の「広間」の「時」が重層的に立ち現れてくる。「広間」は家族の一人ひとりが最期の思いを伝えて、息を引き取った場所なのだ。その一回限りの重厚なドラマが広間の記憶として蘇えってくる。父の「感無量！」「タオル持ってこい」も母の「ワタシはカミの子」もなぜか心に沁みてくる言葉だ。それらの末期の言葉から触発されて父母や親族から育てられた様々な出来事が再現されてくる。手触りのある家族の生と死のドラマは広間という場所があればこそだった。詩「孛彗」の「肉の底　つきあげる血潮を核《たね》に／大空間にひらかれて」中の「大空間」とは、「広間」と呼応しているのかも知れない。また「空間は時間へ帰る」とは、「広間」という空間が家族の「時」として引き継がれていくことなのだろう。八重氏の詩は、家族の末期の言葉やその存在から告げられたことを語り継ごうとしている。その試みは根源的な歴史や文化の伝承とはどういうことなのかという問いを私たちに問いかけてくる。

二〇〇五年に刊行した第五詩集『しらはえ』の中に詩「先生」があり、沖縄戦で生き残った人びとの現実が生徒の視線で描かれている。

先生

私たちの先生には障害者が多かった／片手だけの先生そでがぶらぶら／ふとももから下がない先生　ズボンがひらひら／けっして足がまがらない先生／歩くときもいつも気をつけ！／季節になると／ほっぺたが赤くふくらみ　しりが大きくなる先生／顔の皮がひきつれて／いつも横っちょをむいていた先生／女の先生は／両手でふくらむほっぺたをおさえつけながら／これはどうしてもこうなるのだから／わらわないでね　と　泣いていた／男の先生は／夜になると小さな宿直室で酒をのみ／センパイ　われわれは／どうすればいいのだ　いったいどうなるのだ／なぜ　こうなったのだ　と　顔をゆがめて泣いていた／（幼いぼくらは何もわからなかったが）／沖縄

戦のなれの／はて／若い　痛い　無惨な障害者が私たち
の先生だった

「沖縄戦のなれの／はて」という言葉は、自嘲的な言葉として受け取るのではなく、本土の日本人は戦争の悲惨さを沖縄人たちが最も背負ってくれたという、沖縄の痛みや沖縄への敬意を抱くべき言葉として思われてならない。その苦悩を背負った存在であった先生たちから八重氏のような沖縄の子供たちは教えられたのだ。一九四二年生まれの八重氏は戦争中の記憶はあるだろうが、最も切実な記憶そんな先生たちが心も身体も戦争によって深く傷ついていて、戦争が人間をいかに傷つけて生涯にわたり苦しめ続けるかという悲劇を感じながら多くを学び成長していったのだろう。当時の沖縄県民の約三分の一に当たる二十三万もの人びとが死亡するということは、生き残った人びとも何らかの障害者になってしまった確率は高いだろう。最終行の「若い　痛い　無惨な障害者が私たちの先生だった」という詩行は、八重氏が見てきた沖縄の戦後の壮絶な平和教育を物語っている。子どもたちに真に戦争のもたらした悲劇を知らせたのは、教師たちの身体を通して生徒の心に刻ませたことなのだろう。本土においても戦後しばらくは、街角にわずかなお金を得るために傷痍軍人がアコーディオンを奏でながら座り込んでいた。その光景は子供ながらに戦争とは残酷なものだと肌で感じさせてくれた。沖縄においては学校そのものが障害者となった教師たちと共に生きる場所であったのだろう。

3

新詩集『日毒』（二十一篇）は、「家族の末期の言葉やその存在から告げられたことを語り継ごう」としてきた八重氏が、高祖父、曾祖父が記した言葉や生き方に歴史を担う最も重要な言葉として「日毒」をテーマにした詩集だ。この「日毒」が孕んでいた恐るべき歴史的現実がこの詩集によって浮き彫りになって来て、日本人の侵略的な暗部が明るみに出され、「燃えあがる倫理！」を突き付けられてくるのだ。

冒頭の詩「闇」はオリオン星座に触れた詩「闇」から始まっていている。その詩は「オリオンよ　あなたは／やさしさ／天体の美しい平和！」で終わっている。けれども詩の途中は輸送機オスプレイが配備され「一晩じゅう寝られなかった」沖縄の闇夜が記されている。

詩「人々」では、「光緒《こうしょ》二年（明治九年・西暦一八七六年）」頃から「明治政府が軍隊何百人かを派遣して琉球国を劫奪しようとしていた」ことを中国の福州の琉球館に伝えた人々がいた。その報告を「只いま島の役人が　君民日毒に遭い困窮の様を目撃　心痛のあまり危険を冒して訴えに来閩《びん》…」と記された。

詩「紙綴《かみつづれ》」では、明治初頭に小さな島の書記であった高祖父が琉球中山王《ちゅうざんおう》に宛てたらしい「紙綴」に〈「日毒」が今やまた新たな姿となって我々に浸み込んでくる惧れがある〉との危惧を記していた。また〈我が島は酷《むご》い人頭税を課された　従って島人は王府滅亡に依り「琉毒」から脱れられるとも思ったが　姿を変えたもっと悪性の鴆毒《ちんどく》が流れ込んできただけであった〉と当時の石垣島の役人であった八重氏の先祖から見れば、日本は羽を浸して飲めば死ぬ毒鳥と喩えられていたのだ。しかしそれは過去の話ではなく八重氏たち今の沖縄の民衆にして見れば、東村高江にオスプレイを押し付け、神聖な海を抱えた辺野古を基地化しようとする日本政府やそれを肯定する日本人は、極端に喩えれば今も沖縄に毒を振りまき、「日毒」のＤＮＡを露わにして、沖縄を汚し隷属させようとする存在なのだろう。

詩「日毒」では、高祖父が恐れた「日毒」が「大東亜戦争　太平洋戦争／三百万の日本人を死に追いやり／二千万のアジア人をなぶり殺し　それを／みな忘れるという／意志　意識的記憶喪失／そのおぞましさ　えげつなさ　そのどす黒い／狂気の恐怖」となって再び顔をもたげていることを指摘している。

詩「手文庫」では、見せしめのために「祖母の父は毎日毎日ゴーモンを受けていた」と祖母から八重氏は聞かされていたそうだ。その祖母の父の「手文庫」の中には〈茶褐色の色紙が一枚　「日毒」と血書されていたという〉。

最後に沖縄周辺が戦場となる可能性を米軍の資料及び防衛省の海峡封鎖作戦などを基にして、その危機を確信した予言的な詩「山桜」の前半部を少し長いが引用したい。これは第二詩集の詩「孛彗《はいすい》」の詩行「予言によって俺がこの世に言いたかったこと」の具体的な一つなのであろう。このまま軍拡を続けていけば、日本、アメリカ、中国が巻き起こす近未来の戦争をリアルに幻視している。

山桜

——敷島の大和心を人問はば朝日に匂ふ山桜花——

沖縄島《じま》中部
平和市《うるま》にある米軍キャンプ・コートニーの一場面
床には部屋いっぱいに石垣島　西表島　宮古島　その他
　辺りの島々の
大きな地図が広げられ

ぐるりを米軍海兵隊　日本自衛隊幹部が
あの迷彩色の軍服に身を固めらんらんと眼を光らせて取
　りまいている
指揮官とおぼしき丈《たけ》高い一人がピッタリ履いた軍靴を鳴
　らし　地図の上を
何かを説明しながら得意然と鋭い動きであちらこちら歩
　いている
日米共同方面隊ヤマザクラ　YS-71 の演習の戦闘予行

米軍は対中国戦争の詳細を念入りに吟味し
その結果は第三次世界大戦核戦争勃発　両国国民殆ど死
　滅との認識に至り
あまりにも犠牲が大きく　しかも勝敗さえ定かならず
　と
今は地域限定戦争の研究にひたすら夢中
中国対その周辺の国々　例えば
中国対韓国　中国対日本　中国対台湾
中国対フィリッピン　中国対……
その作戦は言わずと知れた米軍得意のオフショアー・バ
　ランシング（沖合作戦）
ある敵への直接攻撃はせずに　その敵の敵を探り出し
その勢力に武器　弾薬　謀略　資金を大量に投入し肩入
　れし
敵と敵とを沖合において戦わせ　自軍は戦場から遠く離
　れた穏やかな海岸で
いながらにして利益と安全を手に入れるという実に狡い
　旨《うま》い作戦
ホメイニのイラン革命にイラクのフセインを対抗させ
八年間も苛々《いらいら》とイライラ戦争を継続し　その間　思いが
　けなく
そのフセインが怪物化すると　直《ただ》ちに湾岸戦争　よって
　たかってフセインを潰し
アフガニスタンへのソ連侵攻に対してはビンラディン率
　いるアルカイダぶっつけ
アフガン戦争をはなばなしく展開
垂れ流される豊富な資金と次々手渡される最新兵器で
ビンラディンが勝ち続け強大化するとすかさず彼を砂漠
　の果てまで追い廻し
ついに発見急襲し　さあ　これまでと確実に暗殺する
アメリカは二十年以上も戦争ばかりでそれでも懲《こ》りず
（何しろ利益と安全　死ぬのは貧乏人階層出身の哀れな
　兵士たちのみ）
（軍事費いよいよ増大し　笑いがこぼれてたまらない）

さて今度はおこぼれ目当ての自発的対米従属国家
サクラ咲く美しい日本国を唆《そそのか》し
秘密保護法可決(させ)　集団的自衛権を解釈改憲(させ)
安保法制・戦争法案二十本をひと束にして可決成立（させ）
武器三原則を撤廃（させ）　防衛予算を異次元的に増大化（させ）
パック・スリー　オスプレイ初め何千億円分の武器兵器を購入（させ）
米軍ついに発動　オフショア・バランシング（沖合作戦）
日本対中国との対決を執拗に迫る

徹底的に自発的対米従属国家サクラ咲く美しい日本国
アメリカという騎士に乗られてよく走る馬
鞭打たれれば打たれるほど勢いつけてよく走る馬　しかしその狡さは親分勝《まさ》り
己《おの》れは決して損しないその原則をたちまちコピー　日本式沖合作戦をひねり出す
それは簡単　それこそ
与那国島　石垣島　宮古島　沖縄島　奄美島　旧琉球域
今はその名も南西諸島　日本ではあるが
日本ではない場所　ここを沖合と苦もなく即決

(こんなところは　戦争以外に使う価値ない)
(住民たちが死のうが生きようが　そんなことは知ったことか)　そしてそれを
うやうやしく米軍にたてまつる
七十年経ってもまるであの天皇メッセージそっくりそのまま
日毒ここに極まれり
(その腹中はどんなに他人を犠牲にしても　自分だけは生き残る)
(血の色の大輪咲かせ己れだけは生き残る)
日毒ここに極まれり

戦場は決まった
あの海域や島々でいかに激しい戦闘があっても　この日本　色かえて
美しい山桜咲く　そのサクラ花弁一片《はなびらひとひら》も散らないよ　戦場から遠く離れた
なだらかな入江重なる沿岸地域　日本国へは決して被害は及ばない
及ばないよう戦場をひたすらあの島々へ局限する
局限するには狡知極まる奸計必要
まずこの狭い戦場にのみ中国をひっぱり出すには尖閣列

島が最もいいカモ
生餌《いきえ》だ　撒餌《まきえ》だ　それはすでに用意周到　尖閣問題棚上
げ無視し厚顔無知の
無責任心臓が尖閣購入ぶち上げて　日本国中皆国士ぶり
あわてふためき日本国家の尖閣購入　これで尖閣は豊か
安全　生活の海から
国家を担《かつ》がされ　危険水域へとなり果てる　そして次に
次々に
抑止力と称して各離島離島にミサイル配備　その照準を
中国にきっちり定める
それは実は敵攻撃を真正面に引き受けようと誘導集中す
るための巨大標的
（抑止力とはまっ赤ないつわり）
島の人間どもには「お前たちを守るのだ」「悪いのは侵
略中国」と煽りたてよう
単純な魯鈍ぞろいの細い目のケチな奴らに何が見えるか
少し何かの匂いを嗅《か》がせ
キンキラキンの大義名分チラつかせ
「捨て石になれ　防壁となれ」「今に敵が攻めてくる　そ
れを止めるのは君達だけだ」と
言いふくめ我々の手先に育てよう
（我々がアメリカに懐柔されたように）
（我々がよく躾けられ千里を走る馬となったように）
あいつらを天の頂上までおだてあげ単純無類の型に嵌め
込み
思考停止　万里の直線を走らせよう
そのカラクリに気付いた奴は　銃剣突きつけ
「生贄《にえ》となれ」「犠牲となれ」「人間裸かの楯となれ」次
から次と脅迫しよう
絶対抑止力（実は巨大誘導標的）高々掲げ島々に配備し
た自衛隊基地の
その後ろに米軍はひっそり隠れ顔かくし　だが
指揮権はがっしり握って（自分たちだけの退避手段は誰
にも明かさず万全確実）
この戦略体制を一日も早く構築し切れ目なき標的配置
南西諸島を戦場とする地域限定戦争を今すぐにでも始め
よう
（ヒヒヒ　日本も中国も死力を尽して衰退するさ
これがわがアメリカ軍の最大利益……）

（略）

八重氏は、詩「詩表現自戒十戒―守られたことのない―」の最後の十で、「詩とは一滴の血も流さず世界を変えること。即ち、人々の感性にしみ入りその人格をゆさぶり、そのことによって社会と世界を変革する。その覚悟と使命感を持て！」と語っている。この詩論を実践した詩がこの「山桜」であるだろう。この石垣島から世界を俯瞰する詩の力を八重氏は発し続けている。日本人は「日毒」を葬り去ることはできないのだろうか。戦後の七十年の平和憲法の歴史においても沖縄は除外された。日本人は沖縄に押しつけてきた悪しきＤＮＡの歴史を自覚すべきであり、それを葬り去ることによって始めて基本的人権に基づいた国に生まれ変わることを八重氏は願っているのだろう。そんな八重氏の重たい問いに多くの日本人は当事者として答えなければならない時が迫っている。

「日毒」と「血債」という言葉で世界を変える詩的精神

八重洋一郎詩集『血債の言葉は何度でも甦《よみがえ》る』

1

私は八重洋一郎氏の詩と詩論を考える時に、詩集『日毒』に収録された詩「詩表現自戒十戒――守られたことのない――」の「詩とは一滴の血も流さずに世界を変えること。即ち、人々の感性にしみ入りその人格をゆすぶり、そのことによって社会を変革する。その覚悟と使命感を持て!」という言葉を想起する。と同時に哲学者ハイデッガーは『ヘルダーリンの詩の解明』の「ヘルダーリンと詩の本質」の中で「五つの主題的な言葉」を挙げていて、その四番目の詩「追憶」の最終行である「常住のものは、しかし、詩人がこれを建設するのである」という言葉が想起されてくる。詩人の本質的な言葉とは「社会を変える」言葉になりうるのであり、そんな他者の精神や事物の生成にまで影響を与える言葉を発し、新たな世界を「建設する」志の高さを八重氏の言葉に感じる。ヘルダーリンを通してハイデッガーが思索したことを、八重氏は自らの詩を通して自らの詩論でもって読者に深く語りかけてくれる、根源的なことを問い実践している詩人・詩論家であるだろう。

八重洋一郎氏の第十一詩集『日毒』が刊行されたのは、二〇一七年五月だった。それから三年間にわたりこの「日毒」という言葉は、地元の石垣島・沖縄本島などの人びとや詩人や詩の評論家だけでなく、他の文学の創作者、思想・哲学者、ジャーナリストの間で、深く受け止められて今もその広がりは続いている。まずこの詩集が刊行された時に地元の書店から八重氏の講演会の会場で販売する百冊の注文があり、その講演会は大盛況で本も完売したと聞いている。

その後も例えば出版社にあった反響のひとつは、二〇一八年秋頃に『デリダ』・『戦後責任論』(いずれも講談社)の著者である哲学者高橋哲哉氏から直接電話があり、八重氏の『日毒』をテーマにした講演会を開くことになり、その主催者が『日毒』を多数購入したいと希望しているので、相談に乗って欲しいとの連絡があった。高橋氏は日米安保条約下の沖縄問題において、詩集『日毒』が日米両政府と沖縄の関係の本質を読み取れるテキストであり、「日毒」という言葉が沖縄問題を考える重要なキーワードと考えているようだった。高橋氏はその講演で「日毒」の本質を多くの人びとに伝えるだけでなく、詩集『日毒』そのものも、参加者たちにも読んで自分で感じて考えてもらいたいと願っていたようだ。数日後に講演会の主催者からは詩集を高く評価し、参加者に勧めるために百冊を事前に購入することを聞かされて驚かされた。その後も二〇一九年に高橋氏たちは石垣島から八重氏を招待し、「石垣島の詩人八重洋一郎氏と哲学者高橋哲哉氏が語る」会が二〇一九年十一月に開催されて、二人の講演対談が埼玉県の会場で行われた。このように詩集『日毒』の読解は文学・思想・哲学的問題から社会・政治の問題にまで視野を広げて様々な刺激や影響を与えている。

また『鹿野政直思想史論集』(全七巻・岩波書店)の作者である鹿野政直氏は、詩集『日毒』を読んで石垣島の八重氏に取材のために、妻の詩人堀場清子氏と一緒に訪れ取材をされて、『八重洋一郎を辿るいのちから衝く歴史と文明』という、八重氏の評伝と詩と詩論の解説を併せ持った本格的な八重洋一郎論を二〇二〇年一月に刊行した。鹿野氏は「問題提起という点で言えば、八重の告発は日本を正面の標的としながら、単にその域に終始するものではなかった。その底には、文明=軍事技術の発達の極致としての地球の破滅、いやそれに止まらない宇宙の破滅への予見があった。」と、軍産複合体制と科学技術文明の行き着く果てを透視した、文明批評的で宇宙の破滅さえ引き起こす、人間の罪深さを予見している叙事詩であると高く評価している。高橋氏も鹿野氏も、八重氏を現代のヘルダーリン的な存在として自らの論考の中でこの時代の苦悩を背負い未来を切り拓く詩として位置付け高く評価している。

そのような『日毒』を高く評価する思想家・学者たちが次々に現れていることは、この『日毒』がいかに様々な問題提起を孕んだ詩集であったかを改めて認識する。因みに私は、二〇一八年五月二〇日に沖縄で開催された日本ペンクラブ『「平和の日」の集い「人　生きゆく島　沖縄と文学」』の実行委員会の一人として関わった。その二部のパネルディスカッション「沖縄・平和・文学」では司会がドリアン助川氏、パネリストが八重洋一郎氏、落合恵子氏、金平茂紀氏、吉岡忍氏だった。この会の要旨を記録したノンフィクションライターの吉田千亜氏は、日本ペンクラブの会報で次のように八重氏と金平茂紀氏の発言を記している。

《「日本という毒」の意味を持つ『日毒』という詩集を発刊した八重氏は、「詩を描く人間は言葉に全幅の信頼を置いている」とし、自作の詩の3つの言葉、「木漏陽日蝕」「寂寥原点」「日毒」を紹介した。新しい言葉を作ることに情熱をもっているという八重氏は、離島で行われた祈りの行列の写真から「寂寥原点」という言葉が浮かんだという。全島民が参加する神へ祈る行列を見守るのは、空・海・白い砂利道だけ。その孤独感を表した。また、「日毒」という言葉の歴史も明かした。琉球処分後、八重氏の曾祖父が、救国運動の中でしたためた嘆願書に書いてあった言葉であることを紹介し、そこに込められた激しい怒りを示し、「現政権が沖縄でやっている横暴さ、今の日本の状況を象徴している言葉である」と語気を強めた。（略）ジャーナリストの金平氏は、30年間沖縄に通い取材を続けている。八重氏の「日毒」という言葉に打ちのめされたことを語り、沖縄に根づく集合的な記憶、そして自らが「毒」の中に属している人間であると語った。》

（吉田千亜　記録）

このように八重氏は八百名を超える参加者の誰にでも分かるように「日毒」について語った。ここに参加したパネリストたちは、参考文献として詩集『日毒』をすでに読んでくれていて、私が当日聞いていた印象では、この《「日毒」という言葉に打ちのめされた》のは金平氏だけでなく、他の作家たちも同様で、このパネルディスカッションの隠れた重要なテーマにこの「日毒」という言葉がせり上がってきたように感じられた。この吉田氏の記録文を読めば、明らかになる五代前の曾祖父の言葉「日毒」を日本人は、決して自覚しようとしない確信犯である。それゆえに現在でも日本人で保守的で愛国者だと自負する人物たちは、沖縄島、宮古島、石垣島などの多くの島々からなる南西諸島の人びとを「本土」の盾にして何ら恥じ入ることがない、「本土」という言葉こそが守られるべき価値のように「内地」の人びとは当たり前のように錯覚していることを八重氏は見抜いている。沖縄を盾にしていることに無自覚な人物たちがこの「日毒」という言葉を見聞きした時に、その言葉は中国・韓国などを利する政治的な言葉であり、文学の言葉であり得ないと反発する傾向があることを私も何度も経験している。しかし金平氏たちパネリストはこの「日毒」という言葉を真摯に受け止めていて、この言葉の歴史的意味やそれを文学において甦らせたことを高く評価すると同時に、自らの問題として「日毒」を「意識的記憶喪失」してしまっている日本人の盲点に気付かされたようだった。

詩集『日毒』は、日本が世界の国々から尊敬されるために自らのナショナリズムの負の歴史を自覚して、世界に開かれた国になるために書かれた、これからの詩人が内面に問うていく課題を提示する思想哲学的な詩集になっていると私は考えている。実際の多くの表現者や思想家たちにもそのような観点で詩集の評価がされてきた。例えば石垣島に移住した歌人の松村由利子氏の《初めて見る言葉なれども意味は分かる「日毒」は血の匂いを放つ》などの短歌のように実作者にも影響を与えている。「日毒」という言葉はそのように日本人の歴史を顧みない姿勢や偏狭なナショナリズムを克服する良薬のようにも思われる。さらにいえばこの詩集こそ日本と沖縄は互いを異郷のように感じるが、その異郷を認め合うもっとも根源的な郷土愛的な詩集だと評価されてもいいのではないかと考えている。しかし『日毒』の逆説的で批評的な言葉の重層的な表現力の豊かさに気付くためには、まだまだその理解に時間がかかるかも知れない。

2

そんな詩集『日毒』から三年後に新詩集『血債の言葉は何度でも甦《よみがえ》る』十九篇が刊行された。なぜ八重氏はこのようなタイトルを付けたのだろうか。想像するに内地の日本人たちは、『日毒』を物理的なイメージでとらえてしまい、その詩「日毒」に八重氏が込めた《大東亜戦争　太平洋戦争／三百万の日本人を死に追いやり／二千万人のアジア人をなぶり殺し　それを／みな忘れるという／意志　意識的記憶喪失》に陥ることの「狂気の恐怖」を、決して忘却させないために、『血債の言葉は何度でも甦《よみがえ》る』にしたのではないか。「日毒」を忘却させないために、論語の言葉である「血債」という血生臭さくもあり血痕がこびり付いた言葉をあえて、「本土／内地」の日本人たちに突き付けていると私には感じられた。

まず新詩集の装画には群馬県立近代美術館に所蔵されているピカソの「ゲルニカ」のタピスリーの写真がモノクロで使用されている。このタピスリーはピカソ自身が監修したもので、八重氏からも沖縄に巡回した展覧会でその実物を見たと聞いている。今回の十九篇の中の詩「ゲルニカ」はその時に見た印象が心に刻まれて書かれたのだろう。八重氏から装幀の希望を聞いた際に即座にピカソの「ゲルニカ」を使用できないかと語られた時に、それを何とか実現したいと考えた。ピカソが描いたスペイン・バスク地方の民衆への無差別爆撃の悲劇のように、沖縄の悲劇を自分は詩で創造的に試みたのだというメッセージがこの装画に込められているのかも知れない。

新詩集は十九篇からなっている。それらの詩篇は「血債」という「戦争や搾取によって奪われた家族や故郷の人びとのいのちの損失」を検証して記録し甦らせようとする試みだろう。

冒頭の詩「おお　マイ・ブルースカイ」の「血債」と言える行を引用したい。

《さて昭和二十年六月　沖縄戦完全敗北　早くも早くも／一九四七年　かつては人間でなかった人が　自分の／いのちと交換に（それこそこの国・日本国の純粋無意識）米国へ／沖縄の軍事占領継続を要望／／小さな島は国籍喪失　あわれなる哉／ひたすら軍事専用植民地／続いて一九五三年　米国国務省発するその名もきらきら／ブルースカイ・ポリシー／世界のすべてにブルースカイをもたらすために／この島だけはいつまでも無制限に軍事嵐／広大重厚基地累々　毒ガス　戦闘機　高圧電磁波／核爆弾は千五百発》

この一九四七年に、戦後に「かつては人間でなかった人」である天皇が「自分の／いのちと交換に」最も戦争の犠牲を強いられた沖縄を米国に売り渡したとその事実を語る。その後の「ひたすら軍事専用植民地」になる戦後の沖縄の歴史を生み出したものは昭和天皇であったことを明らかにする。また米国国務省が発する「ブルースカイ・ポリシー」によって、「世界のすべてにブルースカイをもたらすために／この島だけはいつまでも無制限に軍事嵐」であり続けなければならないので、沖縄の民衆はいつまでも「マイ・ブルースカイ」を歌うことができないと言う。沖縄を支配し続ける「かつては人間でなかった人」と米国国務省の取引の呪縛に囚われている日米地位協定こそが「血債」そのものであると暗示しているのだろう。

その後の詩「上映会　――六十年前の現実から――」では、《カメさん　もういっぺん生まれてきてくれ／「祖国」や「本土」など　チョロイ言葉を全部投げすて／初めからもういっぺん　一人一人の人間めざしてやり直してみよう》と米軍の軍政に一人で戦った瀬長亀次郎の「祖国復帰」の活動も結果として祖国に裏切られた歴史であったと言い、「一人一人の人間めざしてやり直してみよう」とその苦い歴史を踏まえて次の世界を構想しようとする。

その他の詩でそんな文明批評的で予見に満ちた詩行を引用してみたい。

「杭《クイ》」では、「（人形と言えども金権利権私欲ばかりは抱きしめて）／しっかり打てよ　その杭を　しっかり打てよ七万本　南の海にはりつけて／奴らの鉄面皮《チラガー》はぎとるために／奴らの隠蔽暴《いんぺいあば》きたてるために」と辺野古の未来を透視する。

「やさしい分数計算」では、「つまり沖縄には日本全国の3

86倍の密度で米軍基地が集中している。その上自衛隊も配備されているのだ。」と「本土／内地」との三八六倍もの格差を突き付ける。

「血債の言葉は何度でも甦《よみがえ》る」では、《日本国よ　汝という国体の中には至る所に空洞がある　汝らには決して見えないだろうが／その空洞には連綿たる「歴史」にやられた濃密などす黒い血が満ち満ちている／幽霊は生きている　幽かな霊こそ見えない魂》と日本の「歴史」の空洞に「どす黒い血」が見えると言う。

「万世万系」では、「新しい現人神《あらひとがみ》を祀《まつ》りあげ／万世一系称《とな》えながら　万系を一系とみせるため／嘘八百を次から次へと吐《つ》きながら」と、日本の歴史がリアリズムではなく「万系を一系とみせるため」の嘘八百の偽りの歴史であり、本来的な「万世万系」に書き換えるべきだと提案しているようだ。

「夜半参《ヤハンメ》ー」では、「黒々聳《そび》える一本松の大幹にひそかにひそかにひそかな名前を血で書いた／ワラ人形の心臓を五寸《ゴッスン》釘《クギ》で打ちつける　打ちつける」と、沖縄芝居の有名な場面なのだろうが、まさに「血債」を想像させるのだ。

全ての詩篇を論ずることはできないが、本書はこのように独自の視点で様々な手法を駆使しながら「一滴の血も流さず世界を変えること」を目指した言葉の世界を試みている。そんな志の高い詩的言語の挑戦を多くの人びとに読んでもらいたいと願っている。最後に詩「きてみれば」の全行を引用したい。八重氏の沖縄戦で「断崖絶壁　その向こう」へ行かざるを得なかった人びとへの鎮魂の思いが結晶した詩で、八重氏はこのような鎮魂詩を書きたかったのだろう。

きてみれば

沖縄本島南部の海岸線はほとんど岩の崖である
人々はこんなところにまで戦《いくさ》に追い詰められてきたのだ

きてみれば
断崖絶壁　その向こう
青空ばかり　足もとの岩は崩れて　石片が激しく尖る
もう鳥になるほかないのか
傷ついた羽をひろげて

きてみれば
赤い地の涯て　その下は
潮騒ばかり　繰り返す光するどく　白波が目につきささ

る
もう盲《めし》いるほかはないのか
手探りも風にふるえて

きてみれば
白骨世界　その深く
寂静《しずけさ》ばかり　草かげに声を失い　祈りさえむなしくかげろう
ただ眠るほかはないのか
骨々の若い歳月

註　六十何年か前　初めて「健児の塔」を訪れた
崖下《がけした》の底にゴツゴツした洞穴《ガマ》　鉄の欠片《カケラ》や白いもの　その真上に塔があった　その時　きこえたしずけさが　今　やっと言葉になって…

石垣島から無限多次元世界の「時」を奏でる人
八重洋一郎詩集『転変・全方位クライシス』

1

八重洋一郎氏は、あとがきでも記しているように詩集『日毒』・『血債の言葉は何度でも甦る』の二詩集に次ぐ、三部作の最後を締め括る十三冊目の詩集『転変・全方位クライシス』を刊行した。『日毒』では、石垣島の八重氏の曾祖父の時代から秘かに言われていた日本の侵略性を象徴する「日毒」という言葉を甦らせ日本人に突き付けた。『血債の言葉は何度でも甦る』では、加害者の日本政府が「正史」によってその侵略性を忘却させようと試みるが、沖縄人や天皇制と闘った人びとの身体の傷口から溢れ出てくる、「血債の言葉」を再構築した沖縄から見た「記憶」を出現させた。それらを踏まえて今回の詩集『転変・全方位クライシス』は、「日毒の記憶」の石垣島から日本だけでなく世界の多次元世界に架橋しようとして、危機《クライシス》に立ち向かう「予言の言葉」に満ち溢れているように思える。

　本詩集は十五篇の詩篇から成り立っている。その冒頭の詩「叫び」の前半部分を引用する。

《どろどろに疲れはてた重い鈍いひとつの影が／橋の半ばで突然聞いた得体の知れない／大絶叫／空間が歪み時間が歪み　うねり重なる／波浪となって　渦巻き眩《くる》めくその上に／滅びの夕焼け血の赤さに／吊るされて　思わず／塞《ふさ》ぐ両《ふた》つの耳は　黄色い／掌《てのひら》　密着させて／それでも妖しく鋭く刺さる／キーンと頭がひび割れる》

ノルウェーの画家ムンクが一八九三年に描いた「叫び」の橋の上に降り立ち、その人物を凝視すると瞬時でその人物に成り代わったように八重氏はその不安と恐怖を語り始める。その人物は「ひとつの影」のような存在で、疲労困憊しているが何か「得体の知れない」ものに促されて「大絶叫」する。すると「空間が歪み時間が歪み　うねり重なる」というように時空の歪みに入り込んでいき、一日の終わりのオスロ・フィヨルドの背景の夕暮れの美しいはずの光景は、「滅びの夕焼け血の赤さに／吊るされて」しまうのだ。そしてどこからか「妖しく鋭く刺さる／キーンと」した音が頭に突き刺さってくるのだろう。八重氏は十九世紀末のオスロの橋上で生と死の狭間で不安と恐怖を抱えて揺れ動く「ムンクの叫び」を呼び寄せてしまう。そして日本が十九世紀末に沖縄・台湾・朝鮮半島を蹂躙し帝国主義国家化し始めたように、世界の大国たちが疑心暗鬼に捕らわれながら世界を奪い合う世界大戦を引き起こしていく。それらに巻き込まれている民衆の内面を暗示するかのように、その時代の精神に潜む「人心は驕りを抱え爛熟し」た危機的な精神の在りようを次のように後半部分で明らかにしている。

《株式暴落　市場崩壊　世紀の終わりの／人心《じんしん》は傲《おご》りを抱《かか》え爛熟し　知性は無慈悲な武器となる／偉容を誇る大建築の武器弾薬庫　世界は蒸《む》れる憂愁幻野／あらゆる国とあらゆる国が／猜疑に駆られて　裏《うら》も表も重ね合わせのガラスの同盟／ぷつぷつ毒ガス全地を覆い／勝手に疾《はし》走る／岩盤擦過《さっか》　パッと火が点《つ》き地平は濛々《もうもう》不信の砂塵が次々騰《あが》る／ひとびとすべては不安に溺れ足は竦《すく》んで胴体ばかりが／ゆらゆらゆれて／けれどもそれは　そんな単純な因果の連鎖の生易しい／ものではない　ムンクが聞いた正体不明の／その恐怖／眼《まなこ》も口も大きく呆《ほう》け顔はいびつに辺《あた》りの暗闇《くらやみ》胸のうつろに／爆発するまでひたすら吸って　ムンクが聞いた／全方向へのその叫び　私も今は／聞いている／危うい希望の橋の半ばで／大絶叫を聞いている／見えない姿　沈黙の声／次々剝《はが》れる裸の危機を　身体《からだ》の／全部で聞いている》

八重氏は「転変・全方位クライシス」の後半部分で、タイトルの解題をしているかのように新詩集の試みを誠実に語り始める。「株式暴落　市場崩壊　世紀の終わりの／人心は傲りを抱え爛熟し　知性は無慈悲な武器となる」と、人類の知性が生み出した制度や科学技術が「無慈悲な武器」を生み出して、それが人類の未来を自壊させ破滅に導いていく。「ムンクが聞いた正体不明の／その恐怖」とは、まさに「転変・全方位クライシス」だったのではないかと八重氏は認識し、その「ムンクの正体不明の恐怖」を新詩集で開示していこうと構想したように感じられるのだ。ムンクの「全方向へのその叫び」を八重氏である「私も今は／聞いている」と言う。さらに「危うい希望の橋の半ばで」、「見えない姿　沈黙の声／次々剝れる裸の危機」を感受して、「大絶叫を聞いている」のだと八重氏は言い、その「大絶叫」は百年後の現代人の内面に潜んでいる「叫び」でもあると告げているのだろう。

八重氏は石垣島から上京し東京都立大学で哲学を学んだのだが、それと同時に数学を独学して、社会人となり都内で数学塾を長年開いていた。後に石垣島に帰郷した後も数学教室を開き、高校生たちに微分積分などを教えている。つまり八重氏にとって哲学を学ぶことと数学を学ぶことは、どちらも複雑な世界を学ぶことであり、ほとんど同じことだという思いがあるのだろう。生物多様性の石垣島で過酷な「苦世《にがゆ》」の「記憶」を生きながらも、そのような哲学と数学の課題が根底で重なるところに着眼し、八重氏の詩的精神は独創的な詩篇を生み出していった。

2

私は二〇一七年に刊行した詩集『日毒』の解説文の中で第二詩集『孛彗《はいすい》』の詩「孛彗《はいすい》」の最後の連などを引用して次のようにその試みを紹介した。

《冒頭の二行は十六、十七世紀の琉球王府編纂による古謡集『おもろさうし』の詩行からの引用であり、「ゑけ」とは感嘆詞「あぁ」とか掛け声「いぇ」などの意味と言われている。八重氏が詩を促される時に、古謡の「ゑけ」という感嘆詞が無意識に呼応して表出されてくる。石垣島の静かな大海の奥に八重氏は「苦世《にがゆ》の底に／群がる血族《うから》」を想起してしまい、また「声のかぎりの狂熱に／風は割れ　歴史は剝れ」ることをリアルに透視してしまうのだ。そして先祖たちが背負ってきた「苦世」の苦難の歴史が「声」として爆発的に甦ってくるのだろう。最後の三連を引用する。

ゑけ　あがる凶星《まがぼし》や／ゑけ　神ぎゃ怒り髪！／／予言によって俺がこの世に言いたかったこと／それゆえに　俺がこの世に／はいずりまわらねばならなかったこと／燃えあがる倫理！／もう一度灼かれたいあの星に／／空間は時間へ帰る　俺は／消滅する／空間から時間への／瀧の落下／おお／構造の奇蹟！　あらゆる影の崩壊をしのいで／老いさらばえたわが胸の跡から／激情が噴出する／ああ／ずたずたにひき裂かれ／虚空へひきわたされわが／生命《いのち》／虚無と実在　あらゆる位相へしみわたり／存在を消し　遍満し／いい知れぬ／「時」を奏でる

八重氏はこの世をはいずりまわり、「ゑけ　あがる凶星や／ゑけ　神ぎゃ怒り髪！」（ああ、上がっていく不吉な星、神がお怒りになった頭髪）と言う表現が『おもろさうし』にある表現か八重氏の言葉かは分からないが、琉球国の神歌を予言者のように語り、たとえ呪われた詩句になっても、あえて詠っていこうと決意したのではないか。そのことを「燃えあがる倫理！」とも語っている。「ずたずたに引き裂かれた／虚空へひきわたされ」ていく「わが生命」を救済するためには、〈いい知れぬ／「時」

を奏でる〉ことが、自らの使命だと告げているかのようだ。》

この四十二歳で刊行し山之口貘賞を受賞した詩集『孛彗《はいすい》』の引用した箇所を再読すれば、八重氏という詩人の特徴がこの時点で明快に表現されていることが分かる。石垣島・沖縄の「苦世《にがゆ》」の記憶を掻き立てると、《「ゐけ　あがる凶星や／ゐけ　神ぎゃ怒り髪！」（ああ、上がっていく不吉な星、神がお怒りになった頭髪）》と琉球国の予言者の言葉を呼び寄せて我が言葉のように詠ってしまう。さらにそこを起点にして「燃えあがる倫理！」的な哲学を胸に秘めて掘り下げていき、ついには「わが／生命《いのち》／虚無と実在　あらゆる位相へしみわたり」というこの世界を数学的でもある「無限多次元世界」として解釈し、それらの重層的な場所であるトポロジー（位相幾何学）の試みを応用して、自らの詩的世界で再構築しようと八重氏は志していたのだろう。その意味で「燃えあがる倫理！」の志が三部作に結実したと言えるだろう。

次に二番目の詩「醜悪の中で」を読んでいきたいのだが、その詩を理解するうえで、八重氏が二〇一二年に刊行した八重氏の詩論集『詩学・解析のノート―わがユリイカ―』の（7）章の次の箇所を紹介したい。この論理学を超えて、「虚無と実在　あらゆる位相へしみわたり」、最後には《「時」を奏でる》八重氏の詩的精神のエネルギーの在りかが垣間見えてくる。

《われわれは単純な三次元世界に生きているのではない。三次元に時間を加えた四次元でも五次元でも、超弦理論等の構築を試みる物理学者たちが言う十次元や十一次元世界でさえない。われわれが生きている現実はそれらをはるかに超えた無限多次元世界なのだ。限られた次元においては「世界はAか非Aかどちらかしか存在せず、その中間のものは存在しない」と主張する排中律《はいちゅうりつ》が存在する。限られた世界においては、これ（A）でなければあれ（非A）である。あれ（A）でもないこれ（非A）でもないもの、あれ（A）でもありこれ（非A）でもあるものは存在し得ない。しかし、もし世界が限られたものではなく、その世界の内なるものが行動するたびに開かれていくものであるとするならば、限られた世界においては存在不可能と思われたものが、その内なる者が行動するたびに困難を抱えながらもなんとか存在するものとなる。詩人とはその限られた世界の中で何が何だか分からないながらも行動し試行錯誤し世界を開きその外界を必死に感受しようと努力する者のことだ。逆に詩人がその感覚によって排中律に煩わされない世界を発見し感受することができるならば、その時、そのことによってこれまでの限られた世界が一挙に高次元の開かれた世界となる。》

八重氏は、「われわれが生きている現実はそれらをはるかに超えた無限多次元世界なのだ」とその重層的な世界観を語りかけてくる。そして「逆に詩人がその感覚によって排中律に煩わされない世界を発見し感受することができるならば、その時、そのことによってこれまでの限られた世界が一挙に高次元の開かれた世界となる」と、二者選択を迫り唯一の選択肢を迫る論理の不毛さや単一の世界観を乗り越える思考方法を提起してくる。アリストテレスの論理学の排中律が限られた次元では有効であるが、「無限多次元世界」では有効ではないことを指摘する。そんな排中律の限界を記しながらも、その限界を突破するような世界観を詩「醜悪の中で」で試みようとしているのだろう。

《ナザレの／イエスはキリストではない／キリスト抱いて人間にはりつけられた哀れな肉ぎれ／歴史は圧倒的な力なので　この世の場所の一切を／重い巨大な鉛の足で走りまわる／その足に蹴られ飛ばされ踏みつけられて／全身　感覚がまっ赤に灼《や》けて　煙《けぶ》りたつその焼傷《やけきず》からじりじりと／人柱《ひとばしら》がたちあがる／この世は天地を含めて鈍《にぶ》い暗闇《くらやみ》だが／ロッ骨の隙まを流れる血の網《あみ》がほのひかる》

八重氏は、現在の沖縄の置かれている情況の中で、「ムンクの正体不明の恐怖」を感ずる者たちを探し、「ナザレの／イエスはキリスト」に近しい存在者たちを見出しているのだろう。故郷の聖地のような自然やその生態系の生き物たちやその自然の恵みで生きてきた地域社会などを破壊されることに抗う人びとの肉体を、国家の視点では単なる「肉ぎれ」としか見ないだろうと八重氏は考えている。しかしその「肉ぎれ」にまで貶められて苛まれて苦悩の極限から「人柱がたちあがる」のような存在者たちを書き記す。

《歴史に加担し／ひとの心を司《つかさど》ると傲《おご》り昂《たかぶ》る／かんむりよ／神の代りとうそぶいて／ちびりちびりと恩顧《なさけ》をたらし　それに倍する／生血《いきち》を吸って／いつも変わらぬ／絢爛豪華なクリスマス　百の灯りに照らされて／海の底ひ／山の頂上　地平の果てから／ごっそり集めた脂《あぶら》の犠牲をうち喰《くら》い　口を歪めて舌なめずりの／うす笑い／踏みにじられた闇の奥では／飢餓にやつれた骨々がボロ布《きれ》の

身を垂れ胸打ち／クルシミマスと泣いている》

と同時にそれらの存在者たちを顧みることなく、自分たちの犠牲になってきた者たちを忘却して、豪華なクリスマスの夜を過ごし、キリストの精神を顧みることなく驕り高ぶる人びとの精神の有りように痛烈な批判を加えている。そのような人びとが支える権力は、次のように成り果てるのだ。

《恥ひとつない／あの　あさはかな無感覚のずぶとさで／闇に紛《まぎ》れ　欲望に塗《まみ》れ息を殺して危うく握った／殃星《まがぼし》よ　暴虐無尽の／無表情の権力よ／卑屈な笑いが花ざかり／吸血ポンプにうつつを抜かし／大地でさえも涸れ果てて／世界は滅亡の危機孕む／この闇雲のただ中で／卿《けい》らはいつまで躍るのか／ひとりひとりがただひとり／ひからび吊《つる》され重なり積もる苦い歴史に／釘打たれ／渇きと飢えの荊棘《いばら》にさらされキリスト抱いて浜に立つ／抗《あらが》いひりつき／咽喉《のど》も裂けよ　と／天涯衝《つ》いて迫《せ》り上がる／まっ白い人柱《ひとばしら》／（南冥の世はあらたまれ！）／（南冥の世はあらたまれ！）／さけびはさけびにこだまして／哀れではない　悲しみではない覚悟の上の／肉ぎれの／ナザレの／イエスはキリストだ

注1　イエス・キリスト＝イエスは個人名。キリストは旧約に由来する名称。「救世主」の意。／注2　防衛省は、現在建設中の辺野古米軍新基地に　自衛隊の「水陸機動団」が常駐すると発表。二〇一五年、米海兵隊と陸上自衛隊が極秘のうちに合意。普天間の負担軽減などは全くの「虚偽　詐謀《さぼう》　沖縄騙《だま》し　住民潰し」。辺野古のイエスたちが思われる。》

ついには「恥ひとつない／あの　あさはかな無感覚のずぶとさ」で、「暴虐無尽の／無表情の権力」は、自然の生態系の中の生き物や人びとの生き血を吸いながら、「大地でさえも涸れ果てて／世界は滅亡の危機孕む」ことに邁進しているのだろう。そんな日米両政府が沖縄で既成事実化している海上基地には、「ムンクの大絶叫」に呼応するように、「辺野古のイエスたち」が今も「さけびはさけびにこだまして」立ち上がり続いているのだろう。最終行の「肉ぎれの／ナザレの／イエスはキリストだ」という言説は、冒頭の「ナザレの／イエスはキリストではない」という当時の迫害から二千年以上が経ち、現代のイエスを透視する八重氏には、そのように大浦湾の辺野古で抗う人びとがまごうかたなくキリスト（救世主）と重なり神々しく見えてきたのだろう。また石垣島から発見された二万年前の人骨が「ひとつの影」となって、縄文・弥生時代のはるか以前から生物多様性を育んで続いてきた沖縄の記憶を読み取っているのだろう。

3

その他の詩篇の試みを少し紹介してみる。

詩「ある偏頭痛《へんとうつう》から」では、《赤い野心を（人々追いたて）成し遂げようと／軍隊や　誇大宣伝電波網や　宇宙を的《まと》の新武器や／核兵器なんかも拵えて　その見えない裏では／自分たちだけ　なんにもせずに　ねころんで／バランス・シートを見るばかり／プラスの方へ数字は倍倍《ばいばい》増すばかり　五十人で／世界の富の半分以上も食いちらかして残ったゴミはすぐ隣国《となり》へ／遠慮もせずに／ポイ　ポイ　捨てる／ほったらかしのゴミの山　プラゴミ海月《くらげ》ピリピリひかり／みんなで嘆く廃油の海よ／無責任な貪欲《どんよく》産業　無慈悲極まる金融連合／狭窄の吸血政府》と、破壊の止まらない世界の構造の問題点を辛辣に抉り出して、人類の目指した「欲望」がこのような「無責任な破壊」だったことを嘆き、「偏頭痛」が増してくるのだ。

詩「歴史の授業」では、《「先生！ほんとうに雲の上に神様がいたのですか」／もうひとりの誰かが質問する／先生は額《ひたい》に青筋たてて／「小学四・五年生のやわらかい頭にそれを徹底的に注入し…」／「誰も恐ろしくて笑わなかった」／「現在《いま》　その国定教科書を読むと　あの／時の国と国の指導者たちが　いかに狡《ずる》く企んだか／その企みのひどさと／ずうずうしさに　背筋が凍る…」》と、天照大神《アマテラスオオミカミ》の神話を真実のように教えて戦場に送った戦前の指導者たちの真の恐ろしさを子供たちに語り継ぐ。

詩「めでたい節《ぶし》」では、《第二尚氏の金丸《かなまる》が／第一尚氏から／王権を簒奪したのは紛れもない／事実である　その時／「物を呉れる人こそが我が主人である」と／並み居る臣下ことごとく／「オーソーレー」と金丸に従った／おおなんたる乞食根性の生誕よ／／簒奪は成功し／金丸は「王」を名乗る／（略）／こともあろうに／第一尚氏の宗主国《そうしゅこく》／「明《みん》」国に　自分は尚氏の縁者であるといつわったのである／それは自分の犯罪を隠蔽するには十分であったであろう／しかし　それは後々《のちのち》の琉球人の性格に決定的に影響した》と言うように、琉球王朝の第一尚氏と第二尚氏との連続は偽りであり、そのことを不問に付してきたことが沖縄人の精神性に悪しき前例になったことを指摘する。八重氏はその「物を呉れる人こそが我が主人である」という辺野古でも続く乞食根性を痛烈に抉り出すのだ。

このように八重氏は日本や世界文明の在りようにとどまらず、自らの沖縄が抱え込んだ精神史の根本的な問題点も批評精神によって浮き彫りにしていく。と同時にこの八重氏の沖縄人の歴史観への批判は、万世一系という天皇制の歴史観の偽りを直視しない多くの日本人に対して、真の歴史と物語の認識の違いを提起しているだろう。

その他の詩「始まるあいつ」では、「偽善と売名　支配欲」を捨てた「あいつのこころの真実」を凝視し、その後の詩篇でも八重氏の内面に宿る様々な他者たちの宿命を壮絶に書き記していく。

詩「カフカの手紙」では、「毒虫に変身し」ザムザの「鋭い悲鳴の奇跡」を物語る。

詩「見る人」では、「デカルトの千分の一の脳ミソ」と若き八重氏がユーモラスに自己の能力を嘆き「宇宙の底」を垣間見ようと志す。

詩「剰余系」では、「空海は空海を超えてゆく」、「日蓮のリズムは／髭文字だ」、「円空は鉈一丁で本願す」とその本質を直観し、「仏は剰余《あまりもの》にも果てしない」と仏の溢れるような多様性を八重氏は感受し、優れた仏教者の足跡からその神髄を辿っている。

詩「クロイツフェルト・ヤコブ氏（一八八五―一九六四）」では、《牛は動物なので　自分が動物であるための筋肉や骨や／脳髄をキチンと覚えている　そこへ／死んだ羊《ひつじ》の肉骨粉が飼料となって与えられ　それを食べると／おかしくなってしまったのだ／人間も同じく動物だから　人間の骨粉を食べると／おかしくなるに決まっている／それがいくら　何十年も石や泥や土深く埋《う》まったものであったとしても／例えば戦争で…／沖縄の南部激戦地の崖《がけ》や石や砂礫《されき》や骨の欠片《かけら》やいろいろ雑ざった／岩石土砂《がんせきどしゃ》を／辺野古新基地建設に　大浦湾の埋めたてに使用するという／人間に人間を食べろ　と言うのだ／それはすでに沖縄の優しい迷える人間たちの肉骨粉を腹の底まで／いっぱい食べて　強烈な／狂人となった／この国の遺伝的小児病的／権力者たち／その権力者たちの黄色い赤い痙攣《けいれん》的反応である／と／クロイツフェルト・ヤコブ氏は判断するであろうか「そうではなくて／権力者たちよ　それはあなたたちの／空っぽの頭の　極めて／恣意的　利己的な　他の人たちへの／想像力を全く欠いた愚かな行動です」》と、狂牛病を発見したヤコブ氏の言葉を借りて、辺野古新基地を南部の戦没者の骨の混じった岩石土壌までも使用する日米両政府の「愚かな行動」が、未来の人間の脳を破壊する行為だと予言している。

このような詩的想像力を駆使して「無限多次元世界」の観

点から恐るべき警告を発することこそが八重氏の詩作の最大の特徴だろう。

詩「逃亡者」では、「ジェームス・ジョイスは才能あふれる本物の逃亡者／二十数ヶ国の言葉を駆使し／この世にはびこるあらゆる価値のパロディー　イロニィー　うすら笑いで書き散らす」と言い、代表作「ユリシーズ」の中から「力、憎しみ。歴史。そんなものは男にとっても女にとっても／大事なものじゃない。侮辱や憎しみなんか。／本当に大事なものは／その反対のものだってことは、誰だって知っています。／――愛です。憎しみの反対ですよ。」とジョイスの真の願いを紹介している。

詩「発問」では、「人間は人間を超えられないのか」と自問し、「無責任累代《るいだい》重ねる醜悪極まる集合擬制　いつまでも暗い／ほろびの時が続くのか　やがて訪れる確実な／未来　そのまぎれもないほろびの時刻《とき》に／万人が万人に晒す万人ひとりひとりの／危機の頂点で／まひるまを研《と》ぎ赤い神経網を殺《そ》ぎその身のすべてをすてて／追い求めてきた苦《にが》い道行きの果て／ガリガリの惨骨《ざんこつ》となった／その哀れな姿を／全身　胸の深くに／抱きかかえることはできないのだろうか　人間は／／時空を突き破り透《す》きとおる　どん底のしずかな嘆きの／ピエタ」と言うように答えている。この詩は二番目の詩「醜悪の中で」の「ナザレのイエス・キリスト」に呼応していて、イエス・キリストの亡骸を腕に抱く聖母マリア像である「ピエタ」のイメージを心に焼き付けるように終わっている。八重氏はそのように苦悩の果てに癒しの可能性も暗示している。

詩「白色光」では、「われわれはすでに／何ものかによって発声されているのではないか」と直観し、《人々は呟《つぶや》き人々は語らい／労働と筋肉のうねりの中で／人々はみちみちた白い魂となって／声々を重ねて　その／「一《いっ》」なる何ものかを　合唱《うた》うたう／宇宙と人とが同時に／生きている／／何ものかの白い声がきこえてくる》と、いかなる圧政の下でも人びとは語り合い、「白い魂」を探し求め、宇宙とも交流していき、「白い声」に耳を澄ます「時」を見出そうとする希望を語っている。

詩「美しい街《まち》だった荒野を歩きながら」では、《（ほんの小さな欲望で）／核戦争は始まりました／灰が降りました／美しい街だった荒野をひとり歩いている》と、人びとの「小さな希望」を（ほんの小さな欲望で）愚かな支配者たちが核戦争を引き起こす未来を予言している。

最後の詩「危機《クライシス》」では、「燃えあがる　燃えあがる　燃えあがる　予感と不信が燃えあがる／ほのほの中に不安と恐怖が燃えあがる／／たった八十年にもならないうちに／第三次世界大戦勃発の緊張漲《みなぎ》る激しい空気／弾《はじ》くとビンビン音がする」と、不吉な戦争の足音を八重氏は聞き取り、「だが　しかし　人類は／目覚めるか／／一千万年の時　闌《た》けて　今　人類は／転変《テンペン》・全方位クライシスに立っている」と、仮に人類の英知があるなら核戦争を回避できるかを、ムンクと同じように戦争に向かう橋に佇んで足を止めて、すでに小さな猿から一千万年も経ち、若くない人類の一人である私たちがどのように行動するかを、粘り強く詩の中の豊かなイメージで問いかけてくるのだ。

　ロシアがウクライナに侵攻し、あまたのミサイルが街を破壊し、生物化学兵器や核兵器の使用も口外されているが、この戦争が始まる前にこの八重氏の原稿は送られて来ていた。その意味でも近未来を予言する詩集になっている。そんな石垣島から無限多次元世界の「時」を奏でる人の新詩集の十五篇は未来を創り出す上で学ぶべき価値がある。

死者のように生きて「呪われた詩型」を詠み続ける人

『新城貞夫全歌集』

『新城貞夫全歌集』が刊行された。五冊の既刊歌集と二冊の自選歌集、それらの既刊歌集に収録されていない短歌を集めた二千首を超える短歌が時系列に収録されている。また歌文集『アジアの片隅で』で戦後の琉球大学の学生歌人たちによる貴重な短歌が再録されている。新城氏の第一歌集『夏・暗い罠が……へんな運命が私を見つめている』を読み始めると、冒頭にマルクス・エンゲルス、キルケゴール、レーニン、ボードレールの選集類から言葉が引用されている。その中のキルケゴール選集からの言葉が、その後の新城氏の生き方や表現の根底を暗示する原点になっている言葉のように感じられる。その中でもキルケゴールの言葉に新城氏は特に呼応しているように思われる。

《お前が帰属するものへ　遁れよ、死者の仲間へ！／私は探し出すべきか／飢えた怪物どもを。あるいは、もはや穢れようもない死人どもを？　　キルケゴール選集》

この「お前が帰属するものへ　遁れよ、死者の仲間へ！」というキルケゴールの哲学的箴言を二十歳頃の新城氏は、直観的に自らの生涯を貫く言葉として歌集に引用していた。二十一歳の歌人がこの言葉に共感を覚えていたことは恐るべきことだと私には感じられる。「お前」とは新城氏の複雑な自他の入り混じった内面であり、新城氏のそんな内面の在りかは、沖縄・日本・世界などのこの地上のどこにも存在していなかったのかも知れない。一九三八年にマリアナ諸島のサイパン島に生まれた新城氏の「帰属するもの」とは、かつて存在した父母や仲間たちが存在した島であり、「玉砕」を強いられた島民たちである「死者の仲間」が住まう「死者の国」なのかも知れない。つまり新城氏にとって「帰属するもの」＝「死者の仲間」とは、この世のどこにも存在せずに喪失感だけを抱える重たい内面を抱え続けていることを表現する言葉の世界にしか存在していないのだろう。「私は探し出すべきか」とは、短歌の創作の中に想像力を駆使して「死者の仲間」を探し出そうと考えたのだろう。戦前に沖縄出身の父母は、サイパン島に農民の開拓民として移住し、新城氏と弟が誕生した。しかし一万五千人以上の多くの人びとは、一九四四年の六月から八月の米軍の攻撃で軍人たちと共に「玉砕」してしまった。* その中で新城氏と母と弟は奇跡的に生き残った。沖縄や日本を「遁れ」

て、どこかの「死者の仲間」の暮らす場所を「私は探し出すべきか」とキルケゴールの問い掛けに新城氏は応えて、「飢えた怪物どもを。あるいは、もはや穢れようもない死人どもを」というキルケゴールの言葉の中に、父や島民たちもまた無垢ではなく日本の南洋群島への南進政策に加担した、加害者としての側面も含めた全体像を見るべきだと暗示している。サイパン島などの南洋の島々の「玉砕」の悲劇は、一年後に沖縄戦の悲劇として繰り返されていく。新城氏と同じように自分の居場所は死んでいった人びとの暮らす場所だと思い続ける人びとが今も数多く存在するだろう。その意味では新城氏にとってキルケゴールの箴言は、当時は最も内面に響いてくる言葉だったに違いない。二〇一八年に刊行した『妄想録　思考する石ころ』の中にサイパン島でのことを記した箇所があるので、引用してみる。

《怖いよ、と弟は云った、／死にたくないよと、私は云った。それで母は岬から身を投げることを思いとどまった。／三歳と五歳の時である。一九四四年八月、サイパン島。その後、／バンザイ・クリフと呼ばれる。／その時、母は今帰仁《なきじん》・今泊《いまどまり》語《ご》で「あんちゃや、ならんむん」と／思った、という。生きると決めたのである。》（8「死にたくないよ、と私は云った」より）

「怖いよ、と弟は云った、／死にたくないよと、私は云った」という子供たちからの極限の生を促す言葉を聞いた母は、「バンザイ・クリフ」からの親子の身投げを断念した。しかしこの極限の体験によって新城氏の深層には、五歳の時に一度自分は死んでしまい、そこから生還してきたという死者の眼差しを獲得されてしまったようにも思われる。次の第一歌集「自序」の言葉で新城氏はそのキルケゴールの言葉を受けて次のようなアフォリズム的な言葉を自己の文体として書き記している。

《僕にとって生とは、悦楽的にまた華麗なる死を語ることにほかならない。そうでないかぎり、僕らの生はまた一種の虚偽にすぎまい。死はまた出発でさえありえよう。／／呪われた詩型、だが世の多くの歌人たちはまだこの詩型以上には呪われてはいまい。呪われた画家あるいは呪われた詩人たちを、まだ歌人は一人ももたない。／／現代のわれわれは、すべて夭逝していながら、いまなお一人の夭逝歌人をももちえてはいない。ヨーロッパでは一九世紀すでにキルケゴールを世に送り出していながら。／／僕の敬愛する思想家は、フォイエルバッハにキルケゴール、そう、私とは自己にあって一個の他者にす

ぎず他者のなかにあっては自れの汚れた傷口を見るしかできない。》

新城氏にとって自己存在とは、「悦楽的にまた華麗なる死」を起点にして、生を生きようとすることだったのだろう。また死者のように生きるために「呪われた詩型」が必要であり、「呪われた画家あるいは呪われた詩人たち」が存在しているのなら、自らを「呪われた歌人」として擬しているかのようだ。そのためには新城氏は「私とは自己にあって一個の他者にすぎず他者のなかにあっては自れの汚れた傷口を見る」というあたかもランボーの見者のような徹底した他者の視線を内在化させていったのだろう。このような新城氏のような戦後沖縄の歌人を生み出していった背景には、沖縄人の計り知れない悲劇を「黒い罠」として検証していこうとする強い精神が存在していた。この第一歌集『夏・暗い罠が……』第二部「夏・暗い罠」五十首は一九六二年の「第八回角川短歌賞次席」だった作品群だ。今回の全歌集でその五十首を読むことができる事は、とても意義深いことだろう。その前に冒頭の第一部「夏祭り」から五首を紹介したい。

　工作者の喉も銅色に渇くべしわれの死あるいは詩に近きかも
　鎮魂歌ひびくは母の胸うちぞ晩夏を海に瑕ただよわせ
　夏装う亡父《ちち》よ祝宴《うたげ》ぞ火口湖に蝕像貢ぎて飛翔せる蝶
　自らを庇う構えに哭きながら落暉のかなたなる父らの死
　硬直の死なお若し海に貝殻の飾り鏤め未知なる革命

「夏祭り」の冒頭の「工作者の喉」という短歌では、「工作者」をキルケゴールの言う「単独者」という意味合いで一人ひとりの固有の時間を生きる実存的存在として使用しているように思われる。そこでは己が生きて死ぬことは、一篇の優れた詩を書くことに匹敵することでもあると感じている。「工作者」とは「呪われた歌人」を意味しそれを言い換えたのかも知れない。

二首目の「鎮魂歌ひびく」は、「母の胸」の「瑕」が決して消えることなく、サイパン島のバンザイ・クリフの海に漂っていることを思いやっている。

九首目の「夏装う亡父《ちち》よ」という短歌は、サイパン島での民間人を巻き込んだ戦闘を「夏祭り」であり「祝宴」でもあると逆説的に語ろうとする。幼い頃にそれに遭遇した自分の内面は、父や仲間たちを失った計り知れない怒りを秘めた「火口湖」であり、そこには、破壊された肉体を「蝕像」に喩えてそれが内面に貢がれるようにやってきて、「火口湖」という怒りの内面を通過すると、蝶に変身して飛翔していくという不可思議なイメージの短歌を作り出した。

十五首目の「自らを庇う」という短歌は、たぶん五歳の時の徴兵された父や仲間が亡くなったことをサイパン島の落日と重ねてその悲しみを刻み、また父の存在をはるか彼方に憧れ続けてきたことを物語っている。

四十四首目の「硬直の死」という短歌では、死者たちを讃える貝殻で出来た飾りによって海が若返り、海は「未知なる革命」のエネルギーを生んでいると物語る。新城氏は死と再生が同時に語られるような短歌を書かざるを得なかったのだろう。

「角川短歌賞次席」になった第二部「夏・暗い罠が」五十首の中で、心に刻まれる五首を引用してみる。

高らかに勝利の歌を吐くばかり詐称の党は血の意味知らず
密閉地にひとりの思想を願いつつ焔に燃えて明るし銃口
学連旗阻みし党を呪い来て暁《あけ》に息子の暗き〈生誕〉
田舎教師となりて一生《ひとよ》を終るとも革命に似て茜雲去らず
ああ革命、喰いつぐ奴ら憤《いか》りつつ六月の死は美化されやすく

これら短歌が書かれた一九六一年は日米安全保障条約改定にともなう「安保闘争」が歴史的な出来事となった。この条約には沖縄を統治する「日米地位協定」が含まれていたので、新城氏のような学生もまた大学の「学連旗」をなびかせて学友たちと反対活動をしていたことは当然なことだったろう。そのただ中で新城氏は学生運動を利用したりその活動を阻もうとさせる政治団体を、敗北しているにもかかわらず「勝利の歌を吐く」ことに「詐称の党」と断じている。そしてかつて子供の頃に体験した戦うことの悲劇である「血の意味」を分かっていないと、当時の政党の欺瞞を明らかにしている。そんな政治に関わった絶望感からこれらの短歌は「息子の暗き〈誕生〉」として次々に表現されていった。その時に最も新城氏の思想哲学を代弁してくれたのがキルケゴールの単独者の「ひとりの思想」であったと思われる。そして新城氏の中での自己の「革命」は「田舎教師となりて一生を終る」ことであると了解し人生を透視していたことだろう。そして本当の「血の意味」に立ち還りながら一人の表現者として短歌を詠い続けてきたのだろう。その闘いの足跡が「夏・暗い罠が」から始まりこの

『新城貞夫全歌集』として結実された。
最後にその後の短歌から私が選んだ心に刻まれた作品を挙げておきたい。

『夏・暗い罠……』三部より二首
冬風に胸中洗いてわが賭けし〈一切あるいは無への自由《リベリテ》〉
キリストの納棺の釘を打つ運命《さだめ》、二十世紀より脱出したし

『朱夏』より三首
なにゆえにわが倭歌《やまとうた》に依り来しやとおき祖《おや》らの声つまづける
にっぽんの心を変うる企てにうたのありかをわが探り来し
あきつ島やまとの国の滅亡を悪鬼の貌してわが見届けん

『花明り』より三首
不意にわが背後をおそう声ありき啓示と呼べばあまりに暗き
父去りしのち空漠に在る母の植えし水仙匂うゆうやみ
凄じくくらき正午のニーチェなれひらく他なし狂気の花よ

『ささ、一献火酒を』より三首
堰を切ってわが優しさの溢るれば暗き予兆のごとく降る星
きりぎりす翅ふるわせて鳴くを聴くかく寂しくも人の世に在る
われは火の詩歌を病むにあらねども酔いどれて霧の街を漂う

『Café de Colmar で「フォアグラを食べに行かない？」と妻が言う』より五首
青史に名を留むる勿れアキヒトを刺せと若者ののこす花言葉
福島以後
ズズズズ　スズズズズズ　ズズズズズ　山河し美し　ずたずたに裂く
ちっぽけな島、サイパンにもフランスがある
やすらぎのひとときならずふた時を Café de Colmar に物思いけり

ことば信仰。最近では詩人までが「言葉の力」という迷信
を信仰しているらしい

さらさらと風にさらさら晒されて幾星霜を経て　父の
墓

わが家から一五〇〇メートルほどの所に基地がある
サイパンを広島、長崎、Fukushimaを言わず詠わずま
して普天間

日本が一九一四年の第一次大戦に参戦しドイツ領の中国の青島や南洋の島々であるマリアナ諸島のサイパン島をその年の十月に占領したことにより、三十年後の悲劇が始まった。* そのサイパン島に生まれ家族と暮らしていた新城氏だからこそ物語ることができる多様な観点が存在している。「無への自由《リベリテ》」、「二十世紀より脱出」、「倭歌《やまとうた》」、「にっぽんの心を変うる企て」、「やまとの国の滅亡」、「啓示と呼べばあまりに暗き」、「母の植えし水仙」、「狂気の花」、「暗き予兆のごとく降る星」、「きりぎりす翅ふるわせて鳴く」、「火の詩歌を病む」、「アキヒトを刺せ」、「Café de Colmar に物思いけり」、「ずたずたに裂く」、「父の墓」、「サイパンを…言わず詠わずまして普天間」などの新城氏の予兆に満ち、問いの激しさを秘めた言葉は、どこか日本と刺し違えるような覚悟で書かれてきたようだ。逆説的にいえばこれほど日本に対して愛憎をもった他者の眼差しで、日本語の文芸の原点である短歌「呪われた詩型」を自由に詠い続けてきた歌人はいなかったのではないか。そんな新城氏の全歌集を沖縄と日本との関係を根源的に考えようとしている人びとに読んで欲しいと願っている。

＊仲程昌徳『南洋群島の沖縄人たち　附・外地の戦争』（二〇二〇年刊、ボーダーインク）参照。

モクマオウの根元から神話的イメージを紡ぐ人
下地ヒロユキ詩集『読みづらい文字』

1

宮古島に暮らす下地ヒロユキ氏の詩は、一読すると不可思議な謎が残り、見知らぬ言葉が私たちの深層に迫ってくる詩篇で、いつしかその言葉の世界を通して沖縄・宮古島に降り立つことになる。そんな下地氏の第三詩集『読みづらい文字』が刊行された。この詩集を紹介する前に第一詩集『それについて』と第二詩集『とくとさんちまて』に触れておきたい。第一詩集『それについて』は二〇一〇年に刊行されている。その冒頭の詩「一本の樹（亡き父へ）」を読めば、下地氏の詩作の原点が分かる。

一本の樹（亡き父へ）

（あれはモクマオウ）／幼い私に／父が指さした　その先に／一本の樹／校庭の奥の方／幼い眼には天にも届く／一直線に毅然として立つ／その梢は／天空のプラーナを／何者よりも深々と呼吸する／その姿は／その日以来／いつでも見るたびに／その形　その色　その幹　その根／その枝　その葉　その樹皮／その木陰　その記憶／それらすべてが／父として／父そのものとして／立ち現れる／シベリア――／荒涼とした凍土の大地／強制労働　飢え　恐怖／孤独　絶望／人の生と尊厳を踏みにじる収容所から／そのすさまじい冷気の底から／それでもなお／生きて生きのびて／渡り鳥の持つ／正確無比な帰巣本能のように／暖かい宮古島まで／帰って来た／父よ／しかし日常は／あまりに非情な／生の年月・・・／神以外のあらゆるものを失い／・・・・・・・。／今ようやく／生命《いのち》という火の最も深い場所へ／火の源へ／還って行った／私に発火した日のように／またいつか／新しい火として／その源から／立ち現れる／（あれはモクマオウ）／幼い私が／父から教わり／初めて憶えた／一本の樹の名前

この詩は亡くなった父を偲んだ鎮魂詩ではあるが、戦前・戦中・戦後を生き抜いた一人の沖縄人の父の魂が、「モクマオウ」を通して子である下地氏に引き継がれていくことを神話的に物語っている。「（あれはモクマオウ）」と子に樹木の名を教える父の言葉によって、下地氏は初めて「モクマオウ」（木麻黄）の存在を発見する。「あれ」は「モクマオウ」という言葉に名付けられることによって、以前にも眺

めていたはずだが、初めて下地氏はその存在を認識することが出来たのだ。言葉の存在喚起機能を伝えてくれた父は、日本国家に徴兵されて戦後もシベリアに抑留されてしまい、酷寒の地で「強制労働　飢え　恐怖　孤独　絶望」の中を生き延びて帰還した。きっと南国の父は、寒さの中で「モクマオウ」の姿を想起しながら「生命のエネルギー」を得ていたのではないかと、下地氏は告げているようだ。「その梢は／天空のプラーナを／何者よりも深々と呼吸する」と語るように、「モクマオウ」には「天空のプラーナ」という「生命のエネルギー」が天空から注ぎ込まれていると感ずるのだ。「モクマオウ」という言葉は、「一本の樹」であり、戦争や戦後の家族を支えて生き抜き死んだ「父」の存在そのものだったろう。その「父」は「今ようやく／生命《いのち》という火の最も深い場所へ／火の源へ還って行った」という。この父を悼む言葉は最も美しい鎮魂歌となっている。と同時に父の死よって父の「生命のエネルギー」は「新しい火として／その源から／立ち現れる」のだ。それは「モクマオウ」という言葉によって下地氏の「生命《いのち》という火の最も深い場所へ」響き渡っていくのであろう。

　第一詩集『それについて』二十七篇は、山之口貘賞を受賞したそうだが、下地氏の身近な存在者や存在物が言葉を持っていることへの驚きであり、言葉を持っていないが確実に存在して声を発しているものたちへの驚きと応答の詩群である。詩「平良《ひらら》第三埠頭（不可知の声）」では「埠頭の静けさと／心の沈黙が／まるで何かの似姿のように／雲間からの／淡い光に／ぼんやりと照らし出されていた」のだ。詩「大野山林（魂のポリフォニー）」では、「林の奥深くで反響するのは／魂たちのポリフォニー／かつて地上で肉の身をもち／土と草を踏みしめ歩いたものたち／無限の過去の彼方から／うねりながら　わきあがり／うずをまき　おしよせる」。そんな固有名の存在が豊かに反復されて、静かな祈りの言葉でありながらも、心を掻きむしるような多様な存在の「魂のポリフォニー」（魂の多声音楽）が立ち上がってくる。下地氏は沖縄・宮古島の詩人ではあるが、「神以外のあらゆるものを失い」死んで行った父から促されていて、確かに存在の意味を問い続けている存在論的な詩人であるだろう。「それについて」とは「モクマオウについて」とも言えるし、「存在について」とも言い得て、様々な解釈を読者に委ねる普遍的な問いを発していたのだろう。

2

　第二詩集『とくちさんちまて』二十六篇は第一詩集の翌年の二〇一一年の東日本大震災の年に刊行した。多くの詩篇は第一詩集と同時期に書かれていたらしいが、震災後の詩「深みの底で／――三月十一日への鎮魂――」は東北の浜通りの人びとを悼む心に残る詩篇ではあるが、私には海底に眠る死者たちと同時にいつか死すべき人間たち全ての幸いを祈っている精神性の高さを感じるのだ。

深みの底で―三月十一日への鎮魂―

その日　突然／夥しい数の人々が消えた／連なる山塊と化した黒い海に消えた／人が眼にする初めての海だった／もう人々の姿を／この眼で見ることはできない／互いの想いを／確かめ合うことはできない／あまりにも多くの悲しみが／生き残った人々に降りかかる／かけがえのない思い出が／むしろ今は悲しみを増幅する／消えた人々の無念の分まで／彼らは背負わなければならないのか／天災は場所を選ばない／人を選ばない／すべては善悪の彼方からやって来る／すべてを善悪の彼方へと連れ去る／容赦なく奪い去る／無慈悲に奪い取る／残された人間の言葉は凍死する／天災のまえで人はなにを想えばいい／凍死した言葉を抱きしめながら／ひたすら耐えるだけなのか／今はただ／視つめるまなざし以外／何が残されているのか／せめて／消えた人々の／魂の在所だけでも知りたい／決してぶれないまなざしで／視つめるまなざしの／その行き着いた先で／引き裂かれれば／引き裂かれるほど／なおさら会いたい／懐かしい人々の姿が／手の届かない／声の伝わらない／はるかな暗黒の深みの底で／重い足どりのまま渦巻いていたとしても／それでも　ぼくは信ずる　いや祈る／その深みこそは／あの慈悲深き／大いなるものの深みであることを／生の終わりが悲劇に見えても／魂は常に／その深みの底で安らぐことを

本土の人びとは、沖縄への侵略の歴史的事実や基地によって危険にさらされている現実を直視しようとしないで、沖縄の問題を他人事のように見なしているところがある。戦争の終結も戦後の繁栄も現在においても沖縄の人びとを犠牲にして成り立ってきた。ところが下地氏のこの詩では東日本大震災で亡くなった東北地方の人びとを隣人や親族のように感じていることが伝わってくる。「かけがえのない思い出が／むしろ今は悲しみを増幅する／消えた人々の無念の分まで／彼らは背負うわなければならないのか」というような、残された人びとの「引き裂かれるほど／なおさら会いたい」という想いに共感し、「引き裂かれた人びと」に寄り添おうとしている。そして「懐かしい人々の姿」

が「はるかな暗黒の深みの底で／重い足どりのまま渦巻いていたとしても／それでも　ぼくは信ずる　いや祈る」のだ。さらに「その深みこそは／あの慈悲深き／大いなるものの深みであることを」信じて祈ろうとする。震災で未だ行方不明の「消えた人々」はまだたくさんいる。その家族や友人たちの想いを下地氏は代弁するかのように「魂は常に／その深みの底で安らぐことを」願っている。仏教の「慈悲深さ」とはきっとこの詩に流れている精神性だと私には感じられた。

その他の詩「六月の雷雲」では、「モクマオウの林は／無言のまま立ち尽くしている」のだが、時に落雷に遭う。すると「ぼくの体の芯で育まれている原初を／一文字に引き裂き／炭化部は／また一つ増えた」という。すでに下地氏は体を「モクマオウ」のように感じて、外部から受けた衝撃も自らのものとして感じ始めているようだ。詩集タイトルの詩「とくちさんちまて」は「得度山寺まで」の意味で、夢の中ではぐれてしまった妻が書き残した場所に行きたいのだが、どう行ったらいいのかわからない。しかしそれは「ゆっくりゆっくりと神の居場所の地図」に変貌していくのだ。きっと下地氏はこの詩をあの未曾有の大震災を経なければ書き記すことができなかったろう。家族が生き別れになる焦燥感を「大いなるものの深み」に解放しようとしている。

3

今回の第三詩集『読みづらい文字』は二篇の長編連作詩と三篇の短い詩から成り立っている。冒頭の詩「朝のさんぽ」では、下地氏が「モクマオウ」を見に朝の散歩に行こうと歩きだすと、日頃の風景が一瞬で変り異界が次のように現われてきて自らもそのただ中に置かれるのだ。

朝のさんぽ

朝のさんぽはすがすがしい。休日ともなればなおさらだ。いつもの浜辺へと向かう。

いっぽ、にほ、さんぽ・・・両足に激痛が走る。見ると膝から下が無い。どっと倒れ込むと両腕だけで身体をひきずり、潮の香りに満ちた浜辺に辿り着く。砂浜に身体を横たえ、朝の静かな白い海を眺める。微風ひとつない凪の海。

急に昨夜のことを思い出した。深夜、金縛りと息苦しさに目覚めると胸の上に足が乗っていた。膝から上は漆黒の闇で何も見えない。痩せ細り傷だらけの両足だけが私の胸を押し潰していた。あの足には見覚えがあった。何度目の足かは覚えていないが確かに私の足だった。あの足で戦場を駆け回っていた。いや、逃げ回っていたのかもしれない。頭の中は敵のことなど何一つ考えていなかった。遙かな故郷の妻と産まれたばかりの息子のことだけを考えていた。

「会いたい・・・」

浜辺のそばの小さな岬の奥。モクマオウ林の最も大きな樹の根元に、私だけの秘密の墓をこしらえてある。そこを掘り返すと何千年、何万年分、かつて私のものだった足たちが眠っている。私の愛しい無数の足たち。私はその中から比較的、痛みの少ない両足を探し出すと、とりあえず装着して立ち上がった。年に一度、その墓に花をたむけ香を焚き、立ち昇る青白い煙を眺めていると、その時だけは過ぎ去った日々に胸の潰れる思いは薄れ、とても満ち足りた気分になれるのだ。すると、私を囲み輪になった足たちは歌いだす。

「ヨオンホヨオンデクル　ヨオンホヨオンデクル*・・・」

補足＊「ヨオンホヨオンデクル」→「よんほよんでくる　よんほよんでくる」という意味。亡霊たちは、か細くささやき、訛りが強く文字にすると読みづらくなる。

下地氏はいつものように朝の散歩に「いっぽ、にほ、さんぽ・・・」とでかけると「両足に激痛が走る」し「膝から下が無い」ので、四歩目が無くなってしまった。仕方なく両腕で「浜辺に辿り着く」のだ。そこで「朝の静かな白い海を眺め」て、昨夜の金縛りにあった胸を圧迫していた自分の両足を思い出した。すると戦場で逃げまどっていた兵士の足が自分の足のように思えてきて、故郷の妻子のことを想起する。この不可思議な自分の足を喪失すると、その代わりに兵士の足が自分の足のように思えてきて、いつしか戦場の父の思いへと成り代わってしまう。

さらに足を探しに「モクマオウ林」に行き、樹の根元を掘り返すと「何千年、何万年分、かつて私のものだった足たちが眠っている」のだ。その中から「痛みの少ない両足を探し」て、立ち上がると、その他の足たちが、「ヨオンホヨオンデクル　ヨオンホヨオンデクル・・・」と訛りの強い方言で囃し立てるのだ。まさに「読みづらい文字」となって読者に四歩目が呼ばれてくるのだ。「四歩」とは、例えば「戦争体験の記憶」の継承を暗示しているのかも知れないし、沖縄の「何千年、何万年分」の先祖の足跡であるかも知れない。下地氏の詩の特徴とは、自分の足を無くすことによって、逆に自分以外の他者の足の記憶も想起させしまう想像力で詩を構築させようとしているところだ。その意味では存在の危機からの切実な問いが深まっていき、その問いに誠実に解答しようとする神話的な物語が独創的な詩に転嫁されているように感じられる。

その他の「異貌論《いぼう》」八篇、「蝶形骨《ちょうけいこつ》」について、「時空論」十二篇、「ある喫茶にて」においても、日常や世界の歪みから異界が現れてその異界の光景が私たちの常識を覆し、いつの間にか読み手も「異貌」をした異界の住人に憧れてしまうような新しい神話的な体験をさせてくれる。その意味で下地ヒロユキ氏は沖縄・宮古島の「モクマオウ」の根元や暗黒の深みなどから、十万光年へと通ずる言葉を汲み上げて、言葉の存在喚起機能を最大限発揮して、神話的イメージを創り続ける言葉の冒険者であるだろう。そんな魅力的な宮古島の詩人の詩篇を全国の人びとに読んでもらいたい。

沖縄人の「言の葉」の深層を掬い上げる人
与那覇恵子詩集『沖縄から　見えるもの』

与那覇恵子氏は詩人であるが、沖縄の名桜《めいおう》大学で長年英語科教育の教員を務め、「英語教育に活かす通訳技法とディベート実践」などの講義をし、世界的な視野を持った現役の英語教育のスペシャリストだ。またこの十年近くの間に「沖縄タイムス」や「琉球新報」の「論壇」の記事で、与那覇氏は基地問題が引き起こした様々な問題点を正視して、その背景の日米同盟が沖縄に課し続けている、憲法の精神に抵触する差別の本質を、論理的に忌憚なく指摘してきた。私は文芸誌「非世界」や「南溟」でそれらの批評文の再録を読んだ後に、与那覇氏の公的言語は、米軍兵や米軍による直接の被害者への痛みや悲しみを背負って語られていて、沖縄の民衆の基層からの止むに止まれぬ声を代弁するものだと強く感じていた。また同じ雑誌には与那覇氏の詩篇も掲載されていて、その詩的言語は沖縄の苦しみや悲しみを通して、沖縄の逞しさをも表現しているという印象を抱いていた。そのような論理性と深い本情の両方に通じた与那覇氏が、今回初めての詩集『沖縄から　見えるもの』を刊行された。

詩篇全体を拝読した際に強く感じたことは、沖縄という場所の暮らしや歴史・文化を背負いながらも、私たちの中に秘められた根源的なことを自らに問いかけて、それをとてもシンプルな言葉で伝えてくれる誠実さだった。沖縄の詩人でありながらも、世界と交流する個人であり、さらに普遍的な人間存在を見詰める根源的な問いを発する詩人である与那覇氏の内面の葛藤が、強くリアルに感じられる生き生きした詩篇群になっていると考えられた。

詩集全体は三章に分けられていて、I章「言の葉」十二篇は、与那覇氏の詩的言語論を内面からあふれ出てくるような芸術的な言葉で語っている詩群だ。章タイトルの詩「言の葉」の一連から五連を引用してみる。

それは　いつも弱い者の味方／という訳ではない／／正しいけれど弱い者の／震える口元には　無く／／強いけれど　正しくない者の／巧みに繰り出す数々が／矢のように　人を刺す／／正しくないけれど　強い者の口元から／次から次へと　あふれだし／音を立てて／人の上に　降り積もる／／肩をいからせて　正しいことを主張する／正しくない者の　言の葉は／公廷に引き出された真実の／光る涙を　覆い隠す

（詩「言の葉」の一連から五連目まで）

与那覇氏は「言の葉」という「正しいけれど弱い者の／震える口元」から、もしくは「正しくないけれど　強い者の口元」から発せられる二種類の「言の葉」があるという。前者が個人言語であるなら、後者は公的な言葉であるだろう。公的言語は個人言語を発せざるを得ない真実を伝えようとする「光る涙を　覆い隠す」ことをしている。「言の葉」は本来的な真実を伝えようとする機能を邪魔するような、真実を覆い隠そうとする機能を持っているのだと指摘している。そして詩「言の葉」の最後の二連は次のように続いていく。

だから　私達は／耳を澄まさなければならない／目を凝らさなければならない／／弱々しく口ごもる真実を／黙って耐える真実を／言の葉の枯れ葉の下から／拾いあげるために

（詩「言の葉」の最後の二連より）

それゆえに詩を書く者たちは、その「正しいけれど弱い者の／震える口元」に成り代わって、「弱々しく口ごもる真実」が宿されていて、「言の葉の枯れ葉の下から／拾いあげるために」、使用されるべきだと個人言語を発する不屈の精神を物語っている。これは与那覇氏の実践的な詩的言語論であり、この詩を冒頭に配置することによって、読者に言葉の本来的な働きとは何であるかを、「弱々しく口ごもる真実」とは何かを、この詩集で読者に発見してもらいたいと願っているのだろう。「言の葉」は公的な言語と個人言語の二つの層に分かれているが、個人言語による人間社会の歪みがもたらす深層を明るみに出す、言葉の浄化作用のような機能の重要性を指摘している。

次の二番目の詩「出会い」では、「惚けて／口を　開けた／突然　降ってきた／その言葉の美しさ」というような、無心になって「言葉の美しさ」に向き合うことの大切さを告げている。三、四番目詩「私Ⅰ」、「私Ⅱ」では、「ひとりの　小さな／私と　出会う」というような「小さな自己」を他者として客観視して、世界の中の他者と出会って行こうとする与那覇氏の開かれた詩的精神の特徴を表している。五、六番目の詩「待つⅠ」、「待つⅡ」では、「心が干上がっている時は／ぱさぱさ　乾いているときは／待つしかないではないか／降ってくる言葉を」、と詩的言語が苦悩し枯れていきそうな「小さな自己」を超えて、異次元の彼方から降ってくるようなイメージの広がりを感じさせてくれる。この冒頭の六篇で与那覇氏の詩的言語論を明示することによって、一挙にその詩的世界に引き込まれていくだろう。さらに七番目以降の「めざめる朝に」、「今日」、「日常」、「ブレック・ファースト」、「実存主義」、「陽の落ちるまえに」、「コーヒー・タイム」、「タイムラグ」は、朝から夜の入浴までの「日常」の濃密な時間を詩で語らせている。

Ⅱ章「沖縄から　見えるもの」十二篇は、沖縄の感受性を示すことによって本土の日本人の感受性とは全く異なる他者がいることを気付かせてくれる詩篇で、今回の詩集の最も重要な章と言えるだろう。

冒頭の詩「沖縄の夏」の冒頭の二行「空が　あまりに青いので／哀しみは　冴え渡る／／雲が　あまりに白いので／寂しさは　もくもくと広がる」と沖縄の夏の悲劇が今も続いていることを物語るが、けれども「先生、それでも私は／生きているよ」と沖縄人の誇りや逞しさを暗示させている。

二番目の詩「夏の日」の最後の二行「小さな島は　今日も／大きな海に　向かいあっている」という観点は沖縄の現実の在りようを語っている。そして三番目の詩「沖縄から　見えるもの」は、詩集のタイトルになった今回の詩集を象徴する意味と響きを持った詩篇だ。冒頭の四行「この海は／だれのもの／この海は／だれのもの」という詩行は、沖縄人から根本的に問われ続けているにもかかわらず、その問いは戦後七十年以上を不問に付してきた日米両政府や本土の多くの日本人たち対してすべてはお見通しだと語っているかのようだ。「沖縄からは日本がよく見える」という詩行の意味は、異国であった他者の視線だから、本土の日本人たちが沖縄に来てもらえるならば、日本という国や日本人の意識が相対化されて、沖縄の実相や東アジアを通して世界も良く見えるだろうと語っている。

四番目の詩「東京のビジネスマン」は風刺や批評性が効いていて、とても魅力的で面白く、与那覇氏しか書けない名作だろう。その後の詩「今朝の日本」、「仰ぎ見る大国」、「ハワイそしてオキナワ」、「待合室」、「ヘイトスピーチ」、「米軍車両にいた人」、「ウチナーンチュ」などによって、本当に「沖縄から日本がよく見える」ことが実感されると思われる。最後に詩「決意」の「この島が　この国を変えるしかないと」という認識を、私を含めた本土の人びとに突き付けている。

そしてⅢ章「存在の悲しみ」は、他者や世界に向けてそれらの存在の悲しみについて、自己の悲しみを通して表現した詩篇だ。冒頭の詩「存在の悲しみⅠ」、次の「存在の悲しみⅡ」、三番目の詩「ソウルの夏」はいずれもホームレスという社会が生み出す存在の悲しみを扱っており、とても難しく避けてしまうことに果敢に挑戦している与那覇氏の試みは、高く評価される。そんなⅢ章は他者の「存在の悲しみ」から始まり、日常の危機感や世界の悲劇へと向かって行き、繊細でありながらもスケールの大きな詩篇が特徴だ。Ⅰ章、Ⅱ章を経ているので、内面を通した切実な社会性のある詩篇群が自然に内面に届くだろう。

この詩集『沖縄から　見えるもの』には沖縄人の「言の葉」の深層と対話し、今も続いている基地問題を抱える暮らしや、それでも生きる誇りなどが掬い上げられて書き記されている。そんな詩集はきっと本土の日本人たちをより広い他者の視野に立たせて、沖縄人の魂マブイと共存することの真の豊かさを感じさせてくれるだろう。

沖縄の戦中・戦後を凝視し
その真相を語り継ぐ人
玉城洋子歌集『儒艮（ザン）』

1

糸満市に暮らし紅短歌会を主宰する玉城洋子氏が第六歌集『儒艮（ザン）』を刊行した。玉城氏との初めの出会いは合同歌集の短歌を通してだった。二〇一六年二月下旬に那覇市で開催された日本現代詩人会沖縄ゼミナールで出会った歌人から、二〇一二年に刊行された紅短歌会合同歌集『くれない19』を戴いたことは幸運だった。その合同歌集には二十九名の歌人が参加されていて最後に玉城洋子氏の「ジュゴンの祭り」五十首を読むことができた。それらの短歌には玉城氏の今回の歌集のⅠ「ザン」の二番目の歌〈その昔人魚の声の語らひに辺野古の海のジュゴンの祭り〉が収録されている。玉城氏の短歌は「儒艮《ザン》」の神話を詠み込み、さらに沖縄戦で亡くなった父の面影や壕で玉城氏を守り戦後も逞しく生きた母との家族詠であり、同時に戦争詠でもあり、米軍統治下で数多く起こった軍用機落下事故や暴行事件などの社会詠などが詠み込まれている。その他にも沖縄の花々と樹木や暮らしを通した自然詠や他国の他者を思いやる短歌も収録されている。

玉城氏は、略歴では一九四四年に中部のうるま市（旧石川市）に生まれ、沖縄戦では母と壕の中で命をつないだことを作品にも垣間見る。一九六七年には琉球大学を卒業し沖縄の各地の高校で国語教師を務めて二〇〇五年に定年退職をされた。南部の糸満高校に赴任したことがありその縁で結婚をされ糸満市に現在も住み着いているのだろう。糸満市は「ひめゆりの塔」や「平和の礎」があり沖縄戦の悲劇の場所であり、沖縄戦の痛切な鎮魂の場所であり聖地でもあるだろう。玉城氏は当時は赤子であったが、自らが沖縄戦の当事者であるという意識を父や母から引き継いでいるように強く感じられる。

2

今回の歌集『儒艮（ザン）』は三章に分かれていて、四一三首が収められている。玉城氏の短歌の特徴は、ジュゴンがかつて「儒艮《ザン》」と言われていた島言葉《しまくとぅば》と共通語の二つの言葉を重ね合わせて、沖縄の土俗詠から神話的な世界を豊かに甦らせようとしていることだ。

Ⅰ章冒頭の「ザン」は次の短歌から始まる。

人魚の歌聞こえて来たり若者が下ろすザン網のたゆたふ波間

かつて「儒艮」は沖縄から九州南部の海に数多く生息していたが、人間の欲望のために絶滅危惧種になってしまった。「辺野古」のサンゴの餌場に生息していた三頭の「儒艮」のうちの一頭は亡くなり、後の二頭も近頃ではその生存は確認されていないと言われている。かつての漁師の若者が「儒艮」漁をしながらその鳴き声を「人魚の歌」だと聴き取ってしまい、その「儒艮」に恋心を抱いてしまったことを「たゆたふ波間」と表現したのだろう。

昼餉とるジュゴンの海に真向かへばふるさと恋し乙女子の夢

エメラルド輝く海をジュゴンの遊ぶ詩歌伝へし大浦の波

Ⅰ「ザン」十三首の中のこの二首の「昼餉とるジュゴンの海」や「エメラルド輝く海」では、「ジュゴン」のサンゴ礁の餌場を移転させる無謀なことを行ったり、マヨネーズ状の辺野古断層のある不適格な場所に、辺野古海上基地建設を強行し、サンゴなど多様な海洋生物の宝庫である辺野古岬や大浦湾の生態系を破壊し、沖縄人の神話にもなっている聖地を汚されることへの怒りが背後に秘められている。

Ⅰ「ザン」の次の二首は戦後の母子の苦難と想起させられる亡父への想いに満ち溢れてくる。

戦場に生れし我も産みし母も青春ぐちゃぐちゃ人生ぶよぶよ

あれが亡父《ちち》のっぺらぼうの面少し笑みてか深き海底に消ゆ

この「青春ぐちゃぐちゃ人生ぶよぶよ」は擬態語でしか表現できない理不尽な米軍占領下の中で生きざるを得なかった半生を記したのだろう。「亡父《ちち》のっぺらぼうの面」という表現も、父の顔を知らない子がきっと夢の中で再会し、自分に「少し笑みて」くれたがまた海底に沈んでいったと言い、父の不在の子の深い悲しみが記されている。

Ⅰ「ザン」の最後の四首で玉城氏は沖縄の悲劇を突き詰めながら、沖縄と同じような悲劇に向かっている他者の存在を掬いあげている。

オキナワがそしてヒロシマ・ナガサキが…今フクシマとなすな日本は
この島に砲弾降らせしかの国の新しき戦担ふ軍基地
極貧の米兵若きに銃持たせレンジ訓練の島討つ眼
枯れ葉剤ダイオキシンが運ばれてドク君奪ひし嘉手納米基地

核兵器の濃縮ウラン技術ともつながる東電福島第一原発事故、米国の戦争に加担させられる危険性、市街戦の「レンジ訓練」を沖縄で行う極貧の米兵、ベトナムに枯れ葉剤を投下したことに嘉手納米基地が使用されたことなど、科学技術や大量破壊兵器の問題に向き合い考え続けることを玉城氏は自らに課している。

3

Ｉ「六月の空」・「アンネのバラ」は、沖縄戦をいかに語り継いでいくかが大きなテーマになっているように思われる。

ひめゆりの乙女ら八十の齢過ぎ若きが胸へ継ぎゆく真相
月桃の実を結びつつ六月の空に向かふは島人の怨
どうしても語り継がねばならぬもの沖縄戦の地獄その果て
足首の傷は赤子の私が三月洞窟《ガマ》に潜みし証

沖縄の野や庭にもあふれる月桃《サンニン》の白い花ばなは美しく、その大きな葉は暮らしにも役立つ。しかしそのような美しい自然に取り巻かれた地で、「ひめゆり学徒隊の真相」、「島人の怨」、「沖縄戦の地獄」などの歴史が重たく残っている。玉城氏は自らの「足首の傷」を外から眺めるだけでなく、この傷を負わせた戦争の悲劇を内観するように、それらを淡々と語り継いで行こうと願っているのだろう。

次には心に残る短歌を挙げておきたい。

Ｉ「クラスター」より
地を踏みし子らの足がもがれゐるクラスターとふ爆弾のあり
Ｉ「白昼」より
流弾が突如屋敷に打ち込まれ我が子抱き惑ふ伊芸区の白昼
Ｉ「ひまはり」より
校庭のひまはり摘んで叱られてブランコに残る焦げし

子の影
死にゆきし12名の児童たち　歳月重き6・30館
七歳で消えし命のあまりにも悲しジェット機など知らぬ幼ら
校庭の「仲よし地蔵」が残されて児童らの声が空いっぱいに
語らねばジェット機事故はまた起こる声出し歩く老いし先生

玉城氏は宮森ジェット機墜落事故で亡くなった十二名の七歳の児童の悲劇を語り継いでいくためにこれらの連作を書いている。一九五九年六月三十日に嘉手納基地を飛び立った米軍ジェット機が操縦不能となり、パイロットが脱出した後に、玉城氏の暮らした石川市の民家三十五棟をなぎ倒し、宮森小学校の校舎を直撃し、児童十二名、民間人六名が亡くなり、今も慰霊祭は続いている。その意味で、米軍のオスプレイもいつ何時このようなことを繰り返すかもしれないという危機意識を抱いているに違いない。

Ⅰ「アカバナー」より
月桃《サンニン》の花簪を濡らす雨寄する哀しき島の若夏《ワカナツィ》
丈低きチビチリガマの自決跡優しき母の手に焼かれ子は
エイプリルフールの日なり　うりずんの島の青さよ艦砲射撃
六月の近づく島の仏桑華《アカバナー》咲き継ぐ日照りの摩文仁への道
戦世の哀り《イクサユヌアハリ》湛ふる島の空　鳥と雲とクワディーサーの揺れ

玉城氏の歌誌「くれない」とは「仏桑華《アカバナー》」なのかも知れない。月桃とアカバナーとクワディーサー（ももたまな）などの花ばなや樹木を語り、それらで死者を鎮魂しなければ玉城氏の短歌は成立しないのだろう。しかしこれらの花ばなや樹木を入れた短歌は島言葉を孕みながら沖縄の風土に根付いた壮絶な美意識を抱え込んでいる。

Ⅱ、Ⅲにも沖縄の戦中・戦後を凝視しその真相を語り継ぐ優れた短歌が詠まれている。沖縄の風土、文化、歴史を愛し沖縄に関わる人びとに玉城洋子歌集『儒艮（ザン）』が読み継がれていくことを願っている。

沖縄の「孵《す》でる精神」を引き継ぐ独創的な試み

おおしろ房句集『霊力《セジ》の微粒子』

1

　おおしろ房氏が第一句集『恐竜の歩幅』に次ぐ第二句集『霊力《セジ》の微粒子』を刊行した。この二十年間の作品から俳人で夫のおおしろ建氏とも相談し選句したという三八二句が収録されている。二人は、野ざらし延男氏が主宰する「天荒俳句会」の創刊同人であり、おおしろ建氏は同人誌「天荒」の編集や事務局を長年務めている。野ざらし氏は句集『恐竜の歩幅』の解説文で、二人との出会いについて触れている。野ざらし氏が一九八一年に宮古高等学校に赴任し、「天荒俳句会」の前身である「耕の会」を発足し俳句の土壌を作ろうと志していたところ、数学教師であったおおしろ房氏と国語教師であったおおしろ建氏たちが参加してくれたのだった。その会が発展して現在の「天荒俳句会」になったと記している。また野ざらし氏は当時の思いとして、五〇年前の一九三一年に同じ高校（旧制宮古中学）に赴任した篠原鳳作の姿と自己とを重ねていた。鳳作は鹿児島県出身で、初めは「ホトトギス」や「馬酔木」などにも投句していたが、東大を卒業し帰郷した一九三〇年の二十四歳の時に福岡市の吉岡禅寺洞の無季俳句を試みる「天の川」に投句し始めた。その中の一九三四年に発表した「しんしんと肺碧きまで海の旅」は「馬酔木」の水原秋櫻子をして「この句により鳳作は無季第一の作家である」と言わしめた。沖縄をテーマにした名句を詠んだ鳳作は一九三六年には三〇歳の若さで亡くなり、その才能や詩魂を惜しまれた。野ざらし氏はこの鳳作の撒いた俳句の種を育て豊かに開花させようと、子供たちへの国語教育や「天荒俳句会」を通して実践してきたのだろう。

「天荒」を開けると《「天荒」は／荒蕪と／混沌の中から／出発し／新しい俳句の／地平を拓き／創造への／挑戦を／続けます》と俳句文学運動の理念を掲げている。野ざらし氏は芭蕉の原点を問いながらも、「新しい俳句の／地平を拓き／創造への／挑戦」を実践されてきたのだろう。

　野ざらし氏は第一句集『恐竜の歩幅』の解説文「闇の突端を耕す」の中で次のようにおおしろ房氏の俳句の特徴を指摘している。

　《房作品の特徴は感性の弦が高鳴っていることであろう。肉眼では見えない世界や音の無い世界を胸泉へ引き寄せ、臨場感溢れる詩世界を構築する。作者の鋭い詩眼

は、表層的・生活的・既知的・日常的世界を、深層的・想像的・未知的・非日常的世界へと転移させる。》

このようにおおしろ房氏の特徴を、日常世界を「深層的・想像的・未知的・非日常的世界へと転移させる」ことだと語り、さらにおおしろ房氏の精神が独自の圧力をかけて、未知の創造空間を作り出してしまう資質に野ざらし氏は気づいてしまったのだろう。最後におおしろ房氏の句「体中涙腺にして蛇の脱皮」を挙げて、その俳句作家としての「闇の突端」を突破する力があるとその句を高く評価する。野ざらし氏は「天荒」六〇号の評論「沖縄を掘る――孵《す》でる精神」で、自らの俳句精神を「孵《す》でる精神」であり、それは沖縄の「おもろそうし」(沖縄・奄美地方に伝わる古い歌謡)に流れている沖縄の魂を、「蛇の脱皮や雛の孵化のように再生する」ことだとその本質的課題を解説している。野ざらし氏にとっておおしろ房氏は自らの俳句精神を体現する有力な作家であると考えているのだろう。

2

句集『霊力《セジ》の微粒子』は十章に分かれている。一章「時空巻く」の冒頭は次の俳句だ。その句を含めて「時空巻く」から五句を紹介したい。

　ジャズは木枯し心のうろこ吹きとばす

アメリカの黒人が人間の尊厳を奪われて奴隷として服従させられたように、沖縄人も日米政府から今も植民地のように多くの軍事基地が残されており、辺野古海上基地も力づくで進行中だ。このような不条理な扱いを受けていることを踏まえて、ジャズを生み出した支配や抑圧から自由を取り戻す黒人の魂に、おおしろ房氏の魂は共鳴しあうものがあるのだろう。もちろん白人・黒人の米兵が沖縄の女性たちの尊厳を踏みにじってきたことが不問にされるわけではない。しかし、おおしろ房氏の俳句の隠された魅力は、この世界の人間が支配され管理されることから自由になるためにジャズの誇り高き精神の俳句を詠み、人間の自由や想像力などを駆使して表現することから、未来を創造していきたいと願うことなのだろう。この句は七・七・五であるが流れるような一行詩で、ジャズ好きの人びとなら我が意を得ていると感じ、心に刻まれてしまう句だろう。このブルースを歌い個人の内面をさらけ出すあっけらかんとした軽みのようなリズム感がおおしろ房氏の特徴の一つだろう。

屋久杉の千手観音時空巻く

アインシュタインは、巨大な二つのブラックホールが激突して引き起こされる重力波のようなものを予言し、多くの科学者たちは今もそれを探求している。数学教師のおおしろ房氏は、樹齢数千年にもなる屋久杉で作られた観音像に、時空のゆがみのような只ならぬものを感じてしまい、それを「時空巻く」と表現したのではないか。この感覚は句集名ともなった「霊力《セジ》の微粒子」にもつながっていき、二つのブラックホールが激突して生まれる巨大なブラックホールのように、屋久杉と千手観音を融合させて新たな創造物を作り上げて、苦悩する民衆の魂をそれによって救済しようとした僧侶たちの願いを、「時空巻く」という言葉に込めようとしたのかも知れない。

異次元の冷気編み込むさがり花

一夜限りの花と言われる「さがり花」は、日本では奄美大島以南に自生し、石垣島や西表島に自生の群落がある。長さ数十センチの総状花序が垂れ下がり、花は横向きにつき夏の夜に開いて芳香をあたり一面に放つ。その美しさにツアーも組まれているらしい。この句には夏の夜に白または淡紅色に咲く「さがり花」を夕涼みのように見に行くことは、この世とは思われない世界を感じることだと告げている。「さがり花」の光景は、この世界から異次元の入り口を垣間見ることなのだろう。

曼珠沙華狂女のまつげの鉄格子

この句にある「狂女」と言えば、野ざらし氏の代表的な句「黒人街狂女が曳きずる半死の亀」を想起する。「黒人街」とは沖縄市にあった米兵の黒人たちが通った赤線があった場所で、「狂女」とは乱暴する米軍兵士であり、「半死の亀」とは沖縄の女たちのことを喩えていると思われる。おおしろ房氏の「狂女」は沖縄に居座る普天間基地、嘉手納基地などの多くの「米軍基地」や、辺野古海上基地などを指しているように想像する。基地や米軍基地を取り囲むバリケードやフェンスや柵は、「狂女のまつげの鉄格子」だと秋に咲く「曼珠沙華」を見るたびに感じているのだろう。

私には「狂女」はいつになったらその「鉄格子」を取り払い沖縄から去っていくのかを問うているように思われた。また「鉄格子」が精神を病んだ「狂女」と作者との境界線と読むことは可能であり、艶やかな目元に残る「狂女」の悲劇を物語っている。

清明祭《シーミー》や身売りの幼女は蛇の穴

清明祭とはお彼岸のことで先祖の霊をお迎えすることだ。そのような家族・親族の保護から弾き飛ばされた「身売りの幼女」が、社会の底辺で苦労しその果てに精神を病み、昔の映画にあった精神病院の中でも最悪の独房である「蛇の穴」に閉じ込められた「狂女」を想像している。おおしろ房氏はこの社会で最も不幸な経験をした人びとの人生に関心を持ち、その悲劇を語り継いでいこうとしている。この「曼珠沙華」と「清明祭」の句などは沖縄の女と子供の地上の悲劇を異次元の天上と激突させた胸に刃を突き付けられる句だと思われる。

3

次の二章から十章の章タイトルは「魂迎え《ウンケー》」、「太陽の翼」、「母は避雷針」、「冬至雑炊《トゥンジージューシー》」、「片降り《カタブィ》」、「メビウスの帯」、「霊力《セジ》の微粒子」、「片足忘れ」、「地球の心棒」だ。その言葉のある句を引用してみる。

島中が罠かけて待つ魂迎え《ウンケー》

沖縄では旧盆の七月十三日から十五日の三日間に先祖の霊を迎えるお盆を行う。「ウンケー」(迎える)とは旧盆の初日の十三日を指していて、十四日の「ナカビ」十五日の「ウークイ」(見送る)の三日間を先祖の霊と食事を共にするという。本州のお盆は八月十三日から十五日の新暦だが、沖縄のお盆は旧暦が暮らしに根付いている。お盆の仏壇飾りでは沖縄の独特のお供え物が並び、先祖と一緒に食べる食事、お迎え、見送りなども様々な仕掛けがあるのだろう。そのことを指して「罠かけて待つ」と言っているのかも知れない。沖縄人が先祖の霊を迎え、先祖と語らい、時に踊り楽しむこともあるようで、あの世とこの世が入り混じる非日常性がとても大切な時空間なのだろう。

白菜や太陽の翼になりたくて

白菜はもともと結球していないで葉は開いていたのかも

しれない。人間が食料にするために今の形が増えているが、白菜は本来的はその葉に太陽の光を浴びて、葉を翼にして空を飛んでいきたいと白菜の気持ちがいつのまにか自分の心持ちになっている。

春雷や昏睡の母は避雷針

昏睡状態で心臓の力が衰えて脈も無くなりかけて危篤になった母を前にして、自分をこの世に誕生させてくれた存在に対して、絶望的な心境になっている。その時にまだ助ける方法がないのかを、おおしろ房氏は問うていたのだろう。春雷の力を借り、母の心臓の避雷針となって心臓を再び動かせたいと強く願うのだ。母を生かしたい子の切ない思いが伝わってくる。

冬至雑炊《トゥンジージューシー》ぽーんと夕陽を割って入れ

冬至雑炊《トゥンジージューシー》とは、夜が一番長くなる冬至に、火の神を呼び寄せ家族の健康を願って作る炊き込みご飯のことだ。その中に黄金のような卵も割って入れ、火の神の太陽のエネルギーをさらに家族に届けたいと願うのだ。

片降《カタブイ》りや彼岸此岸の綱を引く

「片降り」とは沖縄でよく遭遇する通り雨のことだが、本州では「狐の嫁入り」とも言われるように、「片降り」は異次元からのやってくる恵みのような感じを抱くのかも知れない。「彼岸此岸の綱を引く」とは、忘れている異次元感覚を想起させる際に引き起こされる日常と非日常の内面のせめぎあいを指しているのだろう。

白詰草メビウスの帯で基地囲む
錦帯橋水面《みなも》に映すメビウスの帯

「メビウスの帯」は一般的には反物のような帯状の長方形の片方の端を一八〇度ひねって、他方の端に貼り合わせた曲面の不思議な循環している形状であり、科学や芸術の分野でも活用されている。最近では持続可能な社会の循環と再生のシンボルとしてデザイン化もされている。一句目では、少女たちは春の野に出て白詰草を編んで花輪の冠やネックレスを作るのだろう。その白詰草の花飾りのように、沖縄の人びとが連帯し合いメビウスの帯となって普天間基地などを取り囲み、基地をいつの日か平和の花園にしたいと願っているのだろう。また二句目では、五連のアーチの錦帯橋が水面に映るのを見て「メビウスの帯」のようだと気づいてしまう。

降り注ぐ霊力《セジ》の微粒子東御廻り《アガリウマーイ》

ニライカナイの楽土から稲を携えヤハラヅカサの浜辺に降り立ったアマミキヨは、浜川御嶽《ハマガワウタキ》に仮住まいした後に他の聖地に移っていった。そのゆかりの聖地であるヤハラヅカサ、浜川御嶽、受水走水《うきんじゅはいんじゅ》を含めた十四箇所を回ることを東御廻り《アガリウマーイ》と言い、今も続けられているという。「霊力《セジ》の微粒子」とは、アマミキヨが感じたであろう聖なる降り注ぐ光をこの場所で追体験しようとしているようだ。おおしろ房氏はその聖なる光を俳句の中に込めて読むものにその場所に誘いたいと願って詠んだのだろう。

缶蹴りの片足忘れ大夕焼

地球の心棒になるまで独楽廻す

缶蹴りで缶を蹴りだす爽快感を片足が覚えている。できるだけ長く独楽を回す工夫をすることに熱中する。そんな子供たちの遊ぶ時間を、「大夕焼」や「地球の心棒」は見ているのではないか。そんなゆったりした時間と異次元の空間がまじりあった句だろう。

これらを含めた句集『霊力《セジ》の微粒子』（三八二句）は、篠原鳳作や野ざらし延男氏たちの沖縄の無季俳句の百年近くの歴史を踏まえ、沖縄の日常と非日常がねじり合って接続している暮らしの深層を明るみに出している。この句集によって沖縄の文化、宗教、歴史が今も生々しく息づいている現代の沖縄を受け止めることができる。さらに宮沢賢治と類似するような詩的精神で、おおしろ房氏が宇宙と人間や生き物たちの多次元的関係性を見詰めていることを感じ取れるだろう。

ムヌスー（ユタ）の霊感と予言に満ちた世界
伊良波盛男『神歌《カンヌアーグ》が聴こえる』

1

私はこれまで宮古島市池間島で暮らす伊良波盛男氏から寄贈された詩集『超越』と『遺伝子の旅』を折に触れて愛読していた。伊良波氏は稀に見るピュアな人であり、その半生を率直に詩の中で書き記している。若い父母が十代の後半に愛し合い誕生した伊良波氏は、祖父母に育てられた。その後二十三歳で結婚し二人の子供を慈しみ育て、二十年の結婚生活の後に、離婚して上京し東京周辺で仕事をしながら勉学に励んだ。定年退職後には帰郷して両親との同居を始めて親の介護などの傍ら、文筆活動を本格的に開始することになる。それらのことは詩集『超越』の中の自伝的な詩「無から生まれて無に還る」や「私の中のアメリカ人」などに記されている。伊良波氏の文体は自己への執着が少なく、家族や他者のために生きようとするどこか諦念を秘めている潔さが存在する。例えば日頃食べられない上等のものを出された時に「父ちゃん一人美味しいものを食べてごめんね」（詩「ごめんね」より）と子供たちに謝る心持が今でもあるらしい。時に祖父母や父母や子を思う時に深い情感が噴き出てくる。詩の題名にある「無に還る」という潔い精神と慈しみの情感が合わさって独自の伊良波氏の詩的精神世界が構築されていた。伊良波氏は祖父で漁師であるインシャ（海人）と祖母であるムヌスー（ユタ）に育てられた。そんなムヌスーの家庭に集う祖母の言葉に救いを求める人びとを見聞きして、池間島の千年を超える神話的世界が伊良波氏の精神の原型になってしまったのだろう。それゆえに今回の小説の舞台となる「ニルヤカナヤ王国」が現実に存在したかのように緻密にイメージ化されることが可能となったに違いない。

この度、小説集『神歌《カンヌアーグ》が聴こえる』の五編の原稿を読んだ時には、まだ知ることのなかった沖縄の精神世界にいつのまにか惹き込まれていき、天と海と地から賛美されているような沖縄の豊饒さを肌で感じた思いがした。小説の主人公のムヌスーたちは、伊良波氏の身近に今も生きていて、相談を受けた人々の切実な悩みを瞬時にその霊感に満ちた言葉に変えて、悩める人びとに具体的な指針や励ましを与え続けているのだろう。

小説集『神歌《カンヌアーグ》が聴こえる』は五編の小説から成り立ち、冒頭の「ニルヤカナヤ王国」は、大正八年に三重県伊勢から八島からなる「ニルヤカナヤ王国」をムヌスーの世界を調べるためにやってきた医学生の吉川健一郎が主人公だ。その健一郎がムヌスーの大御所で創造的な予言をするニルヤ様やその後継者である山城カナスと運命的に出会い、ニルヤ様が予言したコレラの大流行で多くの犠牲者が出ることを踏まえて、伝染病対策に活躍し、カナスと共にこの地で生きようとする物語である。次のような健一郎とカナスの初めて言葉を交わす場面は最も印象的だ。

「貴男の研究室兼住居として、山城家の屋敷内に一軒家を新築してあります。どうぞ気兼ねなくお使いくださると嬉しく思います。近くに黒豚の豚舎がありますが、邪魔にはなりません。庭園には色々な野菜を作っています。生垣の真紅のブッソウゲの花と黄色いユウナの花は貴男の感性を潤してくれることでしょう。」（略）「貴男は、さっそくこのニルヤカナヤの民俗調査に取りかかり、歌も詠み、人助けのために東西奔走されて多忙な日々をおくることになっても、風邪一つ引かず、健康そのものですから、思い切ってご精進ください。食べ物のこと、衣類の洗濯のこと、家の清掃や片付けのこと、何もかもこのわたしが致します。突然ご無礼なことばかり申し上げて失礼しました、とは、わたしは申し上げません。狂気の沙汰とは決して思わないでください。なぜならば、わたしがただ今申し上げましたすべてのことは、何もかも真実です。では、のちほど…」／カナスが黒装束の裾を白波に浸したまま、ボートの中に棒立ちの健一郎をまっすぐ見上げて言った。おだやかなアヤグイ（綾声／ハスキーボイス）である。／この声色と波長には癒し効果があるかもしれない、と健一郎は直感した。／カナスの長い黒髪が潮風になびいている。／健一郎は、呆気に取られ、色白でエスニックな顔立ちのカナスの美貌に見惚れて放心状態だった。

このようにカナスの言葉はすべて予言が「真実」になるという恐るべき言葉だが、甘美さを感じさせる霊感が満ちている。健一郎は無意識に抱いていた願望をカナスに言い当てられて、その美貌だけでなく「真実」を語る「アヤグイ」に呆然としている。伊良波氏は美貌のムヌスー・カナスの人物像を絶妙に創造し、来訪者の健一郎の運命を導いていき、「ニルヤカナヤ王国」に新たな血を入れて、創造的な「真実」を物語っていく。きっとムヌスーだった祖母たちを身近に接していたからこそ、このような魅力的なカナスをイメージすることが出来たのだろう。

2

その他の小説「海を越えて」では、鎌倉時代後期に那智で修行する若き僧の宮本日真が小さな帆掛け船に乗って、父母や妹から受けた愛情を断ち切りながら、虚空蔵菩薩のマントラを唱え、サンゴ礁などの様々な障害物を避けながら補陀落浄土という「真実」を探しに向かうのだ。そして琉球らしき「夕暮れの寒い砂浜」に瀕死の状態で辿り着くと、その島の男に発見されてその家族たちから子供のように介抱されて生き返る場面で終わる。衆生救済という高貴な志で補陀落浄土への渡海を試みた若き僧と琉球の相関関係が垣間見えてくる。

小説「神歌《カンヌアーグ》が聴こえる」は、「野鳥の囀りに聞き違えるほどにどこまでも透き通って薫風を震わせる」霊感に満ちた神歌を歌う神女雅《かんみが》と娘の美海《かぎいん》のムヌスーの母と娘の物語だ。神女雅《かんみが》と娘の美海《かぎいん》による宮古諸島に伝わる神歌の詩行とその響きや息遣いを聞いてみたくなった。

小説「酋長」では、この小説にもムヌスーの予言が大きな役割を果たしている。長男のフウヤの悲劇的な人生を乗り越えて、琉球王国中山王への初朝貢を白川丸で実現し、宮古島の公認酋長与与那覇船頭豊見親となったマサリとその妻のコイメガの物語だ。

小説「明けの明星」は、宮古島で人頭税廃止を主張した先駆者で、『宮古方言語彙ノート』を編纂した白木武恵の物語だ。直訴状は友人の玄二によって役人に渡り、武恵は投獄され斬首される。後に娘のメガガマは琉球王国が日本に帰属すると、人頭税の廃止を実現する沖縄県の役人になり、父の遺志を実現する「明けの明星」となる。

このように伊良波氏の小説は、ムヌスーたちはもちろんだが、時代の先を見ている主人公たちが、民衆の一人ひとりの悩みに寄り添いながら、霊感に基づいて的確な助言をしたり、新しい時代を切り拓いていくことを記している。登場人物たちの一人ひとりの描き方がとても魅力的で、この沖縄の多様な島々の植物や生きものたちや海からエネルギーを得て、読者にもそのエネルギーが転嫁されるように感じさせてくれる。沖縄の中でも先島諸島の島々の自然環境とその島々の暮らしや文化を熟知していなければ書けない作品であり、ムヌスー（ユタ）の精神世界を知りたい人びとに読み継がれる小説集が誕生したと言えよう。

「敗者の空」に共生の想いを透視する
玉木一兵小説選集『敗者の空 ―― 沖縄の精神医療の現場から』

1

玉木一兵氏は、精神保健福祉士として四十五年間も沖縄の精神医療の現場に深く関わり、そこで出会った人びとに触発されて作品を記してきた作家であり詩人だ。本書は、今まで執筆してきた小説の中から精神医療に関わる十五編を選び加筆修正したもので、玉木氏の短編小説の代表作ともいえる小説選集だ。この選集には沖縄が日本に復帰した一九七〇年、八〇年代以降に「人間とは一体いかに他者と共に存在し得るか」という激しい問いと、その回答に迫る多様な存在者たちを包み込む精神性が込められている。ところで本書に触れる前に玉木氏の来歴を紹介するには、詩集『帰還まで』(二〇一二年刊)で、沖縄戦で家族がどのように玉木氏を生き延びさせたかを記した、詩「母の背の僕」を引用するのが最も相応しいと思われる。

《一九四五年四月上旬/米軍が沖縄本島中部嘉手納村の水釜に上陸したとき/僕は一歳と三月　母の背におぶわれて/山原本部の伊豆味山中をさまよっていた//お祖母さんは父に手をひかれ/兄姉らはそれぞれ荷をもって自力歩行/食料も水も底をついた状態で　照明弾に昼夜別なく脅かされ/僕とお祖母さんは　息絶えになっていた//艦砲射撃から離れてきて　やっとみつけた壕の中/母の膝に抱かれていても泣きやまない赤ん坊の僕/軍刀を腰にした敗残兵に　泣かすなと威圧され/なくなく壕をあとにした一家//それでも何とか地を這いつくばり生き延びて/どうせ死ぬなら生地の浦崎ムラでと決意した父に先導されて/一家は山をおりていった/数日後今帰仁の謝名にでた　北の海を眺めると/「たくさんの米軍艦が　伊江島の沖から隣の古宇利島の方へ/数珠をつないだように」浮かんでいた/山中での噂「日本の飛行機が二千機飛んできて一気に沖縄を/救ってくれる」というのが嘘と分かった//すでに本部半島の日本軍守備隊を撃破した米軍が/村里を占拠していた/やがて伊江島　本部　今帰仁の住民たちは兼次に集められ/順次大型の軍用トラックに乗せられて/久志村辺野古の大浦崎捕虜収容所に運ばれていった/母は背の僕を膝に抱いて運ばれていった//お祖母さんは収容所の貧しいテント生活で失調し/解放間近い十一月下旬　疲れ果

て命尽きて／海浜の裏山に埋葬された／代りに僕が生き延びたのだ》

一九四五年四月に一歳三カ月の玉木氏が母の背から見た沖縄戦の最中の光景は、たぶん今も心の深層にトラウマとなって刻まれているに違いない。壕の中の日本兵から壕から追われた泣き止まぬ幼子の玉木氏は、祖母や父母や兄姉や敗れた日本兵と共に無数の「敗者の空」を眺めてきたのかも知れない。「どうせ死ぬなら生地の浦崎ムラでと決意した父」の末期の覚悟、「疲れ果てて命尽きて／海浜の裏山に埋葬された」祖母の計り知れない無念さなどを想起し、さらに沖縄戦で亡くなった数多くの命を忘れることなく、玉木氏は戦後を歩んでこられたのだろう。玉木氏は上智大学文学部哲学科を卒業後に沖縄に戻り少年院に四年ほど勤務した後に、精神科医の兄である玉木正明氏の片腕となり、玉木病院の運営に関わり相談室長や事務長として四十五年間、二〇一七年まで患者の様々な問題に対応し、また病院の経営にも尽力してきた。その半世紀にわたる沖縄で精神医療の現場で考えていたことを、エッセイ・論集『人には人の物語』のあとがきで次のように記している。

《そんな中で私は、多様多彩な個性的な心の病の人々と出会った。精神病院は、街から追いやられた彼らを、匿《かくま》ったり、抑制したり、癒したり、養ったりする社会的器として、いわば、百人、二百人規模の小さな砦として機能する役割を荷っていた。入院すると彼らは、コントロールを強いられてきた我が身を解き、封印されてきた自分の心の暗部を露わにし、しばし安らぎを得ることで、蘇生に向かった。／私は、彼らの人生に出会い、陰陽の影に染まった彼らの心をみつめつつ、砦と化した院内で行う、「心の病の治療とは何か」を、精神科医が主導する臨床の場のかたわらに居て問いつづけた。そしてその延長上で、己とは何か、家族とは何か、人間とは何か、生きるとは何か、この世とは、あの世とは何かと、自問自答しつつ、自分の心域を耕し、解を探して、文章を綴ってきた。／私にとって病院で心を通わせるようになった旧知の彼らは、人生の先輩であり後輩であり、師であり、友であり、仲間であった。》

玉木氏は、精神病院を様々な人間関係に疲弊して生存の危機になりそうな時に、駆け込めるような「小さな砦」・緊急避難場所としてイメージしている。そして「心の病の治療とは何か」と問いながら、疲弊し自らを否定する患者たちを再び社会復帰させるために、多様な観点から模索し運営してきたのだろう。玉木氏は精神を病んだ患者を特別な存在とみるのではなく、「人生の先輩であり後輩であり、師であり、友であり、仲間であった」と語る。そのように人生において存在の危機を抱き続ける者たちとそんな人びとをサポートするスタッフたちを、あたかも玉木氏の自らのもう一人の存在のように慈しむ眼差しで見守っている。この玉木氏の精神性は、苦悩の極限から立ち昇ってくる万物の命に寄り添うような、とても高貴な精神性を感じさせてくれ、過酷な精神医療の現場の実践的な思想・哲学の根底に存在する最も大切な「他者と共生する精神性」を暗示させてくれる。

2

本書のI章の八編の小説は、「六畳の森」と喩えられる精神病院の患者たちの暮らしとその内面の在りようをテーマにしている。ただその関係性が閉ざされていないで、沖縄本島各地の自然と交感し風土と対話し、病める患者たちが少しずつ解放されていき、内面に陽光が差し込んでくるようだ。

作品「野の道」は、病院の広報担当と思しき「僕」が、『森の叫び』という患者さんの文芸誌発刊に当たり沖縄の風景を詩的な言葉の背景に添えたいとの編集者からの注文に応えることにした。そしてカメラ好きのケースワーカーの平良君と、島巡りに凝っている知花先生に相談し撮影場所を決め、先生をしたっている三人の患者さん、貞夫氏と育代氏と君子氏を誘って、病院車に乗り込む処から書き出されている。まず始めに知花先生のお勧めの大里城址に向かう。バスの中でユーモアが満ちた会話が続き城址の入り口の空き地にバスを止める。そして「知花先生を先頭にみんな、見晴らし台に通じる琉球松の低い木立の中に入っていった。／僕もあとにつづいた。歩きながら、空を近くに感じた」のだ。そして僕と知花先生は次のような会話を続ける。

《僕は頃合いをみはからって言った。／「草の匂いがしませんか」／「木の芽どきには早いが、匂わないこともないね」／と先生。／「空を近くに感じませんか」／「ああ」／先生は空を仰いだ、そして／「敗者の空だな。これは」／とポツリと呟いた。／なるほど、いい語感だ、と想った。》

草の匂いや木の芽や野の香りがなぜか親しく甦り、その水平的な感覚によって「空が近くに感じ」られ、一挙に天上を見上げるような垂直性に転換されてしまい、それは見慣れた空から立ち現れてきて、かつて知花先生が見たことのある「敗者の空」だったのだろうか。このように玉木氏の想像力にはこの大地の水平性が一挙に天上の垂直性に転換されてしまう不可思議な力学があるようだ。僕の植物の匂いに触発された問いかけに導かれた知花先生の言葉である「敗者の空」の謎解きが、次のように知花先生と僕の対話によって想像的に展開されてくる。

《「しかしね」／先生が唐突に言った。／「ゴミにはゴミの意地というものがあるからね……」／僕が黙っていると、先生はつづけた。／「あの連中、今はあんな風だが、やがてその固い殻を破いて突き上げてくるぞ。何しろ常人のようにエネルギーを小出しにして使う術を知らないからな、あの連中」／僕にいっているようでもあり、自分にいっているようにもとれた。／僕は胸のポケットからタバコを取り出し一本すすめ、火を点けてあげた。敗者は世のゴミ。ゴミにはゴミの意地がある、か。僕は先生の文句をなぞりながら敗者という言葉が何故かひとりでに輝き出してくるのを感じた。そして、敗者こそ、野の道をゆく勇者ではないだろうか、と想ったりした。》

知花先生はあたかも預言者のように「ゴミにはゴミの意地というものがあるからね」「あの連中、今はあんな風だが、やがてその固い殻を破いて突き上げてくるぞ」と精神の疾患を抱える者たちの底知れぬエネルギーの凄まじさを物語るのだ。そして僕は「敗者こそ、野の道をゆく勇者ではないだろうか」と感受するのだ。つまり「敗者の空」とはゴミのように地べたを這い、「野の道」の香りをかぎ、敗者の意味を徹底的に嚙みしめて、いつの日か天上を目指していく勇者の思いを秘めて生き続けることなのかも知れないと勇気づけられるのだ。そんな逆説的で常識を覆すような精神の力動的な強さの可能性を、「敗者の空」という言葉に玉木氏は託そうと願ったのかも知れない。そのことは沖縄本島北部の山原《やんばる》を彷徨い、「どうせ死ぬなら生地の浦崎ムラでと決意した父に先導されて／一家は山をおりていった」家族の見た「敗者の空」が重なり合っているのかも知れない。その意味でこの知花先生は、父であり、後に精神科医になった兄であり、母に背負われていた玉木氏自身でもあり、さらに言うなら沖縄戦に遭遇した数多くの沖縄人たちかも知れない。沖縄戦で生き残った者たちの中で、米軍占領期間や本土復帰を果たした後も、不幸な境遇の中から精神を病んだ者たちが数多く出たことは想像がつく。その沖縄の精神医療に関わった玉木氏の一族の果たした役割はとても重要だったろう。その精神医療の実態は個人情報の保護もあり、なかなか表に出てくることはないが、玉木氏は小説の中でそれを果たそうとして今回の小説選集『敗者の空――沖縄の精神医療の現場から』を刊行したのだろう。

3

I章のその他の七編は精神病院の実相を物語っているが、その中でも患者たちが再生していくテーマを秘めている。

「日はまた昇る」では、派遣社員のように全国の病院を転々としている新任の医師斉藤は、支給された白衣をロッカーにしまい込み、ジーパンとポロシャツで過ごし、四〇名の非開放患者を受け持つ。そして「入院」と称して六人部屋に泊まり込み、デイルームでは眠れない患者の話に耳を傾ける型破りの医者だ。ある老年の患者から「君は月桃《さんにん》の匂いに救われますよ」と謎のような言葉を言われた。斉藤には精神に疾患がある姉がおり、その姉に向き合えず何もできないことを気に病んでいた。その姉に似た歌子という外来患者がいた。同じ外来患者のパタ吉が突然二人が結婚するつもりだと歌子を連れて報告にやって来た際には、斉藤は二人を祝福した。その後沖縄の病院を離れる時に、子供もできたお祝いを伝えるために二人の住まいを訪ねた際に、斉藤は二人から次のような生きる勇気を受け取るのだ。

《一息ついて斉藤は腰を上げた。ぜひ出産報告をしてくれるように頼んで、辞した。／二人はユウナの切れ目まで送ってくれた。／ふと、釣鐘型の白い蘭のような花が一房目にとまった。来たときは気づかなかったが、古井戸の暗渠を覆うようにして緑葉が繁っていた。／「これは、何の花かな」と斉藤は尋ねた。／「月桃です。いい匂いがしますよ」／とパタ吉が一葉千切って斉藤に手渡した。命じられるままに手で揉みこんで鼻にあててみた。なんとも形容のし難い沖縄風の芳香が鼻を衝いた。斉藤は当座、自分の中の姉に向かって歩き始めようと思いはじめていた。鯨の丘の他の住人達、否姉にだって、日はまた昇るにちがいない。「月桃の匂いに救われる」と言った山羊目の予言を思い起こしつつ、斉藤は晴れやかな気分で表通りに出た。》

このように玉木氏は、沖縄の暮らしに密着している月桃を通して、歌子やパタ吉や斉藤たちの関りから、人間が再生するという勇者の朝の世界を残しておきたいと願ったのだろう。「日はまた昇る」とは、まさに明日に連なっていく精神医療の根本的な課題を宿す精神の言葉として語っているのだろう。

その他の六編でも不幸な境遇だが逞しく生きる人物たちを玉木氏は魅力的に記している。「霊妙の郷」では「祖霊との交感の中に生きている安男氏」。『「六畳の森」から』では「限りなくやさしいKさんの無償の行為」。「カウンター」になった松」では「光の声が命令したの。飛べ、飛べって」と言う糸。「曙光」では「母ちゃん、いい人に巡り合ったよ」と自殺した母に報告し結婚する美津。「春雷」では「俺、今度生まれてくるときは、山羊がいいかも」と生家を奪われて呟く春徳。「義手が舞った日」では列車に飛び込んで右腕切断をしたが兄が持参した義手を投げ捨てて笑い出す男。玉木氏は語り手の順造を通して、存在の危機を生きざるを得ない人びとの固有の価値を深く掘り下げて読むものにその在りようを突き付けてくる。

Ⅱ章の七編は、「六畳の森」に安住することなく離れて社会の片隅に舞い戻り、自己の破滅を賭けてその宿命を生きようとする実存のあり方を追求した作品群だ。Ⅰ章の精神病院内のリアリズム的な手法による人情味あふれる向日性の時空間とは対照的に、Ⅱ章では統合失調症などの精神の疾患を抱えた人びとが、医療制度の中で救済されにくい問題点や、実社会で生きる際に様々な偏見によって苦悩してきた記憶を、想像力に満ちた手法によって再構築して浮き彫りにしてくれる。その悲劇的な存在者たちの苦悩から目をそらさないことで、今後はそのような人びととも共存し、社会に開かれてつながっている精神医療の真のあり方を模索しているのだろう。さらに言うならⅠ章の陽の世界とⅡ章の陰の世界を包含して「人間とは一体いかに他者と共に存在し得るか」という根源的な問いを深めていくことが玉木氏の小説の切実な課題だと私には考えられる。「魚の銃撃戦」、「火柱」、「火祭り」、「指」、「雛の首」、「ビラ」、「お墓の喫茶店」の七編も先入観なしに読んで参考にして欲しいと願っている。玉木氏は「敗者の空」に共生の想いを透視しているのだろう。

「沖縄文学」の抗いと「しまくとぅば」の創造

大城貞俊『抗《あらが》いと創造——沖縄文学の内部風景』

1

大城貞俊氏は、『椎の川』で具志川市文学賞を受賞した小説家であり、近著の『一九四五年チムグリサ沖縄』ではさきがけ文学賞を受賞している。沖縄戦の実相を見詰め、沖縄戦がもたらした米軍占領下の戦後に生きた人びとに想いを寄せて、沖縄の山原《やんばる》の森やニライカナイの神の来訪した浜辺などの自然からの眼差しを感受し、数多くの小説や評論を書き続けている。昨年には『椎の川』は沖縄の名作として数多くの復刊の要望があり、二十年ぶりにコールサック小説文庫の一冊として復刊された。また大城氏は山之口貘賞を受賞した詩人でもあり、一九八九年に『沖縄戦後詩史』と『沖縄戦後詩人論』、一九九四年に『憂鬱なる系譜―「沖縄戦後詩史」増補』の三冊の詩論集を刊行し、戦後の沖縄詩の歴史を書き記してきた評論家であり、また琉球大学教授で様々な沖縄文学を研究しそれらを学生たちに生きた沖縄文学史として伝えてきた研究者でもある。このことから大城氏は詩人・作家・評論家・研究者が混然一体となった重層的な文学者・研究者であると言える。

今回の大城貞俊『抗《あらが》いと創造―沖縄文学の内部風景』は、ある意味で三冊の詩論集を踏まえた集大成とも言える詩論的「沖縄文学論集」だろう。それは「沖縄文学」全体の中で「沖縄戦後詩」がどのような深層の位置を占めてきたかを論述し、小説と詩文学を貫いている沖縄の言語「しまくとぅば」の可能性について、多くの詩人や作家の作品を通して浮き彫りにしている。大城氏にとっての戦後の「沖縄文学」には、「沖縄戦後詩」が背骨のように貫いているのであり、そのような小説だけでなく詩などの短詩系文学も視野に入れた「沖縄文学」全体の内部風景を書き記そうと構想されたのだろう。タイトルの「抗《あらが》いと創造」から感じられることは、「沖縄文学」が外部勢力への不屈な「抗い」という抵抗精神を秘めており、その苦渋と困難さの抵抗精神と思われるが、それと同時に後に触れる大城氏が「沖縄文学」の特徴として挙げている「倫理意識」と重なっているのであり、独自の文学を「創造」してきた歴史であったことを暗示している。

2

本書はI章「沖縄文学の特質と可能性」、II章「沖縄平成詩の軌跡と表現」、Ⅲ章「詩人論」に分けられている。Ⅰ章の「一　沖縄現代詩の軌跡と挑戦」では、「Ⅰ　沖縄現代詩の軌跡」と「Ⅱ　方言詩の軌跡と冒険」に分かれている。大城氏は冒頭のⅠの「1　復帰以前（一九四五～一九七一）⑴リアリズムの方法……牧港《まきみなと》篤三《とくぞう》と宮里《みやざと》静湖《せいこ》」において「沖縄現代詩」を「第二次世界大戦以降に発表された戦後詩に限定し、作者は沖縄で生まれたか、もしくは沖縄に居住して詩を作っている人々と規定して考察したい」という定義をしている。そして次のように「沖縄文学」の背景である歴史的情況を的確に要約している。

> 沖縄は、戦後、日本本土から切り離されて米軍政府統治下に置かれた特異な歴史がある。戦前にも「琉球処分」と称されて他府県よりも数年遅れて明治政府に取り込まれた経緯がある。また、地理的にも日本本土より遠く離れた辺境の地であるがゆえに、特異な文化圏や言語を有して歴史を刻んできた。さらに復帰後の現在、この狭い島嶼県に日本全体の四分の三の米軍基地が存在する。「太平洋の要石」としての軍事優先政策が施行されてきたがゆえに、沖縄の人々にとっては、基本的人権をも侵害される様々な悲劇が生み出されてきた。そして、何よりも大きな違いは、さる大戦で唯一住民をも巻き込んだ地上戦が行われ、県民の三分の一近い戦死者が出たということだ。
>
> このような歴史の違いは、当然表現の分野でも日本本土との違いを微妙に醸し出しているように思われる。特に自らの生きる時代と真摯に格闘し、苦悩と矛盾を明らかにしようとすればするほど、沖縄の独自な歴史や複雑な状況が目前に大きく立ちふさがってくるはずだ。表現者たちのこの苦難の軌跡を概観し、問題意識を明らかにすることは有意義なことである。

この大城氏の指摘する「琉球処分」、「沖縄戦での甚大な被害と米軍による占領」、「米軍統治と基地が返還されないままの本土復帰」などの「沖縄の独自な歴史や複雑な状況」を本土の多くの日本人たちが、自らの問題として認識し共有してこなかったことは恥ずべきことだったろう。その結果として今も辺野古海上基地の民意を無視した建設の強行は、前の第三次の「琉球処分」に次ぐ第四次の「琉球処分」だとも沖縄の人びとからは言われ始めている。それゆえに大城氏は次のように語る。

> 沖縄現代詩の出発は、やはり戦争体験の表出から始まる。自らが体験した地獄のような戦争を、後世にどのよ

うに語り伝えていくか。このことから沖縄の現代詩の第一歩が刻まれていく。

沖縄の詩人たちの表現は、戦後六十年余が経過した現在もなお、沖縄が置かれた状況と深く関わっている。それも時代の状況に対して強い「倫理意識」によって貫かれているところに特徴がある。この特徴をも担いながら、自らの戦争責任をも厳しく追及し、終生のテーマとして出発したのが牧港篤三であった。

沖縄現代詩の出発が「戦争体験の表出」であり、〈時代の状況に対して強い「倫理意識」〉を背負い「自らの戦争責任をも厳しく追及する」ところに特徴があると指摘する。大城氏はこの強い「倫理意識」に注目し時代の状況の中で自らの内部に問うてくる精神の在りかを「抗い」という言葉に込めたのかも知れない。牧港篤三たちの後には、「(2)　シュールレアリズムの効用……克山滋《かつやましげる》」、「(3)　抒情の実験……船越義彰《ふなこしぎしょう》」、「(4)　『琉大文學』の詩人たち」、「(5)　内向する言葉……清田政信《きよたまさのぶ》と勝連敏男《かつれんとしお》」など沖縄の戦後の詩人たちの多様な方法を紹介しながら、その詩法に託した「戦争体験」を継承し「戦争責任」を自らの問題とする「倫理性」を詩行から読み取っていく。それと同時に大城氏は時代のテーマだけでなく個々の詩人の固有のテーマも指摘し詩人の内面の格闘を明らかにしていこうとする。

大城氏は「沖縄戦後詩」を前後の二つの時代に分けた。後期の「2　復帰以後（一九七二～現在）」とすることの意味に関して本土の人びとは、戦後の沖縄を考える時に痛切な「戦争責任」を感じなければならないだろう。二十七年間もの米軍による占領統治は、筆舌に尽くしがたい米軍の狼藉が繰り返された歴史であり、本来的に戦争を引き起こした本土の日本人の「戦争責任」を沖縄人に肩代わりさせた悲劇が、進行していた期間だったろう。その本土復帰が実現してからも、米軍基地は固定化されて辺野古を含め新たな再編と基地強化が進んでいることは紛れもない事実だ。

「2　復帰以後（一九七二～現在）」は、「(1)　同人誌・個人誌の時代」、「(2)　海を渡る表現」、「(3)　方法の実験」、「(4)　反戦詩の方法とモノローグの実験」、「(5)　その他」（沖縄方言をいかに活用するか）などのように、個々の詩人たちの内面の自由な表現活動の軌跡を伝えてくれている。

さらに「Ⅱ　方言詩の軌跡と冒険」は、Ⅰの(5)についてさらに深く論じていくために、「1　石川正通《せいつう》から山之口貘へ」では戦前の詩人を論じ、「2　方言詩の実験と挑戦」では、戦後の詩人の「(1)　中里友豪と高良勉」、「(2)　与那覇幹夫と松原敏夫」、「(3)　上原紀善と真久田正と山入端利子」

らの詩作品を通して沖縄の歴史や山河や海辺の光景を見詰めていると、その中から不思議なことに「内的な言葉」として方言詩や「ウチナーグチ」が立ち現れてくることを伝えている。この評論が書かれたのは二〇〇九年であり、まだ「しまくとぅば」という沖縄方言は、大きな注目を集めていなかったが、この大城氏の沖縄現代詩の論考は、「しまくとぅば」が顕在化する前夜のようにも思え、それをある意味で予知していたもののように考えられる。

3

その他のI章の中から重要な箇所を挙げてみたい。

「二　沖縄戦争詩の系譜」の「2　終わらない戦後 (2)増幅される危機感／政治と文学」では、琉球大学の『琉大文學』の新川明と川満信一を挙げて、次のように語る。

この時代に、沖縄の戦争詩は、反戦詩の特徴を鮮明に帯びてゆく。詩のベクトルは過去の戦争体験を基盤に据えながら、沖縄の現状を告発し、未来を憂う詩の言葉がシュプレヒコール的に発せられる。具体的な作品の題材は、戦争体験から基地被害へ移り、人権擁護の視点への色彩を色濃く帯びていくのである。

沖縄の戦後詩は「戦争詩」の誕生から、琉球大学の『琉大文學』を経て、さらに「基地被害」、そして「人権擁護の視点」へと展開していく。その中でも池田和の詩を引用し次のように続けていく。

戦争詩は戦争体験をうたう詩から当時の統治者である米軍政府を糾弾する詩へと変貌するのである。そして沖縄を「みなし児」と見なすかのように顔を背ける日本政府の態度を厳しく批判する詩の言葉が紡がれるのだ。

しかし必然的とも思われるこのような詩の登場は、必然的であるがゆえに沖縄の地で戦争体験を作品化することの意義や必要性など論理的な拠点を構築することなく次世代に引き継がれていったように思う。このことは、今日までも沖縄戦の継承の方法が多くの詩人や作家たちに模索される伏流になったように思われる。もちろんこの現象は、一概に賛否を断ずることのできない沖縄戦後詩の歴史の特異な軌跡の一つである。

大城氏が〈戦争詩は戦争体験をうたう詩から当時の統治者である米軍政府を糾弾する詩へと変貌するのである。そして沖縄を「みなし児」と見なすかのように顔を背ける日本政府の態度を厳しく批判する詩の言葉が紡がれるのだ。〉と沖縄の詩人たちの歴史的必然性を語る言説には、多くの沖縄の詩篇を読み続けて、そこに通底している「倫理性」が宿っていると指摘している。「沖縄戦争詩」や「沖縄戦後詩」という言葉の概念には、沖縄の血が通っていて、本土の戦後詩が衰退していったのに比較して、「沖縄戦後詩」は今後もっと豊かに開花していくことを予感させてくれる。

その後に大城氏は「沖縄戦後詩」の成果として次のように語る。〈沖縄戦後詩のこのような挑戦を具現化した象徴的な詩作品を二つ紹介してこの論考を閉じたい。一つは宮古島の詩人与那覇幹夫（一九三九年〜）の「叫び」、他の一つは石垣島の詩人八重洋一郎（一九四二年〜）の「日毒」だ。〉と言う。

そして大城氏は〈与那覇幹夫は「ワイドー加那、あと一人」という言葉に万感の思いを込めて想像力を飛翔させ、夫婦の痛みに寄り添う。そしてこの言葉は、いつしか沖縄の地で「犯され殺された数多くの主婦やみやらび、いたいけな幼女たちの鎮魂／嘉手納、普天間、金武、辺野古―襲われ続ける守礼の島」の女たちへ寄り添う言葉となる〉とその女たちの魂を救済する沖縄の方言の力を見出している。また〈八重洋一郎の詩集『日毒』もまた土地に寄り添い、国家権力に対峙する言葉を集めた詩集だ。「日毒」とは、毒される日常の意味ではなく、日本政府に毒される沖縄のことを喩えている〉と数百年の沖縄と日本の植民地化していく関係の実相を抉りだし、その沖縄からの歴史の真実を語る言葉として高く評価する。

「三　沖縄戦争詩の現在」の「2　戦争詩の具体例とその方法」では、上江洲安克、山入端利子、大瀬孝和、上原紀善、中里友豪、市原千佳子、網谷厚子、芝憲子、宮城隆尋、佐々木薫の詩篇を引用して、その現在の沖縄が戦争に加担することと対峙する戦争詩の試みを論じている。さらに「4　抗う言葉の行方」では、『オキナワ　終わらぬ戦争』に高橋敏夫氏が執筆した解説文を引用して、その言説が今の沖縄戦後詩の姿を指し示していると語る。その箇所を引用してみる。

沖縄でもヤマトでも、それぞれの場において戦争と暴力に抗うわたしたちの前に、みずみずしく歓喜にみちた抗いのリアルとその熱源が出現する。いや、そうではない。動かしがたく圧倒的な戦争と暴力のリアルに違和感をいだいてはじまる、わたしたち一人びとりの思考と行為および表現がすでに、みずみずしく歓喜にみちた抗いの闘いのリアルそのものではないか。

（『オキナワ　終わらぬ戦争』解説文・高橋敏夫）

大城氏はこの言葉を受けて、次のように語る。

「沖縄の人々は希望を捨ててはいない。また捨ててはいけないのだ。小さな言葉の積み重ねが、やがては大きな歴史のうねりを作っていくことを信じている。そして、言葉は、時間や空間を越えて国境をボーダレスにする力があることをも信じている。これこそが、歴史がすでに証明してくれているはずだ。」

高橋敏夫氏の「わたしたち一人びとりの思考と行為および表現がすでに、みずみずしく歓喜にみちた抗いの闘いのリアルそのものではないか」という沖縄の「抗いの闘い」の仕方こそが、「沖縄の希望」であり、「小さな言葉の積み重ねが、やがて大きな歴史のうねりを作っていく」ことなのだと言う。そして沖縄が決して「抗いの闘い」を放棄しない人びとから成り立っていることを静かに物語っている。

4

Ⅰ章のその後の評論は〈四　「沖縄文学」の特異性と可能性〉、「五　伝統と記憶の交差する場所　～文学表現にみられる記憶の言葉と伝統文化の力～」、〈六　機関誌『愛楽』に登場する表現者たち　～「沖縄ハンセン病文学」研究～〉、「七　グローバル社会における詩教材の可能性　～山之口貘の詩から見えるもの～」、「八　沖縄の文芸～近・現代の文芸と韻律」、〈九　「しまくとぅば」の発見と沖縄文学の挑戦〉の六編がある。四では、「沖縄文学」は「日本文学の枠組みを揺り動かすダイナミックなマグマを有する文学である」と言い、沖縄の芥川賞作家やその他の作家たちの作品を紹介している。五では「沖縄の文学が有しているウチナーグチでの表現は、今日、多くの作者が試み、その方法も実に多様化している」と言い、小説、詩、さらには「オモロ」、「組踊」、「琉歌」などを基礎言語として「ウチナーグチ」を顕在化させている。六では「私が本論で考察する『愛楽』は、一九五四年発行の創刊号から一九七六年発行の37号までである」として、沖縄愛楽園に入園している歌人、俳人、作家の作品の特徴と傾向を論じ、俳句・短歌はその代表作を、小説はあらすじを紹介している。七では「貘は、自らの存在を認識するために複眼的な視点を構築していることが、この詩から理解できる。国家や世間が絶対的な価値観を強いる時代に、多様な視線を持つことが重要であることを、貘は様々な職業を遍歴しながら会得していたものと思われる」と山之口貘の魅力を国語教材に生かす試みを伝えている。八では〈沖縄には、「おもろ」「ニーリ」「あやご」「ユンタ」「ジラバ」などと呼ばれる伝統的な韻律を有した短詩型の文学表現がある。さらに「琉歌」に至っては、八、八、八、六音のリズムで、三線の音色に乗せられて、広く今日までも人々に愛好されているのだ〉と伝統的な韻律から生まれた短詩系文学が「沖縄文学」の基層に存在していることを沖縄の歌人たちの作品を引きながら語っている。

最後の〈九　「しまくとぅば」の発見と沖縄文学の挑戦〉では、現在の「沖縄文学」の最大の課題が「しまくとぅば」の発見であることに気付かされるのだ。大城氏は次のように「しまくとぅば」について考察している。

私たちが使用している生活言語には、「琉球方言」「しまくとぅば」「うちなーぐち」、などと様々な呼称がある。その中で「しまくとぅば」という呼称を使用するのは、先に述べた沖縄タイムス社の使用や、県の条例に定めた「しまくとぅばの日」など、昨今、使用例が急速に広がりつつあることも理由の一つである。同時に、沖縄はかつて「琉球王国」と呼ばれる独立国家が存在していた。このことは自明なことであり、この王国の系統を体現する言語を含めた言葉に言及するのであれば、方言という呼称に、やはり違和感を覚える人々がいるだろう。また、琉球王国の王府である首里城が存在していた首里地域の言葉を対象とする文学作品だけではなく、那覇や離島やヤンバルで使用されている言葉、それこそ「しまくとぅば」を対象とした作品をも論じたいと思うからだ。

実際、今日活躍している表現者たちの中には、「しまくとぅば」のみならず、「うちなーぐち」や「方言言語」の範疇を突き抜けた新しい個的な言語を創造し、文学の表現言語として果敢に挑戦している表現者たちが数多くいる。これらの表現者たちの営為をも含めて、「しまくぅとば」という呼称を使うことが妥当であると思われる。

私も沖縄の言葉を「沖縄方言」と言うことは異国であった琉球王国の言葉に対して、違和感を抱いていた。また「ウチナーグチ」も内向きと感じていたが、「しまくとぅば」はなぜかしっくりくる。大城氏が〈「しまくぅとば」と言うことは、「沖縄文学」が基層言語を発見し、「沖縄文学」をさらに新たに創造していくエネルギー源になっていることに自信を深めているかのようだ。

Ⅱ章「沖縄平成詩の軌跡と表現」では、冒頭でも触れたが大城氏の三冊の詩論集は、「沖縄戦後詩」の一九四五年から昭和の終わる一九八九年ごろまでしか論じていないが、その後の平成三〇年を約十年ごとにその間に刊行された沖縄県の出身か沖縄に暮らす三冊以上の詩集を出した二十九名の詩人たちの特徴を丁寧に論じている。

Ⅲ章「詩人論」では十名の詩人論「市原千佳子論、佐々木薫論、網谷厚子論、沖野裕美論、宮城松隆論、中里友豪論、牧港篤三論、知念榮喜論、船越義彰論、清田正信論」を収録している。作品論と詩人論が相互に関係を持ちながら詩人の存在と詩語の在りようを浮き彫りにしていく。大城氏の視線はとても温かで詩人がなぜをそのような詩を書かざるを得ないかを知らせてくれる。

本書は「沖縄文学」と「沖縄戦後詩」の重層的な関係を考える際に最も相応しい論考集として読み継がれていくに違いない。また新たな「沖縄文学」を「しまくとぅば」を駆使して創造しようとしている若き表現者たちにも大きな示唆を与えるだろう。

沖縄戦後小説の過去・現在・未来を探索する

大城貞俊『多様性と再生力 ── 沖縄戦後小説の現在と可能性』

1

大城貞俊氏は、沖縄県宜野湾市に暮らす小説家・評論家・詩人・学者・教育者であり、ハンセン病患者や沖縄戦の証言をまとめる活動などの数多くの仕事をされてきた。二〇一九年に刊行した『抗《あらが》いと創造──沖縄文学の内部構造』では、中心テーマは戦後の「沖縄現代詩」の膨大な詩集を集めて読み込み書き上げた画期的な労作だ。その米軍統治下の復帰以前から復帰後の平成時代が終わるまでの数多くの詩人たち、例えばリアリズムの牧港篤三、シュールリアリズムの克山滋、新しい抒情の船越義彰、『琉大文学』の清田正信などから始まり、戦後にも活躍した山之口貘、平成時代に活躍する伊良波盛男・八重洋一郎・佐々木薫・新城兵一・高良勉・与那覇幹夫・網谷厚子・あさとえいこ・佐藤モニカまで、その沖縄で発せられた詩的言語の特徴を生き生きと自由な個人言語の歴史として記してきた。後世、詩に関心ある研究者や愛好家たちは、きっと大城氏の沖縄の詩や詩人を愛する詩論に対して、深い情熱を感じ取り文化遺産のように感じ取るだろう。

その『抗いと創造』には小説などの沖縄文学に関しても概括的に論じられている。例えばⅠ章「沖縄文学の特質と可能性／四 「沖縄文学」の特異性と可能性／Ⅰ 「沖縄文学」の定義と特異性」の中で次のように語っている。

終戦後の沖縄の現代文学（戦後文学）については、次の五点の特徴を指摘することができる。一つ目は「戦争体験の作品化」である。沖縄県民が等しく体験した沖縄戦や土地の記憶の継承をどう文学作品として表象化していくか。これが戦後一貫して流れている今日までの課題である。二つ目は「米軍基地の被害や米兵との愛憎の物語を描く」作品である。米軍基地あるが故に生まれた「沖縄文学」の作品世界の特徴である。

三つ目は「沖縄アイデンティティの模索」で、四つ目は「表現言語の問題」である。この二つの特徴は、近代文学の課題と重なりこれを引き継いだものだ。表現言語の問題は今日では「シマクトゥバ」と呼ばれる「生活言語」をどう文学作品に取り込んでいくかという課題に継承される。作品はさらに自覚化され一層広がりと深化を見せて創出されている。

五つ目は、作者も作品も「倫理的である」ということだ。このことは「沖縄文学」の大きな特徴の一つになっている。文学は虚構であることを前提に表出される世界であるが、沖縄の作者や作品には笑いやファンタジーな世界を紡ぎ出した作品はほとんどない。この特徴は沖縄の戦後がこのことを許さない過激な状況が七十二年間余も続いていることを表しているように思われる。

この五つの特徴は、戦後を二区分して「占領下の時代」と「復帰後の時代」と区分しても継続される「沖縄文学」の特徴だ。このことは、時代のエポックを記した本土復帰の一九七二年以降も沖縄社会や沖縄文学を担う基盤が本質的に何も変わらなかったことを示しているように思われる。

さらに沖縄文学の特徴を挙げれば、「国際性」を帯びた作品世界の創出と、昨今の作品の傾向から「個人の価値の発見と創出」を新たに付け加えることができるだろう。「沖縄文学」のこれらの特徴は、本土の他地域にみられない特異な作品世界をつくっているのである。

沖縄文学の特徴を考える場合に大城貞俊氏の考える五つの特徴である「戦争体験、米軍基地の被害、沖縄アイデンティティ、表現言語（シマクトゥバ）、倫理的であること」はとても重要な指摘だ。さらにそれに加えて「国際性」と「個人の価値の発見と創出」という、広がりと深さを抱えて発展している今日的な沖縄文学の可能性を指摘している。このさらに加えた二つが今回の評論集『多様性と再生力』を書き上げるための原動力になったと推測される。大城氏にとって「国際性」とは異質な他者と出会う「国際性」であり、「個人の価値の発見と創出」とは行き詰った古い個人が新しい個人に脱皮していくことを促すための「再生力」という、生き直すための根源的な力を奮い起こすことなのかも知れない。

2

本書は序辞と第Ⅰ章〜第Ⅲ章、付録から成り立っている。序辞「沖縄で文学することの意味　―極私的体験論から普遍的文学論へ」の冒頭で沖縄文学の特徴を左記のように前評論集の特徴をもっと集約し絞り込んで左記のように三つあげている。

沖縄文学の特質は、一つに戦争体験を作品化すること、二つに国際性に富んでいること、三つに地方語であるウチナーグチを共通語を使用した日本文学の中にどう取り込んでいくかということ。この三つの特質が際立っていると言えるだろう。

大城氏は、沖縄戦での十四万人余りの県民の死者を出したこと、戦前から貧しい移民県であり戦後は米軍に土地を奪われて海外に活路を開いた人びとのこと、「奪われていくウチナーグチをどのようにして生き延びさせるか。その一つの試みが文学表現に定着させること」などの三点の切口から、これらの特徴を抱え込む戦後の沖縄小説について語り始める。第Ⅰ部「沖縄文学の構造」は一章「大城立裕の文学」、二章「東峰夫の文学」、三章「又吉栄喜の文学と特質」、四章「目取真俊文学の衝撃」に分かれている。四人の芥川賞作家の初期のころの作品群からその作家の本質的な課題に分け入り、その作家たちの目差す文学の構造を明らかにしようとする。

一章「大城立裕の文学」の大城立裕氏は昨年の十月二十七日に他界された。立裕氏の訃報記事は半5、6段の大きなスペースで、東京新聞では〈「複眼」で見つめた沖縄〉、朝日新聞では〈生の輝き示した〝沖縄文学の父〟〉と大見出しが飛び込んできた。大城立裕氏を語るキーワードは新聞紙上では「複眼」と「沖縄文学の父」であった。立裕氏のことはその後も天声人語や文芸欄でも親交のあった作家たちの追悼記事がでていた。きっと他の新聞でも追悼記事が大きく出ていたに違いない。私は二〇一八年五月二〇日に沖縄で開催された日本ペンクラブ〈「平和の日」の集い「人生きてゆく島　沖縄と文学」〉の実行委員の一人であった。沖縄側の実行委員会の代表には立裕氏に就いて頂き、その中心の象徴的存在感によって「平和の日の集い」は成功をおさめ大変お世話になった。心よりご冥福をお祈りしたい。その沖縄での会で大城貞俊氏と又吉栄喜氏は実行委員会の実務的な中心となり沖縄の文学者や教育者たちの実行委員会を組織して、八百人以上を集めて会の運営を取り仕切ってくれた。その際に大城氏や又吉氏を含めた沖縄人がいかに立裕氏を尊敬し誇りに思っているかを実感することが出来た。そんな立裕氏の「複眼」や「沖縄文学の父」の作品群の原点を大城氏は左記のように論じている。

大城氏の一章「大城立裕の文学　1　重厚な問いの行方―「朝、上海に立ちつくす―小説東亜同文書院」」では、戦争中の中国留学体験が立裕氏に生涯に渡るどのような根本的な問いをもたらしたかを辿っていく。

○いま一九四五年十二月、中国革命はいまだ達成されていない。革命とはまず欧米勢力を駆逐することだと、中国近代の先覚者たちが信じ、日本がそれに手を藉そうとしたが、日本はいつのまにか欧米の代わりをつとめていた。それを中国に進出してきた日本人は、いま知らされた。革命を達成するのは国民党か共産党か。孫文はいずれにも信奉されながら、究極はいずれの神でもないのかも知れない。孫文はかつて日本に亡命し、日本を盟邦と頼んだが、それは誤りであったのか。日本を駆逐したあと、中国革命はどのような経過をたどって達成される見込みなのか。東亜同文書院はそれを見届ける資格を剝奪された。（277頁）

○「東亜同文書院は君たち中国人にとって何であったか」／「東亜同文書院は中国の敵だ」／范景光ははっきりと言った。（321頁）

○「そうか。敵か。そして、それをいま駆逐したことが嬉しいか。しかし、将来また米英資本の侵略があったら、どうする？」／「その侵略はもはやあり得ない」／「なぜ？」／「中国の歴史は変わる」／「そうか長江の流れは変わるか」／「長江の流れは変わらないが、その流域が変わる」（中略）「同文書院は敵だが……」／景光がゆっくり言った。「しかし、君や金井が将来同士になるよう期待している」／「僕や金井は長江の水か」／「そうだ」／范景光の唇からはじめて笑い声が洩れた。（321—322頁）

このような問いが、作品の冒頭から次々と繰り出される。そしてこれらの問いこそが作品の特質をも示している。作品は作者の上海での戦争体験を基底に据えた問いで構築されているようにも思われるのだ。

しかし、前戦での銃撃戦や戦争で犠牲になる人々の姿はほとんど描かれない。作者にそのような体験がなくても、軍服を着た兵士である以上、戦場での悲惨な殺戮や戦闘の場面が挿入されてもおかしくないはだが。作者の関心はそこにはないのだろう。

作者大城立裕の関心は、血なまぐさい戦場での戦死者を描くことではなく、国家や民族の自立、あるいは平和な国際社会の創出や日本国家や中国社会の行方に関心があるかのように思われる。大戦に遭遇する過渡期の時代の中で、手探りするかのように国家や個としての自立を問うているように思われるのだ。

この引用で大城氏は、立裕氏が日本の植民地である沖縄の若者であるにもかかわらず、日本の大学となった東亜同文書院への留学生となり、さらに日本軍の兵士にもなった主人公に託したことを読み取ろうとする。それは「国家や民族の自立、あるいは平和な国際社会の創出や日本国家や中国社会の行方に関心がある」ことへの問いを発することだと言う。つまり立裕氏の文学とは日本と中国のせめぎ合う両国の生々しい歴史の目撃者となり、「手探りするかのように国家や個としての自立を問うている」のだと理解しようとする。そして「大城立裕文学は、このような場所から発せられる深く重厚な問いと戸惑いから創出されるように思われる」とその試みを位置付ける。日本と中国もまた世界情勢やアジア情勢の中で刻々と変わっていくのであり、それらの国々と同様に沖縄もまた独自の文化を抱えて新たなる領域を占めるべきだと問い続けているのだろう。加えて大城氏はブラジルなど中南米への沖縄人の移民たちを主人公とした「ノロエステ鉄道」などの「国際性」を問うていく作品群もその試みに注目していく。その意味では大城氏が沖縄文学の特徴に挙げた五つの特徴である「戦争体験、米軍基地の被害、沖縄アイデンティティ、表現言語（シマクトゥバ）、倫理的であること」とそれに加えて「国際性」と「個人の価値の発見と創出」の七つの特徴が、立裕氏の初期の小説にもすべて含まれているのであり、きっと大城氏は立裕氏の小説を分析してこの七つの特徴を導き出したようにも思える。立裕氏の小説に対する多くの思想家や文芸評論家たちの言説を検証し、立裕氏自身のエッセイ集を通して、「多様な異文化接触を経験した沖縄文化」を背景にしたその小説群は、「自問する文学」であるとその魅力を浮き彫りにしている。

3

第Ⅰ部のその他の作家について大城氏のその評価の最も重要な箇所を引用しておく。

二章の「東峰夫の世界」では、「『オキナワの少年』が示した方向性や、シマクトゥバの実験的な試行は、少なくとも沖縄の表現者にとっては勇気を与えるものとなった」と東氏の「シマクトゥバの実験的な試行」の先駆性を指摘する。

三章の「又吉栄喜の文学と特質」では、「又吉文学に持続されているテーマの一つである救いへの挑戦、或いは自立への可能性を求める姿勢は沖縄文学の大きな課題でもある。同時に人間の自立や文学の自立は世界文学の永遠のテーマでもある。自由や自立こそが古今東西の表現者が追い求めてきた課題であるからだ」と又吉氏が沖縄文学や世界文学の王道を追求していると語っている。

四章の「目取真俊文学の衝撃」では、「目取真俊は、ここで自らが「沈黙の彼方にある言葉」を探すことの大切さを述べている。もちろんこれらの言葉は、戦争体験のみならず、正義をかざし不条理な力によって抹殺された死者たちの言葉を考え続けることにも繋がるはずである」と米兵と日本兵に犯され、沖縄戦で死んでいった沖縄人の「絶対の沈黙」を聞き続けている言葉を紡ぎ出していると言う。

大城氏は、これら芥川賞作家の小説の言葉の構造を作り上げた内面の息遣いを聞き取って書き記している。

第Ⅱ部「沖縄文学の多様性と可能性」では、「第一章　池上永一の文学世界」、「第二章　崎山多美の提起した課題」、「第三章　長堂英吉と吉田スエ子」、「第四章　沖縄文学の多様性と可能性／1「九州芸術祭文学賞」受賞作品と作家たち／2「新沖縄文学賞」受賞作品と作家たち／3「琉球新報短編小説賞」受賞作品と作家たち」、「第五章　胎動する作家たち／1　山入端信子論／2　白石弥生論／3　崎山麻夫論／4　玉木一兵論／5　富山陽子論／6　崎浜慎論」などの沖縄のその後の作家たちの試みを丹念に読解していく。そして例えば大城氏は、沖縄文学の特徴とは異質な「池上永一は全く異なる作品を提出し、沖縄の歴史さえもエンターテインメントの対象にしたのだ。従来のテーマや題材とは異なる作品世界の大胆さに衝撃を受けたのである」と、池上氏のマジックリアリズムの手法を丁寧に読み取りながらその可能性を検証し、その他の新しい作家たちの試みも沖縄文学の特徴の継承、発展、逸脱、飛躍する新たな沖縄文学の「多様性と再生力」を詳細に読み取り記している。

第Ⅲ部「沖縄文学への視座」では最近の芥川賞、ノーベル賞の作品を読解し、沖縄に関わる接点や沖縄文学と交差する世界文学との共時性を発見し、「沖縄自立の思想」を模索して沖縄文学が世界文学になるための土壌づくりを大城氏は試みているかのようだ。

このような沖縄戦後文学の過去・現在・未来を探索する大城貞俊氏の労作『多様性と再生力』と、前評論集『抗いと創造』の試みは、沖縄文学を愛する人びとがその全体像を想起する際に必見の書になるだろう。

沖縄の「修羅と豊饒」とは何か

平敷武蕉『修羅と豊饒 ―― 沖縄文学の深層を照らす』

　現在、最も旺盛に沖縄文学全般を視野に入れて批評活動をしている平敷武蕉氏が、『修羅と豊饒 ―沖縄文学の深層を照らす』を刊行した。一章「小説」、二章「俳句・短歌・詩」、三章「社会時評と文芸」、四章「書評の窓」に分かれ三八四頁にもなる大冊だ。平敷氏の批評する姿勢は、たとえ大家であっても新人であっても決して手を緩めることなく作品に向きあって、沖縄文学の優れた試みであるか否かを内面に問いながら記述していく、純粋な批評精神に貫かれている。多様なテーマの中から一章「小説」を主に紹介したい。

　一章の冒頭には「内的必然と作品との関係―大城立裕「普天間よ」」が置かれている。『カクテル・パーティー』で、沖縄で初めての芥川賞作家になった大城立裕氏の『普天間よ』には、七篇の短編が収録されている。批評家の宮内勝典氏は「大城文学の頂点」と沖縄タイムスの書評でこの『普天間よ』を手放しで絶賛したという。それに対して平敷氏は左記のように評価の違いを明らかにする。

〈「収録作品で一番の秀作は『首里城下町線』である。この作品は学徒兵の戦場での苛烈な体験を書きとめただけでなく、苛烈な戦場での記憶の継承という問題を問いかけた作品としてインパクトがあり、文句なしの秀作といえる。それはまた、文科省が教科書から軍命による『集団自決』を削除し、沖縄戦を偽造せんとする動向への、文学的抵抗を示した作品として意義を持つものであり、作家としての内的必然に突き動かされて書いた作品といえる」（『天荒』四一号）。／このように「首里城下町線」を称賛したのであるが、しかし、「普天間よ」の作品を含めて「大城文学の頂点」とすることには、いささか抵抗がある。〉と言う。そして大城立裕氏が「普天間よ」を執筆する動機に「内的必然」があるかどうかを詳細に問うていく。平敷氏は大城立裕氏が「普天間よ」で試みた四つの「奇妙なたたかい」（一つは、「私」の祖母の、基地から鼈甲の櫛を掘り出そうとする試みであり、二つは「私」の、琉球舞踊で基地と対峙するたたかい、三つは父の基地返還運動であり、四つが新聞記者平安名の洞窟潜入というばかげた行為である。）の想像力の中に分け入っていく。「つまりこの作品は、基地に対しては、正面から大勢で基地反対を掲げて挑む正攻法の闘いよりも、個人個人が、知恵を絞ってしたたかなたたかいを捻出することの方が効果があり、息の長いたたかいとして持続できるのだと暗示しているのである。」と了解する。
けれどもあえて平敷氏は、「普天間問題とは何だったのか。（略）普天間問題とは、戦争のための飛行場が市街地のど真ん中に存在し、住民の命と生活を脅かしているということであった。爆音は基地から発生している。この基地をどうするかということが、作品の意志＝内的必然として要請されている。作者はもはやこの作品の意志に従って書くしかない。」と作品の内部生命の行方を透視していく。ところが大城氏がそこまで踏み込んでいかないことにもどかしさを覚えて、大城立裕氏の「普天間」に関わる「内的必然」の希薄さをその物語の展開の中に感じ取っているかのようだ。

一章の二番目『戦場での罪―目取真俊「露」を読む』と三番目『「忘《わっし》れてぃやならんど」とは―目取真俊「神ウナギ」』では、芥川賞作家で高江のヘリパッド基地や辺野古の海上基地などの建設に反対する活動を身体を張って行っている、目取真俊氏の二篇の小説について論じている。

一つ目の「露」は、職場で、戦争中に兵士だった男から日本軍兵士の加害者としての告白を聞いてしまい、次のように書き記したことを平敷氏は、元の小説を引用しながら語る。

〈宮城さんが口を開く。それは、中国での行軍中の凄惨な体験であった。

飲み水が一滴もない状況のなかで、行く先々の村の井戸は村人によって毒が投げ込まれて飲めない。水がなくて同僚たちがばたばた倒れていく。《倒れとる仲間の口開けてぃ、白くなとーぬ舌引っ張り出して、自分の唾を指先につけてぃ舌にすりこんでとらし》たという。そうすると、よろよろと立ち上かって、歩き始めるのだが、それでもダメな者はもう最期。見捨てていくしかなかったという。この、水のない渇きのため、中国人への憎しみが募る。《次の村つきねー、なー収《うさ》まらんよ。わじわじーしちふしがらん。シナ人を見つけしだい殺《くる》さんねー、気がすまん。男《いきが》や逃《ぴんぎ》げてぃ、年寄、女子《いなぐ》、童《わらび》しか居らんてぃん、見境は無《ねー》いらん。片っ端から皆殺してー。女子は強姦して、陰部《ぼー》んかい棒を突っ込んでぃ蹴《き》り殺《くる》ち、童は母親の目の前で切り殺して、足を摑まえてぃ振り巡らち頭を石で叩き割ったしん居ったさ。（略）戦場で水飲まらぬ苦しさ。当たてーぬ人《ちゅー》しか分からんさ。これのどこが良い思いが？》と、金城氏を見据える。

ここで宮城氏は、中国戦線で体験したおぞましい出来事を皆の前で語っている。中国人への日本軍による極悪非道な鬼畜同然の振る舞いである。そして、その中にまぎれもなく沖縄人がいたのであり、宮城氏自身がその中の一人だったという厳然たる事実である。詩人、八重洋一郎の言う「二千万のアジア人をなぶり殺し」た「日毒」そのものである。〉

ここでは日本兵が中国戦線で犯したことに沖縄人もまた加担していたことを断罪し、「露」の枯渇がもたらした兵士たちの狂気を抉り出した目取真俊の試みを、沖縄文学の課題を引き継ぐ者として高く評価している。さらに「沖縄人の戦争体験が、沖縄内にとどまらず、アジア太平洋地域まで視野を広げるとき、侵略戦争に出征した沖縄人の加害者としての罪と責任の問題が浮上してくるのである。」と言う。そして詩人の八重洋一郎の先祖たちが使用していた「日毒」という「日本の侵略性」によって沖縄人もまた加担させられていることを真剣に受け止めるべきだと語る。そうであるからこそ、戦争の体験者ではなくても高江や辺野古の軍事基地に反対する目取真俊が戦争を物語る「内的必然」の確かな根拠を指摘している。

また「神うなぎ」において、主人公の父勝栄は村の守り神である「神うなぎ」を守ろうとしたことや、米軍に投降することを言い出して実行したこともあり、日本軍に恨まれてスパイとして殺されてしまう。その息子の勝昭は村の「神うなぎ」の末裔を釣っても沼に戻し、父の遺志を引き継ごうとする。〈彼は戦時下にあっても、理不尽なことを許さず、戦争を憎み、勇気をもって果敢に抵抗した。日本軍は、彼の勇気をこそ一番恐れて殺害したのだ。最後に主人公が、父の遺影に向かって「忘れてぃやならんど」といっているのは、その勇気のことにほかならない。〉と言う平敷氏は、目取真俊氏自身が勝昭の分身として高江や辺野古で今も闘っているのではないかと推察している。

四番目の「〈陽性の惨劇〉・戦後世代作家の力強い挑戦―大城貞俊短編集『記憶から記憶へ』」では、大城貞俊氏の小説が、大城立裕氏や目取真俊氏とは異なる手法で独自の沖縄文学の可能性を押し広げて執筆していることを紹介している。

〈「アメリカ兵より日本兵の方が恐かった」と、日本軍の恐さを骨身に沁みて味わった人々にとって、その恐怖の体験は戦争と軍隊への強力な抗体となる。だが、なまじっか、日本兵との心地よい思い出を記憶にとどめて居る者にとって、日本兵は恐い存在ではなく、軍隊に対し無防備になるしかない。国はそこを狙ってくるのだ。／（略）そのようなとき、セツや鈴子や加那のようなヤマト人に無防備な庶民の（愛）は利用され、また犠牲にされるしかない。当然、沖縄も、新たな対応が迫られている。ヤマトの巧妙な精神的侵略の罠に搦め捕られないためにも、〈沖縄の心〉はいったんヤマトの〈優しさ〉を潜って、それへの抗体を準備するのでなければならないのだ。その抗体とは何か。軍人は住民に優しかろうが、その本質は同じであり、〈良い軍隊〉など存在しないのだと喝破する眼を養うことである。大城貞俊の作品は、そのような抗体を涵養してくれる文学である。／大城貞俊は、この作品で、目取真俊とは逆の方法意識で、日本国家の新たな沖縄統合への、心優しい、だが、したたかな抵抗を豊饒な文学として提示した。沖縄文学の新たな広がりである。〉

平敷氏は、大城貞俊氏の試みを「目取真俊とは逆の方法意識」で「日本国家の新たな沖縄統合へ」の「したたかな抵抗を豊饒な文学として提示した」と、沖縄文学が抱える抵抗の精神性の可能性を示したと語っている。そして大城貞俊氏の沖縄戦や沖縄の戦後において翻弄された人びとを分け隔てなく、その固有性において一人ひとりの存在を語らす手法は、善悪を超えた普遍的な「沖縄文学の新たな広がり」を獲得していると物語っているかのようだ。さらに〈大城貞俊は、「戦争によっても変わらないのは何か」を、戦時中の日本兵と沖縄住民との心温まる人間的交流を描くことで、これまた逆説的に、「戦争は人間を悪魔に変える」という真実の〈虚偽性〉を、私たちに提示して見せているのである。〉と明らかにする。

平敷氏は、大城貞俊氏の「心優しさ」を通して「真実の〈虚偽性〉」を抉り出す手法を「したたかな抵抗を豊饒な文学として提示した」と高く評価している。つまり沖縄の歴史が抱えている「修羅」を「豊饒」な世界文学にかえる可能性を見出しているかのようだ。

一章五番目の「新たな小説のスタイル―崎山多美の新作「ユンタクサンド（or 砂の手紙）」を愉しむ」では、崎山多美氏の「しまくとぅば」・「ウチナーグチ」を駆使した実験的な小説を紹介している。平敷氏は冒頭でタイトルを次のように紹介している。

〈タイトルの「ユンタク」は、日本語（標準語）で「おしゃべり」、「サンド」は英語で「砂」。意味するところは「砂のおしゃべり」（or 砂の手紙）ということになるわけで、表題からして、日本語は消えていて、ウチナーグチと英語をカチャース（まぜこぜにする）記述になっている。〉

「しまくとぅば」と英語と日本が「カチャース」（まぜこぜ

にする）する文体が崎山氏の文体ということだ。沖縄のお祝いの踊りの「カチャーシー」を文学に応用したということなのだろう。崎山氏の左記の文体は、今まで読んだことのない手法で、沖縄の世界に私たちを引き込んでくる魅力を感じさせる。

《ハイよ、ロイ、ガンジューイ？／どうしてるネエ、アンタ。ウチはネエもう、先のことも後のこともなにもかもが想われなくなってしまって、（傍線は引用者、以下同じ）このごろは昔のことを思い出そうとすると、ユマンギィの道を当てもなく歩きまわっているみたいに、世界がうすぐらぁい霧で覆われてしまってからに、そのうち、何もかもが記憶から消えてしまうんじゃないかって、ウチとしては、心配《シワ》なわけ。だからよ、すっかりアンタのことが想われなくなってしまう前に、こうして書き慣れない手紙なんかをサ、指を舐めなめ、書くことにしたってわけよ。（略）》

平敷氏は、この崎山氏の《「ウチナーグチ」のリズムで日本語を「カチャース（まぜこぜにする）」》という《「無謀」な「冒険」》こそが、崎山氏だけにとどまらない今の沖縄文学の様々な表現者たちの「内的必然」であると指摘しているかのようだ。

平敷氏の批評は、その後の真藤順丈の「米軍基地内に侵入して物資を盗み出す」長編小説『宝島』を始め、二章『俳句・短歌・詩』の玉城寛子氏の豊饒な短歌の解説、三章「社会時評と文芸」の山口泉氏などの辺野古に関わる実践的な記録、四章「書評の窓」の元ハンセン病患者の伊波敏男氏のコラム集の紹介などで沖縄の「修羅と豊饒」を体感できるであろう。この評論集はそのような沖縄の修羅の現場から沖縄の真の豊かさを伝えてくれている。

修羅を生きる生きものに注がれる「いのちの滴」

かわかみまさと詩集『仏桑華《アカバナ》の涙』

1

かわかみまさと氏は、一九五二年に宮古島市の「与那覇湾に臨む海端の陋屋《ろうおく》」で生まれ、現在は東京・中野区に暮らす詩人であり内科医をされている。著書は二十五歳の時に刊行した詩集・断片集『めぐり来る日々の沈黙』を初めとして、詩集や童謡詩集を八冊、歌集を一冊刊行している。その宮古島の地域は、天皇制からの沖縄の自立と世界の人びととの共生を詩や論考で記す詩人・評論家の川満信一の故郷であると、かわかみ氏が少し誇らしげに語られていた。かわかみ氏は金沢大学医学部に進学し、生まれ育った久松地区で一〇〇年ぶりに誕生した医師だと言われた。学生時代は金沢の地でデカルトやキルケゴールなどの思想・哲学書にも触れ、また詩集などの文学書を読み、クラシックなどの音楽を愛し、その切実な対話の一端が詩集・断片集『めぐり来る日々の沈黙』に残されている。現在は富士山麓にある病院の理事長を務め、遠くに駿河湾を眺めると、故郷の与那覇湾を想起してしまうのだと言う。かわかみ氏にとって身体は東京や静岡にあろうとも、心は「与那覇湾に臨む海端の陋屋」にあるのだろう。かわかみ氏を紹介する際に最も影響を受けた父母について記した第四詩集『夕焼け雲の神謡《ニーリ》』（二〇一一年刊）の詩「父の空き瓶」を引用する。かわかみ氏が想起する実家の中で何が行われていたかが生き生きと描かれている。

《明治生まれの父は／日中戦争で片目を失くしたが／魂のセンサーは毀れず／敵に襲われた亀のように／頭を引っこめ声を呑んで／つるつるの平和へリセットされた戦後を／傷痍軍人としてまっすぐ生き延びた／／父は／昼間は義眼の分かれ目に錆び色の涙を匿《かく》し／何くれと無く家族の世話を焼いた／日が沈むと／義眼をむしり取り／よれよれのタオルを頭に巻きつけて／古傷の疼きをおさえ／戦場の亡霊と語り合った／けれど、日増しに飽き足りない生活を厭い／ヨダレも拭けない駄々っ子に成り済まして／一回り若い母に酒を所望した／／母は泡盛の四合瓶に少しずつ水を足し足し／限りなく薄い水割りをけなげにふるまった／阿吽の呼吸と言うより／赦《ゆる》し合う愛の／ボケとツッコミであろうか／ボラの煮付けと生の島ラッキョウを肴に／お座なりの夫婦漫才は夜通し続いた／父は酔いしれると知ってか知らずか／オレの人生は水っぽい酒だ／お前らの世話にはならんと毒づき／すぐさま、真顔になって／母を頼むとボクの手をがっちり握りしめた／／父は昭和の幕切れをいとおしみ／渚を清める波の音に包まれて／洋々と息を引きとった／野辺送りの朝／父をこよなく慰めた泡盛の空き瓶は／薄暗い二番座の隅っこで／兜を脱いだ敗残兵の如く／しょんぼり転がっていた》

かわかみ氏はＩＱだけでなくＥＱという感情能力がそれ以上に豊かであることが理解できる。その原点には戦争で片目を失ったが、懸命に働き家族を支えて慈しんだ父の存在があった。父は「日が沈むと／義眼をむしり取り／よれよれのタオルを頭に巻きつけて／古傷の疼きをおさえ／戦場の亡霊と語り合った」と言う。きっと亡くなった戦友や中国兵などの敵兵と無言の対話をして慰霊をしていたのだろう。そんな父と母との「赦《ゆる》し合う愛の／ボケとツッコミ」こそが、かわかみ氏の心情に影響を与えたに違いない。父は泡盛に飲まれるだけではなく「真顔になって／母を頼むとボクの手をがっちり握りしめた」と言う。どこか芝居がかった父の背負った存在の悲しみを真正面から感受している。そんな「父の空き瓶」を通して戦中、戦後の父母の世代の記憶に潜む人間の精神の本来的な優しさと逞しさを同時に書き残したのだろう。

次に一九九一年に刊行された第二詩集『みはてぬ夢』の詩「仏桑華（あかばな）」を引用する。

《かぜにゆれる　あかばなは／とおいむかしの　たたかいを／つまにかたる　ますらおの／むじゃきなかなしみを　そらにもやす／ああ　いくとせすぎて　こころはうたう／はだにきざまれた　いかりこえ／／かぜにそよぐ　あかばなは／よぞらにきらめく　ほしぼしと／ときをかぞえ　あたらしき／しゅれいのたびびとを　とわにただす／ああ　いくたりしして　このよはめぐる／こぼれたるいのちの　はかなさよ》

この詩は先に引用した「父の空き瓶」の原型とも言えるひらがなの童謡詩だ。父の「ますらおの／むじゃきなかなしみ」が、ついに「いかりこえ」ていく。そして焼酎「守禮」を抱えた宇宙の旅人である父が、「あかばな」のように夜空にきらめき、その光に「いのち」を感じ、また同時に「いのちのはかなさ」も受け止めるのだろう。かわかみ氏の思想・哲学は多次元的であり、この世界が様々な領域に区分けさせられ分断されている境目を楽々と乗り越えていくことを願っているのだろう。その思いを詩に托すかのように、子供たちにも読んでもらいたいと、ひらがな詩を書く衝動が第二詩集の頃からあったことを感じさせてくれる。

2

今回の詩集『仏桑華《アカバナ》の涙』は四章に分けられている。Ⅰ章の十三篇は多くがひらがなの詩篇である。冒頭の詩「いきのチャンプルー」は三つからなる連作詩篇だ。1を引用する。

《1／あなたはいきをする／わたしもいきをする／すったりはいたり／くりかえしをくりかえし／やすむことはない／たべるとき／のみこむときは／いきはできない／はなすときうたうときも／いきはできない／いきができないときに／あたらしい　いきは／むようのようをいきる》

チャンプルーとは「ごちゃまぜ」という意味の沖縄料理の名称だ。かわかみ氏は人間の「すったりはいたり」することもまた空気が混じりあい、人間も生きものもすべて空気を「ごちゃまぜ」にすることよって、この地上で新たに生かされていると言う。食べたり飲んだりする時には「いきはできない」。しかしその時に「あたらしい　いきは／むようのようをいきる」のだとすべての行為は、「あたらしいいき」のためにあるのだと語っているかのようだ。「むようのようをいきる」とは、ある意味でこの地上の生きものたちすべての「あたらしい　いき」のために存在していること忘れてはならないと語っている。その意味で「いきのチャンプルー」とはまさに私たちの生存の根底を認識させる根源的な言葉であると考えられる。2では呼吸のバランスを次のように語る。

《2／ためいきはいきではない／たまるだけのいきは／いきではない／はくだけのいきも／いきではない／いきをすうことは／いきをはくこととおなじ／そのバランスがこわれると／よわよわ　いきはとまる／ほら　ちょうちょうは／ゆったりとはばたいていく／つかれもみせず》

2では「いきをすうことは／いきをはくこととおなじ」だと言い、「そのバランスがこわれると／よわよわ　いきはとまる」と最もシンプルに生きることの原理を伝える。そのバランスを蝶々の羽ばたきに喩えている。その意味では、そのバランスの良さが「いきをすうことは／いきをはくこととおなじ」という状態なのだろう。

《3／いきはたべる／きぼうをたべる／かなしみをたべる／くるしみをたべる／そして／おおきなよろこびと／ちいさなしあわせをたべる／／けさは／ごはんとみそしると／ねばつくなっとうを／こわごわいただいた》

3では「いき」こそが「きぼう」、「かなしみ」、「くるしみ」、「おおきなよろこび」、「ちいさなしあわせ」などの人間の喜怒哀楽のすべてを体内に取り込めることが出来ると語る。その「いき」をすることがいかに奇跡であり、毎朝の食事を可能とするのもこの「いき」することの由縁だと伝えてくれている。「むようのようをいきる」とは、すべての生きものたちの根本である「いきのチャンプルー」を自覚することを指しているのだろう。

二篇目の「わたしのことば」では「わたしのことばは／わたしがいなくなっても／(略)／ゆめのなみまで／つよくよわく／はばたきつづける」と、「いきのチャンプルー」の2の「ちょうちょう」と同じ儚いけれども永遠に羽ばたき続ける存在として想像されている。Ⅰ章の他の詩篇もまた、深く広く永遠の命を言葉に托そうと試みている。

3

Ⅱ章十一篇は主に沖縄・宮古、そして地球創世の悠久の珊瑚の海と星々と魂と語らう過去の記憶を想起させる。Ⅲ章九篇は主に生き難い現在の情況の中で、身体や暮らしを持続していくための切実な課題を問い掛けている。Ⅳ章九篇は主に未来志向で現在の課題を創造的に切り拓いて命を生かしていく予言的な響きを奏でている。これらの詩篇群はかわかみ氏の歴史や現在や未来への多様性に満ちた観点があり、読者は様々な見方やどのように生きるかの多様なヒントがあることを自然に読み取っていくだろう。

最後に詩集のタイトルにもなった「仏桑華《アカバナ》の涙」という言葉が出てくるⅡ章の詩「イナゴの鳴き声」の後半を引用する。

《生きることは食うこと／食うことは食われること／食い過ぎはイケマセン／ただ食いはダスク[*1]の夢占い／やさしく生きるには／いのちの音になるのです／イナゴに食われた／草笛になるのです／音の味付けは／潮風の香り
星灯りのゆらめき／たとえば蛙の眼《まなこ》へ／ぽろりとこぼれ落ちた／仏桑華《アカバナ》の涙／夜露を手探る雨乞いの唄／上布[*2]をまとったお月様の／女々しいウインク／／あの頃のイ

ナゴは／存在の青春を煮詰めながら／黒砂糖の鍋の海で
ひと泳ぎ／甘い鳴き声を発し／楚々と食われた／天上に
魚拓を押し付けた／父親のゴツイ手は／沈黙の笑みをた
たえながら／成仏したイナゴを／素早く掬《すく》い上げた

＊1　ダスク：怠け者／＊2　あの頃：一九五〇年代までは各村に黒砂糖を作る小さな製糖工場があった。キビの汁を絞り、大きな鍋で煮詰め、黒砂糖が精製された。子供たちは、黒砂糖が煮詰まるまでの間にイナゴを熱い砂糖汁につけて食べた。》

イナゴを「黒砂糖の鍋の海でひと泳ぎ」させて、隻眼《せきがん》の父は息子のおやつにそのイナゴを差し出した。そんな父子を仏桑華は見詰めていた。生態系の中で生きものたちが食い食われているが、かわかみ氏は修羅を生きた父母たちにも他の生きものたちにも注がれる、「仏桑華《アカバナ》の涙」という「いのちの滴」を感じている。そんな「むようのようをいきる」人びとに、かわかみ氏の詩篇を読み継いで欲しいと願っている。

キジムナーを呼び寄せ沖縄の表層から深層を語る

高柴三聞詩集『ガジュマルの木から降って来た』

1

高柴三聞氏は、一九七四年に沖縄県宜野座村に生まれ、今は浦添市に暮らし福祉関係の仕事に従事しながら、詩・狂歌・エッセイ・批評文・小説などを文芸誌「コールサック」(石炭袋)に精力的に発表している。高柴氏の多様な表現力には、沖縄の自然と暮らしの細部から沖縄人(ウチナーンチュ)の精神世界に引き込んでいく、不可思議な魅力がしなやかな文体に一貫して感じとれる。それはどこか口誦文学のような語り口であり各篇は一つの物語でありながら重層的に積み重なり、それらは沖縄という大きな物語を生み出していく可能性に満ちている。今日の新型コロナウイルスやウクライナ侵略などの状況下で、日米が沖縄に過剰な基地負担を七十七年も強いてきたことに対して、沖縄の地域文化の掛け替えのない文化的価値をとは何かを、高柴氏の詩篇から問われてくると思われる。また沖縄が中心テーマだが、閉ざされることなく日本文化が世界に向かって開かれていく際に、日本の多様性の魅力や風通しの良さが感じられるだろう。

高柴氏は今年の二〇二二年秋に初めての著作となる詩集『ガジュマルの木から降って来た』を刊行した。詩集はⅠ章十二篇、Ⅱ章十一篇、Ⅲ章十三篇、Ⅳ章十三篇の計四十九篇から成り立っている。

Ⅰ章は高柴氏が最も重要視してきた沖縄の自然や暮らしの中から生まれてきた妖怪や精霊に関係する詩群だ。冒頭の詩集タイトルにもなった詩「ガジュマルの木から降って来た」の一部を引用する。

《ガジュマルの樹は一種独特な姿をしていてうねうねと曲がりくねりながら広がる枝に、長い髭のような根が幾つも垂れ下がっていた。／当時子供だった私は、このガジュマルが格好の遊び場でもあり、遊び相手でもあった。／ある夏の夕暮れに、樹にもたれ掛かって根元に腰を下ろしてぼーっと枝を眺めていた。何でそんなことをしていたか、今では全く思い出せないけれども、風が涼しくて気持ちよかったことだけは覚えている。ひょっとしたらその時期のお気に入りの習慣だったかもしれない。／その日は偶然に樹の枝に何か小さな生き物のようなものを見付けた。背伸びをしてじっと見つめていると、驚いたことにそれは小さな人のように見えた。人形かなと思い首を傾げて眺めているうちに、急に好奇心がむくむくむくと湧き起こって、落ちていた小枝で人形のお尻のあたりをチョチョンと突いてみた。／途端に人の悲鳴のようなものが聞こえてきて、人形のようなものがバタバタと手足を動かしながら落ちてきた。足元に落ちてきたそれは普通のおじさんを縮小した姿をしていた。》

私は沖縄に数多く出かけてきたが、枝から気根が垂れ下がるガジュマルは、至る所にあり、強烈に沖縄の地を感じさせる不思議な樹木であり忘れられない存在になった。ガジュマルは中国名で榕樹と言い、我樹丸とも記され、「絡まる」と言う意味があるらしいが、語源は定かではないらしい。だが私が海辺にある御嶽や小高い城跡などを訪ねると、鳥が落とした糞の中から発芽して崖や岩場に「絡まる」ように一体となって生えているのを見かける。そのガジュマルの多くの気根を垂れ下げている特異な姿に、私は、何とも逞しく神秘的な樹木だと感嘆の声をあげたくなる。低木や岩場に「絡まる」ように幹を出し枝を張り気根を垂らしていく。「風を守る」ように生えることから、「ガジュマル」という名前を沖縄人が付けたとも言われているらしいが、想像を超えた大風が到来するため、風から沖縄の土地を守ってくれるという畏敬の念があるのかも知れない。高柴氏はそんなガジュマルを畏敬する沖縄人の家庭に生まれて、そのガジュマルの「樹にもたれ掛かって根元に腰を下ろしてぼーっと枝を眺めていた」暮らしをしていた。すると樹の枝には「小さな人」がいた。小枝で突くと「足元に落ちてきたそれは普通のおじさんを縮小した姿をしていた」。枝をつかんでゆすると、「ざっと、三十人（匹？）くらいはいただろうか」というくらいたくさん落ちてきて、家に戻ってそのことを伝えると「マジムン（妖怪）が出たと大騒ぎになった。オジイはガジュマルの根に五寸釘を打とうして指を怪我してしまう」。このことで「オバアに大目玉を食らって」しまい、そのことを今は懐かしく想起するのだった。この「小さな人」がどこか弱弱しく人間を怖がる「マジムン」（妖怪）であり、人間に害を与えない「キジムナー」（木の精霊）なのだろう。高柴氏はガジュマルの木に持たれながらいつの間にか「マジムン」（妖怪）や「キジムナー」を呼び寄せてしまう気質をもっているのかも知れない。気丈なオバアを見ていると、沖縄には姉妹（オナリ）が兄弟を守るというオナリ神信仰のような「聞得大君（きこえおおきみ）」の「セジ」（女の霊力）の伝統や柳田国男の「妹の力」が今も生きているように感じられる。高柴氏の主人公の私という少年は、ガジュマルに暮らす「小さな人」（木の精霊）と、その精霊を見てしまいそれに取りつかれて慌ててしまう。そんな少し頼りない男たちを気丈に見守る霊力のあるユタのようなオバアたちの「オナリ」の力によって、生かされているように思われる。そのような家族・親族を支える母系の目に見えないオナリ神の霊力（セジ）が沖縄の基層に今も存在するように私には感じられる。このことを念頭に置いて高柴氏のその後の詩篇を読めば、その不可思議な妖怪や精霊が出没する詩篇は親しみを増してくると思われる。日本の妖怪として河童、座敷童、ナマハゲなどは日本人たちに愛される存在になっている。それら妖怪とは出自が異なり、ガジュマルに住まう「キジムナー」や「マジムン」を感じ取るには、この「ガジュマルの木から降って来た」はとても良き詩的テキストになると私は考えている。

2

Ⅰ章の二篇目の詩「デイゴの華の森」では、義母に虐められた女の子が家を飛び出して森に入り家に戻らなかった。少年の私の役目はヨモギ摘みで、村はずれに行ったところ、そこで次のようなことを見聞きした。

《そんな時に私はヨモギを摘みに村の外れに行ったんだよ。私のお家ではヨモギ摘むのは私の係りであったからね。夏の暑い日だから、だんだん疲れてきてボーとなってきてね、少ししゃがみこんでいたら、風の音がする、いや人が歌っている声だと思ってね。
なんだか妙に気になってしまって、この声のするほうに向かっていったんだよ。どんどん森の奥のほうへ奥のほうへと進んで行ったよ。不思議だったのは、そのとき森で迷ってしまうかもしれないこともハブが出てくるかもしれないことも何故か全然怖く感じなかった。森は、真っ暗でジトジト暑くて、頭もぼんやりしてくるけど、何故かあの声だけは、どんどんはっきりしてきてね。気がついたらガジュマルの木々のなかに一本だけ真っ赤な華を咲かせたデイゴの木があってね、この木が歌っているのさ。この木はあの女の子なんだねって、不思議と素直にそう思ったよ。楽しそうに歌ってた。》

沖縄の山野や街角に咲く花々の中でも、アカバナと言われるハイビスカス、サンダンカ、月桃などの他にも、歌詞にもよく出てくるデイゴの花も沖縄の代表的な花だ。しかし高柴氏のこの詩「デイゴの華の森」の哀しい話を読んだ後には、「デイゴの華」のイメージが変わってくる。ガジュマルの森に入っていくと一本デイゴの木である少女の化身が、「楽しそうに歌ってた」声が心に響いてきて、少女の哀しみで胸が締め付けられる気がしてくるのだ。私はかつて詩「ママコノシリヌグイの謎」を書いたことがある。韓国・釜山の野草の植物園に行った時に、韓国では「ママコノシリヌグイ」が「嫁の尻拭き草」と名付けられたことをしり、日韓の古代時代にも、近現代と変わらぬ女たちの複雑な葛藤があったのだと想像された。嫁や継子を虐める女たちの負の心の在りようが古代から続いているのだろう。高柴氏も「オナリ神」や「セジという霊力」を抱えている女性たちも、その力を誤って使うと継子や他の家族を引き離して不幸にしてしまうことを伝えている。先に触れたアカバナや月桃なども高柴氏を含めて沖縄の物書きたちは、そんな負の霊力を直視し沖縄の地に咲く花々を通して哀しい物語を書き継いでいるのだろう。

3

Ｉ章の詩「アジサイの貌《かお》」では、《左の腋の下あたりに軽い痒みと同時に小さな人の話し声が聞こえたような気がしたのだ。／慌てて左の腋の下を右手で触ってみると小さな塊の感触を感じた。おやおやと思いながら、急いで鏡台の前に向かって上着をたくし上げた。／親指の先程度の大きさをした人の貌と目が合ってしまった。》と、左の腋の下に何人もの顔ができて日々大きくなってしまい、困ってユタのところに行くと、小さな刃物で呪文を唱えて摘出してもらった。そんな不思議とリアリティのある物語はユタがかつては医療的な行為もしてきたことを想像することができた。

詩「夜香木の香る夜」では、「その女は夜香木が大好きだった。特に夜の夜香木が大好きだった。暗闇の中では気高く白い光を放ち、ネオンの光に照らされれば、赤や黄色やピンク等の艶やかな色に染められる。夜の女を蝶だとかいうけれど、私は花だと思うなと女は心の中で呟いた。」と、夜の街に集まってくる男たちの「寂しさと渇き」を記している。

詩「もーあしびー」では、《昔の沖縄の若者達は暗くなると毛(もー)すなわち野原にでてサンシンや酒を手に集まって語らったり、踊ったりする娯楽があったという》が、その中に豚が神秘的な美女に姿を変えて若い男たちを手玉に取った話がとてもユーモラスだ。

詩「トゥータンヤーのグンボーオジー」では、《「グンボーオジー」は街の大人たちに尊敬され大事にされて暮らしていたのだった。／ある日、私はガジュマルの樹の枝を折って遊んだ帰り道、意識を失って高熱を出して倒れこんでしまった。（略）後で聞いた家族の話によると倒れた後、家族の手によって「グンボーオジー」の前に連れられ祈禱してもらったそうだ。》と、「グンボーオジー」という男のユタ的な神人（カミンチュ）のような霊能者がいたことを紹介している。

　詩「赤い三角帽」では「母や、妹を励ましつつ叔父達の力を借りながら何とか父の見送りを済ませてホッとしているときのことである。ある時から仏間の周りを見知らぬ老婆がうろうろしたかと思うとフッと消える怪現象が起きるようになったのだ」と、その原因として祖母は亡くなった父が寒かろうと自分が編んだ父の三角帽子を探していることを突き止めた。

　詩「瘤」では「大きな誤解と幸運を繰り返し出世を続け、ついに舜天王として琉球史にその名を刻んだ」瘤を貰った男の話。

　詩「少年はうなだれる様にして」では、「50メートルほど先から人影が近づいてくるのが見えた。いつぶりの人間だろうか。男の視力は弱り切っていたがぼんやりとした人影に思わず手を差し出した。同時にいつか見た白い光に世界が包まれる。気が付けば男は少年に戻りいつかの道を、ランドセルを背負って歩いていた。少年はうなだれる様にして…」と、死期が近づいてくる時に見ると言われているドッペルゲンガー現象のような情景をこの詩に書き残している。

　その他の詩「目々連のいる教室」では生徒が消えて目玉だけが机の上に浮かぶ「目々連」になってしまった教師の話。詩「ラクダ」では「桐子の左手を抱えてラクダの餌やりに行くのが日課となった」僕と桐子の奇妙な話。

　詩「曇天の日の疑問」では《「ああ、この」／と呟いて、子供のほうを指差した。女房は怪訝な顔で首をかしげた。女房には子供の姿が見えないようである。／「いや、なんでもないよ」／私は、そう応えて口をつぐんだ。君は、いったい何なのだ。／少年は相も変わらず、私の顔をひどく不思議そうに眺めている》と、霊感の強い夫には見えているが、妻には見えていない少年が私から視線を離さないのだ。

　Ⅱ章の十一篇では、祖父、祖母、父たちが戦中戦後に体験し生き延びることが出来た知恵を記している。Ⅲ章の十三篇では、那覇市の国際通り周辺で懸命に生きる人びとがリアルな情景の中でも、戦争などで苦悩した人びとの様々な霊的な存在と遭遇してそれを受け止めてしまうことを記している。Ⅳ章十三篇では、宮沢賢治の暮らした雪深い岩手を訪ねてその精神と対話したり、秋田の山奥でナマハゲや河童と出会ったことを記したり、沖縄を相対化する多様な視点、文明批評的な観点で詩作をしている。

　高柴氏はこれらの真の意味で多様性に満ちた様々なテーマに挑戦し、沖縄の表層から深層まで幅広い対話をして詩篇を次々と生み出している。そんな高柴氏の詩篇は沖縄の精神性や魂に関心を抱く多くの人びとに沖縄の豊かな文化を語りかけてくれるだろう。

琉球・奄美の「平和《やわらぎ》を守《も》る」詩人の系譜

『沖縄詩歌集 ～琉球・奄美の風～』を呼びかけるために

1

沖縄の詩の魅力は、山之口貘《やまのくちばく》によって伝えられてきた。本土の人びとの沖縄への無知を逆手にとって、ユーモアをからめて、いつのまにか沖縄の存在感を私たちの目の前に突き出してくる詩法は、日本本土が沖縄の犠牲によって「平和」が成り立っていることや、アジアの中で沖縄が世界の危機と直面し血を流しながらつながっている現実をシニカルに批評している。その強靭な人間力は、日本でありながら日本ではない痛切な味わいを日本語の詩にもたらしたように感じられる。そんな沖縄の現実が生み出してきた山之口貘を始めとする沖縄の詩人たちの系譜を私は辿ってみたくなった。

個人的なことだが、私は一九七四年四月に法政大学に入学した。その年の三月に日本文学専攻の修士課程を修了し、母校の琉球大学文学部文学科の助手となって沖縄に戻っていった仲程昌徳《なかほどまさのり》という研究者がいた。当時の法政大学日本文学科には、木島始、宗左近、那珂太郎、三木卓、山本太郎など多くの現役の詩人が教授や講師をしていた。また小田切秀雄などの優れた研究者・評論家なども数多くいた。私は哲学科であったが、詩人で哲学者の矢内原伊作や詩人で西洋美学の講座を持つ粟津則夫氏などからは直接学んだが、日本文学科の講師たちから学ぶことはなかった。それでも彼らの詩集や評論から多くの刺激を受け、卒業後には小熊秀雄研究会の木島始氏や市川・縄文塾の宗左近氏とは親しく交流させて頂いた。仲程氏は法政大学の現役の詩人たちと交流し、沖縄の詩人たちの足跡を聞いたかも知れない。そんな仲程氏は沖縄に戻って『山之口貘―詩とその軌跡』を一九七五年に、『沖縄近代詩史研究』を一九八六年に刊行している。さらに『沖縄の文学　一九二七年～一九四五年』を一九九一年に刊行した。この書が出た同じ年の六月に『沖縄文学全集全20巻』の第1巻（詩Ⅰ）、第2巻（詩Ⅱ）』（企画・海風社／発行・図書刊行会）が刊行された。第1巻の解説として仲程氏は「沖縄近代詩史概説　明治・大正・昭和戦前期」を執筆している。編集にも深く関わっていたに違いない。仲程氏の『沖縄の文学』の「はじめに」の冒頭を引用する。

何者かになるために地方の者たちが、東京を目指して出ていくという図式は、あいもかわらず続いている。そして、東京は、全てを呑み込み、吐き出し続ける。／沖縄の文学志望者たちも、東京を目指すということでは、その例外ではなかった。例外ではないどころか、東京から遠く離れているぶんだけ、いよいよ、東京への憧れが強く、なにがなんでも、東京へと、彼らをせきたてた。／「沖縄の文学」と題した本書が、沖縄現地における沖縄文学の動向ではなく、東京での彼らの活動をうつさざるを得ないのも、そのためであり、また、そのことが、逆に、沖縄の文学とは何か、ということをよく語るものになるかとも思える。といって、沖縄の文学とは何か、ということを問うのが、本書の目的ではない。

仲程氏がこの後半で「一九二七年から一九四五年までの間、現地で刊行されていた雑誌・新聞の類が、ほとんど消滅し、手にすることが出来ないという事情」を告げている。このことには沖縄戦の破壊のひどさなどを含めた、短詩系文学の創作現場である同人誌や文芸誌を保存できなかったことへの無念さが感じられる。その残された東京を中心にした同人誌や文芸誌を収集し、その作品を読むことによって、沖縄の文学創作者たちの個々のテーマ、言葉の特徴、その詩人や文学者たちの関係図を再構築していったように思われる。早急に「沖縄文学とは何か」という決めつけをせずに、二十世紀の前半の沖縄文学者の試みを可能な限り発見し、その試みに耳を澄ますことに徹し、新たな文学の創造に寄与しようとしたのだろう。

2

これらの仲程氏の論考や紹介された詩篇などによって私は沖縄・奄美の詩人たちの試みが本土の詩人たちの文学運動とも交差してきてとても身近なものとなった。『沖縄文学全集』第1巻で三十八名、第2巻で六十一名が紹介されている。その第1巻の明治編の冒頭には末吉安持《すえよしあんじ》の十八篇の詩が収録されている。その中でも「わなゝき」を読み、日本の近代詩を作り上げた北村透谷を彷彿させるような内部生命と同時に現実への絶望感が湧きあがり、激しい熱量を秘めた詩的精神から生まれた言葉であることを理解させられた。

わなゝき　末吉安持

瞬時《またゝき》の夢の装飾《よそひ》も、／しかすがに彩映《あやは》ゆれば、／紫の絹の帳《とばり》、／永遠《えいえん》の生命《いのち》ありと、／平和《やわらぎ》を守《も》りいつきて、／

心ある春の雨は、／軟《やわ》らに音《おと》なく濺《そゝ》いで、／しのびに葉末を流れぬるか。／／瞬《また》たけばまた夜明《よあ》けて、／瞬たけばまた日暮れぬ、／直黄《ひたき》もゆる夕雲を、／きみの眼《め》に見かへりて、／白無垢《しらむく》の乱れ羽に／血を浴《あ》べる、小鴿《こばと》一羽、／枝ぶり怪しき柏《かしわ》の／木ぐれに落ちたる様はいかに。／瞬《また》たけばまた夜明けて、／四辺《あたり》また暗き千里《せんり》、／かゝるときや古琴《ふるごと》も、／虫ばみ折れて落つらむ、／若葉の雨も今宵は、／蕭々《せうぐ》のわび音《ね》立てゝ、／あな悲し白木蓮《びゃくもくれん》の／ほろゝのこぼれぞ胸にひゞく。／／点滴拍子《あまだれべうし》さびしう、／刻々夜《よる》をきざみて、／短檠《たんけい》のほびも痩《や》せぬ。／小香炉《こがうろ》の灰も冷えぬ。／晩春《ばんしゅん》の項重《うなじおも》う、／古甕《ふるがめ》の神酒《みき》を汲《く》みて、／肱《ひじ》まくら思ひ入れば／あゝ胸柱切《むなばしらせち》にわななく。／／わなゝきはあわたゞしく、／小暗き室《むろ》をはしりて、／闇に消えぬ、一しきり／木蓮の散る音《ね》につれ、／古甕《ふるがめ》はげしく裂けて、／あら御酒《みき》の泡もとめす、／大いなる、わなゝきぞ、／天地《てんち》のかぎりにひろごりぬる。／／折から真闇のをちに、／生命《いのち》の緒断《をた》つ氷鋏《ひばさみ》、／わなゝく大気にひゞきて、／終焉《をはり》の影を依々《いゝ》たる、／あゝ束《つか》の間《ま》の装飾《よそひ》に、／酔ひしれず、霊のまへに、／涙の意《こゝろ》さぐらずば、／わが魂《たま》いかにか迷ひけらし。

巻末の仲程氏が執筆した「沖縄近代詩史概説」では、「沖縄の近代詩は、恐らく彼によって、本格的な開幕を告げたといえるであろう。」と語られ、次のように与謝野鉄幹の言葉を引用しつつ紹介している。

〈末吉安持は、明治三十七年に上京、三十八（一九〇五）年に新詩社の同人になり、『明星』誌上に数多くの詩作を発表するが、四十（一九〇七）年不慮の事故で志半ばにして夭折した。与謝野寛（鉄幹）は、その死を悼み、「このうら若い、将来のある詩人を、突然と過失のために、斯かる悲惨な最期に終らしめたのは、痛歎至極、何とも慰むる言葉も無い」と、前置きし〉、鉄幹が末吉との交流を述べたことを紹介している。さらに鉄幹が末吉が長詩だけを書き短歌を書いていないと言っているが、実際は沖縄で数多くの「琉球短歌」（琉歌）を書いていたことなどの事実関係の間違いを指摘もしている。

末吉安持は一八八七年の生まれなので、二十一歳でこの世を去ったことになり、収録された十八篇の詩を読み驚かされた。特に引用した「わなゝき」の前半は、夕暮れの空の色彩や鳥の鳴声や葉擦れの音などの自然の美のきらめく瞬間に、「永遠の生命《いのち》」と「平和《やわらぎ》」を守《も》り、その瞬間を生きようとする精神性が存在する。後半は生命力の横溢した青年ゆえに、理想を追い求めることに生き急ぎ、絶望感に苛まれて、死の観念に憑りつかれ存在の危機を招き寄せ、それ故に末期の眼差しのように瞬間の光景を記し、彷徨える内面の格闘を抉り出している。存在論的な問い掛けと言葉の芸術性が融合し合った優れた詩篇であり、このような詩を二十一歳の若者が書き残したことは奇跡のようにも思われる。日露戦争前後に上京し、琉歌の書き手であった末吉安持が、与謝野鉄幹や晶子の「明星」の同人となり、その影響も受けながらも琉球人の誇りを抱きこれらの詩篇を書き上げたに違いない。時代が「平和《やわらぎ》」を守れずに、戦争に向かって行くことを末吉は、絶望的に眺めていたのかも知れない。このような末吉安持を「沖縄近代詩」を切り拓いた詩人と位置付ける沖縄の詩人の系譜はとても興味深く、日本の近代詩・現代詩全体の歴史を見直していく視点を示唆しているようにも思われる。またもし末吉安持のような才能ある若き詩人が生きていたら、どんな沖縄の名作を書いただろうかと想像してしまうのだ。

3

第1巻の大正期編の冒頭には、世礼国男《せれいくにお》の四十二篇が収録されている。仲程氏は大正時代には琉球詩壇に多くの詩人が輩出したが、その中でも中央に野心的に出ていった詩人として上里春生、世礼国男、佐武路（山之口貘）の三名を挙げ、その中でも大正十一年に世礼国男詩集『阿旦のかげ』が刊行されて将来を最も嘱望されていたと記している。その詩篇の中で私が最も感銘を受けたのは、次に引用する詩「夫婦《ふうふ》して田に水をやる」だった。

夫婦して田に水をやる　世礼国男

夫婦《ふうふ》して田に水をやる――／たそがるゝ野に、夕べの色につゝまれて／田に水をくみ入れる歳若い夫婦の百姓よ、／満ちあふるゝ田の水に、熟《う》れた蜜柑の／夕べの色を浮かばせて／たのしい甘睡《うまひ》の夜は訪れてくる。／ほそ〴〵と私語き合ってゐる稲苗のために、／好きなお伽噺を語ってくれる鴨のむれも／おっつけ訪ねてくる時だ。／／おゝ　田に水をやる若い夫婦の百姓よ、／むつべる心と純真《まこと》な情《なさけ》は／汲み出された水に溶けなづみ、／尺にも足らない苗の茎から茎へと／あたゝかい唇をくちつけて／安らかな眠りを告げて行く。／／おゝ　楽しい仕事に時をわすれ／堤と堤に、平らな心の拍子を合せつゝ／くんでも〳〵尽きない慈愛の水を／苗代にやる若い夫婦の百姓よ、／／おゝ　久しくあこがれ求めた／霊魂の出現《あらはれ》よ！

この詩を読んでいると、明治から大正時代頃までは、稲作が盛んであった頃の沖縄の若い夫婦が美しい自然と一体化したような暮らしぶりに惹き込まれて、アジアの原郷を目撃するような思いにとらわれる。さらに「田に水をやる若い夫婦」は、「むつべる心と純真《まこと》な情《なさけ》」を宿し、その汲みあげた「慈愛の水」は苗代に注がれるだけでなく、夫婦の性愛とも重なり合って次世代にも命が続いていくように描かれている。沖縄は本土と違い二期作の豊かな収穫であったろう。昭和になり安い外米が入り、田がサトウキビ畑に代わる前には、多くの田があったと聞いている。古代にはきっとアジア大陸から沖縄ルートでも稲作は本土に向かって行ったと言われている。世礼国男のこの「夫婦して田に水をやる」を読んでいると、この光景は日本を含め稲作をするアジアの暮らしの根底にある原郷の光景なのかもしれないと思ってしまう。最終連の「くんでも〱尽きない慈愛の水を／稲代にやる若い夫婦の百姓よ、／おゝ　久しくあこがれ求めた／霊魂の出現《あらはれ》よ！」はそのことを端的に表現している。世礼国男の求めた「霊魂の出現《あらはれ》」はその詩の中に孕まれていて、百年の月日が過ぎてもこの詩から「慈愛の水」は湧き上がってくるように感じられる。もちろん現実の農民は、租税や台風が襲う気候や日本の大陸侵略の影響などによってこのような実態ではなかったと想像されるが、世礼国男はアジアの原風景のような農民の理想的な暮らしを詩で構築したのかも知れない。

4

本論の冒頭とも重なるところもあるが昭和初期の沖縄の詩人としては、大正期に佐武路など複数の筆名であった山口重三郎が、山之口貘と筆名を変えて、強烈な沖縄の詩人としての存在感を滲ませる詩篇を発表し始める。詩「会話」を引用する。

会話　山之口貘

お国は？　と女が言つた／さて、僕の国はどこなんだか、とにかく僕は煙草に火をつけるんだが、刺青と蛇皮線などの聯想を染めて、図案のやうな風俗をしてゐるあの僕の国か！／ずつとむかふ／／ずつとむかふとは？　と女が言つた／それはずつとむかふ、日本列島の南端の一歩手前なんだが、頭上に豚をのせる女がゐるとか素足で歩くとかいふやうな、憂鬱な方角を習慣してゐるあの僕の国か！／南方／／南方とは？　と女が言つた／南方は南方、濃藍の海に住んでゐるあの常夏の地帯、竜舌蘭と梯梧と阿旦とパパイヤなどの植物達が、白い季節を被つて寄り添ふてゐるんだが、あれは日本人ではないかと日本語は通じるかなどゝ談し合ひながら、世間の既成概念が寄留するあの僕の国か！／亜熱帯！／アネツタイ！　と女は言つた／亜熱帯なんだが、僕の女よ、眼の前に見える亜熱帯が見えないのか！　この僕のやうに、日本語の通じる日本人が、即ち亜熱帯に生れた僕らなんだと僕はおもふんだが、酋長だの土人だの唐手だの泡盛だのゝ同義語でも眺めるかのやうに、世間の偏見達が眺めるあの僕の国か！／赤道直下のあの近所

この詩は、本土の人間たちは沖縄に関心がなくその実像は決して理解されないという絶望感を突きつけたところから、その無理解を逆手にとって、沖縄の魅力に自然に気付かせるための山之口貘の高度な戦略に思われる。沖縄との距離感を一気に縮めるための最後の「赤道直下のあの近所」は、読者が隣人である沖縄を全く知らなかったことに、後悔の念を抱かせるだろう。このような高度な逆説的なレトリックであり、どこかとぼけたようなゆったりした沖縄の時間感覚に読者が取り込まれてしまい、何度も再読したくなる詩的な世界が立ち上ってくる。沖縄を代表する詩人として山之口貘が多くの人びとに今も愛読されている理由は私たちが忘れがちで包み込むような時間感覚が詩的世界に存在しているからだろう。そのことが沖縄の詩人というよりも日本語で詩を書く詩人として、故郷と異郷にしなやかに橋を架けてしまう普遍性のある詩的精神を生きて、今も多くの示唆を与えているのだと感じられる。

5

「昭和戦前篇」の詩人で村野四郎とも「旗魚」を創刊し沖縄の歴史文化を書いた中村渠《なかむらかれ》、佐藤惣之助の「詩之家」の同人で「リアン」などでも活躍した前衛的でモダニズム的な詩を書いた津嘉山一穂《つかやまいっぽ》、沖縄の新聞や「日本詩壇」などで沖縄の郷土性を追求しついには天皇制と同一化していった伊波南哲《いばなんてつ》など、様々な傾向の詩人を通時的に収録させて、仲程氏などの編集者たちは、あえて価値判断をせずに、時代と格闘した詩人たちの在り様を後世に残そうと編集をしたのだろう。その中でも私は奄美の詩人の泉芳朗《いずみほうろう》の詩篇が心に残り、今も歴史的な意味でも多くの問題提起をしていると考えている。例えば詩「慕情」では、沖縄・奄美の人びとが第一次世界大戦後の恐慌による貧困で「ソテツ食中毒」の危険を感じながら、蘇鉄の実を解毒し蘇鉄餅や蘇鉄味噌を作り、それを食べて生き抜いた「ソテツ地獄」のこ

とが背景にあった。

慕情　泉芳朗

畜生！　俺達は蘇鉄の実を喰べるんだい！／／うすぐらい野茨のはざま／小径に爛れた蘇鉄の実！／日暮れの肩に重む憂鬱な鍬／／耳たぶの煤けた島の子たちよ／怖ろしい宿命の手に掻散らされた廃家の／憂患の扉をすっぱたいて出ろ／織家の隅っこに蒼く凝った娘たち／君たちも物暗い紬の縞目を引きむしってしまへ／そしてみんな出ろ　出ろ！／／この夕あかりの礫土にしがむ／叢蘇鉄の／どすあかい情熱の最期はどうだい！／時代の彼方文明のどん底へ——／そこへ遠く捨てられた島の／むくれ淀んだ赭土の上に／影薄い　哀れな農民の足跡を刻んで／俺達の行く道はまだはるかに暮れてゐる／／しかし俺達は知ってゐる／虚無の島に／おぞおぞと描かれた俺達の祖先の／静かな忍苦の生活史を／野茨を踏んで／颱風と激浪と生活に揉まれて／生きろ！　死ね！／俺達の祖先の残した唯一の遺訓はそれだ／／蘇鉄を見ろ！　ソテツを／それを喰べて俺達は俺達は／勇敢に吼えるのだ　息吹くのだ／てくてくと歩め！

凄まじい「おぞおぞと描かれた俺達の祖先の／静かな忍苦の生活史」を叙事詩として刻み込んでいるだけでなく、沖縄・奄美の人びとの生きる底力がなんであるかを指し示していて、「生きろ！　死ね！」というシンプルな言葉である「祖先の残した唯一の遺訓」がズシリと胸に突き刺さるようだ。「捨てられた島の／むくれ淀んだ赭土の上に」立ち、今は「虚無の島」であり、どん底だが、「みんな出ろ出ろ！」と叫ばずにはいられない。蘇鉄の実を食べながら、「勇敢に吼えるのだ　息吹くのだ」と再生を誓い、「てくてくと歩め！」と沖縄・奄美の人びとの生き抜き新しい時代を創り出す力を信じている詩だと私には読めてくる。このような詩を書いた泉芳朗は、沖縄・奄美を代表する詩人の一人ではないかと思われる。「忍苦の生活史」を誰かに告発するのではなく、静かに自らの内面に問いかけて多くの人びとに極限の強さを語り掛けているのだろう。

6

『沖縄文学全集』の第2巻（詩Ⅱ）では、戦中と戦後の六十一名の詩人たちの詩篇が収録されていて、高良勉《たからべん》氏が「沖縄戦後詩史論」を、数年前に亡くなった進一男氏も「奄美に詩があるか」などの解説文を書いている。高良勉氏は「沖縄の戦後史の出発を告げる詩人は牧港篤三《まきみなととくぞう》である」と語っている。その収録された四詩篇の中でも沖縄戦の想像を絶する悲惨さを記した詩「馬乗り」を引用する。

馬乗り　　牧港篤三

馬乗りってなんだ／壕の屋根の真上を　電気ドリルで／穴をあけ　油をそそぎ込み／火を放つ／ただそれだけの地獄の芸当／／アメリカ軍が　太平洋の島々で習い／おぼえた　戦塵訓を生かして沖縄でも／さっそく　実行したもので／これはただ　戦争という名のもとで／許された／地上人間の力の優越と／地下人間のかぶる悲哀の帽子／／中には乳呑児がいたとか　老人や／女や兵隊がいたなんて　説明はよそう／焙り出された人たちは／生きたまま　墓で死ぬ／母は　墓／母胎回帰　そんなバカな／馬乗りは　うまのりなんだから

沖縄の壕の中でも最も知られていて今も保存されている海軍司令部壕を私も訪ねたことがある。迷路のような地下道の中に大田司令官などが自決した部屋も残されていて、生々しく兵士たちの霊が感じられる場所だ。この壕の中には最大四千名が入ることが出来たそうだ。実際に戦後の一九五三年から生き残りの元海軍部隊員たちが泥水の坑内を調査したところ二千三百名もの遺骨が発見された。沖縄戦の地上戦は無数の壕をアメリカ軍が徹底的に破壊していったのだろう。

　牧港篤三の「馬乗り」はその沖縄地上戦の実態がなんであったかを垣間見せてくれ、この海軍司令部壕ではない母や乳呑児や老人が息をひそめていた小さな壕も「穴をあけ　油をそそぎ込み／火を放つ／ただそれだけの地獄の芸当」だった事実を、冷徹にさらりと書き記している。その「生きたまま　墓で死ぬ／母は　墓」になってしまったことが沖縄戦の在り様だったことを「母胎回帰」というようなシニカルでブラックユーモア的に表現している。沖縄人を皇軍化させた果てがもたらした無数の死者を前にして、牧港篤三はこのような弱者を徹底的に破壊し殺戮を繰り返し、人間性を喪失したものたちへ軽蔑の笑いを向けているかのようだ。

　次に一九五三年に琉球大学文芸クラブが発足し「琉大文学」が創刊された。そのことを高良勉は〈『琉大文学』は、沖縄における文芸表現の思想と方法の確立を目的意識的に追求し、詩と思想の創造に前衛的な大きな役割を果たしてきた。『琉大文学』は米軍の検閲体制と弾圧下で発禁処分まで受けながらも、様々な曲折を経て一九七八年まで発行されている。〉と沖縄の戦後文学を創り上げた文学運動として、高く評価している。その中でも創刊メンバーの新川　明《あらかわあきら》の長編詩「みなし児の歌」は残された若い男が独白をし始め、それに呼応するように、〈闇の声〉や〈合唱〉や「女の声」と対話を繰り返し、戦争という武器の炸裂の中で人間の魂や愛の在りかを問うている。その〈若い男の独白〉と〈女の声〉の一部を引用する。

みなし児の歌　　新川明

何か月か／ここには破壊だけが生きていた／正確に「死」を把える標準機／悉くの瞬間は「死」のためにのみあった／その呪わしい季節が去って一〇年／そして　うっすらと硝煙が流れる／／〈若い男の独白〉／どこからともなく匂ってくるのは風だ／君たちの醜くさを乗せた風だ／ごらん！／この島の上を渡ってゆく風の色を／代赭色の風の匂いを！／／かつて　この島の空は深かった／この島の色も深かった／だけど　そうだ！／深かったのは空と海だけではなかった／山と緑も深かった　人びとの情《こころ》も深かった／／そして　今／この島の美しい言葉さえ／何処に消えてしまったのか？／潮騒の高まり　それにまじる爆音／朝霧の流れ　それにまじる硝煙／（略）／〈女の声〉／死んだ恋人が再び蘇《よみがえ》らないように／愛について考えることは無意味かも知れぬ／愛はいつも　詐《いつわ》りと共にある／詐りのなかで　愛は愛であることを証明する／私の乳房のなかにある秘密を／誰も知ることがかなわぬように／／たとえば私が死んだのは／恋人よ／愛のためではなかった／私の生命を奪ったのは一片の線火薬だったのだ／そこに私の愛を証す何一つ残さない／強烈な炸薬だった／／それでも私は（そして貴男《あなた》は）／愛することの神聖に／耐えることが出来るというのか／絶唱　憂いのための憂い／絶唱　怒りのための怒り／／（略）／〈合唱—若い男の声が唱和する〉／女たちよ／もはや偽善であることをやめ／／子どもたちよ／もはや　妄信であることをやめ／／男たちよ／もはや　権力であることをやめ／あてがわれた空間を／あたえられた時間を／それ故に歩きつづけねばならぬのなら／この時　厳粛な限定のなかで振り返り／手を握りしめねばならぬ／／俺たちの土地が消えてゆくことの／俺たちの頭に虚偽が詰め込まれてゆくことの／これらの「?」《なぜ》に答えねばならぬ／否《ノン》　一切の圧迫に対する答え／否《ノン》　一切の権力に対する拒否／／ことごとく地平をおおい／もり上る人びとのメッセージに／俺たちの歌を合わせねばならぬ／爆音は今日もきこえてくる／硝煙は今日も流れてくる／空

は重く　海は暗い／潮騒の高まり　夕霧の流れ

　一九八六年に法政大学沖縄文化研究所編として『沖縄文化研究12』が刊行された。その冒頭に鹿野正直氏の執筆した〈「否《ノン》の文学 ──『琉大文学』の軌跡」が収録されている。その中で鹿野氏は「『琉大文学』の創刊についてのべようとするとき、新川明の存在は欠かせない。それを企てた人物だったからである〉」と言い、『琉大文学』の占領下の沖縄において検閲に近い認可のあった文学運動に分け入りその研究を開始する。そして六号から新川明と川満信一らの評論活動も本格的に始まり、沖縄における戦後の「自立する批評」としてその試みも辿っていく。その中で新川明の書いた詩「みなし児の歌」について鹿野氏は「詩劇ふうの構成をもって展開する」と言い、「若い男」が「失われた過去へと深く傾斜する心情」を担い、「闇の声」はそれを戒め、「女の声」は「現実を突きつけ」て、「合唱」は「すべての『生』のために／先ず生きねばならぬ」と謳い、そして「若い男」はついには、「しばられた現実のなかで歩きつづける決意と、そうした現実を人間の名で拒否し抜く意志を示してあますところがない」と「否《ノン》」の詩想の強さが沖縄の文学運動を切り拓いていった歴史を書き記している。

　沖縄の過去と現在を構造的にとらえて、「偽善」、「妄信」、「権力」によって被った沖縄の悲劇の本質を問うた結果、内部に巣くうそれらを拒絶していった新川明たちの文学思想は、その後の沖縄の文学運動の先駆者として語り継がれているに違いない。

7

最後に今年の二〇一七年初めに刊行された石垣島に暮らす八重《やえ》洋一郎《よういちろう》の詩集『日毒』から冒頭の詩「闇」と最後の詩「墜落」を引用したい。

闇　八重洋一郎

やはり　それは通信であるにちがいない／オリオン／10月3日午前5時　ななめ／うえには　旧暦8月18日の月／それにまけずに／輝いている／九月も末になって吹き荒れた台風／瞬間最大風速50・3m／枝々の葉っぱはみな吹きとばされ　冬を待たずに／裸かとなった木々　その差しかわす細かい／きっさきの隙まから　さまざまな図形をえがいてしっとりと／星々がきらめく　そしてそれらの間を抜け出るように／ひときわ明るい／天体よ！
　私は一晩じゅう寝られなかった／悪意と傲慢　狡猾

卑劣　いわれなき蔑視が狙いすました／いくつもいくつ
も理由あるという　鳥の名を持つ／悪魔の襲来　この
詐欺《ぺてん》師どもの確信犯の激しく醜い刃に刺され　私は／一
晩じゅう寝られなかった　あまりの煩悶　息苦しさに／
夜気を吸おうとそっと／玄関の戸をあけたのだ／／私が
平和であれば／天体も平和である　だが　私が乱れても
／天体は静かである／／三つならんだ星の腰帯《こしおび》をしっか
り締めて月にまけずにキリリと輝く／狩人《かりうど》よ　この重い
どん底のどこかにどんなに小さなものでもいいから／希
望を探り出してはくれないか／毛筋ほどのものでもいい
のだ　それとも／あなたは空の上　ただ天体の意志なき
非情に美しく輝くだけなのか　あるいは／明日にも爆発
するかも知れない／ペテルギウス　その／危うさの一瞬
の／永遠　天体の永遠をはるかにささやくだけなのか／
いや　いや／オリオン　それはやはり／通信であるにち
がいない　たとえそれがわれわれの二重三重にわたる絶
望の／希望への必死の悲鳴にすぎないとしても　生きて
いるからには／生きていかざるを得ないこのわれわれの
もっとも深い胸中《ふところ》へとどく／静かな勁い通信であるにち
がいない　私は今　地上でほとんど乱心しているが／玄
関の戸をあけた／夜明け前の涼しい／闇　散り敷く星々
の間を抜け出てひときわ明るい／オリオンよ　あなたは
／やさしさ／天体の美しい平和！

註

二〇一二年十月一日午前十一時六分　日米両政府によって　米軍・海兵隊の垂直離着陸輸送機オスプレイが沖縄普天間基地に強行配備され　その一番機が到着した　日本語で猛禽〝みさご〟を意味するこのオスプレイは未亡人製造機とも言われ多数の兵士が事故死している／

沖縄全住民は怒りと不安におののきその配備に抗議しているが　日本国首相はいとも簡単に米軍の意向を了承し　これは日本の安全保障上重要であると発言した　沖縄はまたしても安全保障という口実の犠牲に供されたのである

沖縄はただ沖縄という陸地があるのではないそこは百四十万余の人間が生きている　生活の場なのだ　この生活の場の頭上百五十米（東京タワーの半分、スカイツリーの四分の一の高さ―低さ？）を常時轟音と共に又低周波音を伴って危険輸送機オスプレイが飛ぶのである

四ヶ月経った　政権は変わったが状況はますますひどくなるばかり　オスプレイは轟音とともに低空飛行訓練を繰り返し二〇一六年までには嘉手納基地にも配備され三十機以上となり　海兵隊は二万人に増強される

今日は二月三日　旧暦一月二十三日　下弦の月が天ににぶく光っている　まだ暗い樹々の間を折から七時を告げる梵鐘の音　ボ～ン……　まるで歌舞伎の世界だが　ここ沖縄ではオスプレイの異様な姿と轟音に六十八年前の戦争地獄の記憶が抉り出され　年老いた人々に晩発性ＰＴＳＤ発症が増えている

墜落

二〇一六年十二月十三日夜九時三〇分頃／名護市東沿岸／安部《あぶ》／ＭＶ型オスプレイ機一機　墜落／大破／その残骸　浅瀬でチャプチャプ毒流し　波と戯《たわむ》れ／直ちに米軍「現場」を封鎖／重っ苦しい回転音響かせ／上空に／捜索ヘリ（これもオスプレイ）／二機　三機／黒い闇を探照灯が臆病そうに照らしている……………………

………………………………………………………

……………………

石垣島の八重洋一郎氏のようにたとえ瞬間最大風速50・3ｍが吹こうが、琉球諸島の天上にはオリオン座の星々に見入り、「私が平和であれば／天体も平和である　だが　私が乱れても／天体は静かである」と沖縄・奄美の詩人たちは悠久の下で詩作しようとしているのだろう。その天上をオスプレイや他の軍用機も我が物顔で飛び回っている。その沖縄人の騒音被害も墜落の危険性も続き、その情況は辺野古海上基地建設や高江のオスプレイ基地の騒音被害など、さらに深刻になってきている。どうして沖縄だけが「天体の美しい平和」を求めてはいけないのか。末吉安持を始めとする「平和《やわらぎ》」を守り続けてはいけないのか。

明治初めに軍隊を持たない琉球王国を武力で併合した「琉球処分」という名の侵略、太平洋戦争末期の約二十万人が亡くなった沖縄戦の悲劇、大戦後の日米安保条約による米軍基地を沖縄に集中させ今も続く苦難を思い起こす。そして言い知れぬ沖縄への疼きや贖罪感を感じてしまう。基本的人権や生存権や平和思想を体現した憲法を持った日本人であれば沖縄の米軍基地のあり方を強いる日本政府の姿勢は肯定できない。ところが日本政府やそれを支持する多くの日本人は、「琉球処分」という沖縄を併合した国際法違反であった歴史を見直すことや、県民の三分の一が亡くなった沖縄の地上戦の死者たちへの畏敬の念を忘却しているかのようだ。なぜ沖縄に対して米軍と一緒になり、占領軍による永久基地化を行うような態度を取り、これほどまで沖縄に冷淡になれるのだろうか。それは根本的には、沖縄がかつて琉球王国という独立国であり、固有の歴史と文化を持っていたことに対する無関心さからくるのだろう。沖縄北部から八重山列島の与那国島まで六百㎞もあり、奄美諸島も入れれば八百㎞まで近くまで沖縄の文化圏は広がり、それは東京から高知の端まであるだろう。琉球諸島・奄美群島の島々の一つひとつが多様な文化・歴史を抱え込んでいた。沖縄と呟く時に、琉球列島の島々の自然や暮らしや文化や歴史などをどれだけ思い浮かべることが出来るか。その具体的な試みとして『沖縄詩歌集 〜琉球・奄美の風〜』を公募し、来年の二〇一八年三月半ばに締め切り、六月二十三日である沖縄戦慰霊の日に向けて刊行したい。詩、俳句、短歌、琉歌を通して、琉球諸島・奄美群島を深く感ずることが出来るかを試して欲しいと願っている。

琉球弧の島々を愛する平和《やわらぎ》思想と抵抗精神
『沖縄詩歌集～琉球・奄美の風～』

1

『沖縄詩歌集～琉球・奄美の風～』には二〇〇人を超える沖縄を愛する歌人、俳人、詩人たちの作品が収録されている。沖縄と呟く時に「おもろさうし」を生んだ琉球国の民衆や、琉球弧の島々の苦難に満ちた暮らしや誇り高い文化が想起されて、今も神話が息づく沖縄の魂《まぶい》を感受し多彩な手法で表現されている。明治政府の「琉球処分」によって沖縄は日本（大和）に帰属させられてしまったが、本来は日本に隣接している別の異国であり、日本と中国や東南アジアと交易をして独立をしていた海洋国家である琉球国であった。また地上戦で多くの犠牲を出した沖縄戦を経て、日本と米国による安保条約の地位協定によって、日本における米軍施設の七〇％は今も沖縄に集中している。沖縄戦後の七十数年を経ても沖縄本島の十八％は米軍施設であり、その場所はかつて沖縄の人びとの食糧を産み出す田畑であり、何百年も続いた古民家であったろうし、貴重な生物多様性に富んだヤンバルの森などの山河であった。極東最大の嘉手納空軍基地は、約二十平方キロ、三七〇〇ｍの二本の滑走路を保有し、軍用機二〇〇機が昼夜を問わず、離着陸を繰り替えししている。またそこから十二ｋｍほどには、住宅密集地の中で世界一危険と言われ騒音被害などが激しい二七〇〇ｍの滑走路がある海兵隊の普天間基地がある。空軍と海兵隊がこれほど近くにある事は米国でも珍しいと言われている。その普天間基地の移転先として辺野古の海上基地が沖縄県民の意志を無視して着工が始まり、それに反対するキャンプ・シュワブゲートでの座り込みは、五千日を超えて今も続いている。沖縄を犠牲とする日米安保体制の問題点は現在、本土の日本人にとっても他人ごとではなく、自らの暮らしを脅かしかねない切実な問題であるべきだと考えられる。沖縄（琉球）の文化・風土は、そんな困難さをいつも抱えながらも、どれほど多様性に満ちた豊饒なものを産み出してきたかを短歌、琉歌、俳句、詩を通して感受してもらいたい。そして沖縄（琉球）の文化・風土に深い敬意を払うことが、しいては日本文化の悪しきナショナリズムに陥ることなく相対化させて、他者の視点から日本文化とは何かを冷静に見つめることができ、日本と沖縄の新しい関係を創造していく共通の基盤になることにつながっていくのだと思われる。

本書に収録した短歌、琉歌、俳句、詩は、次のように序章とその後の十一章にわたるジャンルやテーマによって分けられた。

序章「沖縄の歴史的詩篇—大いなる、わなゝきぞ」、一章「短歌・琉歌—碧《アヲ》のまぼろし」、二章「俳句—世果報《ゆがふ》来い」、三章「魂呼《タマヨ》ばい」、四章「宮古諸島、八重山諸島—宮古島、石垣島、竹富島…」、五章「奄美諸島—奄美大島、沖永良部島」、六章「ひめゆり学徒隊・ガマへの鎮魂」、七章「琉球・怒りの記憶」、八章「辺野古・人間の鎖」、九章「ヤンバルの森・高江と本土米軍基地」、十章「沖縄の友、沖縄文化への想い」、十一章「大事なこと、いくさを知らぬ星たち」。

日本語の和歌の短歌・長歌の五七調・七五調の音数律は、どこか日本語のＤＮＡような伝統的な調べを感じさせる。短歌の五七五七七の三十一音は日本語の短詩系文学において最も重要な役割を千数百年間も果たしてきた。日本語と沖縄語（約六つの琉球諸語）は共通するところはあるが、独自の発展を遂げた。その沖縄語において琉歌（琉球短歌）の八八八六の三〇文字の音数律の発展は、本土の短歌以上に沖縄の文化に決定的な影響を与えていた。特に組踊という沖縄の歌劇において琉歌は、テーマや発想の源であり沖縄音楽にも決定的な影響を与えている。沖縄人にとっての琉歌は、琉球という独立国の根本的な存在価値であるに違いない。その琉歌の伝統が沖縄の短歌と俳句と詩にも通奏低音のように流れていることを感じさせてくれる。

2

序章「沖縄の歴史的詩篇—大いなる、わなゝきぞ」には、沖縄の歴史的な詩人の末吉安持《すえよしあんじ》、世礼国男《せれいくにお》、山之口貘、泉《いずみ》芳朗《ほうろう》、牧港篤三《まきみなとくぞう》、新川明《あらかわあきら》の六名と本土の詩人であるが沖縄について数多くの詩篇を書いた佐藤惣之助らの詩篇が収録されている。

末吉安持は、与謝野晶子と与謝野鉄幹の「明星」に参加しその才能は二人を驚かせていたが二十一歳で夭折してしまった。詩「わなゝき」を読めば、北村透谷の「内部生命論」にも匹敵する詩的精神の持ち主であり、その「永遠の生命」や「平和《やわらぎ》を守《も》る」詩は、沖縄の詩の出発を語るに相応しい存在だろう。「わなゝき」という個人の内面の恐れと戦きに近い、沖縄という風土を抱え込んで生きることの静かな感動が伝わってくる。

世礼国男の詩「夫婦して田に水をやる」では、「くんでも〳〵尽きない慈愛の水を／苗代にやる若い夫婦の百姓よ」と沖縄の自然と農民夫婦を希望のように賛美する。

山之口貘の詩「会話」は、沖縄の詩の代表作として様々なところで引用されてきた。最後の詩行「赤道直下のあの近所」という絶妙な表現は、本土の日本人に「あなたたちは本当に隣人になれるのか」という課題を問い続けている。

佐藤惣之助の詩「宵夏」は、『琉球諸嶋風物詩集』一八〇篇の中から選んだもので、日本でも中国でもない琉球独自の異国情緒に浸っているかのようで琉球諸島の多くを訪れている。

泉芳朗の詩「慕情」では、薩摩藩から奄美諸島の人びとはサトウキビ畑を強要されて黒糖地獄に陥り、食べるものがなく蘇鉄を毒抜きしでんぷんを作り飢えをしのいだ、過酷な歴史を想起させてくれ、また人びとの逞しさも感じさせてくれる。

牧港篤三の詩「馬乗り」では、沖縄の地上戦で壕の中に逃げ込んだ民間人たちを「壕の屋根の真上を　電気ドリルで／穴をあけ　油をそそぎ込み／火を放つ／ただそれだけの地獄の芸当」の非情さを書き記している。

新川明の詩「みなし児の歌」では、沖縄戦で生き残った「みなし児」の「若い男」が、「一コの骨でしかない両親」を想起し、その骨が自分の骨と触れ合うことを感じて独白していく。そしてついには「否《ノン》　一切の圧迫に対する答え／否《ノン》　一切の権力に対する拒否」をして戦後の荒々しい現実に足を踏み出していった。

以上の七篇の詩には、沖縄の抱えていた現実を直視してそれを悠久の時間と沖縄の自然の力で癒していけるかのような救いがあるように感じられる。

3

一章「短歌・琉歌—碧《アヲ》のまぼろし」には、三名の琉歌、十七名の短歌が収録されている。

琉歌の名手としてまた政治にも関わった十八世紀に活躍した平敷屋朝敏《へしきやちょうびん》の五首「夢に無蔵《イミニンゾ》」は、夢でしか果たしえなかった相聞や改革が切なく記されている。

同じ十八世紀の恩納《おんな》なべの琉歌「恩納岳《ウンナダキ》の《ヌ》ぼて《ブティ》」五首は、「山原の習ひ」に誇りを持ち「首里の主の前」でも「あだん葉のむしろ」を敷いてもてなすのだ。琉歌には出会いの劇的な様子が描かれていて、これが組踊の台本として生かされ展開されていったのだろう。

折口信夫の「碧《アヲ》のまぼろし」十首の中の「沖縄の洋のまぼろし　たゝかひのなかりし時の　碧《アヲ》のまぼろし」では、「碧《アヲ》のまぼろし」に折口信夫は沖縄の美が平和の精神と一体化したものであることを夢想していた。

謝花秀子の琉歌「ひるがをの花」十首の中の「あたら清ら海ゆ　埋め立てて哭るな　儒艮《ざん》泣ち声《ぬいゆぐいー》　聞かなうちゅみ」では、ジュゴンの悲しみが琉歌のリズムで伝わってくる。

馬場あき子の「やんばるは雨」十首の中の「石垣島万花艶《にほ》ひて内くらきやまとごころはかすかに狂ふ」では、大和心が石垣島の数多の花々の香によって揺らいでいき、琉球の精神が立ち上がって来る様を記している。

平山良明の「生きざらめやも」では敗戦時に「昭和九年国民学校一年生」の視点で平成天皇・皇后の平和と「沖縄への思い」を記す。玉城洋子の「をなりらの祈り」では、「ふるさとの基地に殺された娘たち」の名前を挙げ「青春返せ　沖縄返せ」と娘たちの叫びに聴き入っている。道浦母都子の「那覇は雨」では、雨上がりの町に「『沖縄独立論』虹のごと湧く」ように感じている。吉川宏志の「冬の嘉手納《かでな》」では、「はじめから沖縄は沖縄のものなるを」という本来的な姿を問い続ける。影山美智子の「自決のがま」では、「自決せし十幾家族の名の碑立つ」がまの前で「いのちの流れ」や「弧悲《こひ》の琉舞」を透視する。新城貞夫の「憤怒の波」では、「必然として基地は基地を狙えり」という「憎しみは平和にそむく」ことの民衆の願いを込めている。田島涼子の「地鳴きの島」では、「砲弾の炸裂音に戦きてヤンバルアワブキ」が落ちるように、座り込むゲート前で「地鳴きの島」を耐えている。伊勢谷伍朗の「赤い海域」では、「慶良間躑躅は峻烈なあか」を見ながら集団死の悲劇を想起し悼んでいる。有村ミカ子の「流離のひかり」では、「神棲む島に父祖の血が鳴る」と内部の鼓動を聴き、沖縄の「かなしみの燦」を噛みしめている。島袋敏子の「無限の砂時計」では、「わが胸をよぎる無限の砂時計」と父母や沖縄の歴史時間を抱きしめている。松村由利子の「わたしの水辺」では、「南島の隠す深き傷跡」に触れていながらも、石垣島の「わたしの水辺」を見いだしている。奥山恵の「共に見る」では、生徒たちと「ガマの背後の闇」に見入ったり、「やんばるの慰安所跡」を辿ることの尊さを記している。光森裕樹の「ひかりのゆくへ」では、「牛とぼくの瞳のあひだを往還するひかりのゆくへ」に投身するように生きている。座馬寛彦の「浜辺の闇」では、「はつ夏にさやぐ緑」や「珊瑚の群れの影」や「いしじの碑銘」を「浜辺の闇」の中で想起し、それがいつしか「澄んでいく」思いが記されている。

二章「俳句—世果報《ゆがふ》来い」は、金子兜太の「ひめゆりの声」から始まる四十四名の俳人の句が収録されている。金子兜太の「相思樹空に地にしみてひめゆりの声は」では、「相思樹」には相手を思いやるという意味があり、ひめゆり学徒隊が最後まで歌っていたという「相思樹の歌」が沖縄の天地に沁みていると記している。その他の俳人も含めて俳句担当編集者の鈴木光影が二章を論じているので参照して頂ければと思う。

4

三章「魂呼《タマヨ》ばい」は、十七人の沖縄の魂の在りかを辿る詩篇から成り立っている。

冒頭の佐々木薫の詩「魂呼《タマヨ》ばい」では、「山原《ヤンバル》の原生林を歩く」と、「祝女《ノロ》ノ幻惑」があり、「生者ノ魂ガ呼バレテイル」状態になり、「はるかな時空を掬い上げる」という。真久田正の詩「北《にし》の渡中《となか》」と「胆礬色《たんばいろ》の夢」では、琉球諸島の島々を「吾《わ》が速船《はやふね》」に乗り、海を渡る風の音や紺よりの深い青である魂の色と言える「胆礬色」の海上を渡って行く。伊良波盛男の「何もない島の話」では、「この島には、何もないよ」という老婆の言葉に旅人たちは反駁し、何もない大自然に「恍惚状態」になってしまう。宮城松隆の「魂《たま》拾《ひろ》い」では、「魂拾いに森へ」行き、「エゴノキの花」に「砲弾に散った俺の父」の魂を重ねてしまう。あさとえいこの詩「神々のエクスタシー」・「禁忌の森が消えるとき」では、「禁忌の森」を「神女たちが　素足で歩いて」いき「何日も　夜籠りをする」と「神歌《かみうた》がもれだす」という。その「禁忌の森」が破壊されて、「神話はうまれない」と「女たちの魂」の危機を伝えている。大城貞俊の詩「現実17」では、「ヌジファ」という「霊魂を死地から抜き取り、実家の墓地まで導き寄せて成仏させる儀式」で、「死者たちの魂」を救済しようとする沖縄人の精神性を伝えている。久貝清次の詩「ひとつながりのいのち」では、デイゴの花も太陽も月も青虫などのあらゆる森羅万象が「ひとつながりのいのち」であることを感受する。玉木一兵の詩「百花繚乱のトポス・沖縄」では、沖縄の「知恵の一つに、他者に対する徹底的な相対主義を標榜して、固有のビリーフシステムを育成し信奉してきた、祖先崇拝を擁《よう》する民族の帰属意識がある」と考察する。沖縄の「ビリーフシステム」（信用システム）は、日本（大和）の異質な他者を排除していくシステムに比較して世界に開かれている。柴田三吉の詩「カチャーシー」では、沖縄のおばぁに「酒盛りの踊りとおんなじさぁ／大きな手がそらをかきまわすんだよ／よろこびも悲しみも勢いよく」と踊りと台風から沖縄の心を語り出す。砂川哲雄の詩「とぅもーる幻想」では、「懐かしい物語はみんな幻となり／神話の水底に沈んでいる」と神話を無い虚しさのような思いを語るが、「夕映えのとぅもーる」（夕映えの海）に「明日の風景」を問い続ける。ローゼル川田の詩「モクマオウの檻」では、屋敷の防風林として囲われた「二〇〇本のモクマオウが風に呼応し」、その「四種類の音」はどこか「笑っているように鳴った」そうだ。うえじょう晶の

「幻影」では、「一部始終を見届けた少年は／寡黙な島守人となった」のだ。植木信子の「聖なるもの」では、「祭壇は削られた自然の岩のままにあり／アマミキヨが最初に渡って来たというくだかじまが／沈むように細長く見え」とる。「せーふぁうたき」という「聖なるもの」を強く感じている。かわかみまさとの「がんづぅおばあ」では、九十九歳のおばあは「躰《からだ》の奥深くから／いのちの燃える水が静かに湧出する」という。淺山泰美の「ニライカナイは、ここ」では、「ニライカナイは／うつくしい魂《マブイ》とともにある」と「夕どれ」のあわいの時刻に感じるのだ。若宮明彦の「かなしゃの彼方」では、「愛おしいひとが還ってゆく／彼方のかなしゃへ」というように、愛おしい人と彼方の境目はないのだろう。鈴木小すみれの詩「楽園」では、「海の底に身は投げず、海の彼方へ目を上げて……」という「苦しい民の哀しい知恵」を反芻している。

5

四章「宮古諸島、八重山諸島―宮古島、石垣島、竹富島…」は、十五名の詩篇から成り立っていて、沖縄本島とはどこか異なる神話的世界観を背景にして、明和地震、人頭税、人枡田《とぅんぐだ》、戦争マラリアなどによる過酷な歴史を垣間見せている。

速水晃の「旧盆《ソーロン》の月」は、明和の津波や戦争マラリアなど「この地で果てた人」が「月の間昼間《チィキイマピローマ》」に降りてくる。飽浦敏の「埋み火のように」は、紺青の海が広がる石垣島での少年少女の頃のタコ捕り、枇杷の実探しなどが甦る。下地ヒロユキの「朝のさんぽ」は、朝の散歩に両足を失くし、「モクマオウの林の最も大きな樹の根元に」眠っている「私の愛しい無数の足たち」を探してそれを装着して立ち上げる。小松弘愛の「りゅうきゅう」は、「りゅうきゅう」という「つゆいも」を食べると、竹富島のおばさんの話した「琉球語」を使用禁止させた「方言札」の酷さを感じさせる。和田文雄の「立て札」は、薩摩藩の重税により琉球王朝が課した人頭税を振り返り、「平和のための戦争を望む」なら「沖縄嶼国から出ていってくれ」と立て札が立てられる。金田久璋の「人枡田《とぅんぐだ》」は「口減らしのため　米の代わりに／人がひとを計るゆえに　人枡田と呼ぶ」と非情な「いのちの値」を示す。垣花恵子の「人枡田《トゥングダー》」は「トゥング田からはみだして／子供を殺す親がいて／親を殺す子供がいるよ」と昔の与那国島の話だけではなく、今も「イスとりゲームは終わっていない」と弱者を切り捨てる風潮に警鐘を鳴らす。伊藤眞司の詩「海なお深く」は、「六万余の若い命」を宮古ブルーに感ずる。山口修の詩「西桟橋へ」は、竹富島に来て西表島《いりおもてじま》に小舟で通い稲作りをした「命の記憶」を「一日を一生のように」受け止める。溝呂木信子の詩「沖縄　美《ちゅ》ら島（一）」は「故里ではないのに／記憶の奥のもっと奥の／何かが疼く」と深層に触れている。ワシオ・トシヒコの詩「おかやどかりよ」は、沖縄諸島の出身ともいえる「おかやどかり」に「ひたすら掃除してきた！／不浄の海辺を」と親近感を抱く。高橋憲三の詩「石垣島の石垣くん」は、「沖縄のことを教えてくれよ　と頼んだら／多すぎて無理」と断られた石垣くんからの課題を今もこなしている。小田切敬子の詩「わたしの琉球」・「ぬかるむ島」は、「琉球に行って　なみだのかわりにおどること」を知り、「竹富島は水牛の島」で、その牛車に乗って雨の中を運ばれたのだ。見上司の詩「海の歌—オキナワの少年に—」は、外では「ヘリコプターの旋回音が混じる」図書館で「あつい科学の本を手にしたきみは／かつてのわたしのようだ」と少年の現在・未来を賛美する。鈴木比佐雄は詩「サバニと月桃《げっとう》」「福木とサンゴの石垣」「生物多様性の亀と詩人」は、石垣島の歴史・自然とそれらを背負って生きる人びとを紹介している。

6

五章「奄美諸島—奄美大島、沖永良部島…」では、奄美諸島に関わる十篇は、薩摩藩からの支配により鹿児島県に組み込まれて、サトウキビからの黒糖作りなどの過酷な圧政の歴史があり、沖縄戦でも対馬丸や戦艦大和がこの島々の周辺で撃沈されて生き残った人びとが漂流したりした。それらの痛ましい歴史を語り継ぐ詩篇も収録されている。

ムイ・フユキの詩「捩《よじ》れた慈父《ジュー》の島へ」は、「奄美に誰も待つ者ない四三才の慈父《ジュー》よ」と発狂した父を慈しむ息子の奄美諸島への讃歌だろう。田上悦子の女性力《ウナグヂキャラ》は「琉球人《びと》に〝日本人の原像〟あり　という／その血を享けて現代に生きる私たち女性／呼び起こさねばならないものが　あるのではないか」と「女性力《ウナグヂキャラ》」の精神性を女性たちに問うている。

その他の詩篇は次のような奄美諸島にこだわる視点で愛着ある詩を生み出している。郡山直の詩「喜界島の土着の言語の威力」では喜界島の島言葉。秋野かよ子の詩「楕円の島と馬鈴薯」では沖永良部島の馬鈴薯。福島純子の詩「アカボシゴマダラ」では奄美大島の準絶滅危惧種だが本土では要注意外来生物の蝶。酒木裕次郎の「台風銀座」では徳之島の防風林ガジュマルの悲鳴。神原芳之の「離島」では薩南諸島も含めた離島の「やがてわれらも絶滅危惧種」だという覚悟。そのような島々に根差した詩篇も魅力的だ。北畑光男の詩「海底」は、戦艦大和と一緒に沈んだ叔父について思いやる。米村晋の詩「やまと追感」は、「沖縄諸島の海中には／米海軍に撃沈された／日本の軍艦や輸送船の／夥しい鋼鉄の戦艦が折り重なり／海中に摩天楼を形づくっている」らしく、海蛍の「光の中から兄さんが／うっすらと姿を現す」のを幻視している。萩尾滋の詩〈「天球の舟─西海幻想」より〉、永山絹枝の詩「六日間の死の漂流─対馬丸遭難語り部・平良啓子さん」、宮武よし子の詩「和浦《かずうら》丸《まる》での疎開」の三篇は、学童疎開船の対馬丸の悲劇を語り継ぐ当事者の思いを後世に伝える詩篇だ。対馬丸記念館の子どもたちの写真は永遠に年齢を重ねることはない。

7

六章「ひめゆり学徒隊・ガマへの鎮魂」は、一八名のひめゆり学徒隊、その他の学徒隊や様々なガマでの沖縄の民衆と軍人たちの悲劇を書き記したものだ。

太田博の「相思樹の歌(別れの曲《うた》)」は「ひめゆり隊」の乙女たちが最後まで東風平《こちんだ》恵位が作曲したこの詩を歌っていたと言われ、「ひめゆり平和祈念資料館」でもこの曲は流されている。太田博は郡山商業学校出身の陸軍少尉だったが、陣地構築のために音楽教師の東風平やその教え子の女学生と知り合い、この詩を卒業式のために書いたと言われる。福島県の戦後詩のリーダーだった三谷晃一の詩「戦場」は、同人誌の仲間で郡山商業学校の先輩であった太田博や小樽商大の学友が沖縄戦で数多く死んだことを悼んで書かれたものだと聞いている。

星野博の詩「展示室」、金野清人の詩「風を汲む少女」、秋山泰則の詩「ひめゆりの塔」、堀場清子の詩「花々を哭く」、小島昭男の詩「月桃の島へ」の五篇はひめゆり学徒隊やその他の学徒隊や数多の民間人の魂を語り継ぐことが、平和を考える上で何よりも大事なことだという観点で書かれている。石川逸子の詩「荒崎海岸にて」、森三紗の詩「沖縄に眠る父へ─三浦日出子さんの祈り」、若松丈太郎の詩「ガマ」、阿形蓉子の詩「沖縄の戦跡をたどる」、佐々木淑子の詩「沖縄」、秋田高敏の詩「竜宮城」、岡田忠昭の詩「語る　十六歳の沖縄戦」、東梅洋子の「心を彫る」、佐藤勝太の詩「珊瑚海の幻」、森田和美の「沖縄の花─慰霊の日に」、山田由紀乃の「岬の碑」などは、沖縄の様々な戦跡の殺戮や数多くのガマやサンゴの海岸などで、なぜ集団死が起きたか、その場に出向きその時のことを想像しながら、その時の思いに肉薄しようと多様な表現が試みられている。

8

七章「琉球・怒りの記憶」は、薩摩の侵入、琉球処分、沖縄戦、米軍の基地問題などの怒りの記憶を記した十三名の抵抗精神に満ちた詩群だ。

　八重洋一郎の詩「日毒」は高祖父の書簡や曾祖父の書簡から発見した〈今の日本の闇黒をまるごと表象する一語「日毒」〉を本土の日本人に突き付けていて、その言葉には抵抗精神が結晶している。八重洋一郎のもう一篇の詩「上映会」では米軍が最も恐れた男と言われた瀬長亀次郎について触れている。中里友豪の詩「記憶」は「砲弾で荒れはてた激戦地」の日本兵の死体の痛ましい記憶であり、父からの遺言のような極限の言葉が沖縄戦の真実を物語っている。

　知念ウシの「カフェにて3」、原詩夏至の「孤島」、佐藤文夫の「わが来歴」、城侑の「トマトと甘藷《いも》」、くにさだきみの「トクテイヒミツに備える」「捨て石」、山本聖子の「一九九二年夏・沖縄」、川奈静の「沖縄の怒り」、吉村悟一の「ド・ジ・ン」、川満信一の「慰安婦」、鈴木文子の「ダイトウビロウの木は―南大東島では南南東の風」「宮古島にて」、村尾イミ子の「木麻黄の木」などでは、基地を支配し続けるアメリカ人とそれを追認し見て見ぬふりをする本土の日本人たちが、沖縄の「無念と怒り」をどこか他人事のように感じて無関心のままでいることへのさらに激しい「怒りの記憶」なのだろう。また朝鮮人慰安婦への日本人が犯した加害者として記憶やハンセン病患者の人権を無視して隔離したことを記した詩篇などもある。

9

八章「辺野古・人間の鎖」は、大浦湾のジュゴンやサンゴが生息する海辺に海上基地を建設することへの抗議を様々な十七篇の観点から描かれている。

　冒頭の神谷毅の詩「地底からの鬼哭」は「平和の海を守ろう」として「ゲートに座り込む民衆」である親や祖父を「警備に立つ若者」が排除していき、聖地のような海辺だけでなく、辺野古を支えてきた地域共同体を崩壊させていく様を「鬼哭」しているのだろう。

　その他の詩篇である宮城隆尋の「時価ドットコム」、赤木三郎の「わたしの幻燈機」、こまつかんの「人間の鎖」、青山晴江の「辺野古の海で」、三浦千賀子の「ドラゴンフルーツ」、杉本一男の「ごぼう抜き」、原圭治の「犠牲の島　いつまで」、宇宿一成の「石の舟」、坂本梧朗の「ダンマリの効用」、草倉哲夫の「なぞなぞ」、近藤八重子の「時代に翻弄される沖縄」、和田攻の「拝啓　瑞慶覧《ずけらん》様」、桜井道子の

「沖縄のこと」、石川啓の「沖縄を知りたい」、高柴三聞の「のっぺら坊の島」、舟山雅通の「海神の声」などの詩篇では、辺野古の海上基地が、自然環境問題でも、長期的な経済的側面でも、憲法に照らして地方自治の在り方でも、新たな基地を認めないで座り込む人権においても、日米政府の強権的で既成事実を作り出していく行為が、決して許されるものでないことを浮き彫りにしている。そんな基地負担がますます増えて、平和な島を将来にわたり反撃されてしまう最前線の基地の島として、危機に陥れる可能性があることなど、様々な観点から辺野古海上基地建設を自らの切実な問題として考え詩作している。

10

九章「ヤンバルの森・高江と本土米軍基地」は、新城兵一の「健忘症」、坂田トヨ子の「沖縄の貝殻と」「沖縄の海」、青木春菜の「結び草」、日野笙子の「少女の作文」、宮本勝夫の「ヤンバルの森よ」、館林明子の「移り変われば」、林田悠来の「島んちゅ」、洲史の「横浜と沖縄」、名古きよえの「オスプレイもどき」、田島廣子の「沖縄に基地はノウ」、末次流布の「隠ぺい」、猪野睦の「知らないところで」、絹川早苗の「鉄条網」、黛元男の「ガジュマルの木」、長津功三良の「宣戦布告」、大塚史朗の「空を見ている」などの十六名から成り立っている。沖縄の神話を産み出してきたヤンバルの森・高江はオスプレイ離発着基地となり日常的な臨戦態勢になってしまった。米本土でも出来ない軍事訓練を聖なる島で恒久的に実施しようとする日米政府の姿勢は、日本本土でも恒久的に日米の一体化により基地の機能を高めようとしている。守るべきものは一体何なのかというう根本的な問いがこれらの詩篇に木霊しているように感じられた。

十章「沖縄の友、沖縄文化への想い」では、与那覇けい子の「うちな〜んちゅ大会」、山口賢の「沖縄の友へ」、伊藤眞理子の「六月の砂」「旁《つくり》のなかま」、ひおきとしこの「美しい島沖縄　海と空とくらしと」、池田洋一の「私と沖縄」、井上摩耶の「Never End」、酒井力の「明滅する光の彼方に」、小山修一の「自己紹介の唄」、結城文の「神父の沖縄」、二階堂晃子の「ふるさと」、古城いつもの「岩谷建設安全協議会」、大塚菜生の「還ってこなかったお父さん」、堀江雄三郎の「沖縄の旧友へ」、植田文隆の「分かるのか」、青木善保の「行こうにも行けない」、あたるしましょうご中島省吾「僕はジャパニーズです」、岸本嘉名男の「沖縄の女《ひと》」などの沖縄の友への深い敬意と沖縄の文化や自然への愛情が、心温まる確かな手ごたえとなって心に響いてくる。

最後の十一章「大事なこと、いくさを知らぬ星たち」では、中正敏の「大事なこと」、松原敏夫の「島のブザ（おじさん）」、呉屋比呂志の「白いシーサー」、佐相憲一の「琉球ごはん」、小丸の「夏至」、橘まゆの「いくさを知らぬ星たちは」、星乃真呂夢の「天の葡萄」、矢口以文の「那覇で」、日高のぼるの「笑う魚」「うりずんの風」、根本昌幸の「沖縄の空」、大崎二郎の「夏至」などの詩篇によって、沖縄の苦難に満ちた歴史が産み出した平和《やわらぎ》思想を多くの詩行から感じさせてくれる。きっとそれは簡単なことではなく困難な道ではあるが、どんな時でも人間を生かそうとし、これからの人類の未来をしなやかに照らし出して形作ろうとしているように考えられる。

この『沖縄詩歌集～琉球・奄美の風～』は、琉球諸島の島々の多彩な魅力を愛する歌人、俳人、詩人たちが、言葉の力を信じて沖縄諸島の平和を詠いあげた希望のような結晶体であるに違いない。多くの沖縄を愛する人びとに読んで欲しいと願っている。

Ⅱ

東北

福島

極端粘り族の誇りと希望

——若松丈太郎氏追悼

東電福島第一原発から二十㎞の立入禁止区域検問所
多くの車両が拒絶されて引き返していった
あなたが「埴谷島尾記念文学資料館調査員」の名刺を
差し出し二言三言話すと警察官たちは通してくれた
名刺が魔法のチケットのように思えて
「かなしみの土地」である小高・浪江への門が開かれた

十年前の二〇一一年四月十日の小高駅前商店街は
あなたの予言した「神隠しされた街」になっていた
曇り空でたわんだ電線に鴉だけが舞っていた

駅前通りに並ぶ百件ほどの商店の中に薬局店があった
「この薬局は誰の実家か知っていますか?」
答えられずにいると
「日本国憲法に影響を与えた鈴木安蔵の実家ですよ」
と誇らしげに教えて少し頬をゆるめた

生まれ育った岩手県奥州市岩谷堂の商店街と重ねながら
一万人の暮らす小高の街の人びとの文芸の歴史を語り始め
あなたの眼差しこそが「核発電」事故による「核災」から
立ち上がる人びとの背中を押す希望そのものだった

十年後の二〇二一年五月三日に私はその場所に立った
その薬局は看板も店も裏の大きな蔵も無くなっていた
あなたが愛した商店街は歯抜けになりながらも
銀行の支店や営業を再開した店も出てきた

昨日は南相馬市内のメモリアルホールであなたを偲ぶ会があった
二人の息子真樹《まさき》さんと央樹《ひろき》さんが父を畏敬し誇りに思う言葉
妻の蓉子さんの夫に寄り添い支えたことへの誇りの言葉
管理職にならずに一教師として悩める子どもの言葉に耳を傾け
地元の手作りの文化活動や表現者たちを慈しみ
草の根の原発廃止運動の人びとの思想の核となったあなたは
詩と評論の言葉で全国の人びとの背骨のような存在だった

教師を退いたあなたは一九九四年にチェルノブイリに行き
連作「かなしみの土地　6　神隠しされた街」を書き上げ
た
また浮舟文化会館「埴谷島尾記念文学資料館調査員になり
埴谷雄高に会いに行き島尾敏雄の妻ミホを訪ね
貴重な資料を文学資料館に寄贈してもらった
あなたが長年研究していた福島浜通りの文学史は
『極端粘り族の系譜―相馬地方と近現代文学とその周辺』
として
すでに編集を終え原稿もほぼまとまっている
あなたの言葉こそが誰よりも「極端粘り族」であったこと
を
あなたの言葉こそが福島浜通りの「誇りと希望」であった
と
この書物や多くの詩篇が語り継いでいくだろう

（二〇二一年六月「コールサック」一〇六号に掲載）

時代の狂気に抗う少年の批判精神
若松丈太郎詩集『十歳の夏まで戦争だった』

1

若松丈太郎氏は、岩手県に生まれ学生時代から福島県に住み、教員となって南相馬市に定住し、どんな権威にも屈せずに真実を語ってしまう詩人・評論家だ。その真実に向かう姿勢は、国家に翻弄された民衆の歴史を踏まえ、本来的な固有の人間存在の危機意識から発している。真に勇気ある生き方をした無名の民衆の気高い姿を若松氏はきっと感受できるのだろう。若松氏の思考方法が宿るリアリズムの詩篇群や評論に私は今まで多くのことを教えられてきた。そんな若松氏が新詩集『十歳の夏まで戦争だった』をまとめた。

若松氏の東日本大震災以降に刊行した書籍は、二冊の評論集『福島原発難民　南相馬市・一詩人の警告1971年~2011年』・『福島核災棄民――町がメルトダウンしてしまった』と、アーサー・ビナード氏との共著『ひとのあかし』、『若松丈太郎詩選集一三〇篇』、詩集『わが大地よ、ああ』などだ。それらの評論と詩篇を通して東電福島第一原発事故を引き起こした電力会社・原発メーカー・国家・行政などの関係者たちが、いかに地域住民の基本的人権や生存権、地域環境を侵す原発事故の可能性を隠蔽してきたが明らかにされている。恐るべき事実を積み上げて、原発がいかに人間や生き物や自然環境を破壊し続けてしまうか。そしてついにはあらゆるものを核のゴミにしてしまうような未来の在り方に危機感を抱いて、若松氏は一九七一年の原発が稼働した頃から原発を肯定する文明の在り方を問い続けて詩と評論を書いてきた。一九九三年チェルノブイリの被爆した大地を訪ねてその被害の実態を見聞し、詩「神隠しされた街」に近未来の出来事として予言的に書き記した。その詩は歌手の加藤登紀子が作曲し自ら歌い、原発事故で浜通りのコミュニティがいかに破壊されたかのドキュメント映画の主題歌となった。仮に福島第一原発がチェルノブイリと同じような事故を起こしたら、浜通りや中通りの市や町がどうなるか。また風に乗って二百㎞以上離れたところの、例えば私の暮らす千葉県柏市などが風向きで多くの放射能物質が降り注ぐ被曝地になることも想定していた。その意味で若松氏は、3・11以前に原発事故によって地域がどのように破壊されるかを伝えた予言的な詩人として、原発事故の原因を真に考えようとしている人びとの間で記憶されている。

2

新詩集『十歳の夏まで戦争だった』は戦中の少年の頃にタイムスリップした十七篇の連作から成り立っている。詩集が始まる前に詩人金子光晴の詩行「寂しさに覆はれたこの国土の、ふかい霧のなかから、僕はうまれた。」を引用している。若松氏が詩を書くきっかけとなったのは、詩「リンゴ箱のなかの本」によると、叔父が召集を受けた時に実家に置いていったリンゴ箱にあった金子光晴、中野重治、小熊秀雄などを読んだことであったと語っている。その叔父の兄は夭折した詩人の若松千代作であったので、叔父は詩に関心を持ち、兄の死後に刊行された当時の優れた詩集を買い求めて読んでいたらしい。若松氏も光晴が感じた大日本帝国の歴史の「ふかい霧」を同じように感じて、その先駆性や光晴の時代に迎合しない精神に感銘を受けたのだろう。またあとがきの冒頭で若松氏はこの連作を書く動機を次のように語っている。

> この国では、もはや議会制民主主義は壊滅に瀕して、国民主権の存続が危うい状況に　ある。この詩集の一篇「生まれたころ」に書いた一九三五年前後の状況を既視体験《デジャ・ビュ》して　いるかに思えてならない。

若松氏はこの「国民主権の存続が危うい状況」が八十年後の今の状況に重なってくるという強い危機感を抱き一人の民衆の歴史を通して、現在が再び危険な「ふかい霧」になっていることを、少年の頃の言い難い抵抗感を想起しながら語り始める。

詩「生まれたころ」では、「わたしが生まれた一九三五年／陸軍の一部と右翼諸団体とが立憲政友会と結託し／美濃部達吉貴族院議員の天皇機関説を排斥することで／この国は天皇が統治する国家であるとの国体明徴《こくたいめいちょう》声明を／岡田啓介内閣におこなわせた／立憲主義による統治は死滅することとなった」と歴史的事実を記す。一九三三年に小説家の小林多喜二が虐殺され、一九三五年には天皇が国家の機関の一部であるとする「立憲主義」の解釈を不敬罪だとして、天皇が国家を統治する主体であるという国体明徴《こくたいめいちょう》声明を当時の内閣が発表した年であった。そのことを後から知り「立憲主義」が破壊された年に生まれたことへの違和感を若松氏は抱き続けてきたに違いない。それから八〇年が過ぎて再び「立憲主義」を否定する内閣が出現し、天皇のために命を捧げる「皇民」の思想を刷り込んでいく教育勅語をあからさまに肯定する総理大臣たちが、安保法案や共謀罪法案などの日本国憲法の理念に反する法律を成立させてしまう。平和主義や国民主権などを否定し、個人の多様な価値観を尊重する「立憲主義」とは相容れない手法で、憲法改正を日程にのぼらせようとする。そのような流れの中で、若松氏は生まれた年の一九三五年こそが明治憲法下での「立憲主義」の最後の砦が崩れた年であったのであり、今こそその年の出来事を検証すべきだと考える。一人の少年の側からの民衆を戦争に向かわせる狂気の歴史の真実を伝えたいと願ったのだろう。そして本当は戦争の真の悲劇を知ろうとしないで、戦争を放棄し国民主権に立脚した日本国憲法の「立憲主義」を否定しても恥じない、今のかなりの数の政治家たちやその政治家を支持する国民の危うさを明らかにするために、連作を構想したに違いない。現内閣を支持する日本人の一部に日本国民を最終的に再び「皇民」にさせるためにナショナリズムをあおり、新たな「国体明徴声明」《こくたいめいちょう》をさせて明治憲法の天皇制を復活させたい勢力が未だに存在していると、若松氏はその隠れた意図を見抜いているのだろう。

3

冒頭の詩「一九四一年の記憶より」では、「もっともはやい記憶はなんだろう」と問い、「祖父母に伴われて／皇居前広場に行ったとき／堪えきれなくなってしまって／立ち小便をした」という「記憶にない記憶」から始まる。幼児であれば立ち小便するくらいは当たり前な自然な行為だが、皇居前広場でするということは、非国民であり不敬罪的な行為になったことを面白おかしく祖父母から繰り返し聞かされていて、若松氏の最も古い記憶に残ってしまったのだ。祖父母の家で若松氏は「帝国陸海軍は今八日未明西太平洋において／米英軍と戦闘状態に入《い》れり／居間の茶箪笥のうえのラジヲが／同じことばをくりかえす」ことを想起し、他国と戦争状態になる熱狂が、その後にどんな悲劇をもたらしたかを今こそ冷静に歴史から学ぶべきだと語る。

詩「櫟の赤い実」では、一九二一年に首相原敬を「斬奸状《ざんかんじょう》」を懐に入れて東京駅で刺殺した十八歳の若者、一九三六年に内大臣斎藤実を私邸で三十六発もの銃弾を浴びせて「天誅国賊《てんちゅう》」と叫んで殺した二十代半ば前の将校五人、一九六〇年に社会党委員長浅沼稲次郎を刺殺した十七歳の若者などを生み出した議会を否定する暗殺の歴史を持つ日本人は、決してそのことを忘れるべきではないと告げている。

詩「開戦の朝の大本営発表」では、真珠湾攻撃の一時間五十分前に、「実際は深夜マレー半島の海岸で上陸を強行して／死者三百二十名　負傷者五百三十八名の犠牲者を出した作戦が発端でした」と国家権力が発する「印象操作」に注意を促している。

その他の詩「国民学校に入学して」、「少国民から皇民へ」、「紙くずになった戦時国債」、「制服のボタンが真鍮から木に」、「食糧不足と配給制度」、「満十一歳からは青壮年国民として登録」、「父が召集される」などを読めば、軍国主義教育や戦時経済がいかに徹底的に非人間的で国民の財産や命までも収奪していったか、その細部が描かれている。若松氏のような少年たち「少国民」や「皇民」化された民衆は、仕方なく面従腹背であったのであり、その当時の理不尽さへの反発心を若松氏は書き記している。

またそんな戦時体制の結末が、詩「神風特別攻撃隊」、「同級生の父が玉砕」、「無差別大量殺戮」に書き記されている。詩「無差別大量殺戮」では故郷の岩手県江刺郡や福島県相馬郡原町の空襲で被爆死した人びとの固有名を記し、その事実を語り継ぐべきだとしている。またスペインのゲルニカ、中国の南京や重慶、ロンドン、ドレスデン、東京などの日本の都市、広島・長崎の原爆など国家が引き起こした戦争によって世界中の民衆がどれほど殺戮されたかも記している。最後の詩「全方位外交でいこう」では、「全方位外交こそが／国民のいのちと暮らしをまもり国土を荒廃からまもり／世界じゅうの人びとと地球とにやさしい政策だ」と若松氏の遺言とも言える考えを伝えている。政治家はとかく敵を作り出しナショナリズムをあおり、後戻りできない情況に民衆を追い込んでいく。特別な特効薬はなく、「全方位外交」によって平和を作り出すしかないのだと若松氏は告げている。私たち日本人は自国民を三百十万人以上も死なせた戦争の悲劇を経験したにも関わらず、その戦争責任を踏まえ徹底化した平和憲法を永遠に守ることに向かわずに、未だに「皇民」や軍事大国への郷愁誘惑に向かう勢力を克服しえていない。そのことに対して若松氏はこの『十歳の夏まで戦争だった』を書いて、銃後の少年が目撃したまがいもない戦争の実相を伝えくれている。そのような少年の抗う精神の詩集を多くの若い人たちに読んでほしいと願っている。

〈東北の土人〉〈地人の夷狄《いてき》〉の基層を探索する
若松丈太郎詩集『夷俘《いふ》の叛逆』

福島県南相馬市に暮らす若松丈太郎氏の十一冊目の詩集『夷俘《いふ》の叛逆』が刊行された。この詩集は五章に分かれ四十二篇が収録されている。詩集『夷俘の叛逆』を貫くものは東方・北方の先住民の三千年間の暮らしの基層が想起されていて、例えば南相馬市の鷺内《さぎうち》遺跡や浦尻貝塚などの地に根付いた暮らしの思想の原点を想起して、さらに次の三千年につなげようとする試みを詩に宿している叙事詩だと考えられる。千数百年前の大和朝廷が古代中国の中華思想を借りて、東方・北方で暮らした先住民を「東夷《とうい》」や「北狄《ほくてき》」、「蝦夷《えみし》」、「蝦賊《かぞく》」と言い貶めてきた。この「夷」や「狄」には「未開人」とか「土人」の意があり、「蝦」には「えびのような殻を被った節足動物」の虫けらの意がある。また「俘」は逃げないように囲われた俘虜」の意があり、「夷俘」とは「捕虜とさせられた夷狄」という支配されて面従腹背している罪人のような意がある。しかしそんな蔑められる言葉で喩えられる千数百年の大和政権中心の中華思想に貫かれた歴史観に対して、若松氏は東方・北方の人びとの歴史には、実は「夷俘の叛逆」の数多くの歴史が隠されていると書き記す。冒頭の詩「夷俘《いふ》の叛逆」の四連目・五連目を引用する。

奈良末期の陸奥国伊治郡に
夷俘を祖とする大領（郡司）伊治公呰麻呂《これはりのきみあざまろ》が　いた
呰麻呂の名は魁偉な容貌を連想させる
七八〇（宝亀十一）年に伊治城で乱を起こし
按察使《あぜち》の紀広純《きのひろずみ》らを撃退し
数日後には多賀城に侵入した

七八九（延暦八）年に大墓公阿弖流為《たものきみあてるい》が
胆沢《いさわ》の巣伏《すぶせ》の戦いで
侵攻したヤマト王権の蝦夷征討軍を斥けたのは
宝亀の乱の九年のちのことである
呰麻呂や阿弖流為のように史書に記名されるこ　となく
記憶の彼方に消えた蝦賊は数知れない

このような隠された歴史の背後にある先住民の人びとが斬首された記憶を、若松氏は一見淡々と記しているようだが、「征夷」という中華思想を正義とする言葉を見過ごすことのできない、東方・北方の人びとの叫びに似た無念な思いを刻んでいる。伊治公呰麻呂も大墓公阿弖流為も「伊治公」・「大墓公」と言うように「公」的な名称があるので、一時は大和政権に従い統治の協力をして「公」を与えられた族長だったろう。しかしながら大和政権の仕打ちに忍耐の限度を超えて叛逆を開始したのだろう。教科書に出てくる征夷大将軍の坂上田村麻呂が阿弖流為と盤具公母禮《いわぐのきみもれ》の降伏を認め、阿弖流為たちの命を救おうとしたが、きっとまた叛逆するだろうと公卿たちから恐れられて大和政権は斬首した。「征夷」とは、「夷」という鬼の未開人や土人を退治して単一民族を創り上げようとする物語の重要なキーワードであった。若松氏の詩集『夷俘の叛逆』はそのような日本の正史に隠されている真実を曝け出し、その先住民たちを「夷」や「鬼」としてきた歴史認識の在り方に疑問符を投げ掛ける恐るべき叙事詩集だと私には感じられる。若松氏は学生時代から福島県に暮らしているが、元々は岩手県奥州市の出身であり、「胆沢の巣伏の戦い」の阿弖流為たちのことを自らの地域の先祖であり、自身が阿弖流為の末裔であると考えていることから、このような詩集が可能だったと考えられる。

　二篇目の詩「土人からヤマトへもの申す」一連目から三連目を引用する。

　米軍基地建設に抗議するウチナンチューに
　ヤマトから派遣された警官のひとりが
　「土人！」と罵声をあびせた

　ウチナンチューが土人だば
　おらだも土人でがす
　そでがす　おら土着のニンゲンでがす
　生まれてこのかた白河以南さ住んだことぁねぇ
　〈東北の土人〉〈地人の夷狄《いてき》〉でがす

　電力業界内で言われてきたことば
　「東電さんには〈植民地〉があって羨ましい」
　東京電力は核発電所すべてを〈植民地〉に設置した
　あげくに核災を起こして
　地人のいのちと暮らしを奪った

若松氏は〈ヤマトから派遣された警官のひとりが／「土人！」と罵声をあびせた〉ことは、未だに大和政権が沖縄人を「土人」と見なして「征夷」を貫いてきたように、現在の政権が全く変わらずに国家意志を従わせるために、「土人」という「夷」を創り出す支配構造であることを指摘している。若松氏は「生まれてこのかた白河以南さ住んだことぁねぇ／〈東北の土人〉〈地人の夷狄〉でがす」とブラックユーモアのある風刺的な表現で語っている。この〈東北の土人〉〈地人の夷狄〉という東方・北方の先住民を言い当てた言葉は、それをきちんと受け止めるならば、「征夷」的価値観を正史として刷り込まれた日本人の単一民族の歴史観の有力な解毒剤に匹敵する言葉になるかも知れない。さらに〈電力業界内で言われてきたことば／「東電さんには〈植民地〉があって羨ましい」〉という政商たちの言葉は東電以外の電力会社幹部にその本音を語らせてしまう政財界の癒着の精神構造をあぶり出している。そんな政府の原子力政策の根本的な問題点として、中華思想にすり寄って地域の文化や暮らしを破壊しても他人事である、画一的で中央集権的な思考方法が未だ続いていると語っている。その「あげくに核災を起こして／地人のいのちと暮らしを奪った」と若松氏は、その虚しさ、不条理さ、無責任さを抉り出している。宝亀時代の八世紀から令和時代まで続く「夷俘の叛逆」の最新事例が沖縄人の辺野古基地反対の闘争であり、南方の先住民の末裔に今も続く闘いの苦悩に共感を記している。

三篇目の詩「こころのゆたかさ」で若松氏は「わたしたちのあとの時代があるとして／あとの時代に遺すことを誇れるものを／わたしたちは創造しているのだろうか」と問いかけてくる。そして次のように大和政権以前の豊かな文化を再認識する箇所を引用する。

人面付土器《じんめんつき》　人形付土器　遮光器土偶《しゃこうき》
後ろ手を組んだ土偶　笑い顔の土偶
身ごもった土偶　こどもを抱いた土偶
こどもの手形や足形　土面

こころのゆたかさが見える
こんな魅力にとむものがほかにあろうか

本詩集のカバーの表面に映っている遮光器土偶などを見て、若松氏は「こんな魅力にとむものがほかにあろうか」とそれを生み出した縄文人の「こころゆたかさ」が見えるようだと感嘆の声を上げている。若松氏はそんな縄文人を先祖に持つことを誇りに思い、次の詩「三千年未来へのメッセージ」でその縄文人の知恵から自然との共生を学ぶべきだと語る。

ササタケの編み籠にぎっしりと入れられ
三千年まえに貯蔵されていたという
南相馬市鹿島の鷺内《さぎうち》遺蹟から出土した
二百つぶを超える縄文晩期のオニグルミ

出土地に隣接する鷺内稲荷の案内板には
「暖冬清水の地」と書かれている
真野川と上真野川との氾濫原による
ゆたかな自然環境に恵まれて
クリやトチやクルミの木などが
たくさん自生していたことだろう
定住をはじめた人びとのメッセージを
清らかな地下水が三千年後に届けたのだ

こどものころに暮らしたわたしの町は
べつの町ではあるけれど
祖父母の家の裏の川岸にクルミの木
畑のある山にはクリの木
実を拾う楽しみがあった
縄文びとの暮らしをしのぶ

縄文びとは津波が及ばない場所を知っていた
鷺内も小高の浦尻貝塚もそうだ
浦尻貝塚は縄文期をとおして営まれた
アサリ　シジミ　カモ　シカ　イノシシ
スズキ　ハゼ　イワシ　タイ　ウナギ　フナ
恵まれたぜいたくな食卓だ

万葉時代になると大和びとが統治し
真野と名づけ真野の草原《かやはら》は歌枕とされた
四十年まえの地図によると
鷺内周辺に水田と桑畑の記号がたくさんあって
ゆたかな農村をイメージできる
けれど今は桑畑はもちろん水田もほとんどない
核災を被って住み処と暮らしを奪われ
やむなく避難しているひとびとの住宅地になった
多くの人は故郷への帰還をあきらめている

三千年後のひとびとにわたしたちは
どんなメッセージを届けることになるのだろう

若松氏は、「南相馬市鹿島の鷺内遺蹟から出土した／二百つぶを超える縄文晩期のオニグルミ」、その「暖冬清水の地」の「清らかな地下水」、「縄文びとは津波が及ばない場所を知っていた／鷺内も小高の浦尻貝塚もそうだ」という縄文人の知恵、さらにその後の「万葉時代になると大和びとが統治し／真野と名づけ真野の草原は歌枕とされた」歌人・俳人たちに愛された場所、その数千年の歴史を踏まえて、「三千年後のひとびと」に私たちは何を伝え残すことが出来るのかと根源的に問いかけてくる。

Ⅱ章九篇では、憲法構想や地方自治や人権などを実践の中で考察し表現した先駆者であった人物を記している。そのタイトルの中にそれらの人物たちの思想や願いが込められている。「自由ヲ保ツハ人ノ道ナリ　植木枝盛」、「北の海辺から　小田為綱」、「自由や　自由や　我汝と死せん　苅宿仲衛」、「若い二人を流れていたもの　小林多喜二・今野大力」、「戦争はひとを殺す　矢部喜好」、「俺達の血にいろどった世界地図　鶴彬」、「鳥になりました　亀井文夫」、「いちばんの味方は事故　舛倉隆」、「戦争いらぬやれぬ世へむのたけじ」

Ⅲ章九篇は、詩「こどもたちがいない町」から始まり原発事故後に何がもたらされているかが記され、Ⅳ章十一篇では、平和憲法が揺らいでいる日本の政治が戦争に対してハードルを低くしている現在の在り方に警鐘を鳴らして、「積極的非暴力平和主義の理念」を提唱している。最後のⅤ章九篇では、ひとは「ごみをつくるために存在する生きもの」で地球にとって有害な存在であるかもしれないが、唯一希望として詩「ひとにはことばがある」で次のように記している。

ひとはことばをもちいることができる
武力による争いを捨ててことばで解決しよう
すべてのひとびとが不条理を被らないよう
すべてのひとびとがこころ穏やかでいられる　よう

このように若松氏はどんなことがあっても不屈の精神で言葉に希望を託してきた先人たちの知恵を詩篇に宿そうとする。そんな〈東北の土人〉〈地人の夷狄〉の基層を探索する叙事詩篇の試みを、公的言語や教科書的歴史観の表層の虚しさを感じている人たちに読んで欲しいと願っている。

『夜の森』から『夷俘《いふ》の叛逆』へと続く創造的叙事詩

若松丈太郎氏の詩的精神の源泉に寄せて

若松丈太郎氏が四月二十一日午前十時頃に死去されたという訃報を、当日の午後早めに私は若松氏と親しい方から知らされた。その衝撃で私は頭が真っ白になり、背骨が崩れ落ちてしまいそうな気がした。私は二十年にもなる若松氏との交流が想起されてきて、どうしたらいいのか電話口で立ち尽くすだけだった。けれども若松氏が亡くなっても若松氏の詩や評論は残りそれらとの対話は続くのであり、若松氏のまだ書籍にしていない原稿を含めて全ての作品を後世に残すことをすべきだと思い直して、奥様の蓉子氏に電話をして直接、若松氏の末期の様子をお聞きした。検査入院後には、病院に隔離され家族とさえ会えなくなることを選ばずに自宅で療養することにしたことを自ら決断されたという。若松氏は亡くなる一週間前に病に伏せながらも、庭と空を眺めながら一篇の詩を書き残し、最期まで詩人であり続けたことが勇者の姿として私の心に刻まれた。

私が若松氏と交流を持つきっかけは、三谷晃一氏と浜田知章氏のおかげだった。一九九七年頃から「コールサック」(石炭袋)で「戦後詩と内在批評」という評論を連載し、私なりに戦後詩の「荒地」や「列島」などの詩人の詩や詩論を検証していたところ、それを読んでいた福島県を代表する詩人・評論家で福島民報の論説委員でもあった三谷氏が関心を持ち、丁寧な私信を頂き交流するようになった。当時の「コールサック」に戦後詩を切り拓いた「山河」・「列島」の詩人の浜田知章が寄稿していて、その浜田氏が三谷氏に「コールサック」を送り続けてくれ、それを読んで親近感を感じてくれたのだった。私は会社員をしていたが、ボランティアで二〇〇〇年に『浜田知章全詩集』を企画・編集して、予約購読者を募ってこれらの全詩集を実現しようとしていた。浜田氏は一九二〇年生まれ、三谷氏は一九二二年生まれで、二人とも従軍し苦労をされて同世代としての眼に見えぬ連帯感のようなものを感じていたのだろう。また三谷氏は私が浜田氏を後世に残すことの実務者であることを理解し、全詩集刊行の呼び掛けに協力して福島の親しい詩人である若松氏たちに呼びかけてくれたのだった。三谷氏は二〇〇一年八月刊行の「コールサック」40号に刊行を祝してエッセイ「浜田知章という畏兄」を寄稿してくれた。

学生時代の若松氏は「列島」終刊後に編集をしていた関根弘が刊行した「現代詩」(一九五九年に刊行された号)に

詩「夜の森」（詩集では「夜の森　四」）を発表した。きっと若松氏は「列島」「山河」の詩人たち、関根弘・木島始たちから日米の政治権力に対する異議申し立てするしなやかな表現力や、浜田知章・長谷川龍生・御庄博実たちからは被爆者からの視点の核兵器廃止運動、内灘闘争など基地返還活動の声を硬質な詩的表現の試みに共感していたのだろう。

特に一九六一年に刊行した第一詩集『夜の森』に収録された「夜の森　四」のネバダ核実験の詩は、一九五五年に刊行された『浜田知章詩集』の詩「太陽を射たもの」などの原爆の非人道性を内面に問う詩に刺激を受け、また一九五九年に福島県内の詩誌「方」に発表した詩「内灘砂丘」は、浜田氏の詩「一九五三年内灘」や「閉ざされた海」などの内灘闘争を記した詩に刺激を受けて書かれたかも知れないと想像される。そのような意味で若松氏は戦後の「列島」「山河」「現代詩」の詩人たちの戦争と平和を問い、核兵器の存在理由を問う詩や米軍基地闘争の詩などの試みを評価し影響を受けていたのだろう。浜田氏の内灘の民衆の抵抗を突き出していく硬質な文体は、若松氏の東北の「大和朝廷」にあらがい続ける民衆を内面化する硬質な文体に連動しているかのように感じられる。

若松氏の「夜《よる》の森」五篇は、連作叙事詩を書き続けた若松氏の原点を知る意味でも重要な詩篇である。その詩にヒントを与えた地名「夜ノ森《よのもり》」とは、福島県浜通りの富岡町と大熊町の境に位置する森林地帯であり、常磐線に「夜ノ森駅」という駅名もある。かつてその地は岩城藩と相馬藩の双方が領有権を主張し「余（私の意）の森」と言い争ったことから由来したとも言われている。そんな諍いの地が「夜ノ森」と名付けられてその名の駅前には、東京の駒込駅から移植されたつつじや千五百本の桜が植えられて「桜のトンネル」とも親しまれ、浜通りの桜並木やつつじの名所で富岡町「夜《よ》の森公園」として、原発事故前までは愛されていた。また若松氏の暮らす南相馬市の原町にも「夜の森公園」があり、小高い丘の周りの一角には地元の二十歳前後で戦死した特攻兵士の墓と彼らが投下したであろう爆弾の彫刻が並び戦時中の悲劇を想起させる。丘の広場周辺には数多くの桜が植えられた桜並木が続いている。中央は公園になっていて母親や子供たちが遊戯施設でのどかに遊んでいる。この樹木の丘は期せずして過去と現在の戦争と平和を考えさせてくれる不思議な場所になっている。大学生の若松氏は、後に結婚する蓉子氏の故郷の「夜の森公園」を散歩しながら、連詩「夜の森」を構想したのかも知れない。さらに想像するならば、岩手県奥州市江刺郡出身の若松氏は、「夜の森」を単に福島だけのものと考えずに東北を貫く奥羽山脈、若松氏の生家付近に流れる人首川《ひとかべがわ》の源流がある北上高地や、また双葉郡の「夜ノ森」の西に広がる阿武隈高地を含んだ東北の生きものたちが息づく場所を「夜の森」として視野に入れてこのタイトルを第一詩集に付けたのかも知れない。

「夜の森　一」は次のように始まる。

《森はおまえの恥毛／地平低く愛に澱む／その枝を重ね合う木々／夜の森／けものたちは潜み／けものたちは木の間の星を眺め／けものたちは匂いをかぎ合う／（略）／森がたわみ／夜がたわみ／愛する女よ／ぼくらも　けものたちに倣い／森の洞に夜をすごし　星にぼくらを写し／ふたりのからだの匂いをかぎ合おう／いつでもぼくらの望むものはもうひとつの別のものだった／いつでもぼくらはもうひとつの別のものに裏切られた／ぼくらは神話を恐れ果なくもうひとつの別のものを望んだ／もうひとつの別のものとはぼくらにとって何なのか／おまえの匂いを焚き／ぼくの匂いを焚き／ぼくらの匂いは森にひろがり／ぼくらは星をひろう　（略）》

若松氏と言えば「かなしみの土地」のような硬質な連作叙事詩の詩人と思われるが、「夜の森　一」を読む限りでは愛する女との出逢いによって男女のエロス的な世界を暗示する抒情詩と読めるだろう。そして「夜の森」の中で「けものたち」としての「ぼくら」を自覚するのだが、「ぼくらは神話を恐れ果なくもうひとつの別のものを望んだ」と語る。「神話」に傾きつつもそれに安住できずに、「もうひとつの別のものを望んだ」と冷静に自覚していく。「もうひとつの別のものとはぼくらにとって何なのか」という問いを発して愛する女と共に見果てぬ何かを追い求めていこうと決意しているかのようだ。抒情詩的なものを根底に秘めて「もうひとつの別のもの」である次の神話的叙事詩とも言える「夜の森　二」に向かっていく。

その一連目は《落日で乾いた血の塊になった森／地鳴りとなって低く這う太鼓のリズム／それらは　今宵の神の予言だ／森が撓む／祭祀がある／今宵はあらゆる望みのかなう夜だ》と言い、東北の民衆の潜在意識を若松氏は解放させるような神話的な叙事詩を試みている。

「夜の森　二」の三連目を引用する。

《われらはわれらの神を拝伏しよう／黒い地の水に火を放とう／饗宴と舞踊だ／火の酒を飲もう／暗い夜の森に噛みつくように唱おう／われらの心に祈るように笛吹こ

う／愛するときのように腰をゆすろう／あらゆる楽器を響かせよう／夜の森がわれらの生命で充満する／夜明けが近づいた／戦い好きな異邦人よ／望みどおり神になることのできた異邦人よ／おまえにわれら最後の贈物をしよう／われらが心こめて彫りあげたマスク／永遠の生命を得るおまえ／われらの神／太陽さえもおまえの前では無力となるだろう／無力となる？／ああ　おまえはおまえの顔につけられたマスクを見ることはできない／木の間に漂いはじめた太陽の光で／おまえの威めしいマスクが変相しはじめることを》

「夜の森」の「われらはわれらの神を拝伏しよう」と生命をたぎらせながら時に「火の酒」を飲み歌い踊り暮らしていた。そこに「戦い好きな異邦人」がやってきて、きっと戦になり「われら」を「拝伏」させて、「望みどおり神になることのできた異邦人」に服従させられたのだろう。そんな「戦い好きな異邦人」に「われらが心こめて彫りあげたマスク」を「永遠の生命」を得るようにと「最後の贈物」として贈るのだ。すると「異邦人」の神になりかけたマスクが変容していく。「夜の森　二」の四連目、五連目を引用する。

《われらの最後の贈物こそ／生と死のダブルマスク／死が生の裏側から染み出てくる／おまえは　われらの神廟へと階段をのぼらねばならない／おまえは　頂上で石畳の上に仰向けに寝かされるだろう／おまえは　太陽の威光をまともに受けるだろう／われらは　おまえの頭を切り放す／われらは　おまえの首からほとばしり出るどす黒く濁った血を器にうける／われらは　おまえの血を大地に撒りかける／われらは　おまえの死のマスクをつけた頭を杙に串刺しにする／われらは　おまえの胸を開く／われらは　おまえの胸から血みどろの心臓をむしり取る／われらは　おまえの心臓を太陽へ捧げる／われらは　おまえの首のない皮を入念に剝ぎとる／われらは　おまえの袋になった皮の中へ司祭を入れる／われらは　おまえの衣裳を司祭に着せる／群衆の中へ／／太鼓／舞踊／われらの真の祭祀がはじまる／森が炎になって撓む》

その「われらの最後の贈物こそ／生と死のダブルマスク」であったのだ。それを被った「神になりたがった異邦人」を神廟にあげて、神への捧げものとして斬首されて串刺しにされ、血は大地に撒かれ、心臓は太陽に捧げられる。残った身体を皮ははぎとられて司祭に着せて、「われらの真の祭祀がはじまる」という。若松氏は私でありながら「われら」

というその地で生きる民衆に乗り移ったようなリズム感でこの「夜の森」の世界を語り始める。この「われら」とはそんな東北の人びとを指しているのだろう。また「望みどおり神になることのできた異邦人」である「おまえ」とは誰を指しているのだろうか。この「異邦人」とは二連目には「われらの森にカヌーで来た戦い好きの異邦人」と言われていることから、戦争をして北方や南方の異郷を征服して国土を増やしていった大和朝廷やそれを引き継いでいる日本政府を指しているのかも知れない。また先住民を滅ぼして合衆国を作りあげた米国政府であり、その日本の広島・長崎に原爆を投下した占領軍の米軍を指しているのかも知れない。「われら」とはそんな日本と米国の「異邦人」の神によって、支配され続けているが、抗うことをやめない民衆を指しているのかも知れない。このような神話的叙事詩を第一詩集に記した若松氏は、真に恐るべき構想力で創造的な詩作を考えていた若き詩人だった。

「夜の森　三」は、「吼えよ／雷鳴れ／風吹き起こせ／夜の森に生気を与えよ／／非情の掟に低く身を屈めていた／大地よ／森よ／村よ／農夫よ／けものよ／地界のあらゆるわれらのものよ／太鼓のリズムにこだまして／宇宙を震撼させよ」と獅子踊りの太鼓のリズムと「夜の森」と宇宙とが響き合っているかのように汲み上げられている。

一九六一年に刊行した第一詩集『夜の森』は刊行された。その前年には六〇年安保闘争があり、日米安全保障条約の締結に対して若松氏もまた日米政府の権力の有り方に強い関心を持っていただろう。その意味で「われらの森にカヌーで来た戦い好きの異邦人」とはアメリカ政府を視野に入れていたことは十分あり得る事だろう。先にも触れた「列島」「山河」「現代詩」に親しみを持っていた若松氏が「夜の森　四」にネバダ核実験のことを記したかは、「戦い好きの異邦人」のよりどころが核兵器であることを洞察していたからだろう。この詩「夜の森　四」、は浜田氏の詩「太陽を射たもの」などの原爆投下の加害者責任を問う詩に刺激を受け、また詩「内灘砂丘」は、浜田氏の詩「一九五三年内灘」や「閉ざされた海」などの内灘闘争を記した詩に影響を受けたのかも知れないと私には想像される。そのような意味で若松氏は戦後の「列島」「山河」「現代詩」の詩人たちの反戦詩・反原爆をテーマとする詩や米軍基地闘争の詩などの試みを評価し影響を受けていたのだろう。浜田氏の北陸の民衆の抵抗を突き出していく硬質な文体は、若松氏の東北の「大和朝廷」にあらがい続ける民衆を背景にする硬質な文体に連動しているかのように感じられる。

最後の「夜の森　五」は短いので全行と註も引用する。

《しばれる寒さに踏み強《つよ》むと大地は　がきっと応えてくれる／ぼくの掌のなかに妻の掌／妻の掌を包んでぼくの掌／天頂でアストレアの星々がぼくらの大地を見おろす／スピーカよ　三二〇年ののち　おまえの青白い眼射しを　残夜の空に捜す人間がいることを　おまえが信じなくとも／ぼくらは信じる／／＊アストレア　堕落する人間を嫌い神々が天上に去ったのちも下界にいて正義を鼓吹していたが、人間が剣で争い戦うのを見て、ついに天上へ翔り去って、乙女座となった。スピーカはその主星で距離三二〇光年。》

「夜の森　一」の抒情性が反復されて「夜の森　五」もこれだけを読めば真冬の星座アストレアを眺めながら妻の掌を慈しむ抒情詩だが、その根底にはその星座のスピーカが人間世界の争いに絶望して天上に去っていたという神話も借りながらも、若松氏に存在する文明批評的であり根源的な平和思想が語られている。若松氏のこの『夜の森』五篇は、汲めども尽きぬ森の湧水のような豊かさを湛えている。

若松氏は第三詩集『若松丈太郎詩集』の「望郷小詩―宮沢賢治によるvariations」で三篇の詩「水沢、人首町《ひとかべまち》、北上川」で自らの詩的源泉である岩手県の風土を直視していく。それを発展させたのが第七詩集『峠のむこうと峠のこちら』の詩「五輪峠《ごりんとうげ》、人首川《ひとかべがわ》、向山、束稲山《たばしねやま》、六日町、豊沢川」などであり、この詩的源泉は宮沢賢治とも重なっていく豊かな故郷の記憶であった。

二〇〇五年に三谷氏が亡くなってから、私は若松氏に連絡をとり『三谷晃一全詩集』の刊行を提案したところ、若松氏も同じ構想をもっていたことが分かり意気投合したのだった。しかし、その実現に向かう途上で3・11が起こり、若松氏の評論集『福島原発難民』や『福島核災棄民』などを刊行することを優先することになり、『三谷晃一全詩集』が現実化したのは二〇一六年になってしまった。この全詩集は若松氏が中心になり福島県の現役の詩人たちが刊行委員会に参加・支援して刊行することが出来た。若松氏にとって三谷氏は特別な存在であり、敬愛する三谷氏の詩篇の全てを後世に残すことが出来て誰よりも喜ばれていた。

第一詩集から二十六年後の五十二歳になった一九八七年に第二詩集『海のほうへ　海のほうから』が刊行された。この間を若松氏は一教師としての職務を果たしていたのだろう。と同時に東電福島第一原発が六基、第二原発が四基も次々に福島浜通りに出来ることを肯定した行政やそれを追認した人びと批判的に監視し、また新たな浪江・小高の原発建設に反対運動を続ける舛倉隆などの人びとを支援しながら、後に『福島原発難民』にまとめる言説を発表していた。この第二詩集には二つの連作叙事詩が収録されている。「海辺からのたより」十一篇は、原発に飼い馴らされている浜通りの人びとが、実は原発マネーで恐るべき退廃のただ中にあるにも関わらず、そのことに気付かずにいることなどをブラックユーモア的に方言を駆使しながら表現している。また若松氏は「北狄《ほくてき》」七篇で東北の蝦夷の末裔ともいえる人物たちを丹念に調べて連作叙事詩にしている。「アテルイとモレ」、「安藤昌益」、「芹　東山」、「高野長英」、「三浦命助」、「千葉卓三郎」などの信念を守り通した生き方を一篇の叙事詩として残すべきだと構想したのだろう。この浜通りで進行している将来に禍根を残すだろう現実と、古代から近現代の歴史を通して若松氏は誰も書いていない連作叙事詩の可能性を追求していったのだと考えられる。

私が若松氏と最後に電話でお話したのは、四月三日に開催された「3・11から10周年　福島浜通りの震災・原発文学フォーラム」が無事に終わった報告をした四月七日前後だった。ご自宅で伏せておられたが電話口に出てくれた。フォーラムでは若松氏に実行委員長に就いて頂き、当日は挨拶や短詩形の座談会で私の質問に答える発言をするはずだった。しかし検査入院のためそれがかなわず事前に質問内容に答えてくれた文章を読み上げたことを踏まえて、一部（詩・俳句・短歌）の座談会はこの十年の短詩形の作家たちの作品を通して報告した充実したものになったことを伝えて、若松氏からは労いの言葉を頂いた。また若松氏の言葉も収録した一部から三部の三時間半の全てを文字起こしして一冊の本にすることも了解を頂いた。若松氏がフォーラムに寄せて私の二つの質問に答えた三月二〇日のメールの文章だが、内容的には若松氏が最後に私たちに残した遺言になっていると感じられた。その言葉を引用したい。

質問①について／《人類には、ことばがあります。ことばによって、人類は記録と伝達が可能になりました。人類がこれまでに学びとったことがらすべてを、未来の人類へ伝え残すことが、なによりも大事な役割だと考えます。》

質問②について／《核物質は、百年たらずのヒトの生存期間、いや、万年程度の人類の存続期間をはるかに超える長期間を存続しつづけます。核物質は人類の手に負えない物質です。ヒトは、その生存期間内で管理を全うできない核物質を扱うべきではありません。》

最後に五月二日に福島民報に依頼された若松氏の詩の特

徴について私が書いた記事を再録する。福島民報の紙面が限られていたので、連作「夜の森」は「夜の森　四」のネバダ原爆実験の詩に関してのみ触れている。

《若松丈太郎氏を悼む　福島の苦悩 言い当てる

鈴木比佐雄

若松丈太郎氏が他界された。二十世紀の日本の詩人の中で特別な光を放っている東北の宮沢賢治と草野心平の詩的精神を引き継ぎ、それを世界的規模で発展させた稀有な詩人の喪失感や悲しみが今も続いている。

残された十二冊の詩篇を貫くものは、歴史の事実を突き詰め、その真実に肉薄し鋭い直観でその本質を掬い上げ、さらに未来に警鐘を鳴らす予言的な言葉を創造した連作叙事詩を書き続けたことだ。若松氏は奥州市岩谷堂の出身で八、九世紀に大和朝廷と戦った蝦夷の阿弖流為の活躍した胆沢城跡近くで生まれ育った。祖母が通った大沢温泉からは賢治の暮らした花巻の豊沢川の水音が聞こえていた。福島大学を卒業後は高校教師となり南相馬市に定住した。

若松氏は一九六一年の二十六歳の時に第一詩集『夜《よる》の森』を刊行した。その中で「一九五七年九月二日　ネバダ」の原爆実験の様子を語り、「神も／われわれの周辺には／存在しないのだ」と神の不在を感じて、「鳥たちも飛ばない／雲がひき裂かれ／星のまばたきは　わたしの思惟のように　低く　さ迷い　ぼろぼろだ／けものたちも歩かない」と記す。核兵器が地球の生物とその自然環境を破壊してしまい恐怖の「夜の森」にされてしまう危機感を抱いて詩作を開始する。若松氏の名前を全国の人びとに記憶させたのは、二〇〇〇年に刊行した第四詩集『いくつもの川があって』の『連詩　悲しみの土地　6　神隠しされた街』だ。「半径三〇㎞ゾーンといえば／東京電力福島第一原子力発電所を中心に据えると／双葉町　大熊町　富岡町／楢葉町　浪江町　広野町　／川内村　都路村　葛尾村／小高町　いわき市北部／そして私の住む原町市が含まれる／こちらもあわせて約十五万人／私たちが消えるべき先はどこか／私たちはどこに姿を消せばいいのか」。このように浜通りの地名を慈しむように挙げ、チェルノブイリと同じ原発事故が起きたなら、故郷は「かなしみ土地」に変貌し、人びとは追放され「神隠しされた街」になることを予言した。3・11以後には評論集『福島原発難民』と『福島核災棄民』を刊行した。若松氏の言葉は神の不在の中で到来する福島・東北の民衆の苦悩を言い当ててしまった。今年の3・11には詩集『夷俘《いふ》の叛逆』を刊行した。冒頭の詩「夷俘《いふ》の叛逆」はまつろわぬ民である阿弖流為たちの「胆沢の巣伏の戦い」を記し、縄文時代を含めた日本列島の多様性の真の豊かさやその価値を最後まで後世の人びとに伝えてくれている。》

（福島民報二〇二一年五月二日に掲載、一部地名などを訂正、冒頭の記者の言葉はカット）

今年の三月十一日の奥付で若松氏は詩集『夷俘《いふ》の叛逆』を刊行して多くの人たちから高い評価を受けていた。実は若松氏はこの詩集と同時に長年の福島浜通りの文学史を記した研究書『極端粘り族の系譜――相馬地方と近現代文学とその周辺』を刊行する予定だった。若松氏がこの本を刊行せずに他界されたのはきっと無念だったと思われる。編集案はすでに確定しているので、年内を目途に刊行したいと考えている。

また私はすべての詩集と未収録詩篇を含めた『若松丈太郎全詩集』を構想している。それらを著作集として後世に残したいと考えているので、若松氏が寄稿した詩誌や雑誌類をこれから調査し収集していきたいと考えている。皆様のご支援を頂ければと願っている。若松丈太郎氏のご冥福を心より祈ります。

壮大な福島浜通りの文学史を構想していた「極端粘り族」

若松丈太郎著作集第二巻『極端粘り族の系譜』

1

二〇二〇年秋には、今回の第二巻の第一章と第二章を収録した新しい評論集の編集案とタイトル案が若松氏と私との間で四、五年の期間をかけて、ようやく確定した。私がその評論集の出版の組版などに取り掛かりますかと尋ねると、若松氏は『極端粘り族の系譜』は後にして、まず新詩集を先に出したいと語られたことに驚かされた。そしてその原稿を送るので意見を聞かせてくれとのことだった。原稿を拝読して私はきっと若松氏の思想・哲学が込められた代表詩集になるだろうとの感想を言い、タイトルにはその意味からも『夷俘《いふ》の叛逆』が最も相応しいのではないかと電話で伝えた。すると若松氏は当初は「ひとにはことばがある」を考えていたようだが、すぐに私の提案に賛同し『夷俘の叛逆』にしようと即答して、タイトルに合わせた編集の組み換えも同意してくれ、翌年の3・11の奥付で刊行することになった。なぜ『極端粘り族の系譜』を後にする選択をしたかを推測すると、今回資料編に入れた平田良衛などの追加する人物も考慮していたのかも知れない。また自らの体調のことを考えて、評論集の校正や加筆にはかなり時間と労力がかかるので、詩集刊行後にと判断したのだろう。特に大震災・原発事故から十年が経過した年に新詩集を刊行したいという詩人としての矜持があったように感じられた。

　ところで私が初めて「相馬地方の近現代文学とその周辺」と相馬地方の個性的な人物の研究の話を若松氏から聞いたのは、二〇一一年四月十日だった。私は若松氏から送られた『福島原発難民』の編集案の打ち合わせと、その中に収録する写真を撮影するために、カメラマンと一緒に避難先の福島市内に前日に入って、十日の朝七時半には車で若松氏の義姉宅から自宅に向かった。無人の飯舘村を抜けて、浜通りの破壊状況や放射性物質のことなどを話していると二時間で、人がほとんど外出していない南相馬市駅前商店街近くの若松氏の自宅に到着した。書斎に入ると、大震災の際には本棚から本が落ちてくる中で必死にパソコンなどの家電品が倒れないように手で押さえたと身振り手振りをしながら伝えてくれた。その際に岩手県出身の若松氏の叔父たちには、夭折した詩人の若松千代作や歌人の林平がいて曾祖父や祖父も詩歌を嗜んでいたと言い、自分が親族の中で例外的存在ではないことを話してくれた。若松氏は反原発の詩や評論を書き続けてきてそれが仕事の中心のように思われているだろう。しかし内実は福島浜通りの相馬地方出身の文学者、相馬地方ゆかりの埴谷雄高・島尾敏雄・荒正人・鈴木安蔵などの文学者・評論家・学者たちが作品の中でこの地方について触れている箇所を調査し、若松氏が中心になって創刊した地元の雑誌「海岸線」や地元紙などに連載もしてきた。若松氏は原発事故が落ち着いて時間が出来たらこのような地域の文化・歴史を残すような仕事をまとめたいのだという胸の内を語ってくれた。私はそんな浜通りの文学史の研究が若松氏のもう一つの重要なライフワークであると原発事故直後からひと月余りのその時に認識できた。

海岸から四キロメートルほどの南相馬市の原ノ町駅前近くの民家は一部の家で青いシートで屋根を補強している家もあるが、外から見る限りでは地震の被害がひどくなかった。若松氏が教員をしていた県立原町高校や相馬野馬追の祭場などに行き撮影をした後で、小高区にある若松氏が設立に関わっている浮舟文化会館「埴谷・島尾記念文学資料館」に行こうと提案してくれた。ただ二〇キロメートル圏内は立入禁止なので、警察官の検問があって大半の車は引き返している。その時に若松氏が「埴谷・島尾記念文学資料館」の調査員の名刺を出して、貴重な資料が無事かどうか調査するために検問を通して欲しいとお願いすると入れてくれた。いま思うと埴谷雄高と島尾敏雄の貴重な資料は特別なものであることが分かる。若松氏が二〇一二年十二月に刊行した『福島核災棄民』の「原発難民ノート２」の中に四月十日のことが記されてあるので引用する。

四月十日　鈴木比佐雄さん、カメラマンの福田文昭さんと南相馬市へ向かう。前日、鈴木さんは出身地であるいわき市薄磯に立ち寄って、津波被害の惨状ぶりを目に焼き付けてきたという。勤務していた原町高校、相馬野馬追の会場地雲雀ヶ原などを案内したあと、警戒区域に指定されている小高区に入る。津波の被害は町内の岡田通りにまで及んだそうだ。埴谷雄高さんの本籍地のあたりはどうだろう。設立に関与した埴谷島尾記念文学資料館は、外から見たところでは無事らしい。ただ、地震によって、収集した資料、なかでも埴谷雄高さんから寄贈いただいた蔵書などが書架から落下し散乱した状態のまま、担当者の寺田亮さんも緊急避難したのではないかと思われる。今後、これらの資料をどうすべきか、考えなければならない問題だ。海側に向かうと、六号国道を過ぎたあたりから、津波の爪痕がなまなましい。松本義治さんの家がある川原田は壊滅状態だ。大井も平地の家は損壊しているが、山尾良雄さん宅や島尾敏雄さんの本籍地は無事の様子。避難区域の行方不明者捜索がようやく始められ、塚原でも防護服を着用して作業が行われていた。塚原には担任した生徒の実家があったが、あとかたもない。塚原から小沢へ向かったものの、路上の瓦礫が未処理のため、引き返す。（略）真野川河口にかかる真島橋が無事なので、そこから周囲を望んだ。かつての烏崎や右田のたたずまいを知るものにとって、思いだすたびに涙が浮かんでくる光景が、そこにはあった。原町第一小学校に設けられた避難所を訪れてみる。ここに避難している人の多くは、行方不明の家族がいて、一刻も早く情報を得たいとの思いを抱いている避難区域の人びとだそうだ。

このノートに記されている、文学資料館の埴谷雄高から寄贈された書籍類、埴谷雄高や島尾敏雄の本籍地などがどうなっているかは、このひと月間の心配事であったが、埴谷雄高の本籍地のことはわからないが、埴谷雄高の書籍類と島尾敏雄の本籍地の家屋は何とか無事であったことで少し安堵されたようだ。しかし小高川の流域の津波によって破壊された家々を見ながら私は車を運転していたが、教え子や知人の家がぶち抜かれていて破壊されている様子を見ると、若松氏は絶句されていて痛みをこらえているようだった。若松氏が暮らす南相馬市原町区と同じく、隣接する小高町（現在は小高区）は若松氏の愛した町だった。それは数キロメートル以内に戦後文学を牽引した「近代文学」のメンバーの埴谷雄高、島尾敏雄の本籍地があり、荒正人も二〇キロメートル先の南相馬市鹿島に本籍地があり、小高商店街の中には憲法学者鈴木安蔵の実家があり、また安蔵の父で若くして亡くなった俳人・銀行員の鈴木余生が、後に川柳辞典をまとめた大曲駒村と一緒にこの町で句会を開き親しい交流をもったからだろう。若松氏が生まれた岩手県江刺郡岩谷堂町に小高町が似ているから特に親近感を抱いていたと語ってもいる。その町が津波や放射性物質で破壊されていることを目撃し、涙を流すほどの痛切な思いを抱いていたことを読み取ることが出来る。さらに、四〇年前の一九七〇年頃から東電福島原発の危険性に警告を発してきたこともあり、言葉にできない無念な思いや怒りが深かっただろう。

私は翌年の二〇一二年十月初旬に、『福島核災棄民』に収録する撮影のために、詩人でカメラマンの柴田三吉氏と一緒に若松氏宅に向かい、前年と同じように小高町に行き、前年に行く余裕がなかった駅前の小高商店街に入った。その際に若松氏は「くすり」という看板のある店の前に立ち、少し誇らしげにこの薬局が日本国憲法に影響を与えた憲法学者鈴木安蔵の実家であると説明し、父の俳人の鈴木余生と大曲駒村たちが熱い友情で結ばれていて、この町に豊かな文芸・文化を生み出していたことを詳しく語ってくれた。また店の奥に隣接する少し傾きつつある蔵には鈴木余生や鈴木安蔵の貴重な資料が眠っているのではないかとその保存について懸念していた。若松氏が浜通りの文学史をこの小高町を重要な源泉として考えていて書き継ぎまとめようと構想していたことを、私は頷きながら胸に刻んでいた。

2

第二巻は序文、四つの章、人名索引、解説文に分けられている。〈序文に代えて「極端粘り族」宇宙人のつむじ曲り子孫〉において、若松氏は、埴谷雄高が父祖の地を同じくする埴谷と島尾敏雄と荒正人のことを「精神の異常性」でもあり「東北の鈍重性」とも言える「或る種の哲人ふう徹底性をもった永劫へ挑戦する根気強さ」を抱えていることから「極端粘り族」と名付けたことに対して、その「徹底した根気強さ」を自分を含めた蝦夷の末裔とも言える東北人の根底にある精神の特徴であると考えていった。そして若松氏は「極端粘り族」に相応しい人物たちを発見して次のように紹介していく。

『将来之東北』を著し東北学の創始者であり「夜の森」の桜並木を残した実業家の半谷清壽。日清戦争を「真に千古の愚挙」だと批判し今でもロングセラーの書の手本『和漢五名家千文字集成』の著者の井土《いど》霊山《れいざん》。俳人鈴木余生やその子の鈴木安蔵を支援し『川柳辞典』を始め数多くの書籍を企画・編集した俳人大曲《おおまがり》駒村《くそん》。『日本資本主義発達史講座』（七巻）を企画編集し個人誌『農村だより』を発行した平田良衛。治安維持法第一号として逮捕され、戦後は「日本国憲法」の基になった憲法研究会「憲法草案要綱」を起草した鈴木安蔵。小高町福浦村の村長を務め数々の校歌を作曲し『現代イタリア音楽』で芸術選奨を受賞した天野秀延。上映を禁止された『戦ふ兵隊』や『日本の悲劇』『世界は恐怖する』などドキュメンタリー映画作家の亀井文夫。二十三年間の闘いで東北電力に浪江・小高原発を事実上断念させた舛倉隆。これらの粘り強く鈍重に持続する「精神の異常性」に若松氏は魅せられ続けてこの研究を持続していたのだろう。

第一章「相馬地方と近現代文学」は次の「はじめ」から始まる。

相馬地方と文学がいかに関わったかを、明治から現代にわたって鳥瞰してみようというのがこの文章の目的である。相馬地方（旧相馬郡）を訪れた文学者が書き残した作品、あるいは相馬地方ゆかりの文学者が故地をどう書いたかその作品、それらを目のとどくかぎり拾いあげたいということである。先行の研究者の著作を多く参看し、また識者にもお尋ねしたが、短期間の調査でのことゆえ遺漏や誤りが多いことと思う。

この「相馬地方と文学がいかに関わったかを、明治から現代にわたって鳥瞰してみようというのがこの文章の目的である」という発想は、若松氏が一九六〇年に浜通りの高校教師となって二十五年が過ぎ相馬地方のことを第二の故郷として感じ、ここには近現代文学の鉱脈があると発見したためだろう。「相馬地方と近現代文学」は地元の雑誌「海岸線」（一九八三年～一九九二年、16号～27号）に発表され、その後も若松氏は新たに分かったことを書き加え修正し続けていた。執筆の姿勢として若松氏らしくとても謙虚であり、この相馬地方の文学史を過去のものと捉えず、後世の人たちにその文学史に参画して持続して欲しいという創造的な志を抱いていたようにも思われる。

「相馬地方と近現代文学」は三十の項目に分かれる。

1の幸田露伴は雑誌『太陽』の紀行文を執筆するために、一八九七年十月七日早朝に上野駅から磐城線（後に常磐線と変更）に乗り込んだ。当時磐城線はいわき市の北部の久之浜駅までしか開通していなかった。翌年の八月に宮城県の岩沼駅まで全線開通した。三十一歳の幸田露伴は担当者と一緒に久之浜駅を降りて、人力車や徒歩で原町、鹿島、中村（相馬）まで行き、原町では按摩に相馬節を頼んで歌ってもらい、ついには万葉集の頃から詠われている「松川浦の絶景を探る」旅を「うつしゑ日記」に記した。若松氏は原町の自宅の周辺を百年前に幸田露伴が描写していたことに驚き、引用しながら現在の町にはない芝居小屋がどこにあったのかを思い遣っている。このように「松川浦舟遊」は文人だけでなく当時の人びとにも憧れだったことを伝えてくれている。四〇歳代後半の若松氏が、常磐線の全線開通前年の頃に上野駅から乗車する幸田露伴から筆を執り始めたことは、ある意味で近現代の科学技術である鉄道がこの相馬地方に何をもたらし、この縄文・弥生時代の痕跡が刻まれた地と中世・江戸時代の野馬追などを継承させてきた人びとをどのように変貌させていったか、という相互関係を検証する試みでもあったろう。

2の田山花袋は小説「蒲団」によって島崎藤村と共に日本の自然主義文学を作り出した。露伴よりも早くから福島県には四度ほど足を運び、「私はこの山地を浪江、川俣間で横切ってみた」「この山地には山桜が多かった」と記した花袋の文を若松氏は引用し、その他にも「平潟、棚倉間」、「平、小野新町間」、「梁川、角田間」でも阿武隈山地を横断していることを文章から調べて、花袋が浜通りから中通りをよく知る小説家であると指摘している。そのような現地調査をして松川浦を主題にした「松川浦に遊ぶ」が三十枚にまとめられたという。

3の志賀直哉は、祖父直道が相馬藩士で中老という大役を務めた人で、その家は相馬にあった。父の直温《なおはる》が宮城県石巻の銀行に勤務していて直哉の出生地は石巻だったが、直道は幕末頃には中村藩の財政立て直しをした優秀な藩士であり、維新後に起きた相馬事件の関係者でありながらも、孫の直哉は父よりも祖父・祖母に人間形成において影響を受けたと若松氏は指摘し、相馬地方と直哉のかかわりの深さを伝えている。そして「小説の神様」とも言われた志賀直哉は晩年に「祖父」という小説を書いていて、影響を受けた相馬藩士の精神性とは何かを問い続けていたのではないかと若松氏は暗示している。

4の河東碧梧桐は、正岡子規の死後に全国行脚を志し一九〇六年十月に仙台から南下し中村（相馬）と小高に立ち寄った。中村では俳人でコロボックル研究家である春水（舘岡虎三）たちと句会を開き、翌日には松川浦で船を泛べ、「水茎山の夕顔観音に上って、浦の全景を見晴ら」した。その日の夜は小高の大曲駒村宅に泊まり、小高の俳人たちと句会を開く。翌日には「朝、餘生の墓に参る」。そして「餘生の寡婦其遺子にも会ふ　我を見て泣く人よ寒し我も泣く」と碧梧桐は記した。若松氏は二十七歳で亡くなった鈴木余生の遺児に対する碧梧桐の人情に厚かったことを伝えている。余生の句も紹介されているので三句引用しておく。「混沌として大きな初日かな／大水のあと砧打つ月夜かな／冬の部の句帖を染むる血潮哉」。

5の大須賀乙字は中村の出身で、父は漢詩人の大須賀筠《いん》軒《けん》で相馬地方や仙台で学校教授を務めていた。乙字は東京帝国大学国文科に在籍している頃から碧梧桐門の俊英として俳壇の主流にいた。乙字の俳論の「隠約法・暗示法」は新傾向の碧梧桐の俳句の特徴の理論的根拠を明らかにする論説だった。また若松氏は乙字の中心的な俳論「俳句境涯論」を「一言で要約するならば〝芭蕉に帰れ〟と主張するごときものであった」と紹介している。乙字は風邪をこじらせ一九一九年に亡くなったが、前年からスペイン風邪が流行っていたので、その影響もあったかもしれない。若松氏は乙字の「松川浦舟行」十九句とその後の松川浦の句を乙字の才能を惜しむかのように紹介している。次の五句を挙げておきたい。「涼しさや舟中に遇ふ通り雨／雲のさま月あらむ薄稲光／薫風や荻の長洲を廻りつきず／炎天の洲に餌を拾ふ千鳥かな／靄に消えあらはるゝ島も帆も涼し」。

6の長野県に生まれた久米正雄は「小学校校長だった父は、火災によって校舎とともにご真影を焼失した責任を取って、割腹自殺を遂げた」ことにより、母の実家である郡山市に移住した。そんな久米正雄は一九二一年に『万朝報』が主催する「第二回学生徒歩旅行」に応募し、盛岡から中村に入り小高を経て東京まで歩いた。その「中村から原町をへて小高へ」（「万朝報」より）が引用されている。若松氏は、歩きながら亡父や他の親族を想起し、死者の思いを背負いながら前に進んでいこうとする若き久米正雄の心情を伝えている。その箇所を引用する。「吾には祭るべき亡父もある。亡姉もある。更に新盆なる母方の祖母もある。夕日の名残がほんのり漂ふ雲を眺めて堪へぬ思ひをまぎらさうと足を早めた」。久米正雄が文壇にデビューしたのはそれから二年後、戯曲『牛乳屋の兄弟』を発表し流行作家に駆け上っていったという。

7の加藤楸邨は、一九一五年頃に父健吉が原ノ町駅長として赴任したため、静岡県御殿場市から原町小学校に転校してきた。その二年後に父が岩手県の一ノ関駅長に任じられたため一家は一ノ関に移住したが、楸邨は卒業まで原町に居てほぼ二年間を過ごしたという。四〇年後に同窓会に誘われて「相馬郡原ノ町　十五句」とエッセイ「冬欅」を記した。「冬欅」の冒頭部分を引用する。

今も目を空へ空へと冬欅

私は非常に樹木が好きだ、が現実の樹群の中に、幻のようにいつも一本の大きな欅が聳えている。そして奇妙にこの樹が思い出されるときは、葉をすっかり削りおとしてしまったあとの、冬欅の姿なのである。この冬欅は瞼にうかんでくるとき、必ず微妙な謎めいた感触を呼びおこす。何か背のあたりがあたたかで、しかも落ちつくかというと、反対に妙に満たされない焦燥を感じさせるのである。この冬欅を思い出すとその妙な感触が湧くように、その逆の場合も多かった。満たされない気持ちや、すっきり解けない気持ちのあるとき、それがこの樹を呼びさますのである。

楸邨はこのエッセイの後半で「冬欅」を見上げる時に感ずる「焦燥と孤立感」を生涯自らの原点としていたと胸の内を語っている。若松氏は、転校を繰り返した楸邨にとって原町小学校の「冬欅」が「孤立感」の支えであったという楸邨の重要な言葉を記している。

3

その他はテーマとその要旨を伝えたい。

8「葉山嘉樹らの〝無産者文芸講演会〟と平田良衛」は葉山喜樹・蔵原惟人ら六名の講演会を小高で開催し、福島や平に匹敵する聴衆五百名を集めて盛況だったのは平田良衛の尽力だったことを語る。

9「島崎藤村の書「草枕」来訪」は一九三七年に島崎藤村が静子夫人とともに原ノ町駅を降り立ったと記す。前年に仙台に日本の近代詩の礎を築いた功績として詩碑が建立されたが、その時には国際ペンクラブ大会出席のために参加できなかった代わりに、仙台を訪れて二日間の行事などを済ませた。この間の行動に関して、詩人の藤一也の書籍では平泉のあとに帰郷したことになっていた。しかし実際はその後に原ノ町駅に降りて駅前の中野屋旅館(現ホテル・ラフィーヌ)に泊まっていた。旅館の玄関脇にあった色紙に若松氏が気付いて女主人塩屋花代に経緯を聞き取り、その証言を検証するためにその静子夫人の兄嫁の実家の星清明宅に出向いてその事実関係を明らかにした。若松氏の徹底的に事実関係を明らかにしようとする姿勢に私は評伝的な評論を書く原点を感じ取った。

10「埴谷雄高・荒正人・島尾敏雄」は、①三人の出会い、②三人と相馬、③三人と雑誌『近代文学』、④荒正人『増補改訂漱石研究年表』、⑤島尾敏雄『死の棘』、⑥埴谷雄高『死霊』、⑦三人に共通すること、⑧荒正人と相馬、⑨埴谷雄高と相馬、⑩島尾敏雄と相馬の十項目に分かれていて、一章の最も重要なことが記されている。特に「②三人と相馬」では、埴谷がこの三人の父祖の地である南相馬市の深層に横たわる「精神の異常性」をいい、その特徴を「東北人の鈍重性」を基層として、よく言えば「哲人ふう徹底性をもった永劫へ挑戦する根気強さ」、悪くいえば「馬鹿の一つ覚えを、よそもまわりもまったく見えぬ一種狂気ふうな病理学的執着ぶりのなかに培養結晶化して(略)ただやりつづけている」という。この荒正人の追悼文「荒宇宙人の誕生」を読み上げながら、実は父祖の地を共有する埴谷雄高は荒正人の特徴を抉りながら、本当は自分や島尾敏雄の文学活動を語っているのだと若松氏は発見してしまったのだろう。そしてそんな「中村、小高、鹿島という砂鉄に富んだ地域一帯に嘗て遠い有史以前に驚くほど巨大で、また、奇妙な内的燃焼を持続する隕石が落下して」、「その放射性断片がここかしこに散らばり」、「「極端粘り族」宇宙人のつむじ曲り子孫を地球に伝えた」という埴谷雄高の言葉を若松氏は真正面から受け止めた。そして自らの仕事として「極端粘り族の系譜」の相馬地方の近現代文学の文学史を構想したのだろうと考えられる。埴谷雄高は最後に「私達三人とも揃って故郷では育たず、各地を「流浪」する故郷喪失者になった」が「不思議な一筋の糸の尽きせぬつながり」があると語る。そんな相馬地方の「精神の異常性」や「異常な粘着性」を抱えたものたちは、その三人だけでなく相馬地方にはまだ存在しているし、東北の各県にもそれに相応しいものたちは数多くいると若松氏は意を強くしたに違いない。しかしながら自分の役目はまず相馬地方からと限定してこの文学史を書き残したのだろう。

「④荒正人『増補改訂漱石研究年表』」、「⑤島尾敏雄『死の棘』」、「⑥埴谷雄高『死霊』」の三人の生涯の仕事ぶりを見れば「極端粘り族」という表現が極めて妥当な表現で他に言いようのない表現だと思われてくる。「⑤島尾敏雄『死の棘』」では、『死の棘』の第四章・第五章で東京の住まいを引き払って小高に移り住もうと計画したが、最後には奄美出身の妻が東北の寒さには適応できないだろうと計画を断念する場面を若松氏は引用して、島尾敏雄と相馬との関わりを浮き彫りにしている。「⑦三人に共通すること」では、埴谷・島尾・荒に共通するのは「強靭な精神の持続性」であることを若松氏は再確認する。

⑪から㉙の高村光太郎、草野心平、新川和江、石垣りん、古山高麗雄、高浜虚子、江見水蔭、沖野岩三郎、山本周五郎、杉森久英、安岡章太郎、鈴木安蔵、高木敏子、木下順二、皆川博子、大須賀筠軒、井土霊山、天野秀延、亀井文夫などの作品を引用しながら相馬地方の関心事項やその関係性を紹介している。また長塚節、瀬戸内寂聴など約三十名の文学者たちが講演や旅行で来訪したことも記されている。最後の「㉚年表　相馬地方と近現代文学・思想」は一八八一年に俳人の大須賀乙字が中村（相馬）に誕生したことから始まり、一九八六年に島尾敏雄が六十九歳で死去し、一九八七年に埴谷雄高が「島尾敏雄とマヤちゃん」を「群像」に発表したところで終わる。この十六頁を読めば、相馬地方の百年の文学・思想を担った人びとの交流が立ち上がってくるだろう。

最後に若松氏は「〈付記〉この年表には不備が多く、今後の補遺と訂正が必要です。」と記している。この〈付記〉は若松氏の粘り強く調査・検証しても、人は時に間違うものであるからこそ問い続けなければならないという謙虚な姿勢を明示している。また若松氏が提起した「極端粘り族の系譜」は壮大な仮説であり、その仮説を検証し後世の人たちに「今後の補遺と訂正」を託しているに違いない。

第二章「極端粘り族の系譜」は、一九八六年の著述から始まり主に福島民報や文芸誌「福島自由人」に連載されたものに修正・加筆したもので、井土霊山、大曲駒村、埴谷雄高、島尾敏雄、荒正人、鈴木安蔵、亀井文夫の七名の評伝的な論考だ。七名の生い立ちを徹底して調べて解き明かしていく。どうして類例のない宇宙観や理想に向かう世界観を構築し続けることが出来たかを、その個性的な考えを培っていく背景や人脈から辿り、二〇世紀の世界大戦を経験した激動の時代の中で、なぜその多様な才能を徹底して開花させることが出来たのかその足跡を浮き彫りにしていく。七名を論じることによって二〇世紀の日本人の文化活動の本質的な課題が明かになってくるように考えさせられる。第一章「相馬地方と近現代文学」の執筆が終わり、その中でも特に選ばれた七名を深く掘り下げた評論群だ。若松氏は、この他に資料編を読めば想像が付くように、何名かを追加することを模索していたようだが、最終的にこの人選とされたようだ。

第三章は3・11以降のインタビューや対談の中から四編ほど収録されていて、若松氏の率直で謙虚な肉声を読み取ることが出来る。インタビュー1は会津出身のカメラマンで3・11以降に南相馬市に暮らし始めたすぎた和人氏が刊行した写真と記事の雑誌「J-one（ジーワン）［生命あるもの］」に発表された。すぎた氏と福島市内の映画館支配人の阿部泰宏氏、母と祖母が若松氏の教え子である相馬高校二年生であった鈴木ひかる氏たちは、若松氏の詩や評論の熱心な読者で、その率直な質問に若松氏は丁寧に答えている。インタビューの2は詩人の佐川亜紀氏が、原発事故から一年後の南相馬市の情況、反原発の詩歌を書き続けてきた若松氏をはじめとする浜通りの他の表現者たちそれぞれの立ち位置からの危機意識、地球の根本的なあり方から原発が存在することの問題点を問うている。インタビュー3は二〇一三年十一月二十六日の日本ペンクラブの「ペンの日」に行われたアーサー・ビナード氏との対談になっている。ビナード氏は、「東北」という言葉の持つ差別と偏見の構造や予言的な詩作をすることの精神のあり方などを若松氏に問い、また、東電の引き起こした「原発事故」が単なる事故ではなく地域の生態系を破壊する「核による災害」という意味で「核災」と若松氏が呼ぶことについて、その真意を聞き出し議論を深めている。インタビュー4はアブドゥルラッハマン氏・広川恵一氏・田島英二氏たちが「ことば」、「人間と技術」、「詩作」、「国語教育」「批判精神」などについて若松氏の教育者としての観点や根本的な言語思想を問うている。

第四章「資料編」は一章・二章の理解をより深めるために七編ほど収録されている。特に「7　講演・『極端粘り族』宇宙人のつむじ曲がり子孫」は「序文に代えて」をより詳しく肉声で語っていることもあり、貴重な証言となっている。第一巻『全詩集』、第三巻『評論・エッセイ』の理解を深めるためにも、第二巻『極端粘り族の系譜』を粘り強く拝読して下されば、詩人・思想家としての若松氏にもう一つ、研究者の顔があり、壮大な福島浜通りの文学史を構想していた「極端粘り族」の一人であったことを知るだろう。その画期的な基礎資料となる『極端粘り族の系譜』から数多くの文学者たちの姿や交流を発見して欲しいと願っている。

「かなしみの土地」で「囚われた人たち」に想いを寄せた人
『若松丈太郎著作集』第一巻「かなしみの土地」十一篇の読解

1

『若松丈太郎著作集全三巻』が若松氏の一周忌の前月に当たる二〇二二年三月初めに刊行された。若松氏の詩篇の最も知られている詩「神隠しされた街」は、連作「かなしみの土地」十一篇の中の「6　神隠しされた街」なのだが、その一篇以外の十篇は私が知る限りでは今まで論じられることが少なく、十一篇の全体像やその連作に貫かれた試みを伝えることは私が知る限りほとんどなかったように思われる。若松氏を論ずる時に、この連作「かなしみの土地」についていつかその試みと対話してみたいと願っていた。この詩篇群を読み取ることが、若松氏の詩人としての本質的な課題を伝えることになると考えていたからだ。

ところでロシア軍が二〇二二年二月二十六日にウクライナに侵略し数多くの民衆の虐殺を行いながら、チェルノブイリ原子力発電所も占拠し、いまだ放射能物質で汚染されている「赤い森」にも塹壕を築き、キエフに向かっているというニュースが世界を震撼させた。一九九四年四月にこの地を訪ね二〇二一年四月に亡くなった若松丈太郎氏が聞いたならば、どんな見解を明らかにしただろうかと思いを馳せていた。その後、五月にはウクライナ軍がキエフへの攻撃を耐えしのぎ反撃に転じて、ロシア軍もチェルノブイリ原子力発電所から撤退した。そのような情況の中で日本国内のウクライナ語の表記の仕方がロシア語読みではなく、「チェルノブイリ」が「チョルノービリ」に「キエフ」が「キーウ」になったと報道された。これも若松氏が聞いたならどんな思いを抱いて新しい論考・エッセイを書き綴ったろうか。そんな若松氏の新しい論考などを読むことが出来ないことは、とても残念なことであり、若松氏という世界の悲劇を語りうる詩人・評論家の存在が実は掛け替えのない存在であったことの喪失感が、さらに増して来るのだった。

連作「かなしみの土地」十一篇の各篇は、若松氏に影響を与えた書籍や人物や映画などを記してその試みを掘り下げていき、「チェルノブイリ」（チョルノービリ）という地名が背負った「かなしみの土地」の宿命を物語っていく交響曲のような連作詩篇だと思われる。

若松氏は「プロローグ　ヨハネの黙示録」の聖書第八章

10、11の原意を損なわないように次のように文意を整えて
記している。

聖ヨハネは次のように予言した
たいまつのように燃えた大きな星が空から落ちてきた。
星は川の三分の一とその水源との上に落ちた。
星の名はニガヨモギと言って、
水の三分の一がニガヨモギのように苦くなった。
水が苦くなったため多くの人びとが死んだ。

若松氏はなぜ聖ヨハネの「たいまつのように燃えた大きな星が空から落ちてきた」という予言の言葉から始めたのか。原発事故とは核爆発であり、それは「燃えた大きな星」が地上に降り注いだようなものである。その「チェルノブイリ」の意味が「ニガヨモギ」であることは、偶然と言えないこの地が呪われた場所であることを暗示している。

チェルノブイリ国際学術調査センター主任
ウラディミール・シェロシタンは
かなしい町であるチェルノブイリへようこそ!
と私たちへの挨拶をはじめた
ニガヨモギを意味する東スラヴのことばで
名づけられたこの土地は
名づけられたときからかなしみの土地であったのか

ウラディミール・シェロシタン氏の「かなしい町であるチェルノブイリへようこそ!」という言葉が、若松氏の胸中に刻まれて、この時点で「かなしい町」という言葉の意味や響きによって触発されて、連作「かなしみの土地」にこの地の悲劇が展開される種子が埋め込まれたように思われる。

「1　百年まえの蝶」では、ロシアやウクライナに向かう飛行機の窓の外の雲海に一羽の蝶が舞っているのを幻視する。

ふと一羽の蝶が舞っていたと見たのは幻にちがいないが
　こたびは別れて西ひがし、
　振りかへりつゝ去りにけり。
一八九四年五月十六日未明の二十五歳の青年の思いと
一九九四年五月十六日そのことを思う者の思いと
に　架けるものはあるか

若松氏は百年前の五月十六日に命を絶った北村透谷の詩「雙蝶のわかれ」を引用して、日本の近代・現代の詩や詩論

的な評論の原点を創り出した詩人に思いを馳せている。なぜか透谷の詩や代表的な詩論的評論である「内部生命論」などの志を引き継ぎたいという思いを新たにし、その透谷の志の力を借りたいと願ったのではないか。偶然に百年前の五月十六日に他愛や平和主義や内面化の重要性を問うて他界した透谷に対して、百年後に放射性物質で汚染されて苦悩するウクライナのチェルノブイリの地を目撃するために旅立つ若松氏は、ある意味で透谷の他界や苦悩するチェルノブイリである別世界に旅立つという意味で、何か共通する思いを抱いて窓の外に透谷の分身である一羽の蝶を想起したのではないか。

「2　五月のキエフに」では、キエフの五月の街並みを讃美して、ロシアの作曲家とウクライナの国民的な詩人を次のように書き記す。

古い石造りの街のなかぞらを綿毛がさすらっている
ポプラの綿毛だ
白い花をつけたマロニエ並木は石造りの街なみに似つかわしい
キエフはヨーロッパでもっとも緑に富む都市だという
五月のフレシャーチク通りを人びとは楽しんでいる

若松氏はキエフの街路のポプラの綿毛やマロニエ並木でゆったりと散歩する人びとがキエフの町を愛し寛いでいる光景を描写する。と同時に「起伏の多い道は住む人びとのこころの屈折を語っているか」とも語り、ウクライナの民衆の苦難の歴史を思いやっている。そして二人の芸術家の名前を挙げて、古都であり芸術の都であることを次のように記す。

ムゾルグスキイの「キエフの門」をたずね
ウクライナの人びとが誇る詩人の名まえを私は記憶した
マロニエはシェフチェンコに捧げる花か

ロシアのムゾルグスキイが作曲した「展覧会の絵」の「キエフの大門」は友への鎮魂の思いを気高く表現し、一度聴いたら忘れられない心に残る名曲だろう。それに因んだ「キエフの門」を若松氏は訪ね、またタラス・シェフチェンコはロシア語でなくウクライナ語で初めて記された詩集『コブザール』によって国民的な詩人であり、またロシア将校にもてあそばれた娘「カテルィーナ」の目を伏せた悲しみの表情が胸に迫ってくる絵画シリーズを描いた画家でもある。若松氏は「マロニエはシェフチェンコに捧げる花か」と、ウクライナの人びとが一九世紀の詩人シェフチェンコの銅像を公園に作り、それを誇りに思っていることに深く感銘を受けたに違いない。

「3　風景を断ちきるもの」では、若松氏はウクライナ・ベラルーシ国境地帯の緊張感を目撃し、その国境地帯を語る時に、次の二つの映画の国境場面を想起してくる。映画は註によるとテオ・アンゲロプロス監督作品「こうのとり、たちずさんで」（一九九一年・ギリシャ）と、ヴィム・ヴェンダース監督作品「ベルリン・天使の詩」（一九八八年・西ドイツ・フランス）だ。若松氏の詩作が福島・東北を基盤としているが、時に世界的な視野に転換されていくのは、学生時代から晩年に至るまで海外の映画を見続けていた影響によるものだったことが分かる。若松氏はウクライナとベラルーシとその先に続くロシアとの国境を目撃して次のような詩行を生み出していったのだ。

テオ・アンゲロプロスの映画の一シーンをまねて
ギリシャ・アルバニア・ユーゴスラヴィア国境地帯の
川や湖の多い映画のなかの風景と
ウクライナ・ベラルーシ国境地帯の
目前にひろがるドニエプル川支流の低地との
あまりの相似
けげんな表情で私を見る国境警備員
片脚立ちの姿から私は飛び立つことができようか
こうのとり、たちずさんで
（略）
私たちが地図のうえにひいた境界は
私たちのこころにもつながっていて
私たちを差別する
私たちを難民にする
私たちを狙撃する
私たちが国境で足止めされているあいだに
牛乳缶を積んだ小型トラックが
ウクライナからベラルーシへと国境を越えていった
こともなげに
空中の放射性物質も
風にのって
幻蝶のように

これらの詩行を読めば思い当たるように、若松氏は二〇二二年二月二十六日にベラルーシから国境を越えてウクライナに侵略したロシア軍が行った「私たちを差別する／私たちを難民にする／私たちを狙撃する」という光景を一九九四年四月に予言のように透視していたとも感じられる。詩「6　神隠しされた街」が東電福島原発事故を予言した詩だと言われてきたが、私は今回のロシアのウクライナ侵略などを若松氏は予言していたように詩「3　国境を断ちきるもの」の中の三行で書き記していたと感じている。もし若松氏が生きていたら、人類の中に国境を越えて他国を蹂躙するという愚かな行為を反復してしまうことに対して東電福島原発事故後と同様に、恐れていたことが再び現実化してしまい、激しい怒りをもって詩作や評論を書き上げたに相違ないだろう。

「4　蘇生する悪霊」では、チェルノブイリ原子力発電所四号炉の石棺を間近に目撃した時の衝撃を語っている。ある意味で若松氏の予言に満ちた言葉は、次の「蘇生する悪霊」ような人類の呪われた「悪霊」が生み出してしまう最悪の結果を感受してしまう精神性を宿しているかも知れない。

目前に
写真で見なれた
チェルノブイリ原子力発電所四号炉
《石棺》
悪しき形相で
まがまがしく
コンクリート五〇万㎥と
鉄材六〇〇〇ｔとで
封じた冥王プルートの悪霊
その悪霊が蘇生
しそうだという今にも
はげしく反応する線量計
悪霊の気
計測不能
「五分間だけ」
と案内人だが
アスファルト広場
石棺観光用展望台
ではなく焼香台
足もとに埋葬されている汚染物質
五分とここにいたくはない
痛くはないが
私たちは冒されている

たぶん若松氏の旅の目的は、この《石棺》を直視することだったが、それは生きた「悪霊」だったのであり、線量計は振り切れて、「計測不可能」であり、「五分間だけ」と言われたが、すぐにも逃げ出したかったようだ。なぜなら「私たちは冒されている」と言い知れぬ放射性物質が押し寄せてくる恐怖を肌で感じたからだろう。その意味で若松氏の旅の大きな目的は果たされたのであり、チェルノブイリ原発事故の八年後にこの「悪霊」の恐怖感を書き記し伝えたことがこの連作の優れた功績であったと思われる。またその「悪霊」は森林に降り注ぎ「《ニンジン色の森》」を出現させて、「人びとの不安の形象」となり、伐採されて埋葬されたという。しかし今回のロシア軍の将校はその「赤い森」を掘り起こし、塹壕を掘らせるように兵士たちに指示をした。その結果、ロシア兵たちは放射性物質に冒されていったことは間違いない。チェルノブイリ（チョルノービリ）の悲劇はロシア兵たちに伝えられてはいなかったことが明らかになった。

「5　《死》に身を曝す」では、事故後の「チェルノブイリ三〇㎞ゾーン」の日常を伝えている。

チェルノブイリ三〇㎞ゾーンの境界にゲートがある。ゲート脇から立入禁止区域を限る鉄線を張った粗末な柵が延々とつづいている。ここまでは緑うつくしい穀物畑が視野いっぱいに広がっていたが、柵の内側は荒れるにまかせた畑に赤枯れた草が所在なげに立ちつくしている。私たちが迎えを待つあいだに、キエフ方面から三台のバスがやってきた。乗って来た人たちは別のバスに乗り換える。汚染されていないバスと汚染されているバスとゲートを境に別にしているのだろう。さまざまな年齢の彼ら彼女らはチェルノブイリ原子力発電所で働いている人たちである。発電所やその関連施設で二週間勤務しては交替するのだという。三〇㎞ゾーンは立入禁止がたてまえだが、想像以上に多くの人たちが生活しているらしい。事故のあった四号炉に隣接する一～三号炉は稼働しているし、私たちが説明を受け、昼食をとった国際学術調査センターもゾーンの内側にある。ほかにも研究施設などがあるとのことだ。バスで五、六号炉近くを通りかかったとき、人工池で釣りをしている人たちを見かけた。昼休みの気ばらしだというが、まさか釣った魚を食べることはあるまいと思うものの、おそらく汚染されているにちがいない人工池で平気で遊んでいる様子におどろいてしまった。四号炉の《展望台》では持参した線量計のカウンターが振り切れてしまい、私たちが浮き足立っているのに、すぐそばを作業員たちが日常的なこととして通り過ぎて行く。ゾーンのなかをバスに同乗して案内してくれたのは未婚の若い女性であった。将来の出産を考えれば働くべきところではないと思うのだが、そのことはわきまえていて勤務しているのだそうだ。

若松氏は、汚染され立入禁止の三〇㎞ゾーンの内と外がバスを乗り換えることによって、発電所や関連施設で働く人びとが二週間交替で働くことを知る。また未だ破壊された四号炉の《石棺》近くで線量計がいまだ振り切れるような現状でも、昼休みに作業員たちが人工池で釣りをしたり、ゾーン内のバスガイドが未婚の女性であることに驚かされる。被曝の危険性への対応が不十分ではないかと懸念を深めている。引用した後には、避難先に馴染めずにゾーン内の村々に戻った高齢者たちの「《死》に身を曝す」人びとの紹介をしている。これらの原発事故から八年後の世界を知って、若松氏は仮に東電福島第一原発が臨界事故を起こしたら自分の暮らす南相馬市など三〇㎞ゾーン市町村が一体どのような情況になるのか、想像もしたくなかったことだが、事故後の世界が天啓のように想像され透視されたに違いない。若松氏は「5　《死》に身を曝す」において「発電所やその関連施設で二週間勤務」する人びとや以前の村々に帰還している高齢者たちを書き記すことによって、次の「6　神隠しされた街」のイメージが立ち上がってきたのだろう。

2

「6　神隠しされた街」が生まれてくるためには、黙示録の「ニガヨモギ」に触れたプロローグから始まり、1〜5までのどれも欠くことはできない経験を辿っていくことが必要だった。そして若松氏はチェルノブイリ（チョルノービリ）の経験を東電福島第一原発に次のように転換し応用させていったのだろう。

千百台のバスに乗って
プリピャチ市民が二時間のあいだにちりぢりに
近隣三村をあわせて四万九千人が消えた
四万九千人といえば
私の住む原町市の人口にひとしい
さらに
原子力発電所中心半径三〇㎞ゾーンは危険地帯とされ
十一日目の五月六日から三日のあいだに九万二千人が
あわせて約十五万人
人びとは一〇〇㎞や一五〇㎞先の農村にちりぢりに消え
た
半径三〇㎞ゾーンといえば
東京電力福島第一原子力発電所を中心に据えると
双葉町　大熊町　富岡町
楢葉町　浪江町　広野町
川内村　都路村　葛尾村

小高町　いわき市北部
そして私の住む原町市がふくまれる
こちらもあわせて約十五万人
私たちが消えるべき先はどこか
私たちはどこに姿を消せばいいのか
事故六年のちに避難命令が出た村さえもある
事故八年のちの旧プリピャチ市に
私たちは入った
「私の住む原町市」は後に「小高町」と合併して「南相馬市」になった。若松氏はその「原町市」は「プリピャチ市民」の四万九千人とほぼ人口が同じであるという類似性を知り、近未来にきっと同じことが起こるのではないかという恐怖感に襲われたに違いない。チェルノブイリ原発の三〇㎞ゾーンの人口は十五万人だが、同じように東電福島第一原発の半径三〇㎞ゾーンは十五万人であった。若松氏には現場を「身体で感じ」て、さらに宇宙からの俯瞰的な地理感覚や人口統計的な数字の類似性から一挙に破壊されていく未来都市を予知し、そこに生きる人びとの在りようを透視してしまう詩的想像力が存在していたのだろう。若松氏は自らが「原発事故を予言した」と言うような「予言」と言う言葉を好んではいなかった。その「予言」という言葉を向けられると、それを否定して事実を突き詰めていくとそのように感じられたと言う意味のことを語っていたように思う。参考になるのは著作集第二巻『極端粘り族の系譜』第三章「インタビュー・対談」の〈「南相馬伝説の詩人」若松丈太郎インタビュー〉の中で、著作集全三巻の装画写真を提供してくれたカメラマンすぎた和人氏の質問に答えて次のように語っている。《私も詩を書く時は頭の中で考える事よりも身体で感じる事を、それが見えないものであっても観る、聞こえない音であっても聴く、そしてそれを表現するのです》。若松氏の「予言」や「予知」に対する違和感やそれに代わる解答としての詩作することの「見えないものであっても観る」姿勢が、その肉声に宿っているように考えられる。

「7　囚われた人たち」では、被曝したキエフ小児科・産婦人科研究所の病院の子供たちに会った際に感じたことを伝えている。

キエフ小児科・産婦人科研究所の病院に入院している子どもたちに会って、ウクライナとベラルーシの子どもたちは囚われ人なのではあるまいかという思いをいだいた。医師と異国人とが通訳を介して自分たちを話題にしているその片言隻句のなかから、自分の貶められている不条理な状況についての情報を読みとろうと、子どもたちは注意力を集中している様子であった。子どもたちはおとなが思い込んでいるよりはるかに真実の核心にせまって正しい理解に達しているものである。私は子どもたちのそんな様子を見ながら、半世紀まえのフリョーラとグラーシャのことを思い出していた。ふたりは、一九四三年にドニエプル川の上流であるベラルーシの小さな村でおこなわれたナチスの犯罪を告発した映画「炎／628」のなかの少年と少女である。かつて私はこのフリョーラとグラーシャのことにふれて「冬に」という詩を書いた。

　若松氏は子供たちが日本人たちの質問によって、自分たちが置かれている身体の変容について、「真実の核心にせまって正しい理解に達している」ことを知ったらしい。その子供たちを見ながら同時に、若松氏はロシア・ベラルーシの映画でエレム・クリモフ監督「炎／628」を想起していた。ベラルーシの少年が村を守るために赤軍パルチザンに入るが、そこで少年が見たものはナチスドイツが628村とそこで暮らす人びとを犯して皆殺しにする光景だった。延々と続く虐殺場面に遭遇しその少年の顔は最後には老人のような顔になってしまうという映画だと言われている。若松氏はキエフの小児科で治療を受けている子供たちに映画の主人公フリョーラの顔を重ねて、甲状腺癌などで苦悩しそれでも希望を心に抱く子供たちの未来を深く憂慮していたのかも知れない。

　「8　苦い水の流れ」では、「プロローグ　ヨハネ黙示録」に出てきた「水の三分の一がニガヨモギのように苦くなった。／水が苦くなったため多くの人びとが死んだ。」という予言の言葉が本当に二十世紀に起こってしまった描写が記されている。

広大なドニエプル川の流域
ウクライナだけではなく
ロシアやベラルーシもその水源にして
プリピャチ川が合流するあたりに
チェルノブイリがある
上流から三分の一のあたり
セシウム一三七による汚染地図をひろげると
上流三分の一地域が彩色されていて
苦い水を川におし流している
チェルノブイリ一〇㎞ゾーン内の
ニガヨモギが茂る土饅頭の下に
八百の土饅頭の下に汚染物質が葬られている

八百の土饅頭が地下水を苦い水にかえている
《石棺》がひびわれはじめたと
熱と重みによって地盤の状態は危機的だと
発電所の人工池から水はプリピャチ川に流れ
プリピャチ川はドニエプル川に流れ
ゆたかなドニエプル川は苦い水を内蔵して流れゆく

この「8　苦い水の流れ」において、原発事故が河川や地下水などの汚染し続けていき、途方もない十万年も続くことの恐ろしさを再認識される。若松氏はチェルノブイリ近くの二つの川の合流地点付近を目撃し、汚染し伐採されて埋められた「八百の土饅頭」から流れ出す「汚染物質」を幻視していたに違いない。若松氏のこの「苦い水」への想像力こそは、仮に福島で原発事故が起きた十七年後に山河の森や河川で何が起こるかを暗示していたことは間違いだろう。

「9　白夜にねむる水惑星」では、モスクワ経由で帰国する際に見た白夜の光に若松氏の祈りが込められている。

モスクワ午後八時離陸の旅客機は
太陽を左手に定め
時を停め
浮遊しているかのようだ
ここは白夜で
夕陽はそのまま朝の光を放ちはじめる
よどんだ夜の地表を
川は流れつづけているだろう
一日のはじまりをまえに
人びとは不安なつかのまのねむりに沈んでいるだろう
夢のなか蝶は舞っているだろうか
窓外に蝶はいない

若松氏は深夜のシベリア上空で白夜を見たのかも知れない。その時間にチェルノブイリ、キエフ、ウクライナ・ベラルーシ国境やそこで出会った人びとを想起したのだろう。ドニエプル川とプリピャチ川の「苦い水」と共に生きるウクライナの人びとに、北村透谷の「内部生命」を宿した蝶が生き続けることを願ったのかも知れない。

最後の「エピローグ　かなしみのかたち　東京国立博物館で国宝法隆寺展をみる」では、若松氏のウクライナの子どもたちへの思いを次のように語り連作を終えている。

日光菩薩像をまえ
に　ウクライナの子どもたちを思った

いまさらのように気づいた
ひとのかなしみは千年まえ
も　いまも変わりないのだ
そして過去にあった
ものは　将来にも予定されてあるのだ
あふれるなみだ
あふれるドニエプルの川づら
あふれる苦い水

日光菩薩像とは、一千もの光明を発して、世界を照らし出し、様々な苦しみの底にある無明の闇を滅ぼしてくれると言われている。若松氏の葬儀は、本人の遺志を尊重し無宗教で行われた。生前からも自分が無宗教であることを公言し、その影響を祖父からの影響であることも記していた。しかしながら若松氏のこの「かなしみの土地」のエピローグなどを読むと、様々な宗派や教団には組しないが、若松氏には不幸な人びとの苦しみを癒そうとして彫られた仏像を生み出した、救済としての宗教心を深く理解していて、豊かにそのような精神を宿していることが読み取れ、ウクライナの子どもたちを慈しむ精神性を強く感じる。この精神性は出身地の岩手県の詩人で子どもたちの幸せを願って詩や童話を書いた宮沢賢治とも共通するものがあると私は感じている。若松氏は長年にわたり高校の国語教師を続け、いつも図書館担当になり良書を薦める傍ら、「教師や親に相談できない本当に困ったことがあったら、丈太郎先生のところへ行け」と、子どもたちの間で言われていたと関係者たちから聞いている。このような未来に生きる子どもたちの幸せを願ってこの「かなしみの土地」十一篇が書かれたに違いない。その意味で若松氏にとって本当の予言や予知的な言葉とは、きっと子どもたちから不幸を遠ざけ、「囚われた人たち」が救済され、そこから子どもたちを解き放つための、大人たちの真の慈しみに満ちた熟慮の言葉であると物語っているようだ。

「かなしみの土地」十一篇は、まだ読まれ始まったばかりのような気がする。読解を深めるために第三巻『評論・エッセイ』の冒頭の『イメージのなかの都市　非詩集成1』の「キエフ・モスクワ　一九九四年五月十八日　キエフ」、詩「いくつもの川があって」や詩「夜の惑星　三篇」なども参考になるだろう。

『若松丈太郎著作集全三巻』を通読することは大変な労力だが、例えばこの「かなしみの土地」十一篇からでも読まれることをお勧めしたい。この代表詩篇を理解できれば他の詩篇や評論・エッセイもより理解度が増すだろう。

「地域」と共に世界を詩作し思索した人

『三谷晃一全詩集』

1

三谷晃一氏の全詩集の最終校正紙の詩や詩論やエッセイを読んでいると、福島県のどこかの街角や農村の光景やそこに暮らす人びとの描写に三谷氏の深い内面の体温を感じてしまう。また同時にその他の国内の地域はもちろんだが、例えばベトナムやフランスの海外の光景や人びとさえ、全く先入観なしにその素顔を温かく時に厳しい視線で記している。三谷氏は福島県の県北の安達郡本宮町で生まれ育ち、その後に北海道の小樽高等商業学校で学んだ。戦争中に徴兵されて中国・ベトナムを転戦し一九四六年に帰国した。戦後は母の願いを聞き入れ福島に止まり、福島民報社の記者になり、同時に福島の詩人たちと詩誌を創刊し一人の詩人として生きた。時にヨーロッパやアジアなどの海外に妻と旅行しながら、福島という地域から世界を思索し続けた詩人だ。そのような詩人の『三谷晃一全詩集』をなぜ刊行することが出来たのかをその経緯を含めて記しておきたい。

二〇一〇年晩秋に、私は若松丈太郎氏と仙台で待ち合わせて、『三谷晃一全詩集』の相談をする予定で東北新幹線に乗った。ところがその日は新幹線の架線事故で五、六時間も遅れることになり仙台に辿りつけず、若松氏とはついに会えずじまいだった。その結果、お互いの日程が合わずに来年の春頃になったらまた会う約束をしたのだった。しかし翌年の二〇一一年三月十一日には、東日本大震災・東電福島第一原発事故が起こってしまった。その結果、私は若松氏の原発に関わる評論集の刊行を優先することにし、四月九日に若松氏が避難していた福島市に車で向かい編集の打ち合わせをした後に、十日には飯舘村を越えて南相馬市に入った。そして私は『福島原発難民――南相馬市・一詩人の警告　1971年～2011年』の解説文を書くために、南相馬市の若松氏の暮らす原町区や検問所の了解を得て、まだ放射能が高かった十五㎞圏内の小高区に入った。若松氏と私は潰滅した街で遺体捜索が続けられている小高川流域の壊れた家々や、海岸線に近い集落が流されている壮絶な光景を目撃することになった。それでも気を取り直しカメラマンに装画になる写真を撮ってもらい、翌月の五月初めには刊行することができた。さらに翌年の二〇一二年十二月には『福島核災棄民――町がメルトダウンしてしまった』を刊行し、二〇一四年三月十一日には若松氏の既刊詩集の詩選集である『若松丈太郎詩選集一三〇篇』を出版することも出来たのだった。この詩選集の発刊を機に私はもう一度『三谷晃一全詩集』を刊行しようと若松氏に相談に乗ってもらい、具体的に刊行までの道筋を立てたのだった。

私が初めて三谷晃一氏と会ったのは、一九九八年新春の詩人の集まりだった。私が名刺を渡すと少し驚かれたようだった。なぜなら浜田知章氏から三谷氏に「コールサック」(石炭袋)が送られていて、浜田氏や私の詩や評論を読んでいて、その編集者が私だと知ったからだ。それゆえにすぐに親しく話す事ができた。初めて見た三谷氏は、一見穏やかな風貌だが、戦争など多くの不幸な体験を経て、何か途轍もない鋭利な理性を抱えていて、人間世界や世界情勢を一刀両断できるリアリストの眼を持ちながら、人一倍、悲しみや虚しさを秘めている魅力的な人物だった。話すうちに三谷氏が浜田氏になぜか深い敬意を抱いていることが分かった。私は浜田氏たちが切り拓いた原爆の悲劇を世界に伝え二度と原爆を使用させないという「原爆詩運動」を引き継いでいくために、後に刊行することになる『浜田知章全詩集』や『原爆詩一八一人集』の構想を話したと思う。それを機に私と三谷氏は直接詩誌や詩書を送り合うようになった。当時私が「コールサック」に連載していた「戦後詩と内在批評」で「荒地」と「列島」の詩人たちの戦争責任を検証していく評論に長文の感想を頂いたこともある。三谷氏にとって「荒地」「列島」の詩人たちは同時代でありその再評価の評論は関心が高かったのだ。私は三谷氏が私の評論の試みを深く理解してくれたことが嬉しかった。それから私は三谷氏の詩や詩論を読み始め、現役の詩人の中でも最も格調高い思索に満ちた文体を持った詩人だと高く評価するようになった。二〇〇二年に刊行された第九詩集『河口まで』を読み、その年の十二月の連載が続いていた「戦後詩と内在批評」の「12　詩的言語はいかに世界の危機を問うているか」で、当時流行っていた顔を茶褐色に塗る「ガングロ」の若い女性が、厚底靴を履き携帯電話を掛けながら歩く様を見つめる詩「駅頭で」を引用し、私は次のように論じた。

「若者たちが近くに存在するものを直視することなく、遠くにあるものを近くにあると思い込ませる通信技術や、メディアの危うさを盲信していることへ三谷晃一は危機意識を抱く、けれどもその判断の根拠である自己の経験さえ、新たな時代の戦場に置いて有効かどうかを懐疑的に相対化してしまう。三谷晃一の驚きが徹底したドグマにとらわれない自由な精神に基づいていることが分かる。」と記し、さらに〈味わい深い批評文を書く三谷晃一は、それに拮抗する思索に満ちた詩を書いていることが分かる。「帰るべき場所」とは決して死に場所ではなく、三谷晃一の生きる時間であり、生きている戦場に違いないと私は感じ、深く勇気づけられ共感を覚えた。三谷晃一の詩は自他の実存が切り結ぶ存在論的な問いを秘めた詩であり、その問いを絶妙に体現している詩なのだと感じられる。〉とその詩の魅力を紹介した。私は三谷氏の若い世代への温かな視線やそれを受け止める自由な精神、それも若い女性が「戦車みたいな靴」を履きあたかも戦場に向かうように生きているという認識に、驚かされたのだった。三谷氏は戦後の日常の中に鋭敏に戦場を感受して複眼を持っていたのだろう。

一九二二年生まれの三谷晃一氏は、二〇〇五年二月二十三日に亡くなった。私はもっとこれから三谷氏の戦後の詩作活動を知る交流が出来ると期待していたこともあり衝撃を受けた。また戦争中に中国からベトナムへと数千kmもの従軍をした経験や戦後には地方紙での記者の経験もいつかお聞きしたいと願っていた。戦後の福島の詩人のリーダーであった三谷氏を失ったことで、きっと身近にいた福島の詩人たちは私の想像を超えた悲しみや喪失感を抱いているのではないかと想像できた。

二〇〇七年春の初めに『原爆詩一八一人集』を公募した際に若松丈太郎氏は、死んだ弟を背負い直立不動の姿勢で火葬を待つ兄についての詩「死んでしまったおれにジョー・オダネル撮影『焼き場にて、長崎』のために」を寄稿してくれた。その後のアンソロジーも寄稿してくれて若松氏との交流が始まり、お互い脱原発詩を書いていたこともあり、親しく交流をするようになった。私は詩人の中の詩人を後世に残すために、発表された全詩篇と代表的な詩論を集めて全詩集を作りたいと考えていた。コールサック社を二〇〇六年に出版社にする前から、多くの詩人たちの支援で二〇〇一年に浜田知章氏、二〇〇二年に鳴海英吉氏の全詩集を編集し刊行していた。私の中で三谷氏の詩と詩論は、福島だけに止まらず後世に伝えるべき重要な詩と詩論であると考えていた。そのような意味で私は若松氏に三谷氏の全詩集を刊行することを相談した。若松氏も同様に三谷氏を残すべきだと考えていて、すでに著作リストや詩誌・雑誌に掲載された詩や評論のリストを作成し、その詩集や詩誌のテキストも集めていたのだった。二〇〇八年頃に若松氏を通して三谷氏が最も信頼されていた郡山でタウン誌「街こおりやま」の発行者である伊藤和氏に打診したが、ご遺族との調整がうまく進まず保留のような形で宙に浮いた状態になっていた。そんな情況の中で先の二〇一一年を迎えることになってしまった。しかしこのことも逆に考えれば全詩集が刊行できることは、三谷氏を忘れてはならないという郡山の詩人たちを初めとする福島の多くの詩人たちを結集させるための貴重な時間だったように思われる。浜田氏は一九二〇年生まれ、三谷氏は一九二二年生まれ、鳴海氏は私の父と同じ一九二三年生まれで、三人ともフランス文学やフランス映画などを愛した自由な精神を抱えていた文学青年だったが、徴兵されて最前線に送られてしまった下級兵士だった。この世代は三一〇万人もの戦死者を出した戦争の最前線に送られた日本の歴史上で最も不幸な世代であったことは明らかだ。そんな父の世代の代表的な最も良質な詩人の一人として三谷氏を後世に残さなければならないと願ったのだ。

そのような準備期間を経て、二〇一四年秋に開かれた福島県現代詩人会の詩祭の前に、若松氏から三谷氏と親しかった郡山の安部一美氏と浜津澄男氏と室井大和氏を紹介された。その席で『三谷晃一全詩集』を刊行するために、安部氏や浜津氏などの郡山の詩人が刊行委員となって欲しいとお願いし、了解してもらった。また刊行委員には、若松丈太郎、安部一美、浜津澄男、前田新、室井大和、伊藤和などの各氏の人選まで話し合われた。（後に阿部幸彦、高橋静恵、太田隆夫、齋藤貢の各氏も刊行委員に加わってくれた。）詩祭の中でも実行委員たちの支援によって全詩集刊行について発言をする機会を与えられた。その後に安部氏は伊藤和氏に電話を入れてくれ、全詩集の刊行委員会の話を伝え、遺族に全詩集の話を再度持ちかけてくれることをお願いしてくれた。その甲斐あって二〇一五年早春に伊藤和氏の「街こおりやま」の事務所で初めての全詩集刊行委員会が開くことができた。その席には三谷氏の義弟の阿部幸彦氏も同席してくれた。九冊の既刊詩集を時系列に配列し、その他には、詩誌や雑誌になどに発表したが、詩集に未収録の詩篇を可能な限り集めて収録する。また代表的な詩論・エッセイとすでに書かれている三谷晃一論や新たな解説文も収録することとした。そして可能なら二〇一六年二月二十三日の命日までに刊行することとした。このように全詩集は刊行に向けて踏み出したのだった。刊行委員に名を連ねてくれた詩人たちと伊藤和氏たちがいかに三谷氏を敬愛し、今も彼らの中で三谷氏が生きていることを私は肌で感ずることができた。また義弟の阿部幸彦氏から全詩集を企画・刊行することへの感謝の言葉を言われて、優れた全詩集を刊行しなければならないと痛感した。

2

三谷氏の詩論・エッセイなどを読んだ中で、一九七一年十月に刊行された詩誌「黒」18号に収録されている「架空の対話〈連載第三回〉」の次の箇所が三谷氏の重要な詩論のように私には思われてきた。

> 象徴派とか人生派、あるいは超現実派といった、従来行われてきた詩の分類は現在はさして意味あるものとは思えない。それよりも詩が今日当面している困難さ、つまりマルローの指摘にあるような困難さをどう受けとめるか、その受けとめ方によって少なくとも二つの行き方があるように思われる。一つはマルローのいうように、産業文明社会の諸現象をそのまま受けとめ、その上におのれの象徴の妥当性を確立するという方法、これは当然複雑難解への道を辿らざるを得ない。もうひとつは複雑多岐な諸現象の底を流れる不変のものに心耳を当てていこうという考え方だ。ある人にとってはそれはいかにも古めかしい大時代なものの考え方にみえるかもしれないが、そういういい方をそのまま使えば、詩というものにはもともと大時代なものがあるんだよ。卑近な例だが原爆詩というものがある。原爆という素材はもっとも現代的な方法でなければ書けないかといえば決してそんなことはない。そこにあるのは死という不変の座標軸であるはずだ。サッフォーの時代の死と現代の死がどう違うか。なにも違わない。ただ背景が違う。たしかに背景は違うが、それが魂に投影する。投影の仕方はきわめて微妙な振幅の差でしかない。この振幅は重要なモメントであることは間違いないが、それを表現し得ないほど現代詩人が貧困であるとも思えない。そういう意味で現代詩を分類すれば少なくとも二つの傾向はある、という話を僕はしたのだ。（略）高村光太郎の詩に「天然の素中に帰らう」というのがあったが、素中に帰る努力を怠ると詩は現代の複雑多岐な諸現象のなかに拡散してしまうおそれがある。詩人はスポンサーのその時々の要求に応ずるコピーライターではない。

この詩に関わる三谷氏の本質的な思索は、三谷氏の文体に宿されていて、今から四十五年前に書かれたはずなのに瑞々しい思考の跡を辿ることができる。三谷氏はあらゆる先入観を取り払おうとしていて、その「素中」から自らの言葉で詩を思索していこうとする。このような詩作を思索する態度を四十歳前後の三谷氏はすでに肉体化していた。前者の方法は「産業文明社会の諸現象」を通して言葉がそれに対峙しながら独自の象徴的な言葉の世界を作り上げることだろう。また後者は「複雑多岐な諸現象の底を流れる不変のものに心耳を当てていこうという考え方」で「死という不変の座標軸」という詩的精神で詩作をすることを語っている。このような詩人の感受性が織りなす言語世界と魂とも言える詩的精神との関係を問うていく詩論は、ある意味で根源的な詩論と言えると考えられる。三谷氏はそのどちらの方法というか「行き方」が優れているとか、二者選択的な思考をしていない。多くの詩人の詩を読めば、「少なくとも二つの行き方」が三谷氏の中で、浮き彫りになってくる事実を告げている。この「二つの行き方」は自覚化され方法化されていて、詩人たちはテーマによって二つのどちらかの「行き方」を選ばざるを得ないと語っているのだろう。しかしあえて言うなら「死という不変の座標軸」という大時代的なものに三谷氏が心寄せて、それを自己の思索の原点にしていることは理解できる。それを含めてまた詩に向き合う個と普遍やパロールとラングの力学を包み込んだ包容力や親和力のなせる業なのかも知れない。いずれにしろ三谷氏は四十歳にして「二つの行き方」の観点や「死という不変の座標軸」で詩を見極める優れた批評力と詩作力を得ていたことは間違いないだろう。

この詩論を読んだ時に私は、一九五六年に刊行した第一詩集『蝶の記憶』Ⅰ章の詩「記憶」、Ⅱ章の詩「蝶」、「断章」、「Echo」などが想起されてくる。詩「記憶」を引用する。

記憶

僕は忘れない。
暗い夜に
ひとりめざめていた花を。
一瞬の烈しい花の揺らぎを。
衝たれて
思わずよろめいてしまった僕に
永い
めまいする時が過ぎた。

いまははるかに
遠のいて光るやさしい葩《はな》よ
僕はふりかえらない。
帰ってゆく僕の肩に
償えぬ過失のように
かなしく重量あるものが

かかってくる。

私はこの詩「記憶」と詩「Echo」の中には、ある種の衝撃的な体験が隠されているように思われる。年譜の一九四三年の記述には〈内地から送られたフランス詩書などが災いし、「反戦主義者」とされて苦労する〉と書かれている。この「苦労する」とは、上官たちに詰問されて酷い拷問を受けた可能性がある。「衝たれて／思わずよろめいてしまった僕に／永い／めまいする時が過ぎた」とはきっとその時の屈辱的な思いが駆け巡ってくるのではないか。そのことを韜晦しながらも記すことによって三谷氏は戦後十年を経て、一人の詩人として出発しようとしたのかも知れない。私はかつて浜田知章氏と鳴海英吉氏の三人で大衆酒場で酒を飲んだことがあった。酩酊し始めると兵士だった頃に拷問されたことを二人は語り合っていた。私は聞いてはいけない父の世代の苦悩を感じた。浜田氏も鳴海氏も詩ではそのことはあからさまに書いてはいなかった。それほど屈辱的な体験だったに違いない。文学青年である若者を他国の兵士や民衆を殺戮させる兵器にするために国家は、人間の誇りや人間性を捨てさせる拷問など当たり前のことだったのだろう。その屈辱的な体験を「僕は忘れない」と言いつつ「ぼくはふりかえらない」と語り、三谷氏はその二つの思いに引き裂かれる複雑な思いを書き留める。三谷氏の詩の特徴は、この過去を抱え込んで現在が引き裂かれつつも、未来にその「償えぬ過失のように／かなしく重量あるもの」を両肩に担って生きようとする未来志向であることだろう。その意味で三谷氏の詩は戦争体験を深く内面化した優れた戦後詩であり、シベリア抑留者の石原吉郎と鳴海英吉や「荒地」や「列島」の詩人たちの戦後詩に匹敵する価値があると私には思える。三谷氏の古武士のような面構えの内面には戦中戦後の精神史が刻まれていたのだ。

次に詩「蝶」と「断章」を引用する。

蝶

おまえは音符のとんでゆく儚なさで
とおい野の方へ消えうせる
おまえはかげろうの炎《も》えるひそやかさで
ふかい空の青みに吸われる

蝶よ
おまえは何？
燦びやかなおまえの形姿《かたち》は？
惑っているおまえの精神《こころ》は？

そして　蝶よ
ある日おまえは名もない空に旅立った
（その空が拡げられ　深められるのはいつだろう）
―見給え　どのはぐらかされた
指先にも　虹のように
翅粉が　陽にきらめいている

この詩「蝶」は徴兵された若者や特攻兵士たちの形姿《かたち》と精神《こころ》のように読み取れる。三谷氏が戦後十年経った時に同世代の若者たちの無念な思いを「ある日おまえは名もない空に旅立った」と語り、戦争で最も過酷な経験をさせられた者たちを鎮魂しているように感じられる。しかし鎮魂したはずの記憶は、決して消えることなく「指先にも　虹のように／翅粉が　陽にきらめいている」のだ。ただ過去の同世代の死者たちの生々しい記憶に引き裂かれるのではなく、その死者たちは三谷氏の一部のようになって身近な隣人のように煌めいてくる心境になったように思える。三谷さんは死者たちや同世代の者たちと共にその思いを掬い上げて戦後社会を生きて詩に書き続けようと決意したのかも知れない。

断章――来らざる人に

あなたが近づいてくるのを僕は感じる
なんの確かな証《あかし》もなく
あなたの衣ずれの音も聴かない
けれども　あなたに続いている道を僕は信じ
星の下を僕は往く　そして僕の意志を
あなたの方へ橋架ける

この詩の「来らざる人」とは誰であるか。また「あなた」とは誰を指しているのだろう。この「来らざる人」は、戦前戦中にいて志半ばで死んだ人びとが甦ってくることを願ったのかも知れない。またその思いを託された戦後社会に生きる「あなた」なのかも知れない。三谷氏は「あなたが近づいてくるのを僕は感じる」という。三谷氏は戦後社会を切り拓いていく人物として「来らざる人」を擬していく。そして「あなたに続いている道を僕は信じ」と言い、「僕の意志を／あなたの方へ橋架ける」と戦後社会を一緒に創造していく希望を語ろうとしているかのようだ。『蝶の記憶』四十三篇には、三谷氏が戦後十年をかけて、自己を再生させた願いが込められているだけでなく、膨大な戦前戦中の死者たちへの願いを背負って生きざるを得ない生き残った者としての使命感が刻まれていると思われる。

3

年譜によると三谷氏は、終戦後に「サイゴン駐留約二万人の日本軍の食糧補給の仕事」をした後に、一九四六年五月にベトナムのサイゴンを出港し六月に浦賀に着き、郡山市咲田町の自宅に戻った。徴兵前に勤めていた安田銀行（後の富士銀行）を辞め福島民報社に入社して記者として歩み始める。富士銀行には田中冬二がいて直接的な交流はなかったが詩の影響を受けたようだ。三谷氏は戦前には並木秋人の歌誌「走火」に入会し短歌から始まったが、短歌を辞め西条八十の「蠟人形」郡山支部の丘灯至夫（後に「高校三年生」などの作詞家）が主宰する詩のサロンに関わり、その時の「蒼空」や「文化地帯」にも詩やエッセイを寄稿したようだ。また同人誌「北方」を創刊し、小樽高等商業学校時代には坂井一郎発行の「木星」にも参加した。戦後には、菊地貞三の「ほむら詩会」に参加し、「銀河系」を一緒に引き継ぎ創刊した。また生涯の師である草野心平と出会った。そして福島の戦後の詩人たちの活動の場となった多くの詩誌に関わり、また「福島県現代詩人会」が設立された時には初代会長となり、そして詩人たちの詩作の土壌を豊かにする場を作り、そして詩人たちを励まし続ける仕事を続けた。三谷氏が関わった詩誌は「ほむら」、「銀河系」（第一次、第二次、第三次）、「龍」、「詩」、「盆地」、「黒」、「鞴」、「宇宙塵」、「熱氣球」、「詩と思想」、「地球」、「銀河詩手帖」などであった。その間に九冊の詩集と何冊かの詩選集や詩画集やエッセイ集などを刊行した。そのどれもが時代の変貌していく姿を捉えようと感性を研ぎ澄まし、その激動の世界の中でも変わらぬ「地域」の人間たちの生きる姿を深く見つめる視線に貫かれている。その視線には「地域」に根差しながらも世界的な文明批評的な精神も重ねられている。そんな三谷氏の詩論ともいえるものは、「詩と思想」一九九八年十一月号に掲載された〈現代のなかで持つ「地域」の意味〉であろう。その骨格部分を引用したい。

現代のなかで持つ「地域」の意味

議論の範囲を広げ過ぎた。初めに戻って、「地域」を振り返らなければならない。いま圧倒的な「技術文明」の優位から逃れられるものはほとんどない。逃れられると思うのは気休めでしかない。少なくともおなじ平面で争う限りは——。私たちはいま別の地平を探さなければならない時期に来ている。いくらか文明の〝汚染度〟が低いと考えられる場所を――。それが「地域」region であり、「地方」locality であるというのは強弁に過ぎるであろうか。かつて日本を訪れたフランスの文化人類学者レヴィ・ストロース氏の言葉を参考にしたい。「東洋や極東の偉大な文明には、これまで〝原始的〟と誤って呼ばれていた謙虚で控え目な文化が含まれており、……この第三のヒューマニズム（と同氏が呼ぶもの）が人類を救済出来るかもしれないと考えたことがある」。自然とか伝統というより、「謙虚で控え目な文化」というほうがわかり易くはあるまいか。まさに locality こそ、「謙虚で控え目な文化」そのものではあるまいか。（略）

なぜ三谷氏は福島県を離れずにそこに留まり、そこから発信し続けたか。その答えが「謙虚で控え目な文化」の現場からしか、自らの詩作や評論などの表現行為が危うくなることを熟慮していたのでなないか。その意味では二十世紀後半に二十一世紀の時代がどのような切実な課題に直面するかを透視していたことは疑いがない。その詩論の結論部分の〈「日常性」ということ〉も引用したい。

「日常性」ということ

ここでいったん「地域」から離れて、「日常性」の問題に触れておきたい。「日常性の詩」といういい方の評言がある。例えば買い物に行ったとか、風呂に入ったとか、短歌の世界では「タダゴト歌」といわれる種類の作品に対し、かなり軽侮の意味を込めて使われる。もちろんそういう種類の作品があることを否定はしないが、評者が一体「日常」をどうとらえているのかが問題である。高麗の高僧大覚国師の言葉に「仏法は日用を離れず」というのがあるが、「日用」つまり「日常」である。これを「詩法は……」と言い換えたらどうか。大覚国師の言葉を敷衍するまでもなく、私たちの「生」はもともと「日常」を離れては存在しない。だいじなことはその「日常」になにが詰まっているかであって、それを問わないで「日常性」をいえばそれは偏見である。そしてこの「日常」こそ、今日「地域」が最も豊かに、いってみれば地下水のように「保持」しているものなのである。

金時鐘氏があるとき、「現代詩人たちは、思念の造形という、情感にとってかわったつもりの美意識でもって、意外と自分のタコツボだけを掘っているのではなかろうか」と述べたが、まさにその通りである。現代詩は「形而上学」「修辞学」「美学」から成っている、と私は考えている。「形而上学」metaphysicsという場合のphysicsは手で触れる〝もの〟、時に「情感」も「日常」も無形の〝もの〟として詩の素材となってきたが、「日常性」を評価しない現代詩人にとってそれは「低位」の概念とされがちである。それに代わる「高位」の概念を追求して彼らは「形而上学」に行き着いた。Physicsを突き抜けた「形而上」の青空は、一見際限もなく自由だが、同時にそれは、表現の恣意、一種の無政府状態をもたらすものでしかない。これがいま私たちが直面している現実である。

「地域」は、あるいは「地方」は、いまその「保持」する「異種の大木」を、あるいは「森」を「地下水」を、捜し出す時期に来ていると私は思う。自分の財産に目を向けずに、技術文明が教える共通のものだけを追っていては、「詩」が「詩」である意味を失なう。現代が達成した高度のテクノロジーの手法を言葉でなぞることは、実は過誤であるだけでなく、不可能な道なのである。例えば言葉が獲得出来る「微妙」の世界は、ナノグラムとかミクロンといった単位では計れない。単位でいえば、私たち東洋人が知っている最大の単位である「京」で考えたほうがいい。「京」は「兆」の一万倍に相当し、千京分の一を「虚」と呼ぶ。この辺が人間の能力の限界であり、かっては「虚」に遊んだ詩人もいたのである。ここまで来て読者は、はじめて「虚」の凄さに衿を正すことになろう。

私が一九九八年新春に出会った後に書かれたこの詩論を始めて読んだ時には、その格調高い文体と緻密な論理的な展開に驚かされた。それゆえに現役の詩人の中で最も名文家であり、優れた文明批評を書きうる詩論家であると考えたのだった。近代・現代の世界的な技術文明の問題点を抉り出し、それにもろに影響を受けているモダニズム詩人の末裔である現代詩人たちは完膚なきまでに批判されている。それは三谷氏自身への諌めでもあるし、後世の詩人たちへの警告でもあり、遺言でもあったと思われる。この「地域」の中で「虚」を抱いて詩作しようとする詩論が書かれてから十八年程が経つが、少しも古びることなく今もその趣旨は私たちの切実な課題である。

最後に昨年刊行した『平和をとわに心に刻む三〇五人詩集』にも収録した詩「蕎麦の秋」を引用したい。戦争に翻弄され続けている人びとへ「平和への祈りをこめ」て書き記されたものだ。「地域」の価値を知りそこで生きている人びとの多くに三谷氏の全詩集が読み継がれていって欲しいと願っている。

蕎麦の秋

いま中央アジヤからシベリヤにかけて
白い秋の陽ざしに
点々と蕎麦の花がひらく
その蛇行する
丘陵の蔭の
巨大なミサイル基地。
そしてここ少年のふるさと
奥会津の山々も
しずかな蕎麦の秋だ
少年はそこで
その淡彩の花に似た少女を娶《めと》り
蕎麦を碾《ひ》き蕎麦を打ち
しずかに老いた
日本の片田舎のまずしい夕ぐれに
たちのぼる湯気に頬を染めて熱い蕎麦を啜《すす》り
かすかな湯の沸《たぎ》りに
平和への祈りをこめ。

東北の「光のエネルギー」を言葉に転換する人
前田新詩集『詩人の仕事』

1

福島県会津美里町に生まれ育ち、今も暮らし続ける前田新氏の十三冊目の詩集『詩人の仕事』が刊行された。二〇一五年に刊行された前詩集『無告の人』は、病死した父や戦死した海軍兵の義父の代わりに農家を守り前田氏を育てた母への鎮魂や共に戦後を生き抜いた思いが貫かれた詩集だった。特に詩「無告の人」では、《無学な母は理屈で私を論すことはなかった／ただ、ひたすらに働いて、私を諫《いさ》めた／直耕の思想、かくあるべし／母は「無告の人」を生き切って／その生涯を終えた》と、農民の母の生き方が前田氏に決定的な影響を与えていたことを伝えてくれた。それから七年後に刊行された新詩集『詩人の仕事』は、四章に分かれた四十五篇が収録されている。一章「詩人の仕事」十三篇は、前田氏の詩論ともいえる「詩とは何か」と言う根源的な問いを発して、その回答例とも言える他者の詩論である言葉を数多く引用して、前田氏の詩論を形作った歩みを明らかにしている。そのような心に刻まれてきた他者の詩論を検証し、前田氏が対話してきた軌跡を明らかにしていく作業が、豊かな詩論的な詩として結実されているのだ。

一章の冒頭の詩「忘れえぬ詩人たち」の三連目を引用する。

R・リルケは／〝貧しさは内から射す美しい光だ〟／と言った。光は詩と同義だ／詩人たちは光を言葉に変換した／そして貧しさとは心の豊かさの暗喩だと／その詩のなかで私に教えた／彼らが立ち去ったいま／私は彼らが残した美しい光のなかで／最晩年を生きている

前田氏はリルケの「貧しさは内から射す美しい光だ」という言葉に秘められている逆説的な詩的言語が生まれる秘密に肉薄していく。「貧しさ」とは「清貧な生き方をしている人」の内面から発せられる何かなのだろう。その何かが「内から射す美しい光」であり、その「美しい光」を感じたならば、「光は詩と同義だ」とリルケに倣って、尊敬する詩人たちが「光を言葉に変換した」ことを前田氏は直観する。前田氏は会津の農民詩人と思われてきたが、その根底にはこのような詩的言語が言葉を光に変える言語観を培ってきたことが理解される。心の奥底で「貧しさ」という「美し

い光」を感ずることが出来るかと自問して、詩が生まれるために必要な発端の詩的なミューズの訪れを探っている。その「貧しさとは心の豊かさの暗喩だ」と告げてくれたのは、福島・東北の先輩詩人たちからだったと明らかにしている。「私は彼らが残した美しい光のなかで／最晩年を生きている」という二行は、彼らの言葉から発していた光を前田氏が内面に自在にいつでも想起することが出来るようになった感謝を伝えている。その感謝の言葉を詩人の名を挙げながら次の四連・五連目で記している。

光は私のなかの闇を射す／それとともに私をとりかこむ／虚妄の闇にも射しこむ／鋭い切っ先のような光を、／私は意志として詩の言葉に変える／／私のなかの忘れえぬ詩人たちよ／真壁仁、三谷晃一、瀬谷耕作、蛯原由起夫／原かず、渡部哲男、物江秀夫、長嶺茂一／松永伍一、若松丈太郎、／私もほどなく／あなた方が立ち去って向かった／あらゆる生命体の根源／遥かな宇宙のなかへ

前田氏は自らの発語を促す心の闇の過信を恐れるのだろう。良き影響を与えてくれた「貧しさ」を秘めた存在者たちの「光」を「虚妄の闇」に射し込ませる。すると前田氏の闇の中で「意志として詩の言葉」が立ち上ってくるのだと告げている。

前田氏の挙げた十名の詩人たちと前田氏は、一連による と「詩について語り合った」交流を持ち、「誰もが世俗的にいう／しあわせの概念からは／少し離れたところで生きていた」のであり、「それぞれに錘のようなものを／垂直に自らの内に吊して」いたと言う。この「錘のようなもの」とはその詩人の背負っている独特な詩的精神なのだろうか。

これらの詩人の『日本農民詩史』全五巻をまとめた福岡県出身の松永吾一以外は、福島・東北の詩人であり、前田氏と同じ農民詩人や地域の人びとや子供たちと共に生きた教員などの詩人たちだ。前田氏はそれらの地域文化に関わった詩人の詩と生き方を想起しながら、彼らが発した「光の言葉」の中に自らの言葉を入れて、自らに厳しい検証を重ねた詩篇を書き上げてきたのだろう。

最終連の「私もほどなく／あなた方が立ち去って向かった／あらゆる生命体の根源／遥かな宇宙のなかへ」という言葉は、この十名の詩人の先達者である農民詩人を志した宮沢賢治の根幹の詩的精神である「宇宙意志」という言葉を想起させられる。この詩はどこか遺言のような詩篇だが、前田氏にとって生きることも死ぬことも、「生命体の根源」の「遥かな　宇宙のなかへ」立ち還ることであって、その事実を見詰めて詩作することでしかないのだろう。詩作は

個人的な作業であるが、言葉を使う限り、過去の詩篇を読めば、その詩人の内面のリズム感に宿る言葉の意味やイメージによって、様々な影響を受ける。その意味では、意識的にまた無意識的に、それらの影響を受けて新しい作品が生まれてくる。詩「忘れえぬ詩人たち」は、敬意を抱く詩人たちの言葉や生き方をどこか「光のエネルギー」として受け止めて、自らの糧にしてきたことを誠実に語った詩篇だと言えるだろう。前田氏は二〇一四年に四五〇頁もの評論集『土着と四次元――宮沢賢治・真壁仁・三谷晃一・若松丈太郎・大塚史朗』を刊行した。その一章は宮沢賢治、二章は真壁仁、三章は三谷晃一、四章は若松丈太郎だった。この評論集への思いを一篇の詩に凝縮したら、この詩『忘れえぬ詩人たち』になるのかも知れない。

2

一章の二篇目の詩「冬木立」は、今回の詩集の装画「冬木立」から触発された前田氏の深い思いが記されている。一連目と二連目を引用する。

とあるギャラリーで／私は木版画家星襄一の／「冬木立」という小品に出会った／はなやぐ色彩もないその絵の／暗く冷たい諧調に／ふと、私はわれに返った／／冬木立は凍てつく氷雪に／装われて立っている／冬木立の背景は／黒い大きな森だ／その向こうに／わずかに淡い光彩が見える／あれは暮れ残る残照なのか／それとも若松さんが透視した／「かなしみの土地」／やがてニガヨモギの星が／落ちてくる予兆か

前田氏は一連目で木版画「冬木立」を見た際に引き込まれて我を忘れたという。前田氏は「冬木立」の存在は、あたかも自分がこの世に存在するあり方に類似していると発見したのだろう。前田氏の会津の住まいをまだ雪が舞う早春に訪ねた時に、田畑の近くにところどころ冬木立があった。その先には会津の連山が黒々と広がっていた。前田氏は「冬木立」から触発されて、日ごろ見慣れた光景の「冬木立」が光を発するように感じたのだろう。その背景には「黒い大きな森」があり、その中から「淡い光彩」や「暮れ残る残照」を感ずる。すると前田氏の想像力は、若松丈太郎氏の「かなしみの土地」の中のチョルノービリの名の由来がヨハネ黙示録にある空から川に落ちてきた星の名「ニガヨモギ」によるものであり、その星は川の水の三分の一を苦い水に変えて、多くの人びとが亡くなったという記述やその不吉な予兆を想起して、引き寄せてしまうのだ。三

連目以降の後半部を引用する。

冬木立は／森からは少し離れた位置を／灌木のように生きてきたが／季節の三分の一を／雪が覆う痩せた土地で／農をなりわいとして／時代と、どう向き合って／きたのかを自問する／／歳月を重ねても／灌木は巨木にはならない／生きるために灌木は／葉の陰に細い棘を持った／風雪になぶられ／貧相な枝は翻弄された／だが、どんなに叩かれても／折れることはなかった／／気がつけば／冬木立のなかの／私の時間の残量が見える／自己了解を促す闇が／星座を背にして／私のもとに降りてくる

前田氏は「雪が覆う痩せた土地」で「冬木立」のように生きてきたが、「時代と、どう向き合って／きたのかを自問する」と言う。そして冬木立の灌木の枝のように決して折れることなく地域に根差した農作業を行い、また若松氏のように自己の暮らす地域を問いながらも世界の他の地域との連帯を模索するような詩と評論を執筆し、この時代と向き合うことが出来たかを激しく問うているように思われる。

3

一章の三篇目の詩「詩人の仕事」では、「宇宙からは危機の信号が／烈しく発信されている／しかし、依存症の人の脳は／サイエンスをも資本に従属させて／それに反応を示さない／宇宙からの警告信号を／受信して人に伝達する／それは、今も昔も詩人の仕事だ」と言い、本質的な「詩人の仕事」は「宇宙との交信の機能」や「宇宙からの警告信号」を多くの人びとに伝達することだと、詩人の使命感を明言する。その「詩人の仕事」の能力が衰退した時に、「あらゆる災禍の危機」を凌ぐことは出来ずに、人類は厄災の中で苦悩するだろうと憂いているかのようだ。しかし逆に言えば前田氏ほど「詩人の仕事」の根源的な在り方を後世の詩人たちに期待し、自らも実践している姿はとても清々しいと感じられる。

一章の他の詩篇「詩について　1／詩について　2」などでは、ブレヒト・『詩経』・本居宣長・井上ひさしなどの書物の中に存在する詩論を引用しながら詩論の指し示す詩的世界の多次元世界を垣間見せてくれている。その他の詩「冬の交響詩／東北、わが産土の地／北への回路／わが農本の思想／会津彼岸獅子舞幻想／わが心象の北の方位／内な

る樹／稲を植える」では、北方の農民詩人として会津・福島・東北の地の歴史・文化に根差しながらも、天空の銀河世界に思いを寄せ、さらにこの地方の農本思想や哲学に新たな意味を見出している。因みに前田氏は二〇一六年に『会津・近世思想史と農民』と二〇二一年に『会津近代民衆史』の各四五〇頁の二冊の農民史を刊行している。『古事記』に記述された会津の地名の由来から始まり、会津盆地に残る大和型とは異なる巨大古墳の存在は北陸・越後系とも言われ、会津の独自の文化を前田氏は遺跡を調べ膨大な資料を基にして記述している。このような郷土史の知識のエッセンスとしてこれらの詩篇が書かれたのだろう。

二章「カンレン死」十篇では、3・11から十一年目を過ぎても未だ福島の放射能汚染は解決していないことを事実に即して前田氏は語り続ける。詩「カンレン死」では「〝あぁ、福島のあの話／俺には関係がない〟と／思っている人たちに言いたい／原発に依存する限り／認定されることはないだろうが／カンレン死という死から／あなた自身も逃れ得ない／それをあなたが知らないだけだ」と原発事故の悲劇に目を背ける風潮に警鐘を鳴らす。

三章「萃点」十二篇では、政治・行政の根本的課題である民衆の幸福を第一に考えるという観点から、原発を推進し今も原発事故への根本的な反省を不問にした政治・行政の在り方がいかに歪んで時代遅れになっているかを様々な事例で指摘している。詩「萃点」では《その萃点について／私は詩のなかで妄想する／詩界曼荼羅のそれぞれの位置から／さまざまなかたちで／詩人が発する言葉は多様だが／それは曼荼羅の／「本質を得る」という言葉と同義だ／／この観念のコスモスの／その萃点に観る仏性は／憤怒によって覚醒する慈悲の愛／即ちそれが人間性の本源だという》と記し、政治・行政の中にこそ「慈悲の愛」が必要でそれに立ち還るべきだと提起している。

四章「四章　G線上の詩」十篇では、病気で父を亡くし、戦争で義父を失った家族が故郷・会津の中で生きてきた家族史を語り、最近のパンデミックまで記録する。そして詩「孫からの手紙」では、「会津のおじいちゃんに読んで欲しい」との手紙を添えて、孫娘が《『国連の平和維持活動と日本─武力による紛争解決と日本の安全保障』》という卒論を送ってきたと言う。前田氏の平和を希求する表現者としてのDNAは引き継がれているのだろう。

前田新氏の新詩集のテーマは、「貧しさ」には「内から射す美しい光」があるというリルケの言葉を詩論的に解釈することから始まり、言葉がある瞬間に逆説的な光を発する純粋な詩的言語に変貌することを伝えてくれている。前田氏の詩的言語は、そのような認識に至るまでに東北の宮沢賢治を始め、真壁仁、三谷晃一、若松丈太郎たちと接しその生き方から学び、「北のエネルギー」を身近に見出し、豊穣な言葉に転換していることが明らかになった。そんな根源的な問いを発する詩を求めている人びとに前田新詩集『詩人の仕事』を読んで欲しいと願っている。

「梅の精」の「血の涙」を受け止める人

高橋静恵詩集『梅の切り株』

1

高橋静恵氏の詩はさりげない言葉で、身近な傍らに確かに存在して、懸命に生きるものたちの健気さを伝えてくれ、この世に生きる姿を痛みのように心に刻んでくれる。高橋氏は福島県郡山市に暮らし、二冊の詩集『檻のバラ』、『いのちのかたち』を刊行している。また『子どもの言葉が詩になるとき―福島の子どもたちの詩の歩み（明治期から昭和初期まで）―』という明治初期から始まる児童詩・児童自由詩・児童生活詩の歴史研究書もまとめている。また先ごろ福島県の詩人たちの支援を得てコールサック社で刊行することが出来た『三谷晃一全詩集』において、高橋氏もまた刊行編集委員の一人として出版に尽力してくれた。そんな高橋氏が第三詩集『梅の切り株』を刊行された。その新詩集に触れる前に二〇〇六年に刊行された第二詩集の冒頭に「一人静」という高橋氏の代表的な詩があるので、その詩を引用し紹介してみたい。

一人静

ぼく
今
ここに居るよ
笑顔と困惑のなか
出口のない悲しみを抱えて
庭の片隅
ささやかな命のかけら
あなたの足元に
あなたに
見つけて欲しくて
誰かに
好きって思われたくて
ぼく
今
ここに居ます

この詩によって高橋氏が足元に人知れず咲いている野草の花々から呼び掛けられ、その自然な美しさに魅了される感受性の持ち主であることが分かる。「ささやかな命のかけら／あなたの足元に」という表現を生み出す視線には、か弱い命が宿す掛け替えのない美しさに共感を寄せている。

詩集のあとがきで次のように「一人静」を補足している。〈「一人静」は四歳の時の高熱で脳に損傷を受け癲癇に苦しみ、心身重度障がいと呼ばれている義弟横山巌との出逢いから生まれたもの。長く措置入院していたが、医学の進歩や社会情勢の変化に伴い、現在は施設や我が家で笑顔で暮らしている。私の心の片隅でいつも咲いている一人静の清楚な花である。〉と高橋氏は記している。私はこのあとがきで触れた義弟の存在を「一人静の清楚な花である」と受け止める高橋氏の眼差しの温かさに深い感銘を受ける。「出口のない悲しみを抱いて」いるにも関わらず、周りに笑顔を届ける義弟の存在を、奇跡のように感じて褒めたたえる精神が、この詩を存在者の多様な価値を問いかける高貴な詩にさせている。世間の価値観や経済効率などでは測れない、ただこの世にあることで美しい魂を感じさせる固有な存在にいかに寄り添い、共存していくことが出来るかという問いが、高橋氏の詩には秘められている。その意味ではこの世にある上で根源的な問いを読むものに無理なく自然に語り掛けている詩だろう。「あなたに／見つけて欲しくて／（略）／ぼく／今／ここに居ます」という表現は、私たちが身近にあっても見失っている他者の存在に気付かせ、その価値を新たに見出すことを自然に表現している。

　詩集『いのちのかたち』の最後の詩は「呼吸根」で、西表島観光船に乗ってマングローブを見に行ったことを記している。最後の二連を引用したい。「復路は干潮が近づいていて／無数の呼吸根が口を開け／森はあたかも嘆息呼吸をしているかのよう／私の命もこの地球に生まれたほんの一欠けら／宇宙から見た瑠璃色の地球に国境線はない／争いも飢餓も／私にはマングローブほどの智恵もないが／命の鼓動を守りたい／／大地に抱きしめられて／ゆったりゆっくり時間が流れ／森を後にする水しぶきは／地球の味がした」

　高橋氏は目に見えるマングローブだけでなく、その「呼吸根」の「嘆息呼吸」である「命の鼓動」の響きに耳を澄ますのだ。すると「水しぶき」は「地球の味がした」ように身体中で感じてしまう。高橋氏は年譜によると北海道に生まれ育ったので、大地や海洋など国境を越えていくことにこだわりのない感受性を自然に備えているのかも知れない。このように高橋氏は東日本大震災が起こる前までは、北海道や東北の北の大地の「命の鼓動」に抱かれて生きてこられ、詩作を続けてきたようだ。

2

新詩集『梅の切り株』は、序詩一篇と四章三十篇が収録されている。序詩「福島の桃」の最終連を引用してみる。

福島の桃
怒りや悲しみの味が
世界中の舌を閉め出した
にんげんの食をしめだした

この最終連を読めば、浜通りの大熊町と双葉町にまたがる東電福島第一原発事故により、浪江町や南相馬市や飯舘村などを経て、さらに阿武隈山脈を越えて放射線物質が、福島県の福島市や郡山市などの中通りの農産物に降り注ぎ、例えば福島の名産である桃を汚染させたことが想像させられる。高橋氏は「福島の桃」が放射性物質によって「怒りと悲しみの味」に変貌したことに驚愕する。「福島の桃」という存在が人間と同じように細胞が被曝されて怒り、そして絶望のあまり悲しみに沈んでしまい、桃の味が変わってしまったのではないかと恐れている。それによって「世界中の舌を閉め出した」と、あくまでも「福島の桃」が主体となる表現なのだ。高橋氏は「福島の桃」の果肉を我が肉体と同じようにその被曝された危険に恐れ慄くのだ。その「怒りと悲しみ」とは、福島県と東電が浜通りの東電福島第一原発に六基、第二原発に四基を安全神話の下で稼働させてきた「怒り」であり、高橋氏自身もその危険性に気付かずに、福島県民であるゆえにいつの間にか加担していたという「悲しみ」が入り混じった複雑な自責の念であるのだろう。そんな打ちひしがれていた事故後の状況のなかで高橋氏は郡山市内の仲間とともに、福島の食物の放射能汚染の実態やその安全性に関して講師を呼んで研究会を開いてきた。そして福島で収穫された食物を今後も暮らしに生かしていく在り方をこの五年間に試行錯誤してきた。原発事故の被害者でありながらも、またそれを黙認してきた加害者であるといった福島県民の複雑な思いが、「福島の桃」という詩を作り出したように感じられる。今回の詩集は3・11以後の五年間に書かれたものだが、きっかけは「郡山コミュニティ放送」のアナウンサーの宗方和子氏との出会によって、生放送のラジオ番組で朗読する詩として書かれたものだ。それらの詩篇を推敲し編集されたものが詩集『梅の切り株』となった。

Ⅰ章「梅の切り株」六篇は、福島の自然の「命の鼓動」によって生かされてきた高橋氏にとって、命そのものが破壊される出来事であり、そのことが記されている。冒頭の詩「梅の花が咲き」では、「いつもの年と同じように梅の花が咲き」出していたが、「すべての窓は閉ざされたまま」であった。後半の二連を引用する。「私のなかで眠っていたワタシが／なにをしてきたのでしょう／なにをしてこなかったのでしょう／なにができたのでしょう／なにができなかったのでしょう／私を責め続けてくるのです／／血の涙が／声なき悲鳴が／沈黙のなかで／ただただ畏れているのです」

高橋氏は「私のなかで眠っていたワタシ」と原発に無関心であった自己を断罪していく。

この高橋氏の誠実さは、福島県民が原発事故への怒りを政府や東電や原発メーカーなどへ向かうことはもちろんだが、それだけなく自らの内側に向かって故郷を破壊させた原発を二度と再稼働させないという強い意志を示していることと重なっているように考えられる。原発事故によるあまたの「血の涙」や「声なき悲鳴」が心の奥底から競りあがってくる恐怖をそのまま記している。このような表現は高橋氏個人の表現であるが、当時の福島県民の恐怖心と、同時に故郷の山河を汚染させた痛みの在りかをかなり正確に伝えているだろう。原発事故の恐怖心と故郷の生き物たちの激痛を抱え込んだ表現が、今回の高橋氏の詩の大きな特徴であるだろう。

詩集のタイトルになった詩「梅の切り株」は六連から成り立っている詩であり、前半の三連を引用する。

梅の木を切ることにした
新築祝いにと義父が植えてくれた梅
ほんのり甘酸っぱいジュースやジャムは
家族の喉の渇きを潤し
クーラーの無い我が家の夏を癒してくれた

梅の木が切り株になった
外出先から戻ると、すでに
除染作業員の手で切られていた
切り口は楕円で
中心から三分の二は乾燥しているが
外側になるにつれて
血のような赤い色がじわじわ滲む

高橋氏にとって梅の木は、義父から贈られて家の守り神のような存在だったようだ。その梅の木にはたくさんの実がなり、「甘酸っぱいジュースやジャム」として家族の喉を潤し、梅の葉は陽射しをさえぎり、風を通して天然クーラーのような働きをして暮らしには欠かせない恵みであった。梅の木の花言葉は「上品」であり、義父は息子の家族に春一番に咲く上品な梅の花を毎年贈りたいと願ったのだろう。その梅の木は高橋氏にとって何よりの宝物だったのだ。

けれども放射性物質で汚染された梅の木は、それ以前の守り神や宝物のような木ではなくなってしまった。梅の木を切ることを作業員にお願いして、外出先から戻ると切り株だけが残されていた。切り株を見てみると外側が驚くべきことに、「血のような赤い色がじわじわ滲む」のが分かった。切り株が「血の涙」を流しているのだと高橋氏は直観したのだろう。

後半の三連を引用する。

切り株は寡黙になった
草木が引き剝がされ
空っぽになった庭の東の隅に
二十六年の歳月の欠けらがうずくまる

梅の精がひとり正座している
ごつごつとした幹肌には
薄い痛みが張りついたまま
この小さな庭で
わたしたち家族
これから暑い夏を
どうやって癒して行くのだろう

切り株にしたのはわたしだ
切り株の影が
私の背を抱いている
うつうつ
おろおろ
為すすべもなく
わなわな
れろれろ
闇の中で
溢れる嗚咽がわたしを抱いている

高橋氏の庭の草木はすべて剝がされ切り倒された。その庭の命を自らの決断で葬った後に、その虚しさが高橋氏に殺到している。唯一、梅の切り株に宿る「梅の精」だけが、「血の涙」を流しながら高橋氏の家族の二十六年間を語りかけてきたのだろう。「梅の精」から高橋氏は見られていることに気付いてしまったが、実際の梅の木はすでに存在していないので、後悔の念に駆られてしまう。そんな高橋氏は「切り株の影」が「溢れる嗚咽」の中でも、なぜか「わたしを抱いて」慰めてくれるような思いに駆られてくる。そんな「梅の精」や「梅の木の影」と共に高橋氏は再び生きなおそうとして、この詩を書いたのかも知れない。福島県の自然と共に生きてきた人びとにとって、原発事故がもたらした目に見えない傷や破壊は計り知れないものがあると、この詩を読んで私は再認識させられた。

Ⅰ章の他の詩篇、詩「若葉のように」では「いまだ廃炉までの道のりさえわからない／いつだって、私は切り株に問われている」といい、「おずおず／こわごわ／自問しながら生きている」とその内面の格闘を記している。また詩「ふらふらした魂」ではメルトダウンした核燃料や汚染廃棄物を「とぐろを巻いた蛇」といい、それが私たちの魂を飲み込んでしまう恐れを描いている。「土の歯ぎしり」では「五センチほど削られ」た土に寄せて「土よ、悔しいだろう。悲しいだろう。土の怒りを風に伝えよ」と汚染された土の思いを代弁する。

「泣く女」では、ピカソが描いた空爆下の「ゲルニカ」の中の女たちの「哀しみの底の慟哭」を我が事のように感じている。

3

Ⅱ章「五月の献立」八篇は、食物に寄せる詩や喪失感を抱いている身近な物などに触れた詩篇だ。例えば「五月の献立」の「あの日から／福島の私たち／食べる食べない／苦苦しい決断を／オブラートに包んで／呑み込んできました」と語り、「あなたのいのちをいただきます」と命への感謝に立ち戻っていく。詩「失くしたサンダル」では、喪失感を越えて、「それでも／おまえは今日も一緒に／わたしの足と歩いているよ」と心に「失くしたサンダル」を履いていることを語っている。

Ⅲ章「秋の顔、冬の匂い」八篇は、東日本大震災以後に巡ってきた自然の中で秋と冬のことを記した詩篇だ。詩「秋の顔」では、「いつものように秋が来て／磐梯山《ばんだいさん》に逢いに行く」と「秋の顔は哀しみを忘れたがっている」ことを知るのだ。また詩「新米」では、「友人が集まって／新米パーティ」を開いて、二〇一一年の「外部被ばく実効線量」を想起しながらも、「フクシマを食しています」と新たな生活を共に創っていこうと心を新たにしている。

Ⅳ章「生のリズム」八篇は、再び巡ってきた春の詩篇であり「生のリズム」を少しずつ取り戻しつつある心が描かれている。詩「生のリズム」の最後の二連を引用したい。ようやく高橋氏は「わたしのいのちの音」や「だれかの声」や「あなたの声」などに聴き入るエネルギーが甦ってきたのだと詩行から感じられる。東電福島第一原発事故以後の福島県の人びとの真の思いを知りたいと思う人びとにこの詩集をぜひ読んでほしいと願っている。

「あのときから五年／わたしは／ここで佇んできました／無音と思ってきたのは思い込みで／わたしにはわたしの／わたしのいのちの音がある／畏れ慄《おのの》く／だれかの声も／ときには心弾ませる／あなたの声も／まだ、不規則ですが／少しずつ／リズムになって／聞こえてきます」

昆虫の愛と哀しみと恨みを感受する
根本昌幸詩集『昆虫の家』

1

福島県浪江町に暮らしていた根本昌幸氏は、東日本大震災・東電福島第一原発事故で運命を変えられてしまった詩人だ。根本氏は二〇一三年に刊行した『荒野《あらの》に立ちて——わが浪江町』を刊行して、「地を這っても／帰らなければならぬ」と記した。しかし六年を経た結果として浪江町の自宅周辺は、黒いフレコンバッグが山と積まれた仮置き場になっていて、帰還できないでいる。根本氏がどれほどその光景に絶望感を抱いているかは、電話口からも推し量ることができる。この間にいくつかの避難所を経て現在は相馬市に暮らしながら、根本氏は震災前からの昆虫をテーマにした詩篇を書き続けていた。今回の新詩集『昆虫の家』は、原発に関わる詩は入れずに、新たな思いで本来的なテーマである昆虫について書き記してきたものをまとめたものだ。その意味では震災・原発事故を経ても変わらない昆虫に寄せる根本氏の独自な試みが結晶されている。

『昆虫の家』は一章「昆虫の家」十三篇、二章「ハナカマキリ」十八篇、三章「虫・哀歌」十二篇の計四十三篇の全てが、昆虫の詩篇から成っている。全体を通読してみると、昆虫の世界と人間の世界の区別がなくなり、私たち人間の深層には昆虫の世界が存在しているかのような思いになってくる。それほど根本氏の昆虫に寄せる共感は徹底して、気の遠くなる過去の先祖のような思いを抱いているのかも知れない。この詩集を読めば昆虫に触れた経験が少なく、昆虫嫌いの人びとも昆虫が身近になり、庭や野原からの美しくも哀しい生き物たちのメッセージを素直に受け取れるだろう。

一章「昆虫の家」の冒頭の詩「飼育中」では、「さて／この箱の中から／どんな虫が出てくるのか。」と言い、根本氏は自らの詩集を虫籠に棲む昆虫のようにイメージさせたいと願っているのではないか。詩「小さな虫に」では「なぜあの時／おれはあの小さな虫の／いのちを奪ったのだろう。」と言い、「虫よ　許せよ／おれのたわむれを。」何の罪もない虫を殺してしまった贖罪意識に苛まれるのだ。根本氏の感受性の特徴は、人間が無意識に虫を殺しても何ら恥じることがないことへの罪深さに恥じ入ることなのだろう。

優れた童謡詩を書き続けたまど・みちおとも共通点があるとすれば、童心の内側に入り込んでそこで暮らして遊んでしまうような徹底性だろう。まど・みちおはそこから日常を異化する固有の存在の面白さを伝える絵本の世界に向かって、読者をほのぼのとさせていく。一方の根本氏は童心の世界にとどまりながらも、昆虫の短命だけれど健気な世界も人間の苦しみと同時に愛ある世界をも見詰めて、その両方の世界のありのままを捉えて真実を語っていこうとする。またどちらかというと同じ童謡詩の金子みすゞの詩「大漁」で描かれた「何万の／鰮のとむらい」をする感性に類似している。それは生き物の命を奪って恥じない人間の果てしない驕りや欲望に批判的であり、そのような人間社会をこの世界で絶対化していくことへの強い怒りを持つ視線に近いだろう。

詩「草むらの村で」は、若い男女の世界の相聞が、草むらの中の昆虫の世界として転換させられる。擬人法ではなく、虫になぞらえる「擬虫法」のような表現法なのだ。人間世界と昆虫世界が全く等価であり、いつでも交換可能な世界を創り上げてしまっている。そして昆虫が自らの宿命を生きるように「おれはこのおんなと／短い月日を生きていこうときめていた。」と淡々と語ってしまうのだ。

詩「草の中」では、メスのカマキリが交尾の後に「オスのカマキリを食った」様子を見て、自分もそうなっても仕方がないと感じさせる。詩「晩夏の虫」の次の箇所は愛の極限のような詩行だろう。「ああ／とても／いいわ。／／あの美しい声が／清水のようにおれの胸に響いて／さらにこだまとなって響いてくる。／おれは死んでもいいとも思ったが／あいつを愛し続けなければならない。」

鳴き声が愛の言葉となり、その響きが性愛を包み込み、生の絶頂から死に向かっても純愛が続いていくような「おれたちの祈り」の世界が現出してくる。最終行は次のように終わる。「ああ／とても／いいわ。／／あいつの恍惚。／あいつを見ていると／おれの怒りも／美しく許せる。／また／やさしい風がふく。／そしておれたちを通り過ぎて行く。」

きっと根本氏は虫の音を聴きながら、このように「虫語」を読解しているのだろう。たとえ我が身が食われてしまおうとも、「おれの怒りも／美しく許せる」という愛の極限の心境を物語っているかのようだ。

詩「仮面」では「ここだけのことなのだが、実は私は人間のふりをしてはいるが、人間ではないのだ。／人間のふりをした昆虫なのだ。驚いただろうが、ほんとうなのだ。だから時々、人間の仮面を剝いで昆虫に戻らなくてはならない。」と冒頭で記している。この人間という仮面を剝いで昆虫に戻るという発想自体にとても驚かせられる。有名なカフカの小説『変身』では、勤め人のグレゴール・ザムザがある朝の「毒虫」に変身してしまい、当初は面倒を見ていた妹だったが、ついには妹や両親が生きていくために疎まれて死んでいくストーリーだ。その着想には働けなくなった障害者への冷酷な人間社会の在り様が暗示されていた。けれどももともと根本氏の私は「昆虫」であり、人間としての私は「仮面」であるという発想は、人間がこの地上で最も優れた生き物であるという傲慢さを否定して、自らの存在を相対化して本来的な在り方にするために有効な方法になるかも知れない。

一章ではその他には、詩「花のまわりを」では「男と息子と娘」が虫になった生態を記す。詩「昆虫の家」では、おばあさんと妻と娘と孫と愛犬の家族を失われた「昆虫の家」の一員として描く。詩「虫を探して」では、「黄金に輝く虫」を探して深山に分け入る話だ。詩「青虫を飼う」では、「美しい蝶を見るために」飼っていた青虫を捨ててしまい「黒揚羽のように」なることを夢想する。詩「擬態と変態」では、昆虫の擬態に憧れて「せめて擬態くらい出来る／ヒトになりたかった。」と呟く。詩「川の中洲の柳の木」では、「樹液を争って」ケンカをする昆虫たちの生態を「人も昆虫も同じだよ。」と言い放つ。最後の詩「こほろぎ」は、「こほろぎ」という名のコオロギの娼婦に誘われてついには「口の周りをかじられる」昆虫に弄ばれる。根本氏は縦横無尽に昆虫と人間世界を行き来しながらこれらの詩篇を創り上げたのだろう。

2

二章「ハナカマキリ」十八篇では、冒頭の「ハナカマキリ」などの擬態している個別の虫の「生態や変態」を記している。「ばかね。／花だとおもって。／／だからつかまるのよ。」という花に擬した「ハナカマキリ」の在り様は、人間世界でもそのような「ハナカマキリ」に引き寄せられることを暗示している。根本氏の言うように人間の顔をしているが本当は「ハナカマキリ」のような存在は街には確かに群れている。詩「弱い虫」の「美しく産まれたことは／罪なのでしょうね。」という苦い認識。詩「強い虫」の「なんでもかんでもくいあらす」という虫の貪欲さ。詩「みみず」の「うまれてきたからには／いきてゆく。」という宿命。詩「アリ」の「いずれは食われてしまう。／生き物の悲しい性《さが》よ。」という命の哀しさ。詩「バッタ」の「地球を蹴った。」という躍動。詩「銀蠅」の「きたないものが／好きなのよ。」という逆説。詩「カメムシ」の「この臭いで敵を追い払う。」という武器。詩「スズメバチ」の「オレニハスルドイ／針ト猛毒ガアル。」という殺し文句。詩「とっくり蜂」の「どうだ／一杯やらないか。」との誘い文句。詩「尺取虫」の「余り／ご無理をしませんように。」とのいたわりの言葉。詩「蚕」のかつて「お蚕さま　と呼んだ。」ことへの理由。詩「スズムシ」の草むらからの「美しい声」。詩「芋虫」の「いろんな芋がある」ことへの想像。詩「十一月の雨」の「蜘蛛は尻から糸を出して／巣を張った。」時の美しさ。詩「蝶の冬」の「あたいは力のかぎり飛んで行こう。」との健気さ。詩「冬の虫」の「このきびしい寒さの中を／生きていく虫になんて。」という辛抱強さ。詩「冬のきりぎりす」の「鮮やかな緑色の愛人」を妻と一緒に悼む。以上のように多様な昆虫の生態に心惹かれてその魅力を次々に書き綴るのだ。

Ⅲ章「虫・哀歌」十二篇は、詩「昆虫の哲学」から始まる。その中で「つまりは死んでいくんだ。／否応なしに。／つまんねえなあとつぶやいて。」とややニヒリズム的に語らせているが、「いつまでもいつまでも／哲学だけが／光っていた。」と「昆虫の哲学」への自負を抱くのだ。詩「風が吹いている」では、冬の風に耐えて「啓蟄はまだ先なんだな。」と春一番を待っている。詩「知らない虫のうた」では、「おれだって／この地球に生きている。」と未知の虫を気遣っている。詩「虫・哀歌」では、「ましてわれわれに一番の敵は／人間だ。」と農薬の恐ろしさを真っ先に挙げ、次に鳥の襲撃と共食いなどをしてしまう生き物たちの修羅を語っている。詩「変な虫」では、「おい　どうしたんだよ／その体は。／／放射能とかいうものに／やられてしまったのだよ。」と言い、「悲しいな。／悔しいな。／誰を恨めばいいんだ。／／恨んだあとは／呪ってやる。」と昆虫にもひどい被害を与え続けていることに対して人間を告発している。昆虫の怒りが「呪ってやる」という言葉に込められている。詩「話題」では、「頭はカマキリなんだが／体はキリギリスなんだって。」という放射能による「カマギリス」という「変な子が産まれた」話だ。詩「殺虫剤」では、殺虫剤で殺された蜂などに「おれたちが何をしたというのだ。」、「もう少し生きたかった。」と語らせる。詩「おれは糞になった」では、巣穴から顔を出した虫が小さな鳥の餌食になり、「間もなくおれは／鳥の糞となって／地べたに落ちたのだ。」と言い、鳥を恨み続ける。この詩を読むと食物連鎖は恨みの連鎖だともいえるだろう。人間だけが例外ではあり得ないのであり、人間は多くの生き物たちから想像を超えた恨みを背負っていると暗示されてくる。詩「時代だよ」では、「自然と季節と共に／この世から　あの世へと／消えて行く。／はかない夢のように。」生き物たちを感じて、そのことを〈諸行無常〉だと諦念する。詩「会議」・「続・会議」では、地球温暖化で見たこともない外来種の昆虫が押し寄せてきていることを昆虫たちが会議している。「ホウシャノウとかいう／変な物が空から降ってきた。」ことで、「人間さまの困っている姿を見るのは／哀れだな。」と「人間さま」にも同情を寄せている。昆虫からも人間は危うく哀しい存在であると見做されている。最後の詩「化石の虫」では、「おれたちのいのちは／チリのようなものだが／美しいこはくの中に／化石になったりして残っている。」と短命の昆虫が永遠に美しいままで残ることを夢想するのだ。根本氏は、人間と虫の命は等価であり、野原の隣人である「昆虫の家」を想像して付き合うことの楽しさを伝えてくれている。そう考えることに人間中心の世界観を、昆虫を含めた多様な生物の住まう本来的な世界観へと促したいと願っているのだろう。そんな昆虫の愛と哀しみと恨みのような複雑な思いに入り込める詩集は多くの人びとの心に響いてくるだろう。

「ふらここ」がいつまでも故郷で待ち続けている

みうらひろこ詩集『ふらここの涙』

1

浪江町に暮らしていたみうらひろこ氏の第十一詩集『ふらここの涙――九年目のふくしま浜通り』が刊行された。前詩集『渚の午後――ふくしま浜通りから』から五年ぶりであり、原発事故から九年目を迎えた奥付で出された詩集だ。この五年間には浪江町に戻ることが出来ずに、いまだ仮住まいのような思いだろう。しかし夫で詩人の根本昌幸氏と孫と一緒に相馬市内に家を求めて暮らしを再建し始めている。福島の詩人たちの中でもこれほど東電福島第一原発事故から直接的な被害を受け、今も受け続けている詩人たちはいないだろう。夫の根本氏は江戸時代から続く「相馬野馬追」に関わってきた士族の家系であり、そこに嫁いだみうら氏は地域に根差した暮らしをしてきた方だ。それを一変させたのは、大震災・原発事故だった。初めに避難した先は浪江町の北西部の津島だった。ところが原発事故の高線量の放射性物質は北西の風に乗って津島やその先の飯舘村に降り注いでいた。みうら氏たちは、津島地区に避難したことで被ばくしてしまった。その被ばくの事実を踏まえて暮らしてきた思いが今回の詩集の根底に流れている。

みうら氏の詩の特徴は、身近にあるが普段気にも留めない暮らしの事物から、福島県の浜通りの人びとの心情を、それに仮託して一つの地域の物語にして紡ぎ出し、多くの人びとの心に届くような独特な寓話的比喩表現で詩を生み出していることだ。

2

タイトルの一部の「ふらここ」とは俳句の春の季語で漢字では「鞦韆《しゅうせん》」と記され、「ぶらんこ」のことを指して、「鞦《かわひも》」を「韆」（前やうしろに動かす）ことを意味している。古代では二本の革紐で横木の端を結んでゆすった遊戯を指していたのだろう。また「ぶらんこ」にはポルトガル語のbalanço（バランソ）にも語源があるという説もある。みうら氏はなぜ「ぶらんこ」ではなく古語の「ふらここ」にしたのだろうか。それは昔から母子や子供たちが「ふらここ」で遊ぶという、ゆったりした時間への郷愁を抱いているからだろうか。また三・一一が起こった春を忘れてはならないと思い、春を想起するときの涙を「ふらここの涙」として自らの心に刻ませようとしたのだろうか。またみうら氏に引き付けるならば亡くなった娘や残された孫と遊んだ思い出を想起する時を「ふらここの涙」としたのかも知れない。いずれにしろ「ふらここ」の時間に回帰させ、「ふらここの涙」を読者自身に感じて欲しいと願って名付けたのだろう。

詩集題にもなった冒頭の詩「ふらここの涙」を引用してその試みを辿っていきたい。

人の姿が消えて／人の足音も息づかいも／すべてが消えてしまってから／幾つもの季節が移っていった／／阿武隈山系の赤松の枝を揺らし／風は海へ向かって吹き抜けてゆく／その風の中に私は所在無げに／思い出に浸り身をゆだねてゆれてます

一行目の「人の姿が消えて」いくことは、「人の足音も息づかいも」無くなり、人の存在感がすべて喪失してしまい時が過ぎていったことを告げている。その中で阿武隈山系の山々の赤松を揺らし、時に「ふらここ」のことも揺らし海へ向かう風が吹いていったのだろう。その風の中で残された「ふらここ」の「私」は「思い出に浸り身をゆだねてゆれて」いるのだ。

この里の小学校に／大勢の人や家族が押し寄せて／私は思いもよらず沢山の子供達に囲まれ／幸せなひと時を過ごしたのは／この校庭の隅に私が「設置」されてから／初めてのことでありました／／風の音でもない／すさまじい人の声と車の音に／私が目覚めさせられたのは／二〇一一年三月十五日の早朝でした／昨日まで私と夢中で遊んだ子供達が／私に心を残したまま／親達の車に押し込められるようにして／もっと西の町へ／ここからもっと遠い所へと立ち去り／その日からずうっとここは／無人の里になったのです／時折見回りに通る車の音と／山を渡る風の音だけの世界は／それは淋しく悲しく／私はひしひしと孤独をかみしめました

この三連目の「この里」は浪江町津島地区であり、浪江町の北西部に位置し、東電福島第一原発から二五キロ以上離れている。原発事故後の三月十二日以降に町の多くの人びと、八千人から一万人ほどが避難してきたらしい。原発事故が発生し北西の方向に放射性物質は流れてきたので、風下にあたるこの津島や飯舘村には多くの放射性物質が降り注ぐことになった。しかしその情報は浪江町にも伏せられていたので、三月十五日になるまでみうら氏ら町民には知らされなかった。このことは「空白の五日間」とも言われているようだ。知らされた後の大混乱を「子供達が／私に心を残したまま／親たちの車に押し込められるようにして／もっと西の町へ／ここからもっと遠い所へと立ち去り」と記される。そして「無人の里になったのです」、「それは淋しく悲しく／私はひしひしと孤独をかみしめました」と津島地区の悲劇を「ふらここ」の存在を通して物語る。このような事態を引き起こした東京電力、国の責任にあえて触れない。それらに見捨てられた浪江町の人びとがいた事実を「ふらここ」に語らせることに徹したことがこの詩の歴史的な意味、すなわち叙事詩的であると同時に、より豊かな寓話的な広がりをもたらす詩にしていると思われるのだ。

二〇一八年一月三十一日／スーパーブルームーンとよばれた月が／皎皎とあたりを照らし／まばらに雪が残った校庭に／いくつかの影をつくり／私の影も風に揺れていました／錆びついた鎖の／連結目《つなぎめ》の擦れた箇所に届いた月の光が／滴のように見えたのは／人恋する私の／涙だったのかもしれません／／私と遊んだ子供達は／どこで暮らしているのでしょう／すっかり大きくなった子供達の／心の中に／私と遊んだ記憶が／ふるさとの悲しい思い出と共に／揺れているのでしょうか

五連目の「連結目の擦れた箇所に届いた月の光が／滴のように見えたのは／人恋する私の／涙だったのかもしれません」という表現には、みうら氏の独特な感受性の秘密が隠されている。「ふらここ」は人から見捨てられたが、自分を製造し子供たちと遊ばせてくれた人間たちを恨んでいない。むしろ捨てられても「人恋する私」と言ってその思慕を語らせている。六連目の「すっかり大きくなった子供達の／心の中に／私と遊んだ記憶が／ふるさとの悲しい思い出と共に／揺れているのでしょうか」では人間の子供たちへの想いが深く感じられる。いつの日か子供たちが「ふらここ」に乗って揺れてくれることを夢見ている。擬人化というよりも物には物を作った人の心が宿っていて、世界を考える時に物たちから人間社会はどう見られるかという視点を直観し、それを大事にしながら想像力を膨らませて詩作を試みている。その意味でこの詩はみうら氏を語るうえで重要な詩となるだろう。

3

一章「ふらここの涙」にはその他の九篇が収録されてい

る。「牛の哀しみ——偲ぶもの——」では、「沢山の牛の哀しみが／やがて花や草や樹木の種を育て／この地球を覆いつくすにちがいない」と置き去りにされた牛たちを偲ぶのだ。「忠犬たち」では、人が避難しても「空き家になった家を守り／飼い主の帰りをひたすら待ち続けた／多くの犬がいたことを知っている」と言い「犬と人間の哀愁を感じ」ている。「桜町」「三月の伝言板」「千年桜」「桜の季節」の四篇では、福島の桜を通して、様々な観点から桜と共に生きる意味を語ってくれている。「千年桜」では、「私に会いに来てくれる人々の／平和への祈りの心が波動のように私を包み」、「私は花を咲かせつづけたいと願っている」と桜自身に語らせる。「お裾分け」「翡翠」などでは、他の詩篇と同様に大震災・原発事故後の福島県人の悲しみを物との対話を通して、乗り越えていく感受性の在りようを記している。

二章「潮騒がきこえる」十篇は、亡くなった娘の存在を明らかにしながら、残された孫と夫との三人の暮らしを描いた詩篇が中心だ。その生活を支えるみうら氏という存在がいつの間にか浮かび上がってくる。みうら氏の中に亡くなった不在の家族が今も息づいていて、家族の中でその不在の悲しみを共有することによって、暮らしが支えられているように感じさせてくれる。

三章「大きな砂時計」十篇は大震災・原発事故の後の八年間で感じたことを率直に語り、例えば詩「ペットボトルの上手な捨て方」などのような地球環境の危機を引き起こす文明の問題点を自らの問題として語っている。

四章「陸奥《みちのく》の未知」五篇では、足元の東北の土俗的な歴史や伝統の中から、未来の人間の生き方を探っていこうと試みられている。

最後に詩「デブリのことなど」を引用したい。この「デブリ」という「メルトダウンして溶け落ちた核燃料」をどのように取り出して処分をするか、増え続ける汚染水もどうするのかなどを問うて、復興がまだ初期段階であることを告げている。

デブリという用語を知ったのは／核災から六年目のことだ／メルトダウンした原子炉が爆発し／その時溶け落ちた核燃料のことだ／核災後八年／そのデブリなるものの実体がわかる／テレビの映像では／ウニ丼かと思うような色をしていた／／デブリ（そいつ）に接触するため／いろんな呼称をもったロボットが開発された／何しろそいつは／高濃度の放射性物質を出しているため／サソリとかアライグマと名付けられ／開発されたばかりのロボットたちは／次々に制御不能になったり／溶けてし

まって／人間の思いに応えてくれないのだ／私達の知らないところで／昼夜をいとわず働いている人達がいる／何億円というお金を注いで／技術者たちが開発したロボットは／わずか三、四秒で放射能のため力がつきた／そしてついに八年目にして／デブリに接触出来たロボットの登場／廃炉作業の第一歩だ／しかし高濃度のそいつ（デブリ）を／取り出した後、どこに置くのかと／新たな問題の発生／／日本中の人達に知ってほしい／これが事故八年目の実態だ／トリチウムを含んだ汚染水の未処理の／増えつづけるタンクの群れ／未だ故郷に帰還出来ない四万余の人達／復興とは名ばかりの初期の段階だから／原子力発電所はもういらない

福島県浜通りの人びとの現状やその内面を知りたいと願っている方には、「ふらここの涙」や「デブリのことなど」を書き記すみうら氏の詩篇を読んで欲しいと願っている。

原発事故後に「小さな命」に手を差し伸べる人びと

吉田美恵子『原発事故と小さな命——福島浜通りの犬・猫救済活動』

東日本大震災の時に、吉田美恵子氏は南相馬市小高駅近くの自宅で塾を開き算数などを教えていた。家猫12匹だけでなく外猫にも餌を与えていた愛猫家だった。親しくなった外猫には避妊手術をして猫が増えないように地域の環境にも配慮していた。東日本大震災が起こり南相馬市の小高駅周辺は海岸から4キロ近くも離れていたにもかかわらず、津波は小高川を逆流し押し寄せてきた。その小高川流域の家々は壊滅的な被害を被ったが、幸運にも常磐線小高駅の線路付近で津波は止まったそうで、線路の反対側の小高商店街までは津波は到達しないで、吉田氏の住まいもかろうじて助かった。本書は世界史に残る東日本大震災・東電福島第一原発事故に遭遇し、原発事故現場から約17㎞の南相馬市小高区にいた吉田美恵子氏が、第一章でこの9年を超える福島浜通りの犬・猫救済活動の実践を記録し、第二章でなぜ原発神話が作られて福島に10基もの原発が作られて原発の悲劇を引き起こしたかを歴史的に書き記したものである。

第一章「原発事故と小さな命——福島浜通りの犬・猫救済活動」は、冒頭に浪江町の詩人のみうらひろこ氏の詩「遺言（被災地の牛）」を引用して、牛舎で餓死や安楽死させられたり、野生化した牛たちの放射線に侵された遺伝子を役立ててくれという牛の思いに共感を寄せている。そのような放射性物質を恐れた人間たちが置いていった動物に対して、吉田氏は「犬・猫救済活動」のきっかけになった当時の事を次のように記している。

《東日本大震災と原発事故で人間も犠牲になり大きな被害が出たが、人間よりも弱い立場の動物たちの運命はもっと悲惨だった。原発事故で原発から半径20キロ圏内（直径40キロ）は避難指示が出て、人間はすぐいなくなった。南相馬市小高区では3月12日夕方6時頃避難指示が出て、人がいなくなったので周りは死の町になった。住民は東電から原発は安全だと言い聞かされて来たので、逃げる術を持っていなく、また避難訓練もしていなく、原発から半径20キロ圏内（直径40キロ）は全員避難と指示されて混乱があった。人間だけ逃げるのに精一杯で動物たちのことまで頭が回らなかった。／当時、私は12匹の猫を飼っていたので、すぐに避難はできなかった。避妊手術済みの外猫にもえさをあげていたので世話していた猫はもっといた。（略）また、自宅近くの懇意にしている家の前を通ったら、入口の透明ガラスから飼い猫1匹が外を見ていた。びっくりして入れるところがないか探したらあったので、そこから入って3kgのえさを袋ごと置いてきた。水は室内にタンクがあって飲んでみたら水だったので洗面器に移して飲ませた。後でその家の人は誰が入って猫にえさと水をあげたのかと不思議がっていたが、私が猫の世話をしていたと言ったら納得してくれた。／私も誰もいない死の町になった小高区にいるのが苦しくなって、3月13日、一度は捕まえられた6匹を連れて南相馬市鹿島区の万葉会館に避難した。6匹の猫たちにケージが一つあったのでケージに1匹を入れ、後の5匹の猫達は洗濯ネットに入れて連れて行った》

吉田氏の精神の在り方は「人間よりも弱い立場の動物たちの運命はもっと悲惨だった」という良心の痛みを動物たちに感じていることだ。今まで愛情を注いでいた動物たちは家族であり、その命を救いたいという動物たちへの愛情が人一倍強いことが理解できる。そのために何ができるかを吉田氏は試行錯誤し支援者たちの協力を得てその輪を広げながら、次のように数多くの動物の命を救ってきた。

《2011年6月頃に自宅をえさ場として使わせてもらっている、小高区吉名の飼い主さんから、2匹の猫を残して来たので、保護してほしいと依頼がありさっそくその場に捕獲器を仕掛けてそれから2、3時間給餌をしてきた。その後、捕獲器の所に戻ったら猫が入っていた。／そして飼い主さんから預かった写真と見比べたら、鼻筋の特徴が似ていたので捕獲器ごと猫を持ち帰って、飼い主さんに見て貰ったら飼い主さんが手で顔を覆って泣いていた。心配していた猫が帰ってきて嬉しかったのだろう、こちらももらい泣きして「よかったね」と背中をさすっていた。》

このように行政ではできないことを吉田氏は無償で、時には警戒区域に様々な方法で入り込み動物たちと飼い主たちとの懸け橋となって活動を続けてきた。見捨てられた動物たちには餌場を作り餌を定期的に与え続けてきた。そのやむにやまれぬ行為は飼い主を待ち続けている小さな命の切なさに深い同情を感じているからだろう。私はその行為はとても尊いことだと痛感する。そのような吉田氏の情熱を応援する人びとの輪もインターネットでの「えさ寄付金支援」の広がり、また三春町でシェルターを運営していた方からは現場に相応しい次のようなえさ箱の提供もあった。

《そうこうしているうち２０１２年12月頃、三春町でシェルターを運営していたにゃんだーガードの本多明隊長が、郡山市にある郡山北工業高校に依頼して、猫のえさ箱を作ってもらっていた。そのえさ箱はえさを食べる所があって、食べた分だけ上からえさが降りてくるものだった。／えさ箱はコンパネで作られておりそれ自体が重い物だが、小高区では60か所のえさ場の内、重要なえさ場の50か所にそのえさ箱を置いた。にゃんだーからえさ箱とえさを運んでくるのに私の軽自動車に数個つけてきたり、東京からきたボランティアさんが運んでくれた。／にゃんだーガードは三春町にシェルターを構え、犬・猫救済の前線基地として全国からえさが届いていた。当方もえさがなくなった時、にゃんだーの所に行ってもらって来たが、10回位はもらってきてとても助かった。／にゃんだーえさ箱は重いのだが、えさ場に設置するとなると野生動物対策が必要だった。》

このようにシェルターを運営しているにゃんだーガードの本多明隊長、郡山北工業高校の教師や生徒たち、全国から餌を支援してくれる人びとなどの協力があり、吉田氏の60箇所の餌場が可能になったことが分かる。吉田氏のようなペットだった動物たちに対する良心の痛みを感ずる人びとである本多明隊長、猫のえさ箱を作った高校の関係者、全国の餌を送り続ける人びとの輪が広がっていったことは、原発事故後の人びとが生き残るだけでも精一杯の情況の中で、忘れてはならない救いのような出来事だった。

また次のような動物たちの避妊手術に尽力した遠藤文枝医師やY氏のことに次のように触れている。

《２０１２年、神戸市にあるアニマルレスキューシステム基金の山崎ひろさんが、福島県白河市に月2~3回、犬・猫病院を開いて避妊手術を行うことになった。／病院の名はスペイクリニックでスペイとは避妊という意味だ。獣医師は静岡県伊豆の国市の遠藤文枝先生で、呼びかけに応じた愛護の人達が犬・猫を捕まえてきて、スペイクリニックで避妊手術を受け、もといた所に戻す「TNR」を主におこなっていた。／ＴＮＲのＴは犬・猫を捕まえる「Trap」で、Nは中性化する、避妊手術を施す「Neutral」で、Rは手術後、もといた所に戻す「Return」だ。こうして繁殖力の強い猫を、子を産まない一生涯一匹の猫として世話して、不幸な猫を増やさないというのがＴＮＲ

だ。／スペイクリニックでは遠藤先生が、一日約40匹を目標に手術していただき、小高区では熱心な愛護の人（Yさん）が猫を捕まえてくれて、約300匹の猫に手術して、ノミ・ダニの薬をつけて、もと居た場所に放した。》

このような「不幸な猫を増やさない」という考えTNRに基づいた活動もまた、動物たちにとっても帰還した地域住民のことも考えると現実的な行為だったろう。様々な意見はあろうが、吉田氏や遠藤医師や動物愛護のY氏たちなどの行為は、高く評価されなければならないことだと考えられる。

2016年から始まった避難解除により小高地区の13，000人のうち3，000人が帰還し、今は3，750人になったという。現在は60箱あったえさ箱はその使命を終えて10箱に減っている。吉田氏は今までの活動での同志の人びとを次のように書き記している。

《千葉県の男性は2013年から2017年冬位まで4年半も、隔週で千葉県から片道5時間半かけて原発被害地に来て、猫たちに給餌してくれた。猫たちが可愛いという一念からだ。小高区も給餌して貰っていた。千葉県の男性は原発被害地の楢葉町でえさを積んで双葉郡と小高区まで給餌していた。／私の知っている限り、原発事故被災地で動物救済をしてくれたのは、東京の愛護団体の人達、犬・猫を可愛いと思っている人たちだった。東京方面の人達は片道5時間以上もかけて双葉・相馬に来て、犬・猫救済をやっていた。／地元では自宅を犬・猫のシェルターとして、保護して世話してくれている浪江町の赤間徹さん、浪江町の「希望の牧場」の吉澤正巳さん、被災牛を世話してくれた富岡町の松村直登さんなどが、力を惜しまず献身的に動物救済に尽くしてくれた。》

テレビでは犬・猫などの動物番組がよく放映され、書店に行くと犬・猫に関する本があふれ、多くの人びとが自分の犬・猫に癒されている。しかし原発事故や天変地異の際に、他人のペットだった動物たちが置いてきぼりになった時に、何ができるだろうかと自問してみる。いま挙げられた人びとのような他人のペットを支援する行為を私たちはすることができるだろうか、そのような動物に愛情を注ぐことができるだろうか。私はそのような実践的な人びとを英雄的な人びとだと褒めたたえ、高く評価したい。

第二章「原発神話と浪江町請戸地区の悲劇」は南相馬市の詩人若松丈太郎氏の詩「神隠しされた街」が冒頭に引用

されている。この詩は原発事故を予言した詩だと言われ、アーサー・ビナード氏など多くの人びとから高く評価されている。また若松氏は東電福島原発の危険性をエッセイ・論説に書き記してきた。そんな若松氏からの紹介で吉田氏と私は知り合うことになった。吉田氏は若松氏に影響を受けて論理的に原発の歴史を辿ってみようと考えたのだろう。そして原発について地域住民が本当はどのように考えていたかと、原発に関する数多くの書物を読み学びながら、原発の歴史と立地住民の人権や生存権を脅かす原発行政の危うさを書き記そう試みている。例えば「一、古老の予言と五重の壁神話」では、「海の近くに来る工場は海に悪い物を流すためにやって来るに違いない。だからろくなものはない」という古老の言葉を引用し、原発への恐怖を無視して推進していく行政・東電の在り方の問題点を抉り出している。このような地域住民の恐怖感に基づく第二章の論考は東電福島原発が引き起こした悲劇の歴史を辿りたい方にはとても貴重な資料となるだろう。

吉田氏は第一章の後半に次のように今の思いを記している。《原発事故から9年間、全国の皆様からご支援を頂いて猫助けを続けることができている。しかし、猫助けはまだまだ続けたい。猫は車の音を聞き分けられる。私がえさ場に行くと車の音で近づいて来る。えさ場の猫達は9年間も世話して来たのだから、生きている限り世話するつもりだ。》

吉田氏は福島浜通りの犬・猫救済活動がライフワークだと淡々と語り「生きている限り世話するつもりだ」という言葉を残している。この言葉を「小さな命」である犬・猫を愛する多くの人びとに読んでもらいたいと願っている。

ふるさとを支える「影」の存在と語り合う人
長嶺キミ詩集『静かな春』

長嶺キミ氏は、福島県会津美里町に生まれ育ち、東京の美大を卒業し故郷に戻り、長年美術の教員をしながら、二科展などに大作を発表してきた画家であり、同時に地元の詩誌「詩脈」の同人として詩を書き続けてきた。同人の前田新氏の紹介でご自宅のアトリエで拝見させて頂いた大作の絵画には、天空と大地と水をテーマとしていて、大胆な構図に世界の本質が迫ってくるようだった。太陽の炎のエネルギー、温かみのある土色の大地、命の根源の水の湧き出す流れなどを予感させる作品の世界であるが、なぜか大地の香りや色彩や膨らみが伝わってきて、会津の体温が世界に広がっていくような抽象画であった。

余談だが長嶺氏の自宅に向かうために中通りの郡山駅でレンタカーを借りて車を走らせて会津に向かったのだが、高速道路の右手に聳える安達太良山や会津磐梯山などを眺めながら進んでいくと、郡山は晴れていたが会津に近づくと三月下旬だが小雪が舞ってきて、会津は新潟を越えて北風が雪を降らす寒いところだと感じた。会津に暮らす歌人本田一弘氏の歌集『あらがね』の中の「磐梯山を宝の山と呼ぶならば磐梯山に降る雪も宝ぞ」が想起されてきた。

ところで長嶺氏の詩篇の特徴は、一読すると会津の多彩な自然、その暮らしの事物、家族や愛犬との関わり、そして愛する死者たちへの鎮魂、それらの故郷を見詰めて詩の中に宿らそうとすることが大きなテーマとなっているようだ。故郷は遠くから詠うものではなく、故郷を内側から呟くような声で讃えて、静かに詠い上げているような気がする。

本詩集『静かな春』はⅢ章に分かれ四十二篇が収録されている。Ⅰ章十五篇は、戦死した父、三人の子を守り育てた母、良き理解者であった夫、家族だった愛犬、そのような家族との暮らしを想起しながら故郷で共に生きて来た、掛け替えのない時間を淡々と伝えてくれている。冒頭の詩「ふるさと」を引用してみる。

その／玄関に立つと／格子戸のガラスのむこうに／影が映る／／山があり水がある／広がる田園と赤い彼岸花と／だれもが見てきた／この地の／ふるさとの中に立つ影が映る／／父は第二次世界大戦のとき／比島《フィリピン》で戦死したとされている／遺骨はない／小さな木の御位牌を埋めて墓とした／享年三十三／／母は／それから三人の子を育て／苦労などは言葉にしないで／不都合は全て時代や／

年齢のせいだと括り／九十七歳の夕刻には／旅立った

「ふるさと」の前半部分を読めば、長嶺氏の子供の頃からの父と母への関係とその想いが理解できる。父は比島で戦死したが、子ども心にいつも父の存在が「影」となって立ち現れてくる。父の魂は戻ってきていつも「影」となって「ふるさと」の風景の中で佇んでいるかのようだ。長嶺氏は父のいない子としてどんなにか淋しかったであろう。しかし「母は／それから三人の子を育て／苦労などは言葉にしないで」生きて九十七歳の天寿を全うした。そんな父親の代わりもして三人の子どもを育て上げた母の強い生き方を、長嶺氏は誇りに思っていることが詩行から感じられる。長嶺氏を紹介して下さった前田新氏も父を戦争で亡くしてその悲しみを共有している詩友なのであり、会津だけでも数多くの父が戦争によって帰らぬ人となり、残された母と子がどんなに大変な日々を送ったのか、想像を越える困難さだったろう。長嶺氏の母のような存在が戦後の社会を根底で支えてきたことを伝えてくれている。後半部分を引用してみる。

夫は／「描く時間を　なくしてしまってわるいな」と／通院の為の運転手を務める私に／助手席でつぶやく／そして入院／「くたびれるから　明日は来なくていいよ」と／退室する背中にむかって声がかかる／どっちが病人かわからない言葉を残して／翌日の明け方に逝ってしまった／／遺影の中にみる／ふるさと／／ふるさとは／そこに在る

夫の「描く時間を　なくしてしまってわるいな」という言葉は、自分の病気がかなり深刻で生死を彷徨っているにもかかわらず、妻の創作活動に配慮した限りない優しさに満ちている。長嶺氏と同じ教師であった夫は、きっと妻の絵画の理解者でもありその創作物も愛していたことが想像できる。夫は生前に詩集を出版した方がいいと勧めていたと長嶺氏からお聞きした。つまり本詩集が誕生するきっかけは、夫が長嶺氏の詩を評価して世に出すべきだと考えたことが発端だった。私はこの言葉に会津の地で生きた男の妻への深い愛情を感じ取る。長嶺氏は最後の二連目に「遺影の中にみる／ふるさと」と、父や母や夫が会津の大地に立ち還り、その遺影そのものが「ふるさと」なのだと自然に感じて、「ふるさとは／そこに在る」と嚙み締めている。長嶺氏の詩を語る際に、この自伝的であり家族史的な詩「ふるさと」は良き手引きとなるだろう。

二番目の詩「男」では、《ひとむかし前までは／日本にも

／あんな男がいた／／骨は太いけれど／痩身で／耳目の澄んだ／父の姿で／きちんと立って動かない／／息子や娘たちが／自分の仕事の躓きや／暮らし向きに／右往左往したり／議論をしたり／／一歩ふみだせないでいるときでも／「早くせよ」と／子供らの後に廻って囁いたり》などという、家父長的な父ではなく、失敗しながらも自分の頭で考えることを辛抱強く待ち、人間的な成長を促す民主主義的な父が「数限りなく／いたことがあった」と語っていて、会津の人びとの美風を物語っている。

三番目の詩「慈母観音」では、《八十四年の間「いつもよくやった」と／しっかりと抱きしめてくださる／／小学生の孫が／仕事から帰宅した母に抱きしめられ／甘えるように／あなたも／慈母の胎にもどって／甘えたらいい／裸になって／赤子のように／／線香の／やわらかい煙のゆきつくところで／／亡夫・敏　令和元年九月二十七日　永眠》というように、夫の生涯を「いつもよくやった」と褒めたたえて慰労し、これからは赤子のように母の胸に抱かれることを心から願っている。このような詩が本来的な鎮魂詩なのだと頷く思いがする。

四番目の詩「また会えるよ」では、《太陽が／炎のすべてを内に秘めたその姿を／大きな赤い円に描いて／刻々と落ちてゆく／／いまは黙しているけれど／いまは西に沈むけれど／／また会えるよ／きっとまた会えるよ　と／それは風だったり／それは水だったり／大地だったり／だれかの耳や手や背中だったりしてね》というように、母の死を壮麗な落日のように感じ、また「きっと会えるよ」と、自然の存在に生まれ変わった母への再会を希望のように夢見るのだ。

Ⅰ章はその他に母への鎮魂詩三篇と、愛犬メイとの暮らしやメイへの鎮魂詩六篇、暮らしの中の事物や鴉の生態などの二篇が記されている。

Ⅱ章十七篇は、長嶺氏が雪空の月から春を予感し夏秋を経て再び冬まで続く会津の自然観を表現した詩篇群だ。冒頭のタイトルにもなった詩「静かな春」では、《月は雪空のなかの／小さな窓／窓の向こうは見えないが／カーテンのような／雪雲が消え／暖かく澄んだ空に会えるかもしれない／月よ／わたしの空の白い月よ／ときには窓を開けて風を入れよう／冷たく縮み込んだ記憶を棄てて／移ろう季節に／その身を任せてみよう／静かな春が／きっと／来るから》というように、雪空の月を春に向かう小窓として感じ取り、「静かな春」を待ち焦がれている。この詩を読めば長嶺氏のしなやかな向日性が感じ取れ、会津の雪を宝と感ずる本田一弘氏と共通する会津の人びとの感受性が了解できる。

Ⅲ章十篇は3・11以降の放射能被害や現在の長嶺氏の家族を含めた暮らしを記している。

冒頭の詩「待つ」は、《山には野鳥の死骸がごろごろ転がっているという風評。五月には、いつものように燕が来てくれて、いつものように巣作りをし、卵を産んだ。雛は孵化するとすぐに死んだ。我が家の燕も隣家の燕も、四軒もの家の燕の雛が死んだと語る女の人。野鳥の会は、野鳥の種類も数も減ってしまっていると紙上に発表する。／／野鳥のほとんどが姿を消したという／二〇一一年の三月の／この映像はどこにも送られなかった》というように、東電福島第一原発から約百㎞離れている会津であっても放射性物質は降り注いだらしく、その被害の一端を伝えてくれている。最後に詩「今　二〇一七年十月」を引用したい。この詩の中に長嶺氏が戦死した父のような存在を二度と生み出してはならないという思いが込められていて、孫の世代など後世の平和を願う精神が刻まれている。このような戦死した父という「影」の存在と深い対話を続けている詩集『静かな春』は世代を越えて行くだろう。

大きい孫は　二十一歳です／震災の年に生まれた／小さな孫は　六歳／紙いっぱいに　魚を描くのが好きな／小学校の一年生です／（略）／再び／若者の生涯を／閉ざすようなことがあってはなりません／政治も経済も文化も／世界平和を軸芯として動くことを願います／／夫々の地で／分を守り／ささやかに生き来る人々の頭上に／願いの言霊が／飛び輝き／おだやかな空が／かぎりなく広がる未来を／描き切れますように

福島の「埋み火」を人びとの胸に灯すために
二階堂晃子エッセイ集『埋み火 —— 福島の小さな叫び』

双葉町出身で現在は福島市に暮らす元小・中学校教員で詩人の二階堂晃子氏が、エッセイ集『埋み火―福島の小さな叫び』を刊行した。二階堂氏は東日本大震災・東電福島第一原発事故後に三冊の詩集『悲しみの向こうに』、『音たてて幸せがくるように』、『見えない百の物語』を刊行してきた。そこでは類例のない大地震と原発事故に遭遇した家族・友人・教え子など福島の人びとの生きる姿や思いを自らの内面を通して語っている。二階堂氏は深い情感の持ち主であり、他者の行動や言動の中に自らが生きる励ましを感じ取ってしまう。その生きる感動を伝える方法として詩作があるのだが、それと同時並行的に二階堂氏は多くの人びとに伝える方法としてエッセイを書き記してきた。今回は三・一一から九年が過ぎようとする現在、この激動の時間を記録として残し、これからも続く福島で生きる意味を再認識したいと願っているのかも知れない。エッセイ集『埋み火――福島の小さな叫び』は四章に分けられている。二十四篇のエッセイ、一篇の散文詩、二篇の講演録と講演抄録から成り立っている。

一章『花見山交響曲』八篇は、近くの「花見山公園」、孫の成長、小旅行、知人など身近な人びとの懸命に生きる姿を垣間見て、少しずつ暮らしを取り戻すことが記されている。

「花見山交響曲」では地元で花の公園を作り出し、無料で一般公開している花卉農家の阿部一郎氏を紹介している。阿部氏の「花は私の人生の全てである。花と会話しながら生き方を見つめてきた。多くの方に見て欲しい」という言葉を引用している。原発事故後も変わらず続けて多くの人びとに「花と会話すること」を勧め、数年前に亡くなった阿部氏の生き方に二階堂氏は深い共感を抱いている。二階堂氏のエッセイの味わい深い特徴のひとつは、淡々と地域のために活動する真摯な生き方をしている人物に光を当てて、その持続することから見えてくる精神の輝きを伝えてくれることだ。それはひたむきに生きる他者を通して自らも真摯に生きたいと願うからだろう。

「ギアチェンジ」では八歳の孫をあずかると夜半に家に帰りたいと泣き出した。二階堂氏は「君は幸せだね。君の心の中にはパパとママの君を大切に思う宝物がいっぱい詰まっているんだね」と語り、何とか眠りにつかせた。翌日の孫の日記帳を見ると「ばーばが僕の心に宝物がいっぱい詰まっていると言いました」と書かれてあった。二階堂氏が「心に宝物がいっぱい詰まっている」という実感を子どもたちが自然に持つことは、実はかなり難しいことなのかも知れないと思われてくる。なぜなら父母や祖父母や教師たちの損得を超えた日常的な心を込めた接し方が問われることでもあるからだ。二階堂氏は孫のことを語りながら、子どもはもちろんだが、大人になっても「心に宝物が詰まっている」という心の在りようがあれば、多くの危機を乗り越えて行けるのではないかと暗示しているようにも思われる。その他のエッセイも暮らしの中で発見した興味深いことに、周りの人びとと一緒になってその謎を解き明かそうとする好奇心が存在し、それが文章を生き生きとさせる要因となっている。

二章「わたしはマグロ?」八篇では、三・一一以後に再会した教え子や知人や詩人・芸術家たちとの交流が書かれている。冒頭のエッセイ「わたしはマグロ?」では、教え子の一人は三十年前に卒論で原発の危険性を論じ、「原発は事故を起こすと、その災害は防ぐことができない」と予告していたと言う。そんな先見の明のある教え子から頼まれて大学で講演をした際に、教え子は二階堂氏を「この方はマグロと同じで、回遊していないと死んじまうんです」と紹介した。二階堂氏が福島の被災者の現場を直視して活動していることを「回遊」と喩えたのだ。二階堂氏が教え子たちにとても親しまれ尊敬されていることが分かる。また私たちの存在もまた「回遊魚」のように世界と呼吸しながら生きている現実を知らせてくれる。この章には教え子たちの多様な人生模様や被災後の若者たちの語れない深い思いなどが記されている。

三章「埋み火」八篇では、冒頭の「月命日」で二階堂氏が電話相談ボランティアを担当し、「福島県の被災者の今なお続いている苦しみや孤独」について話を聞き続けていることなどの深い思いが語られている。二階堂氏は相談者から〈「地震は現在を奪い、津波は過去を奪い、原発事故は未来を奪った」と話されたことが胸にいたい〉と語っている。被災者の胸の内は全ての時間を奪われた誰にも言えない空虚な悲しみなのだと気付かされる。そうであるからたった八年で癒されるわけはあり得ないことが伝わってくる。タイトルにもなった「埋み火」では、二階堂氏が胸の思いを次のように吐露している。「どこかで人を励ましたり社会に貢献ができたりするようになりたいと、いつも灰の中で埋み火を保っているつもりだ。まだ囲炉裏で暖を取っていた幼いころ、前の晩に灰の中に埋めた炭火が、翌朝、まだ赤々とその種火を保っていた光景は脳裏に焼き付いている。わたしの中には消えない種火が燃えている。まだ自分の成長を願う小さな叫びがあることを一人確かめていた。」この「どこかで人を励ましたり社会に貢献ができたりするようになりたい」という苦悩する他者たちに寄り添い、何かできることはないかという思いこそが「埋み火」なのであり、それが「小さな叫び」となって詩やエッセイとして表現されてきたのだろう。

四章「ふるさとを思う」には津波に流され奇跡的に生還した兄のことを記した散文詩「非日常の始まり」、学生たちに話した「ふるさとを思う――思いをことばに託して」、「学生さんたちへ」の二篇の講演録と講演抄録が収録されている。これは二階堂氏が三・一一以後の光景や情況を自らの詩篇を通して他県の学生たちに、その目撃した福島県浜通りの実相を若い世代に伝えようと試みた講演と朗読が織りなす記録である。また学生たちからの反応や語り合ったことも記されている貴重な講演抄録でもある。このような講演者と学生たちが双方向で福島の被災者たちの思いを共有化して語り継いでいくことは、とても重要なことだろう。二階堂氏だけでなく多くの被災者たちの「埋み火」が「小さな叫び」となって多くの人びとの胸に温かく灯されていくことを願っている。

歴史の真実を孫娘に切々と語り掛ける人

斉藤六郎詩集『母なる故郷　双葉

——震災から10年の伝言』

1

東日本大震災・原発事故から十年が経ち、この未曾有の体験を後世にどのように伝えていったらいいのだろうか。その語り継いでいくことに様々な試みがなされている。その中で斉藤六郎詩集『母なる故郷　双葉 ——震災から10年の伝言』三十一篇は、孫のことみちゃんに語り掛けるように綴られており、故郷・双葉町で経験した大災害の真実を伝えている類例のない叙事詩集だ。けれどもその詩的精神は双葉町にあった東京電力福島第一原子力発電所の「安全神話」を疑うことなく、自然災害や原発事故を想定していなかった自分自身に対して、自己を断罪する内省と故郷を喪失した深い悲しみの思いが貫かれていて、豊かな抒情性も併せ持っている。どうしてそのような連作詩篇が可能だったのだろうか。震災から十年が過ぎて復興を優先し3・11の経験の風化が囁かれ、斉藤氏の残された時間が少なくなり、震災の年に誕生した孫や、双葉の地を愛する同郷の人びとや、震災・原発事故に関心を持つ人びとに、その渦中にいた経験を手渡すべきだという語り部としての詩の使命感を感じたのだろう。世界史に残る巨大地震・津波と原発事故に遭遇し故郷・双葉を喪失した一人の人間として、その赤裸々な内面を愛する孫へ、また多くの若い世代へ、同じ過ちを繰り返さないための遺言として、また民衆の記録として残すべきだと考えたのだろう。その意味では原発事故の悲劇を十年間も耐えてきた一人の人間の心の叫びとして、貴重な証言である叙事詩集が誕生したと思われる。

斉藤六郎氏は、福島県双葉郡に生まれ、成人後の生活の拠点は双葉町両竹でその地を故郷として県内の高校教員を三十八年間勤め、その後は両竹地区の行政区長を務めていた。東日本大震災直後には、家のことよりも地区を軽自動車で見回り住民の無事を確認後に、津波に流されたが、奇跡的に九死に一生を得た経験をされている。避難後は二度と故郷の双葉で暮らすことが出来なくなり、福島市、つくば市などに避難したが、今はいわき市に安住の地を求めて過ごされている。数年前の脳梗塞で右半身が不自由になったけれども、リハビリに努め慣れない左手でワープロを使って本書の詩篇を書き残した。

2

本書はⅢ章に分かれていて、詩篇の前にはことみちゃんへ詩の状況を説明する数行の散文から始まっている。Ⅰ章九篇は、冒頭の詩「大地震《おおじしん》」から始まる。

《おじいさん・おばあさんの故郷は　双葉町両竹《ふたばまちもろたけ》　東京電力福島第一原子力発電所があった町《まち》　ことみちゃんが生まれた年　この町には大変なことが起こったんだ　地震と津波と原子力発電所の爆発事故　そのとき　おじいさんは畑仕事に出ててね　間もなく大津波が　襲《おそ》ってきたんだ!》

このように斉藤氏は、孫に昔話のように語りかけて、いつものように畑仕事をしていた大地震の現場へとタイムスリップさせていく。大震災の衝撃とはどのようなものであったかを次のように再現しようと試みる。

《ズシンドドド　地面を突き破り／突然　やってきた地《じ》響《ひび》き／グラリ　グラリ　大きな揺《ゆ》れが来た／とてつもない大きい地震だ／大地がうなり／海が走り／川が波うち躍った／樹々《きぎ》が震え／崖《がけ》が崩れ　砂塵《さじん》が舞い上がる／ゴオウゴオウと地は鳴りひびき／ごう音が虚空《こくう》に舞い上がり／天に突きぬけて／いつ止《や》むことなく続く／道路に亀裂《きれつ》が走り／民家の屋根が崩れ落ち／人々は　ああ　おお　とわめき／その場に立ちすくむだけだった／マグニチュード9・0／東北地方太平洋沖地震だ》

この「マグニチュード9・0」が引き起こした瞬間の情景描写は、まさに大地や海が震えだし大音響を挙げて、いたるところから裂けて壊れ始めて、人々は震えおののき、立ちすくむ情況を擬音語などを効果的に駆使しながら、「母なる故郷」が足もとから崩れていく恐怖感を表現している。「大地震」の一行目の「ズシンドドド」という擬音語は、身体に衝撃の痛みを感じさせる。三行目の擬音語「グラリ　グラリ　大きな揺れが来た」も追い打ちをかけるように身体が激しく揺らされてしまう。そして十行目の擬音語「ゴオウゴオウと地は鳴りひびき」、その臨場感を音の連なりによって表現しようとしているのだろう。「母なる故郷　双葉」は太平洋の沖からの衝撃によって、のたうち回るようにズタズタに裂けていく。斉藤氏は自らが遭遇した大地や山河や海辺が聞いたこともない大音響を挙げながら崩壊する感覚を、孫を含む後世の人びとに正確に伝えるべきだと願っているのだろう。この詩の最後は次のような事実を淡々と書き記している。

《2011年3月11日　午後2時46分　東北地方太平洋沖地震が発生　地震と津波に／よって青森県　岩手県宮城県　福島県　茨城県　千葉県などが大きな被害を受けた／その上に福島県では原子力発電所の爆発事故で多くの人が故郷を根こそぎ奪われてし／まった／そして、この地震による災害は東日本大震災と名付けられたんだよ》

この最後の記述で大震災によって被害を受けた青森県から千葉県までの浜通りの県名を示したことで、この「東日本大震災」の被害地域の約八〇〇㎞にも及ぶ広がりの全貌が分かる。被害の規模は違うが斉藤氏の暮らす双葉町と同様なことが日本列島の関東・東北の太平洋岸で引き起こされた途轍もない災害であることを記している。斉藤氏のこの詩集の特徴はこの災害の客観的な叙述に立ち還りながら、当時の思いを出来るだけ冷静な筆致で孫に心ある歴史的な資料として手渡そうと試みているところだ。

3

二番目の詩「大津波《おおつなみ》　——両竹《もろたけ》・前田川樋場橋《まえだがわといばばし》付近にて」では、「次々と　うなる大きな津波／十数メートルもあろう大波が／海岸に激しくぶちあたりしぶきを上げて／陸地にはいのぼり　草木をなぎ倒し／民家を呑《の》み込《こ》み　／人をも呑み込み／漁船をのし上げ／自動車を引きずり／橋をぶち壊《こわ》し／人も馬も牛をも呑み込んでいった／田畑をズタズタにし／大事な梅園《ばいえん》まで根こそぎにした／／だが大津波が／原子力発電所をも呑み込んでいたとは／知るすべもなかった」という故郷の海辺の破壊される光景を目撃したことを書き記し、当時は原発事故のことなど微塵も想定していなかったことを明かしている。

三番目の詩「大津波との遭遇《そうぐう》」では、「車はあとずさりするだけ……／そのとき車の後輪《こうりん》が側溝《そっこう》に押しやられた／ガリガリと　音をたてそのまま押し流され／泉田家の門口《かどぐち》に来た時　車体が突然浮き上がり／そのまま屋敷《やしき》の中へ／こういうこともあるんだ／あちこちに庭石を置いてる屋敷／小舟の如《ごと》くすいすいと吸い込まれ／車は塀《へい》に突き当たって止まった／助かった　奇跡だ／津波の引けるのを　じっと待つ／とは思ったものの津波はどんどん押し寄せてくる／車が浮きあがる　瓦礫《がれき》が流れてくる／とうとう津波は塀をのり越《こ》えて流れだした／40分ほどして津波は引きはじめた」と、斉藤氏の車がそのまま太平洋に引き込まれて行っても不思議ではなかった。しかし奇跡的に近所の家の庭に流されて塀で止まり、その塀からも水は流れていったが、その頃にようやく津波は引いていった状況を克明に記している。息を呑むような津波の恐ろしさの緊迫感が感じ取れる。斉藤氏はこの生きるか死ぬかの極限の体験をことみちゃんに感じて欲しいと願って、リアリズムの詩的表現にして語り掛けている。それは将来に様々な天変地異などの大災害に孫が遭遇した時に、いかに冷静に行動する視点を持つことが出来るかのそのヒントになればと考えたからだろう。私はこの被災地の現場を書き残す行為に家族や故郷への深い愛情と同時に大震災に遭遇した一人の人間の使命感を感じた。

Ⅰ章の残りの七篇は、「道路が走る　――氏神様《うじがみさま》の高台から」では〈エエッ　道路をがたがたと家が丸ごと走っていく〉、「家がない　――津波のあと」では〈浪江町両竹地区　軒並み津波にさらわれてしまった〉、「全町避難《ひなん》指示――3・12早朝」では〈「原発が危ない　私を信じてください／一刻も早く双葉町から避難してください」〉、「避難行列」では〈町民はわれ先にと町を出た／羽鳥《はとり》街道から福浪《ふくなみ》線へと車は続いた〉、「避難所《ひなんじょ》」では〈やっと辿《たど》り着いたところは／川俣《かわまた》町の高校の体育館〉、「原子力発電所の爆発《ばくはつ》」では〈安全神話　共存共栄　信頼関係／一瞬にして崩壊／残った負の世界／放射能　住民の恐怖　不安　怒り　憎しみ／世界の歴史に刻んだ汚名を〉、「放射能」では〈お前は何者なんだ／人々に不安と恐怖をもたらし／故郷を奪い生活を奪い〉といった地震・津波・放射能がもたらした被害の実相を時系列に書き記している。こんな大人たちが生み出した大混乱の状況を受け止めるのは、ことみちゃんにとって、きっと辛い経験になるだろうが、斉藤氏が最も大切な伝言として残したことは、ことみちゃんにとって生涯の心の財産になるに違いない。

Ⅱ章十一篇はその後の福島市渡利、つくば市での避難先での交流体験、ことみちゃんと同じ年で親に虐待されて亡くなった栗原心愛さんのこと、Ⅲ章五篇はカナダで誕生したことみちゃんに会いに行ったことなど、Ⅳ章六篇は双葉には戻れないが今暮らしていわき市の「やました福寿苑錦」での日々の出来事などを綴っている。その中でも詩「誇りと責任」では、「介護者は重荷を背負った仕事を担ってる／常に　誰かれの区別無く汚物を片手に行き来する／四六時中休みなく働いている」と介護者への感謝と畏敬の念を刻んでいる。

これらの斉藤氏の東日本大震災・原発事故に遭遇した歴史の真実を語り掛ける連作詩篇をことみちゃんだけでなく、多くの人びとに読んで欲しいと願っている。

浪江町の人びとは、なぜ〈核災棄民〉になったのか

鈴木正一『〈核災棄民〉が語り継ぐこと――レーニンの『帝国主義論』を手掛りにして』

1

鈴木正一氏は、略歴やあとがきによると福島県浪江町に生れ育ち、福島大学で経済学を学び、町会議員などを歴任して故郷の町づくりに参画し続けてきた。二〇一一年三月一一日の東日本大震災・東電福島第一原発事故が起こり、翌日には浪江町北西部の飯舘村に近い津島地区に家族と共に避難し三日間ほど過ごしていた。しかしこの間には福島第一原発の三基はメルトダウンし二基が水素爆発を起こして、約二十八㎞離れていたこの津島地区には毎時五十マイクロシーベルトを超える放射線量が降り注がれていた。その命に関わる情報は原発立地町ではない浪江町の町民には伝えられなかった。鈴木氏はその後に仙台など五度目の引っ越しを経て、現在は南相馬市原町区に暮らしている。

事故直後は原発を止めたが、この七年が過ぎても、今の日本の原発は川内原発一基、玄海原発で一基、高浜原発一基、大飯原発二基の計五基が再稼働していて、今後も点検期間中の伊方原発を始め再稼働する原発は増えてくるだろう。また日本政府・行政と原発メーカーは、インド、トルコ、英国などの世界中の国々に原発を輸出しようとしている。いまだ日常的に溶け落ちた核燃料を冷却するために、八十億ベクレルを含む汚染水を海に流しているとも言われ原発事故を終息させる目途は立っていない。それにも関わらずオリンピックを招致したいために日本の首相は「アンダー・コントロール」（管理下にある）という虚偽の発言を世界に発してしまった。最近は「フェイク・ニュース」（偽ニュース）という言葉がアメリカ大統領から自らの発言を省みないで頻繁に出てくる。それ以上にひどいと思われる日本の総理大臣には、「フェイク・ニュース」を真実であると確信犯的に語る能力が求められているかのようだ。政治家はその国民の意識の反映でもあり、日本人の中には言葉へのニヒリズムが染みついているのかも知れない。その明白に願望を真実にすり替えて言わせる背後の構造的な勢力とは、いったいどんな力学を持っているか。そんな問いを鈴木正一氏は粘り強く考え続けていたに違いない。

鈴木氏とは、浪江町から避難し今は相馬市に暮らしている詩人の根本昌幸氏から紹介されて知り合うことになった。鈴木氏と根本氏とは親しい友人であり、根本氏の伴侶

みうらひろこ（詩人）氏とはかつては浪江町商工会の仕事を一緒にしていたこともあり、さらに津島地区に避難し共に悲劇に遭遇することになった。根本氏の詩集『荒野《あらの》に立ちて――わが浪江町』の中に詩「わが浪江町」があり、私はその解説文で詩を引用して次のように論評している。

詩「わが浪江町」　根本昌幸

いつから福島がフクシマになったのか／うつくしまふくしまが／カタカナ文字のフクシマに。／福島県に私は生まれ育った。／それも双葉郡浪江町という所に。／海があり　山があり／二つの美しい川があり／みどりの豊かな町だった。／なぜ　そこを追われなければならないのか／答えてくれ／私は浪江町が好きだった。／誰よりも好きだった。／子どもの頃は魚つりをした。／鳥刺しをした。／山や川で遊んだ。／野原に寝ころんで／流れ行く雲を見た。／みんなみんな美しかった。／美しい心をしていた。／おとなになっても／純粋なままだった。／四季折々の花が咲き／人々は優しい気持ちをしていた。／わが浪江町。／この地に　いつの日にか／必ずや帰らなければならぬ。／地を這っても／帰らなければならぬ。／杖をついても／帰らなければならぬ。／わが郷里浪江町に。

この詩を読むたびに「わが浪江町」という言葉に込めている万感の望郷の念が読むものの心を打ち続ける。この詩は誰でも分かる平易な言葉で書かれていて、一読して読者に挑みかかるような刺激的で難解な表現ではない。むしろ淡々とした語り口の中から、読者の内面に根本的な二つの難問を投げかけている。一つは冒頭の「いつから福島がフクシマになったのか」という問いだ。放射性物質に汚染された福島はその瞬間から「フクシマ」となって世界中に知れ渡り、世界中の人々の心にスリーマイル島、チェルノブイリ、そして「フクシマ」となって刻まれてしまった。その世界史に残るレベル7の放射能汚染の地である「フクシマ」と、軽々しく言ってくれるなという思いがこの問いの中にある。（略）二つ目は「なぜ　そこを追われなければならないのか／答えてくれ」という問いだ。福島原発で放射能事故が起こった場合にこのような事態は、充分予測できた。帯文を書いてくれた若松丈太郎氏は、実際にチェルノブイリに行き、東京電力福島第一原発の三十㎞圏内で起こるだろう被爆・被曝のシミュレーションを予言的に語った詩篇を一九九四年に発表していた。そのような故郷を一瞬で汚染し、人びとを被曝させて追放してしまう可能性を政府・行政・電力会社たちは、「安全神話」を盾になぜ不問に伏していたかという根本的な問いだ。(略)この二つの問いを原発事故を引き起こした者たちに突きつけながら、故郷へ帰郷する日まで、この詩は読み継がれるだろうと思われる。

鈴木氏は、根本氏の「私は浪江町が好きだった。／誰よりも好きだった。」という郷土愛を共有し、「いつから福島がフクシマになったのか」とか「なぜ　そこを追われなければならないのか」という問いを自らに課して徹底的に考えようと願ったに違いない。

2

また本書の冒頭には、浪江町に隣接する南相馬市に暮らし、福島第一原発が稼働する前からその危険性の警告を発していた詩人の若松丈太郎氏の論集『福島核災棄民——町がメルトダウンしてしまった』から〈核災棄民〉の概念を次のように規定している。その若松氏の原発に関する見解は鈴木氏に決定的な影響を与えたと思われた。

原子力発電は、〈核爆弾〉と同種の〈核発電〉と、その事故（原発事故）を〈核災〉と言う。

見すてられ、国家などの保護下にない被災者は、〈棄民〉であり、原発被災者を〈核災棄民〉と言う。（本文九〜十頁）参照

それらの二人の詩人たちの詩や言説に刺激を受けて、鈴木氏は今回の『〈核災棄民〉が語り継ぐこと——レーニンの『帝国主義論』を手掛りにして』を刊行しようとしたに違いない。放射性物質が拡散していく汚染地域の情報を隠してしまった政府・行政・電力会社などの取った無責任な行動は、特に福島県の浜通りの人びとをまさしく若松氏が言う〈核災棄民〉にしてしまったのだと痛感する。どうして政治・経済のトップの立場の人びとは、そんな無責任な行動をとり続けるのだろうか。それは個人の問題ではなく国家・経済・社会の構造の根源に存在する問題ではないかと鈴木氏は、考え始めたのだろう。

「一、〈核災棄民〉が語り継ぐこと」の冒頭で次のように原発の引き起こした故郷の破壊や核廃棄物を処理するための「天文学的な時間とコスト」を指摘している。さらに「核エネルギーの平和利用」の虚構性を明らかにしている。

原発事故は、避難指示区域で十六万五千人、自主避難者を含めれば三十四万四千人の原発被災者をつくりだし

た。そもそも「核エネルギーの平和利用」など存在するのだろうか。農耕や牧畜を始めた人類の歴史は一万年程度だが、核廃棄物の寿命は十万年単位だということは想像もできない、未来永劫の時間である。その安全（？）な管理には天文学的な時間と費用がかかるだろう。

経産省資源エネルギー庁と原子力発電環境整備機構（NUMO）は、本年二〇一八年（平成三十年）五月から高レベル放射性廃棄物に関する説明会を、全国で順次再開するそうだ。予測できない戦争や「想定外」の自然災害にも対応できる、核廃棄物の安全な管理を可能にする科学・技術は、完成していない。核廃棄物が人類死滅の元凶になることを、誰も否定することはできない。私たちの子孫に、危険この上ない遺産を残すことを考えれば、現在の科学・技術では「核エネルギーの平和利用」など存在するべきではないと言わざるを得ない。

鈴木氏が指摘したように、原発を稼働した核廃棄物による「天文学的な時間とコスト」と自分たちのような〈核災棄民〉を生み出した「安全神話」の虚構性が誰の目にも明らかになりつつある。けれどもなぜ国家・行政・電力会社・原発メーカーなどは、原発から撤退しようとしないのだろうかと、その根本原因を次のように探っていく。

〈核災〉の責任は、東京電力と政府にあることは明白だ。〈核災棄民〉をつくりだした元凶は何か。その根本原因を解明するのが主題である。〈核災〉は、有史以来の未曾有の人災（不法行為）にもかかわらず、誰一人として実刑を科された者がいない。不思議な話だ。私は、避難生活の中でそのことを漠然と考えていた。

昨年二〇一七年（平成二十九年）は、「帝国主義論」・「資本論」それぞれ発刊百周年・百五十周年の年だった。「資本論」と「帝国主義論」は、資本主義の自由主義段階（生成・発展）と独占主義段階（発展・消滅）の法則を解明し、高度に発達した現代資本主義（国家独占資本主義）分析においても、有効な理論的基礎であると思われる。私は、卒業論文で執筆した「レーニン『帝国主義論』基本論理に関する一考察」を何度か読み返した。それは、その解釈と現代資本主義（国家独占資本主義）分析の視角に関するものだ。

小論文の概略は、『帝国主義論』の基本論理である三つの規定の、第一規定「独占資本主義」、第二規定「寄生的・腐朽的な資本主義」、第三規定「死滅しつつある資本主義」の論理関係を明らかにする中で、第二規定の現状を分析することが、今後の資本主義分析の重要な視角であるという論旨だった。

鈴木氏は、「〈核災〉の責任は、東京電力と政府にあることは明白だ。」と言い、さらに東京電力の背後にある「〈核災棄民〉をつくりだした元凶は何か。その根本原因を解明するのが主題である。」と本書の問題意識を明らかにする。その手掛かりとして学生時代に卒論のテーマとしたレーニンの『帝国主義論』を再読し、特に『帝国主義論』の基本論理の第二規定「寄生的・腐朽的な資本主義」に注目する。それを手掛かりに、このような浜通りの人びとの故郷を喪失させ、生命の危機に陥れても恥じないで、原発をいまだに推進しようとする勢力の存在理由に対して、その根本的な錯誤を経済性や人権や民主主義の観点から明らかにしていく。

3

レーニンが一九一六年に執筆した『帝国主義論』は、ロシア革命が始まる前の当時の六大強国（イギリス、ロシア、ドイツ、フランス、アメリカ、日本）などの先進の資本主義経済を分析し、その過剰資本が自国の投資に向わず、後進国に投資されることによって植民地化に向い、強国は「世界の分割」をし合う帝国主義の論理で「領土併合や他民族に対する抑圧」が起きていることを指摘した。その一九一四年のデータで作成された表14「列強の植民地領有」（角田安正訳・光文社）では、日本は三十万㎢の面積と一九二〇万人の植民地の民衆を領有していることが記されている。植民地化された国名は表には記されていないが、朝鮮と台湾などであることは明らかだ。レーニンは、資本主義は寄生し腐敗していき、その堕落した金融資本は軍需産業と結びつき利益を上げて、そんな「世界の分割」の利害関係から帝国主義戦争が引き起こされてしまい、ついには帝国主義戦争で敗北したロシアやヨーロッパの国々でプロレタリアートたちが社会主義革命に立ち上がることを予言する。この予言は一九一八年のロシア革命がおこった頃には現実を先取りしていた。けれども第二次世界大戦以後の二十世紀半ばの世界では、多くの植民地が独立したが、かつての強国たちは過剰資本をたくみにコントロールしながら外見上は繁栄を続けているようで、『帝国主義論』は過去の遺物と思われていた。

けれども鈴木氏は、福島の〈核災〉を引き起こした根本原因がかつての「帝国主義」のように過疎の東北の浜通りを過剰な金融投資によって植民地化していたことに気づかされたのだろう。そして「二、原発事故〈核災〉の根本原因」では、次のように「新たな寄生性・腐朽性の根源にもなっている」〈核発電〉が引き起こした被害総額と、それにもかかわらず原発を推進している実態を明らかにして、その根本原因の所在を抉り出している。

核発電所の開発は、戦後国家政策として政府と電力会社が、二人三脚で進めてきたエネルギー事業だ。東電第一原発事故に関する政府の対応で注目している要点を羅列すれば、次のとおりだ。

（一）国の財政的支援

1、除染及び廃棄物処理費用の全額負担

2、復興費用の一部負担〈核災〉を原因とする費用〜仮設、災害公営住宅等）

3、廃炉費用の一部負担（凍土遮水壁費用〜約三百五十億円）

4、賠償金の財源は全額、国の無利子貸付金（限度額十三、五兆円で最終金額及び完済期限は不明・利息は国民負担か）

＊これらは本来原因者が負担すべきだ。

（二）国の政策的支援（電力産業の他、核発電産業を含む）

1、原子力損害賠償紛争審査会の賠償基準は、東電の責任を一部矮小化

2、東京電力の一部国有化と国指導による電気産業の官民合体「共同事業体」の設立（平成二十八年十二月経済産業省発表）

3、核発電の運転再開（〈核災〉の原因未確定・三十キロメートル圏内の避難計画ない中での再開）

4、東電〈核災〉後、海外への核発電輸出のトップセールス（政府は新幹線等、大企業のトップセールスの役割をはたす）

5、核発電輸出への政府系金融機関（国際協力銀行）の金融支援の再開

6、各電力会社出資の基金設立の行政指導

7、国民からの収奪システムの構築（経営損失の補塡と新エネルギー買取分の電気料金への転嫁）

これらの国の電力産業への優遇は、国民・〈核災棄民〉が納得できるものではない。

戦後、東電第一原発の敷地（三百二十ヘクタール）は、昔「大沢《おっとざわ》飛行場」（旧陸軍飛行場跡地）と呼ばれ、私が子供の頃は、よく父母に松林の中に生えているアミタケという茸を採りに連れて行かれた思い出深い場所だ。いつの日か進入禁止となった。それは、国から国土計画興業（堤康次郎・堤義明）が、三万円で払い下げを受け東電に

二億五千万円（一坪二百五十円）で転売したからだ。住民の知らないところで核発電所の開発が計画され、進められた。当初から、政治家と経済人の癒着が出発点だった。その後、核発電所の開発と建設が、どのような政治的・経済的経過をたどったのか、どのように管理・運営され、国の行政指導はどうであったのか、事故の原因と責任の究明は、どのように行われたのか。

電力産業全体が、便宜と利益を確保するための経済政策を、政治の独占を通して構造的にどのように造りあげてきたのか、又それら（経済と政治における独占）は、相互補完的構造でありどのような経過を経たのか。「寄生的・腐朽的な資本主義」の視角から分析するべきと思う。そして、それは資本主義体制の維持・強化すなわち延命のためにどのような役割を果たしたのか等の分析を通して、原発事故〈核災〉の根本原因の明細が明らかになると思われる。

以上のように一人の〈核災棄民〉の当事者であると自覚した鈴木正一氏は、今も進行している「寄生的・腐朽的な資本主義」は、果たしてあまたの人びとを幸福にするあるべき世界なのだろうかと読者に問いかけてくる。さらに人類や地球に寄生しそれを腐らせていく政治・経済・軍事などの複合汚染とも言える新たな「帝国主義」が、日本政府・行政・産業界にも存在し、これからも世界規模で新しい〈核災棄民〉を生み出していくことに危機意識を感じている。「浪江町の人びとは、なぜ〈核災棄民〉になったのか」という問いを問い続ける。その根本原因を突き止めるために卒論に立ち返り、レーニンの『帝国主義論』から再び学び、人類を永遠に不幸にしても恥じない巧妙な「帝国主義」の問題点を私たちに投げかけている。

文学を読み解き子どもたちの創造的な思考力を養うために

髙橋正人評論集『文学はいかに思考力と表現力を深化させるか――福島からの国語科教育モデルと震災時間論』

子どもたちは生まれながらにしなやかな感受性を持ち、いつしかその感受性が思考力という考える力につながり、そこには豊かな想像力も湧き立ち、ついには子どもたちの独特な表現力となって、生きる力を宿す未知の作品が生まれてくることを夢見ているのだろう。髙橋正人氏はそんな子どもたちの思考力をいかに育むかという文学教育の原理論を長年にわたって考察してきた。その試みは、感受性と論理的な思考力を二項対立のように抱いている先入観を打ち砕いてしまう。そんな福島大学特任教授の髙橋氏は、長年にわたり文学教育について日本の学校現場の様々な問題を踏まえながらも、世界的な視野で考察し、論文を数多く発表してきた。それらをまとめたものが本書に結実された。

本書はⅢ章に分かれていて、Ⅰ章の冒頭の「思考図から思考儀へ～参照体系を通した思考力の育成の試み～」では、髙橋氏の文学教育論の代表的な論考から始まっている。冒頭を引用してみる。

二十一世紀の知識基盤社会化の進展や今後さらに加速するであろうグローバル化への対応を含め、ＯＥＣＤのＰＩＳＡ調査などの調査からも現行学習指導要領においても謳われている思考力・判断力・表現力の育成が急務である。国語教育の場において、思考力の育成を図ることは、高校教育のみならず大学等における学びを含め、生涯にわたる学びとも連動する重要な課題であることから、本稿では豊かな発想を育む土壌としての思考力の深化を目指すための一つとして、「参照体系」を通した思考力の育成について考察したい。

髙橋氏の文学教育論はＯＥＣＤのＰＩＳＡ(Programme for International Student Assessment)調査の中心的な教育テーマである「キー・コンピテンシー／重要な能力」を踏まえていることが理解できる。そのことは文科省の現行指導要領もその世界的な傾向をふまえていることを指摘している。本書の注でも紹介されている「キー・コンピテンシー」とはこれからは異質な集団と交流し、自分を見失わずに、多様な言語や方法でコミュニケーションし、様々な問題を考える力やその中で生きていく力を子どもたちに育成することだと言われている。その意味で髙橋氏は「グローバル化への対応を含め、OECDのPISA調査などの調査からも現行学習指導要領においても謳われている思考力・判断力・表現力の育成が急務であることは論を俟たない」と言い、今日の教育の重要課題を提示している。

これから到来するであろう様々な地球規模の困難な問題に直面した時に、その思考力・判断力・想像力・生きる力などを養っていくために、文学教育を含めた国語教育がいかに重要な役割を果たすべきかを髙橋氏はその原理的な理論の仮説を構想し、読者にもその仮説を応用して欲しいとも提案している。さらに自らの仮説に基づき実際の教材テキストを使って分析しその教材の構造を明らかにしていく。髙橋氏は、まず思考力を次のように考えている。

思考力は「言語」を手掛かりにしつつ、「物事」を筋道を明らかにするものであり、さらに単なる筋道の理解だけでなく、「問題」を発見し、「解決」していくという極めて「創造的かつ論理的」な営みであるととらえられている。ここで重要なことは、表現活動がその基底にある認識力、思考力、感受性などのかかわりの上に営まれるという考え方であり、実際の言語活動によって育成され、創造につながっていくということである。(略)／

思考することが、喜びに満ちた営みとして多様性や深まりの中で知の可能性を拓く探求の過程そのものであり、他者との対話や意見交換などによって深化させることができる無限の可能性を秘めた豊かな土壌であることを実感させることが大切である。

このように髙橋氏は感受性や認識力の深まりによって「思考することが喜びに満ちた営み」であることを子どもたちに気づいてもらい、それが「無限の可能性を秘めた豊かな土壌であることを実感させる」ことが最大の成果と考えているようだ。その先に表現力が生まれてきて創造的なものが誕生してくると告げている。その思考力を養うために「思考図～参照体系の試み～」を構想していく。そのことを次のようにし記している。

一人一人が具体的に思考を進める上で重要なことは、対象意識と方法意識を持つことである。／何が思考の課題として措定されるのかという根本的な問いかけから始まり、どのような方法を辿れば対象に迫ることが可能になるのかという二つは不即不離の関係にあり、思考する上で欠かすことはできない。／対象の分析を行い、価値を発見し、その価値を自らの問題意識と照らし合わせ、さらに深化させるという過程を段階的・重層的に行うことが重要である。

髙橋氏は自らが対象から汲み取ったテーマを明確にして、さらにどのような視座でその観点が生まれたのかを分析することを勧めている。文章を読み「対象意識と方法意識」によってその価値に迫ることで、文章の意味を重層的に理解できると告げている。「価値の発見」とは自らが感動した箇所こそが自らにとって最も重要な対象の本質であり、作者の視座が理解できることは、作者という他者の位置に立つことで、複眼的に物を見ることが可能となる。文章を通して対象であるテーマを認識すると同時に、アプローチの視座を相対化することで作者をより広い地点で理解することも可能となる。その意味では髙橋氏の「思考図～参照体系の試み～」は、子どもたちが感じて考える人になるための思考プロセスを具体的に開示してくれている。的確に問題点を発見しそれを多面的に検討し、ついにはその課題を解決するプロセスを見出す創造的な思考力を引き出そうと考えているのだろう。

参照体系として示してあるように、「生／死」「オリジナル／コピー」などの「対比」の視座は基本的な思考の枠組みを形成し、対象理解のための有効な手段となる。／さらに、「可視化」「顕在化」などの「変化」という視座を取り入れることにより、対象への迫り方が静的なものから動的なものへと高められる。「構造」については、対象同士を関連づけ構造化している要素を抽出することにより全体性を見る上で有効な視座となる。また、「関係」の視座を取り入れることにより対象自体からスタートして相互の持つ影響等を明確にすることが可能となる。こうした視座を設定することにより、教材において筆者が思い描いた思考に光を当て、教材内部に存在する中心的な骨格を確認するとともに、それらを抽出する作業を通して自らの思考の枠組みを深化・発展させることが可能となる。／とりわけ、環境などの課題については、「生／死」「創造／破壊」「有限／無限」「顕在化」「世代間不均衡」などの複数の視座を設定して教材内部の相互関連を探るとともに、筆者の考える論理展開を大局的かつ総合的に把握し、思考の跡を辿ることにより、思考力を鍛える契機となる。

このように「対比」、「変化」、「構造」、「関係」などの視座を持つことによって対象を構築する作者の視線がより理解できて、さらに「自らの思考の枠組みを深化・発展させることが可能となる。」という指摘は、生徒だけでなく教材をテキストにして教える教員にとっても重要な観点であり教材の深い理解にもつながる。さらに髙橋氏は〈「思考図から思考儀へ」と言い、「思考図」を深化し、そこに「定義」という新たな軸を設定することによって、対象を取り巻く全体の課題を俯瞰する思考、すなわち「思考儀」を手に入れることである〉として「思考儀」という作者の問いかけを評価する読者の視点を導入しようとする。

顕在的に言語化された「問い」だけでなく、教材内部に存在する潜在的な「問い」、とりわけ根元に遡る「定義」に関わる軸を設定して新たな目で見るときに、筆者の思考の足跡を辿り、教材の持つ価値が掘り起こされ、再評価される可能性が広がる。こうした作業プロセスは、いわば、自身の思考を深めるための「メタ思考」として機能する問いかけそのものである。／近代、文化・芸術、社会、言語、政治・経済、科学・技術、環境、生命・身体、情報など多岐にわたるテーマにまたがる教材において、参照体系をもとにしながらも、「定義」に遡及することなどの新たな軸をもとに論の主題や論の展開過程を追うことが、自己の知見をまとめ発表するという表現活動にも有効に反映されるものと考える。

このような〈顕在的に言語化された「問い」だけでなく、教材内部に存在する潜在的な「問い」、とりわけ根元に遡る「定義」に関わる軸を設定して新たな目で見る〉という問いかけは教材というテキストを絶えず新たな視線で読み返すことにつながり、作者の定義が時代の中でどのような価値や意味を持っているかを問うと同時に、読む側も今の時代がどんな時代なのかを相対化されて自らの定義を逆に問われてくるだろう。

髙橋氏は、以上のような文学を教材とする際に、いかに創造的な思考力が育まれるかをこの論によって明らかにしている。この論に続く、中島敦『山月記』、夏目漱石『それから』『夢十夜』『こゝろ』、Ⅱの新美南吉『ごんぎつね』、川上弘美の『神様2011』などの実際の論考は、教材の指南書であり、また独自の文芸評論でもある。Ⅲの「東日本大震災後の福島における国語科教育モデルの構築に向けて」二編と「震災時間論」は、髙橋氏が福島の教育現場の視点を原点にしている誠実さを感じさせてくれる。また「震災時間論」は世界中の文学・思想・哲学と対話して思索していることに感銘を受ける。この書が文学を教育に生かす多くの場所で活用されることを願っている。

日々の時間を創造的に生きる人

五十嵐幸雄備忘録集Ⅴ『日々新たに』

1

備忘録集という個性的なエッセイ集を書き継いできた五十嵐幸雄氏が、五冊目の備忘録集Ⅴ『日々新たに』を刊行された。今までの四冊とは異なる点は、百年の歴史を持つ機械メーカーの社長・会長職を退き完全に仕事から離れて、自分だけの時間が出来た時点から今回の執筆が始まっていることだ。以前の四冊は「戦闘的に働き、小鳥のように遊ぶ」をモットーにした多忙なビジネスマンが、時間を見つけて自然に触れ、美術館や図書館などに通い、美に触れ多くの書物を読み、二足の草鞋で書き上げられた。しかし本書は、自分だけの時間が生れて、その自由な時間をいかに創造的に生きていくかという未知の体験を書き留めている。それを実行していく五十嵐氏の生き方は、余生や隠居という言葉では収まり切れない。例えば江戸時代に家督を息子に譲って、日本全図を志し実行した伊能忠敬のような生き方に近いと考えられる。五十嵐氏は「まえがき」でインド哲学の「林住期の理想的な生き方」から学び、「本当にやりたいこととは何か」を問うて、具体的に実行していこうとしている。また哲学者キルケゴールの言葉「人生は後ろ向きにしか理解できないが、前を向いてしか生きられない」というような、アジアとヨーロッパの哲学的箴言を自らの座右の言葉としている。

今回のタイトルになった「日々新たに」は、故郷の福島・会津の初代藩主・保科正之の思想を継承した会津藩校・日新館の「日新」の考え方を思い起こし、また高校の山岳部で通った故郷の雄国沼湿原に咲くニッコウキスゲの花言葉が「日々新たに」であることから由来すると言う。この意味からも五十嵐氏には、会津人としての誇りが、日々暮らしに息づいている。その意味では故郷の言葉を深めていくと東西の哲学的箴言とも根源では通底していることが感じられるだろう。そんな生きることに影響を与える言葉の重要性を本書では様々な観点から物語ろうとしている。その中でも、自由な時間の中で毎日のルーティンとして朝の散歩、山歩き、美術館、神社仏閣などを巡ることが「日々新たに」生きることの重要な役割を果たすことを伝えている。

2

本書はⅢ章に分かれており、Ⅰ章「散歩道のラチエン桜」

では、「四季折々の花　―年年歳歳花相似―」から始まっている。その中でも左記の部分はⅠ章が四季の花々に触れたエッセイであり、花を見ることの考え方を伝えている。

《朝の散歩が長続きしているのは、散歩途上で見る樹木や花々が、四季の変化を教えてくれ、それを全身で受け止める楽しさがあるからである。様々な花々や樹木の枝を観賞して気付いたことだが、その変化は四季といった「春夏秋冬」で測れるものではなく、一年を二四に区分した「二十四節気」で感じることができる。／例えば、植物図鑑では春の花に区分される樹木であっても、蕾から開花そして落花までには、立春、雨水、啓蟄、春分、清明、穀雨にそれぞれの姿や形を見せてくれるのである。その変化を見る楽しみは、時として新しい発見がある。》

このように春であっても二十四節気の春では「立春、雨水、啓蟄、春分、清明、穀雨」というように六つにきめ細かく分けられている。この季節のきめ細かい感受性を五十嵐氏は朝の散歩で実感していき、その感覚を朝の散歩で体の中に取り戻そうとしている。と同時に現在暮らす茅ケ崎市の「ラチエン桜」などの歴史的な由来なども後のエッセイで詳しく調べて紹介していく。細かな自然観察と花言葉などを通して文化的で歴史的な由来などを同時に語ろうとすることが五十嵐氏のエッセイの特徴だろう。その意味では自然にたいして人間社会がどう関わりを持ってきたか、広い意味での生態系の中で生きものたちがどのように共生していくかの視点も感じられる。

Ⅰ章は「四季折々の花」の後には、さらに三節に分かれ「1　春」の冒頭のエッセイ「スプリング・エフェメラル―上高地徳沢へ―」を読んでいくと、五十嵐氏が山歩きなどで感じた自然観察の深さが理解できるので引用する。

《スプリング・エフェメラル（Spring ephemeral）は、直訳すると「春の儚いもの」「春の短い命」と言うような意味で、「春の妖精」とも呼ばれ、雪解け後の春先に花をつけ夏まで葉をつけると、後は地下で過ごす一連の草花の総称のことである。多くは落葉樹林の林床に生息する植物で、キンポウゲ科ではニリンソウやユキワリイチゲ、フクジュソウなど、ユリ科ではカタクリやショウジョウバカマなどがあげられる。》

この「スプリング・エフェメラル」〈「春の妖精」とも呼ばれ、雪解け後の春先に花をつけ夏まで葉をつけると、後は地下で過ごす一連の草花の総称のことである。〉とは、上高地という土地の自然生態系全体を俯瞰していく、多様な生きものたちを視野に入れた眼差しであるだろう。その視線はそこに咲くニリンソウ、フクジュソウ、カタクリなどの多様な山野草や樹々を愛する温かな視線である。ニリンソウの群落には特別な思い入れがあるのだろう。しかしその傍に咲くエンレイソウ、オオバキスミレ、シャクナゲなどの美しさにも気付き、それらがかつて咲いていた地域のことを想起して語り始めると、花群れだけでなく山々の樹木や、山間を流れる川にも触れていく旅は、延々と続いていくことになる。そこには山河の生態系の中で息づいている生きものたちを見詰めて、五十嵐氏が自然の多様性や生態系に感動している眼差しが感じられる。

「1　春」では、その後にはハクモクレン、ラチエン桜、山吹の花、射干の花、金雀枝（エニシダ）、「2　夏」では、テイカカズラ、紫陽花、ニッコウキスゲ、「3　秋・冬」では、壱師の花、金木犀、椿の花などの花々と、その周辺の生きものたちやそれらを育んでいる山河から触発されたことが丹念に描かれている。中でも「ニッコウキスゲ」のエッセイの最後には、五十年振りに級友と雄国沼周辺を散策した後に、〈今回の旅を通して思い起こしたことは、これからの人生をニッコウキスゲの花言葉である「日々新たに」「心安らぐ人」を心がけて生きていきたいと思ったことである。〉と締めくくっている。故郷の雄国沼湿原に咲くニッコウキスゲから「日々新たに」と「心安らぐ人」を感受した五十嵐氏の文章には、自らの意志で暮らしを新たにすることや、その達成感で心が安らいでいく精神の在りようが淡々と記されている。

3

さらにⅡ章「風に吹かれて二人旅」では、妻との同行二人のような旅をする七編が収録されている。ところが「大原美術館」、「高野山奥の院」、「醍醐の花見」、「深秋の湖東三山を行く」、「湖南に佇む古刹を訪ねて」、「長命寺の桜」、「新元号と平成最後の日」は、単なる観光旅行のエッセイではなく、事前にテーマを決めて資料を読み込み、様々な疑問を解き明かす調査旅行のような旅であり、その研究成果のような信頼できるエッセイである。例えば「大原美術館」を一九二九年に開館した大原孫三郎とヨーロッパで絵の蒐集をした画家児島虎次郎について詳しく記している。孫三郎は現在の早稲田大学に入学したが、放蕩生活で現在の一億円もの借金をして、倉敷に連れ戻されて謹慎させられる。謹慎中にクリスチャンで「岡山孤児院」を創設した石井十次と出会い、放蕩息子は悔い改めて事業家としての道を歩み始める。そして次のように「企業の社会的責任」を実践していくようになる。

《実業家としての大原孫三郎は、倉敷紡績の他、倉敷絹織（クラレ）、倉敷毛織、中国合同銀行（中国銀行の前身）、中国水力電気会社（中国電力の前身）などの社長を務め、大原財閥を築き上げるのである。そして、特筆しておきたいことは、孫三郎は事業で得た富を全て企業として蓄積するのではなく、社会に還元することの重要性に目覚めていたことである。孫三郎が援助した施設には、倉敷中央病院、法政大学や岡山大学の社会問題研究所や資源生物科学研究所、倉敷商業高校など枚挙に遑《いとま》が無く、現在に至っている。こうした企業の社会への貢献は、今日で言うところのCSR(Corporate Social Responsibility)企業の社会的責任、所謂企業が倫理的な観点から事業活動を通して自主的に社会に貢献する責任のことで、明治時代にこの理念を実践した、若き大原孫三郎は実業家として大人物である。》

このように、五十嵐氏は「大原美術館」を開館した社会貢献を志す人物たちの生き方やその情熱を解き明かそうと肉薄していく。企業活動と社会事業とは、実は紙一重なのだということを経営者としての観点から示唆しているようにも感じられた。五十嵐氏が指摘している、私が学んだ大学の「法政大学大原社会問題研究所」は、一九一九年二月に大原孫三郎によって創設された社会科学の分野では一番古い民間研究機関と言われている。その膨大な文献資料などは今も多くの研究者たちに役立っている。

三章「思いつくまま　―興味をもったこと―」六編では、清少納言、吉田兼好などの随筆の古典を書き上げた人物像に関心を抱き、その独特な視点との対話を試みている。このように自由に自らの関心の赴くままに読み取っていくことは、古典読解の醍醐味を感じさせる。その他の母校の國學院大学での公開講座で学んだ万葉集の「恋歌」についてのエッセイも、五十嵐氏が千数百年前の男女の機微を独自に解釈していくことで、いつの世でも人間とは何かという問いを発して、新しい挑戦を試みていることが理解できる。

以上のように五十嵐氏が林住期の新しい試みをして、日々の時間を創造的に生きようとされていることを多くの人びとに読んで欲しいと願っている。

自由民権の旗を最後まで掲げた原利八

赤城弘『再起――自由民権・加波山事件志士原利八』

1

赤城弘氏は一九三五年に東京市四谷区に生まれ、学童疎開により父の実家の喜多方市に疎開し、その後もこの地に暮らす元教員・郷土史家だ。喜多方事件・福島事件などの研究を踏まえ、二〇二二年春にはライフワークである加波山事件について、郷土の原利八を主人公にしたノンフィクション小説『再起――自由民権・加波山事件志士原利八』の原稿をまとめられた。私は会津高田町の詩人・評論家の前田新氏に紹介されてこの原稿を拝読させて頂いた。私の父母や親族の田舎のいわき市は福島県南東部の浜通りであり親しみがあったが、北西部の会津や喜多方には会津磐梯山・安達太良山・猪苗代湖・五色沼に観光で行ったことがある程度の認識だった。もちろん一八八二年の喜多方事件・福島事件や一八八四年の加波山事件のことは為政者が民衆の権利を弾圧した事件であったとは知ってはいたが、詳細は知らなかった。今回は赤城氏の『再起』を読んで会津・喜多方や茨城・加波山などの地で一三八年前に原利八、三浦文次、横山信六、河野廣體などの自由民権運動家たちが明治政府の強権的な政策に対して、自由民権という普遍的価値を抱く純粋な行動力と屈服しない「再起」の精神力に深い感銘を受けた。と同時に私が暮らしている千葉県柏市から車で一時間ほどに茨城県の筑波山があり時々登りに行くが、その稜線を行けば加波山があり、麓の妙西寺には加波山事件の檄文に記された十六名の中で茨城県出身の富松正安、玉水嘉一、保多駒吉、栃木県出身の平尾八十吉の四名の志士の墓が妙西寺に建立され、巡査たちと闘った「長岡畷の碑」もある。また頂上の近くには蜂起の際に十六名が「檄文」を読み上げて「自由の魁《さきがけ》」の旗を挙げた場所に「旗立石」の碑があり、その場所に彼らの情熱が今も存在していることを想起することが出来た。

ところで詩人の西條八十は戦時中に加波山のある下館に疎開していて「下館音頭」を町長から依頼されて作詞していた。その最後の十一番は次のように終わっている。《十一

加波のお山の　自由は旗の　意気で踏み出せ　新日本》

とうたわれたように、「加波山事件」から六十年後には、加波山事件を引き起こした若者たちの名誉はすでに回復していたのだろう。実際には一八九四年には無期懲役だった河野廣體たちは特赦になって公権が一八九七年に復活し名誉は回復されたようだ。

2

本書『再起』を紹介する前に、今年の七月八日に安倍晋三元首相が、山上徹也の手製銃で狙撃されて暗殺されたことに少し触れておきたい。山上徹也の経歴を辿るとカルト教団と政治がもたれ合う構造が、自分の家族も含めた多くの民衆を苦悩させ破滅させていく原因だと認識し絶望し自殺未遂も起こしている。その不条理な社会構造やそれに取り込まれた人々と闘うために選んだ手製銃を製造し政治家の暗殺を実行する方法は、決して肯定できることではないが、山上徹也という一人の民衆にとって残された最後の抵抗する悲劇的な方法であったのかも知れない。

この安倍元首相狙撃事件から遡ること一三八年前に「加波山事件」と言われている福島県・栃木県・茨城県の十六名の自由民権運動家たちが引き起こした宇都宮県庁開庁式に合わせた暗殺未遂事件があった。一八八四年八月に自由民権運動家で会津自由党の原利八と三浦文次は、会津の喜多方から栃木県稲葉村（現・壬生町）で爆裂弾を製造している鯉沼九八郎宅へ出立していく。強権的な三島通庸県令は会津三方道路工事に民衆を駆り立て参加しなければ罰金を課して民衆を苦しめた。これに抗議する「権利回復同盟」の反対運動を徹底的に弾圧されて投獄される県会議長の河野広中たちを、甥の河野廣體や三浦文次・原利八たちは傍らで見ていて薩長幕藩体制の専制政治に絶望していく。宇都宮県庁開庁式に合わせて手製の爆裂弾によって三島県令や列席する大臣たちを暗殺するために、加波山で「自由立憲政体を造出する」ために「自由の魁」の旗を立て政府転覆を志した政府転覆活動だった。

このノンフィクション小説の作者の赤城弘氏の類縁は、「権利回復同盟」の代表だった赤城平六であり、赤城氏は赤城平八と同時代を生きて闘った原利八、三浦文次、横山信六たちには特別な思いを抱いているのだろう。その中でも赤城氏は今まで過小評価されてきた原利八に注目し、旧士族や名主・肝煎出身ではなく、豊かではない農民出身者で妻子もありながら加波山事件に関わり、最後まで再起することの志を捨てなかった粘り強い人物像を史料から読み取っていく。そして会津・喜多方から出立し蜂起が失敗に終わり、再起を図るべく栃木、会津、喜多方、米沢、新潟、富山、金沢、逮捕された福井などの自由民権活動家たちを訪ねて、加波山事件の真相を伝えていく姿を記そうと志した。そして一三八年前にタイムスリップするように生き生きと伝え、逮捕の地の調書や獄中生活などを引用しながら利八の内面を探り、獄死した後も、生き残った河野廣體たちとの同志愛が宿る鎮魂詩を引用しながら、利八の全体像を可能な限り執筆されたのだった。赤城氏があとがきで執筆しているように「加波山事件」に関する明治期の『東陲民権史』『加波山事件』などの歴史書、その後の遠藤鎮雄『加波山事件』、田村幸一郎『加波山事件始末記』、高橋哲夫『加波山事件と青年群像』などの歴史書、また原利八を主人公にした竹原素子『青雲の翳　明治十七年加波山事件の志士たち』、供野周郎『獄裡の雪―空知集治監で獄死した民権者原利八の半生――』などの小説類も数多く出ている。その多くの「加波山事件」に関わる歴史書・小説を読み検証した後に、赤城氏は原利八の行動から湧き上がってくる「自由民権思想」を体現した生き方を辿り、その全体像を一冊のノンフィクション小説として後世に残そうと願ったに違いない。

3

本書は、まず加波山事件の「檄文」の原文とその口語訳から始まり、次に一九名の主要人物紹介がコンパクトにまとまっている。また会津の詩人・評論家の前田新氏の序文によって次のように福島、会津が自由民権思想の拠点であったことを位置付けられている。

《わが国の近代化の思想史的役割を担った自由民権思想の会津の拠点地、喜多方地域における民衆の反権力闘争は、単に会津の地域にとどまるものではなく、わが国の自由と民権の諸活動とも、世界的な民主主義の思想潮流とも、歴史的には紐帯するものであった。わが国における自由民権運動は一八七四年（明治七）から一八九三年（明治二六）「和衷共同の勅語」によって体制化するまでの二十年間、近代天皇制国家の形成期に、その体制の基本的性格、即ち立憲政体確立を求めた運動と定義される。運動の初期においては不平士族が運動の担い手であったが、やがて開明派士族や知識階層へと広がり、資本主義的諸制度によって階級分化がすすみ、地域の富裕層を形成する豪農や豪商層を包摂していった。民権運動はさまざまな要求が提示されたが、その根底にあるのは近代自我の確立であり、運動の経緯は、わが国における「個の確立の実験的」な試みであったと言われる。》

このように前田氏は「自由民権思想の会津の拠点地、喜多方地域における民衆の反権力闘争」は、「世界的な民主主義の思想潮流とも、歴史的には紐帯するものであった」として、人類的な自由と民権を尊ぶ精神性が会津・喜多方地方の反権力闘争」から湧き上がってきたことを指摘している。一八八一年に薩長の藩閥政治に対して自由民権運動が盛んになり明治天皇は「国会開設の詔」を出し、一八九〇年に国会を開設し、天皇中心の欽定憲法である大日本国憲法を発布することを決めた。前田氏は《自由民権運動は一八七四年（明治七）から一八九三年（明治二六）「和衷共同の勅語」によって体制化するまでの二十年間、近代天皇制国家の形成期に、その体制の基本的性格、即ち立憲政体確立を求めた運動と定義される》と言う。前田氏は政府が専制政治化するのを議会が監視し、緊張関係の中でも「和衷共同」（心を一つにして協力して仕事に当たること）の精神で「立憲政体確立」を目指す時代が来ることによって自由民権運動は使命を終えたことを告げている。

一八八四年に起こった加波山事件は、国会が開設される前に富国強兵を推し進める強権的な藩閥政治が自由民権運動を徹底的に弾圧したことによって引き起こされた「激化事件」の最大の事件だった。

本書は第一部「出発」、第二部「断絶」、第三部「激変」から成り立っている。第一部「出発」は、先にも触れたように主人公の原利八と三浦文次と共に喜多方から二本松街道を歩きから奥州街道に入り矢吹、白河、宇都宮を経て宇都宮を通り、栃木県稲葉村の鯉沼九八郎宅に到着し、その爆裂弾製造に関わる場面から始まる。赤城氏は原利八を取り巻く加波山事件に関わる人物たちの行為をリアルタイムで伝えるように書き継いでいく。その7編のタイトルと小タイトルを引用してみる。「1　檄文――加波山の義兵」、「2　潜伏――飛鳥山での再会を約す」、「3　北上――会津西街道を行く」、「4　夜駆――駒止峠から柳津」、「5　帰郷――小松村に響く娘たちの歌声」、「6　酒杯――政談を論ず小野川の夜」、「7　鳥啼――米沢から越後米沢街道へ」を読むだけでも原利八の再起をかけた行動が分かる。それは加波山から日光街道から会津西街道に入り、田島から警察を避けて、駒止峠を経て沼田街道に入り柳津から喜多方の小松村に戻り妻子と別れて、米沢街道の米沢に向かいそこから越後米沢街道に入り新潟の黒川を目指し、再起を図って北陸に向かっていたことを克明に記録している。赤城氏は読者に一三八年前の出来事を単なる敗北の逃避行ではなく、原利八が自分たちの自由民権運動の精神を語り継ぎその運動を再起させたいと願ったことを追体験させたかったのだろう。第一部扉裏には1～7の利八の加波山から新潟までの行動範囲が描かれているので、その地図を見ながら当時の利八の行動力の理解を深めることも可能だろう。

第二部「断絶」のタイトルと小タイトルを引用する。「1　数え歌（一）――中原新田村の少女たち」、「2　数え歌

（二）――新潟の高田事件」、「3　就縛――利八最後の一人」、「4　解党――高田五分一町の同志たち」、「5　有志――宮脇町で語る各地の声」、「6　再起――北陸道から福井にて」。この北陸道での原利八は、新潟、福井、金沢、富山の自由民権活動家たちに、加波山での経験を伝えて、「再起」の可能性を探り、「自由立憲政体」を実現することを託していているように思われる。第二部扉裏には1〜6の利八の新潟から福井までの北陸道の行動範囲が描かれている。

第三部「激変」のタイトルと小タイトルを引用する。「1　調書――福井の取調室にて自供す」、「2　入獄――東京鍛冶橋監獄への投獄」、「3　棄却――認められぬ檄文」、「4　判決――三浦文次たち死刑囚との別れ」、「5　押送――空知集治監にて獄死」、『6　鎮魂――三笠市に建つ「自由党志士原利八君碑」』。福井・東京などでの取調べ室での生々しい供述は漢文調の記述であり分かり辛いが、丁寧に読んでいると、原利八の供述は行動範囲に関して一見素直に語っているが、出会った人びとへの配慮に満ちていて、また同志たちとの暗殺事件後の大志を抱いた展望などは、はぐらかして同志たちに迷惑が掛からないように彼らの行動を知らないふりをし配慮していることが読めてくる。その結果、原利八の供述は内面を語らずに加波山事件への積極的な参加と言えないようにも読めてくる。赤城氏は明治政府が福島事件の国事犯として裁いていることが禍根を残したために、それを避けようとして「強盗罪、殺人罪の破廉恥罪」として処罰しようとしてことを記している。そして《旧刑法二三八条［兇徒聚衆殺人傷害］、三七八条［強盗］、二九六条［故殺］を適用し、最も重い二九六条を適用する）》として「死刑七名・無期徒刑七名・有期徒刑四名の判決」が言い渡されたのだ。赤城氏は「長岡畷での巡査一人を殺したことへ結びつけたものになったといえる」と記しているが、言外に巡査一人の殺人で死刑七名・無期徒刑七名」が果たして正当な判決であったかを読者に問いかけてくる。単なる殺人犯ではなく、本当は県令や大臣を狙った国事犯だからこのような七名の刑死者を告げる判決になったと語っているのだろう。利八たち七名は簑笠を被り一八八六年十一月の判決後に小菅の東京仮留監から空知集治監に護送される。綾瀬川、隅田川を下り浅草寺の鐘の音を聞き、横浜港で大型船に乗り替え、いくつかの港に立ち寄り囚人を乗せ、北海道三笠市の空知集治監の獄舎に入った。それから四年後の一八九〇年三月二十三日に原利八は享年三十九で獄死した。その場面を赤城氏は次のように記す。

《利八はぽっと目を開いた／夜だな……／天井に目を向けると、文次さあ、重雄さん、それに信六さんの顔が笑っている。／そうだな、俺はみんなにかわって、やらねばならないこともせず、結局は後追いを急いだだけか。激変させる世の中をこの目で確かめることもなく、いくのか……。／利八の意識はだんだんと薄れていった。》

赤城氏は同郷の死刑者として死んでいった仲間の代わりに「再起」の志を抱いて生きた原利八の万感の思いをあたかも利八に憑依したかのように記している。この場面を読めばきっとなぜ赤城氏がこのノンフィクション小説を記そうと志したのかが理解できるだろう。

赤城氏は《昭和六年、市来知柏台上にある「合葬の墓」の脇に「自由党志士原利八君碑」が建立された》際に、その墓の建立に尽力した河野廣體の漢詩とその口語訳を掲載している。この漢詩には加波山事件に関わった同志たちの友情が永遠に刻まれているように思われる。最後にその漢詩を引用したい。赤城氏の『再起――自由民権・加波山事件志士原利八』が加波山事件を振り返り、民衆の抵抗の精神が顧みられる際の重要なテキストとして読み継がれていくことを願っている。

「廣體は建碑供養で旧懐の序を詠んだ」

《囚中死別惨如夢／今日遠来欲弔君／時事非与以何告／寒鴉乱啄雪紛々／堺川漾々瀉寒沙／達布山頂見晩鴉／満目荒涼雪埋地／親朋墓畔感如麻

囚われの身のまま死別しなければならなかった君の悲惨な想いは一時の夢であったか／今日遠く訪ね来て君を弔う／君は既に幽冥郷を異にし、時事を語らうにも何を語らえばよいのか、その術もなく、／寒空に鴉が乱れ飛び、粉雪が／濛々と舞うのみ／堺川はゆったりと流れ、寒々と砂地を洗い、／達布山頂の夕暮れに鴉が飛ぶのが見える／一面荒涼と広がる雪の下に君は眠る／心を通わせ合った朋の墓畔にたたずめば、想いは麻のように千々に乱れる》

生々しい精神のリアリティを抱えた存在論的詩篇

松村栄子詩集『存在確率――わたしの体積と質量、そして輪郭』

1

作家の松村栄子氏の一六〇枚もの詩の草稿を初めて読んだ時は、その詩があまりに切実な詩作であり、その清々しさに言い知れぬ感動が立ち上がってきた。自己や他者が存在することの意味を問うという存在論的な意識を抱えた詩篇群には、生々しい精神のリアリティがある。今ここに現存することをどこか奇跡のように感受して、その直観した意識をそれしかない形で詩に掬い上げているように思われた。読み終えた後にこれらの詩篇をうまく編集すれば、学生時代から二十代後半までの松村氏が生死を賭けて問うていた存在論的な詩集が誕生すると考えられた。

松村栄子氏と初めて出会ったのは、二〇一六年秋で七十年の歴史のある福島県文学賞の審査会会場だった、松村氏は小説部門の審査委員で、私は詩部門の審査委員だった。その審査会の後の懇親会で話すことができた。その話の中で「卒論はフランスの詩人のイヴ・ボヌフォワについてであり、若い頃に書いた詩の草稿もあり、いつか詩集を出すのが夢で、実は詩人になりたいと願っていた」と何のてらいもなく、自分への約束事を果たすように語られた。私はその率直さに驚き、松村氏の夢を実現させる支援をしたいと考えた。翌年の審査会の後の懇親会でも詩集の話が出て、私が関西方面に出張の際に松村氏の暮らす京都に行き、詩集の草稿を拝読させてもらうことになった。

松村氏が第一〇六回の芥川賞を受賞した『至高聖所《アバトーン》』は、筑波大学とおぼしき大学に入学した主人公の青山沙月と大学寮の同室になった渡辺真穂とが、研究学園都市での大学生活を送りながら、家族や他者との関係から引き起こされる「心の病」を「夢治療」してくれる「至高聖所《アバトーン》」を探していく物語だ。実の父母を失くし義父も死にかけている真穂は「至高聖所《アバトーン》」という芝居の台本を書き、その上演に情熱を注ぐが、演劇部員から反対されて挫折してしまう。沙月は鉱物研究会に入り、真穂と相互影響を与え合い、恋人の嶋君が新興宗教に染まり疎遠になるなどするが、研究会の「青金石《ラズライト》」などの鉱石を研究する清水先輩に憧れて、どこか宮沢賢治のように鉱物を叩き肉眼鑑定術を身に付け、その性質を研究していく学生生活に馴染んでいく。しかしピアニストになるに違いないと理想化していた自分の分身でもあった姉が、その夢を捨て平凡な結婚をして子を孕んだことを知り、その赤ん坊を抱く姉の姿が反復されて不眠症に陥り、精神が錯乱してしまう。恋人の力を借りようともしたがそれも断念し、一人で図書館のファサードに辿りついた。そこに立ち並んでいる六本の円柱がある場所は、真穂が演じようとしていた「至高聖所《アバトーン》」となる所だった。沙月はそこに辿り着くと「夢の中に赤ん坊が出てきたら委細かまわず抱きしめればいい」とようやく悟り、その石の床に横たわり「絹の肌触りで眠りはそこにあった。」と小説は締めくくられている。松村氏は鉱物を叩くように沙月や真穂という若者たちの精神を叩いて、彼女たちの身体を通してその肉化された存在の痛みを語らせていったのだろう。この小説に出てくる清水先輩はどこか岩手県の岩石を研究していた宮沢賢治を彷彿させるし、その先輩に憧れて弟子のようになる沙月やその先輩を沙月に譲って欲しいと迫る真穂は、詩人に憧れるだけでなく、自らの生き方を通して詩的精神とは何かを追求しているかのようだった。その意味でこの小説の隠された主題は、松村氏にとって自らの詩的精神をいかに小説の中で物語として開花させるかという試みだったのかも知れない。

2

今回の詩集『存在確率――わたしの体積と質量、そして輪郭』は、松村氏が小説を書き始める直前の一九八九年頃までの詩篇で、作品が書かれたのは十代から二十代後半にかけてである。きっと松村氏の表現領域の深層に当るもので、それが明るみに出されたと言えるだろう。

詩集は三章に分けられて、Ⅰ章十二篇、Ⅱ章九篇、Ⅲ章十篇の計三十一篇から成り立っている。Ⅰ章の扉には章タイトルの代わりに「空が蒼いとそれだけのことに／生きてもいいと思ったりする」というエピグラフ的な短詩が添えられている。私はこの「空が蒼い」という表現の中に「青金石《ラズライト》」を叩いていたかも知れない松村氏の学生時代を甦らせようとする思いを感じた。

冒頭の詩「想いの伝わらない言葉」はタイトル自体が松村氏の言語思想的な表現であり、言葉がすぐに「言葉の老廃物」になってしまう危機感を痛切に感じている。それゆえに「純粋なのはいつも雨だけだから／窓から降るのを見つめていると」、不純な言葉を「ガラスのカップ一杯の言葉の雨」に変換させたいと試みるのだ。

詩「夏の雨」では、「内部のわたしが心臓の編目をほどかれるように」、「命さえ消えるとき／存在だけが雨に同化し

／残るだろう」という現存しながら肉体が滅んでいき、雨という存在物に同化し返っていく、私という存在物が解体される極限の存在論を記している。この詩は十行の短い詩だが、松村氏の存在論的な詩の特徴を伝える優れた詩篇だと思われる。私たちの生命の起源である水への憧れは、雨に寄せる感謝につながり、その雨に同化したいという願いは生き物の潜在意識の中にあるのかも知れない。

詩「完成する秋」では、「何を見たというのだろう」という詩行から始まり、「かすかな時間の尻尾だけを／咄嗟に見たと君はいうのだ」と言われて、「僕は僕の秋を／完成させてみせる／ただひとりで」と自らの「かすかな時間」である「秋」を探しに行くのだろう。

詩「同化する秋」では、「一面の秋桜《コスモス》畑／一面の秋桜畑」と山村暮鳥の「いちめんのなのはな」のリフレーンを彷彿させるが、単なる花畑で終わるのではなく、「流れていく時《とき》間の音《ね》を／聴くことさえできなかった」と待つことの苦悩を語り出し、「浮いて舞って散らつくものを／わたしの精神が捕獲すること」を目指そうとする。

詩「乞う日」では、「わたしの雨乞いは終日続き／声も枯れ　首も疲れました」と雨の降らない禁断状態に陥り、ついには「降ってはいない雨が／野原に匂う」ことによって「こんな湿った／草原に／わたしたちは衣服を脱いで／裸で交わるだろう」と幻視していくのだ。今まで読んできた松村氏の詩には雨によって深層が開示していくような傾向があり、ある意味では雨に触発される存在論的詩篇と言えるかも知れない。

3

詩「存在確率」はタイトル詩であるが、その「存在確率」という言葉は量子力学で使用されていて、簡単に言えば物質の有無は確率的なもので時間的空間的には特定できないということらしい。その数式があまりに高度で私には全く理解できなかったが、松村氏はそうした概念を神秘的もしくは哲学的にそして文学的に認識しようとしていたのかも知れない。冒頭の部分を引用してみる。

夢見たくない／現身《うつしみ》のその中に／何かを期待すれば／傷口もない血もない／自らに／癒せない痛みを負う／ただ限られた空間を／はかない輪郭で切りとって／わたしという存在を表象し／そんなものと他との間に／何が結ばれるというのだろう／人であることを／わたしは憎み／感情と理性とに／煩わされて／弱い犬のように吠えても／なおさら哀れになるものを／臨界磁場で凍らせて／ど

こかへ運ぶ／その荷を負うのは／あなたでなくていい
（「存在確率」の一連目）

「夢見たくない」で始まるこの詩は、きっと『至高聖所《アバトーン》』の中で不眠になってしまう「見たくない」と思いつつ見てしまう夢の詩なのかも知れない。「わたし」は、量子力学が教える理性的な宇宙の法則を理解すると同時に、その物理法則から無縁の感情を抱えた「わたしという存在」の在りようを「わたしは憎み」、そのような「哀れになる」人間存在に絶望感を抱いていく。そのような「わたし」はきっと他者である「あなた」を拒絶していくのだ。そして次のように自己を断罪し解体させようとする。

さわさわと／揺れる樹々に／視線が／釘付けになり／その張りつめた視線に／わたしの存在がぶら下がり／風に揺れて戯れて泣き出す／いつもこんなふうにしか／語れない情景の／片隅でやはり草たちが揺れ／両手で塞いだ耳の奥に／仲間になろうよと／そんなふうに聞こえて／わたしは硬直する／夢だったから／陽《ひ》かりの重さを身に感じて／翻ってからかう／それが夢だったから／だから／睨《にら》むように凝視したわたしの／中で／何かが糾々と泣き出して／疼《いた》み出して／だけど／泣くより悲しい想いの表現は／語られるのでなく／触れられることで／果たされるから／皮膚のすべての痛点を／一度に触れられ／呪縛の裏側で／この上ない解放が襲う／そのとき　わたしがあげる絶叫は／もはや、あなたには聞こえない／それは　ただ　風の　行為／避け難い／揺れる樹々へのわたしの凝視／仲間になろうよと／そんなふうに聞こえて／わたしはただ誘《いざな》いの前に硬直する
（「存在確率」の二連目）

「さわさわと／揺れる樹々に」で始まるこの二連目は、人間としての自己が自壊していく一歩手前の内面を記しているように思える。「わたし」は樹木から「仲間になろうよ」と呼ばれるのだ。行くべきか迷って「わたしの存在がぶら下がり／風に揺れて戯れて泣き出す」、誘惑に負けそうな自分が怖くて「わたしは硬直する」。自己を捨て樹木と化せば「この上ない解放が襲う」のは間違いないが、それは声を失うことであり、「そのとき　わたしがあげる絶叫」は「あなたには聞こえない」。決心がつかないまま「わたしはただ誘《いざな》いの前に硬直する」。

これほどの現実存在（実存）の自壊の危機意識を、樹々からの誘いという切迫したリアリティの相関関係で記していたことに、私は言い知れぬ感銘を受ける。どうしてこの

ような詩が書き得たのだろうか。私なりの推測だが、それは松村氏の卒論のテーマであったフランスの詩人イヴ・ボヌフォワの詩の哲学的なテーマであった「プレザンス（現存）」と「アプサンス（不在）」から学び、強い影響を受けたのだろう。きっとこのような突き詰めた詩的世界の研究や詩作を自らに課していた松村氏は、小説家になってもどこかで自分は詩人だと感じていたに違いない。それは小説家の深層の中には詩人があたりまえに棲んでいることをただ明らかにしただけなのかも知れない。最後の三連目を引用する。

何が穢《きたな》いのか／この雨がちな夕暮れ／凍えて立っていると／洗われそうで／そうしてわたしは細い神経繊維になって／あなたの訪れを待つのだろうか／触れれば折れそうに／凍てついたわたしの神経は／あなたに快楽を与えられなくなるだろう／わたしの足元には／ぼろぼろとこぼれた細胞が／屑のように散っていて／いぶかしげな顔をあなたはするだろう／骨といったら雨で溶けて／じゅくじゅくと音を立ててとうの昔に消えている／何が美しいのか／この雨も忘れてからりと晴れた真昼頃

（「存在確率」の三連目）

「何が穢《きたな》いのか」と語り、人が苦悩の果てに死んでいくことを人は美醜で語れないことを告げている。自分の身体が雨に打たれて分解されていきたいという解体願望のようなものを表出している。その情景は「あなたに快楽を与えられなくなるだろう」かも知れないが、そのような「存在確率」が人間にはあることを身を切るように刻んでいる。決して自裁を肯定している訳ではなく、人間はそのような自己の存在を否定する意識を抱えて、過剰な「運動量」を持つ存在なのであることを記している。松村氏は『存在確率』にサブタイトル「――わたしの体積と質量、そして輪郭」としている。ないものねだりをするのではなく、自らの身体を通して存在するとは何かを粘り強く問うて、生に希望を見出し再び歩み出すことを最後の二行「何が美しいのか／この雨も忘れてからりと晴れた真昼頃」で表現されているように感じる。その意味でこの詩「存在確率」も詩集『存在確率 ――わたしの体積と質量、そして輪郭』全体も、この世に存在してもいいのかという根源的な問いを孕んだ本格的な存在論的詩集だと言える。

他にも、Ⅰ章の詩「決して誰にも云っては逝かない」、「独歩」、Ⅱ章の「夢綴り」、「仏蘭西窓」、「ゆびのあいだにごきぶりの血なんかつけていてはいけない」、Ⅲ章の「愛ではなく」、「原子的欲求」など、論じたい松村氏しか書けない想像力に満ちた独創的な詩篇が、たくさん収録されている。若き松村氏は詩作を突き詰めた果てに小説の世界に向かって行った。けれども決して書き残した詩篇を忘れることがなく宝物として保管し続けた。そんな松村氏からの詩集という言葉の宝物を受け取って欲しい。詩と小説の境界を越えたいと願う人たちにもこの詩集を一読してもらいたいと願っている。

様々な宿命の哀しみに寄り添う人
橘かがり『判事の家　増補版　――松川事件　その後70年』

橘かがり氏は、ゆったりとした上品な口調で話される方だ。けれどもその言葉には自らを隠す衒いや虚飾はなく、何か淡々と自ら宿命を背負っている潔さのようなものが感じられた。どこか山の手の貴婦人と率直な下町娘が融合した不思議な魅力を抱えていて、それは人間存在の哀しみの全体像を見詰めていく橘氏の存在感のようにも思われた。日本ペンクラブ総会後の二次会で初めてお話しする機会があった。橘氏の専門は西洋史であるが、特に戦後史に詳しく戦争直後の様々な矛盾・混乱の中で懸命に生きた人びとを描き、社会性や批評性のある作家だと私には直観的に思われた。橘氏の祖父は、松川裁判を担当した最高裁判事の一人で最後まで有罪説を主張した下飯坂潤夫《しもいいざかますお》だった。後で親しい弁護士に聞いたところ祖父の下飯坂潤夫は、一昔前の弁護士だったら誰でも知っている高名な裁判官だったと言う。それは松川事件第一次上告審、第二次上告審でいずれも有罪説を採ったこと、そして第二次最高裁の多数意見が仙台高裁差戻判決（全員無罪）を支持したことに対して、尊敬する田中耕太郎長官の意に添うように激烈に批判したこと、それに対して無罪判決を主張した斎藤朔郎《きたろう》がその考えを補足意見で国民主権の立場から再反論したことなどが、判例史を学んだ多くの司法関係者の心に刻まれていたからだろう。

私が通勤で利用する常磐線の北千住駅と綾瀬駅の間で国鉄の下山総裁が轢断死体で発見されたのが今から七十年近く前の一九四九年だった。この年の七月から八月の間に起こった「国鉄三大ミステリー事件」と呼ばれる下山事件、三鷹事件に続いた松川事件は、未だに大きな謎を残したままだ。松川事件の容疑者として検挙され、自白を強要された国鉄労組・東芝松川労組の二十人は、長い人では十年近くも「列車転覆致死罪」で獄中に置かれ、損害賠償の民事裁判までも含めると二十一年後に全ての決着がついた。この間の被告と家族の苦しみは想像を絶するような過酷な試練だったに違いない。そんな国家犯罪とも言える「松川裁判」の転機となったのは、作家・広津和郎《ひろつかずお》が裁判を傍聴し始めた評論・傍聴記などだった。後に本にまとめられた『松川裁判』では、二十人の共同謀議とその事実性に関して、関係者とも会い『中央公論』などに一九五三年から掲載し検事の描いた筋書き通りの八人の自白を根拠にして、否認している十二人の者たちの役割を構築していく恐ろしさが記されている。そんな国家権力が犯人をでっちあげる権力犯罪に対して広津和郎の『松川裁判』は、一つひとつ事実の確証に基づきその矛盾を暴いていった正義の闘いの記録であった。橘氏は、なぜ祖父は広津和郎の指摘した事実認定から目を背けて、多くのアリバイのある証拠を無視し検事たちが創り上げた有罪論に固執したのかを問い続けてきた。その結果、祖父が『松川裁判』において完膚なきまでに敗北し、父母など親族たちも世間から陰口を言われ、孫の橘氏も祖父が無実の者たちの死刑判決を繰り返し支持した贖罪感を抱え込んでいく。そんな「反共主義のタカ派」とも言われた「判事の家」の内面の苦悩を描きたいと子供の頃から願っていたようだ。ただこの小説は祖父の伝記的な箇所以外の登場人物は想像されたものだと聞いている。主人公である孫の亜里沙も橘氏の内面の分身ではあるだろうが、祖父の国家権力を優先する思想に批判精神を持ってその問題点を暴いていく役割を担う象徴的な人物だ。亜里沙は左頬にあざがあり、動作がのろい少女で、祖父の口利きのエリート幼稚園よりも、地元の友達のいく幼稚園に行きたかったと祖父に批判的な態度を取る。このように判事の祖父や公害裁判の企業側の弁護士である父たちのエリート意識や権力意識に戸惑いを感じながらも、大事に育てられた一人娘の亜里沙は、ある日父の愛人の中川早雪から電話を受けて会うことになる。早雪は松川の出身で、父は親友が無実の罪で拘束された「松川裁判」の支援活動をして無罪判決の後に亡くなったと語った。早雪は父の親友や父たちの人生を陥れた有罪説を最後まで支持した祖父とその家族に復讐するために、父に近づき父の不義や不正を亜里沙に教えて亜里沙の家族を破滅させようとする。早雪の狙い通りに亜里沙は父の不正を弁護士事務所に密告し父は破綻する。父はついには落ちぶれて早雪の田舎の松川に身を寄せ早雪の世話になり、久しぶりに会った亜里沙と話した翌日に火事を起こして焼死してしまう。けれども亜里沙は父が自分に注いでくれた愛情だけは感謝し、祖父が晩年に高浜虚子系列の句会に参加したこと、死刑廃止論に傾いていったことなどに救いを感ずる。特に感動的な場面は、十年を獄中で死刑囚として過ごしたH（本田昇）に会いに行き、「祖父が裁いた、そして誤って裁かれたその人から、裁きを受けたかったのだ」と呟くところだ。そして亜里沙と早雪の愛憎や復讐心などが溶解し、父の愛人の子・亜美が産んだ少年に父の面影を発見し、「松川裁判」を語り継いでいって欲しいと願い小説は終わる。歴史的な判決文を書き上げた判事たちの家族の内面を問うた橘氏の小説は、様々な宿命の哀しみに寄り添って書かれており、広津和郎の『松川裁判』と共にこれからも読み継がれて欲しいと願っている。

今回の増補版は、二〇〇八年にランダムハウス講談社より発行されたが絶版となっていた『判事の家』の一部を修正・加筆し、新たに橘氏が敬愛する『松川裁判から、いま何を学ぶか――戦後最大の冤罪事件の全容』の著者であり、福島大学名誉教授・福島大学松川資料室の伊部正之氏の最新の論考を「補章――松川事件のその後」として収録し、文庫サイズの普及版として刊行された。さらに第七一回小説現代新人賞を受賞した、ベトナムのボートピープルをテーマにした小説『月のない晩に』も収録されている。

「核災」の悲劇を記し、福島の讃歌を奏でる人
天瀬裕康『混成詩　麗しの福島よ
——俳句・短歌・漢詩・自由詩で3・11から10年を詠む』

天瀬裕康氏は一九三一年に広島県呉市に生まれ、広島被爆のさいは近郊で救護活動などをされたことで「第3号被爆者」（入市、救護が対象）となった。戦後は医師となり被爆医療などに関わり、医学博士として核戦争防止国際医師会議（IPPNW）日本支部の理事もされてきた。IPPNWは「International Physicians for the Prevention of Nuclear War」の略で一九八〇年に発足した「核の脅威と戦うために、国際的な医師の運動を組織する」として西側諸国だけでなく東側諸国のソ連の医師たちも参加していた核兵器廃絶を目指す団体だ。天瀬氏は本名の渡辺晋でそのIPPNWの活動に関わり、『核戦争防止国際医師会議（IPPNW）私記』という私家版の本も刊行し、その中で「核兵器による戦争の抑止という考えは幻想」であり、それよりも「人類が被っている損失の実体」を直視すべきだと語っている。そのような活動の他に、小説や詩・俳句・短歌・漢詩などの詩歌を執筆してきた表現者でもあり、また最近はテーマを決めたアンソロジーを多様な表現者たちと試みている。

天瀬氏は二〇一八年七月に編著として『混成詩集　核と今』を刊行した。「核と今」をテーマとして詩、俳句、短歌、漢詩の四十名の作品と自作の作品を四章に分けて交響詩のように編集したものを「混成詩集」と命名し、類例のない試みをされていた。その最後に置かれた天瀬氏の詩「明日への想い」の後半の短歌、詩、俳句の部分を引用したい。

戦争は　上の人等が起こしけり　消耗品よ　兵は未来も／／原爆だけではない　原発もだ／それだけではない　全ての公害もだ／消費者は王様ではない　使い捨ての兵なのだ／最大の需要喚起をもたらすのは　戦争なのだ／／便利さを追い求めてはならない　陰には儲ける奴がいるから／メーカーの宣伝におどらされて　無駄な電気は使わぬことだ／／皆殺し《ジェノサイド》　残りし星に　雲の峰／／この地球を　そんな廃墟にしてはなるまい／目先のことに　一喜一憂するのではなくて／しっかりと　腰を据えて未来を見つめれば／忽然《こつぜん》と　核のない世界が浮き上がってくる

引用の前には漢詩とその読み下し文があり、それを含めてこの引用した短歌、詩、俳句が一篇の中で響き合ってい

ることが分かる。天瀬氏はこのような「混成詩」の試みで福島の過去・現在・未来に焦点を当てて独力で一冊を刊行したいと願ったのだろう。

今回の『混成詩　麗しの福島よ』は、まえがき、序章から始まり二〇一一年から二〇二一年までの十一章に分けられている。まえがきでは、福島県が浜通り、中通り、会津の大きく三つに分かれていることなど、福島県の風土や文化の多様性とその魅力を暗示しながら、福島県のこの十年間の悲劇的な出来事やそこから立ち上がってくる姿や、残されている汚染水やデブリなどの様々な問題点を書き記している。

「序章　麗しの福島よ　～二〇一一（平成二十三）年二月」の冒頭の俳句「陸奥《みちのく》」は次の七句から成る。

陸奥は京に属さず四季を恋う
瀧桜の樹齢千年すぎし日々
海開きサーフィン場に古泳法
天高し乗馬も学ぶ牧場かな
風花のゲレンデも美し裏磐梯
初天神うそかえ祭り苦難除け
原発は風土壊すや亀鳴きぬ

この冒頭の俳句によって天瀬氏は「陸奥《みちのく》」の四季の感覚が、大和朝廷の中心だった京の人びとの感受性とは決定的に異なっていることを告げている。そして中通りの三春町の滝桜が千年を超えて咲き誇っている日々を思い遣り、会津の裏磐梯のスキー滑走場に小雪が舞っている美しさを愛し、中通りの「高畑天満宮・うそかえ祭」で福島の悲劇を取り除きたいとの民衆の願いを伝え、浜通りの東電福島第一原発六基の中の四基が破壊されて放射性物質を放出し、百年を超えて生きる亀も恐怖で鳴きだすのだろうと憂いている。また〈核災〉後に天瀬氏は福島を俯瞰的に眺めながら、福島の本来的な美しさや豊かさやそれが損なわれていった痛みを重層的に詠み始めるのだ。

次の短歌「幸の溢れたる土地」五首を引用する。

鳥が鳴く東の国の暁の明けゆく空の澄みて潤う
将門の東国独立宣言を朱雀帝らは如何に聞きしか
東北は貧しきものと決め難し藤原の栄華な忘れ給いそ
信夫山あかつき詣で大わらじ稲の収穫多ければなり
福島と名付けられたる野も山も海にも幸の溢れたる土地

冒頭の短歌は鳥が鳴き「東の国の暁の明けゆく」という

東方の国々の山河の澄んだ光景から始まる。そして平将門は、九四〇年に関東八州の独立を宣言し、京都の天皇に対して自ら新皇と称したが、その衝撃は朱雀帝や朝廷の官吏たちに想像を超えた衝撃を与えたと言われている。将門の怨霊は今も首塚や神田明神などに祀られている。また平安京に次ぐ第二の都市とも言われた平泉の奥州藤原氏四代の栄華の時代には、東北が半ば独立国であったという説もあり、そんな歴史を踏まえて天瀬氏は「東北は貧しきもの」という先入観を退けている。「信夫山あかつき詣」は旧暦の正月二月十日に、信夫山の山道を登って羽黒神社に長さ十二メートル、重さ二トンの大わらじの奉納が行われる。「大わらじ」の「稲の収穫」の豊かさを天瀬氏は詠み込んでいく。俳句の心情を突き付ける鋭敏さも魅力だが、短歌は土俗的な歴史を踏まえて民衆の息遣いを伝えてくれる。最後の短歌「福島と名付けられたる野も山も海にも幸の溢れたる土地」で記されている福島賛歌こそが、本書で天瀬氏が最も伝えたかったことだろう。

その次の漢詩「福島四季」は、福島の四季の美しさを漢字だけでこのようにシンプルに表現できるということに驚かされた。

春青聞鳥哢　　春は青く　鳥の哢《さえず》るを聞き

朱夏往濱遊　　朱夏は　浜に往きて遊ぶ

秋白謝恩祭　　秋は白く　謝恩《きよ》の祭

玄冬娯雪丘　　玄冬は　雪の丘に娯《たの》しむ

漢詩はある意味で英詩のように主語述語の関係を辿れば意味が推測でき、さらに自由に書き下し文を想像できる楽しみがある。漢字の意味を上から読んでもだいたい理解できるだろう。福島の四季を漢字で楽しみ、心を遊ばすことができる。例えば三行目などは「秋の空気は透き通るように白く、収穫の恵みに感謝して神に捧げよう」などのように想像を膨らませることができる。漢詩もまた重要な表現方法であることを実践的に伝えてくれている。

序章の最後の詩「桃源郷から嘆きの地へ」の前半と後半の一部を引用したい。

むかし陸奥は桃源郷だった／勿来を過ぎればもう異境だ／浜通りには三千年前の貝塚があるから／縄文人の天国だったのかも……／／ここには独自の文化圏があった／アイヌもオロシアも女真もおいで／大和や京都とは違う独自の連合国だ／奥州藤原の文化は京よりも大陸に近い／／義経が逃げ込んだ東北州は／兄・頼朝に攻め寄せられた／幕末　会津らの奥州連合は／薩長らの西軍に蹂躙さ

れた／／会津が西軍に攻められたのは／江戸の身代わりになったようなもの／徳川幕府は　会津中将を護りはしない／周辺諸国も　会津の許に結集したのではなく／西軍側についた藩も少なくなかったが／明治維新後は賊軍会津と汚名を着せられ／肩身の狭い想いをすることが多かった／（略）／原子力の平和利用が唱えられ／原爆ならぬ原発（核発電）が検討される／ならば東京に造ればよかろう／いや近くで貧しい場所がよい／／かくして福島県の浜通りが選ばれ／双葉町と大熊町に跨る場所に絞られる／だが　食えないほどに貧しいのか／豊かな自然があったのではないか／／原発（核発電）は　明るい未来を保証してくれるのか／原発（核発電）は　貧富どちらへ作用するのだろうか／意外な落とし穴は　ないであろうか……／／＊核発電＝若松丈太郎の語。「わたしは原発を〈核発電〉、原発事故を〈核災〉と言うことにしている。その理由は、おなじ核エネルギーなのにあたかも別物であるかのように〈原子力発電〉と称して人びとを偽っていることをあきらかにするため、〈核発電〉という表現をもちいて、〈核爆弾〉と〈核発電〉とは同根のものであると意識するためである。／さらに、〈原発事故〉は、単なる事故として当事者だけにとどまらないで、空間的にも時間的にも広範囲に影響を及ぼす〈核による構造的な人災〉であるとの認識から〈核災〉と言っている。」（『福島核災棄民――町がメルトダウンしてしまった』コールサック社刊）

私はこの天瀬氏の詩を読み、三千年以上の縄文遺跡のある豊かな歴史を刻んできた福島浜通りに〈核発電〉を押し付けた東電や政府やそれを黙認してきた多くの人びとに対して懺悔を迫るような思いを感じる。実は天瀬氏の過去の著書を読むと科学者の観点から原発の平和利用をかつて肯定していたことが記されている。しかし福島浜通りの三・一一以後の現実を知るにつれて、このように〈核発電〉の立地が大都市は避けられて、経済的に「貧しい場所」の僻地に偏在していて、ついには「桃源郷から嘆きの地へ」と変えてしまったことに衝撃を与えられ、平和利用の虚構性の前に立ち尽くしたに違いない。それから天瀬氏は若松丈太郎氏が原発を〈核発電〉という言葉に言い変えるべきだという提言に賛同して、詩に引用し多くの人たち伝えたいと願ったのだろう。

一章からの目次の年毎の章タイトルを挙げておきたい。一章「激変、地獄の到来」、二章「〈核災地〉の苦難の周辺」、三章「〈核発電〉というものは」、四章「日常生活と危険」、五章「せんかたなく学ぶ放射線」、六章「避難区分を思い出して」、七章「損害賠償いつまでも」、八章「戊辰で歴史をチェックすると」、九章「改元ありしが異変だらけ」、十章「戦後七十五年の節目に」、十一章「あれから十年が巡り来て」。
　この十年の福島の歩みに俳句・短歌・漢詩・自由詩で寄り添おうと試みたのだった。最後に二章の短歌〈核災〉から三首と詩「十年が過ぎても悲しくて」の冒頭の一部を引用したい。

被曝災地と被爆地の連携強まるべし体験の記録・遺構の保存
「核災」と原発事故を呼びにけり詩人・若松いきどおり込め
（『福島核災棄民』コールサック社、二〇一二年）
情緒無用ただ事実だけ並べんか即物性求め被曝の諸相を

核兵器禁止条約が発効したのは二〇二一年の一月／だが
「核の傘」に依存する日本政府は背をむけたまま／次は
「核発電禁止条約」をとの想いもあるが／核マフィアとの
繋がりか本気で原爆を造るつもりなのか／原子力政策を
変える様子はない／その代わりに強調するのは東京五輪
／（略）／既成事実は作られた／歓びの中の哀しみは／
また騙される既視感《デジャビュ》か

　天瀬氏は、二〇二一年四月二十一日に他界した若松丈太郎氏が一九七〇年から半世紀も〈核発電〉や〈核災〉の危険性に警鐘を鳴らしていたことに敬意を払い、その言葉を詩歌の中に記した。さらにそれを発展させて詩の中で「核兵器禁止条約」の次には〈「核発電禁止条約を」との想い〉を構想している。そのことに私は深い感銘を抱いた。三・一一以後の三月下旬にようやく連絡が取れて、『福島原発難民』の原稿を送ったとの連絡があった時、温厚な若松氏の〈核災〉に対する激しい「いきどおり」が伝わり、私は一刻も早く若松氏の四十年間の論考や詩をまとめて刊行すべきだと考えて、五月上旬には刊行することができた。その翌年十二月にも『福島核災棄民』を刊行することができた。その中の若松氏の〈核発電〉、〈核災〉という言葉を真摯に受け止めて、天瀬氏が詩歌の連作の中でそれらの言葉を繰り返し使用して深めてくれたことに対して、天上の若松氏もきっと喜んでおられるだろう。この天瀬氏の『混成詩　麗しの福島よ　―俳句・短歌・漢詩・自由詩で3・11から10年を詠む』が〈核災〉の悲劇を伝えると同時に、福島への讃歌を奏でながら多くの人びとに読み継がれることを願っている。

「あしたのあした」という「先駆的構想力」

黒田杏子第一句集『木の椅子　増補新装版』

黒田杏子聞き手・編者『証言・昭和の俳句　増補新装版』

1

黒田杏子第一句集『木の椅子　増補新装版』は、大扉を開けると「この一巻を『藍生』の仲間に捧げます。」と記されている。Ⅲ章から構成されていて、Ⅰ章では四十年前の第一句集『木の椅子』が再現されていて、跋文の古舘曹人の黒田杏子論は、国内だけでなくインドにも及ぶ様々な地域において風土性を句に詠む黒田氏の創作姿勢を描き出している。Ⅱ章では『木の椅子』が現代俳句女流賞を受賞した時の五人の選評が収録されている。飯田龍太の「瞭かな向日性」、鈴木真砂女の「自由奔放に詠み」、野沢節子「はかなき愛惜のこころ」、細見綾子の「大志を抱いて」、森澄雄の「闊達さと清新さ」などの選評を読んでいると、この句集の作者が俳句の世界の未来を切り拓いて行く人物であることを洞察しているかのように感じさせてくれる。瀬戸内寂聴と永六輔の書評も黒田氏の仕事ぶりや生き方に清々しさを感じていて、瞠目すべき年下の畏友の魅力を書き記していた。Ⅲ章では現役の三人の批評家の黒田杏子論を収録している。長谷川櫂は「宇宙の鼓動と共鳴し合う」、筑紫磐井は「人間の深層の心理にまで」、齋藤愼爾は「夜叉王と同じ気圏の住人」と独自な観点から論じている。特に齋藤愼爾の論は書き下ろしの力作だ。最後には「増補新装版へのあとがき」があり、黒田氏が自らの俳句人生で出会った人びとへの感謝の思いを込めて振り返っていて、その中に登場する山口青邨、古舘曹人を始めとする真摯に俳句を生きた俳人たちとの交流によって、黒田杏子という俳人が誕生したことを理解することができる。

このような俳句史に残る句集の増補新装版の発行元として編集・製作に関わらせて頂き私はとても光栄なことだと考えている。

2

黒田氏との接点は、福島県と福島民報社が戦後間もないころから続けている福島県文学賞の詩部門の選考委員に私が就任した際に、福島市での選考委員会会場で俳句部門の黒田氏と初めてお会いしてお話することができた。須賀川の俳人で選考委員の永瀬十悟氏からの紹介であった。その時の黒田氏は金子兜太氏からその選考員を引き継いだ責任感や大震災・原発事故後の福島の俳人たちへの励ましや温かい眼差しが印象的だった。ちょうどその頃に、戦後詩を代表する詩「炎える母」を書き残した縄文文化研究の宗左近の没後十年を記念した「宗左近詩碑建立の会」(能村研三代表)の発起人に、黒田氏も私と同様に就き、二〇一六年に市川市里見公園での詩碑建立除幕式に、金子兜太氏の出席について直接電話をされて尽力して下さったと聞いている。私が大学の恩師でもある宗左近の主宰していた市川縄文塾の塾生であったことや俳句結社「沖」を創刊した能村登四郎や福永耕二の教え子であることなどを話し、黒田氏もその三人とは親しい交流があり、初対面で不思議な縁を感じたのだった。また日本ペンクラブ平和委員会で企画した『憲法についていま私が考えていること』の編集委員になった際に、そのアンソロジーに俳人から金子兜太、黒田杏子、高野ムツオの三人を推薦しその作品の提案もさせもらった。黒田氏の戦争体験や安保闘争や福島・東北の震災・原発についての句を「疎開の子」というタイトルで二十句ほど収録させてもらった。日本ペンクラブの理事の中で短詩型にも通じている作家たちがいて黒田氏たち以外にも歌人の馬場あき子、詩人の谷川俊太郎も入っていることに驚き、その選ばれた作品の読後の感動を伝えてもらったこともある。黒田氏の俳句は叙事詩的な歴史の証言でもあり、戦後の平和の精神を支える血肉になった経験が記されていると考えている。

3

第一句集『木の椅子』を拝読し感銘を受けた句を私なりに解釈させて頂く誘惑に駆られてしまう。きっと黒田氏の句は読み手を自由で想像的な精神に誘うことが大きな魅力なのだろう。冒頭の「昭和四十九年まで」の句を引用する。

十二支みな闇に逃げこむ走馬燈

生まれた干支の年を迎えることを年女や年男というが、黒田氏がこの句集を出したのが四十三歳であったが、俳句を本格的に再開したのが二十代後半だと聞いているので、この句を詠んだのは三十六歳の年女の頃だったのかも知れない。十二支を三回巡り、その三十六年間の時間が闇に消えていくような空しさを感じて、あたかもそれは末期の眼のように過ぎ去っていく過去を映し出す走馬燈のように感じられたのだろう。黒田氏は自らの生きていく有限な時間を強く意識して、自らの生をより良くするために俳句を詠んで自由に生きたいと願ったのかも知れない。この句を冒頭に掲げたことよってに「闇に逃げこむ」ことは、闇を逆に明らかにして逃げ込んだものを明らかにしていく光と影を孕んだ陰翳のある言葉を目指したいと志したのだろう。

「昭和四十九年まで」の四句目に野原を染め上げる大音響の句がある。

稲妻の緑釉を浴ぶ野の果に

雷は夏の季語で稲妻は秋の季語だと言われる。日本人は雷や稲妻を豊作をもたらすものと感じてきたが、黒田氏はその恵みを「緑釉を浴ぶ」と言い、なぜ雷を「稲」の「妻」と言い換えたかの理由として、「野の果て」までに天のエネルギーが及んでおり、天と地が相関関係であることを告げているのだろう。緑釉陶器は平安時代に初めて施釉された陶器と言われる。野原を陶器に見立てて稲妻が緑の釉薬を彩色してしまうという、何とも大音響が聴こえてきて恐ろしくも美しいイメージが立ちあがってくる句だ。

「昭和四十九年まで」の後ろから六句目の句に忘れてはいけない女の顔がある。

芭蕉照らす月ゲルニカの女の顔

芭蕉を仮に琉球芭蕉と解釈させてもらう。するとその芭蕉の繊維から沖縄戦や米軍占領で苦悩が続く沖縄の女たちが夜半まで芭蕉布を織り上げていく。そのような光景を月が照らし出していく。女たちの表情は、ピカソの描いたドイツ空軍の無差別爆撃の犠牲者である「ゲルニカの女の顔」と重なってくるのだろう。黒田氏は生まれる一年前のこの無差別爆撃を忘れてはならないと心に刻み、そんな女たちに芭蕉布を照らす月光でいたわりたいと願ったのだろう。

「昭和五十二年」の最後の二句は対照的だが、どちらも黒田氏の句の特徴を鮮やかに照らし出している。

白葱のひかりの棒をいま刻む
柚子湯してあしたのあしたおもふかな

「白葱」の句は、黒田氏の句の中でも多くの教科書や代表句として数多くの評論で取り上げられている。それに対して隣に置かれた「柚子湯」の句は、秀句として挙げられてはいるがほとんど論じられたことはなかったように思われる。「白葱」を「ひかりの棒」と感じ取ることは、それを調理し家族と自分が食べて、それを食した者たちの身体もまた「白葱」の輝く光の命を受け継いで、健康になって欲しいと願いを込めている、今ここの思いを詠んだ名句だろう。一方で「柚子湯」の句は、一日の疲れを柚子湯で癒すのだが、その後に今日の達成感だけで終わるのではなく、ただの「あしたをおもふ」のではなく、さらに「あしたのあしたをおもふ」というのだ。「あしたのあした」とは今にない未来を構想し創造することだろう。つまり今の切実な「ひかりの棒」を刻みながらも、いつ実現できるかわからないが「あしたのあした」を思い構想することで、黒田氏は遠い未来を引き寄せようとする現実的な企画案を立てようとしている。私はこの二句は暮らしの中での現在と未来との相関関係を感じさせる二行詩としても読めると感じている。黒田氏は日常を生ききることによって、その中で満たされていない何かの未知の領域を発見し、そのキャンバスに「あしたのあした」を思い描くのではないか。その未来を創造する精神を句の中に垣間見ることが出来る。

「昭和五十三年」と「昭和五十五年」の二句に句集タイトルに因んだ句がある。

蟬しぐれ木椅子のどこか朽ちはじむ
父の世の木椅子一脚百千鳥

この「蟬しぐれ」の句は「蟬しぐれ」と「木椅子」の関係が分かりづらいが、仮に「蟬しぐれ」が一週間位の儚い命の鳴き声」とすると、「木の椅子」は長い年月を経て樹木となり伐られた後も木の命は続いているかのように思われる。「木椅子」を愛用した人も次々に亡くなっても「木椅子」は作られたままのように存在している。しかしそんな永遠の命を抱えているような「木椅子」は「蟬しぐれ」によって、いつしかその木の細胞が緩み、「どこか朽ちはじむ」のだろうか。この句は短命と長命との対話であり、瞬間の命を感じながら精一杯に自らの命を「木の椅子」のように全うすべきだと物語っているのかも知れない。「父の世」の句は、父が愛用した「木椅子」を形見として大切にしているのだろう。その椅子に坐って時に俳句も詠むのかも知れない。その姿を百千鳥になった父が見ているのを幻視しているのだろう。私の心に響き渡り刻印される六句を引用したい。これらを読むたびに俳句が精神に与える生きる力のようなものが反復されてくる。黒田氏の俳句は過去を巡礼し現在を突き抜けていつのまにか未来を引き寄せて読むものに勇気を届けてくれるのだろう。

地に坐せばサリーかがやく胡麻を打つ
ボンベイの日暮は茄子のいろに似る
サリー織る筬音ばかり雲の峰
みちのくの菊のひかりにつまづくや
鳥の名をききわけてゐる諸葛菜
きのふよりあしたが恋し青螢

4

先にも触れたが黒田氏は東日本大震災・東電福島第一原発事故で未曾有の災害に遭遇する前年の二〇一〇年から、黒田氏は前任の金子兜太氏から引き継がれて「福島県文学賞俳句部門」の選考委員を二〇二一年まで十年以上もその任に当たった。大震災後の困難な状況の中で俳句を心の糧とする多くの応募者たちは、五〇句を詠んで応募してくるので、その膨大な句を読み大変な労力だったに違いない。その中でも黒田氏は福島の俳人たちを励まし続け、福島の俳人たちの試みを高く評価した選評をされたとお聞きしている。そして二〇二二年には後任に長谷川櫂氏を推薦して辞任された。黒田氏の福島県の人びとへの思いの強さは、きっと学童疎開で栃木県黒羽に六歳の時に移り住み、戦後は一家で北関東の南那須に移住し高校を卒業するまで栃木県に暮らしたことにより、白河関跡までも五〇ｋｍにも満たない地点であり、東北六県は隣接する身近な土地だったことがあるに違いない。因みに黒田氏が同人だった「夏草」の主宰者で大きな影響を与えられた山口青邨氏は岩手県出身であり「みちのく」を愛した俳人だった。「夏草」の吟行や金子兜太氏との対談相手として東北に通われた黒田氏は、東北に精通した俳人なのだ。

実は黒田氏とはお会いした頃から、私が出版社をしていたこともあり、『証言・昭和の俳句』（四六判、上下巻、角川書店）を復刊したい旨の相談をされていた。その後の二〇二〇年初め頃になり正式にその復刊を考えて欲しいとの要請があった。私が引き受ける際に提案したことは、上下巻をＡ５判にして一巻に納め、複数の解説文で今日的な意義を明らかにしたいとのことだった。黒田氏は齋藤愼爾、筑紫磐井、宮坂静生、宇多喜代子など二十名の優れた書き手を人選し、二〇二一年八月十五日に刊行することができた。この『証言・昭和の俳句　増補新装版』は現在まで三版まで版を重ねて、ロングセラーになっていくべき書籍として多くの読者に支えられている。

私がこの『証言・昭和の俳句』を読んだ際に真っ先に感じたことは、例えて言うならば、ベラルーシ出身のノーベル賞作家スヴェトラーナ・アレクシエーヴィチ『チェルノブイリの祈り』のような証言文学であり、戦争から最も打撃を受けた民衆たちがいかに昭和を生き抜いたかを語り継ぐオーラル・ヒストリー（口述歴史）の書籍ではないかと直観した。実際は対談であったものを、黒田氏は聞き手を消して読みやすいように一人語りの文体や手法を作り上げたのだった。桂信子、鈴木六林男、草間時彦、金子兜太、成田千空、古舘曹人、津田清子、古沢太穂、沢木欣一、佐藤鬼房、中村苑子、深見けん二、三橋敏雄の十三人が、生き生きとした現在形で俳句に魅せられた生涯を初めから最後まで語る独創的な手法だった。その意味では十三名の俳人と黒田氏が信頼し合った相互関係で織りなした『証言・昭和の俳句』という証言文学であるだろう。私は特に青森県出身の成田千空、岩手県出身で宮城県の塩釜に暮らした佐藤鬼房、秩父市出身の金子兜太の三人の話には、例えば中村草田男などの優れた俳人たちの血が通いだし、その魂の在りかや息遣いなどを傍らにいるかのように親密さを感じさせる文体で共感を覚えた。俳句という文芸がハイデッガーの言うように「詩は歴史を担う根拠である」に相応しい働きをしていることに驚かされたのだった。その黒田氏の試みは、優れた文学に宿る「先駆的構想力」を体現していると考えている。その意味で先に触れた〈柚子湯してあしたのあしたおもふかな〉や〈きのふよりあしたが恋し青螢〉などの黒田氏の俳句には、その「先駆的構想力」の志が作品化されているように思われる。

Ⅲ 東北

青森・秋田・岩手・山形・宮城

永山則夫の「異物としての言葉」と「事実」を宥《なだ》めること

井口時男『永山則夫の罪と罰――せめて二十歳のその日まで』

1

井口時男氏が三十年もの間に書き続けていた永山則夫に関する論考をまとめられた。井口氏は三十歳の頃に「群像新人文学賞評論部門」を受賞しており文芸批評の文体には、決してぶれることのない「冷静さ」や徹底した「初志」があり、作家の深層である「情動の渦巻く貯水池」（『悪文の「運命」――中上健次論』より）に肉薄していく熱量の高さを感じさせている。しかしそんな作家論の中で「冷静さ」が揺らぐ例外として永山則夫論があることを記している。一九九三年に刊行された『悪文の初志』のあとがきで次のように語っている。

「作家の誕生」を書いた後、編集者のA氏にお願いして何度か永山氏に面会する機会をもった。面会のたびに永山氏は朗らかで率直だったが、私はいつも口ごもりがちだった。そういう私の感傷性はこのエッセイにも滲んでいる。だが、私はこの感傷を恥じない。

永山氏からは何通かの通信ももらった。書簡においても口ごもりがちな私はよき通信相手とはいえなかったろうが、永山氏からの通信はいつもこう始まっていた。

こんにちは！

その後お元気ですか。がんばっておりますか。

私は氏によって、人間の根本的な〝元気〟というものを教えられたと思っている。

永山氏の文芸家協会入会問題が起きたのはこのエッセイの二年後のことだった。もちろんジャーナリズムの空騒ぎなぞはすぐに終るのである。大事なのは世の中の「必要」（坂口安吾）ではない。自分一個の「必要」に賭けて持続することだけだ。人が文学ないし文学研究という言葉いじりに専念できるのは、人が言葉以外の諸条件によって護《まも》られているからである。だから我々はくりかえし自分自身に問うべきである。「お前は何によって護られていたのか」と。

井口氏の「私はこの感傷を恥じない」という自己の「冷静さ」の揺らぎを直視した言葉を読み、私は井口氏の文芸批評において作家の深層に迫る際に自己の深層を対峙させようとする誠実さを感じた。なぜ井口氏は永山則夫にだけは「感傷性」に捉われるのか。そこで大事なことは〈自分一個の「必要」に賭けて持続することだけだ〉と語っている、永山則夫から差し出された「感傷性」には、大事なことが孕まれていて、井口氏にとって生を支える極限の「元気」を与え続けられているからだろうか。そのことは四、五歳上の世代の永山則夫という存在が、「護るべき」存在であった父母や兄姉から虐待を受け無視をされ何度も捨てられ、集団就職した職場からも出自の発覚を恐れて孤立し、「護るべき」ものが何もなかった環境であったことへの痛切な疼きがあるのではないか。そのような劣悪な環境から「連続射殺魔」となった永山則夫が、獄中で独学で言葉を獲得して、ついには読む者に感動を与える「元気」を宿す言葉をいかにして生み出しえたのか。そんな言葉の誕生の秘密に分け入っていく姿勢に、同世代の私は井口氏の感受性の誠実さや思考の徹底さを感じ取ることができる。

2

本書『永山則夫の罪と罰 ――せめて二十歳のその日まで』は冒頭の俳句十句から始まる。その俳句は井口氏が永山の出生地である網走を訪ねて詠んだ七句と、永山則夫が拳銃を盗んだ横須賀の米軍宿舎や明治神宮の森を詠んだ三句だ。

十句の中の三句目に〈網走港の帽子岩は永山則夫の「最初の記憶」だった。〉という添え書きがあり次の句がある。

網膜を灼《や》く帽子岩陰画《ネガ》の夏

この句の「帽子岩」の光景とは、四男四女の家族で十八歳近くも年の離れていた長女セツが母替わりのように則夫の面倒を見ていて、そのセツ姉と帽子岩のあたりで遊んだ記憶のことを指している。父母や兄姉たちから疎まれた則夫にとって唯一の心温まる記憶が、後に精神を病み病院に隔離されてしまうセツ姉と戯れた光景だったのだ。井口氏はその場所に佇み永山則夫の見た「最初の光景」を思いやり、俳句に記したのだ。そして次のようにも呟くのだ。

〈はまなすにささやいてみる「ひ・と・ご・ろ・し」〉

永山則夫の殺人行為は決して許されることではないが、北の果ての網走の海岸に咲く浜茄子になぜか「ひ・と・ご・ろ・し」と呟き、どうしてそうなったのかを知らせてくれと迫っているかのようだ。その遠因となった網走橋で捨てられた記憶の意味を問いに行きながら、井口氏は浜茄子に囁くことで、永山則夫との根源的な対話を試みているかのようだ。

夏逝くや呼人《よびと》といふ名の無人駅

この句には〈永山則夫の出生地は「網走市呼人番外地」だった。〉と添え書きがされている。永山則夫は「金の卵」と言われて集団就職をし、人間関係が築けずに転職を繰り返して、本籍地を提出することを求められた時に、「網走市呼人番外地」を出すことをためらい職場から逃げて行った。その頃一世を風靡していた高倉健主演のヤクザ映画『網走番外地』のイメージは、庇護者のいない貧しく無防備な少年に拷問のような絶望を植え付けていたと井口氏は暗示している。また母が四人の子を置き去りにした結果、兄と姉たちは則夫が邪魔になり、雪道を歩かされて厳冬の網走橋に捨てられた時のことを想起させているのだろう。

「永山は横須賀の米軍宿舎に盗みに入って拳銃を入手した。」という添え書きのある次の横須賀の二句目を読むたびに、だんだん永山則夫の深層に集まってくる憎しみが破裂しそうな思いがしてくる。

軍港霖雨白痴の娘の乳房かなしき

井口氏の語る「白痴の娘」とは、実際に軍港の近くでそのような娘を見たのかも知れないが、婚約が破棄されたり宿した子を死産したり、父から金を奪われたりして精神を病んだセツ姉を指しているかのように思える。また永山則夫と同じように集団就職して都会にもまれて苦悩している娘たちを「乳房かなしき」と記したのかも知れない。

最後の俳句は「明治神宮の森は永山の好きな場所だった。」と添え書きし次のように記されている。

落ち葉踏んで錆びた殺意を埋め戻す

井口氏は永山則夫が四人を殺した後に、銃を埋めた行為を「錆びた殺意を埋め戻す」と表現する。永山則夫の言語行為から「殺意」をいかに地に埋め戻すことができ、永山則夫の残した言葉からどのように他者へ「元気」を伝える言葉に転換させ得るのか、その可能性を井口氏は「感傷性」を通して読み取ろうとしているのだろう。

エッセイ「板柳訪問」は、小説『木橋』に収録されている本人の手書きの地図を頼りに〈永山則夫が六歳から十五歳まで、十年間暮らした「マーケット長屋」〉を訪ねて、岩木山やリンゴ畑や今はコンクリート橋になっている「幡龍橋」を訪ねて「木橋」の頃の十三歳の永山則夫を思いやっている。このエッセイと先に触れた十句は、文芸評論家の井口氏にとって今までになかった魅力を感じさせてくれた。

その後に続く書評、エッセイ、論考の中から、井口氏が永山則夫の言葉の特徴を語ったところを引用し、永山則夫の言葉が獲得していった広がりやその言葉が私たちに突き付けてきた問題点を井口氏がどのように辿って解釈してきたかを探ってみたい。

初めに井口氏は初めて永山則夫を論じた『木橋』の書評で次のように小説の言葉を論じている。

環境も言葉も、ほんとうは異物なのだ。それは、自己というものがそもそも自分にとっての異物として生まれるものだからである。「N少年」を押しつぶしたすさまじい貧困も、「金の卵」と呼ばれた集団就職少年たちの物語も、いまでは遠い昔のことのようになってしまったが、ひとが異物としての環境と出会い、異物としての言葉と出会い、異物としての自己と出会い、そしてそれぞれに和解していくドラマ自体に終わりはあるまい。その無意識なドラマの中で、ふと眼覚めてしまった人々にとって、永山則夫の言葉たちはいつまでも貴重な証言でありつづけるはずである。

（永山則夫著『木橋』書評より）

井口氏は永山則夫の「想像を絶した『不幸』」から吐き出された「異物としての言葉」は、「貴重な証言でありつづけるはずである」と指摘する。この「異物としての言葉」や「異物としての環境」という捉え方は、永山則夫という存在を知る上で理解しやすい。和をもって貴しとする日本の共同体の暗黙の掟のような中で、踏みつけられても異物として立ち上がってくる言葉に、井口氏は永山則夫の言葉の存在論的差異を直観しているかのようだ。その「永山の言葉たち」の孤立無援さを井口氏は近現代の小説世界の稀有な異端児と位置付けて、その傍らに立ち続けてきたのだろう。

次に一九八八年に発表された「作家の誕生——永山則夫論」は、本書の論考の中でも最も重要なものであるだけでなく、永山則夫を論ずる際に同時代を生きた批評家はこの論考を踏まえなければならないだろう。義務教育時代日常的に兄からリンチされ同級生や教師に不信感を抱き不登校を繰り返し授業に関心を持てなかった永山則夫が、『社会科用語字典』などを引き、数多くの読書を続けて、それらの知らない漢字の言葉を身体に刻むように書き写しながら、獄中ノートから『無知の涙』を生み出していった過程を井口氏は丁寧に辿っていく。そして『無知の涙』の永山則夫は谷崎的な文章の王国、言葉のエロス的共同体の対極にいる。」とその特異性を浮き彫りにする。同じ青森県出身の寺山修司がエッセイ「永山則夫の犯罪」で「被害者意識から自由になれ」、「ロゴスの専制支配を放棄して自分自身のエロスを回復せよ」などの〈「虚構」という戦略〉で永山則夫を批判したことに対して、永山則夫は「この尊大な『戦略』様よな！　デマに勝つのは事実しかないとするのが貧しい者のやり方だ」と反論をし『反—寺山修司論』なども書き上げて本にまとめた。そのような中で永山則夫は膨大な書物を読破して独自の思索を続けマルクス主義に至りつく。けれども永山則夫にとって「事実」を思想化していくことは「事実」を物語化することであり、実は永山則夫はそれを生きようとしていたと井口氏は辿っていく。この論考の最後の方の部分を引用したい。

永山則夫の〝捨て子〟体験も〝連続射殺〟も、「事実」である。「事実」は言葉を萎えさせる。というより、言葉が無力に座礁してしまう場所を指して「事実」と呼ぶ。しかしまた、言葉という被覆をかけることによって、つまりは「物語」化することによってしか、ひとは「事実」と宥和できない。永山は「事実」を宥めるために「マルクス主義」という「物語」を必要とした。〝小松川女高生殺し〟の李珍宇（永山は獄中で李珍宇の往復書簡集『罪と死と愛と』を読んでいる）も、逮捕から処刑までの短い期間、〝民族〟という「物語」にすがることで（そこには獄外の「姉さん」という〝母性〟もいた）、犯罪という「事実」との宥和を試みたようである。永山も同じことだ。だが、小説を書くという作業は、「物語」の被覆を一枚一枚引き剝がして、「事実」を剝き出すことを強いてしまう。

（略）

永山が『捨て子ごっこ』という虚構に託して表現したのは、言葉が異物に変じる光景、あるいは、心が言葉に見捨てられる光景だった。それは、言葉とは何か、と問うときの、忘れてはならない光景である。そもそも誰にとっても、言葉は外から到来し、心をこじ開け、侵入し、烙けるような痕跡を刻みつけたのではなかったか。そうやって言葉は、まどろむ心を無理矢理覚醒させ、いやおうなく改造したのではなかったか。永山則夫が思い出させるのは、私たちがひそかに、知らぬ間に通り過ぎた、そんな暴力に貫かれた起源の出来事の記憶なのではなかろうか。かつて、言葉という暴力との出会いのドラマを、激烈に、しかし無自覚に、拡大してみせた永山は、いま、言葉によって引き裂かれた内部のひびわれを覗きこみながら、私たちの文学史に、未見の場面を刻み付けようとしているようだ。

井口氏は「永山は、いま、言葉によって引き裂かれた内部のひびわれを覗きこみながら、私たちの文学史に、未見の場面を刻み付けようとしているようだ。」と語る。永山則夫の言葉を突き詰めた果てに、永山則夫の小説の言葉が「内部のひびわれを覗きこみながら」、〈「事実」を宥《なだ》める〉ことの意味を文学的な可能性として語っている。その意味で永山則夫の「異物としての言葉」はいつしか〈「事実」を宥める〉言葉へと変貌し壮大な物語を生み出しつつあったのだろう。そのために〈「事実」を宥める〉可能性をさらに小説で展開して欲しいと井口氏は獄中の永山則夫に語ったそうだ。けれども処刑によって一人の獄中作家は永遠にいなくなった。その虚しさを誰よりも井口氏は感じ続けていて、処刑から二十周年に合わせてこの書をまとめたのだろう。

また永山則夫がドストエフスキーの『罪と罰』と『カラマーゾフの兄弟』から受けた影響については、「永山則夫と小説の力――『連続射殺魔』事件」で論じられているが、まだその検証は今後も続けていかれるだろう。

4

最後に私と永山則夫との交流を記しておきたい。私は三十数年前から千葉県柏市に住んでおり、毎朝の常磐線の通勤電車から北千住駅の手前の荒川を渡る少し前の左側に東京拘置所の一部が見えてくる。そこに暮らしていた『無知の涙』や『木橋』を書いた永山則夫のことを今も時々想起させられる。一九八七年秋に私は思い切って第二詩集『常夜灯のブランコ』を永山則夫に手紙を添えて贈った。するとすぐに「こんにちは！　その後お元気ですか。がんばっておりますか。」で始まる返礼の葉書がやってきた。私が手紙を書くとすぐにまた葉書が届いた。便りが届くとその日のうちに返礼を書く今日を生き切る日常を送っていることが理解できた。その年の暮れに私は個人詩誌「コールサック」（石炭袋）を創刊した。それを送るとしばらくして詩が十数篇届いた。「コールサック」二号で永山則夫特集を組んだ。私は永山則夫から戦後詩の歴史や代表的な詩人たちを尋ねられて、「荒地」や「列島」の詩人たちの詩集を送ったり、その詩人たちの紹介などもしたりした。「コールサック」や読ませたい詩集なども送った。私は井口氏と同様に永山則夫から「元気」をもらっていたのだ。その後も私信のやり取りが続き、ある時に永山則夫の詩の批評を私がしたことがあり、永山則夫から「たがいの信ずる道を行こう」という意味の葉書が届いて私信のやりとりはなくなった。

それからしばらくして一九九〇年に死刑が確定し、同年私が刊行した第四詩集『火の記憶』を送ると東京拘置所の行政文書が添付されて詩集と私信が戻ってきてショックを受けた。けれども身柄引受人の井戸秋子氏経由で永山則夫から通信は届いてその最新の言葉を読むことができた。一九九七年に永山則夫が処刑されたことは胸が痛み、永山則夫が印税を被害者遺族に送ったことや獄中での執筆活動への評価や彼なりの罪の背負い方がもう少し考慮されてもいいのではないかと今も思っている。

死刑を覚悟し『無知の涙』を書く上で永山則夫はプラトンやカントやキルケゴール、マルクス、エンゲルス、サルトルなど五十冊もの哲学書を二十歳で読んだ。『無知の涙』は多くの詩も入っているが、その中心は七十編の連作エッセイ「死する者より」だ。この題はキルケゴールの『死に至る病』から触発されたことを記している。当時の永山則夫は多元的な価値を持つ思想哲学を吸収できる柔軟な頭脳をもっていた。そのような人物に私は会いに行こうと願ったが先延ばしにしていてその機会は失われてしまった。

そのような経緯があり、井口氏から永山則夫論の話があった時に、私は永山則夫の目に見えない縁を感じた。井口氏は永山則夫の言葉とその存在を三十年間も考え続けてきた。そのような論考をまず私が読みたかったし、それを後世の人たちに伝えたいと願ったからだ。永山則夫の言葉を語り継ぐ上で本書が重要な役割を果たすことを確信している。

最後に本書カバーの永山則夫の写真は、井口氏の要望でもあり『無知の涙』(合同出版)のカバーで使用された小学校一年生頃の顔写真を使わせて頂いた。そのことで永山則夫の著作物や画像を管理している「永山子ども基金」代表の大谷恭子弁護士と、そのスタッフでもあり永山の遺品を展示している「いのちのギャラリー」運営者の市原みちえ氏には、大変お世話になった。市原氏は刑の執行四日前の七月二十八日に永山則夫に会い、遺言となった言葉を直接聞いた最後の面会者である。お二人のような方がおられることによって永山則夫の精神は後世の人びとに引き継がれていくだろう。

カバー写真とほぼ同じ頃に撮られた小学校入学時の集合写真が存在する。最前列の椅子に坐った永山則夫の膝小僧は破れたままで、それを隠すために膝の上に置かれた左手は伸びてその破れを隠していたという。装幀家の赤瀬川原平は、『動揺記Ⅰ』(辺境社)の挿画イラストでその手をしっかりと描いている。その赤瀬川原平のイラストを見て永山則夫は当時の悲しみを察してくれた赤瀬川原平を良き理解者だと感激したそうだ。

大谷恭子弁護士は『ある遺言のゆくえ　死刑囚永山則夫がのこしたもの』（永山子ども基金編）の中で、〈一九九七年八月一日、永山則夫は死刑に処せられる直前、「本の印税を日本と世界の貧しい子どもたちへ、特にペルーの貧しい子どもたちのために使って欲しい」と遺言を遺した。〉と記している。その遺志を実現するために設立された「永山子ども基金」は、遠藤誠弁護士亡きあとも大谷恭子弁護士や市原氏を始めとする多くの人びとによって今も持続し運営されている。そんな子どもたちの幸福と自立を願う志の中で、永山則夫はこれからも生き続けるに違いない。

作家たちと根源的《ラディカル》な対話を試みる人

齋藤愼爾『逸脱する批評《クリティーク》――寺山修司・埴谷雄高・中井英夫・吉本隆明たちの傍らで』

1

齋藤愼爾氏は、本書の冒頭のエッセイ『寺山節考』の最後の連の中で「私は或いは〈解説〉を逸脱したかもしれない。寺山に倣って（「自叙伝らしくなく」）敢えて、解説らしくなく叙述を進めた。」と記している。齋藤氏の解説文は、なぜ単なる解説を越境していく魅力的な批評文になりうるか、その秘密がこの「逸脱」という言葉に現れているように思われる。

齋藤氏はすでに二〇〇〇年に『齋藤愼爾全句集』を持つ高名な俳人で、評論家、作家であると同時に、寺山修司の句集など数多くの歴史的な書籍を世に出している深夜叢書社の代表者として認識していた。また「二十世紀名句手帖」（全八巻）、「武満徹の世界」、『埴谷雄高・吉本隆明の世界』などを責任編集した優れた企画・編集実務者としてその仕事は高く評価されている。齋藤氏はこの何役もの立場を自在に逸脱していき、多くの作家や表現者たちの存在を内側からまた外側から、同時代を生きた姿やその試みの本質を描出していく。その文体は体温があり強烈な個性を抱えた作家たちを包み込んでしまうかのようだ。そんな作家たちの歴史的事実や宿命を傍らで見てしまい、そこに越境し垣間見てしまった哀感を、齋藤氏は「逸脱」としか言えなかったのかも知れない。けれどもこの現実や領域を「逸脱する」ことは、文学や芸術活動にとって最も大切な創造的な働きに違いない。

私が親しかった詩人の出版では、二〇一〇年に恩師とも言える『炎える母』を書いた宗左近の初期小説『高尾懺悔』を刊行された。宗左近が亡くなって五回忌の頃に宗左近の再評価を願って出版したことに対して私は深く畏敬の念を抱いた。齋藤氏とは直接お会いしたことはなかったが、二〇一三年に福島県いわき市に住む評論家の新藤謙の『人間愛に生きた人びと――横山正松・渡辺一夫・吉野源三郎・丸山眞男・野間宏・若松丈太郎・石垣りん・茨木のり子』をコールサック社が刊行した際に、齋藤氏から電話があり「尊敬する新藤謙さんの評論集をよく刊行してくれた」と感謝の言葉を語られ、また「コールサック社の出版活動には注目してきた」という励ましの言葉まで頂いた。出版社の枠を超えて出版文化を担ってきたからこそ言える率直で温かい言葉は、私の心に沁みた。新藤氏は、私が敬愛する南相馬市の詩人若松丈太郎氏が、最も尊敬する福島県の評論家であり、二〇一一年五月に刊行した若松氏の『福島原発難民』の帯文を依頼した縁で交流させて頂いた。新藤氏は戦争責任を問い続け、戦中の国家主義の中でも個人の尊厳を貫こうとした人びとたち、戦後においても権力に抗して闘った表現者や思想家たちのことなどを四十冊近くの書籍にまとめた。その書籍の中には戦後の大衆文化を論じた先駆的な仕事も数多くある。例えば代表的な著書『サザエさんとその時代』や『美空ひばりとニッポン人』などだ。齋藤氏は戦後の大衆社会がスターに押し上げた最大の人物である美空ひばりを誰よりも早くその価値に気付き「美空ひばり論」を書いた新藤氏に対して、深い敬意を抱いていたことが理解できた。齋藤氏は二〇〇九年に刊行した四六〇頁もの労作『ひばり伝　蒼穹《そうきゅう》流謫《るたく》』を執筆する際に新藤氏の『美空ひばりとニッポン人』を参考文献にしていたのだ。その齋藤氏の『ひばり伝』の前半の『讃歌と呪禁』の中で、新藤氏が美空ひばりの『ひばり自伝』で書かれていた六歳の時に父が出征する壮行会に「九段の母」を歌ったところ、多くの人びとは、「子どものようにボロボロと涙した」という。そんな「歌い手と聴き手との純粋無垢な関係」を見出したことが「新藤謙の発見した〈美空ひばり〉」だとその見解を高く評価している。美空ひばりの歌唱力を天才と絶賛する文化人は多いが、このような新藤氏の先駆的な評論を踏まえて戦中戦後の大衆文化の本質を明るみに出して、さらに美空ひばりの全体像を展開する試みが齋藤氏の独特な評伝なのであり、それは、美空ひばりのような大衆に支持された表現者の深層に迫っていき、知識人的な解説や評伝を超えて、大衆の哀感を描こうとする「逸脱する批評《クリティーク》」なのだろう。

齋藤氏は東北の山形県出身であり、縄文文化の愛の精神を詩作した宗左近や福島から戦後民主主義の根幹を問うていた評論家新藤謙の真価を共有し、私は何か不思議な縁を感じた。齋藤氏は創作と批評と編集というい くつもの境線を自由に行き来する。温かくも時に冷酷に作家の真実や宿命を読み取っていく魅力的な文体で、本書には俳人・批評家・出版人の相貌が随所に現れる。また作家に対する他者の評言も絶妙に紹介されている。

齋藤氏は、一貫して多様な表現者たちの創作現場からその作家たちの血みどろの内面の闘いを垣間見て、伴走するように作家たちの試みの特徴を鷲づかみにして読者に届けてきた。今回刊行した『逸脱する批評《クリティーク》――寺山修司・埴谷雄高・中井英夫・吉本隆明たちの傍らで』は、もともとは作家の著書の解説文として執筆されたものだ。けれども齋藤氏の解説は表層の解説に止まらない。時代の中でその作家を生み出した時代的なエネルギーやそれをいかに作家や表現者たちが受け止めて、時代を先導し突破していこうとしたかを突き止めようとしている。齋藤氏のその逸脱せざるを得ない批評の在りかを紹介していきたい。

2

本書は四章に分かれていて、Ⅰ章「寺山修司・埴谷雄高・中井英夫」六編の中で四編は寺山修司の書籍の解説である。齋藤氏は、冒頭の「寺山節考」で〈寺山の文学の出発点となった俳句、短歌の世界で、当時、すでに「短歌を私性から解放すべきだ」主張していることを忘れてはならない〉と寺山の表現思想の核心を指し示す。それ故に「〈私〉性からの脱出」が「歴史の呪縛から解放」や「この記憶からの自由」になるために寺山の表現活動は繰り広げられたという。そしてついには自己の年譜まで虚構化していったことに寺山の宿命を見ているかのようだ。寺山が子供時代に受けた母からのトラウマが生涯消えることなく、娼婦に近いような過去を持ち、支配欲の強い母親の呪縛から逃れられない「不条理な子供」の悲しみと、それを逆手にとって自己を虚構化し作品に転化していく寺山の創作の秘密に斎藤氏は肉薄していく。寺山が漫画や映画のキャラクターをエッセイに書いたこと、例えば「サザエさんの性生活」などが、稀有な大衆文化論にまでなっていったことを指摘する。そんな寺山の俳句、短歌、詩、エッセイ、競馬評論、戯曲、演劇、映画などの多彩な表現力が、大衆の夢の在りかを齋藤氏は寺山の傍らにいた視線で語り出すのだ。そのような齋藤氏の四編の「寺山節考」、「寺山節考——入門から出門へ」、「途轍もない歩行者」、「涙を馬のたてがみに」などのその寺山修司論は、修司を論ずる際に重要な論考となるに違いない。

埴谷雄高についての「〈存在〉顚覆の詩想」では、「埴谷自ら認めるように、『不合理ゆえに吾信ず』には、『死霊』に展開される諸観念の原型が、殆ど、体系化以前の、想念の山脈その頂点描写というかたちで含まれている。『不合理ゆえに吾信ず』を詩集とするのは、牽強付会ではない。」という、埴谷が文学の根幹に詩を位置付けていたとの見解を伝えている。埴谷が小説『死霊』の原型としてアフォリズムの書と言われていた『不合理ゆえに吾信ず』が実は詩集だと認識していたことは、詩と小説の重構造が優れた文学の根幹に存在していることを明らかにしている。

中井英夫についての「虚無への〈流鼠の天使〉」では、塔晶夫という名で書いた『虚無への供物』が推理小説や幻想文学において最高傑作であり、中井英夫の見る風景は「流刑者の末期の眼がとらえたはかない彼岸の残像ではないのか」とその真価を伝えてくれている。

Ⅱ章は「吉本隆明・大岡昇平・谷川雁・金田一京助・手塚治虫」でその一人ひとりの書物や作品が生み出された独自な観点やその作家との関わりの深さが紹介されている。

吉本隆明の『読書の方法』については「逸脱する読書法の現象学」となるだろうとその読書遍歴を辿る。

大岡昇平の『わが美的洗脳』では、未刊に終わった「大可氏が作曲した中原中也詩『夕照』『雪の宵』のレコード化」への無念さを告げる。

谷川雁の『汝、尾をふらざるか　詩人とは何か』では、『大正炭坑闘争後、〈沈黙した〉谷川雁―「ひとすじの苦しい光のように」立つ形姿には、さながらデューラーの銅版画「メレンコリア」の印象がある。』と谷川雁の沈黙の重さを伝える。

金田一京助の『新編　石川啄木』では、「啄木が金田一に物心両面で支えられたこと。京助なくしてアイヌ研究の今日がなかったこと、いずれもまぎれもない事実である」と金田一の功績を再確認する。

「『ぜんぶ手塚治虫！』解説」では、手塚治虫が生涯に描いた十五万頁、四〇〇巻は、「未来から現在への最大の贈物である」とその文化的価値を褒め称える。

その後はⅢ章の「山本周五郎・五木寛之・横尾忠則・渡辺京二・宮城谷昌光」では、例えば山本周五郎論で時代小説が「庶民哀歓派」と「剣豪派」という二つの系譜に分かれると言う。ところが山本の初期作品はこの「二つの系譜が未分化のまま混在している」中に「人間らしく生きる」ことの意味が問いかけられていることを評価する。Ⅳ章の「瀬戸内寂聴・菅原千恵子・北村薫・加納朋子・皆川博子」では、例えば瀬戸内寂聴の『まだもっと、もっと晴美と寂聴のすべて・続』で『寂聴さんは、さしずめ「追悼文の名人」』とその散文が時代の証言になっていることを語る。Ⅴ章の『「殺人事件」シリーズ解説』では推理小説の多彩な魅力を分析している。

齋藤氏の「逸脱する」解説は、いつのまにか『逸脱する批評《クリティーク》』となって、言葉を駆使する作家のたちの人間存在の在りかを深く詰問してくる。そして言葉に囚われた作家たちが逸脱する宿命や、人間への哀感を見詰めて新しい言葉の可能性に読者を誘ってくれる。齋藤氏はその意味で時代の中でも次の時代を透視しようとする作家たちと言葉の関係を根源的《ラディカル》に対話し続けている。その熱量の強さがこの『逸脱する批評《クリティーク》に』に宿っていて稀有な批評の地平を創り上げている。

東北の螢袋と蕨手

齋藤愼爾句集『陸沈《りくちん》』
高野ムツオ句集『片翅《かたはね》』

1　螢袋の中で孤島夢を観る齋藤愼爾

寺山修司の第一句集『花粉航海』などの先駆的な文学書を刊行し続けている深夜叢書社の齋藤愼爾氏が、東日本大震災以降の句をまとめた新句集『陸沈』を刊行した。冒頭にタイトルの「陸沈」について触れた小林秀雄の言葉を引用している。この言葉はもともと孔子の言葉であり、世間を捨てるのでもなく、世間という水に沈むように迎合するのでもなく「一番積極的な生き方は、世間の真ん中に、つまり水無きところに沈む事だ」という小林秀雄の解釈を紹介している。この「陸沈」をタイトルにしたことを考えてみると、齋藤氏は世間という水に沈むことや流されることを潔しとしないで、当てにできない世間の水はいつか乾いてしまうのであり、それよりも大地に沈んでいる水源をさらに掘り当てようと目指しているのだろう。つまり「陸沈」とは世間の権威や硬直した価値観を再構築して、あたかも陸に沈むという不可能なことも成し遂げていこうとする、齋藤氏の生き方や精神の在り方を明示させる硬質な言葉なのだと思われてくる。帯文の言葉の「沈みつつ生きるために」とは退却戦などでなく、根源的なものを探り当てようとする積極的な行為そのものが生きることだという意味なのだろう。また東日本大震災は海辺から四㎞付近まで津波が押し寄せあたかも陸地が沈んだようになった。実際に沈下した海岸線付近の町もあるだろう。その意味では「沈みつつ生きる」とは、これからも大地震などの想像を超えた天変地異の中でも、生き続けなければならない私たちの置かれている状況を、指し示している言葉でもあるだろう。

句集『陸沈』は「名残りの世、失蝶紀、苦艾、飛島―孤島夢、海の柩、偈、深輸、中世、記憶のエチカ」の九章に分かれ、二篇のエッセイ「魂の気圏のなかで　私の俳句遍歴」・「〈原発が廊下の奥に立つてゐた〉――危機『後記』の試み」と武良竜彦氏の解説文が収録されている。

冒頭の「名残りの世」の下には良寛の短歌「きてみればわが故郷は荒れにけり庭のまがきも落葉のみして」が小さな文字で引用されている。この「故郷は荒れにけり」もまたこの句集のテーマである地球という故郷の荒廃を暗示しているようだ。特に心に残る句は「末黒野に天降《あも》りし瓦礫涅槃像」だ。春先の焼野である末黒野《すぐろの》と言う季語に大震災後の破壊された町並みを暗示させる。その浜通りの町の瓦礫に天から雨が降る。その水と火によって灰燼に帰した瓦礫の光景が、いつの間にか釈迦の入滅する姿を描いた涅槃像と重ねられていく。「涅槃図を彷徨ひゐしが眠りが来」や「血をうすく眠るや吾れの涅槃変」や「棺に蹤き滂沱と露の無辺行く」などの句を読むと、齋藤氏の故郷山形県に隣接する福島県や宮城県などが被った大震災や原発事故後の未曾有の被害に「東北は荒れにけり」と心を痛める。そして亡くなった人びとを寝釈迦のように思い「滂沱と露」のような涙を流して、東北の被災地そのものを「涅槃図」や「涅槃変」と重ねて鎮魂の思いに収斂させていることが理解できる。

次の「失蝶紀」ではニーチェの言葉「汝がひさしく深淵を見入るとき、深淵もまた汝を見入るのである。」を引用している。その中の「身に入みて塔婆と原子炉指呼の間」は、先祖の墓である塔婆と今も放射能被害が収束しなで永遠の墓場のような原子炉のどちらも、自分達が背負わなければならないことを瞬時に理解させられる。福島・東北はもちろんだが、世界から見れば東電福島原発事故を引き起こした日本人全体の苛酷さを示しているのだろう。また「山川草木悉皆瓦礫佛の座」では、この世に生きとし生ける全ての存在は、大震災などによって瓦礫に変貌してしまう儚い存在だが、それでも春の野草の一つに「佛の座」と名付けた先祖たちは、仏の力を借りて瓦礫を何度も甦らせてきたのであり、その底力を願っているようだ。また前の章の「仰向けに雛と流るる虚空かな」という句は、津波で流されていく子供や大人が、雛人形と共に流されていく壮絶な光景を想像させて、ついには天の虚空につながっていくのだ。齋藤氏の句には、激痛にも近い悲しみを壮絶な美に転換してしまうところがある。「陸沈」とは、そんな流されていった人びとの計り知れない悲しみを、掬いとる行為を秘めているのかも知れない。

さらに「隠れんぼ螢袋に今もなほ」や前の章の「放下して螢袋の中にゐる」という句などからは、小さな鐘のような形をした野草の「螢袋」の中で、全てを投げ捨てて虫のようになって隠れてしまいたいのだろう。そんな螢袋に住み着きたいという願いは、齋藤氏が今も童心を抱えていて、その純粋さと無欲さを抱いて生きていることを感じさせてくれる。その虫は齋藤氏でもあるし、亡くなった愛する者たちの存在でもあるのだろう。「彼岸まで往くにあめんぼの脚が欲し」などは、水上を歩くあめんぼに憧れる童心に一気に帰らせてくれる。あめんぼの脚がないからこの世にある限りは精一杯生きたいという願いも伝わってくる。

その次の章の「苦艾」では「ヨハネの黙示録」の中の「この星の名を苦艾といふ」（ロシア語ではチェルノブイリ）を引用し、「未生以前の父への供物苦艾《にがよもぎ》」という句を記す。苦艾の英名は worm wood（ワームウッド）でワームとは蛇や苦悩を意味し、ワームウッドは楽園を追われた蛇が這いずった跡から立木が生えてきたという伝説的な植物名だ。その苦艾（チェルノブイリ）伝説を「未生以前の父」は供え物のように受け取るのだ。そんな遥かな父なる存在から命を得た齋藤氏もまた東北の地で苦艾（チェルノブイリ）伝説を引き受ける宿命を抱いているように私には感じられる。

「飛島―孤島夢」では「グルニエ『孤島』」の引用から始まる。〈――人は島 ile のなかで、「孤立 isole」する（それが島の語源 isola ではないか）。一つの島は、いわばひとりの「孤独」人間。島々は、いわば「孤独の」人々である。〉この「島」に内在している「孤独」の指摘は、齋藤氏が満州、朝鮮半島から引き揚げてきて戦後暮らした父の故郷「飛島」はもちろんだが、この島国である日本が内在的に抱えているものだとも言えるだろう。齋藤氏の「孤独」はいつしか「孤島夢」という文学の想像力の源泉に転嫁されていったのだろう。「孤島夢や螢袋で今も待つ」という句には、齋藤氏の俳句が子供時代にこの花に螢を入れて見入った「孤島夢」として立ち現れて来る瞬間を待ち続けているかのようだ。この「孤島夢」こそが齋藤氏の句を理解する鍵になるのかも知れない。

そのような「孤島夢」は次の章「海の柩」にある「白梅をセシウムの魔が擦過せり」のように「セシウムの魔」のような悪夢をも幻視している。また「白木蓮海の底ひにあるおもひ」のような流された人びとが、海の底で生まれ変わって花咲いてほしいとも感じている。

「偈」の章の「美しき偈《げ》を聞かせてや手毬唄」では、宮沢賢治が法華経の精神を文学で伝えようとしたように、齋藤氏があめんぼの脚を慈しむような仏教精神を宿した「美しい偈」を俳句に宿らせようと願っているかのようだ。「手毬唄」はきっと子供や大人達の心を躍動させたり勇気づけたりする俳句や短歌などの文芸を象徴しているのだろう。「一遍のこころに拾ふ落し文」の「落し文」もまた同じように「こころを拾ふ」言葉の本来的な働きを指しているのだろう。

「深轍」の章の「人柱に似たる箒木は抱きとめん」は、齋藤氏が編集者・評論家として、多くの才能を発見し世に出してきた精神性を伝えていて、他者と共生することを促す句だ。「末の世のかなしき冬の比叡呼ぶ」は、気候変動や天変地異が頻発し、世界がナショナリズムの熱狂で破滅に向かって行く、末法の世の哀しさを憂えているようだ。

「中世」の章の「中世の星の朧に棺一基」では、近代を遡り中世に思いはせて無尽蔵の星空を眺めていると、その星空に吸い込まれるように「棺一基」が天上に流れていくのだろう。その棺が誰のものであるかを、読み手は一人ひとり想像することが出来る。それは「母が歌ひ既に他界の薺《なづな》唄《うた》」を聞きながら母を偲んでいる齋藤氏の心象風景なのだろう。

最後の章の「記憶のエチカ」では、ハンナ・アーレントの「――恐ろしいことを考え続けることが必要なのだ」を引用している。「恐ろしいこと」は既にチェルノブイリ（苦艾）や東電福島原発事故のように起こってしまったのだ。「臥して見る遠き世のいろ苦艾」と「遠き世」は過去の世でありまた未来の世でもある。私たちの行く手の困難さを危惧し、いつの世もそうであり今後もそうだと腹を括っている。「梟に未生以前の山河見ゆ」に出てくる梟のように、私たちの目には見えないけれども、「未生以前の山河」を見ようと試みなければならないと齋藤氏は私たちに語っているように思われるのだ。

２　蕨手と片翅を感受する高野ムツオ

俳誌「小熊座」を主宰する高野ムツオ氏の二〇一二年から二〇一六年の間に書かれた最新句集『片翅《かたはね》』が刊行された。それらの句を読んでいると、東日本大震災・原発事故で亡くなった人びとや生き物たちの声なき声が確かに紙面から感じられて、胸を掻き毟られる思いがしてくる。三九五句は時系列に「蝶の息、百燈、蕨手、甌穴《おうけつ》、花の奥」の五つの章に分かれている。

大震災の翌年二〇一二年に書かれた「蝶の息」の冒頭の句「声もなく集まり永久に花を待つ」では、流され行方不明になった二万人近くの人びとの霊魂が「声もなく集まり」、あの年にみることが出来なかった桜花を眺めるために「永久に花を待つ」ように高野氏は感じられるのだろう。永久に桜花を待ち続け、今も決して見ることが出来ない死者たちの無念さや残された人びとの鎮魂の想いが、この句から立ち上がってくる気がする。「草木国土悉皆成仏できず夏」という句から、そんな死者と生者の入り混じった想いが、成仏できずに周囲にいて、国土のいたるところから疼きながら立ち現れてくるようだ。

例えば「疼くまで捩れ捩れて捩れ花」、「立つほかはなき命終の松の夏」、「幼霊の跳ね戻るべし大夕立」などでは、「疼き」や「命終」や「幼霊」の傍らにいた人びとを失った悲しみが溢れ出してくる。そして「瓦礫山ますます巍然年の暮れ」では、破壊された人びとの暮らしの思い出の痕跡が瓦礫となってますます堆くなっていく現実を直視している。章タイトルの言葉を含む「雨のどこかに蜻蛉蜉蝣の息」では、高野氏は雨の日に「蜻蛉蜉蝣」たちが、天からの命の恵みを喜ぶ息遣いを感じてしまうのではないか。そうだからこそ「蠅もまた蠅の精霊背負い飛ぶ」というような生きとし生けるものにそれぞれの精霊が宿るという心境に達しているのだろう。

二〇一三年に書かれた「百燈」の冒頭の句「揺れてこそ此の世の大地去年今年」では、「此の世の大地」が不動ではなく時に揺れることも大地の特性である事実を受け止める覚悟を語っている。「死者二万餅は焼かれて脹れ出す」では、仮に死者が二万人出たとしても、残された者たちは、生きるために年を越して餅を焼き喰らわなければならない、という冷徹な事実を記す。「寒気荘厳原子炉建屋もわが部屋も」では、東北の被災地の寒気を荘厳と受け止める。その寒さのただ中に「原子炉建屋もわが部屋」も存在していて、原発事故を背負った極北の寒さに耐えている被災した人びとを思い遣る高野氏が存在するのだ。「仮設百燈一燈寒の華」には、家も家族・友人たちを喪失した人びとが暮らす仮設住宅の百燈の一燈一燈が光り輝いている。その温かさを高野氏は感じて、「寒の華」という賛美の言葉で慈しんでいる。すると「瓦礫より人形歩き来る寒夜」というように思い出の詰まった瓦礫から子供たちが遊んでいた人形が戻って来るのだ。「冬林檎夜は冥府へ香を放つ」ように、死者たちへ東北の命の満ちた林檎の香りを届けたいと願うのだ。さらに「春寒雪嶺みな棄民の歯その怒り」では、「雪嶺」を見ると被災地の人びとや原発事故を忘れ去ろうとする日本人の忘れっぽさに対して「棄民の歯」の「怒り」が沸き上がるのだ。季語を入れた俳句が、このような一見風景描写から「怒り」を内面に激しく爆発させる形で表現できる可能性を示唆している。

二〇一四年に書かれた「蕨手」の二句目にある「みちのくの闇の千年福寿草」には、高野氏の抱えている「みちのくの闇」が途轍もなく深く長く続いていることが分かる。「蝶の息」の章にあった「熟睡の子豚の闇と花の闇」と呼応しているようだ。きっと高野氏は「みちのくの闇」を生きているのであり、それゆえに「子豚の闇」も「花の闇」が傍らに存在し、様々な「闇」が黒光りして声を発しているのに気付いてしまうのではないか。例えば「宇宙には隅などあらず寒の鯉」では、宇宙とは空間的な広がりではなく多次元空間であり、「宇宙の隅」などなく、「寒の鯉」の棲む時空間もまた一つの宇宙であると語る。また「凍る太陽壁に未だに死者の声」では、あの日からは被災者にとって太陽は「凍る太陽」に変貌し、壊れた壁が「みちのくの闇」を露わにし、その中から「未だに死者の声」が聞こえてくるようだ。章タイトルを含む「蕨手は夜見の手それも幼き手」は、とても魅力的なダブルイメージの句だ。「蕨手」は丸まった早蕨《さわらび》のことだが、それを見ると高野氏は黄泉の語源ともいわれている「夜見」や「闇」からの得体のしれない手を感じると同時に、命そのもののような幼子の小さな拳も想起させられるのだ。「蕨手」もまた「みちのくの闇」から立ち現れるのだろう。「花万朶被曝させたる我らにも」という句には、被曝させてしまったあまたの枝垂桜の花の美しさを、加害者の私たちは果たして眺める資格があるのだろうかと問うている。政府・行政、東電、原発メーカーだけに責任を負わすだけでなく、それを黙認したり無関心であったことへの痛恨の思いは、福島を始めとする東北人の根底にあるのではないか。そのどこか加害者意識にも近い恥じ入る思いが、このような句を生み出したように感じられる。「被曝して桃の千本雪を待つ」などの句には、「桃の千本」を被曝させた人間たちの科学技術の愚かさを告発し続けて、静かな季語の抵抗する力を感じさせてくれる。そして「福島の地霊の血潮桃の花」では、桃の花を見れば、「福島の地霊の血潮」が沸き立つのを感じてしまうのだろう。

二〇一五年に書いた「甌穴《おうけつ》」の章では、どこか彼岸への思いが色濃く句の中に忍び込んでくる。「甌穴の小石もよかり又の世は」の中に出てくる章タイトルでもある甌穴《おうけつ》とは、河などの岩石の裂け目に水や小石が入り、だんだん小石によって削られて円形の穴になったものだ。高野氏は、不思議なことにそんな小石に来世ではなりたいと願っている。きっと来世では岩を削り魚の隠れ家のような憩いの場所を創り、自然な生態系の一つの存在になりたいと心底から思っているのかも知れない。この章の「福島原発二十キロ圏内　十句」という小見出しがついた句から四句ほど引用したい。

原子炉へ陰剥出しに野襤褸菊

夏草に餓死せし牛の眼が光る

峯雲や家を守るは家霊のみ
棄民にはならぬと蟻が脛を這う

これらの句には破壊された原子炉から被った放射能物質と今も対峙し、闘っている野襤褸菊や餓死した牛や家霊や蟻などの現在の姿が描かれている。

また「福島は蝶の片翅霜の夜」は、句集の題名「片翅」が含まれている句だが、とても想像力を掻き立ててくれる。福島は日本地図で見ると東北六県の玄関口で一番下に位置していて、私は以前に上の五県を支える礎のようなイメージを書いたことがあった。しかし高野氏は福島県の地図の形をもぎ取られ傷ついた片方の羽か、もしくは翅を閉じて休んでいるような形として「片翅」の映像を思い描いたのだろう。私は蝶が翅を閉じて疲れを取っている方を取りたい。そして他の五県をこれから開いた翅の力で浮遊させるようなイメージを抱いてしまう。どこか重たい東北六県が福島県を起点として未来の空に向かって羽ばたいていくような思いも感じさせてくれる。その意味では高野氏の句には視覚的な想像力や類推力が際立っている。

二〇一六年に書かれた「花の奥」から三句引用したい。

生者こそ行方不明や野のすみれ
荼毘の火となりても生きよ桜満つ
骨となる炎立ちたり花の奥

生者は本当に生きているのか。すでに生の根本から外れて行方不明になって生きているふりをしているのではないのか。「荼毘の火」になっても生き続けて、その命のエネルギーを花に送り儚い花の命を少しでも多く満たしたいと願っている。たとえわが身が炎えて骨になろうとも、その炎の奥には「花の奥」があり、それは「みちのくの闇」の一部になって自らも発光することなのだと物語っているようだ。

齋藤愼爾句集『陸沈《りくちん》』と高野ムツオ句集『片翅《かたはね》』は、「未生以前の山河」や「みちのくの闇」という東北の地から日本人の背負ってきた過去・現代・未来の在り様を透視してくれている。現実は震災や原発事故などの苦難に満ちているが、その現実の多次元性を豊かに透視して、本来は山河や風土と対話する智恵が人間に備わっていることをこれらの句集は示唆してくれている。そんな試みを多くの人びとに読んで欲しいと願っている。

金子兜太の「原曝忌」について

新たな『原爆詩歌集』を構想するために

1

短詩系文学の中の俳句の特徴や魅力とは何だろうか。そのような問いに答えることは、俳句史などの歴史的視点と同時に、特に大切なことは句と出会い感動を受け心に刻まれた句と深く語り合うことだろう。それは詩や短歌でも同じことだ。けれども俳句は特にあらゆることを削ぎ落して新しい世界を開示する潔さに、読者が一気に心惹かれてしまう魅力が際立っている。

今年の二〇一七年五月三日の奥付で刊行した『日本国憲法の理念を語り継ぐ詩歌集』の2章「俳句―九条の緑陰」の冒頭に、金子兜太氏の四十二句の収録をお願いしたところ快く了解を得た。それも東日本大震災以降の「海程」の最新作の中から選句して欲しいとの要望は、金子氏が時代を直視して俳句を生み出していることへの並々ならぬ自負心だと感じられた。その四十二句「九条の緑陰」を選びながら、私たちの福島への認識を新たにしてくれる次のような恐るべき句を発見したのだった。

被曝の人や牛や夏野をただ歩く
燕帰る人は被曝のふるさと去る
今も余震の原曝の国夏がらす
被曝の牛たち水田に立ちて死を待つ
樹幹みな片頬無言原曝忌
人も山河も耐えてあり柿の実や林檎や
原爆忌被曝フクシマよ生きよ
困民史につづく被曝史年明ける
わが武蔵野被曝福島の海鳴り
秋刀魚南下す被爆被曝の列島へ

金子氏は、原発事故で降り注いだ放射性物質が人間を被曝させたことだけでなく、燕や鳥や樹木や柿の実や林檎などの多様な生き物などの存在の危機を指摘して憂いている。そんな「大地」や「産土《うぶすな》」が取り返しのきかないように汚染させた現実を突きつけてくる。その人間が犯した罪深さを「原曝」という今まで誰も使わなかった言葉で表現している。それは「故郷」、「産土」、「原故郷」などといった地球が連綿と続いてきた最も大切な命の根源を犯したことへの懺悔の言葉であり、原発を肯定してきた人びとへの告発の言葉とも言える。「原曝」は原爆と同じ音の「げんばく」と響かせながら、「故郷」という私たちの生きる最も大切な場所や後世に残さなければ、子孫が生きられない「産土」を放射性物質に曝してしまったことへの人類の愚かな行為を明示しているようにも感じられる。きっと金子氏は「原爆＝原曝」という突き詰めた根源的認識を抱いていて、そのことを気付かせるためにこの新たな言葉を創りだしたのだろう。本来的にはそのように悔い改めるべきだが、未だ科学技術を妄信している人間たちに対して、猛省を促すために「原曝忌」という生き物や大地を葬った「3・11」を象徴する季語にするように提唱しているかのようだ。その提案に読者が気付くかを金子氏から試されているのだろう。金子氏は秩父の生まれで、父は秩父困民党に関わっていた医師であり、現在の日本国憲法にも影響を与えた自由民権運動の精神を父は息子の金子氏に「困民史」として身をもって伝えていたのだろう。金子氏は父から学んだように、東電福島第一原発事故を経験した日本人は、「被曝史」を生きているのでありそれを語り継いでいく義務があるのだとも語っている。金子氏はきっと「内部被曝」の恐ろしさにも気付いていて「被曝福島」とは福島の山河や生き物が内側から放射能汚染されたことを告げている。じつは金子氏の暮らす関東地方周辺の「わが武蔵野」も「わが秩父」もまた放射性物質が降り注いだ「被曝武蔵野」であり「被曝秩父」であることも記されている。すなわち「被爆被曝の列島」であると痛感しているのだ。この原発事故がもたらした歴史的な意味を金子氏ははるか遠くまで透視しているようにも感じられた。

ところで金子氏を初めて見かけたのは。二〇〇四年頃に『宗左近詩集成』の出版記念会での祝辞をお聞きしたことだった。最近では昨年の二〇一六年五月に市川市里見公園での没後十年を記念した宗左近詩碑の除幕式で、金子氏が除幕をされて祝辞も述べたのを、私は発起人の席についていて目前で見聞きしていた。その祝辞は飾り気がなく強直で心情がまっすぐに伝わってくるものだった。金子氏と宗氏とは、互いを敬愛しあい、例えば「宇宙語」や「縄文の心」や「無の揺らぎ」などのような二人しか理解できない異次元の言葉で語り合う関係だったように思われた。それは直前に刊行した「コールサック」(石炭袋) 86号に「沖」の能村研三氏から託されて「金子兜太 × 宗左近　俳句の未来―無の揺らぎが有を生む」という一九九七年に市川で行われた対談を収録させてもらい、それを拝読していたからだ。その対談は現在においても「俳句の未来」を示唆している。そんな金子氏が埼玉県熊谷市から除幕式に駆け付けてくれその横顔を拝顔していると、本当に義理堅いことが伝わってきて、宗氏がよく自著のサインの傍らに添えた「さよならはない」という言葉を想起させてくれた。きっとこの世にあろうが、あの世にあろうが関係なく、別れの言葉はなく、二人は「存在者」の率直な言葉で永遠に語り合っているように思われた。

金子氏は、最近では東京新聞・中日新聞で「平和の俳句」の選者をいとうせいこう氏と一緒に選句をされている。俳句のテーマに「平和」を積極的に掲げて、平和憲法の理念と響き合う言葉を多くの寄稿者から汲み上げている。時代の中で最も必要とされている精神から発せられる生き生きとした民衆の願いの言葉を、俳句は荒々しく掬い上げられるという実験精神が、俳句の重要な要素であると考えて実践しているのだろう。

2

最近、文芸評論家の井口時男氏から『存在者　金子兜太』(黒田杏子編著)が送られてきた。井口氏が「金子兜太自選五十句」から選び論じた「兜太三句」という評論が収録されていた。井口氏は「たしかに、見事に世界を捻じ伏せ敵を組み拉いだとき、金子兜太の句の颯爽たる際立ちは他を圧倒する」と言い、井口氏の最も評価する次の三句を紹介している。

霧の村石を投《ほう》らば父母散らん

湾曲し火傷《かしょう》し爆心地のマラソン

人体冷えて東北白い花盛り

井口氏はこの「霧の村」で「石を投《ほう》る」ことを例えば〈この村で、「父母」たちは戦争という石が放り込まれた時にもわらわらと散ったろう、敗戦の報にもわらわらと散ったろう〉と、「思いやり」の「想像」によって出来ているとその深層に迫っている。「爆心地のマラソン」では「いきなり殴られたような衝撃を受けた」と「被爆直後の被災者たちの映像がダブる」と、金子氏の句のただならぬ映像感覚と大破調の「硬質の響き」をその特徴として浮き彫りにする。さらに「人体冷えて」では〈「白い花盛り」のこの東北が夢のように美しいのは死者のまなざしに映った死後の景だからだ〉と、金子氏の視線が東日本大震災の悲劇の後に「死者のまなざし」や「死者の身体」の感覚で語られていると指摘している。そのことは〈「白い花盛り」の東北の景は、まるで大津波以後の東北への鎮魂と再生の願いを先取りしていたかのように、私の心によみがえった(黄泉還った)のである〉と、金子氏の民衆の再生する力の強さを語っている。
　実は私もこの中の「湾曲し火傷《かしょう》し爆心地のマラソン」という句には、大きな衝撃を受けていた一人だ。一九九七年に初めて広島に詩人の浜田知章氏の講演のお供していった際に、原爆資料館を二度も見学したり、宮沢賢治研究家で妻を探すために爆心地に向かっていき目撃したことを記した小倉豊文氏の『絶後の記録』をガイドブックにして広島の街を歩き回った。その時の心境がこの金子氏の句に照合していると、後にこの句を読んだ時に感じたのだ。特に学徒動員されて比治山手前で民家の撤去作業などにあたっていた八千人以上の学徒たちは、閃光で全身の皮膚や筋肉を焼かれて走りながらその多くが息絶えていったと言われている。この世の地獄ともいえる光景を被爆者たちはようやく数十年後に絵や言葉にしている。金子氏のこの句は、広島原爆の最も痛ましい事実を踏まえて書かれていると思われる。私は広島の街を歩き回りながら原爆を体験した小倉豊文氏や広島の悲劇を世界に発信しようと志す浜田知章氏の原爆詩など日本詩人たちの力を結集した『原爆詩集』をいつか刊行しようと構想したのだった。それから十年後の二〇〇七年に『原爆詩一八一人集』日本語版・英語版は実現することができた。それからまた十年が過ぎ、核兵器廃絶は未だ実現されていないばかりか、むしろ核兵器を持つ国は増えてしまった。そのような状況の中で、近い将来に今度は詩だけでなく金子氏のような俳句や、長崎原爆の被爆者の歌人竹山広の「原爆症にいのち死にゆきし誰もたれも恐れつつついにすべなかりけむ」など短歌を含めた『原爆詩歌集 日本語版・英語版』を刊行したいという構想を考えている。詩と俳句と短歌の力を結集すれば世界の心ある人びとに広島・長崎の原爆と、さらに福島の原発事故の「原曝」を通して何が本来的に大切かを発信することができるのではないかと考えている。その意味では核実験による被曝や原発事故のチェルノブイリや福島の「内部被曝」などの痛みを掬い上げる詩歌も収録した詩歌集にすべきだと構想を抱いている。

3

『存在者　金子兜太』の中でいとうせいこう氏と加古陽治氏との鼎談が冒頭に再現されている。この中で金子氏が肉声で自らの基本的な俳論を次のように語っている。

《アメリカでは今、申すまでもなく、イマジストを中心にハイクがブームになってきております。欧米のハイクの形式、これはゲイリー・スナイダーという人に言わせると非日本語圏ハイクというんですね。日本語圏の俳句ではないけれど、俳句をモデルにして創り出された最短詩形、そういう言い方で三行の短い詩を英語で書いておりますね。そういうわけでありまして、俳句はたいへんな影響力を持っております。

そういうことをうけて、われわれは五七調最短定型詩を非常に大事にして、日本の誇るべき文化遺産として守って行かなきゃならんのじゃないか、と思っています。そう思っている私から言わせますと、五七五が作り出す美しい言葉は詩語でありまして、これを季語だけに限定して言うことはおかしい。俳句の言葉はすべて詩の言葉でありまして、その詩の言葉の中に季語もあれば無季の言葉もある。それを私は事語《じご》、事柄の季語と呼んでおります。この、世界に誇る五七五の最短定型詩が創り出す詩の言葉を大事にしていく。そのためには季語が入ってるかどうかとか、そんなこだわりは一切やめて、美しい言葉が日本語の詩を生み出すということに自信をもって作り続ければいい。》

（存在者として生きる　平和の俳句――第十二回「みなづき賞」受賞記念ライブトーク――）

私はこの個所を読んで、とても共感を覚えると同時に、金子氏は世界の俳句ブームを的確に摑んでいると思われた。「海程」には詩人で英語俳句の実作・研究者の吉村伊紅美氏がおられるので、芭蕉などの重要な俳人を英訳して世界の詩人たちに影響を与えたR・H・ブライスの影響のことなどを念頭に置かれているのだろう。私は時々海外の詩人たちの日本語版や対訳詩集製作の打ち合わせを英語のメールで行う時に、事務的な話になる前に時候の挨拶を兼ねて、季節感を入れた今の思いや相手を思いやる気持ちを三行詩で即興的に書くことがある。すると海外の詩人は俳句をとても喜ぶだけでなく、お返しに三行詩をいつの間にか返すようになってくれて、詩人として敬意さえ抱いてくれる。これは詩や俳句を書いていて詩的精神があり、優しい中学生程度の英語が使えるなら、そんなに難しいことではないと思われる。このことから俳句は国境を越えて詩的精神を確認し合う最良の形式なのだと思う。金子氏の言う「季語が入ってるかどうかとか、そんなこだわりは一切やめて、美しい言葉が日本語の詩を生み出すという」詩的精神が生み出した五七調最短定型詩の詩語こそが、尊いという見解だと思われる。その美しい日本語を創ろうという詩的精神さえあれば無季でも破調でも構わないのだろう。この考え方は俳句を創作する者にとっては、発想や表現が無限に広がる思いがするだろう。俳句の世界的なスタンダードに金子氏の俳論は本質的に共通性があると思われる。「前衛俳句」の実践者に相応しいと納得させられた。また自らの「人間観の基本は」は、「存在者」であり、〈「そのまま」で生きている人間。いわば生《なま》の人間。率直にものを言う人たち。存在者として魅力がない者はダメだ〉（朝日賞受賞者スピーチ）と語っている。「存在者」が発する美しい言葉が「事柄の季語」として達成される時に、優れた俳句や一行詩が産まれるのだろう。このような俳句論は詩論でもあり多くの短詩系の創作者たちを勇気づけるに違いない。

《足の眼》の精神を創り出した人
石村柳三句集『雑草流句心』・詩集『足の眼』

1

仏教哲学の詩人で石橋湛山研究家でもあった石村柳三氏は、二〇一八年九月一日に他界された。享年七十四だった。透析を二十年以上も続け、心臓の持病や癌になったこともあり、入院し手術することが数多く繰り返されていた。しかし退院すると何もなかったように穏やかな声で、電話がかかり「コールサック」(石炭袋)への寄稿原稿のことを話し始める、不死身の男のような精神性を持つ爽やかな人物だった。きっと法華経の精神が石村氏には宿っており、それに生かされているような思いがしてくるのだった。寄稿する詩や俳句の実作以外に、コールサック社から刊行される新刊の評論集などで感銘を受けたものの書評を進んで執筆してくれるのだった。石村氏が執筆したいと望むものは重厚で手強い内容が多く、私は有難くその意向を受け入れた。また時に原稿用紙で二十枚から三十枚くらいの石橋湛山論などの評論も書き上げると、掲載を希望され原稿を送ってこられた。評論はいつも書きたいテーマをいくつも抱えていて、衰えることのない筆力があった。亡くなる数か月前に電話があり、八年ぶりに詩集を出し、その後に評論集も刊行したいと話されていた。その声はいつもの通りで、今度も私と編集の打ち合わせを議論しながら進めたいと、私にまず編集案を提案するように望まれていた。しかしその後に体調が思わしくなく生前に刊行することが出来なかった。

この度、石村氏の一周忌の奥付で句集『雑草流句心』・詩集『足の眼』が共に収められた著作物が刊行された。これは生前本人が、詩集に関しては第三詩集『合掌』以降に発表していた雑誌の「コールサック」、「火映」、「いのちの籠」と各種アンソロジーに発表した詩篇をすべて収録するようにとの希望だった。また近年には力を入れていた俳句も句集にまとめたいとも語っていた。それらを一冊にまとめたものが今回の句集『雑草流句心』・詩集『足の眼』となった。

Iの句集『雑草流句心』は、四六八句が収録されている。これらの句は「コールサック」78号に発表された「桜を見つめての思念句」十句から始まっている。冒頭の句は「雨あがり夕日のひかり桜さし」で、水彩画のような一行詩を詠んでいる。「ひともまた桜のごとき美学もて」では自らを含めた人の存在に美学を課してしまう。また「足の眼の残像ふかく消えぬ影」は、その後の詩篇《足の眼》の連作と連動する試みだ。石村氏にとって俳句は、詩が理知的な傾向がある中で、自らの心情の奥底から湧き上がるものに忠実であろうとするかのようだ。ただ俳句と詩のテーマは通底していて、俳句を読むことは詩を深く読む手助けになるに違いないし、その逆もあり得るだろう。石村氏の句で心に残る私の十二句をあげておきたい。

ふる雪に有漏《うろ》のなみだを溶かしけり
野《の》薊《あざみ》や孤高のふかさ秘めて咲き
生も死もくらいを歩む人の音
むらさきの乳房《ちぶさ》ひかりて藤むすめ
生きるこそ生かされる身の心音か
足の眼の感性ふかきいのちかな
竹は竹おのれの命ふしに込め
千の手で肌を護るや阿修羅《あすら》の木
雨《う》新《しん》ふる大地のよろこび潤して
阿修羅《あすら》世に問うて祈るや賢治の眼《め》
娘たちつよくやさしく命あれ
風にゆれなびく楊《やなぎ》の根のつよさ

これらの句には青森出身の石村氏の言葉の「根のつよさ」を感じさせてくれる。そこには深い命への礼賛が響いていて、生を促す雨や風や光の自然の力が逞しく俳句に宿されている。石村氏にしか書けない無季であるが、五七五の俳句が迸るように立ち上がってくる。石村氏は詩と評論が中心であったが、晩年このように俳句が沸いてくるように詠み始めたことは、きっと入院生活も続いて、俳句は記憶しやすいし、小さなノートに書きやすかったこともあったかも知れない。

2

Ⅱの詩集『足の眼』には、一一五篇が四章に分けられて収録されている。一章「大根腕になろうとも」には四十二篇が収録されている。冒頭の詩「大根腕になろうとも―生命《いのち》あればこその風光」を引用してみる

大根腕になろうとも――生命《いのち》あればこその風光

還暦をすぎた数年の男が／どこか狂いだした四季の冬の暮れに／十二年ちかくつづけてきた人工透析の生活で／左の腕に入れた人工血管《グラフト》が寝ている間に破裂して／血だるまになった／血にそまり生温かく冷たくなってゆくパジャマ／その感触にわれを忘れてあわてふためき／声を

あげて家内や娘にグラフトの腕を／万が一に持っていた二本のゴムバンドで血止め／／早朝の寒さのなかピーポーを鳴らす救急車が到着／その音に「助かった」の安堵／ふるえる男には救急の音は天や神や仏のピーポー／冷たい腕にさわる三十分の車中に／「家内や娘がいなかったら死んでいたかも」／身のうごきのにぶい男は命の血止めをできたか／やっと透析する病院に入り　生存への感謝が湧く／その日の内に三回目の左腕の手術は約四時間／M先生の力で新しいグラフトを入れ手術成功／「M先生の笑顔にただ黙念の感謝」／手術した人工血管《グラフト》の腕は　数　日　し　て／大根役者ならぬ大根足のごとく／いないなそれ以上の大根腕の太さとなるであろう／傷だらけの跡をのこし／生命にかかわった戦歴のよろこびの灯明となり／生きているよりも　生かされてきた／人生へのよろこびとなって／これも全《すべ》て生《いのち》あるからだ　二倍の腕の大根でもだ／生かされている存在はそれほど重い／大根腕となっている悲しみはあるが／右腕は自在として使える　文字《ことば》も　書　け　る／「欲をいうな男よ　それでいい」／感情を吐きイノチあるだけでの呼応をしよう／そこにまた感性のうずく風光もうまれるものだ／切り刻んだ大根腕であろうと愛《いと》しさの風光をうけ

〈二〇一〇年十二月某日　千葉社会保険病院にて〉

二〇一〇年の暮れに退院後に書かれた詩がこの「大根腕になろうとも」だった。「十二年ちかくつづけてきた人工透析の生活で／左の腕に入れた人工血管《グラフト》が寝ている間に破裂して／血だるまになった」と、危惧していたことが起こってしまった。けれども妻や娘の協力で「万が一に持っていた二本のゴムバンドで血止め」して病院へ向かい、「その日の内に三回目の左腕の手術は約四時間／M先生の力で新しいグラフトを入れ手術成功」したのだった。そして「生きているよりも　生かされてきた／人生へのよろこびとなって／これも全《すべ》て生《いのち》あるからだ　二倍の腕の大根でもだ／生かされている存在はそれほど重い／大根腕となっている悲しみはあるが／右腕は自在として使える　文字《ことば》も　書　け　る／「欲をいうな男よ　それでいい」というような感動的な詩行が記されるのだ。自分の命が「生かされてきた」ことへの感謝として受け止めるようになった。左腕は「大根腕になろうとも」、幸いなことに「右腕は自在として使える　文字《ことば》も　書　け　る」と石村氏は、決して挫けない強靭な精神力の持ち主だとこの箇所を読めば理解できるだろう。生死をかけた場面であってもどこか表現者としてユーモアやエスプリを持って語っていくのだ。その後の八年間に書かれた詩一一五篇や四六八句もの作品群は、そんな「感性のうずく風光」や「愛《いと》しさの風光」を受け止めて書き記されてきたのだろう。次に詩「《足の眼》の風景」を引用したい。なぜかこの八年間の間に石村氏が最も数多く発してきた言葉がこの《足の眼》であることは間違いないだろう。

《足の眼》の風景

◎／《足の眼》はいつも生きている現在《いま》を問う／《足の眼》はつねに去った時《とき》の影を想う／《足の眼》は身の大事のごとく明日への夢を持つ／生きて往くための足の眼は／自らのおかれている立場の姿から／理想へのさけびをしているものだ／◎／足の眼で現実を歩いている人たちは／移りかわる風土《しぜん》の風雪や風光のなかにあっても／《足の眼》の経験をからめた自存としてやさしい／《足の眼》の温もりからつたわる思いやりがある／《足の眼》の対峙し対話する姿に幸福《しあわせ》を隠している／存在するわれらの人としてのくらいを必要として／◎／現世《このよ》の世相無情の風に吹かれながらも／ひきずるあるがままの今や切断できぬ吐息をつつみ／◎／内在に問う思念の人生のふかき眼よ／その離れぬ影のようなわれらの行動のうつつよ／そこにはわれらの人の世を呼応し／問い　視つめ　省察させ　歩　ま　さ　せ　よ　う／背負うべき　ぶらさげるべき／はからいというひとときの空間にあって／◎／人はその歩まねばならぬ本能の足に／大地を進む認識の厳しさと／せつないほどの泪の悲しさを精神の袋につめて／自らの生きねばならぬ運命の足の音として／その生かし方と育て方の風景を抱いて／もがきつつも未来記の願いを踏みつつ／◎／《足の眼》は測り知れない運命のはからいに／生きねばならぬ自存のありようの足の眼をうむのだ／◎／足から把握される眼の開く人生風景の捉え方として／◎／足のつつんだ眼からの現実をうまんとする風景美に／◎／足の眼におのじとふかく彫るや影／／内の眼に足の夢をもからめつつ

（二〇一三年そろそろ梅雨明けそうな七月上旬稿なる）

一章の四十二篇の中に十一篇ほど《足の眼》が含まれるタイトルの詩がある。また詩集全体一一五篇の中で二十二篇もの詩のタイトルに《足の眼》が含まれる。この《足の眼》をどう解釈するかが、石村氏の詩篇を読み解く大きな課題になることは確かだろう。石村氏は両親の勧めもあり山梨県の身延山高校という法華経と日蓮聖人の教えに基づいた仏教高校に進み、大学も仏教系の立正大学に学んだ。日蓮宗の宗教系の新聞記者もしていたこともあり、仏教思想の専門家でもあったが、石橋湛山やニーチェなど徹底して思索して実践した思想哲学者を評価して愛読していた。

《足の眼》という語感は常識を覆す発想があり、足には眼のような働きがあるのではないかと石村氏は感じていて、自らの足元を支える働きは人間を支える最も重要なものだと考えている。その脳から発した眼と足の働きは「現在《いま》を問う」こと、「去った時《とき》の影を想う」こと、そして「明日への夢を持つ」という現在・過去・未来の時間を一挙に透視するような根源的な時間を問い感ずることであり、その作業を足で歩きながら現場を通して感受することの大切さを伝えているのだろう。それゆえに「生きて往くための足の眼は／自らのおかれている立場の姿から／理想へのさけびをしているものだ」という。石村氏は生きている現場の足と眼の働きは直結していると認識し、そんな《足の眼》という高感度で高機能の働きを課して、現在・過去・未来を透視して、「未来記の願い」や「測り知れない運命のはからい」を目指していこうと語っている。つまり今ここに生きる存在が自らの足元に眼差しを持ち、未来を切り拓いて行こうする、石村氏の思想・哲学的な思いを込めた言葉であるのだ。「《足の眼》の風景」とは、この《足の眼》による一連の根源的な時間を問うて見えてくる「人生風景」を一挙に透視してしまう流れなのかも知れない。最後の俳句「内の眼に足の夢をもからめつつ」には、《足の眼》が「内の眼」に「足の夢」を引き寄せて、それらが相関関係になっているようだ。石村氏の詩と俳句はこのように自らの思想・哲学のイメージを豊かに展開しているものだと言えるだろう。

《足の眼》を理解する上で次に引用する詩「自らの眼を誇れ」も重要であり引用したい。

自らの眼を誇れ

人として世間や自然のはなつ醜さや美しさを／感受でき
る／自らの《眼》を持つということは当身《とうしん》の大事《だいじ》だ／そ
うして　そ　こ　に／その人としての眼を胸臆において
作用することは／ほんとうに美しくて／まぶしい尊さで
ある／『眼蔵』*という視線のとらえかた／大きく底のふ
かい精神の眼と内在の眼よ／転化させる思念のありよう
の《眼》の矜持の方法／その生かす真実の眼にこそ／億
万の実相を把握しようとし批評する声があろう／現実や
未来記をかたる人たちは／とくに億万の実相をみつめ／
呼応する思念を散華しなければならないであろう／生き
て生かされる／静かな安らぎの創造にあって

＊鎌倉時代の改革僧の一人、道元の『正法眼蔵』の言説《ごんぜつ》する真実の眼。仏典の精神の蔵《くら》、心の蔵の大いなる教え。そのような鋭敏な眼を持てという意味においてである。

〈平成二十六（二〇一四）年一月中旬の寒波の日なる〉

この「自らの眼を誇れ」ということが《足の眼》を持って今ここから未来に歩んで行ってほしいという願いが込められているのだろう。「自らの《眼》を持つということは當《とう》身《しん》の大事《だいじ》だ」の「當身《とうしん》の大事《だいじ》」とは信念や志を持った「自分自身の大事」のことであり、それを真摯に見つめていくことが最も大事なことだと告げられている。三章の詩「當身の大事」では宮沢賢治の言葉〈求道すでに道である〉を引用してその賢治の言葉から「當身」の意味を掘り下げている。また「道元の『正法眼蔵』の言説《ごんぜつ》する真実の眼」に基づき、《足の眼》はそれを現実に生かすための実践的な精神において、最も必要な言葉ではないかと石村氏は、構想していてそのことを伝えようと試みていたように考えられる。

3

二章「いのちの風光」二十八篇は、石村氏の自然観が思想となって紡ぎ出されている。その中から「わたしの命は」を引用する。この詩は素直に石村氏が語られているが、その内容を読み継いでいくと「わたしの命」への問いがだんだん深まっていく。

わたしの命は

「わたしの命はわたしのもの」／その哀苦は／だからわたしだけのもの／そうつっぱね／自らの殻に閉じ込めてしまう　お　ま　え　よ／狭い眼のよじれて細くなってしまった神経／血圧があがり命をちぢめる自己密閉ばかりの／嘆きを吐くな／おまえのことは口にはださないが／こころの底で心配しているのは／女房や娘たちであり親や兄弟の身内のあたたかさだ／それに心情ふかき友人の心配もある／「わたしの命はわたしのもの」だと／すねたような眼だけで悩む　お　ま　え　よ／命をそうかんたんにかたづけるな／命は自分のものであろうと／他人のものであろうと／そのもつ価値は地球よりも重いといった宰相がいたが／そうだと想う／縁《えん》がありうまれた命は海よりふかく山河よりも厚いのだ／不思議な因果につつまれた業《カルマ》ともいえよう／また現実に吹く無常の風による／時のながれのくらいにつつまれているものでもあろうから／「くらい＝位」とは永遠のごとき時の流れのひとときだ／いずれ人は死ぬ　必ず死ぬ／財産や名誉や地位に関係なくひとときのくらいに逝く／無へのくらいの回帰は必定のやすらぎ／そういう人というものの命

は／この現実の世相の喜怒哀楽につながる血脈の自然の
命脈／だから／わたしという　お　ま　え　よ／哀苦の
「自己密閉」にいそぐことなかれ／孤独な眼を大事にしつ
つ病院の窓からみつめた／杉の木や竹林の風にゆれる姿
を／あるがままの自然命のひとときのひとつの姿として
思念／ゆれるしなやかさの風光をあたえてくれるやさし
さとして／そこに知ろう　わたしの命はひとときの位《くらい》に
あることを

〈二〇一二年冬　心臓バイパス手術のため千葉市
某メディカルセンターにて〉

石村氏は「わたしの命」は誰のものであるかと問うている。初めは「わたしのもの」と自分にこだわり続けるが、妻や娘や兄弟などの身内、友人たちのあたたかさを感じて、いつしか「命をそうかんたんにかたづけるな／命は自分のものであろうと／他人のものであろうと／そのもつ価値は地球よりも重いといった宰相がいたが／そうだと想う／縁《えん》がありうまれた命は海よりふかく山河よりも厚いのだ」と思い始める。そして「命」が「時のながれのくらいにつつまれているもの」であり、〈「くらい＝位」とは永遠のごとき時の流れのひととき〉であると言った、永遠の相の眼差しで「命」を考え始めるのだ。ついには「わたしという　お　ま　え　よ」というように、私という存在には、実は連綿と続く他者である多くの「命」が宿っているのだと発見してしまうのだ。その果てに「わたしの命はひとときの位《くらい》にあること」なのだと感受するようになる。このような境地に石村氏が至ったことがこの詩に刻まれていることは、「命」を突き詰めていった極限の思索的な詩として、読むものに語りかけてくれている。人は有限の命であるが、その「命」が途絶えることなくつながっていく奇跡を感じて、石村氏は永遠の相の下で生かされていたのだと思われる。

最後に四章「心のレンズ」から「《足の眼》考」を引用する。

《足の眼》考

○／人の生き方というか　人生の行路というものは
その人の生き方の行動にあって運命のありようを背負っ
ているものだと思う。それをもっと身近なものとしてか
たればその人の歩む足跡を推察することにもつながる。
人生の封印や刻印のような足跡はまた明日への跫音《きょうおん》につ
ながる。ぶらさがる生への明滅の灯《ひ》となりつつ。背に負
う歩みの行路の刻印には　その人の胸臆に思念された内
在への眼の存在があるであろう。内在された眼には三つ

ほどのするどい眼がある。その一つは《頭《のう》の眼》だ。その二つは《意《こころ》の眼》だ。その三つは《足の眼》だ。當身の力だ。

○／そうこれら三つの内在された認識を線輪《コイル》した眼にこそ　人の存在者としての心の音となって　その人の往くべき運命の径へとつながってゆく。さればこそその人の三つの眼のなかで　独自の舞う個を孤としてふかめさせられてゆくのが　《足の眼》の思念でもあり認識なのだ。そこに絶縁されず業《カルマ》のごとくつたわってくる思念の捉え方の感性と呼応の大事さよ。なぜならば足の眼は頭の眼や意の眼とはちがう万の無明や　森羅万象の磁場におよぶ感応。歩みの感触というか　受信する信号の生と死をつつんだ明滅。歩むことへの痕跡の音をひきずっているゆえに。

○／それを自存への経験というか。それを現実への実践というか。それを直感の足の把握というか。自存することの経験ないしは体験をとおして　足からの問う身の思索へとながれる眼となるからだ。《足の眼》はそこに計《はか》らいを知るからだ。もっとも必要な存在する自らの明眼《みょうがん》の予感へと。人生という方向盤への業のさけびを首にまきつけた此の世の散華へ。そうした認識と思索としての足の眼の在り方の旅路。頭の眼につきささり　その自存の魂の声となり　その人の宿命《さだめ》となる幻夢をみつめほほえむであろう。転化する足の眼精神。そこに生まれる人生行路に。

○／――運命とか　業とか　宿命とかいう言葉に立って歩む人生。そこにうずく《足の眼》の転化の慈しむ思念よ。人の生き様という不可思議をつらねて　命終《みょうじゅう》の音をならしているわれらの到来の未来記《よげん》。生きたいと願う真《しん》味《み》の血を真実とするためにも……。

○／足の眼におのれの意思や生きており　（石芯）

（平成二十五年三月二十六日（火）住居近くの某外語大学の満開の桜をみつつ稿なす）

この詩には、石村氏が《足の眼》を自らの思想・哲学の中でどのように位置づけていたかの思考の痕跡が記されている。例えば「内在された眼には三つほどのするどい眼がある。その一つは《頭《のう》の眼》だ。その二つは《意《こころ》の眼》だ。その三つは《足の眼》だ。當身の力だ。」と語られている。石村氏の独創的なところは、人は三つの眼を持っていて、それらは複雑に線輪《コイル》されながら、複眼として成立するのだと指摘している。しかしその中でも「独自の舞う個を孤としてふかめさせられてゆくのが　《足の眼》の思念でもあり認識なのだ。」と考えていく。それは「自存することの経験ないしは体験をとおして　足からの問う身の思索へとながれる眼となるからだ。」と、《足の眼》が具体的に生きる意志を掻き立てる精神性として確信をもって語られている。石村氏はなぜこのような思想哲学ともいえる《足の眼》の精神を詩に残すことができたのか。石村氏は誰よりも謙虚で生きる真摯さが一貫していた。石橋湛山の自由・平和思想、法華経などの仏教思想、ニーチェなどの西欧思想などを徹底して読み、詩作や評論に生かそうと試みていた。さらにそのことは精神と身体の相関関係から生み出されたメルロ＝ポンティの考え方とも重なるように思われる。つまり身体と精神をつなぐものとして生命を重要なものと位置付けて、「身体が考える」とも言われていた。つまりそれは石村氏の《足の眼》とも重なってくると言えるだろう。石村氏はまた「命」を通して両者を繋げて考えていくことを試みていた。「足」という身体と「眼」という主観の精神性を合体させた石村氏は、《足の眼》という心身の本来的な在りかを考え続けていたのだ。そんな石村氏だから第一詩論集『雨新者の詩想』の帰結としてこのような優れた俳句と詩篇が残されたのだろう。そんな最期の八年間の結晶を多くの人びとに読んでほしいと願っている。

連作詩「サナトリウム」の「ほんとの悲しみ」と「自然の交響曲」

『村上昭夫著作集　下
未発表95篇・「動物哀歌」初版本・英訳37編』

村上昭夫詩集『動物哀歌』は、一九五〇年、二十三歳の時に岩手医科大学付属岩手サナトリウムに入所した。その翌年に入院してきて詩作を勧めた詩人の高橋昭八郎が、村上昭夫の詩作の総決算として『動物哀歌』を編集したと、詩友の大坪孝二が後記で記している。村上昭夫は結核によって余命が長くないことを知り、一九六七年に大坪孝二と宮静江の強い勧めもあり詩集刊行を決断し、詩友たちに原稿を手渡し編集・出版を任せたと言われている。詩集には一九五篇が二行空きで続けられて村上昭夫の全詩集的な意味合いがあった。

二〇一八年に刊行された『村上昭夫著作集　上　小説・俳句・エッセイ他』に続いて、今回『村上昭夫著作集　下　未発表詩95篇・『動物哀歌』初版本・英訳詩37篇』が刊行された。村上昭夫は多くの詩作ノート、原稿用紙の草稿、そして清書された原稿用紙の未発表詩九十五篇を残している。実は最近になってこの九十五篇には三枚の目次メモがあることが分かり『動物哀歌』割愛分目次（リスト）とたぶん高橋昭八郎の筆跡で、Ⅳ二十一篇、Ⅴ七十四篇の作品名が記されていた。村上昭夫から任された高橋昭八郎、大坪孝二、宮静江らが話し合い、九十五篇は割愛されたと推測できる。四人が生存しないので、その間の事情は謎として残った。原稿を清書し手渡した段階では村上昭夫はこれらの詩篇を掲載したかっただろうと考えて、今回の「著作集　下」では、私を含めた編集者たちは、初版の『動物哀歌』の最後に収録される可能性のあった九十五篇を新発見の詩として冒頭に収録することにした。

そのような未発表詩の冒頭の連作「サナトリウム　1〜13」は、亡くなるまでサナトリウムに入退院を繰り返した村上昭夫の実像とその詩作の原点を気負いなく表現している作品だと思われる。ある意味ではこの連作詩は『動物哀歌』以外の代表作として今後は読まれるべき価値ある連作詩だと言われるかも知れない。「サナトリウム　1」を引用してみる。

おおいと思いきり叫んで見たいような／青い森や金色の山を夕暮が移動してゆく／ほら右のあすこの丘だけがあんなに明るいのは／きっと雲が青空をあけっぱなしなのだ／その下で先からごうごう鳴っているのは／風だけで

なく中津川も一緒にきまっている／肺病は大きな声を出すとカッケツするそうだけど／私の声があすこの金色の山にこだまして／サナトリウムまで帰ってくることを考えると／くちびるをぐっとつぐんでいるのは／煙草をやめる時よりつらいな／ああ　だがなにも邪魔するものがなくて／好きな位静かに坐っていられるのは／なんとすばらしい時間だろう／青田をうねって風が渡ってくる／自然の交響曲をじっくりと聞いて／今夜はぐっすり眠れるに違いない

（「サナトリウム　1」より）

村上昭夫はサナトリウムに入院し気落ちしていたのだろうが、窓から「青い森や金色の山を夕暮が移動してゆく」光景を眺めて、「おおいと思いきり叫んで見たい」とその感動を「青い森や金色の山」に伝えたい衝動に駆られる。「きっと雲が青空をあけっぱなしなのだ」というような表現も、雲の上に舞い上がって下界を眺めている想像力を発揮している。さらに「その下で先からごうごう鳴っている」ものは、風と北上川の支流の中津川の瀬音にも耳を澄まして親しみを感じている。もし山河にその感動を呼びかけたら、喀血してしまいそうなので、「煙草をやめる時よりつらいな」と、ユーモアを感じさせて自戒する胸の内を明かしている。そして「だがなにも邪魔するものがなくて／好きな位静かに坐っていられるのは／なんとすばらしい時間だろう」と、自然の光景の中で「自然の交響曲」を聞きながら「好きな位静かに坐っていられる」ことの素晴らしさを感じて、「今夜はぐっすり眠れるに違いない」場所を見つけたことに安堵している。この「サナトリウム　1」を読めば分かるとおり、村上昭夫は大声を出せば喀血する恐れを感じながら、岩手の自然の中でその光景の色彩に魅入られ「自然の交響曲」を聴きながら、心身の回復を願い続けていたのだろう。

「サナトリウム　2」では「汽笛」から次のような幻想を抱いている。

此処を通る支線列車の鋭い汽笛は／ふと小学校の運動会の／可愛いい喊声《かんせい》のようにも聞え／私は思わず昼食のはしを休める／　幻想ですね／　そうです／けれども支線列車は／あたかもそれのように／ガタガタと一生懸命走ります／　幻想ですか／　いいえとんでもない／私はあの可愛い子供達が／どうしたら結核に感染しないですむかと／それればかり考えてました

（「サナトリウム　2」）

村上昭夫は「支線列車の鋭い汽笛」を「小学校の運動会の／可愛いい喊声」に聞こえてしまうほど、子供好きであることが分かる。このような感性は宮沢賢治と共通する童心を愛する願いを感じる。「可愛い喊声」は幻想的ではあるが、その幻想もすぐに現実に引き戻して、最後の三連の「私はあの可愛い子供達が／どうしたら結核に感染しないですむか」という自分の苦しみを子どもたちにさせたくないと、村上昭夫は心底願っていたのだろう。

「サナトリウム　3」では、裏の杉山にリスやキジがいてそれらに和んでいき冬が去っていく。そして最後の四行に次のように記している。

「春は病肺には悪いんだって／ふとんの中にかくれなきゃいけないんだって／ああ　けれども見ろよ／今朝の南昌山の輝いてること」

この肺病が春の季節によくないと言われていたことは、定かではないが何か根拠があり患者たちに伝わっていたのだろう。私にすぐに連想されてくるのは、賢治の『春と修羅』という言葉であり、春は多彩な生きものたちが活動を再開する季節だが、胸を病んでいる者にとってはやりたいことができない「修羅」のような苦悩する季節なのかも知れない。その中でも村上昭夫は、「今朝の南昌山の輝いてること」に感動する。この「南昌山」は盛岡の南西の約十二キロメールにある山で、賢治の短歌や童話にも出てきて、賢治はこの「南昌山」を含む一連の山々を若い頃によく散策していた。村上昭夫は、このサナトリウムの地で賢治の足跡を身近に感じたことが、このような憧れの表現になったように思われる。そして肺を病むことになる賢治がこの山を歩き回る姿を自らの姿と重ねて、賢治のような詩人を目指そうとサナトリウムの暮らしの中で強く感じていたのかも知れない。

「サナトリウム　4」の最後の四行では、「私の過去は真実を捜そうとした過去でした／山も海も空も／そしてたくさんの人達も／決して遊びではなかったのですから」と自分の過去と向き合いながらも、他者に対しても「真実を探そうとした過去」というように、自他の過去の時間を肯定しようと考えていく。その思いが「決して遊びではなかった」と「山も海も空も／そしてたくさんの人達」などの切実で誠実な存在の在り方を感受していく。

「サナトリウム　5」の後半では、次のような切実であり独特な宗教観を記している。

「どうかキリスト様／あの不自由な人達へあわれみを／

それから佛陀様／どうかあの人達の苦しみをのぞき給え／そのように祈る自分が／いかにもあのたてものとはえんの遠い人間のように思われた／私はあほうらしいほこりを持ち／空は痛いほど高く／なにもかもが健康そのものであったから／今日もこのサナトリウムから／あの腰をおろした山を見る／今頃俺と同じような誰かが／俺のことを祈ってくれてると思って」

村上昭夫にとって「あの不自由な人たち」をあわれみ、その苦しみをのぞいてくれる存在がキリスト様であり佛陀様であったのだ。村上昭夫は「あほらしいほこり」を抱えながらもそのあわれみを与えられる存在であることに気付き始める。そして「今頃俺と同じような誰かが／俺のことを祈ってくれてると思って」というように、苦しみを抱える存在であるからこそ、他者の苦しみに祈りを捧げることのできる存在を確認したいと強く願ったのだろう。村上昭夫は赤裸々に「真実を捜そう」と続けていく。

「サナトリウム　6」では、「肋骨を十幾本ととられ／私だってどうして生きて行ったならと思うし／ああ　そのほかにまだあるんですね／人生一般の歓楽というやつ／それができなくて可哀そうだと言うんですね」というように、世俗的な価値観を陰で言われることに少し反発を感じるも、そのように話題にしてくれるだけでもいいので、はっきり面と向かっていって欲しいとその二律背反的な複雑な思いを記している。

「サナトリウム　7」では、「今朝私は生れて始めて／桜のほんとの美しさを知る／思いっきり生きるものの／あとに悔いを残さないものの／未練なく散ってゆくものの」という「桜のほんとの美しさ」を発見して、自分の存在の在り方もそのようでありたいと願っている。

「サナトリウム　8」では、「悲しみは暮れてゆく夜の森のなかへ／そっとしまいこんでしまおう／太陽の下では何時でも／ゆびを食いちぎっても笑わなければならぬ／ああけれどいつわりの笑いのなかにこそ／ほんとうの悲しみがあろうものを」という人間の精神の真実を語っている。その「いつわりの笑いのなかにこそ／ほんとうの悲しみがあろうもの」という末期の存在の在り方の描写から「ほんとの悲しみ」とは何かが深く語り掛けられる。

「サナトリウム　9」では、「木々の葉が落ちてくる／ひとりで行っちゃいけない／離れちゃいけないったら」というように、桜花のような潔さではなく、木の葉が落ちるさまを見て、「離れちゃいけないったら」と悲愴な思いを爆発させていて、最後の行の「かろうじて秋の重さをこらえて立つ」という言葉で自らの存在を奮い立たせている。村上昭夫が最後まで生を燃焼していこうとしていたことが感動的に伝わってくる。

「サナトリウム　10」では、「ほんとうにただ一途にイエス様を疑わない／少女の清澄さ／その瞳に泥をはきかけた私／少女は星の冷めたい中津川の夜道を／ひとりとぼとぼ歩きながら／なにを感じたろうか／肺をむしばまれた若い男の罪を／きれいな瞳になみだを浮べて／イエス様に祈って歩いてるだろうか」と敬虔な少女の信仰心を汚すような言葉を吐いた後で後悔し、最終連で「名も知らない少女よ／あなたにこそイエス様の祝福のありますよう／私は心からそれを祈る」と記している。

「サナトリウム　11」での「三十にもなったひとりの女の心の／悲しい風景」や「サナトリウム　12」の「いつか平凡な母となることが／女のなによりの幸福であること」を心に記録するために、「米内川の流れの／その向うの母である海の声」に耳を澄まそうとしている。

最後に「サナトリウム　13」を引用したい。

夜桜の電気の下で／ほんのりと白衣の娘が呼吸をし／自分の気なげな姿を桜に映そうと／白い腕を夜空に投げかける／誰が見ていてもかまわないし／見ていなくてもかまわない／地上に下りた桜の精／看護衣がすっきりと似合うのだ／つい先まで舞台で舞った／藤娘のあで姿にもまして／働く人の自然の美しさ
（「サナトリウム13」）

桜の精が乗り移ったような「白衣の娘」を讃美し、「働く人の自然の美しさ」によってサナトリウムに住まう自分たちが支えられていることへの感謝を伝えている。こんなサナトリウムの場所を原点として、村上昭夫は『動物哀歌』の詩的世界へ向かっていったのだろう。この連作詩を読むことは、村上昭夫が宮沢賢治の詩的精神や宗教観を共有し、その有力な後継者の一人であることを物語っている。この連作「サナトリウム」が多くの人びとに読まれ、村上昭夫の「ほんとの悲しみ」や「自然の交響曲」が多くの人びとに読み継がれることを願っている。

「文字マンダラ」を通した根源的で多様性に満ちた宮沢賢治論

桐谷征一『宮沢賢治と文字マンダラの世界
――心象スケッチを絵解きする』

1

桐谷征一氏は、長年にわたり雑司ヶ谷で日蓮宗本納寺住職を務め、中国石刻経の研究や中国仏教史の分野で世界的にも知られる仏教学者である。そんな桐谷氏は若い頃から半世紀近くもの間、宮沢賢治の「雨ニモマケズ」の最後に記された「文字マンダラ」と日蓮の「マンダラ本尊」からの影響について研究を重ねてきた。私の詩友で法華経精神での詩論や石橋湛山論を執筆した石村柳三氏から、賢治文学に貫かれている法華経思想を研究されている方だと紹介を頂き、私が事務局長をしていた鳴海英吉研究会で二〇〇八年に賢治について講演をして頂いた。その講演の賢治の「文字マンダラ」の解釈を拝聴し、賢治文学の理解において根源的で画期的な宮沢賢治論になる構想を抱かれていると思われた。そのようなご縁で私はこの内容をぜひ深めて出版させて欲しいと十年以上前に提案したのだった。その後に研究を書籍にすることを促す石村氏と一緒に本納寺を訪ねて執筆状況をお聞きしたこともあり、二人の友情の強さに感じ入ったこともあった。石村氏は二〇一八年に評論集『石橋湛山の慈悲精神と世界平和』を刊行した後に他界されてしまった。きっと誰よりも本書の刊行を石村氏は天上から喜んでおられることと思われる。

今年の二〇二一年三月十一日で東日本大震災から十年を経たことになる。当時日本の人びとを励ますために宮沢賢治の「雨ニモマケズ」英語版が米国などの海外で朗読されたというニュースが想起された。また地震・津波・原発事故などの被災の大きかった浜通りの人びとにもこの「雨ニモマケズ」という詩は朗読されて、最もつらい時にこの詩は潜在意識の中から日本人の心に湧き上がってくるように感じられた。十年後の新型コロナが収束しない今日でも、某保険会社のテレビCMでこの詩を女優が朗読していて、私たちは賢治の言葉に宿る精神性に励まされている。賢治は生前に唯一刊行した詩集『春と修羅』の作品を詩ではなく「心象スケッチ」だと語っていた。その言葉を賢治の謙虚さだと多くの人は思っていた。しかし賢治は本当に「心象スケッチ」だと考えていたのであり、その「心象スケッチ」はある種の謎として理解の及ばないことと考えられてきた。

これほど日本人に愛されている「雨ニモマケズ」は、手帳に記されていた言葉であり、その最後には七行の「文字マンダラ」が記されてあった。賢治研究の草分け的な存在で戦争中でも花巻まで広島から通い、その手帳を写し研究を続けた小倉豊文の『「雨ニモマケズ手帳」新考』では、「「雨ニモマケズ」とこのページを同時に書いたとは私には考えられない。しかし形の上で並んでいるので注目され易い」と語り、賢治研究の第一人者だった小倉豊文でさえこの詩と「文字マンダラ」七行の関係は、重要なことだと認識してこなかった。しかし私には「雨ニモマケズ」を記した後に「文字マンダラ」七行を賢治が書き上げて完成させたようにも感じられた。そのことは究明されるべき謎として残されていた。

二十世紀の日本の文学者においてこれほどの影響を与え続けている人物は宮沢賢治以外には存在しない。そんな汲めども尽きぬ豊穣な文学を生み出した宮沢賢治を最も代表する「雨ニモマケズ」を生み出した内面の奥底に肉薄する論考は、実はいまだに存在していないように思われた。そのような賢治研究の前に立ちふさがる目に見えない壁に異次元のアプローチをされて、桐谷氏は賢治の広大な「心象スケッチ」の領域に、一貫した宗教哲学である「一念三千」が貫かれていることを明示してくれている。

2

宮沢賢治の文学の源泉には法華経があることは本人が語っていた。しかしながら法華経と賢治文学の本質的な関係を明らかにする本格的な研究書は出現してこなかった。そのことは当時の法華経研究の最先端の島地大等たちから若くして学んでいた賢治を理解することは、その教学を理解していなければ至難の業であったからだろう。ところが桐谷氏は賢治の「雨ニモマケズ」手帳に記されてあった五種の「文字マンダラ」の基になった日蓮の「マンダラ本尊」の研究者であることから、賢治が日蓮の「マンダラ本尊」の本質をいかに理解してそれを自らの文学に応用していったかに若い頃に気付き、その観点から賢治文学を検証すべきだと読解を続けていた。その重要な手掛かりとして、賢治の「心友」で盛岡高等農林を退学し山梨県に戻った保阪嘉内へ送った数多くの手紙などに注目した。この私信の中に賢治が「心象スケッチ」を生み出す謎が解明できると考えて、その私信類を深く読み取っていく。

本書は、序文（渡邊寶陽氏執筆）、はじめに（「雨ニモマケズ」自筆原稿含む）、八章と付録「文字マンダラを絵解きする」からなっている。「はじめに」には手帳の五十九、六十頁の見開きにある「雨ニモマケズ」最後の五行と「文字マンダラ」七行、また他の四つの「文字マンダラ」も収録されている。桐谷氏は「はじめに」で賢治の「文字マンダラ」について次のようにその特徴を記している。

《㈠　賢治がマンダラの内容を意図的に描き分けた問題には、日蓮が自身のマンダラ本尊を同じく多様に描き分けている歴史的事実があるのである。しかも、その根本的意義については、賢治が所属した新興教団国柱会はもちろん、その源流としての伝統教団日蓮宗においても、当時は未解決の問題であった可能性がある。賢治は、その問題に一歩踏み込んで独自の新説を提示したことになるのではないか。これは宗教学史的にも注目されることであるが、当時の賢治が日蓮のマンダラを理解することにおいて、専門家すら思考の及んでいない議論にまで達していたことを窺わせる。》

《㈢　手帳六十頁のマンダラ二は、その手帳において描かれた位置がとくに注目される。それは、かの詩「雨ニモマケズ」のすぐ後ろに置かれているからである。すなわち、詩とマンダラは一体不二のものとして受け止めるべき賢治の暗示なのではあるまいか。賢治はそのとき、マンダラの心に彼自身の心境をオーバーラップさせていたのではないか。あえて直言すれば、かの詩「雨ニモマケズ」はマンダラの姿（様式）と心（世界観・人生観）とを詩形によって表現したものではないのか。一般では往々見られるように、詩とマンダラとを分離して鑑賞することは、賢治の心情としては遺憾に思うことと言えるのではないか。》

以上のように本書の重要テーマはこの「はじめに」に記されている。従来はマンダラと言えば真言密教の絵画的マンダラであったが、日蓮が考案して生み出された「文字マンダラ」である「マンダラ本尊」は、唯一絶対なものではなく日蓮が多様に書き記していたこともあり、賢治は日蓮と対話しながら独自の解釈をして賢治の「文字マンダラ」を作り出していた。そのことに桐谷氏は驚き、賢治の生み出した「文字マンダラ」と日蓮の「マンダラ本尊」との関係を研究することになったとその動機を語っている。また「詩とマンダラは「一体不二」のものとして受け止めるべき」であり、そのことが賢治の意志に添うものであり、本書がそのための実証的な研究の成果であることを明示している。

一章は「一、浄土門か聖道門か／1．父政次郎の浄土信仰／2．島地大等と天台宗の法華教学／3．「赤い経巻」との邂逅／4．浄土門と聖道門とのはざまで／5．法華信仰の道へ／6．「菩薩」へのあこがれ／7．惨憺たる「戦《いくさ》」に分かれている。その中でも「2．島地大等と天台宗の法華教学」「3．「赤い経巻」との邂逅」などで紹介されている島地大等との出会いは、賢治にとって「浄土門」から「聖道門」に転換して法華経に目覚めていく大きな選択を促したことになった。桐谷氏は次のようにその出会いの意味を記している。

《私はここで、おそらく島地大等は彼と賢治との交流のごく早い時期に、「赤い経巻」を通して法華経の教えの中で最も重要な、一つの思想を賢治に伝えたであろうことを指摘しておきたい。それは、前述の『漢和対照妙法蓮華経』中でも「法華大意」の目次に見られる「一念三千《いちねんさんぜん》」の思想である。／「一念三千」の思想は、仏の教えという意味で「一念三千の法門」とも呼ばれるが、前出の中国天台宗の開祖である隋の天台智者大師智顗《ちぎ》（五三八―五九七）の『摩訶止観《まかしかん》』に創説された法華経究極の観心《かんじん》の教えであり、これによって一切衆生の成仏の原理とその実現が説かれた、とされるものである。ごく端的に説明すれば、「一念」とは、凡夫であるわれわれの一人一人が刹那《せつな》刹那に起動する心であり、「三千」とはその心にさまざまな世界を具えているということである。》

後に桐谷氏は賢治が「心象スケッチ」によってひと月に三千枚を書いたと言われた童話やその後の詩篇を爆発的に執筆していく際に、その原動力になったものが『「一念三千」の思想』であり、それを応用したものであることを手紙類から明らかにしていく。

「6「菩薩」へのあこがれ」では、なぜ「浄土門」から「聖道門」に転換していったか、賢治の内面に寄り添うように、保阪嘉内への手紙を引用し、そこに込められた賢治の熱烈な「菩薩」信仰を辿っていく。

《あなたはむかし、私の持ってゐた、人に対してのかなしい、やるせない心を知つて居られ、またじっと見つめて居られました。今また、私の高い声に覚び出され、力ない身にはとてもと思はれるやうな、四つの願を起こした事をもあなた一人のみ知つて居られます。／／まことにむかしのあなたがふるさとを出づるの歌の心持、また夏に岩手山に行く途中誓はれた心が今荒び給ふならば、私は一人の友もなく自らと人とにかよわな戦を続けなければなりません。／今あなたはどの道を進むとも人のあわれさを見つめ、この人たちと共にかならずかの山の頂に至らんと誓ひ給ふならば、何とて私とあなたとは行く道を異にして居りませうや。／仮令しばらく互に言ひ事が解らない様な事があつてもやがて誠の輝きの日が来るでせう。／／どうか一所に参らして下さい。

この手紙で賢治は、過去に心友保阪にのみ明かしたとする自分の誓願のことを持ち出している。その誓願とは、保阪としてはともかく賢治にとっては自身の一生をかけた、きわめて重大な意義を秘めた決意であった。

ここで賢治は、「四つの願」と表現しているが、私はこれは、菩薩が初発心のときにかならず大願をもつといわれる「四弘誓願《しぐせいがん》」のことであると推断したい。あらためて「四弘誓願」とは、経典や宗派によって語句に若干の異同はあるが、一般には「衆生無辺誓願度《しゅじょうむへんせいがんど》（生死の苦海に沈む一切の衆生を悟りの彼岸に渡すという願）、煩悩無《ぼんのうむ》数《しゅ》誓願断（衆生のあらゆる煩悩を断じ尽くし、涅槃にみちびくという願）、法門無尽《ほうもんむじん》誓願知（仏の諸々の法を知り、迷いをはなれ真の知恵を得んとする願）、仏道無上《ぶつどうむじょう》誓願成（無上の仏道を行じ完成せんという願）」の四句の誓願をいう。》

桐谷氏は賢治が保阪嘉内に向かって「四つの願」を共に共有して生きていこうと誘っていく時に、それが「四弘誓願」であることを発見して、二十歳そこそこの若者たちが大いなる迷いのただ中で「菩薩」を目指していこうとする高貴な志を読み取っていく。

その他、二章「心友保阪嘉内との交換」、三章「法華信仰の理念と実践」、四章「国柱会入信」、五章「賢治マンダラ世界の発見」、六章「賢治マンダラ世界の開放」、七章「賢治マンダラ世界の社会展開」、八章「われやがて死なん」、「付録　文字マンダラを絵解きする」を読み継ぐごとに賢治の息遣いが伝わってきて、作品を通して抱いていた賢治像がさらに豊かさを増し、新たな重層的で多様性に満ちた宮沢賢治が立ち現れてくるように思われる。そんな「文字マンダラ」を通した根源的な宮沢賢治論を多くの人たちに読んで欲しいと願っている。

花巻の地で「広大無辺な慈悲」を口伝《くでん》する人

大畑善昭句集『一樹』

1

　俳句結社「沖」の重鎮である大畑善昭氏が住職を務める真言宗自性院は、新幹線新花巻駅から十五分ほどの場所にあり、北上川や宮沢賢治の作品に出てくるイギリス海岸などもそんなに遠くない。お寺には私の高校時代の恩師で「沖」の創始者の能村登四郎先生の句碑がある。「早池峯の雪かがよへり朝ざくら」の句碑があることから大畑善昭氏と能村先生との関係が特別な関係であったことが分かる。また高校の先輩であり現在の「沖」の主宰である能村研三氏もまた大畑氏の自性院には東北への一人吟行の際にはよく立ち寄ったと聞いている。私も最近は花巻や盛岡に用事のある際に自性院に顔を出して大畑氏と交流をさせて頂いている。そのような大畑氏が句集『一樹』と評論集『俳句の轍』を同時に刊行することとなった。私が句集『一樹』について解説文を書かせて頂くことはとても光栄なことだ。その前に第一句集『早池峯』について触れておきたい。

　大畑善昭氏の第一句集『早池峯』は、今から四十年前の一九七九年に刊行された。四五〇句が収録されて序文は能村先生が書いている。その冒頭で大畑氏との出会いや再会の運命的な絆を伝え、その風貌をさりげなく次のように書き残している。大畑氏を紹介するには最適な文章と思われるので、少し長いが引用してみる。

　大畑善昭氏の句集の序文を書くことができるのが何よりも嬉しい。

　今でこそ大畑善昭は「沖」の主要同人で私の愛弟子のひとりであるがその出会を考えると前世からの絆がつづいていたようなそんな運命的なものを感じる。

　私が主宰誌「沖」を発刊しようとしたとき、結社に属していないで将来を期待できるような頼もしい青年作家はいないものかと物色した時すぐ彼のことが頭に浮んだ。彼は市川で毎年催す文化の日の俳句大会によく出て来て幹事の仕事などを気持よく引き受けて実に正確に几帳面にやってくれた。そんな印象があるだけで私は彼と一度も対で口をきいたことがなかった。小柄で色白で眼鏡の中から聡明らしい澄んだ眼が見える、それが妙に心に焼きついていた。

　私は創刊の仕事に奔走してくれた河口仁志君に彼に呼びかけてくれるように頼んだが、半月ほどして彼は平井にいたようでしたがどうも今は消息が分らないようですという答えが返ってきた。私は軽い失望を感じたが、所詮縁がなかったものと諦めて小数の気の合った人達でささやかな創刊号を出した。それから三ヶ月たったある日私は大畑善昭の名のある分厚い手紙を貰った。住所を見ると京都智積院とあった。私は彼がどうして京都のお寺にいるのかいぶかしく思いながら読むと、「思うことあって昨年からこの寺で僧の修行をしています。先生が「沖」を出されたことは京都の本屋で本を見て知りました。是非参加させていただきます」と書いてあった。私は自分の思いが彼の心に達した不思議を喜びながらも、丁度雪のある頃だったので積雪の中の托鉢や、底冷えの京の夜、素足で作務をする姿を思いうかべて、その寒さや痛みを私の身に感じたいとすら思った。

頭を剃つて風のまつはる裸木ばかり　　善昭

そんな句が添えてあった。私は「出家とその弟子」に出てくる唯円を彼の風貌から感じた。

京都から岩手の寺に移るとき、すっかり僧侶らしくなって私の宅に訪れた。どちらかといえば華奢だった体はきびしい修行によって逞ましさを加えたが色白な頬と明晳な瞳だけは昔以上に澄んで見えた。

能村先生が水原秋櫻子の「馬酔木」から独立をすることを促したのは石田波郷の勧めがあったと言われている。能村先生が「沖」を創刊する時に「結社に属していないで将来を期待できるような頼もしい青年作家」として真っ先に脳裏に浮かんだのが大畑氏であったことは、これ以上の絆はないだろう。また「丁度雪のある頃だったので積雪の中の托鉢や、底冷えの京の夜、素足で作務をする姿を思いうかべて、その寒さや痛みを私の身に感じたいとすら思った。」という大畑氏を思いやる筆致は、深い師弟愛を感じさせてくれる。これほどの運命的で理想的な師弟関係は滅多にないだろう。能村先生が「前世からの絆」と語るのも頷ける。序の最後に「どこか雪に埋もれた根っ子のような素朴な根強さがありそれが年々深まっていくように見えるのは雪国の地に土着していく決意によるものであろうか。」と語っている。この「雪に埋もれた根っ子のような素朴な根強さ」や「雪国の地に土着していく決意」が本物であり、尊いものであることを能村先生は誰よりも早く洞察していたのだと思われる。『早池峯』から十二句ほど引用してみる。

冬の庭掃くや身の透くところまで

忘恩や冬沼に陽を溢れしめ

奥羽嶺にまだ白きもの桐咲けり
半農半僧夕映は桐の花の色
耐へて修羅冬の終りの田の明り
冬川の音の一つに師の声いま
早池峯の光まぶしみ零余子落つ
奥羽北上この冬麗の一壺天
仏飯を盛る杉山の四温光
玉かぎる師の句碑若葉明りにて
卯の花の白のらんまん陀羅尼経
燕やこの黒で行くほかはなし

これらの句を読んでいると、「身が透く」ように修行し、「陽」の光に恩を想起し、「奥羽嶺」の雪と花を愛で、「修羅」の内面を「田の明り」で照らし出し、「冬川の音」に「師の声」を聞き、「早池峯の光」の恵みを「零余子」に感じ、「奥羽北上」する冬の美しさを別次元のものだと認識し、「仏飯を盛る」行為を「四温光」と受け止め、「師の句碑」に希望の光を見出し、「卯の花の白」さに経典を読み続ける楽しみを見いだし、そして僧の「黒」の衣に「決意」を語らせている。能村先生は大畑氏の仏教的な精神性の高さや東北に根付いた力強さに誰よりも期待を抱いていたのだろう。

2

今回、刊行された句集『一樹』は一九七八年から二〇一〇年の三十二年間の四千句以上から選ばれた一八七二句が収録されている。四章に分かれていて、一章「口伝　昭和五十三年〜平成元年」、二章「千古　平成二年〜平成八年」、三章「火脈　平成九年〜平成二十二年」、四章「泥岩帯　平成二年〜平成二十二年（同人誌「草笛」より）」から成っている。

大畑氏は京都で修業を終えて、花巻の真言宗自性院に住み着き僧侶としての務めを果たし始める。と同時に能村登四郎主宰の「沖」の同人として俳句を生涯の仕事として再開する。その時の思いは、例えば芭蕉が「おくのほそ道」で「そゞろ神」に促されて奥羽路に向かうかのような思いがあったのではないか。ただ異なるのは、芭蕉には曾良という同伴者がいて奥羽路の後には越後路に向かい、五年後に「おくのほそ道」を完成させて他界した。しかし大畑氏は奥羽路の花巻で定住をしてしまうことになるが、その同伴者は「沖」の能村先生であったのであり、また妻や家族であり、檀家の人びとであったのかも知れない。定住という暮らしの中で四季の円環する時間の旅が始まり、僧侶としての輪廻の時間の中で地域の人びとと交流し、俳句を通して多様な漂泊の思いを自らにも課して行こうと願ったのではないか。そんな意味で花巻の厳しい自然の中で生きている人びとに寄り添い、生誕から死へ向かう旅を見届ける僧侶という同伴者であろうと願い、「一樹」でありながらも多くの人びとと共につながって行こうと考えてそれを実践してきたのかも知れない。ある意味で「一樹」とは芭蕉や西行や能村登四郎のような文芸の精神や「そゞろ神」に魅せられて生涯その道を一筋に歩んだ作家たちを指しているのだろう。また大畑氏もそれらの先達を目指して、僧侶として空海による真言宗智山派の「大日如来の広大無辺な慈悲」を根幹に内在させて、独自な「一樹」の歩みをしてこられたのだと思われる。大畑氏の句に見られる北国の光景そのものが浄土であるかのような暖かな視線や、仏教用語や念仏を織り込んでいる句には、「一樹」としての「広大無辺な慈悲」を濃厚に感じさせてくれる。それが大畑氏の俳句の魅力的な特徴だろう。

3

一章「口伝《くでん》」は「稲架の脚、思惟仏、田植寒、猟期、ひつじぐさ、一樹、長手紙、山ざくら、四温光、袋蜘蛛、芒の穂、露太るころ」などの小タイトルで年ごとに分かれている。小タイトルの言葉を含んだ〈口伝かなあの蜩の反復は〉では、大畑氏が花巻の山河や東北の自然の様々な存在やそこで生きている人びとから受け取ったものを自らが「口伝」するのだという思いが伝わってくる。

「稲架の脚」の〈山里の南無仏与仏蕎麦刈られ〉では、山里の蕎麦を刈る農民の作業音から仏の慈愛の精神を説くお経の響きを感じてしまうのだろう。

「思惟仏」の〈この冬の雪の少なに思惟仏〉では、例年では考える暇もないくらいに雪下ろしで忙しいのだろうが、今年は雪が少なく仏様も考える時間が増えたと呟く。

「田植寒」の〈塗箸の先を湯に入れ田植寒〉では、「田植寒」という季語を使うのは、塗箸を湯に入れたいほどの東北ゆえの気候の厳しさだろう。

「猟期」の〈猟期にて血をもつものら狙はるる〉では、「血をもつものら」の業の深さがいつか自分に返ってくることを暗示しているかのようだ。

「ひつじぐさ」の〈ひつじぐさ二日眠りて母逝きぬ〉では、水面に咲く睡蓮の一種のひつじぐさは高貴な白い花であり、眠るように亡くなっていった母を偲んでいる。

「一樹」の〈あをざめし一樹が毛虫殖やしをり〉と〈稲妻の抱きすくめたる朴一樹〉では、句集のタイトルにもなった「一樹」が、将来蝶や蛾になるだろう毛虫の命を養い、また怖ろしい稲妻を「抱きすくめる」ような度量をもつものとして記されている。能村先生は自宅の朴の木を愛し、自らに擬していたところがあった。この「朴一樹」は能村先生の暗喩なのかも知れない。「あをざめし一樹」とは西行や芭蕉のような後世に影響を与え続けている作家たちを意味しているのかも知れない。

「長手紙」の〈逝けるとは知らで霜夜を長手紙〉では、親しい友へ語り掛けるように「長手紙」を書いていた時間に友は他界してしまった不条理を伝えている。

「山ざくら」の〈叱るより諭せと涅槃像の黙〉では、落度を叱るのではなく内面に気付かせる「黙」の効用を告げている。

「四温光」の〈四温光早池峯は白つくしけり〉では、春の暖かい日が続いても、早池峯はいつまでも雪の白さに包まれている。

「袋蜘蛛」の〈西行の摺り足が見ゆ山帰来〉では、芭蕉の五百年前に遠縁の奥州藤原氏を訪ねて平泉を訪ねた「西行の摺り足」が見えてきて、自らもその後継者の一人でありたいとの願いを告げている。

「芒の穂」の〈奥羽嶺の午後は暗しと芒の穂〉では、みちのくの奥羽路の嶺はなぜ物悲しく暮れやすいのだろうと芒の穂を眺めながら呟く。

「露太るころ」の〈露太るころ師の声と思ひけり〉では、「露太るころ」は自然や世界の本質が零れ落ちてくる声なのかも知れない。それは大畑氏をいつも叱咤激励する能村登四郎という「師の声」であり、最も深いところから湧き上がってくる真実の声なのだろう。

一章「口伝」に続く、二章「千古」の〈桐咲いて天に羽音や師の来る日〉や〈知らぬ間に鵙の巣立ちし一樹あり〉、三章「火脈」の〈来世また登四郎の弟子冬霞〉や〈陸近く鯨の泳ぎ空海忌〉、四章「泥岩帯」の〈龍太登四郎ことに朧の鬼房氏〉や〈病者らの癒えよ癒えよと冬の星〉や〈雪晴のイーハトーブの臍に住む〉などには、新たな展開がその深みと広がりを増して読者に迫ってくる。そんな大畑氏が「一樹」を目指しながら、様々な同伴者の命を「口伝」する試みを読み味わって欲しいと願っている。

「泥の亡骸」から「泥天使」へ

照井翠句集文庫新装版『龍宮』と新刊句集『泥天使』

三・一一から十年目を迎える年が明けた。

東日本大震災・東電福島第一原発事故とは、何をもたらし今も何を問い続けているか。

そのような問いを十年の間、問い続けている俳人の照井翠氏がコールサック社から新句集『泥天使』を三・一一の二か月前の一月十一日の奥付で刊行した。同時に絶版となっていた句集『龍宮』を文庫新装版『龍宮』として復刊させて頂いた。

文庫新装版『龍宮』の巻末には、二〇一三年の刊行後に作家の池澤夏樹氏と玄侑宗久氏が照井氏の句を深く読み取ってくれた文章を収録することができた。『龍宮』は「第68回現代俳句協会賞特別賞」を受賞した優れた句集であると同時に、大震災を切実に体験したものだけが伝えられる歴史的な民衆の記録としても貴重だ。

『龍宮』二二三句は6章「泥の花、冥宮、流離、雪錆、深夜の雛、月虹」に分かれるが、その「泥の花」七五句から十二句ほど引用してみる。

喪へばうしなふほどに降る雪よ
家どれも一艘の舟津波引く
泥の底繭のごとくに嬰《やや》と母
御くるみのレースを剝げば泥の花
涙にて泥ほとびゐる子の亡骸
春の星こんなに人が死んだのか
なぜ生きるこれだけ神に叱られて
冥土にて咲け泥中のしら梅よ
朧夜の泥の封ぜし黒ピアノ
梅の香や遺骨無ければ掬ふ泥
泥掻くや瓦礫を己が光とし
卒業す泉下にはいと返事して

巨大津波とは、圧倒的な泥が押し寄せて全てを破壊してそのまま連れ去られて、それでも運が良ければ泥の底で繭のごとく泥に包まれて、目の周りの泥が涙でふやけたようになった亡骸として発見されることなのだろうか。圧倒的な泥によって蹂躙された世界のただ中で、照井氏は「なぜ生きるこれだけ神に叱られて」と絶望的な思いを書き記した。けれども句の中でその泥を逆手にとって、「泥中のしら梅」を夢想したり、「掬ふ泥」の中に「梅の香」を感じてしまうことも記している。その泥だらけの瓦礫の中に「己が光とし」て立ち上がる日を透視していったのだろう。タイトルの『龍宮』は二章の「冥宮」の中の句「いま母は龍宮城の白芙蓉」から引用したのだろう。照井氏は「龍宮」に「泥の底の泉下」を重ねて死者たちの救いを求めたのだろうか。

新句集『泥天使』四〇八句は、八章「泥天使、龍の髭、雪沙漠、巴里祭、群青列車、縄文ヴィーナス、蟬氷、滅びの春」に分かれている。冒頭の「泥天使」三四句から八句ほど引用してみる。

三月や何処へも引かぬ黄泉の泥
三・一一死者に添ひ伏す泥天使
春泥の波打ちて嬰《やや》産みにけり
春の泥しづかにまなこ見開かる
イエスだけ生返りたり春の闇
ふきのたう賽《さい》の河原の泥童《わらは》
佇めば誰もが墓標春の海
泥のうへ花曼荼羅《まんだら》となりにけり

照井氏にとって『龍宮』で記した「泥」は十年を経ても洗われ消え去ることはなく、「涙にて泥ほとびゐる子の亡骸」は、いつの間にか「泥天使」として現れて来て、「賽の河原の泥童」に寄り添う存在として心の底に住み着いてしまっているかのようだ。あまたの泥に蹂躙され誰からも見送られることなく亡くなった人びとに対して、「泥天使」という存在が寄り添っていたに違いないという想いが、この「泥天使」という決して見ることは出来ないが、確かに存在し続ける存在の言葉を生み出した。東北の春の海に、引き込まれていった無数の人びとの墓標を幻視している。

その後の章でも「泥」の痕跡は新たな物語を展開して「泥」の交響曲を奏でている。

泥染みの形見の浴衣風が着る　（3章「雪沙漠」）
まづ雪が弾く再生の泥ピアノ　（3章「雪沙漠」）
螢の磧《かはら》に骨を捜しをり　（5章「群青列車」）
帰り花こんどはこたに苦しまぬ　（5章「群青列車」）
泥匂ふ天使の翼三月来　（7章「蟬氷」）

死者の形見の泥に染みた浴衣が風をはらみ、泥ピアノは雪が音色を奏でて、残された人びとは蛍の光で遺骨を探し続ける。すると宮沢賢治の妹トシが甦って「こんどはこたに苦しまぬ」と呟いて、「泥天使」となって東北の三月の空に羽ばたいていくのだろう。そんな様々なイメージを豊かに感じさせ、三・一一の悲劇の十年を振り返り、その現場から今後を踏み出したために多くの示唆を与えてくれる魅力的な句集である。そのような文庫新装版『龍宮』、エッセイ集『釜石の風』、『泥天使』の三冊は大震災を語り継ぐ証言として読み継がれていくだろう。

コールサック社メールマガジン2021年1月14日号より

「詠う」ようなイメージ力や歴史認識や単独者の感受性

ワシオ・トシヒコ定稿詩集『われはうたへど』

ワシオ・トシヒコ定稿詩集『われはうたへど』が刊行された。冒頭の詩「ペーパー・イズ・ゴッド――1943年・未年生まれ紙バカ一代素描」から最後の『傘の家』の一〇二篇の詩と小句集「火の舎」一六句を読み終えると、釜石で生まれ二歳で母を亡くした少年の冒険談が、多彩な詩に転化されて耳元で詠われ続けていて、何か荒々しくも心優しいワシオ氏の旋律が心に届くのだ。ワシオ氏は組織よりも単独者であることを好み、束縛されない自由な表現方法で各篇が記されている。書くというよりもイメージを「詠う」と言うか「描く」という言葉が似あっているほど、独特なリズム感や絵画感覚が全篇に響き心にイメージ化されている。ワシオ氏は詠うようにイメージ化される言葉が詩になってしまう天性の詩人だろう。師と仰ぐ金子光晴がワシオ氏に親近感を抱き評価していたことも頷ける。天性の詩人の子供のころとは、どこか途轍もなく夢想する力が強いか、反逆の精神を秘めた根っからの自由人であるかだろう。ワシオ氏の冒頭の詩を読んでいるとそんな少年だったことが分かり、現在もその少年を生きているように感じられる。ワシオ氏の原点と戦中戦後の歴史を理解するために冒頭の詩「ペーパー・イズ・ゴッド」を引用したい。

〈アメリカ軍の艦砲射撃浴び／逃げ惑う鉄と魚のまち釜石／一九四三年十二月十九日／ギャッと小さな奇声を突如発し／少年は生まれた／／情況の「恐怖」／以来その二文字こそ／人生遍歴を貫くキー・ワードとなる／振り返られるほどの麗人だったらしい母の生涯の扉が／過度の精神的緊張と疲労で／まもなくわずか二十七年間で／命の扉がパタンと閉じられてしまう／二歳の少年と姉を遺して〉

この詩は五連からなっていてその冒頭の二連を読むと、ワシオ氏の誕生の地は「アメリカ軍の艦砲射撃浴び」て「逃げ惑う鉄と魚のまち釜石」の「恐怖」の場所だったことが分かる。「釜石艦砲射撃」と言われている一九四五年七月十四日と八月九日の両日に、新日鉄釜石製鉄所と漁業の町を破壊するために連合国の米国・英国は艦砲射撃と空爆を行った。四千五百戸以上の家と七百五十五名が亡くなったと言われる。二歳にもならないワシオ氏は母に抱かれてどのように逃げ延びたのだろう。ワシオ氏がその時に抱いた

「恐怖」とはいつ弾道が身体を貫くと言う恐怖感であり、この世界の非情さや不条理さであっただろう。ワシオ氏は一歳八ヶ月位だったのできっと全身を耳にしてその「恐怖」を記憶しているだろう。私は二〇〇九年に日本国内だけでなく世界の空襲空爆の詩を集めた『大空襲三一〇人詩集』を発行したことがある。その中の四章「北海道・東北」に岩手県の森三紗氏の詩「海受難　──釜石が焦土と化した日」と金野清人氏の詩「釜石伝説」の釜石艦砲射撃を後世に伝える二篇の詩篇を収録した。この時点でワシオ氏のこの詩が書かれていてそれを読んでいたら収録をお願いしたに違いない。釜石の人びとの体験した「恐怖」とその後の戦後社会の「恐怖」を生き抜いた在り様をワシオ氏は伝えている。この詩は「釜石艦砲射撃」の歴史的証言の叙事詩になっている。また次の三連はそんな少年が何に関心を持ったかを記している。

〈神経質で脆弱に育った少年は／ほとんど家の中を全宇宙とし籠り育つ／とにかく泣きだたったらしい／可愛がってくれる爺《じい》が居ないといっては叫び／あとを追いかけ周囲を困惑させる／仲間と天と地の間を駆けまわるなど夢のまた夢／ひねもす本の迷宮城をさまよい／ありとあらゆる紙という紙に／何やら文字や絵のようなものを落書きし／果てには切ったり裂いたり一人悦に入る／要するに紙バカだったのだ／いかにも羊年生まれらしいではないか／やがて／戦争下の家庭によくあったように〉

ワシオ氏は「ひねもす本の迷宮城をさまよい／ありとあらゆる紙という紙に／何やら文字や絵のようなものを落書きし／果てには切ったり裂いたり一人悦に入る」というように自らの資質を語り、「ようするに紙バカだった」と断言する。ものを書いたり絵を描いたりして本を作りたがる人種を所詮「紙バカ」に過ぎないと突き放して批評することは小気味よい。私の中にも同じような傾向があり、まさしく同類の「紙バカ」の一味の一人だと痛感する。ものを書くことは所詮「紙バカ」の慣れの果てであり、そのような恥じらいの心を原点に持っていなくてはならないとワシオ氏の自戒は重要な認識だ。最後の四連と五連は戦後社会の自らの「恐怖」の活動を記し、今後の活動を潔く語っている。

〈夭折した姉の妹が父親の命ずるまま／犠牲的精神で新たな母となる／そして／兵隊として大陸から生還した父親と名乗る蛸入道のような男に／無理矢理連れられ上京／巨大な都市生活の恐怖が日常化する／大学から途中で

逃げ出した少年の食らうべき職といえば／高校・大学などの教員　校正マン　コピーライター／雑誌編集者　美術評論家など／ことごとく紙に因む仕事ばかり／迷える羊のように紙を喰べつづけ半世紀／きょうまで青息吐息で何とか生き延びられたのも／神だった紙のお陰なのではなかろうか／老いた少年がこうして今／遠景となってしまった時間を恐る怖る手繰り寄せ／紙に急ぎペンを走らせ尻を拭い／トイレの水で勢いよく流そうとする／まるで畏敬するあの金子光晴みたいに／ああ人生　ラスト・スパートのささやかな快感よ／少年に取って紙こそやはり神だったのだ〉

ワシオ氏の戦後は、亡くなった母の妹が「犠牲的精神で新しい母」となり、「兵士として大陸から生還した父親」と一緒に上京し、「巨大な都市生活の恐怖が日常化する」と新たな「恐怖」の連続だったと物語る。生きるための生業の肩書は「教員　校正マン　コピーライター　雑誌編集者　美術評論家」で、肩書には詩人はない。「きょうまで青息吐息で何とか生き延びられたのも／神だった紙のお陰なのではなかろうか」と、「紙バカ」はいつのまにか、「紙」こそ「神」であり、書くことの行為に最高の感謝の言葉告げるのだ。戦後社会の「恐怖」に耐えて生きるには「神である紙」が誰よりも必要だった。冒頭の一篇を読んだけでもワシオ氏の詩の洒脱な「詠う」ようなイメージ力や歴史認識や単独者の感受性に魅了されてしまった。詩「釜石港」、「花びらのように」、「ソウル特別市」、「列島鬼何学」、「ジャズ・闇」、「優しく非常に暮れる」、「二〇一一年のバカヤロウ」、「傘の家」などの一〇二篇の魅力的な詩と俳句「火の舎」などを口ずさんでほしいと思う。

〈「可惜《あったら》」命《いのち》〉の精神を読み解く人

千葉貢『相逢の人と文学――長塚節・宮澤賢治・白鳥省吾・淺野晃・佐藤正子』

1

千葉貢氏の評論を読み進んでいくと、人が出会うことの本来的な意味（相逢）を強く心に感じさせてくれる。その出会った人びとや生き物や事物とのその後の関係の在り方に、いつの間にか再考を迫られて、本来的な関係を目指そうと襟を正される。千葉氏の時代の苦悩に向き合う誠実な文体が読む者を素直にさせてくれるだろう。

千葉貢氏は一九五一年に岩手県西磐井郡花泉町（現在は一関市花泉町）の農家に生まれた。東北新幹線で宮城県を越えて岩手県に入ると一関《いちのせき》駅がある。また東北本線にも花泉駅があるので、その周辺が千葉氏の故郷となる。一関市は岩手県の最南端で宮城県に隣接し平泉の中尊寺への入口に当たり、『解体新書』の改訂に関わった蘭学医の大槻玄沢や宮沢賢治の魂を引き継いだ詩人の村上昭夫の出身地でもある。北上川に近い農家に生まれた千葉氏は、賢治を初め故郷の志の高い人物たちの伝統を身近に感じ、東北の地に生きる農民たちの視線を根底に抱えていることが理解できる。現在は高崎経済大学地域政策学部の教授であり、『百姓思想の研究―近代文学試論』など数多くの著書がある。

千葉氏は立正大学で国文学を学び、同じ大学卒業の仏教詩人で石橋湛山の研究者である石村柳三氏と親しい間柄だ。その石村氏が参加している「コールサック」（石炭袋）を石村氏から寄贈され長年にわたって読んでくれていた。またコールサック社が宮沢賢治の精神を引き継ぐ出版社であり、賢治の研究書や東北出身者の本をかなり出していることも共感を抱いてくれていた。そのような縁で今回の『相逢の人と文学―長塚節・宮澤賢治・白鳥省吾・淺野晃・佐藤正子』が刊行されることになった。

2

本書は千葉氏の長年の研究のエッセンスとも言える内容であり、序章と六章から成り立っている。序章「〝詩歌《うた》〟をめぐる旅―私の愛唱歌と共に」は、単なる評論集の序章ではなく、千葉氏が長年にわたって大学生を教えてきた教員だったこともあり、若い人びとに向けた詩歌や文芸が人生に果たす重要な役割と同時に、その根底にある生涯にわたり批判精神を持ち学び続ける精神性を伝えている。序章の一〈はじめに―日々「可惜《あたら》」命《いのち》なり〉の重要な箇所を引用したい。

「拙誠」とは、「誠は天の道なり、これを誠にするは人の道なり」（『中庸』）に近づこうとする過程を言うのである。過程で培われる「拙誠」こそが「可惜《あたら》」命の具現である。「可惜」とは残念だ、勿体ない、という詠嘆を込めて用いる言葉である。例えば、若い人が不慮の災難や事故、持病などで亡くなられると、「何てまあ、可惜命《あったらいのち》をなあ」と歎き、まだ使える器具や食べられるものを粗末に扱えば、「そりゃ、可惜《あったら》もんだべ」と戒められ、最後まで活かすべき命やものの大切さを諭されたことがあるだろう。私の家郷（岩手県一関市花泉町）でも何かにつけて「可惜もんだべ」という言語習慣が息づいている。私は、この「可惜もんだ」という口癖に包まれた愛惜する心情こそが、命やものを大事に扱う行為をして素朴な教養であり、「習い性となる」人の所産や具現として立派な教養人であると言いたい。

この引用文の前に韓非子の「巧詐は拙誠に如かず」が引用されて、現代文明の精神構造が「拙誠」から遠くなっていることを批判し、この文章が続いている。千葉氏は他者の価値を正当に評価して、まず他者の存在を認めることが人間社会を成り立たせるために必要不可欠なことであると言う。その時に想起される「可惜命《あったらいのち》」という他者の命の価値を心から感じて、その命が損なわれたことに対して「残念、勿体ない」という心情を共感することが、「愛惜する心情」を内在させる人として最も大切だと語っている。そのような人を「教養人」と言っている。「可惜《あたら》し」は広辞苑を引くと、「当る」と同じ語源らしいが、源氏物語にも使用されていて「立派だ、すばらしい」という意味だが、対象の立派さがそのままであって欲しいという気持ちから「惜しむべきである、勿体ない」という意味も派生してきた。それが平安時代以後に「新し」と混同されていったらしい。その意味では、人が他者や事物などの「立派さ」を認識し、その存在が損なわれないで永遠に続くことを願う他者愛を内面に秘めた言葉であるのだろう。千葉氏の論考の特徴は、孔子、老子、荘子、韓非子などの古代中国の思想家たちの突き詰められた思想の結実した言葉が、現代の潮流を批判する上で的確に想起させられるのだ。また俳句、短歌、詩、歌詞なども本来的な心情をリアルに伝えるために絶妙に引用されている。千葉氏の「可惜」の語源の説明や正岡子規の短歌などに触れてその意味を深く掘り下げていく箇所を引用してみたい。

「可惜」の語源は、文語「当つ」という動詞の未然形「あたらず」の語幹「あたら」であり、命や夜、もの、時間、才能などの名詞を修飾する副詞的な用語である。例えば、「あたら才能を病気のためになあ」という嘆きには、充分に発揮できなかった悔しさや惜しむ心情が含まれている。だから自らの内なる声に耳を澄ませて聞けば、必ずや「可惜」命に開眼し、「惰眠を貪ってはいられない」「利に則《したが》えば恨み多し」（『論語』）などという切ない思いに駆られ、小賢しい「巧詐」を峻拒して「誠の道」に努めることであろう。そして、「春ごとに花の盛りはありなめど相見むことは命なりけり」（『古今和歌集』巻第二、詠み人知らず）という詠嘆も、「いちはつの花咲きいでてわが目には今年ばかりの春ゆかむとす」（正岡子規『竹の里歌』）という覚悟も、「無常迅速」にして「輪廻転生」の叶わぬ「可惜」我が身の真情であり、悲しみの告白である。誰もが「一回生起」の「可惜」命ゆえに、惜しみなく全うすべきだという人生観に共感することであろう。

千葉氏は〈自らの内なる声に耳を澄ませて聞けば、必ずや「可惜」命に開眼〉するという。優れた文学を感受することは、「一回生起」の〈「可惜」命〉を読み解くことではないかと指摘している。万葉の詠み人知らずの人びとの千年以上前の真情（心情）や、三十五歳で亡くなる正岡子規の短歌の絶唱から、千葉氏は最も大切なものを汲み上げてくる。正岡子規が明治になって「月並俳句」から脱却するためになぜ「写生」を掲げて俳句や短歌の改革が実践できたかを考えるならば、その根底は〈「可惜」命〉があるのではないかという読解を読者に提示する。そして若き読者には〈二「詩歌《うた》」を旅する〉、〈三「風景」を旅する〉、〈四「場所」を旅する〉、〈五「音」を旅する〉で旅をしながら〈「可惜」命〉の存在と出会うことを勧める。そして芭蕉の「旅」の精神を起点にして、さらに金子みすゞ、若山牧水、川端康成、石川啄木、ミレー、高村光太郎、八木重吉、立原道造、北原白秋などの詩篇や文学作品や絵画から触発された〈「可惜」命〉の在りようを垣間見せてくれる。そんな旅する行為を「眺めの文化」とも千葉氏は言い、若者たちに文学者や芸術家たちの作品と直接的に触れ合い対話をし、本当の出会いである「相逢」を探すことを促している。

3

一章以降は、文学者たちはどのような「相逢」に基づいて自らの文学を作り上げて行ったかの読解に移っていく。

一章〈長塚節の歌集『鍼の如く』考――〝写生主義〟を超えて〉では、子規と出会った長塚節が短歌において「写生主義」に徹し、さらに写生文から小説『土』を書き上げ、その後も病気のために愛する黒田てる子との婚約を破棄した悲しみを『病中雑詠』や『鍼の如く』に詠み込み、〈「写生主義」を超えて叙情が漂い始め〉る境地を記している。千葉氏は長塚節と子規や黒田てる子との「相逢」の喜びと悲しみを描いている。

二章〈長塚節の『土』のなかの「格差」を読む―制度に強いられた「可惜《あたら》」命《いのち》〉では、『東京朝日新聞』に『土』が連載されるきっかけは、夏目漱石が長塚節の紀行文を読みその才能を見出し推挙したことにより始まったことを記す。けれども長塚節が茨城県の貧農の暮らしを描いた小説は、都会生活者からは不評であったが、漱石は応援を続けた。長塚節は不評を物ともせずに故郷の若い農婦が貧しさのために、堕胎をして自らも命を落としてしまった貧農の実態を描き、歴史の証言者としての小説を書き上げることができた。この長塚節と夏目漱石と故郷の農婦との「相逢」は、現代の「格差」社会においても想起すべきことだと思われる。死んだ農婦と水子と生き残った農夫との「相逢」もまた重たい問いを発している。

第三章〈宮澤賢治童話の〝生死〟考――『三宝絵《さむぼうえ》』の「鹿《しし》王《おう》」と重ねながら〉では、〈宮澤賢治が描いた「なめとこ山の熊」や、「フランドン農学校の豚」の悲しみ〉を知ること と、源為憲が幼くして仏門に入り二十歳で亡くなった尊子内親王のために書いた『三宝絵』の「鹿王」で殺生を戒めることは、共通点があるという。そのような命を奪い合う関係であっても、人は〈「可惜」命〉を持つ故に苦悩しながら生きざるを得ないことを記している。

第四章「民衆詩派の詩人・白鳥省吾《しろとりせいご》『新作詩集　楽園の途上』考―郷土や民衆と共に」では、千葉氏は白鳥省吾の詩「耕地を失ふ日」を全文引用し日露戦争で働き手が戦争に駆り出されて、金貸しに借金した小農たちは金を返せないで土地を手放し、地主たちに土地は集中して吸血鬼のように農民の血を吸い上げていく様を記している。白鳥省吾の民衆への思いを現代日本の格差社会で民衆の置かれている立場に重ねている。時代の中で詩人と民衆との関係も変わっていくが、それでも変わらない「相逢」を垣間見ようとしている。

第五章〈淺野晃『現代を生きる』考――〝文明批評〟の教えに挑む〉では、千葉氏の初めての著書の序文を書いてくれた恩師の淺野晃の著作『現代を生きる』ついて、明治維新から戦後の日本の歴史の再検証していることを紹介する。戦前には左翼運動からの転向を経て保守派となり、戦後は数多くの著作や詩を書き、三島由紀夫が淺野晃の長編詩「天と海」を評価し自ら朗読してレコードにしたことも紹介し、淺野晃と三島由紀夫の謎のような「相逢」を記している。激動の時代の当事者であった淺野晃の歴史観やそれを支えた詩的精神を千葉氏は伝えている。

　第六章〈佐藤正子「和歌《うた》」を紡ぐ——言霊《ことだま》の導きのままに〉では、千葉氏は現代社会が情報機器に操られてしまっている「無言語化社会」ではないかという危機意識を持ち、群馬の「土」の人である佐藤正子氏の短歌と俳句を千葉氏は高く評価する。

梅を干す一芸に老い生身魂《いきみたま》
栗の飯ほくほく噛んで憶良《おくら》めき
農ならば土壌つくらむひねもすを谷地の田畑に堆肥撒き継ぐ
濃きみどり黄みどり渓《たに》に盛りあがり盛りあがりつつ光り闌《た》けゆく

　万葉の時代から続く日本の農村の光景のなかを生き抜いた、佐藤正子の俳句と短歌に宿る「言霊《ことだま》の導き」を千葉氏は慈しむように解説している。

　そして読者がどんな〈「可惜」命〉を抱いて生きるべきかを一人ひとりに静かに問いかけてくる。本書が多くの若者や故郷や歴史や文学などを心の糧にしている人びとに読んで欲しいと願っている。

日中の架け橋・黄瀛を探し求める岩手の人

佐藤竜一『宮沢賢治の詩友・黄瀛《こうえい》の生涯 ――日本と中国　二つの祖国を生きて』

1

〈黄瀛は相好を崩し、「ほう、岩手ですか」完璧な日本語で言った〉と佐藤竜一氏が初めて黄瀛に会った一九九二年八月八日の言葉を紹介している。これは第五章「黄瀛と私」で佐藤氏が重慶の黄瀛が勤めている四川外語学院の教員宿舎を訪れ取材した際に語られた言葉だ。佐藤氏は開口一番の黄瀛の語り口から会話が可能であることに安堵し、一挙に親しみを感じてしまう。宮沢賢治の研究者や愛好家なら賢治の亡くなる少し前の一九二九年に、花巻の自宅に会いに行き賢治と会話した黄瀛の名は心に留めているだろう。黄瀛は父が中国人で母が日本人で謎多き詩人だった。本書を通読すれば黄瀛の人生を追体験するような思いに駆られるだろう。そして第五章を読むと佐藤氏がいかに黄瀛の人生に魅せられ、その伝記をまとめていく神の導きのような経緯が率直に記されている。

佐藤氏は岩手県出身で、現在は岩手大学で日本文学を教える教員だ。同時に宮沢賢治に関する多くの著書、また石川啄木、草野心平など東北に縁のある文学者たちや東北の歴史に関する数多くの著作物を刊行し続けているノンフィクション作家でもある。その著作物の原点となったのが一九九四年に刊行した『黄瀛――その詩と数奇な生涯』であった。黄瀛は一九〇六年生まれなので今年は生誕一一〇年になる。佐藤氏は宮沢賢治学会イーハトーブセンター理事でもあり、今年生誕一二〇年になる宮沢賢治の詩友であった黄瀛を回顧する企画展の監修者の一人として尽力されている。今回、佐藤氏は二十二年前の黄瀛の評伝を大幅に加筆・修正した新たな評伝である『宮沢賢治の詩友・黄瀛《こうえい》の生涯――日本と中国　二つの祖国を生きて』を刊行した。

佐藤氏は、中国人の父と日本人の母を持ち、日中戦争などの悲劇を乗り越えて、二つの祖国と二つの言語を駆使して日中の架け橋となった人物の全体像を事実を通して明らかにしていく。佐藤氏が黄瀛へ注ぐ情熱は、黄瀛の生き方そのものが芸術的であることへの共感なのだろう。詩人であり翻訳者であり日本語教師であり軍人でもあった黄瀛の多面的な活動は、近現代の日本と中国の文化交流の困難な歴史の中で、詩人や芸術家との友情を通して魂の交流をしてきたことを物語っている。

本書は五章と資料編に分かれ、第一章「軍服を着た詩人」

の第一節「詩壇の寵児」では、重慶の名門の出で日本に留学もしていた父の黄澤民と千葉県八日市場の才女であった母の太田喜智との間に生まれ、父の死後に八歳で来日し母の故郷に暮らした。八日市場尋常高等小学校では首席を通したが、中国籍のため地元の中学に入れず、東京の正則中学に入学した。佐藤氏は当時の黄瀛の内面を「自分は果たして日本人なのか、中国人なのか。思い悩むことが多くなった。詩作が日常となり、心の支えとなった」と記し、叔父の太田末松の「混血の二世というコンプレックスが自由詩に向わせたのではないか」という証言も紹介している。その後に黄瀛は青島《チンタオ》日本中学に入学し、その寄宿舎で高村光太郎や中川一政などの詩集をむさぼるように読み、一日に二十篇も詩を書いたこともあったそうだ。それらの詩の中から一九二三年に第一書房が発行していた詩誌「詩聖」に詩「早春登校」を投稿すると、十六、七歳の黄瀛の詩は多くの一流詩人たちに注目されるようになる。同誌には草野心平の詩も掲載されていて二人は互いを認め合うようになる。さらに一九二五年に新潮社の機関誌月刊「日本詩人」の新人賞に黄瀛の「朝の眺望」十篇が第一席として選ばれた。このことで黄瀛は当時の最も有望な若手詩人として評価されることになる。黄瀛は青島日本中学を卒業した後に高村光太郎が保証人となり文化学院に入学することになり、講師の与謝野晶子、川端康成、菊池寛、横光利一、木下杢太郎などの一流の文化人や同級生たちと交流を深めていく。この当時のことは佐藤氏が文化学院の貴重な資料などに基づき黄瀛の活躍や交友関係を生き生きと再現している。

第二節の「軍人への道――何応欽《かおうきん》と姻戚に」では、妹寧《ねい》馨《けい》が蔣介石の側近の何応欽《かおうきん》の姉の子・何紹周《かしょうしゅう》と結婚したこともあり、文化学院を中退し陸軍士官学校に入学し軍人になることを決意していく。賢治に会いに行った当時はすでに軍人になっていたが、休暇をとって病床に就いていた詩友である賢治を見舞ったのだ。佐藤氏は〈心平や黄瀛は賢治の才能を逸早く見抜いた、いわば「才能の発見者」だった〉と記している。

2

第二章「日中戦争勃発と日本との訣別」の第一節「詩人たちとの交遊」では、草野心平の詩誌「銅羅」、「学校」など多くの詩誌に詩を発表し、サトウハチロー、木山捷平、井伏鱒二、宮沢賢治などとの交流が詳しく記されていて、いかに黄瀛が詩人・作家たちに愛されていたかを物語っている。そして一九三〇年には文化学院の友人たちの支援でポケットサイズの袖珍本の第一詩集『景星《けいせい》』が出版される。佐藤氏は一九三一年九月一八日の満州事変や翌年の第一次上海事変などの十五年戦争の起点となる日中戦争のことも記し、日中戦争に引き裂かれていく黄瀛の存在を浮き彫りにしていく。そのような情況の中でも安藤一郎や竹中郁らの尽力らしいが、東京のボン書店から第二詩集『瑞枝《みずえ》』が賢治の亡くなった翌年の一九三四年五月刊行される。この詩集は高村光太郎の序文、木下杢太郎の序詩が巻頭を飾り、A五判上製本で箱入りの豪華本だった。

第二章の第二節「魯迅との出会い、別れ」では、黄瀛が日本のモダニズム詩人たちと深い交流を持ち、そのモダニズム詩運動にも詩や翻訳詩で参加しその一翼を担っていたことを佐藤氏は記している。中でも日本のモダニズム運動を主導した北川冬彦、春山行夫らの「詩と詩論」は一九二八年に刊行されたが、そこに詩を四篇、「郭沫若《かくまつじゃく》詩抄」などの詩の翻訳や中国の詩人の評論なども翻訳している。他の日本の詩の雑誌「若草」や「詩神」などにも中国の活躍中の詩人たちを翻訳し紹介している。この中国詩人たちの日本への紹介を佐藤氏は、「中国の詩人の紹介者として、黄瀛が果たした役割も大きかった」と日中戦争の前夜から始まる頃に、文化の灯を灯し続けた尊い行為であると高く評価している。また黄瀛と魯迅との交流はとても興味深い。魯迅は中国人でありながら日本語で詩を書き評価されている黄瀛に敬意を抱いていたことを関係者の証言で明らかにしている。そのことからも分かる通り「中国人作家にも、黄瀛の名は知れわたっていた」のだ。

第二章の第三節「日本との別離」では、一九三六年の西安事変を経て国民と共産党が内戦を止め協力し合い反日戦線を築いていく。一九三七年七月七日には蘆溝橋事件が起きて日中が全面戦争に向かって行く。佐藤氏は「日本語で詩を書いていた黄瀛は、詩作を断念したと推測される」と黄瀛の引き裂かれた胸の痛みを暗示している。

第三章「日本の敗戦と国共内戦」では、日中戦争の最中に黄瀛が死亡したという噂が流れ、詩友の米田栄作は追悼文を書き倉橋彌一は「黄瀛の死」という追悼詩まで書いたことの作品を含めて紹介している。日中戦争が日本の敗戦で終結した後に、黄瀛は親族である何応欽総司令と共に日本人の帰国を支援したらしい。李香蘭の中国名の歌手だった山口淑子が日本人であることを証明して帰国許可を得る手助けもしたそうだ。けれども戦後には国民党と共産党の間で内戦が勃発し、「国民党の敗戦は、黄瀛の人生を暗転させた」と佐藤氏は記している。

第四章「半世紀ぶりの日本」では、戦後に草野心平と再会し、黄瀛は再び日本語で「歴程」、「日本未来派」、「至上律」などに詩や散文を書き始めた。けれども国民党の将校だった黄瀛は共産党の軍に捕われて重労働の刑に処せられる。その後の文化大革命でも再び獄に入れられてしまい苦難の歴史は続いていく。ようやくその転機となったのは「中国が開放政策に舵を切った結果、黄瀛の運命は好転した」一九七七年だった。一九七八年になると日本の友人たちに黄瀛から手紙が届くようになり、やがて重慶の四川外語学院教授に就任し日本の近代文学を教えることになったことも伝えられた。その後は一九八二年に第二詩集『瑞枝』復刻版が日本で刊行された。一九八四年には半世紀ぶりに来日し東京の山の上ホテルで歓迎会が開かれた。そこで井伏鱒二、中川一政、草野心平などや昔の友人たちと再会を果たしたのだ。黄瀛は一九九六年の宮沢賢治生誕百周年にも来日し花巻市で講演し精力的に友人たちに会った。佐藤氏も花巻や東京で四、五回ほど会ったという。最後に来日したのは二〇〇〇年夏で、銚子の高瀬博史と西川敏之たちによって地元に黄瀛の詩碑を建てることが実現し、除幕式に黄瀛を招待したのだった。黄瀛はそれから五年後の二〇〇五年七月三〇日に世を去った。佐藤氏は「まさに、詩を道づれにして二〇世紀から二一世紀を駆け抜けるように生きぬいた人生だった」と日中の架け橋として体現し続けた詩人の生き方を褒め称える言葉でこの評伝を締めくくっている。

3

最後に佐藤氏が巻末に収録した資料編にある黄瀛の代表的な詩で、第二詩集『瑞枝』に収録されている詩「窓を打つ氷雨」を紹介してみたい。一九三四年に刊行された『瑞枝』は高村光太郎の序と木下杢太郎の序詩から始まり、五つに分類されて合計七十三篇が収められている。高村光太郎は序で黄瀛の詩は「まことに無意識哲学の裏書みたいだ」であり、〈「瑞枝」一巻をかけめぐる自在力。わたしの所謂一伝的新〉だと、その詩の言葉の内面の深さや自在力や新鮮さを指摘している。木下杢太郎は序詩の中で「まるで考えられないことだ、こんなにも美しい詩の数数《かずかず》が言語《ことば》を殊にするあなたの指先から咲き出《い》ようとは」と詩語の美しさを強調している。冒頭の「窓を打つ氷雨」十五篇の二番目に同名の詩が収録されている。全行引用してみる。「窓を打つ氷雨／さびしい冬／冴えた眼でかなしい影絵を見てる／水仙の葉は水つぽくて青い／灯がにじんでる部屋／悲しみたいが、まとまらない／女の帰つた後の寒さ／疲れた心象で何をか意欲する／よせてかへした冷淡が今ほてつてくる／さあさあ、何処までさみしくなる、かなしくなる／ぶるぶるふるへる犬のやうな胴ぶるひ／消えて行つたやうな人を呼ばうかしら／一九三〇年の寒い風の窓／重量を忘れてしよんぼりしてるオレ／カアテンをしぼれば小さな世界／つくねんとした灯にぽつちり暖かい気もちを所有する／今まで考へなかつた事で虚空をつかむ／冴えた眼で悲しい影絵を見乍ら泣きつ面をする／泣ければい〻のに／泣けない泣きつ面をしてる」。この詩のタイトルであり一行目の「窓を打つ氷雨」という言葉は、当時二四歳の黄瀛の内面を象徴するに最も相応しい言葉であったのだろう。同時に日中戦争が始まる直前の「一九三〇年の寒風の窓」に恐れを抱き、二つの祖国を持ち引き裂かれていくような存在の不安を宿した「悲しい影絵」が展開していく。愛する女さえも黄瀛の孤独さを癒すことは出来ずに「犬のやうな胴ぶるひ」を感じてしまうのだ。けれども八行目の「疲れた心象で何をか意欲する」では、きっと以前に見舞った宮沢賢治の詩法「心象スケッチ」を想起して、賢治の詩精神を呼び起こして自らを支えていたのだろう。黄瀛は賢治よりも十歳も年下で、この世代が最も戦争の悲劇を体現していくのであり、黄瀛は同世代の日本や中国の若者たちの存在の危機を潜在的に感受してこの詩を書き上げたに違いない。最後の二行「泣ければい〻のに／泣けない泣きつ面をしてる」こそは、当時の国境を越えた若い世代が置かれていた言葉にできない破滅に向う不安と戦きの心境が象徴的に描かれていたと考えられる。黄瀛の詩が多くの一流の詩人から評価されたのも孤独な魂と時代性を同時に掬い上げていたからなのだろう。今回の佐藤氏の黄瀛の評伝によってより身近に黄瀛の人物像が浮き彫りになり、また二十世紀前半の賢治・光太郎・心平たちや北川冬彦らの詩運動や文化活動の最中に黄瀛もいて相互影響を与え合っていたことが理解できる。今回の新たな評伝を書き上げた佐藤氏に対してきっと多くの詩人たちや光太郎・賢治・心平などの研究者たちは感謝と称賛の声を上げるだろう。なぜならこの労作から本格的な黄瀛研究が始まるからだ。そしてこれからも日中の架け橋であった黄瀛の存在を通して日本と中国の文化交流の本質的な在り方が問いかけられるに違いない。

秋田白神方言詩の包擁力を体現した人

『福司満全詩集――「藤里の歴史散歩」と朗読CD付き』

1

私は二〇一六年初夏に秋田県藤里町に福司満氏と新方言詩集の打ち合わせのために訪れた。その前日は岩手県の文学者たちと会った後で秋田市内に泊まり、翌午前中には二ツ井駅に到着して、福司氏が出迎えてくれた。車中、藤里町の風景の中で歴史的な場所を話してくれ、それに聞き入っていると「ホテルゆとりあ藤里」に着いた。ホテルの支配人の応対から福司氏がこの町にとって大切な人であることがすぐに理解できた。そこで町の歴史や入院中の奥様の病状などをお聞きしながら食事をして、その後にご自宅に着いた。広い家であり書籍や資料に溢れた物書きの住まいであった。すでに送っていた私の編集案をじっくり二人で検討した。おおむねその編集案の流れを了解してくれ、追加の詩篇を入れて校正紙を出すことに決まった。タイトルに関して私は一章の章タイトルの「此処《こご》サ生《え》ぎで」を勧めたが、福司氏は三章の章タイトル「友《やづ》ぁ何処《ど》ｻ行《え》った」を詩集のタイトルにしたいと言い、その意を尊重して正式なタイトルと編集の方向性が決まった。全国の人が分かるようにルビや意味が分かりづらい言葉に註を多く入れたいという私の要望も快く引き受けてくれた。私は解説文を書くために取材も兼ねているので、様々なことをお聞きした。その中で、秋田の地元でも出版社はあるのにどうしてコールサック社に任せてくれるのかと尋ねると、福司氏は自らの方言詩を秋田白神方言詩としたいと言い、秋田県にとどまらないで、地域の言葉を愛する全国の多様な方言詩に共感する多くの人たちに届けたいからだとはっきりと私に語った。福司氏の言葉はとても思慮深く、しかも飾ることなく本当のことを語る信頼できる方だと感じた。

仮に多くの人が生前の福司満氏と出会う機会があったならば、穏やかで落ち着いた風貌から安心感を与えられ、また温かな秋田白神方言の語り口を聞けば、とても懐かしい人に出逢った思いに駆られて、藤里町の生き字引のような見識に魅了されてしまうだろう。福司氏は、他者には優しく自分には厳しく鍛錬を重ねている求道者のような風格が感じられた。交流してみると福司氏は、少なくとも七つの多彩な顔を持っていることが分かってきた。それは、①秋田白神方言詩を生涯書き続ける詩人、②その方言詩を魅力的に伝える朗読者、③その方言詩の試みを論理的に語り同時代の詩人の詩集を読み込む詩論家・批評家、④縄文時代からの歴史を視野に入れた藤里町の郷土史家、⑤藤里町の句会などで詠んでいた俳句・川柳の愛好家、⑥県の郵便局関係者から人望を集めた元郵便局長、⑦妻と障がいをもつ子供たちを慈しむ家庭人、と言えるだろう。その七つの顔が何ら矛盾することなく福司満氏によって体現されていたことは、ある意味で秋田県北部の歴史や文化や暮らしを一人の人物が担っていたとも言え、奇跡的な出来事のようにも感じられる。その魅力を伝えるために『福司満全詩集「藤里の歴史散歩」と朗読CD付き』が刊行されたことは意義深いことだと思われる。

本全詩集は既刊四詩集、郷土史の「藤里の歴史散歩」、単行本未収録詩篇、エッセイ・評論、川柳・俳句、病床ノート、解説文二名から成り立っていて、福司氏の詩・評論・郷土史論などの作品をほぼ網羅している。巻末には朗読ライブCDが付いていて、福司氏の生の声を聞くことが出来る。

2

初めの、詩人としての顔は、全詩集にも収録された第四詩集『友《やづ》ぁ何処《ど》サ行《え》った』の私の解説文『「凝縮された生命《いのち》を方言に宿す人」を読んで頂ければ、なぜ方言詩を書くようになったかは理解できるだろう。またその作品の特徴を私は下記のように紹介している。

《あとがきのこれらの箇所を読むと、福司氏が「自己に内在するもの」を表現する場合に、「方言で書くことによって心情をより豊かに表現できる」という、心情に突き動かされる思いから始まったことが分かる。その方言詩を書くことは、ニュアンスやイントネーションなどを正確に再現することの困難さを抱え込んだ、新たな詩的言語への挑戦であるという創作行為を語っている。さらに「一時代をその地域で生きてきた人たちの証」である郷土の人びとの言葉を芸術に反映させたいという強い語り部的な使命感を明らかにしている。》

福司氏の秋田白神方言詩は、「一時代をその地域で生きてきた人たちの証」を書き残すという使命感を持ち、そのための新しい詩的言語を創造する試みだという志を抱いて生涯にわたって挑戦されたことが分かる。

二番目の、方言詩を魅力的に伝えた朗読者としての顔は、帯文で秋田を代表する女優の浅利香津代氏が「私の故郷秋田で数十年前、福司氏と出会い、その人柄と作品は丸ごと秋田だでぁ〜と一目惚れ！　自ら詩をお読みになった時、私の口は開いたまんま！　役者の〝わざ〟では絶対出来ない、山、川、風や生き物、人々がグングン伝わって来ました！」と語っているが、まさにこの通りだと思われる。秋田方言を語ることに定評のある女優でさえ脱帽するほどの魅力がその朗読には感じられたのだろう。

　巻末に付いている朗読CDは、二〇一七年二月二十八日に藤里町教育員会が三世代交流館の図書室で福司氏の朗読会を開催した。秋田白神方言詩集『友《やづ》ぁ何処《ど》サ《え》行った』が刊行されて間もないころだった。それなのにすぐにこの朗読会が開かれたことはいかに福司氏が愛されていたかが想像できる。その一時間程の朗読とスピーチから重要な前半部分の三十二分を再録したものだ。この中で朗読された八篇を聞くことによって福司氏の方言詩の特徴の全体像を感じ取ることが出来る。参加者たちと福司氏の距離はとても近く一篇が終わると、福司氏は短い言葉でその思いを告げると、すぐに感想や質問が気軽に飛び交い、とても親密感のある関係で次の詩に向う間合いがとてもリアルに感じられる。つまりこの方言詩朗読会には、福司氏と聞き手が朗読詩の魅力を一緒に発見したいという共通感覚を抱いているライブ感が存在しているように思える。この朗読が展開していく。詩「秋祭《まづり》」では「神社《おみや》の石段《えしだん》」を登る息遣いをして祭に入っていくと昔の賑やかさだった。その時の主役だった氏子や神主や村人たちや神輿が現れてきて当時の熱気がタイムスリップしてくる。またその時の「若勢等《わがじぇど》」たちがサイパンやシベリアで苦労したことも語られる。歴史と今が混然一体となって方言によって回帰されてくる。詩「村唄百万遍」では「ナンマエダー／ナンマエダ」のリフレインも微妙に変化していき、「赤痢《ひぎり》疫痢《えぎり》」からの恐怖に耐え忍んできた民衆の心情が甦ってくる。また詩「朝鮮牛《ちょうひんべご》」や詩「蝮《くそへび》」や詩「熊」から、暮らしの中で生き物たちの命と共存し対峙していた生々しい関係が立ち現われてくる。詩「学校ワラシ」では昔の野山で遊びふけっていた子供たちと現代の子供たちの管理されている姿とを対比させて、福司氏は根本的な違和感を感じている。詩「トーキョー」は都会の通勤風景や役人たちの生態やホテルの在り様などを風刺し笑い飛ばしている。最後には原宿に「牛《ベコ》ぁ」を放してみると蒼い顔をしている若者たちは顎が外れてしまうのではないかと想像して楽しんでいる。こんな痛快な方言詩を福司氏は実は淡々と真面目に朗読している。最後の詩「友《やづ》ぁ何処《ど》サ《え》行った」は友への鎮魂詩だが、死んでも友を想い続けている友愛の詩だ。福司氏がいかに情のある方だったかが理解できる。自分よりも友のことを想い続けている詩は数多く書かれていて、それが福司氏の方言詩の特徴の一つだと思えてくる。また福司氏の死生観もこの詩を読んだ後に自然に語られている。自殺を否定し、最後まで生き抜くことの大切さは参加者の心に刻まれたに違いない。ある意味でこの朗読会は福司氏の遺言のようにも思えてくる。この三十二分のＣＤは秋田白神方言詩の教科書的な連作長編詩として、末永く方言詩を愛する人びとの原典になり、大切に聴いてもらえるかも知れない。亡くなる一年十カ月前の福司氏の声は温かく参加者と心から会話を楽しんでいて、何度聞いても新たな発見がある。

三番目の、方言詩の試みを論理的に語り同時代の詩人の詩集を読み込む詩論家・批評家の顔は、「方言詩　今を書くべし」の中の次の方言詩を創造していく詩論を読めば明らかになる。

《方言を仮名書きのみにすることは、コトバとしての単純性があるし、抱擁性、更には時代性の包含にも欠けてしまうのではないかという疑問、それに音読などでも大変苦痛で、例えば、「えぐ」と書いた場合、「行く」とも「良く」とも解釈され、誤解が生じてしまうことがある。やはり、方言の持っているニュアンスをより強調的に表現するためには、その文体をルビでセットし、あるいは逆に漢字や現代語を方言にルビするぐらいの応用をすれば、それなりの深みや膨らみが読み取れるものと思っている。／方言詩は、過去への郷愁を詩うものと捉えられがちだが、決してそうとは思わない。確かにその地で生まれ幾多の人たちに育まれ、心と心を寄せ合うための土地コトバであるから、その愛着は当然過去へとつながるのだが、コトバまでも大きく揺れ動く今日、そこに生きるものとして今を書いてこそ、そのコトバの存在価値があり、意義があるのだと思わずにはおられない。》

このように福司氏の方言詩の詩論は、方言を今の時代にもう一度暮らしの中に身近に取り戻し芸術的な詩に高めるためには、工夫するべきだという創造的な方言詩論を実践的に考えていたと思われる。そのことを福司氏は方言詩の可能性を「抱擁性」と「時代性の包含」と語っている。方言詩のニュアンスが抱え込むこれらのことを念頭に置いて読むことによって、方言詩の豊かさを明らかにしたいと願ったのだろう。

3

四番目の、縄文時代からの歴史を視野に入れた藤里町の郷土史家の顔は、地元紙の北羽新報に連載された郷土史のエッセイを二〇一二年にまとめて刊行された『藤里町の歴史散歩』を読めば分かる。この本は縄文時代から現在に至るまでの藤里の歴史を一望できる。章タイトル的なテーマは〈藤琴「小能代」、袋小路、移住地として、菅江真澄の道、消えた寺院、戦時・村の証言、文化財、「伝統、民話、民俗」、集落、まちの変遷、功績者〉に分かれている。各章は、多いところは十近くにも項目が分かれている。藤里町の歴史、地理、文化、人物など、町の歴史の痕跡を丁寧にフィールドワークし、残された古文書や資料を駆使して書き残している。ご自宅に置かれてあった『藤里町史』に目を留めるとB5サイズの箱入りで、七〇〇頁を超えるものだった。二〇一三年に刊行されていて「編集を終えて」のあとがきは福司氏が書かれていた。藤里町民歌の作詞者名も福司氏であった。その編集委員会の委員長を務めたが、実際はその中の数多くの原稿を自分で執筆したとお聞きした。一九七五年刊の『藤里町誌』にも関わっていたそうなので、二回も編纂・編集に関わった福司氏は藤里町史の第一人者であることは、間違いなかった。車で町中を運転しながら、大きな屋敷で蔵がある家の前を通ると、あの蔵には菅江真澄などの未発見の資料が眠っているかも知れないと今にも蔵を調べに行きたいように語っていた。このような新資料を発見しようとする反応を示すことが郷土史家としての在りようなのだと知らされた。福司満氏の研究を後世の人たちがする際には、この『藤里町史』（平成二十五年十一月発行）を参照すべきだと思われる。藤里町の地名の由来から始まり藤琴集落・粕毛集落・矢坂集落・大沢集落などから記述される町史は叙事詩のような趣も感じられる。例えばこの地から徴兵されて死亡した約二〇〇名を超える戦没者名と亡くなった場所を歴史的な事実として記している。これほどの町史をまとめるためには町を愛する思いがどれほど深いかが私にも伝わってきた。

五番目の、藤里町の句会などで詠んでいた俳句・川柳の愛好家の顔については、詩人であったが、藤里町の文芸の裾野を広げたいと願い町の句会に参加していると福司氏から聞かされ知っていた。福司氏の心に刻まれる十句を挙げておく。

春一番冥途の道を掃く如し
朝霧や猫背は街角《かど》で戸惑へり

白神を潜りて里は春の水
菜の花や背なに子はなく子守歌
少子化の村へ子育て夏燕
雷鳴におののく過去は戦中派
少年の目は酸っぱくて青トマト
平安の匂う古城や杜若《かきつばた》
底冷えやひとこと語尾を濁し行く
病猫ももっさり薄氷喘ぎけり

六番目の、県の郵便局関係者から人望を集めた元郵便局長の顔については、私はほとんど知らない。しかし葬儀に来ていた多くの人びとは、詩人や文学関係者ではなく、地元の町民であり、郵便局の関係者であり、また町長、県知事、国会議員などの政治家たちだった。その多くはきっと福司氏との個人的な交流があったに違いない。その中でも郵便局の職員たちが数多く来ていて、いかに慕われていたかが伝わってきた。

最後の七番目の、妻と障がいを抱えた二人の子供たちを慈しむ家庭人の顔は、全詩集に収録された未収録詩篇の中の詩「最期の妻へ」、「あんだ　行ぐよ」と絶筆になった「坂の上のマルベの古家《え》」などを読めば、どれほど福司氏が妻と二人の子を慈しんでいたか、痛いほど伝わってくる。福司氏はもう一冊方言詩集をまとめたいと言い、また家族の歴史をテーマにしたエッセイ集を出したいと語っていた。その日が訪れなかったことは本当に残念なことだが、せめてこの全詩集がその代わりとなって、福司氏の思いが後世に語りつがれることを願っている。

詩集の打ち合わせが終わった後に福司氏は町を車で案内してくれた。粕毛川の氾濫防止や発電・灌漑用水のために建設された素波里《すばり》ダムや素波里湖に行き、しばらく湖面を眺めた。近くにあった石井露月の句碑にも連れて行ってくれた。また「権現の大いちょう」、近くに銚子の滝がありそれを望むような菅江真澄の歌碑などを見ながらその歴史をお聞きした。そして福司氏の実家のあった山間の集落跡にも連れて行ってくれた。そこでの父母や祖父母たちとの暮らしを語られた。それは私が福司氏の代表作と考えている詩「此処《ここ》サ生《え》ぎで」の舞台であったのだ。今は滅んでしまった集落跡で私は福司氏の寂寥感を感じた。

4

それから余談になるが、私の妻は藤里町の近隣の鷹巣町の出身で、祖父の藤原友規《とものり》は現在の大館市比内町に寺の次男として生まれ、当時の東北帝国大学医学専門部に入学し、大正四年に大学を卒業した後には、鷹巣町の藤原トキヱと結婚し、時期は不明だが当時の藤琴村に「藤原醫院」を開業して、深夜でも急患があれば馬や橇に乗って、遠くは藤琴川上流の太良《だいら》鉱山にも往診していたと妻の父母たちから伝え聞いていた。福司氏はその医院を引き継いだ現在の山下医院*に連れて行ってくれて、立派な病院であることを確認した。当時を知る近くの酒店の古老を訪ねてくれたが、店は閉まっていて会うことはできなかった。昭和二年九月に祖父は四人の男子を残して三十九歳で亡くなった。しかし祖父の地域医療への志がこの地に息づいていることを知って嬉しかった。また福司氏と妻の親族たちもこの秋田県北部によって生かされていたはるかな物語を知り心が震える思いがした。

詩集『友ぁ《やづ》何処《ど》サ行《え》った』は順調に編集・校正作業が進み出版された。その後に秋田県芸術選奨を受賞したことを電話で知らされた時には、福司氏はとても嬉しそうで、奥様も喜んでくれたと報告してくれた。町が開いてくれる出版記念会には参加して欲しいとも言われたが、奥様の体調が急変してそれが延期になったことは残念だった。

二〇一八年十二月二十九日の福司氏の葬儀の後に二ツ井駅から奥羽線に乗り、今にも雪で埋まり凍りそうな米代川の川面を眺めたことが心に残り次の三句を詠んだ。福司満氏という掛け替えのない存在を喪ったあとを少しでも埋めるために、これらの句が湧き上がってきた。福司氏の表現されたものを私自身も一人の表現者として語り継いでいきたい。

白神の方言詩人死す雪解川
米代川しんしんと雪凍河へと
藤琴の詩人郵便夫何処《ど》サ行《え》った

＊註／山下医院について福司氏は『藤里の歴史散歩』の「まちの変遷2　地域を守った2医院」で《軍医だった山下末平氏（関西の出身）が藤琴集落に開業し、村の名士としても活躍したので、医療の先駆者はこの人だと誰もがそう思っていた。／しかし、この山下医院の前身は「池田」というお医者さんが開業し、そこに入院したという年配者の証言もあり、それが確かであれば、近代医療が普及した明治維新後の村の空白期間がいささか判明したようである。》と記している。この「池田」が実は「藤原友規」であるかも知れない。または「藤原友規」から「池田」を介して「山下医院」へ引き継がれたのかも知れない。ただ祖母トキヱは、

夫を亡くした後に引き継いだ山下医師から友規の子供一人を養子に迎えたいといわれたが、子供とは離れ難いと断ったと語っていた。しかし今となっては年配者たちの新しい証言が期待できないため、永遠の謎となってしまうかも知れない。

「透明な美」や「冬の響き」に耳を聡くする人
藤原喜久子 俳句・随筆集『鳩笛』

1

藤原喜久子氏は一九二九年に秋田県平鹿郡角間川町に小貫六郎とユキ夫婦の長女として生まれ、秋田市内の小学校に入学し教育を受けた。けれども戦時中に国民学校校長だった父が朝鮮半島の慶尚南道の金海に赴任することになり、父に同行し韓国の小学校や後に晋州高等女学校に通うことになった。そのため敗戦を韓国で迎えたが、父の教え子たちの支援もあり、父母や五人の弟妹と混乱の最中の朝鮮半島から無事に秋田市内に引揚げることが出来た。十代の半ばまで植民地化された異国で暮らし、その国の人びとの素顔や固有の文化に触れた経験は、藤原氏の感受性に異質なものを受け入れる精神性を養ったに違いない。戦後はキリスト教系の聖霊高等女学校に入学し、保母の資格を取り、幼児教育にも関わった。秋田営林署職員で仏教哲学や芸術などの読書とクラシック音楽が好きな藤原興民と結婚した後は、夫の実家の北秋田市鷹巣町に暮らし、三人の子供に恵まれ子育てと姑の介護などに多くの時間を尽くした。その多忙な日々の中に、地元の五代儀幹雄が代表を務める「鷹の巣俳句会」や女性俳誌「ちちり」などで俳句を作り始める。その後、秋田を代表する俳人の手代木《てしろぎ》唖々子《ああし》が主宰する「合歓」の俳誌に参加し投句を続けている。手代木唖々子は秋田県仙北郡協和町稲沢に戦後になって開拓農として大阪から移住し、戦争中に廃刊せざるを得なかった俳句雑誌「合歓」を秋田の地で、一九五一年に復刊していた。その手代木唖々子の俳句に感銘を受け、生き方にも敬意を抱き、藤原氏は俳句の指導を受けていく。手代木唖々子は一九八二年に亡くなったが、その後も師の俳句を目標に研鑽を続けてきた。

藤原氏の自宅居間の色紙には、手代木唖々子の代表作「夕焼は艸負いかぶりても見ゆる」が座右の句として壁に掛けられている。唖々子は牛の餌とする草を刈り四十キロ近くの草を背負って歩き続けたが、そんな一日の労働を終える時だからこそ、「夕焼けの美」をより一層感じるという、骨太な詩的精神を感じさせてくれる。労働と芸術の境界を楽々と越えていく名句であろう。藤原氏は自らの暮らしの中で、自らの「夕焼けの美」を俳句や随筆で探してきたのであり、その成果が今回の俳句・随筆集『鳩笛』にまとめられている。

2

本書は二章に分かれ、一章は俳句で「1 緋の羽音、2 冬苺、3 青絵皿、4 万灯火、5 鳩笛」に分かれ、約五百句余りの句がほぼ時系列で四季に分類して収録された他に、手代木啞々子や他の俳人たちの句評なども下段に収録されている。藤原氏は半世紀にわたる創作活動で少なくとも三、四千句前後があるはずだが散逸した初期の頃の俳誌も数多くあり、今回収録した句は保存されていた「合歓」を中心とした俳誌の約千数百句の中から選ばれたものだ。

「1 緋の羽音」では、俳句の下段で手代木啞々子が短文ではあるが藤原氏の句の本質を貫く批評をしている。「地より湧く蟇は平たい声ばかり」について「平明なうちに蟇の鳴き声を的確に把《つか》んでいる」として、「平たい声」という音感を伝える表現力に「手柄」であると語っている。さらに「峡の蕗刈れば滴る水の色」という句など多くの句が「透明な美」であり「量感のこもった本筋の句」を詠っていると評言していた。この二つの評言によって藤原氏の句の理解はより深まりを増してくる。「1 緋の羽音」の句を読んでみたい。

秋ダリヤ伏しても奢る地の暮色

みそさざい新雪こぼす緋の羽音
雪吊りに冬の響きを持ちあるく

「秋ダリヤ」の句では、「秋ダリヤ」が華やかに咲き誇る様が「奢り」のように見えて、夕暮れの地で艶やかであると言う。「秋ダリヤ」が「地の暮色」に融け込んでいくようだ。

「みそさざい」の句では、雪景色の中でみそさざいが羽裏の緋色を美しく羽ばたたかせながら、羽音を鳴らす雪国の光景を「緋の羽音」と名付けた。

「雪吊り」の句は、雪の重みで樹木の枝が折れないように支柱を立て縄で枝を吊るし補強することだが、その縄を弦のように見たて、北国の寒さの「冬の響き」を奏でている。これらを読むと藤原氏の句には、豪雪地での暮らしの中で、雪国だから感じられる美を少女のような繊細な感性で詠まれていることが分かる。風景の発見は、「地の暮色」「緋の羽音」「冬の響き」などの「透明な美」を宿した言葉となって生み出されている。

「2 冬苺」では、つぎの三句を読んでみたい。

火と水の祭二ン月の女文字
かまくらをくの字に出でて月仰ぐ
狼煙台空耳の日の黄砂降る

「合歓」顧問の須田活雄は「火と水の」の句について、下段の句評で「二月或る日の悴《かじか》んだ手に書く文字は、あきらかに母の文字」であり、「ときには情炎の文字」になると言い、「生活へ挑む強靱さ」をこの句から受け取っている。春の季語の「二ン月」だが、秋田のまだ寒い二月の「火と水の祭」を告げる「女文字」のしなやかな強さを詠いあげている。

「かまくら」の句は、身体をくの字に曲げてかまくらを出て空を見上げると、冬の月が冷たく光るのを眺めてしまう。「くの字にでて」という表現には、若々しい美しさが込められている。

「狼煙台」の句では、黄砂の降る異国の地で狼煙台に登り、敵の来襲を知らせるために狼煙をあげた昔の人びとの立ち働く姿や音がどこからか感受されたのだろう。

「3 青絵皿」では、下段にこの「青絵皿」が平成十六年度合歓年間賞を受賞した時の言葉が収録されている。それによると金子兜太の俳論集『今日の俳句』を繰り返し読み、そこに引用されている多くの俳人たちから学んだという。その中には「海程」同人でもあった手代木啞々子の「乾く橇鳴咽はいつも背後より」も収録されていて、師から自然や生き物から心を感じ「耳を聡くする」ことを学んでいたと語っている。その意味では藤原氏は金子兜太の孫弟子であると心密かに思っていたのだろう。

朝のバロック白鳥渡りくるように
台風の半円に居て青絵皿
冬欅空掃ききった樹木力

「白鳥渡りくる」や「台風の半円」や「空掃ききった」など自然音や生活音に耳を澄まして、そこから純粋な旋律を聴き取り、俳句の中に豊かなイメージとして転換させようとしているのだろう。

「4 万灯火」や「5 鳩笛」の句は昭和六十一年から平成二十九年までの句の中から選ばれたものだ。特に私の心に刻まれている十一句を紹介したい。

二ン月や発光の瘤にせあかしや
生き死にのことには触れず種袋
さくら咲く雄物よねしろ子吉川
わだばゴッホ花わっと咲く母郷行
啞々子以後沖見るごとの童唄
料峭の次の間こけし総立ちに
白鷺は泥田を歩く吾《あ》も歩く
弱音吐くことも力よ紫苑咲く

月蝕は赤銅色に夫を呼ぶ
家中をふるさとにして盆用意
父母の昭和遠しや雪しんしん

秋田の春は遅く、梅や桃や桜の開花は五月になってからだ。暦の上の春でも冬の寒さが続いている。それゆえに二月のニセアカシヤの葉の蕾は、まさに「発光の瘤」という春を先取りのような思いなのだろう。藤原氏の俳句は、生きることの願望や挑戦、自然や人びとを慈しむ心に満ちていて、それが俳句的な直観に促されて自然体で記されている。例えば「種袋」、「さくら咲く」、「わだばゴッホ」という棟方志功の言葉、「童唄」、「こけし総立ち」、「吾も歩く」、「弱音吐くこと」、「夫を呼ぶ」、「家中をふるさとにして」、「雪しんしん」などの表現は、北国でしか生まれなかった独特の味わいがあり、それゆえに読む者に自らの故郷の記憶を呼び起こす普遍性が宿っているように私には感じられる。

3

藤原氏は「とのぐち」という年に一度発行の同人誌に随筆を長年発表してきた。随筆の章には、八十編が収録されていて「1家族、2ものの味、3青葉の旅、4鳩笛、5秋田の自然と街並み」の五つに分かれている。随筆とは、自分の見聞、体験、考えを自然体で記すことだが、その文章に作者の暮らしの美意識が宿っていて、読者にそれが生き生きと伝わるとすれば、作者には読者を惹き込む文体が存在していることになる。随筆とは暮らしのリズムであり、それを体現した言葉の芸術であり、作者の生きる姿が文体と化すことなのだろう。藤原氏の随筆を読むと、戦後から今に至る秋田県北部の暮らしの細部が、藤原氏の感性を通して実感できる思いがしてくる。東北地方や秋田県を知ることのない多くの人びとにとって、これらの随筆を読むことは、秋田の文化史に触れる体験にもなるだろう。

「1家族」は、家族との様々な思い出が記された十九編だ。冒頭の「雪の家」は、「夫はこれからの新しい生活を始めるために、家の一部を改装して私を迎えてくれたのです」と結婚し鷹巣町に暮らした時から語り始める。豪雪の季節がやってきても、「でもどこか明るいのは雪明りのせいでしょうか」と明るく切り返していくのが藤原氏の持ち味だろう。四十雀、みそさざい、啄木鳥、アカゲラなどの鳴き声を聞き分けるようになり、野鳥たちと対話をしているかのようだ。

その他には「百万遍」では、「春彼岸のころ、女たちが寄りあって大きな数珠を、十人も十五人もで繰り回し、はやり病を追いだす、百万遍」という地域の風習を紹介する。「赤銅鈴之助」では、隣家の火事の恐怖が残る中で、娘が「赤胴鈴之助を力いっぱい歌った。つめたい朝の空気のなかで家族は一瞬われに返った」と小さな励ましを想起する。「蚊帳」では、入院中の母の枕元に弟が「あきたの家の虫のこえだよ」と庭の虫の鳴き声をテープで流したという。母への素敵なプレゼントになったと思われる。「花野行」では、「豪快な笑い声の持ち主であった」義母が亡くなり、実の母も病室で亡くなり霊安所に安置され「看護疲れの妹たちに帰宅してもらい、柩の母と私だけになった」。そして「香をたき灯明を切らさぬように、お水をしばしばあたらしいのに取り替え」、「一人で母の通夜をしたのである」と苦楽を共にしてきた母を見送るのだった。

その他の随筆も家族・親族の素顔がさりげなく記されていて、大事なメッセージが鳥や昆虫や自然音を通して物語られている。

さらに「2 ものの味」二十編では、秋田の風土の中で生まれてきた食材や料理や民芸品などを詳しく描写されていて、秋田の暮らしの細やかな豊かさが伝わってくる。

「3 青葉の旅」十一編では、俳句や随筆の仲間たちと主に東北の他県に小旅行をしたことや、家族との旅行を記したものだ。紀行文ではあるが異郷を見るように新鮮な驚きがある。

「4 鳩笛」十一編では、藤原氏の「耳を聡く」する経験が発揮された、鳥たちとの対話をしている随筆だ。タイトルにもなった「鳩笛」は、息子と夫への鎮魂の思いを、家族と聴いた多くの鳥たちの鳴き声を通して語ったものである。「やがて平成二十七年、夫も寿命を果たした。／春が訪れると、鳩の声が空耳のように聞こえる。光の春は、なんとしずかでなつかしいのだろう。」という藤原氏の悲しみを抑制した表現が心に沁みてくる。

「5 秋田の自然と街並み」十九編では、秋田の自然の厳しさや四季の美しさだけでなく、天変地異の恐ろしさも含め故郷を語り、また秋田の街並みや歴史的な建造物やかつての暮らしぶりなどを語り部のように伝えていて、故郷の意味を読者に問いかけてくれる。

藤原喜久子氏の俳句と随筆は、秋田県の人びとにしか読まれる機会がなかったが、この『鳩笛』によって「透明な美」や「冬の響き」などが多くの人びとの心に刻まれることを願っている。

日米の「懸け橋」の歴史を記し共生を願う人

小島まち子『懸け橋 ── 桜と花水木から日米友好は始まった』

1

私たちは「懸け橋」や「懸け橋になる」という言葉を時に使用する。その際には異なる地域を行き来させる物理的な「架け橋」という意味とは次元を異にし、例えば異なる歴史・文化を持つ国と国が様々な利害関係や異質な価値観を超えて、生涯を懸けて成し遂げたいという使命感があるように感じられる。互いの歴史・文化や異なる風土性・美意識などにも深い敬意を持ち、率直に多様な価値観を共有したいと願い行動した先駆的な人びとが出てくる必然性がある。そんな未来志向の「懸け橋」こそが、その本来的な意味するものなのかも知れない。英語の橋は〈bridge〉だが、「懸け橋」は未来に懸ける橋〈bridge to the future〉なのかもしれない。小島まち子氏は、米国東海岸バージニア州ニューポートニュー ズ市での十五年の暮らしを見つめながら、そんな『懸け橋』となってきた人びとに魅せられて本書『懸け橋 ─ 桜と花水木から日米友好は始まった』を執筆してきたように考えられる。

小島氏は二〇二二年春に刊行した『残照 ── 義父母を介護・看取った愛しみの日々』に続き、本書を晩秋に刊行することになった。小島氏は米国に家族と共に合わせて十七年間暮らしたが、初めの二年間はインディアナ州に暮らした。そのことは二〇二一年秋に刊行した『アメリカ中西部に暮らす ──Dear Friends』に記されている。小島氏はアメリカの隣人たちと親しくなり、その交流を通してアメリカ人の多様な素顔を先入観なしに等身大に記している。読者はアメリカ人の大人も子供も一人ひとり異なっているのであり、それゆえに一人ひとりの切実な悩みを抱えていることを知らされる。小島氏は別れがたい思いでインディアナ州を後にして日本に帰国した。その後に三年を経て今度は東海岸バージニア州に暮らすことになり、その十五年間のことが記されている。本書『懸け橋』では、小島氏は暮らしたニューポートニューズ市やその周辺に大切に残されている桜並木や歴史的なメモリアルを通して、日米の「懸け橋」になった人物たちに強い関心を抱いていく。そして両国の友好を純粋に願い、「懸け橋」になった人物たちに光を当てて、小島氏から見たその「懸け橋」の歴史を書き記そうと試みている。つまり小島氏は米国東海岸での暮らしの光景からその歴史的な意味を読み取っていこうとする。

例えばニューポートニューズ市の対岸にはノーフォーク海軍基地がある。一八五二年十一月にここを出発した黒船四隻が一八五三年に下田沖に現れ、翌年の一八五四年に再び七隻で現れて日米和親条約を迫り、徳川幕府が調印することによって開国し、日本は明治維新を引き起こしていく。その際の不平等条約を克服するために日本は遅れてきた帝国主義国家となっていくが、アジア・太平洋戦争の最終局面の広島・長崎の原爆投下の悲劇的な歴史も踏まえ、核兵器廃絶を小島氏は願い、子供たちとも話し合い、ＩＣＡＮの核兵器禁止条約にも賛同を示す。その苦い教訓を乗り越えていこうとする際に、日米の桜と花水木を愛する人びとの友好の歴史も存在していたことを書き記そうと考えたのだろう。

2

本書は「Ⅰ　花水木と桜」、「Ⅱ　東海岸の歴史と子供たち」、「Ⅲ　平和への懸け橋」の三章に分かれている。Ⅰは三編に分かれていて、「1　満開の花水木と桜の町」ではノーフォーク国際空港に降り立ち、迎えに来ていた夫に対して娘と息子がハイタッチする場面から米国の暮らしが始まる。空港の外に出てみると「機内や室内の照明に慣れた目にまばゆい直射日光と鮮やかな色彩が飛び込み、私は一瞬目を閉じた。頭上には並んで咲くピンクと白の花水木、薄紅の桜、歩道沿いに連翹、パンジー、水仙、チューリップ……。木立の間を芝生に覆われた丘陵が緩やかに下っていく」。バージニア州の花であるピンクと白の花水木の近くには薄紅色の桜の花が咲いていた。日本の代表的な花の桜を愛する人びとがいることに小島氏の東海岸に暮らす不安は消えていった。なぜバージニア州にも桜が咲いているのかという素朴な疑問から本書は始まっている。その意味で最初の「懸け橋」は桜であり、その桜の美に魅せられた、来日したアメリカ人たちがいたことが予感される。

小島氏は一八五四年にペリーが率いてきた黒船七隻の旗艦である「ポーハタン号」は、ノーフォーク海軍造船所で建造され、江戸湾内のその船の中で日米和親条約は締結され、その船に乗り込み吉田松陰が密航を企てたことを知る。また一八六〇年の日米修好通商条約調印のために「ポーハタン号」は幕府の軍艦「咸臨丸」と共に日米の「懸け橋」となった。因みに「ポーハタン号」はネイティブ・アメリカンのポウハタン族名に由来していて、小島氏はこの酋長と娘のポカホンタスについてもⅡ章で詳しく記している。〈2　万延元年遣米使節団の「かしこいトミー」〉では、遣米使節団の通訳で当時十七歳であった立石斧次郎は横浜税関や外国人商人と接し英会話や社交術を身に付け、福沢諭吉にも英語の発音を伝授したと言われていたことに小島氏は注目する。使節団の正使の新見正興《しんみまさおき》たち三名は狩衣を纏《まと》い太刀を差した正装で馬車に乗り込みニューヨーク州のブロードウェイでパレードを行い、観客は五十万人に及んだという。新見正興たち一行の礼儀正しい立ち振る舞いはアメリカ人たちに感銘を与えたと言われている。因みに新見は後の歌人の柳原白蓮《やなぎわらびゃくれん》の祖父にもなる人物だった。そのパレードを見た詩人のホイットマンが書いた詩を小島氏は引用し、「西の海を越えて、魅惑のニッポンから来た／礼儀正しい使節たち。」と記している。新見たちとは異なり庶民的で笑顔を振りまく斧次郎は、流暢な英会話で舞踏会やパーティで人気者になり、後に「通りがかりの奥さんも、お嬢さんも／思わず夢中で取り巻く／かわいい男、小さな男」と歌われた「トミー・ポルカ」というレコードも作られて全米で大ヒットした。そんな硬軟の顔を持った使節団が日米の「懸け橋」になったことを伝えている。

「3　日米の懸け橋になったエリザ・シドモア女史と桜」では、小島氏はインディアナ州スコッツバーグに住み始めた頃に夫たちが日系企業の工場の周りにソメイヨシノの苗木を植えたことを聞き、その地を去る際に親しかった英会話の先生ミセス・マフィン宅に桜の苗木を贈ったそうだ。その後バージニア州に住むようになり、泊まりがけでミセス・マフィンを訪ねると、まだ若木だったがソメイヨシノは満開だった。小島氏も夫もスコッツバーグの地に桜という「懸け橋」をかけたのだと思われる。小島氏はニューポートニューズ市の桜の基になったワシントンD.C.ポトマック河畔の桜を見て、あたかも故郷の秋田県の千秋公園や東京の隅田公園の桜の中にいるような既視感覚を覚えたと言う。小島氏は誰がこのワシントンD.C.の桜並木を発案し現実化させた立役者なのかを調べていく。その立役者の一人、エリザ・シドモア女史について小島氏は次のように記している。

《横浜に神奈川領事館に勤務する兄ジョージが住んでいる便利さもあり、日本にも度々訪れ、気ままに長期滞在もしている。初めての日本訪問は一八八四年、二十五歳の時だった。翌年四月、エリザは上野公園と隅田川・向島で初めて桜を見物した。七年後、エリザは「シドモア日本紀行」という人力車に乗って日本の名所旧跡を巡った際に見聞きしたことを書き留めた本を出版した。その本を読むと、初めて日本を訪れた日から日本人の暮らしぶりや自然の佇まいの美しさに魅了されている様子がいきいきと伝わってくる。（略）夏にD.C.に戻り、ポトマック河畔の干拓工事を見た。当時、ポトマック河からワシントン記念塔の辺りは湿地帯で、氾濫を防ぐために岸辺や湿地帯を埋め立てていた。記念塔の南側には大池が掘られ、近い将来「ポトマック公園」が造られるのだという。エリザは干拓公園となる造成中の現場付近を歩きながら日本で観た桜並木を思い起こした。そして公園となるポトマック河畔沿いに日本の桜を植えて桜並木を作っては、と思いつく。》

小島氏によると、エリザはアメリカ国内で日露戦争後の「日本人排斥論」の困難な状況の中でも大統領夫人のヘレン・タフト、ニューヨーク在住の科学者高峰譲吉博士、東京市長の尾崎行雄などの協力を得ることができ、一九一二年、横浜港から六〇四〇本の害虫のつかない完全な桜の苗木が届けられた。その半数はポトマック河畔植樹用に使われ、半数は高峰博士に送られたという。そうするとニューポートニューズの桜もその桜の一部が植えられた可能性がある。またその返礼で一九一五年にアメリカ・ハナミズキ(ドッグウッド)の白い苗木四十本が海を渡り日本に着いた。また一九一四年にはピンクの苗木が届き、この六十本から日本の花水木は始まったと言われている。小島氏はエリザの生涯を辿るが、エリザは一九二八年に亡くなり、翌年、横浜の外国人墓地に兄や母と共に遺骨が納められていると言う。エリザの発案したワシントンD.C.の桜並木は毎年多い時は百万人の観光客が訪れていて、三六〇〇本の桜は人びとの心に美を届け、日米友好の「懸け橋」を願ったエリザの思いを伝えていると小島氏は物語っているのだろう。

3

「II　東海岸の歴史と子供たち」の「1　ジェームズタウン、ウィリアムズバーグ、ヨークタウンの歴史的三角地帯にて」では、小島氏の暮らすニューポートニューズ市の周辺の歴史に分け入っていく。小島氏は先にも触れた「ポーハタン号」の名の元になった先住民であるネイティブ・アメリカンのポウハタン酋長と部族の集合体であるポウハタン連邦とアメリカに入植したイギリス人との歴史を詳しく記している。一六〇七年にイギリス人は三艘でバージニア州を横切るポウハタン川を上ってきた。ポウハタン族に因んでそう付けられていたが、後にイギリス国王ジェームズ一世に因んでジェームズ川と改名されたと言う。初め先住民たちは、和平調停を結んでイギリス人が飢餓状態に陥った時には惜しみなく食料を与えていたそうだ。それでも入植者たちの飢餓状態は改善せずに、先住民を野蛮人と貶めて、その食料を奪ったりした。一六一〇年に入植したジョン・ロルフが持ち込んだタバコの葉の栽培がこの土地に合っていると気付き、広い畑や労働力が必要となり、先住民の土地を奪っていく。ネイティブ・アメリカンにはそもそも《「土地を売り買いする」という言葉すらなく、（略）皆のもの》であり、そこに付け込んで先住民の土地を奪い植民地化しようとする入植者と、それに抵抗する先住民との凄まじい抗争の歴史が続いていく。ガラス工芸やたばこ産業の発達によって一九一九年には「ジェームズタウンに最初のアフリカ人労働者が到着した」。入植者たちが繁栄する代わりにネイティブ・アメリカンの「ポウハタン連邦」は衰退していった。小島氏は「ポウハタン酋長」の名をワフンセナカウと記し、その娘のポカホンタスについては、入植者と「ポウハタン連邦」の和平の象徴としてジョン・ロルフとの婚約話が持ち上がり結婚式も行われた。ポカホンタスは夫のロルフと共にイギリスに行き、ジェームズ一世に謁見することにもなった。しかしそれでも「ポウハタン連邦」は衰退し、「インディアン保留地」などに強制移住をさせられて消滅していったと、小島氏は暮らしている三角地帯で四〇〇年前に行われた歴史の事実を直視していくのだ。

小島氏は、その後もウィリアムズバーグ、ヨークタウン、ハンプトン市などを歩いてその歴史に思いを馳せ記していく。またワシントンD.C.では一九九三年のクリントン大統領の就任式から歴代大統領の就任式を想起し、アメリカ同時多発テロ事件でバージニア州にあるペンタゴンにハイジャックされた民間機が突っ込んだ時のことも記している。

また《二〇一七年、ICAN―核兵器廃絶キャンペーンがノーベル平和賞を受賞したことも忘れられない。広島出身の被爆者であり、メンバーであるサーロー節子氏がスピーチで述べたように、「光に向かって這って行く」ような活動は、ついにこの二〇二〇年十月、批准国が五十か国に達し、翌年一月に核兵器禁止条約が発効されるという喜ばしい結果を得た。》と語り、世界の悲劇が無くなるために具体的にどうしたらいいのかを模索する人びとに希望を抱いている。Ⅲ章「2　東日本大震災がつなぐもの／テイラー・アンダーソンの夢」でも東日本大震災の際に石巻市で津波に遭い命を落とした二十四歳の英語教師テイラー・アンダーソン氏を偲んで記したものだ。テイラー氏はバージニア州リッチモンド出身で「日米の懸け橋になりたい」と願っていたそうで、彼女の父親は「テイラー基金」を立ち上げて、彼女の夢にかなう「テイラー文庫」を石巻市内の学校に寄贈してその志を継いでいる。

それから小島氏の文章の背後には、詳しく紹介はされていないがご家族の夫と娘と息子の存在が色濃くあり、その三人と一緒に異文化のバージニア州で十五年間を共に過ごしてきたが、きっと異なる形の「懸け橋」を抱きながらも小島氏を支えて、その「懸け橋」の連帯を感じることが出来るだろう。小島氏の文体には共に生きていくという共生の連帯感が宿っているように感じられた。きっと多くの人びとは後世に残す何かの「懸け橋」になりたいと具体的に行動をされているだろう。そんな想いを持つ人びとに本書を読んで欲しいと願っている。

「自分をつつみこんでいる時間」を他者に広げる人

いとう柚子詩集『冬青草をふんで』

1

いとう柚子氏の詩篇を読んでいると、自分がいつも急かされている日常の時間感覚が遮断されて、どこか懐かしいけれども異次元にも似た本来的な時間感覚が甦ってくる気がする。いとう氏の詩語のしなやかな魅力は、そのような独特のゆるやかな時間感覚に読者を導いてくれる。どこか言葉の森から大切な言葉を収穫してテーブルに広げるように、読者を迎い入れて時空間を分け合うような感覚で、本来的な時間が何であるかを静かに問いかけて伸びやかにその時間を広げている。

いとう柚子氏は、山形県山形市に暮らし、すでに三冊の詩集を持つ詩人だが、八年ぶりに第四詩集『冬青草をふんで』を刊行した。その前に既刊の三冊の詩集について触れてみたい。第一詩集『まよなかの笛』は一九八七年に刊行されたが、あとがきによると十年の歳月をかけたという。その中の最後に置かれた詩「一本の樹」を引用する。

まだ踏み入ったことのない／遠い森の奥深く／まだ見たことのない　けれど／確かな出会いが約束されている樹がある／／あさ明け／銀色の大気の中で冬芽を抱いた梢に／霧氷の華を震わせているときも／茜色の残照を背に／夜気につつまれ闇に吸いこまれていくときも／わたしはその下に立って／かれを仰ぎみることはないだろう／／わたしと出会い／地上で最後の役目を果たす日までかれは／いくたび若葉の匂いと落葉の音を／いくたび炎暑と酷寒を／年輪に滲みとおらせるのか／わたしの皮膚とこころの積層に／いく千日のよるとひるが刻まれるのか／／定められたある日／樹であることから／人間であることから／ついに解き放たれる時を共有しながら／ふたりははじめて／互いの歴史を語りあうだろう／そのとき／燃えさかる鉄炉の焰の中で／森をめぐるけものや風の物語も／街の広場にひしめいていた／わらいや諍いの挿話も／あざやかな点景となるだろう／／わたしの小さな骸を抱きとるために／わたしの柩の六面に装われるために／地上のどこからか／いまも確かに近づいている／いとおしい一本の樹　（「一本の樹」全行）

この詩には、一本の樹木とその樹に魅せられた人間との生から死に向かう生涯にわたる深い関りが暗示されている。「遠い森の奥深く」に「確かな出会いが約束されている樹がある」と言い、けれども朝昼晩の日常的に「わたしはその下に立って／かれを仰ぎみることはないだろう」と簡単に触れ合うことは出来ない。なぜなら「定められたある日／樹であることから／人間であることから／ついに解き放たれる時を共有しながら／ふたりははじめて／互いの歴史を語りあうだろう」と、互いの命が尽きる最期の時まで出会うことはないと、二つの存在を透視しているかのようだ。そしてついに樹は伐採されて柩となり、人は「小さな骸」となって初めて出会う宿命だからだと物語る。いとう氏は「いとおしい一本の樹」とその日を想像しながら呟き、無限の対話をまだ見ぬ樹と試みている。私たちは柩に眠る親しい死者を見て張り裂ける思いに駆られる。けれどもいとう氏は死者と「いとおしい一本の樹」から出来ている柩は、ようやく辿り着いた最後の住みかであると語り、「わたしの小さな骸」もまたそこに帰って行くのだという、人間と樹木の存在関係の突き詰めた認識を物語っている。私が先に感じた「独特の時間感覚」とは、様々な来歴を抱えて「互いの歴史を語りあう」二つの存在の言葉が、読者の心に響き渡る豊かな時間を指し示しているのだろう。

2

二〇〇〇年に刊行された第二詩集『樹の声』（二十篇）もまた、「一本の樹」との対話を継続し、さらにその樹と共存している鳥との営みに聞き入っている。詩集題にもなった詩「樹の声」を引用する

去年の秋の終わりに　おまえは／石垣沿いの坂道に落ちていたのだった／翼は黒々と　黄色の尾は鮮やかに／朝陽に光っていたが／動かない一個の物だった／／拾いあげると／不思議な重さと冷たさが／掌から手首へ　そして／背の芯へと走った／あれは／空を呼吸していた日々の記憶の重さだったか／／石垣の上の／いそがしく葉を降らせている桜と／松の古木の間におまえを埋めて／あれからあの道を通ることはなかったが／／低い短調の空の下で繰り返される暮らしの／不意の一瞬に／おまえの重さと冷たさはあらわれ／あの日の方へわたしを振りむかせる／／落ち葉にくるまって／土へと朽ちていく黒い羽毛と黄色い尾に／時の手は／どのように添えられるのか／巡ってくる何度目の桜の花びらに／おまえは甦るのか／一本の常緑の木のどこに／その命が託されるのか／／時の中を通過するすべてのものの記憶の影を／地の底

からすくい上げて立つ／樹の無言を／きょう　聴きに行く（「樹の声」全行）

いとう氏は「翼は黒々と　黄色の尾は鮮やか」な鳥の死骸を見つけ、「拾いあげると／不思議な重さと冷たさ」が全身を駆け巡った。その衝撃は「空を呼吸していた日々の記憶の重さだったか」と死骸の存在から、鳥の「日々の記憶の重たさ」を感受してしまったようだ。そして石垣の上の古木の間に埋めて立ち去ってしまう。けれども、いとう氏は身体に刻まれた「おまえの重さと冷たさ」を想起し、「おまえは甦るのか／一本の常緑の木のどこに／その命が託されるのか」と問い続ける。樹は「時の中を通過するすべてのものの記憶の影を／地の底からすくい上げて立つ」存在であることの秘密を知ってしまい、もしかしたら自分が古木の間に葬った鳥に対して、「おまえは甦るのか」という願いを聞き届けてくれるかも知れない霊的な存在でもあるのだろう。それゆえに、いとう氏は「樹の無言を／きょう　聴きに行く」ことを促される。不思議なことに第一詩集の詩「一本の樹」では、樹は「小さな骸」になって初めて出会い死者と最後の語らいをする「棺」でありどこかレクイエムのような存在と化していた。しかし第二詩集の詩「樹の声」では、樹は「動かない一個の物」を甦らせる「一本の常緑の木」であり、無言の希望の歌のように思われる。第二詩集『樹の声』のあとがきの冒頭の部分を引用してみる。

「実生活の出来事にともなう哀歓とは別に、いつ頃からか、ふとした折に、自分をつつみこんでいる時間というものの不思議さに心が向かうようになりました。地上に期限つきの時間をあたえられて在る自分（をふくめたすべての生き物）―それはつまるところ、三十六億年の生き物の歴史の中の、点のような存在だという実感です。」

いとう氏の「自分をつつみこんでいる時間というものの不思議さ」は、宮沢賢治が詩「春と修羅」の最後の四行目で語った「（このからだそらのみじんにちらばれ）」という自らが解体することによって、「宇宙意志」にかなうことに気付いた時の驚きにも重なってくると思われる。山形のいとう氏の「自分をつつみこんでいる時間」は岩手の賢治の「宇宙意志」と深くつながっており、東北の夜空から宇宙的な詩的精神を共有しているに違いない。

いとう氏の第三詩集『月のじかん』（二十三篇）もまた私たちの忘却している本来的な「自分をつつみこんでいる時

間」を「月のじかん」として甦らせてくれる。

しまい忘れた鉢植えを取り込もうと／ベランダに出る／ほの白い闇の下に沈んでいるのは／閉じた街の一日だ／闇をくぐって聞こえた電話のベルも／すぐに途絶えた／月がでている／あの月が満ちるのはたぶん明日の晩／深く息を吸うと／わたしの今日が／すこしずつほどけていく／ほどけながら／ルナティックな匂いと光を浴びて／こころはざわめくものでいっぱいになる／／通りひとつ向こうの病院の屋上に／柵にもたれている人影／ずうっといたのだろうか／月明かりのなかに浮かぶその人は／わたしの胸のあたりが／ただならぬ色に染まっていくのに気づいただろう／気まずさを取り繕うすべもない／鉢植えを手に立ちつくしていると／／あなたはだれですか／こんなよふけ／なにをしているのですか／そこからわたしがみえますか／そこにそうしているあなたにとって／ここにこうしているわたしはなにものですか／こんなにざわめいているわたしのこころがみえますか／わたしがその人へ発したのか／その人からわたしへ届けられたのか／耳の底をふるわせる声は／月のじかんをただよい　いつしか／屋上の人の胸のあたりも／ルナティックな色に染まっている　（「月のじかん」全行）

いとう氏の「わたしの今日が／すこしずつほどけていく／ほどけながら／ルナティックな匂いと光を浴びて／こころはざわめくものでいっぱいになる」という、今日が終わった後に異次元の時間が月光浴によって現れてくるのを掬い上げている。月見とは本来的には、一人で月の光浴びながら日常の時間の欠落した何かを本来的な時間に転換していくことなのかも知れない。いとう氏は詩の試みは、そのような人間にとって最も大切な時間を取り戻し、命の深層を気付かせようとする精神の働きのように感じられる。

3

今回の第四詩集『冬青草をふんで』は二十五篇の詩が収録されている。その冒頭の序詩「冬青草《ふゆあおくさ》をふんで」を読んでみたい。

秋野の果てをふみこして／足裏にはいま／冬草の原／片時雨がやんで／みじかい草々に／いつくしむように陽差しがそそいでいる／／いっしゅん青緑の広がりに／なつかしい匂いがみちわたる／記憶の底ふかくから掬いあげられる／春のさざめきを／夏のまぶしさを／もうしばら

く抱きしめて歩いてみよう／／すぐそこであるような／まだすこしむこうであるような／ほんとうの果てで／一人称の物語が閉じられる／その日も　きっと／この草の原から遠くはなれた／見知らぬ明るい地で／見知らぬだれかの胎内に／あたらしい命が育ちはじめている

冬青草は俳句歳時記にも載っていて、冬にも青を失わない草で、湧き水のほとりや田んぼや河原の土手などの日当たりの良いところに生えている冬草を指している。「冬草の原／片時雨がやんで／みじかい草々に／いつくしむように陽差しがそそいでいる」と月光浴のように、日光浴をしている冬草の喜びを一緒に感じているかのようだ。そして「いっしゅん青緑の広がりに／なつかしい匂いがみちわたる／記憶の底ふかくから掬いあげられる／春のさざめきを／夏のまぶしさを／もうしばらく抱きしめて歩いてみよう」と「冬青草」の青から、春や夏の青緑の世界に想像力を膨らませていく。「冬青草」とは春や夏の予兆であり、そこから最終連の「この草の原から遠くはなれた／見知らぬ明るい地で／見知らぬだれかの胎内に／あたらしい命が育ちはじめている」と「新しい命」の芽生えに希望を託してこの詩を締めくくっている。「一本の樹」の出逢いから始まり、「樹木の声」に耳を澄まし、「月のじかん」に入り込み月と対話し、現在は「冬青草」を踏みしめながら次の世代の命の芽生えをいとう氏は讃美しているのだろう。

新詩集の他の詩篇を通読して強く感じたことは、言葉と存在の関係に何か深い親密感があり、またその関係に気持ちのいい微風が吹いているような気がする。一行の言葉が終わり、次の行に向かう時に潤滑油のような気持ちの熱量が伝わってくる。読者がいい空気を吸いながら作品の中に入り込めて、「自分をつつみこんでいる時間」が流れていて多くの共感が得られるだろう。

Ⅰ章の冒頭の詩「長い散歩」では、「存命なら百二十歳をこえているはずでしょう」と「ちい姉のきょうの散歩」の途中で、姉が恩師との再会を語り出す不思議な詩だ。いとう氏の詩のⅠ章の時間は、「ちい姉」などの家族や知人を通して戦中戦後から現在にまでつながっていく。

Ⅱ章の冒頭の詩「ゴールウェイの街で　―あいるらんど―」では、アイルランドに旅していると、街角で「家族とおぼしき沖縄の三人が／安里屋ユンタを披露している／張りのある声とリズムは／辺りの大道芸人の誰よりもお客を集めて」いた。その後の「島唄のメドレーはこの街にとても似合っている」と語る。そして「あの人たちにとってわたしは／〈同国の人〉だったのか／もしかしたら／〈沖縄人《ウチナンチュ》〉ではない〈大和人《ヤマトンチュ》〉という外国人だった？」といとう氏は自問するのだ。Ⅱ章の詩篇では、いとう氏は英語の教師をしていたこともあり、外国語の発想から日本を相対化する視線で日々の暮らしを見詰めている。

Ⅲ章の冒頭の詩「らくしゅ」では、「てが落ちるって　なに？／ノブ君の　なに？　はいつも不意打ちだ／わたし宛の絵葉書をながめている」と童心の素朴な疑問から、「不意打ち」の問いこそが、世代を超えたコミュニケーションの秘訣であると伝えてくれている。Ⅲ章では、そんな分かり切っていると思われている言葉をその対応する存在と照らし合わせその関係の本来的であり新しい意味の可能性を問いかけている。

以上のようないとう氏の「冬青草」という自然を通して存在と言葉の新たな関係を問い続け、「自分をつつみこんでいる時間」を他者に広げていく詩篇を読んで欲しいと願っている。

石垣りんの詩の読解と誰も語りえない評伝の試み

万里小路譲『孤闘の詩人・石垣りんへの旅』

四、五年前に詩誌「山形詩人」を主宰する高橋英司氏とお話した際に、私と同じように詩論や評論を書いている鶴岡市の万里小路譲氏に私の詩論集を送った方がいいと助言された。すぐに私の詩論集『福島・東北の詩的想像力』などを寄贈したところ、しばらくすると、万里小路氏から『吉野弘その転回視座の詩学――吉野弘詩集論』、評論集『詩というテキストⅡ』、『いまここにある永遠　エミリー・ディキンソンとE・E・カミングズ』、『学校化社会の迷走』などが送られてきた。それらに目を通していくと、その本格的で今まで読んだことのない幅広い視野を持った詩論、詩人論、評論に驚愕させられた。

戦後の詩人の中で吉野弘が詩人だけでなく多くの詩を書かない人びとからも読まれている詩人ではないか、と心密かに思っている。その魅力を解き明かすことは難しいが、万里小路氏は、『吉野弘その転回視座の詩学』の中で百篇を分析しながら読み解いている。例えば詩「刃」を引用し次のように解釈していく。

「石ころはその存在形態のうちに即自的に充足している。しかし、その石ころに意識を目覚めさせたい（！）というのだ。〈忍従〉と〈恥辱〉と、〈苦痛〉ばかりではない。〈新しい思索〉と〈生甲斐〉をも、与えたいというのだ。石ころさえその実存のスタート台へと置こうとすることで志している方向性は、己れという存在の再構築である。サルトルの術語で言えば、〈自分がいまだあらぬものであるように、自己が現にあるところのものであらぬように〉自己をあらしめる超出、言い換えれば無を分泌する対自の所作が、詩集という結実であり、反抗の内実である。／これらの作品群が物語る組織への反抗は、徹底的で執拗である。しかし、熱情が思いやりに変わるように、苦渋がいつか優しさへと転位するだろう。吉野弘に見るものは、ニヒリストからヒューマニストへの転位であることの可能性が、第十一作「奈々子に」に垣間見られる。」

万里小路氏は吉野弘の詩の中に内在する「ニヒリストからヒューマニストへの転位」を実存主義・存在論的な思索の言葉で語っていく。優れた詩人の中にはキルケゴール、フッサール、ハイデッガー、サルトルと同じような突き詰めたところから、新しい認識の転換がなされることを知悉しているのだろう。詩論とは詩と哲学が実は重なり融合していることを物語っているのであり、鶴岡市に隣接する酒田市出身ということもあるが、吉野弘の詩を解釈する時にそのような哲学的な思索が最も有効であると万里小路氏は気付いたのだろう。そのような万里小路氏の詩論は、私が理想としてきたハイデッガーの詩論の試みと近い。日本を代表する詩人の吉野弘をテキストにしたこの詩論集は多くの人びとに読み継がれて欲しいものだ。

また『いまここにある永遠　エミリー・ディキンソンとE・E・カミングズ』では、エミリー・ディキンソンの詩について次のように語る。

「これは世界にあてたわたしの手紙です／一度も返信してくれなかった世界への―／やさしい威厳を示して／自然が語ってくれた簡素な知らせ（後半略）／ディキンソンの死後はじめて出版されたPoems（1890）の巻頭を飾ったこの詩篇は、恋文のようにこの世にある。そして、恋心だけが熱い。それは叶えられぬことが約束された一方的な思いであるからだ。書き送られる詩篇は1789篇にもなるだろう。一生のように、重ねられた思いの数々。小説ではなく詩である。詩を書き留めたことによって、作品は存在そのもののようにある。詩は思いそのものの、吐息の熱さそのものであるからだ。」

万里小路氏は何も見返りを求めないディキンソンの詩作の動機を淡々と語り、「作品は存在そのもののようにある。詩は思いそのもの、吐息の熱さそのものである」と詩人が作品を自らの存在や世界存在と等価であるような価値観を抱いて、生涯を生きようとする純粋な思いを指し示していく。英語教師であり音楽家でもあり詩の実作者の強みを生かして万里小路氏は、ディキンソンの英詩の意味やリズム感を受容して、その詩人の深淵を思索し解き明かしていく。その意味でディキンソンの孤独だが世界とつながっている内面に肉薄するディキンソン論になっている。

今回の『孤闘の詩人・石垣りんへの旅』は、四十八篇の詩の読解に評伝的な記述も含まれている。たぶん吉野弘論とエミリー・ディキンソン論などの詩に誠実に向き合っていく詩人論の執筆経験が今度の石垣りん論に十二分に生かされているように思われる。「序章　開幕」、「1　Nobodyの墓碑銘」、「2　反戦詩人――戦争の時代」、「3　入院そして再起動　――第1詩集『私の前にある鍋とお釜と燃える火と』」、「4　低い屋根の家――獣の涙」、「5　鬼ババの笑い―第2詩集『表札』」、「6　苦労の値打ち――ブラックユーモアと逆説」、「7　寓意化される世界」、「8　履歴の重さ――第3詩集『略歴』」、「9　逆説の詩人――第4詩集『やさしい言葉』」、「10　寂寥――茨木のり子と石垣りん」、「終章　達観――第5詩集『レモンとねずみ』ほか」、など12のパートに分けられた単行本としては初めての石垣りんの全ての詩集や評論を踏まえた詩人論であり、作品を通して実生活も照射した評伝とも言えるだろう。ただ一般的な評伝とは違って簡単な了解を拒絶させる謎が深まっていく評伝とも言えるかも知れない。

「序章　開幕」では、詩「初日が昇るとき」を引用し、シェイクスピアの演劇のように人生を演劇と喩えるように、「一年に一度の幕開きです。／／地球は私たちの舞台。／／そこに／永遠の中から／時間と空間を切りとって／「日常」というドラマを展開いたします。」などの石垣りんの詩の日常の中に潜むドラマ性を指摘している。万里小路氏がなぜ石垣りんに強い関心を抱いたかを推測するなら、石垣りんの詩的精神にエミリー・ディキンソンの「いまここにある永遠」に匹敵する「日常」というドラマの「永遠」を感じようとしていたのかも知れないし、また吉野弘と同じように自らの詩作を中心に実存主義的な生き方をして優れた詩作を残したと敬意を抱いているのだろう。そのことを実証するために万里小路氏は四十八篇の詩を丁寧に読み取って新たな解釈を提示してくれている。

「1　Nobodyの墓碑銘」では、石垣りんの南伊豆町子浦にある墓には次の四行詩が刻まれている。

「契／海よ云ふてはなりませぬ／空もだまつてゐますゆゑ／あなたが誰で　私が何か／誰もまことは知りませぬ」

この謎の詩について万里小路氏は次のように解釈する。「契りとは、前世からの因縁。運命的宿命的な約束。つまり、秘密を共有しえた結実としてある。しかし、真の内実は誰にも知られない。むしろ諸事情が隠されている。（略）ただ、海は知っているのだ。そして、空もまた。Nobody knows.―知っているのはまたnobody。すると、nobodyとは誰であるのか？」。石垣りんが詩の中で「海」や「空」などを通して語らそうとしていることを読み取るしかないと万里小路氏は促されたのかも知れない。そのような試みを通して、戦後女性詩人の最高峰の詩人と言える石垣りんの詩の隠された魅力が万里小路氏によって読解されたことは画期的なことだ。本書はきっと今後の石垣りん研究の先駈けの書として読み継がれていくだろう。

「そゞろ神」や「異形」が息づく東北《みちのく》に関わる詩歌精神

『東北《みちのく》詩歌集――西行・芭蕉・賢治から現在まで』への呼びかけ

1

東北地方は、畿内の天皇の中央政権から平安時代まで、東海道のさらに彼方の東山道の「道奥《みちのおく》」と言われ、その後は「陸奥《みちのく》」そして「陸奥《むつ》」と言われるようになった。蝦夷の住む土地である「福島・宮城・岩手・青森」を「陸奥」又は「陸奥国」と言った。また「秋田・山形」を中央政府の出先機関である「出羽柵」から付けられた「出羽」又は「出羽国」と言って「陸奥」の四県と分けて、「出羽」の二県を独立させていた。松尾芭蕉の「おくのほそ道」の「草加」の箇所で「ことし元禄二《ふた》とせにや、奥羽の長途《ちやうど》の行脚《あんぎや》、只かりそめに思ひたちて」と記されており、「陸奥」よりも「奥羽」が一般的になっていたのかも知れない。明治になり「陸奥」は青森、岩手を指した時期もあるが、かつての「東北」全体を指す「陸奥《むつ》」という言葉の広がりは聞かれなくなった。しかし、もともとの「みちのおく」や「みちのく」という遥かに歴史を遡り、北の国に向かう響きが「東北」という言葉に今も残り続けている。そして現在は「東北」と言えば東北六県を指して、古代から中央政権にあらがい、戦いと融和を繰り返してきた人びとを祖先に持ち、北方の独自の文化・風土を築いてきた東北日本の重要な原郷であると思われてきた。そのことは畿内の中央政権が成立する一万年以上前から続いていた縄文時代の青森の三内丸山遺跡の大型竪穴式住居跡や高床式倉庫跡や環状配石墓《ストーンサークル》、秋田の大湯環状列石や伊勢堂岱遺跡の日時計様組石、岩手の湯舟沢環状列石や釜石環状列石などを見れば明らかだ。「陸奥《みちのく》」には豊かな多様な栗・胡桃・橡などの堅果類や一年草の荏胡麻《えごま》、瓢箪《ひょうたん》、牛蒡《ごぼう》、豆などの栽培植物を活かした豊かな暮らしが存在していて、ストーンサークルの周辺では、夏至の太陽の軌道から天空・自然を畏敬し、星祭りのような儀式をしていた精神性が垣間見えてきた。「陸奥《みちのく》」の縄文系のまつろわぬ者たちには、このような畿内の弥生系の者たちの征服者の視線ではない、環状列石や日時計様組石のような大地と天空が対話し合っているような、世界の様々な古代・中世文化と通ずる異次元の自然観や宗教観が存在していたのかも知れない。

一六八九年春に松尾芭蕉は深川の庵《いおり》を引き払って、「奥羽」である「陸奥《みちのく》」に旅立って行った。芭蕉が敬愛する西行の五百年忌の年に、西行が愛でた「松島の月」を眺めることなど、漂泊の歌人西行が実際に出向いた「陸奥《みちのく》」を訪ね、詠われた短歌の歌枕（当時の名所旧跡など）を追体験することが大きな動機だったようだ。また西行よりも九百年前に中国全土を旅して「国破れて山河在り」などの漢詩を書いた杜甫からの影響も大きかったと言われる。芭蕉の中で「陸奥《みちのく》」という北方の大地を巡る戦いで死んでいった数多の人びと、まつろわぬ者たちと支配しようとする者たちが争った両方の人びとを鎮魂したいという思いがあったように感じられる。その意味で「東北」に関わることは「陸奥《みちのく》」の一万数千年の歴史に関わる事であり、そんな縄文時代の精神性や杜甫や西行や芭蕉たちの漂泊の精神性を引き継いでいる歌人、俳人、詩人たちに焦点を当ててみたいと考えている。まず芭蕉を東北に引き寄せたたであろう西行の歌を『山家集』から三首引用してみる。

白川の関屋を月のもる影は人の心を留《と》むる成《なり》けり
雪降れば野路も山路も埋もれて遠近《おちこち》しらぬ旅の空かな
とりわきて心もしみて冴えぞわたる衣河見にきたる今日しも
聞きもせず東稲山《たわしねやま》のさくら花吉野のほかにかかるべしとは

一首目の短歌は能因法師の歌「都おば霞とともにたちしかど秋風ぞ吹く白川の関」を踏まえているらしいが、きっと「白河の関」を越えることは、都とは全く異なる異界に向かうような心持ちになり、「白川の関」から眺める月の光は周辺のものの影を色濃くして、心に刻まれたのであり、その後の芭蕉にも影響を与えた。

二首目の短歌は、雪の奥羽路を歩く西行がその光景に心を惹かれている様子が実感としてわかる。都では雪は花と同じような希少価値であるが、「みちのく」の大雪にも親近感を抱いたのだろう。

三首目は、平泉の衣川を詠ったもので、西行は二十三歳と六十九歳の時に二度、遠縁の平泉の奥州藤原氏を訪ねた。平泉に到着した西行は、悪天候の中「前九年合戦」の古戦場・衣川の城に行き、凍りつく衣川を詠んだ。源頼朝に追われた義経をかばいきれずに藤原秀衡が滅ぼした出来事も背後に寒々と感じせてくれる。

四首目は、平泉町、奥州市、一関市の境にある「東稲山《たわしねやま》のさくら花」が吉野の桜の美しさに匹敵すると感嘆の声を挙げて、奥州の人びとの美意識を褒め称えているかのようだ。

このように西行の短歌は今読んでも古びることのない新

鮮さや臨場感があり、短歌の魅力とは歌人の表現者の一回限りの感動のリズムが音数律に乗って、千年後にも再現されるという優れた特徴がある。これが日本語の文芸における文体の隠れたＤＮＡのような言葉の響きとなっていて、豊かな共有財産であることは間違いないだろう。

2

芭蕉は『おくのほそ道』の冒頭で、「予もいづれの年よりか、片雲《へんうん》の風にさそわれて、漂泊の思ひやまず、海浜《かいひん》にさすらへ、去年《こぞ》の秋江上《こうしやう》の破屋《はをく》に蜘《くも》の古巣をはらひて、やゝ年も暮《くれ》、春立《たて》る霞の空に、白川の関こえんと、そゞろ神《がみ》の物につきて心をくるはせ、道祖神《だうそじん》のまねきにあひて取《とる》もの手につかず」という心境を生き生きと語っている。この「そゞろ神」とは、芭蕉の造語らしいが、新しいことに挑戦する詩的精神であり、詩の女神の囁きに呼ばれているかのようだ。そして芭蕉は、「草の戸も住替《すみかは》る代ぞひなの家」と詠み、芭蕉庵を人に譲って退路を断って奥羽路へ旅立っていく。

『おくのほそ道』の「白川の関」では念願の場所を次のように記している。

〈心許《こころもと》なき日かず重《かさな》るまゝに、白川の関にかゝりて旅《たび》心《ごころ》定《さだま》りぬ。「いかで都へ」と便求《たよりもとめ》しも断《ことわり》也。中にも此関《このせき》は三関《さんくわん》の一《いつ》にして、風騒《ふうさう》の人心をとゞむ。秋風《あきかぜ》を耳に残し、紅葉《もみじ》を俤《おもかげ》にして、青葉の梢猶《こずえなほ》あはれ也。卯《う》の花《はな》の白妙《しろたへ》に、茨《いばら》の花の咲《さき》そひて、雪にもこゆる心地《ここち》ぞする。〉

芭蕉にとって、かつて蝦夷との戦いを防いだ場所であり、異界へ入り込むような心持ちになり、周りの光景が春の頃であるにもかかわらず、夏や秋や冬さえも一気に感じるような不思議な時間が凝縮して体験される感覚に捉われていたようだ。芭蕉の奥羽の八句を引用してみたい。

風流の初《はじめ》やおくの田《た》植《うゑ》うた
あやめ草足に結《むすば》ん草鞋《わらぢ》の緒《お》
夏草や兵《つはもの》どもが夢の跡
五月雨の降のこしてや光堂
蚤《のみ》虱《しらみ》馬の尿《しと》する枕もと
這《はひ》出《いで》よかひやが下のひきの声
閑《しづか》さや岩にしみ入《いる》蟬《せみ》の声
暑き日を海にいれたり最上川

「田植えうた」の句は、奥羽の須賀川に入った初めて詠った句、「おくの田植えうた」の響きに聴き入ることで、「おく」に引き込まれていく気品ある歌だったのだろう。

「あやめ草」の句は、宮城の俳人から送られて草履の緒には「あやめ草」色が染められていて、風流さに感じ入っている。

「夏草や」の句は、「陸奥《みちのく》」の山河や平野での戦闘で命を無くした人びとの魂を救済する精神性を感じさせてくれる。

「光堂」の句は、奥州藤原氏が作り上げた「光堂」が、風雪に耐えて神々しく光り輝くさまを畏敬して詠んでいる。

「蚤虱」の句は、「尿前《しとまえ》の関」を越えた後に、風雨があれて山中に逗留した仮の宿の在りようを示し、当時の旅の現実をどこかユーモラスに語り、人間も馬も虫も等価であるかのように考えている。

「ひきの声」の句も、蚕部屋に泊まった時にヒキガエルに親近感を抱いて会いたくなったという、旅を楽しむエスプリに満ちている。

「閑さや」の句は、山形の立石寺《りっしゃくじ》の「蟬の声」の命の燃焼を今ここに再現してくれるような臨場感のある響きだ。

「暑き日」の句は、暑い日の大地や人間の営みを冷やすように最上川が何もなかったかのように自然に海へ流れていると言う。

西行の短歌と芭蕉の東北《みちのく》に関する俳句を読んできて、強く感ずることは二人に共通することは、東北《みちのく》という異界である他者に呼ばれて、その他者たちに命懸けで逢いに行き、自らの表現力や文学思想を豊かさせて、それらの質の高さが後世の人びとに未だに感動を与え続けていることだ。

3

芭蕉は奥羽路の後には「越後路」に向かい、「荒海《あらうみ》や佐渡によこたふ天河《あまのがわ》」を詠み、岐阜の大垣で「蛤《はまぐり》のふたみにわかれ行《ゆく》秋ぞ」と最後に詠んで「おくのほそ道」を終え、五年後の一六九四年に他界する。それから二〇〇年後に、岩手の花巻に宮沢賢治が、芭蕉の見た「天河」の内部に乗り込んでいく想像力の持ち主として生誕し、一九二四年には心象スケッチ『春と修羅』が刊行されて、次の詩「原体剣《はらたいけん》舞連《ばいれん》」が収録された。

dah-dah-dah-dah-dah-sko-dah-dah
こんや異装《いさう》のげん月のした
鶏《とり》の黒尾を頭巾《づきん》にかざり
片刃《かたは》の太刀をひらめかす
原体村《はらたいむら》の舞手《おどりこ》たちよ

鴇《とき》いろのはるの樹液《じゆえき》を
アルペン農の辛酸《しんさん》に投げ
生《せい》しののめの草いろの火を
高原の風とひかりにさゝげ
菩提樹皮《まだかは》と縄とをまとふ
気圏の戦士わが朋《とも》たちよ
青らみわたるこう気をふかみ
楢と椈《ぶな》とのうれひをあつめ
蛇紋山地《じやもんさんち》に篝《かゞり》をかかげ
ひのきの髪をうちゆすり
まるめろの匂のそらに
あたらしい星雲を燃せ

（「原体剣舞連《はらたいけんばいれん》」の前半部）

賢治は大正六年（一九一七年）七月頃に土壌調査で原体村に行き「上伊手剣舞連」という前書きで四首が全集の短歌の中に残されている。その中の二首も引用してみる。

「うす月に／かがやきいでし踊り子の／異形を見れば
こゝろ泣かゆも」
「剣舞の／赤ひたたれは／きらめきて／うす月しめる
地にひるがえる」

これらの短歌は石川啄木の短歌のように三行、四行で書かれていて、先に引用した「原体剣舞連《はらたいけんばいれん》」（一九二二年に執筆）の発想の原点になっている。賢治は短歌の中の「異形」の内実を五年もの歳月をかけて想像的で画期的な詩「原体《はらたい》剣舞連《けんばいれん》」として完成させたのだろう。私は賢治の短歌から詩へ転換し膨大な詩篇『春と修羅』の各詩集を書き継ぎ、さらに晩年ともいえる病に伏して亡くなるまでに「文語詩稿五十篇」「文語詩稿　一百篇」に情熱を注いだ。賢治にとって表現形式は表現内容の想像的な進化や展開によって変わっても構わないという認識があったのだろう。例えば「うす月」という「朧月」が、「異装《いさう》のげん月」という半月に変わっている。「かがやきいでし踊り子」たちは踊りながら、「気圏の戦士わが朋《とも》たち」に変身していく。賢治が他の作品でも繰り返している「アルペン農の辛酸」とは、北上山地の酸性土壌における農業の困難さを語っており、少年の踊り手たちは、父母や先祖の農民の苦悩を背負いながらも、「楢と椈《ぶな》とのうれひをあつめ」酸性土壌の大地から生える「ひのきの髪をゆすり」、「まるめろの匂のそらに」、「あたらしい星雲を燃せ」るだろう「気圏の戦士わが朋《とも》たち」へと成長させたのだろう。たぶんこのような表現力の深化を賢治は四次元芸術と構想していたに違いない。その意味ではこの詩篇は最もその名に相応しいと私は考えている。
後半部分を引用する。

dah-dah-sko-dah-dah
肌膚《きふ》を腐植と土にけづらせ
筋骨はつめたい炭酸に粗《あら》び
月月《つきづき》に日光と風とを焦慮し
敬虔に年を累《かさ》ねた師父《しふ》たちよ
こんや銀河と森とのまつり
准《じゅん》平原の天末線《てんまつせん》に
さらにも強く鼓を鳴らし
うす月の雲をどよませ
Ho! Ho! Ho!
むかし達谷《たつた》の悪路王《あくろわう》
まつくらくらの二里の洞《ほら》
わたるは夢と黒夜神《こくやじん》
首は刻まれ漬けられ
アンドロメダもかゞりにゆすれ
青い仮面《めん》このこけおどし
太刀を浴びてはいつぷかぷ
夜風の底の蜘蛛《くも》おどり
胃袋はいてぎつたぎた
dah-dah-dah-dah-dah-sko-dah-dah
さらにただしく刃《やいば》を合《あ》わせ
霹靂《へきれき》の青火をくだし
四方《しほう》の夜《よる》の鬼神《きじん》をまねき
樹液《じゅえき》もふるふこの夜《よ》さひとよ
赤ひたたれを地にひるがへし
雹雲《ひゃううん》と風とをまつれ
dah-dah-dah-dahh
夜風《よかぜ》とどろきひのきはみだれ
月は射《ゐ》そそぐ銀の矢並
打つも果《は》てるも火花のいのち
太刀の軋《きし》りの消えぬひま
dah-dah-dah-dah-dah-sko-dah-dah
太刀は稲妻萱穂《いなづまかやぼ》のさやぎ
獅子の星座《せいざ》に散る火の雨の
消えてあとない天《あま》のがはら
打つも果てるもひとつのいのち
dah-dah-dah-dah-dah-sko-dah-dah
（「原体剣舞連《はらたいけんばいれん》」の後半部）

「アルペン農」の農民たちは「敬虔に年を累《かさ》ねた師父《しふ》たち」となって、この鬼剣舞の太鼓を奏で背後で支えるのだ。「達《たつ》谷《た》の悪路王《あくろわう》」は蝦夷の軍事指導者でアテルイと言われるが定かではない。朝廷軍を陸奥国胆沢で何度も打ち破った。しかしそのアテルイは坂上田村麻呂に敗北し降伏し、田村麻呂は助命を願い出たが、都で首を打たれたと言われる人物であり、陸奥国のまつろわぬ者の象徴的な名前だ。朝廷軍も蝦夷軍も戦うものは全て鬼であり、その戦いの死者たちやこの地の先祖たちの魂を鎮めるためにこの鬼剣舞は始まったのだろう。私は宮沢賢治の亡くなった九月二十一日の夜に開催される賢治祭の篝火の下でこの鬼剣舞を何回か見たことがある。太鼓や横笛の音が流れ、この詩の冒頭の「鶏《とり》の黒尾を頭巾《づきん》にかざり／片刃《かたは》の太刀をひらめかす」ことを鬼の面を付けた袴姿の若者たちが行い、四股を踏むように丸くなり宙に浮くゴムまりのように舞い上がる。都の洗練された踊りではない、動物や昆虫たちが無軌道に飛び上がるような荒ぶる魂の躍動感がある。古代の戦いの深い恨みを想起させながらもそれを解き放ち、「こんや銀河と森とのまつり」へと転換させてしまう祭りのエネルギーを感じさせてくれた。最後の行には「打つも果てるもひとつのいのち」という世俗の倫理観や利害損得を超えた、賢治の目指した「宇宙意志」が込められているかのようにも思えてくる。

西行や芭蕉が「そゞろ神」に惹かれ「東北《みちのく》の他者の出会うために命懸けで漂泊の旅に出かけたように、賢治もまた自らを「修羅」を歩むものとして、実は精神において世界の書物や芸術や宗教そして自然などの中を漂泊しながら、様々な「異形」の他者に出会いそれを短歌や詩や童話などに残した。それらの試みは、現在も東北に関わる短歌、俳句、詩を創作する者たちにとって原点となって、今後も東北《みちのく》の詩歌精神は反復され続けていくに違いない。

＊東北は、福島、宮城、山形、岩手、秋田、青森から成り立っている。けれども同じ東北で自然環境や文化・歴史は微妙に異なっている。全国の県の中で最も土地面積が広いのは、一番は岩手県で二番目は福島県だ。例えば福島は少なくとも会津、中通り、浜通りの三つの地域に分かれている。山の多い会津と浜通りのいわきや相馬などではその気候や文化的背景はかなり異なっている。そのような東北各県の内部の多様性を浮き彫りにするような短歌・俳句・詩を公募したいと考えている。また東日本大震災・原発事故から八年目を迎えようとしている。それらに関する作品も数多く集め。東北の千数百年の歴史・文化を詩歌を通して学べる『東北《みちのく》詩歌集――西行・芭蕉・賢治から現在まで』を構想し、来年の三月一一日の発行を予定している。

詳しくは公募趣意書をご覧下さい。

まつろわぬ精神、東北六県の多様な魅力

『東北《みちのく》詩歌集』――西行・芭蕉・賢治から現在まで

1

東北の山々に入り春の山菜や秋の茸の恵みを収穫しようと熊と遭遇し、運悪く命を落とす記事が毎年報じられる。危ないと分かっていても狩猟採集の血が騒ぐのか、自分の秘密の収穫場所に行ってしまうのだろうか。そのような悲劇の後でも熊や山を恨んで熊を絶滅させるとか入山禁止を厳格にしたという話は聞かない。また東日本大震災以後にも、東北の人びとは甚大な津波被害に遭遇したにも関わらず、海を呪うことなく、海と共に生き続けようと願い、海に感謝の念を抱いているという話も聞いている。十八、十九世紀に青森・秋田の暮らしを紀行文と図絵で詳細に表した菅江真澄の世界や、それに影響を受けたとも言われ『遠野物語』でオシラサマ、ザシキワラシ、山人、天女たちを傍らに出現させる柳田国男が聴き取った民話の世界は、「東北」の原郷の精神性を明らかにしている。そんな「東北」の人びとの山河や海を慈しむ思いや「東北」に関わろうとする人びとの重層的な思いは、きっと多くの短歌・俳句・詩の中にも宿っているのではないかと思われる。

昨年の二〇一八年に刊行した『沖縄詩歌集～琉球・奄美の風～』を企画・製作している段階から、なぜか「東北《みちのく》」のことが気になりだして、南方の沖縄の民と北方の東北の民の精神性が類似しているのではないか。どこか基層においてつながっているのではないかと感じるようになった。そして「東北」に関わる多様な作品を集めた『東北詩歌集』を構想しようと心密かに思い始めていた。「東北」と沖縄には、農耕牧畜生活を中心とした弥生文化・王朝文化と異なる基層を持った文化、歴史があるはずだ。それは狩猟採集生活が中心であった一万年を超える縄文文化が、いまも東北に暮らす人びとの中に息づいているからだろう。また東北・陸奥は狩猟採集の縄文時代においては日本の中心的な場所だったとも言われている。縄文のブナの森が大きな恵みを与えていて平和を愛し戦争をしない時代が続いていたようだ。けれども大和政権以降には、東北は侵略をされて従属を強いられてきた過酷な歴史が残っている。最大の抵抗をした阿弖流為《アテルイ》と言われる古代蝦夷の象徴的な人物たちに対して大和政権がどんな殺し方をしたかは、今も心痛む思いがする。そんな阿弖流為たちのまつろわぬ精神もまた東北の民の根底に今も刻まれているに違いない。さらに明治維新の戊辰戦争・会津戦争によって東北・北陸の藩が結

集した奥羽越列藩同盟に対する新政府が行った賊軍としての過酷な処分もまた、東北の悲劇的な歴史として刻まれている。さらに二〇一一年三月一一日の東日本大震災・東電福島第一原発事故は九年目を迎えようとしているが、原発事故の放射能物質の爆風が降り注いだ福島の産土は、一〇万年も放射性物質は残るともいわれている。この原発事故を引き起こした責任の在り方はまだ明らかにならず、被曝した人びとやそこに生息する生物や山河や海などの影響は想像以上のダメージを与えていて現在も進行中である。それらのことを含めると「東北」には数多の文学的・思想哲学的なテーマが残っていて、多くの短詩系の文学者たちもまた書き継いできたのだと思われる。

『東北《みちのく》詩歌集——西行・芭蕉・賢治から現在まで』は、二六〇名の歌人・俳人・詩人などの表現者の作品が十二章に分けられて収録されている。

一章「東北へ　短歌・俳句」は、西行、源実朝、松尾芭蕉から始まり、十七名が収録されている。日本の詩歌において「歌枕」という名所の地名を探し、現地に行って詠み込むことに、歌人たちは情熱を掻き立てられた。

西行の冒頭の短歌「白川の関屋を月のもる影は人の心を留むるなりけり」を読むと、西行から百年以上も前に陸奥の歌枕の旅をした能因《のういん》法師の足跡を辿ることが動機だったことが分かる。「人の心を留むる」とは能因法師を始め、この場所にきてこの白川の関を詠んだ歌人たちの心の全てに思いを馳せている。「歌枕」とは、その場所を詠んだ「人の心」の感動を追体験して自らも歌を詠ってしまう感動の源泉を指しているのだろう。その「東北」の歌枕の入口が「白《しら》川の関」だった。次の源実朝の「東路《あづまぢ》やみちのおくなる白川《かは》のせきあへぬ袖をもる涙《なみだ》かな」を読む限りでは、やや過剰な表現でリアリティに欠けていることもあり、たぶん実朝は現地に行くことなく詠んだかも知れない。けれども仮に実朝が能因や西行に憧れて、想像で白川の関に行き、二人と同じように白川の関を詠みたいと願ったが、将軍の身であり思いがかなわないので、泣きたい気持ちになったと解釈することもできる。実朝のような自由の利かぬ身にとって歌枕は、時空を超えて心の自由を羽ばたかせ想像力を発揮させる言葉の装置であったのだろう。その意味では「歌枕」の伝統は精神的なリアリティを促し、新しい創作の歴史を創造する働きを果たしてきたのだろう。三人目の芭蕉は、「おくのほそ道」の「須賀川」の中で白川の関を越えていく際に阿武隈川を渡り「左に会津根《あいづね》高く、右に岩城《いはき》・相馬《さうま》・三春《みはる》の庄」を一望し、須賀川に向かって歩んで行く。芭蕉は現在の福島県を構成している会津・中通り・浜通りの三つの領域を認識したに違いない。そして「長途《ちやうど》のくるしみ、身心《しんじん》つかれ、且《かつ》は風景に魂うばゝれ、懐旧《くわいきう》に腸《はらわた》を断《たち》て、はか〴〵しう思ひめぐらさず。」と語り、白川の関の句を詠まないで、その代わり須賀川での「風流の初《はじめ》やおくの田植《たうゑ》うた」を詠った。私は芭蕉が能因法師や西行などの「懐旧」の歌枕の場所をあえて詠わなかったことに、芭蕉の新しさや独自性を感じる。白川の関は関東の山々と接し、東北の玄関口である広大な東北を予感できる場所であり、その思いを詠むことの困難さを抱いたのだろう。そして自らが見聞きした「おくの田植うた」の響きに感銘を受けて、「歌枕」に隣接する場所で懸命に生きる民の声を優先させたのではないかと思われた。芭蕉の精神の中では「歌枕」に引き寄せられていったが、もっと自由に感性の赴くままに表現していく「漂泊の思ひ」、「そゞろ神」、「道祖神の招き」などがあったに違いない。

2

　芭蕉に続く歌人・俳人の東北の山河、地名、民衆などを記した作品群を紹介する。若山牧水の「酒戦《さかいくさ》たれか負けむとみちのくの大男どもい群れどよもす」では地酒を酌み交わす喜びが伝わる。金子兜太の「人体冷えて東北白い花盛り」では林檎の花と言われているが、雪の美を感受しているとも読める。宮坂静夫の「生剝《なまはげ》はユーラシアから歳徳神《としのかみ》」では来訪神の世界性を示す。齋藤愼爾の「北国を氷柱の国とも月の国とも」には北国の透徹した視線がある。黒田杏子の「氷紋蹴つて月山駈くる雪をんな」では「雪をんな」と共生する雪国を感ずる。渡辺誠一郎の「阿弖流為《あてるい》の鼻梁を擦りぬ青山背」では「阿弖流為」が東北の山背に宿っている。能村研三の「小かまくら千の祈りを灯しをり」では「小かまくら」の祈りの深さを輝かしている。柏原眠雨の「花茣蓙《はなござ》やいたこに渡す皺《しわ》の札《さつ》」では死者の霊を呼び起こすいたこには皺の紙幣が似合う。夏石番矢の「ぶなの雫がうま酒となるみちのおく」では東北のブナの森の豊かさを物語る。井口時男の「口寄せを盗み聴くときすすき揺れ」では死者の魂が芒の蔭から聞き耳を立てているかのようだ。鎌倉佐弓の「冬海にわずかに屈む人間か」では北国の厳しさを繊細に描写する。つつみ眞乃の「寒月や円谷幸吉の墓の艶」では東京五輪の銅メダリスト円谷幸吉の死を悼みその存在を讃美している。福田淑子の「プレハブの仮設のスナック水割りとママの話が臓器に沁みる」では被災地で人を励ます存在の尊さを告げている。座馬寛彦の「笑う子の歯並みたいに白波がきらめく朝の庄内の海」では山形の日本海の白波の美しさが輝いてくる。

　二章「東北《みちのく》へ　詩」には東北全体を表現しようとする十五

名の詩篇が収録されている。尾花仙朔の詩は芭蕉の「おくのほそ道」の句「閑《しづか》さや岩にしみ入る蝉の声」などをタイトルにして芭蕉の内面を根源的に解釈していく。新川和江は青森、岩手、宮城、福島に暮らす人びとに成り代わってその季節感や暮らしぶりを記している。三谷晃一は〈ただ単に／方角を指すに過ぎない言葉で／土地の名が表示される地方は／「東北」のみである。〉と言い、東北の矜持を語る。前田新「わが産土《うぶすな》の地よ」では冒頭「東北、わが産土の地は／まつろわぬがゆえに／鬼の棲む方位とされる」と始まる。小田切敬子の詩「こどものころ」では「東北に生きる私の祖先たち　父や母　或いは宮沢賢治」などを物語る。渡邊眞吾の詩「同行の人」では「奥羽山脈は宝の山／私の命の源だった」と明かす。二階堂晃子の詩「熱い底流」では「東北が東北である所以／見えない　熱い底流」を掘り下げる。橘まゆの「明日のなみだのおくりもの」、貝塚津音魚の「黒羽東山道から屋島へ　そして蝦夷陸奥へ」、植木信子の「道祖神」、岡山晴彦の「奥州八十島」、堀江雄三郎の「西行もどりの松」、萩尾滋の「飢餓《せがち》地の風」、岸本嘉名男の「わが暗誦の陸奥《みちのく》詩人達への讃歌」、高柴三聞の「今日もがりがりと音がする」などもまた、様々な観点から東北全体の根底に流れる思想・哲学を語っている。

3

三章「賢治・縄文　詩篇」は、東北の縄文に関わる詩篇と宮沢賢治の詩的精神に共感する詩篇であり、西行以前の縄文文化の深層に迫っていく。また賢治の詩的精神が今も多くの詩人たちに影響を与えて、詩作の源泉になっていることが理解できる。

縄文文化に関わる詩十篇は、宮沢賢治の「原体剣舞連《はらたいけんばいれん》」から始まり、宗左近の「日日《ひび》」、草野心平の「ぼんやり街道」、畠山義郎の「赫い日輪」、相沢史郎の「ノブドウ（野葡萄）」、原子修の「光の矢」、宮本勝夫の『「縄文」の声』、今井文世の「花粉の言葉」、関中子の「〈ここで〉」、冨永覚梁の「庭に立つ枯れ蟷螂」など縄文の深層を掘り起こすような詩篇だ。宮沢賢治に寄せる詩十二篇は、大村孝子の「ブドリ」、橋爪さち子の「雨」、神原良の「星の駅・2」、ひおきとしこの「哀しみにも生かされて」、見上司の「夜明けの歌」、絹川早苗の「冬の山道で」、徳沢愛子の「金沢方言亜流・雨ニモ負ケント」、佐々木淑子の「風と稜線」、淺山泰美の「イーハトーヴォの賢者へ」、小丸の「紙魚《しみ》」、風守の「わたしの銀河鉄道」、柏木咲哉の「星になった風の人」などは宮沢賢治の詩だけではなく、その生き方や異次元的な宇宙観からも多くを学んでいて、それが詩に結晶している。

　四章の「福島県　俳句・短歌」は福島県を詠った短歌十二名、俳句は九名が収録された。「Ⅰ　短歌」は与謝野晶子の十首「会津詠草（抄）」、馬場あき子の十首「火を噴くやうなもみぢば」などから始まっている。馬場あき子の「脊椎なき蝶はつよきかされどああ被曝の地《つち》の食草に寄る」は産土が「被曝の地《つち》」に代わり可憐な蝶が被曝した食草を食べ続けることに対する罪深さを人間の罪深さとして記している。それに続く遠藤たか子の十首「水際《みぎわ》」、本田一弘の十首「春景」、関琴枝の十首「歌集『手荷物ふたつ』より」、福井孝の十首「肉を削ぐ」、服部えい子の十首「死の雨」、影山美智子の十首「風生れず」、栗原澪子の十首「タンバリン」、望月孝一の十首「白昼夢」、奥山恵の十首「滂沱《ぼうだ》の牛」、反田たか子の十首「迎え酒」から成っている。「Ⅱ　俳句」は永瀬十悟の二十句「牛の骨」、片山由美子の二十句「松明あかし」、黛まどかの二十句「ふくしま讃歌」、大河原真青の二十句「流砂の音」、山崎祐子の二十句「蜩の門」、齊藤洋子の二十句「あれから八年」、片山壹晴の二十句「色紙」、宗像眞知子の二十句「鳥雲に」、鈴木ミレイの二十句「また来るさぁ」から成って福島の文化を始め、原発事故後の避難の際の生々しい場面なども記されている。

　五章「福島県・詩篇」十五名は高村光太郎の「樹下の二人、あどけない話」から始まり、草野心平の「嚙む」、安部一美の「夕暮れ時になると」、太田隆夫の「遠景の片隅」、室井大和の「おとめ桜」、松棠ららの「みゆる匂い」、うおずみ千尋の「火」、星野博の「五歳の夏休み」、新延拳の円谷幸吉に触れた「五十年前のあなたへ」、宮せつ湖の「雪手紙」、酒木裕次郎の「百日紅悲歌」、山口敦子の「児桜《ちござくら》」、坂田トヨ子の「福島の高校生」、長谷川破笑の「福島県の戦い未《いま》だ了《お》わらず」、鈴木比佐雄の「薄磯の木片」などの福島の歴史文化を様々な視点から描いた詩篇から成っている。

　六章「原発事故　詩篇」は三つにわかれ、「Ⅰ　福島の詩人」では今も福島に暮らす詩人の若松丈太郎の「不条理な死が絶えない」から始まる。その中で九十三歳の女性が「さようなら　私はお墓にひなんします」と言って自死したことなどを紹介している。それに続く齋藤貢の「あの日」、高橋静江の「見えるもの見えないもの」、木村孝夫の「黒い袋」、みうらひろこの「陸奥《みちのく》の未知」が収められている。「Ⅱ　被曝と鎮魂」では全国の詩人たちの詩で小松弘愛の「笠女郎《かさのいらつめ》さんへ」、青木みつおの「浪江」、金田久璋の「野良牛」、日高のぼるの「棄民」、岡田忠昭の「見つめる」、石川逸子の「しばられた郵便ポスト」、神田さよの「手紙」、青山晴江の「望まぬこと」、「飛べないセミ」、鈴木文子の「夏を送る夜に」、大倉元の「吉田昌郎氏のこと」、こやまきおの「きみが逝った日に」、森田和美の「たんぽぽ」、堀田京子の「種まもる人」、植田文隆の「なくなった」から成っている。「Ⅲ　福島の居場所」では曾我部昭美の「居場所」、柴田三吉の「ズーム」、原かずみの「赤光」、高嶋英夫の「あの町から」、松本高直の「空の青」、田中眞由美の「かくれんぼ」、勝嶋啓太の「半魚人」、林嗣夫の「Junction」、くにさだきみの「青い夕焼け」、埋田昇二の「浜岡が危ない」、斎藤紘二の「東京ラプソディー」、天瀬裕康の「フクシマ年代記《クロニクル》」、末松努の「あの日から」、梓澤和幸の「ふるさとを忘れない　福島を忘れない」、青柳晶子の「悩む水」秋山泰則の「意図」などの東電福島第一原発事故以後の福島をどう考えて、その産土やそこで生きていた者たちの痛みをどう支援できるか、どう新しい地平を切り拓いていったらいいかを自らの問題として模索している詩篇群だ。

4

七章「宮城県　俳句・短歌・詩」は二つに分かれ、「Ⅰ　俳句・短歌」では高野ムツオの二十句「舌」から始まっている。その中の「汚染土と云えど産土初蕨」は産土を汚染させてしまった罪を内面に問い続けている覚悟を語っている。それに続いて屋代ひろ子の二十句「亡者踊り」、篠沢亜月の二十句「寒風沢島」、佐々木潤子の二十句「仙台駄菓子」、古城いつもの三十首「被災地三十八日」などの俳句・短歌から成っている。また「Ⅱ　詩」では近代詩を切り拓いた一人の土井晩翠の「希望」を始めとし、矢口以文の「桃子おばさんの話」、前原正治の「異なるもの」、秋亜綺羅の「原子力」、原田勇男の「風の遺言」、佐々木洋一の「未来ササヤンカの村」、相野優子の「天使の声はかろやかに」、清水マサの「Kよ」、あたるしましょうご中島省吾の「自分の宝石の街」、酒井力の「海　鎮魂」などは、東日本大震災や原発事故をいかに内面化していくかという課題を背負った宮城県に寄せる作品が収録されている。

八章「山形県　短歌・俳句・詩」は二つに分かれ、「Ⅰ　短歌・俳句」では日本の短歌を牽引した斎藤茂吉の十首「金瓶村小吟（抄）」を始めとして、荒川源吾の十首「桜桃の故《さ》郷《と》」、赤井橋正明の十首「雪上」、秋野沙夜子の十首「蔵王の地蔵」、佐々木昭の二十句「出羽冬季」、杉本光祥の二十句「蔵王恋し」、笹原茂の二十句「鳶の笛」、石田恭介の二十句「望郷、米沢。」などが収められている。「Ⅱ　詩」については賢治の研究者であり農民詩人であった真壁仁の「冷害地帯」、戦後詩を切り拓いた黒田喜夫の「毒虫詩歌」、吉野弘の「雪の日に」などを始めとして、万里小路譲の「縁という贈り物　吉野弘氏追悼」、菊田守の「出羽屋——二〇

一八年一月　山形県岩根沢」、高橋英司の「米」、近江正人の「春のさなぎ」、志田道子の「寒河江《さがえ》川」、森田美千代の「ラ・フランス」、星清彦の「星の漁り火」、香山雅代の「いのちの渚に」、苗村和正の「鶴岡」、阿部堅磐の「羽黒山」、「会津・飯盛山」の結城文の「出羽三題」、矢野俊彦の「春秋米坂線」、村尾イミ子の「橅の林に雨がふる」、河西和子の「赤い湯気」、山口修の「朝日岳　大鳥池へ」など山形県の魅力を浮き彫りにしている。

九章「岩手県　短歌・俳句・詩」は三つに分かれる。「I　短歌・俳句」では今や世界で研究者を輩出させている石川啄木の二十二首「北上《きたかみ》の岸辺《きしべ》」を始めとして、伊藤幸子の十首「啄木の文机」、千葉貞子の十首「青き記憶」、松崎みき子の十首「いさり火」、謝花秀子の十首「アカシア揺れて」と、俳句結社「沖」創刊者の能村登四郎で東北にも数多くの縁もある二十句「遠野の雪」、大畑善昭の二十句「イーハトーブの臍《へそ》」、太田土男の二十句「陽気な国」、川村杳平の二十句「雄星銀次」、照井翠の二十句「寒昴」、夏谷胡桃の二十句「冬のたんぽぽ」から成っている。「II　詩」の「I　岩手出身の詩人」では村上昭夫の「鳶の舞う空の下で」を始めとして、斎藤彰吾の「鬼剣舞《おにけんばい》」、ワシオ・トシヒコの「釜石港」「平泉」、若松丈太郎の「北上川」、上斗米隆夫の「ヤマセ」、北畑光男の「雪ひらのうさぎ」、朝倉宏哉の「深夜の酒宴」、柏木勇一の「平坦な地に降りていった人よ」、照井良平の「鹿の祈りだじゃい」、渡邊満子の「四人の神さま」、東梅洋子の「うねり」、永田豊の「金矢神社境内球場」、藤野なほ子の「流れゆく舟」、佐藤岳俊の「まむし仙人」、高橋トシの「目をつぶると」、佐藤春子の「モデル」、金野清人の「墓碑銘」、田村博安の「水辺にて」、伊藤諒子の「釜淵の滝」から成っている。「II　岩手に寄せる」では県外だが岩手に心寄せる詩人たち、星野元一の「コンセイサマ」、宮崎亨の「経清義清《つねきよのりきよ》　栗駒山残照」、鈴木春子の「タンデム自転車」、阿部正栄の「縁日魍魎」、小山修一の「道程」、里崎雪の「オランダ島」、佐相憲一の「盛岡一九九一」などが数多く収録されて、岩手の詩的世界の豊饒さが分かるだろう。

十章「秋田県　俳句・短歌・詩」は「I　短歌・俳句」では国学者・紀行家で秋田に永住し『遠野物語』の柳田国男に影響を与えた菅江真澄の十首「たびころも」、正岡子規が高く評価した石井露月の二十句「奥州路」などから始まる。森岡正作の二十句「雪解川」、石田静の二十句「貰ひ風呂」、栗坪和子の二十句「深雪より」、藤原喜久子の二十句「雪母郷」、鈴木光影の二十句「なまはげ」、伊勢谷伍朗の十首「陸《りく》繋島《けいとう》」から成り、「II　詩」では秋田白神方言詩の福司満の

「此処《こ》サ生《ご》ぎで《え》」から始まり、亀谷健樹「無を吐く」、佐々木久春の「南から北へ」、あゆかわのぼるの「笹舟」、寺田和子の「渡り」、前田勉の「花輪沿線」、成田豊人の「伊勢堂岱異聞」、須合隆夫の「東雲《しののめ》ヶ原」、曾我貢誠の「山河残照」、秋野かよ子の「冬の物語」、こまつかんの「生剝げ」、岡三沙子の「惜別の季節」、水上澤の「穴」、赤木比佐江の「乳頭温泉」などが収録されていて、菅江真澄が二〇〇年前に記した秋田の暮らしが今も基底に残っていることを感受するだろう。

十一章「青森県　短歌・俳句・詩」は「Ⅰ　短歌・俳句」では釈迢空の十首「曇る汐路」から始まる。その中の「恐山」と前書きのある「をみな子を　行くそらなしと言ふなかれ。宇曾利の山は、迎ふとぞ聞く」の「宇曾利の山」は恐山の古名だが、何処にも行き場のない水子の霊を祀る場所なのだろう。それに続く佐藤鬼房の二十句「灼碩」、依田仁美の十四首「きよみき（清御酒）しりいず」、木村あさ子の二十句「林檎捥《も》ぐ」、千葉礼子の二十句「寒立馬《かんだちめ》」、二十句「津軽富士」などが収録されている。「Ⅱ　詩」では、青森方言詩を書き多くの人々の支持を得ている高木恭造の「冬の月」を始めとして、短歌・詩・戯曲など多彩な才能を発揮した寺山修司の「山河ありき」、「懐かしのわが家（遺稿）」、石村柳三の「波」、田澤ちよこの「朔山《ついたちやま》」、安部壽子の「盆が唄」、新井豊吉の「浮き球」、根本昌幸の「恐山哀歌」、武藤ゆかりの「おいっぺ川と旅人」、若宮明彦の「種差海岸」などが収録されて、奥の奥であった青森が、死者を呼び寄せて生者に思いを代弁するいたこが続いている恐山を抱えた場所であることを再認識する。

十二章「東日本大震災　俳句・短歌・詩」は、長谷川櫂の二十句「山河慟哭」から始まる。その中の「幾万の雛《ひな》わだつみを漂へる」は、当時の情況を想起して胸が締め付けられる思いがする。その後の吉川宏志の十首「昼だけの町」、高良留美子の「いのり」、高橋憲三の「予感」、金子以左生の「津波」、芳賀章内の「海底」、北條裕子の「悪食」、崔龍源の「三・一一狂詩曲《ラプソディー》」、藤谷恵一郎の「白い道」、片桐歩の「大震災の痕」、向井千代子の「賢者」、齊藤駿一郎の「3・11後　枕夢《ちんむ》」、狭間孝の「あれから二十四年過ぎたのですね」、日野笙子の「フェアリーテイル堂」、悠木一政の「言うな」、鈴木小すみれの「静かに」、渡辺理恵の「ピアノ線の林の中で」、せきぐちさちえ「壊れる」、三浦千賀子の「岡野くん」、山野なつみの「射る」、青木善保「大自然の触発」などの千数百年以上前の貞観大地震以来の未曾有の大災害であった東日本大震災への関りを、一人ひとりが自らの問題として作品にその思いを込めている。

二六〇名の作品を細かく論ずることは出来なかったが、大枠で紹介しようと試みた。ところで余談になるが私の父母・祖父母は福島県いわき市で農業をして暮らしていたし、その前は宮城県松島で船大工だったと聞いている。母の実家は海の近くだったので流されて、今は防潮堤の一部となっている。親戚の老夫婦は流されて死亡したと聞いている。妻は秋田県鷹巣町の出身であり、親族は今も東北に多く住んでいる。この『東北《みちのく》詩歌集』を編集することは、ある意味で東北の先祖を含めた民衆のまつろわぬ精神の底力を感じさせてもらい、逆に勇気づけられる思いがしたことだった。この『東北詩歌集』によって「東北」が様々な困難さを抱えながらも前を向き、東北六県の多様な存在感を発信し続けていることを知るきっかけとなってもらえるならば嬉しく思う。

Ⅳ　詩歌・アンソロジーの可能性

「困難な時代を詩歌の力で切り拓く」ことの試み

NHKラジオ深夜便「明日へのことば」の発言した原文

（当日の実際の肉声は、この原文を基にして玉谷氏の質問に答える形で、修正・省略・追加しながら語っているので、この原文通りではありません）

〇放送日時…二〇二二年十二月十三日（火）午前四時五分頃〜五〇分頃
〇タイトル…困難な時代を詩歌の力で切り拓く
〇出演者……詩人・出版社代表　鈴木比佐雄
〇質問者……NHKディレクター　玉谷邦博
〇略歴紹介…アナウンサー　中川みどり

中川　今日は「困難な時代を詩歌の力で切り開く」と題して、詩人で出版社代表の鈴木比佐雄さんにお話を伺います。鈴木さんは一九五四年東京荒川区生まれ福島県いわき市出身の祖父と父親は戦後の一時期まで石炭の卸業を営んでいました。鈴木さんは大学で哲学を学びながら詩を書き始め、一九八七年、三三歳の時に詩の雑誌コールサック（石炭袋）を個人で創刊しました。二〇〇六年には法人化しこれまでに多くの作家の詩歌集、小説、評論集などを発行しています。鈴木さんたちの編集で今年九月『闘病・介護・看取り・再生詩歌集』が発行されました。「パンデミック時代の記憶を伝える」と副題の付いたこの詩歌集、アンソロジーには古今の二四一名の作家の詩、短歌、俳句が納められています。コールサック社のアンソロジーとしては二〇〇七年の原爆をテーマにした第一詩歌集から数えて二〇冊目になります。「困難な時代を詩歌の力で切り開く」鈴木比佐雄さんにラジオ深夜便の玉谷邦博ディレクターがお話を伺いました。

玉谷　本日は宜しくお願い致します。新型コロナ下の三年間において鈴木さんの活動はいかがだったですか。

鈴木　宜しくお願い致します。私は新型コロナ禍においても出版活動は会社で淡々と行っておりました。ただ二〇年前からの韓国、ベトナム、中国などの詩人などとの交流が途絶えたことが残念なことでした。しかしその分は沖縄の詩人や詩人・作家たちと関係が深まって、沖縄に引き付けられるようになり、この五、六年で沖縄の詩人・歌人・俳人・作家の本を三〇冊刊行することが出来ました。今年の十月下旬にはこの二年間に刊行した十名の詩人・作家たちに集ってもらい、合同出版記念会・研究会を開きました。その時の四時間の記録を文字化して「コールサック」最新号に発表しました。今年は本土復帰五〇年でもあり、沖縄の戦後史を振り返る意味でも意義ある記念会になったと思います。また昨年の二〇二一年四月には福島県いわき市で「3・11から10年　福島浜通りの震災・原発文学フォーラム」を福島の詩人若松丈太郎さんと齋藤貢さん、作家の玄侑宗久さんや、日本ペンクラブのドリアン助川さんや桐野夏生さんたちと力を合わせて開催しました。またその数年前の二〇一八年には『沖縄詩歌集～琉球・奄美の風～』を、二〇一九年には『東北詩歌集――西行・芭蕉・賢治から現在まで』を刊行することによって、この福島・東北や沖縄を通して地域文化の多様性を強く感じました。

玉谷　今年刊行された『闘病・介護・看取り・再生詩歌集』の構想から発行までのエピソードや、序詩や章立ての考え方をお聞かせ下さい。

鈴木　その前に昨年二〇二一年は『地球の生物多様性詩歌集――生態系への友愛を共有するために』に少し触れさせて下さい。このアメリカの生物学者ウィルソンが提唱した「生物多様性」（バイオダイバーシティ）という言葉には、「バイオ」（生物）への「フィリア」（友愛）という「バイオフィリア」（生きものたちへの友愛）という意味が込められています。この生きものたちの「生命の危機」を我が事のように感ずる考え方は、宮沢賢治を始めとした多くの詩人や作家たちが、自らの作品の中に込めてきたと思われます。詩歌の物書きたちは、人類が経済発展のために地域環境を破壊し、この数百年に数多くの絶滅種・絶滅危惧種を作り出して来たことへの贖罪の思いを持っています。また根底にエコロジー的な、動植物などの生き物たちへの尊敬の念があり、それらを明らかにしようと思いました。もちろん私も石炭などの化石燃料を使用し続けて、炭素を排出してきた責任の一端を痛感しております。

今年の『闘病・介護・看取り・再生詩歌集――パンデミック時代の記憶を伝える』は、昨年秋頃に、来年も新型コロナの後遺症で、多くの人びとが苦しんでいくと想像し、少しでも病んだ人びとやその関係者の心を癒すことが出来ればと願い、構想しました。またその闘病や介護経験などの「パンデミックの記憶」を後世に伝えたいと考えました。地球の多様な動植物や生態系を破壊すれば、今回の新型コロナのように、人間にそのしっぺ返しが及ぶことは、明らかだという危機感もありました。新型コロナですでに世界中で約六〇〇万人が、日本でも約四万以上人が亡くなっています。この悲劇の記憶を残すべきだと考えました。

毎年、様々な困難な時代の世界の中で、来年は人びとにとってどういう社会的なテーマが切実であるかを想像しながら、時代を切り拓くようなテーマを提案しています。パンデミック時代を考えた時にヒントになりうるのは、百年前のスペイン風邪だと考え、宮沢賢治の詩集『春と修羅』の中の、詩「永訣の朝」が重要な作品だと直観しました。一九一八年に賢治の妹トシはスペイン風邪に罹りました。そんな要因もあり四年後の一九二二年に肺を病んで賢治に看取られながら亡くなりました。賢治の亡くなった一九三三年に初めてスペイン風邪がインフルエンザウイルスによって引き起こされたと医学的に証明されました。このスペイン風邪によって約四〇万人もの日本人が亡くなったと言われています。詩「永訣の朝」の冒頭の十二行と後半の八行を朗読を玉谷さんに読んでいただきたいと思います。

《「永訣の朝」　けふのうちに／とほくへいつてしまふわたくしのいもうとよ／みぞれがふつておもてはへんにあかるいのだ／（あめゆぢゆとてちてけんじや）／うすあかくいつそう陰惨な雲から／みぞれはびちよびちよふつてくる／（あめゆぢゆとてちてけんじや）／青い蓴菜のもやうのついた／これらふたつのかけた陶椀に／おまへがたべるあめゆきをとらうとして／わたくしはまがつたてつぽうだまのやうに／このくらいみぞれのなかに飛びだした／（略）／（うまれでくるたて／こんどはこたにわりやのごとばかりで／くるしまなえよにうまれてくる）／おまへがたべるこのふたわんのゆきに／わたくしはいまこころからいのる／どうかこれが兜《と》卒《そつ》の天の食に變《かわ》つて／やがてはおまへとみんなとに／聖い資糧をもたらすことを／わたくしのすべてのさいはひをかけてねがふ》

玉谷　私は教科書などでこの詩篇を読んだ気がします。当時何か悲しみのようなものを感じたことを覚えております。ところで詩は本来「個人の言葉」ですが、共通のテーマで書くことの意義はどのようなことですか。

鈴木　詩歌は「個人言語」から発しますが、心の深層を掬い上げることで、未来の「公的言語」（辞書の言葉）になる可能性を秘めた言葉の発端です。つまり言葉の構造は「個人言語」（パロール）が次の時代を創造する新しい言葉によって、「公的言語」（ラング）を豊かにする関係性が存在するのですね。

詩は個人言語ゆえに抒情詩が重要だと思われるかもしれませんが、それだけでなく、公的言語を使い歴史的な事実を記録し歴史を検証し未来の危機に警鐘を鳴らす叙事詩も存在します。優れた根源的な詩は、この抒情詩と叙事詩の両面を合わせ持った重層的な詩だと私は考えています。その意味で私は哲学者ハイデッガーの「詩は歴史を担う根拠である」という詩論には大きな影響を与えられました。

玉谷　アンソロジーは今年で二〇冊になるのですか。

鈴木　百人を超える大掛かりなアンソロジーは二〇冊位を刊行しました。創業した翌年の二〇〇七年に、二度と核兵器を使用させないという、詩人たちの思いを結集させて刊行した『原爆詩一八一人集』（日本語版と英語版）の二冊が初回です。それから毎年一冊以上は刊行してきました。当初は詩が中心のアンソロジーでしたが、二〇一八年に刊行した『沖縄詩歌集〜琉球・奄美の風〜』からは、短歌・琉歌・俳句・詩などの詩歌全般を収録しています。

始めに二〇〇七年に刊行した『原爆詩一八一人集』（日本語版・英語版）は、その十年前の一九九七年に広島の原爆ドームを浜田知章さんという戦地から帰還し広島・長崎の悲劇を知り核兵器廃絶の詩を書いて、その詩を世界に発信すべきだという詩人と一緒に訪ねたことがあります。その際に被爆地を歩き回り「原爆詩集」の構想を抱いたのです。実現まで十年近くかかりました。浜田知章さんは二〇〇八年に亡くなりましたが、何とか浜田さんの思いを形にすることが出来ました。この峠三吉、原民喜、栗原貞子などの被爆した詩人たちから、被爆はしていないが核兵器を廃絶したいと願った浜田さんのような一八一名の詩をあつめました。その日本語版の原爆詩集は、八月六日奥付で刊行されました。刊行されるや「天声人語」をはじめ五〇紙に取り上げられてひと月で初版が完売し、二版目は今でも、広島・長崎の原爆資料館や書店やネットなどで販売されています。英語版はその年の十二月に刊行し、国連の広島にある日本支部にたくさん英語版を寄贈しました。国連の関係者は広島に来日するとこの詩集を読んでいると聞いています。宮沢賢治学会は、この二冊にイーハトーブ賞奨励賞を受賞させてくれました。世界中の人びとの幸せを願う賢治の平和の精神を世界に発信したという授賞理由は、当時とても勇気付けられました。その意味でアンソロジーを企画編集する時には、いつも賢治ならこの時代でどんなテーマで詩を書くだろうかと、問うようになりました。英語版を読んだアメリカの「核時代平和財団」会長で詩人のデイヴィッド・クリーガーさんは刺激を受けて、連作の原爆詩を「コールサック」に執筆し、その長崎の被爆者からから取材した日英翻訳詩集『神の涙』は二〇一一年に刊行されました。その詩集は版を重ね長崎の平和記念館で今もロングセラーになっています。クリーガーさんはノーベル賞を受賞した「核兵器禁止条約」を提唱したＩＣＡＮの創設にも関わっています。その意味でこの被爆者たちの思いを代弁した『原爆詩一八一人集』英語版は、世界の核兵器廃止運動に少しは寄与していると考えています。

玉谷　第一回は「原爆詩」だった。ウクライナ情勢において、今まさに切実なテーマのように思われますが。

鈴木　ロシアのウクライナ侵略が引き起こした問題で最も深刻な問題は、広島・長崎以外では二度と原爆を使用しないという被爆者たちや人類の願いが無に帰して、ロシアによって原爆が使用されるかも知れないことと、ウクライナの原発を攻撃して、メルトダウンが引き起こされるかも知れないという危機が高まっています。私は『原爆詩一八一人集』の増補版として被爆八〇年の二〇二五年には、タイトルは変更になるかも知れませんが、『原爆詩三〇〇人詩集』を構想しています。「核兵器禁止条約」や原発の核廃棄物の問題などを含めて、持続可能な地球環境を再生する観点で、詩人・俳人・歌人たちに執筆して欲しいと考えております。出来るなら英語版も刊行し再び世界に発信したいと考えています。

玉谷　それ以外のアンソロジーで特に話題になったものはありますか。

鈴木　二〇〇九年に刊行した『大空襲三一〇人詩集』は、無差別な大空襲の扉を開いた日本軍の上海空襲、重慶空襲から始まり、ヨーロッパでのスペイン空襲、ロンドン空襲、ドレスデン空襲、そして東京大空襲など世界中の空襲・空爆についての詩篇を集めました。坂本龍一さんに帯文などを頂いた二〇一二年の『脱原発・自然エネルギー２１８人詩集』は、日本語と英語翻訳の合体版で、海外の大学などから購入もありました。アメリカのオレゴン州の詩人が来日し、二一八人から五〇人を選びアメリカ版を刊行したいと言って下さり、それは実現されて類例のない本だと言われてアメリカの出版賞の候補になったと聞いています。戦争と平和を問うアンソロジーはその後も何冊か刊行しました。

その後に二〇一六年に刊行したいじめなどで苦しむ子供たちや働き過ぎの教師たちの学校現場を励ます『少年少女に希望を届ける詩集』を刊行しました。ＮＨＫや大手新聞にも取り上げられて大きな反響を呼び、学校現場の教師や親御さんから求められて、三版を重ねています。二〇二〇年に新型コロナが始まり学校が休校になった頃には、この詩集一〇〇〇冊を学童保育所、子ども食堂、子供に読み聞かせをする団体、介護施設などに、無料で寄贈することのニュースリリースをマスコミに送ったところ、大手新聞社が紹介をしてくれ多くの子供たちのいる施設に届けることができました。

それから二〇一八年には『沖縄詩歌集～琉球・奄美の風～』と二〇一九年には『東北詩歌集――西行・芭蕉・賢治から現在まで』の二冊から地域文化を様々な視点から見詰め

た詩・俳句・短歌の詩歌集となりました。『沖縄詩歌集』は吉永小百合さんと坂本龍一さんが二〇一九年一月に沖縄で開催したチャリティーコンサートで、その中から六篇を吉永さんが朗読し坂本さんが伴奏してくれました。私と朗読された詩人たちは目の前の席で吉永さんの朗読と坂本さんのピアノ演奏を生で体験し、その光景は今でも決して忘れることが出来ません。二〇二〇年には『アジアの多文化共生詩歌集――シリアからインド・香港・沖縄まで』では、日本の俳人、歌人、詩人たちがアジアの四十八ヵ国の様々な土地を訪れて、そこで感じたことを作品に残していて、異国の暮らしに触れて日本人が誠実にアジアの多様な地域文化向き合う思いに撃たれました。

玉谷　『闘病・介護・看取り・再生詩歌集』の装丁のカバー挿画にエドヴァルト・ムンクの「病める子」を採用したのはなぜですか。

鈴木　ムンクが描いた橋の上で恐怖の表情をした「叫び」は、世界中の人が知っていると思われます。第一章の沖縄の八重洋一郎さんの詩「叫び」には「危うい希望の橋の半ばで／大絶叫を聞いている」とあります。八重さんは、いま現代人はムンクの「叫び」以上の、不安や絶望の「大絶叫」を聞いているのではないかと指摘します。そんなムンクの絵に病んだ姉と傍らで悲しみに打ちひしがれている叔母の絵があることを知りました。この絵こそ今回のテーマを象徴していると考えて管理している財団にお願いして装画に使用させてもらいました。

玉谷　このアンソロジーの解説文でハイデッガーの哲学を論じながらその意義を語っています。ハイデッガーの哲学とはどんな哲学で、また今回の詩歌とはどのような関係があるのですか。

鈴木　二〇世紀で最も影響力のあった書物として、ドイツの哲学者ハイデッガーの『存在と時間』があげられます。ハイデッガーの哲学は「存在」を問う存在論だと言われています。分かりやすく言いますと、私たちはよくあの人には存在感があるとかオーラがあるとか言いますね。「存在」とはそのような存在者の背後にある何かエネルギーを発する「輝き」だと思われます。ハイデッガーは私たち人間が本来的にはこの世界に投げ出された存在者の「存在」に驚き、それは不思議で奇跡的なことだと感じて、「存在」への問いを発する「現存在」であると言います。またハイデッガーは人間が日常的には「世界内存在」という世界の意味の連関の中に投げ出されていて、道具を使用し生かされる非本来的な「共同存在」でもあると言います。しかし「存在」は本来的な「時間」を生きる有限で実存的な「存在」、つまり「死に臨む存在」なのではないかと言います。ハイデッガーの「時間」とは存在者が本来的な「存在」になろうとする「現存在」の精神的な働きであると思われます。ハイデッガーの詩論『乏《とぼ》しき時代の詩人』の中では「存在者の存在は意志である」とも明言しています。つまり「存在」とは「死に臨む存在」の自分の有限な「時間」を「言葉」にして生きる「意志」だと私は解釈しています。ハイデッガーには「言葉は存在の家である」という有名な言葉があります。存在感のある存在者には、強い「意志」が宿った「言葉」が感じられて、エネルギーの「輝き」を感じてしまうのだと思われます。

例えば、先程の賢治の詩「永訣の朝」で、賢治は妹のトシの「あめゆじゆとてちてけんじや」という魂の言葉を胸に刻みます。そしてその言葉を自らの生きていく指針として「おまへとみんなとに聖い資糧をもたらすやうに／わたくしのすべてのさいはひをかけてねがふ」と言い、「妹とみんな」に幸いをもたらす詩や童話を残そうと誓って実践したように思われます。この賢治の仏教的な慈愛に満ちた言葉は、ハイデッガーの言う「良心をもとうする意志」に近いものだと私には思えるのです。賢治の言葉の家に入っていくと私たちは本来的な「存在」に気付かされていくのでしょう。ハイデッガーの哲学の言葉は、存在論的な「理性の言葉」ですが、賢治のような詩人の「魂や心の感性の言葉」と深くつながっていると私は考えています。

玉谷　『闘病・介護・看取り・再生詩歌集』のその他の詩篇も紹介して下さい。

鈴木　第一章「闘病⑴パンデミック」の中で、**村山槐多**の詩「死の遊び」では「私のおもちゃは肺臓だ／私が大事にして居ると／死がそれ、をとり上げた」、と一九一九年にスペイン風邪で二十三歳で亡くなった天才的な画家でもあった槐多の死生観を示しています。

「闘病⑵わが平復を祈りたまふ」の中で、沖縄の**玉城寛子**さんの短歌では、『残照のごとく内耳に谺する「僕も頑張る、君も頑張れ」と』、このように心臓を患う作者と胃を患う夫が、極限でも励まし合う愛に満ちた言葉になっています。

「闘病⑶やわらかいいのち」の中で、**谷川俊太郎**さんの詩「やわらかいいのち　思春期心身症と呼ばれる少年少女たちに」では、「あなたは愛される／愛されることから逃れられない／たとえあなたがすべての人を憎むとしても」、このように少年少女たちの「やわらかいいのち」に愛情深く語りかけています。

第二章「介護⑴障子明けよ」の中で、島根の詩人の**梶谷和恵**さんの詩「抱っこ」では、『「抱っこ」と、／母が言う。／まあるい澄んだ瞳の、／母が言う。（略）お母さん。／今、／何が見える？／／お母さん。／今、／温かいよ。』、と母の体温と母への感謝を全身で感じ取っています。

「介護⑵車椅子日和」の中で、東京の**川村蘭太**さんの俳句では、「朝粥を冬日にまぜて今日始まる」と、失明した妻を介護する川村さんは、朝粥に季節の陽光から生まれた野菜などを入れて、妻に朝食を食べさせて介護の一日が始まるのでしょう。

　第三章「看取り⑴母の窓辺に」の中で、京都の**淺山泰美**さんの詩「灰色の瞳」では「逝く母の目の縁《ふち》の凝《こご》った涙をぬぐう／満月から二日目／母の亡骸《なきがら》と二人きりの夜のひととき／うすい唇にさす紅」、と一人っ子の淺山さんは長い介護の末に、母との最期の夜を過ごし、死に水を取り、その唇に母が好きだった紅を引いたのかも知れません。

　「看取り⑶レモン哀歌」の中で、**金子兜太**さんの俳句では「どれも妻の木くろもじ山茱萸《サンシュユ》山法師」「合歓の花君と別れてうろつくよ」、と兜太さんの俳句活動の同志であった妻が育てていた樹木をうろついて亡き妻と対話していたのだと思われます。

　第四章「葬い・鎮魂⑴春日狂想」の中で、**中原中也**の詩「春日狂想」では「愛するものが死んだ時には、／自殺しなけあなりません」、と本当に愛する人が存在しなくなった世界に、住みたくないという痛切な思いを中也はこのように語りました。

　「葬い・鎮魂⑵螢呼ぶ」の中で、**黒田杏子**さんの俳句では「兄に逢ふ弟に逢ふほたるかな」「母のこゑほうたるを呼ぶ母のこゑ」、と兄弟と母と見た螢の光景が甦り、家族が亡くなった後には、螢を見かけると家族の魂が自分に逢いにくるように感じられるのでしょう。

　最終章の「再生――サヨナラは悲しみにあらず」の中で、**かわかみまさと**さんの実は詩「サヨナラは悲しみにあらず」では、「ぽつねんと消える／サヨナラは悲しみにあらず／老いて死ぬは／またとない仕合わせ」、と沖縄の宮古島出身の医師でもあるかわかみさんは、数多くの「死に臨む存在」の治療活動に専念してきた経験から、「老いて死ぬは／またとない仕合わせ」と人間の尊厳を物語っているのだと思います。

　これらはとても重たい今日的なテーマですが、実は数か月前に東京の流通センターで開かれた若者たちが五千人から六千人も集まる「文学フリマ」に参加しました。私の出版社も今回も参加し、若者たちが詩・短歌・俳句などの作品を持ってくれれば、講評しますと知らせたところ十三名ほど集まりました。十代から二十代の若者の作品をその場で読み一人に二〇分位の時間を取って、私なりの読解を伝えます。その若者たちのテーマの根底にも家族を失くしたり家族や親しい人が苦しむ今回の詩歌集のような重たいテーマを読み取ることができます。つまりこのようなテーマは普遍的で根源的なテーマであり、詩歌はそのテーマを詠む有力な表現方法なのだと思います。

玉谷　鈴木さんの二〇二三年以降の目標をお聞かせ下さい。また困難な時代の中で生きる人びとに伝えたいことを語って下さい。

鈴木　来年は『多様性が育む地域文化詩歌集――異質なものとの関係を豊かに言語化する』を公募していくことにし、すでに十二月初めに「コールサック」で呼びかけを開始しました。この「多様性」では「地理的多様性」、「生物多様性」、「文化的多様性」などが深いつながりを持ち、この世界の「多様な地域文化」である暮らしをいかに活性化させることができるかを、詩歌で挑戦して欲しいと願っています。これからはいかに地域文化の価値に気付いて、多様性に満ちた新たな地域文化を創り出せるかが重要な気がします。私と同じように実作者である若い俳句担当・短歌担当・詩担当の編集者たちも育ってきています。彼らと企画・編集を相談しながら実務を行っています。多くの詩歌などの文学を志す人たちの思いをこれからも支援していきたいと思っています。アンソロジーを試みながら、いつか「現代の万葉集」のような詩歌集を多くの人びとの力を結集して編集し刊行したいと願っています。

ところで、賢治の暮らした花巻周辺には、賢治に匹敵するような強靭な「意志」をもった人物が出現しました。それは花巻東高校出身の大谷翔平さんです。これほど自分の理想とする二刀流という「存在」に向かって持てる時間を今生きている人は数多くいないでしょう。それが世界の人びとの心に感動を与えています。ただ私は大谷翔平さんのような若者たちは無数にいると考えています。今一番必要なことは、不可能と決めつけないで、多様な才能を伸ばせる環境をいかにその分野の専門家たちが支援・提供するかだと考えています。様々な分野やその分野が他の分野と重なる未開拓の領域で、新しい才能を発見する試みがなされるならば、若者たちの未来はきっと挑戦しやすく生きやすい本来的な「時間」が過ごせるものと考えております。

私は哲学・文学・出版の分野が重なる領域で生きてきましたが、その三つの分野にまたがる未知なる領域をさらに広げたいと、これからも微力ですが、私の「存在」の在りかを探求していきたいと考えています。

玉谷　本日はありがとうございました。

アジアの創造的「混沌」を抱え込んだ詩歌

『アジアの多文化共生詩歌集――シリアからインド・香港・沖縄まで』

1

アジアとはヨーロッパの東の端から、トルコ以東を指し広大なユーラシア大陸とその果ての島々を示していた。仮にヨーロッパが光であるのならアジアは影や闇のような恐れを抱かせるまだ見ぬ異なる文化・文明の国々であったのだろう。東洋思想と西洋思想に横たわる根源的差異があるとすればどのようなものかを問う時に私に想起されるのは、『コーラン』の翻訳などイブヌ・ル・アラビーのイスラム学はもとより、老荘思想、仏教などあらゆる東洋思想を原語から読解して、その思想哲学の根底に横たわり来るべき東洋思想を構想した井筒俊彦の著作集9『東洋思想』の「四　混沌」の左記のような論考だ。

《勿論、ニーチェを始めとして、個々の例外的ケースは、挙げようと思えば幾らでも挙げることができようが、より一般的にいえば、西洋思想はカオスを嫌う。カオス拒否、「混沌」にたいする根強い恐怖とでもいうべきもの、が西洋人の心情の中核に綯いこまれているかのように思われる。／そして、この場合、カオスの恐怖は、真空あるいは虚無に対する恐怖でもあるのだ。さきにも一言したように、カオスは「無」に直結している。存在の内的無分別、無分別は、もう一歩進めば、忽ち存在の「無」になってしまう。この「無」を西洋人はまったく否定的・消極的な意味での存在否定、つまり虚無と解する。十九世紀、はじめて大乗仏教の「空」「無」の思想に触れた西洋の哲学者たちは、仏教をニヒリズムとして理解した。（略）／「無」を「虚無」と同定し、それをまた実存的に死と同定する西洋的思想傾向に対立して、「無」（あるいは「空」）を「有」の原点とし、生の始原とする考え方が、東洋の思想伝統では重要な位置を占める。この考え方を、古来、東洋の哲人たちはヨーガ的瞑想体験を通じて開発し、それを宗教的に、哲学的に、あらゆる思想の分野で展開してきた。（略）／コトバの存在喚起力（存在文節機能）については前に触れた（「光あれ！」）。絶対無分節的意識においては、いうまでもなく、コトバはまったく働いていない。意識のこの無分節的深層の暗闇の中に、コトバの光がゆらめき始める。いままで「無」意識だった意識が、自らを意識として分節し、それを起点として、存在の自己分節のプロセスが始まる。そして、その先端に、万華鏡のごとき存在的多者の世界が現出する。／意識と存在の形而上的「無」が、こうして意識と存在の経験的「有」に移行する、この微妙な存在論的一次元を、荘子は「混沌」と呼ぶのだ。東洋思想の「混沌」は西洋思想の「カオス」に該当する、と私は前に書いたが、たとえ両者が表面的には同一の事態であるにしても、それの評価、位置づけは、東と西、まったく異なる。現に、荘子のような思想家にとっては、「混沌」（究極的には「無」）こそ存在の真相であり深層であるのだから。（略）／このカオス化の操作は、今日の哲学的な述語で言い表わすなら、「解体」ということになるだろう。言語の意味分節的システムの枠組みの上にきちんと区分けされ整頓されている既成の存在構造を解体するのだ。荘子自身はこの操作を「斉物《せいぶつ》」と呼ぶ。「斉物」とは、字義通り、（全ての）物を斉《ひと》しくする、の意。物と物とを区別する境界線を、きれいさっぱり取りのけてしまう、ということ。（略）／だが人が、ロゴス的差別性の迷妄から脱却して、純粋に「一」の見所から存在を見ることができるなら、その時、人は「多」は「多」でありながらしかも「一」であること、つまり、万物は万物でありながらしかも根源的に「斉《ひと》」しいことを覚知するだろう。「多」が「多」でありながらもしかも「一」、「有」が「有」でありながらしかも「無」。常識的には論理的矛盾としか思えないこの存在論的事態を、荘子は「混沌」という語であらわそうとするのである。荘子の全哲学は、「混沌」の一語に集約される。》（初出：筑摩書房『国語通信』一九八四年十月号）

井筒俊彦はこの箇所ではイスラム哲学のイプヌ・ル・アラビーの「新創造」には触れていないが、荘子の「混沌」とジャック・デリダの「解体」などと共にその思想哲学が究極的は同じものであることを論じている。三〇ヵ国語を理解し戦後の思想哲学者の中で最も世界の思想哲学に通じていてその博学を基にして、根源的な東洋哲学の新たな展開を過去の思想価値に敬意を抱いた魅力的な文体で試みたと、私は井筒俊彦に深く敬意を抱いていた。この戦後に東洋哲学の根源的な課題を解明していった哲学者である井筒俊彦の慶応大学時代の師は、西脇順三郎であり、実はその詩論集から強く影響を受けていることが理解できる。例えば西脇の詩論の中で「結局、すべては現実である。存在するものも存在しないものも現実である。／西洋流の哲学は有の哲学で、東洋の哲学は無の哲学である。けれども、どちらも現実の哲学である。／有を感じる現実と、無を感じる現実であるにすぎない。／自分は詩情としては、無を感じさせる現実を好む。」（「詩の幽玄9」）などの箇所を読めば、西脇が直観的に自らの主観的な問題として記述した「無を感じさせる現実」に影響を受けて、井筒俊彦は多くの東洋の思想哲学を原語で読解して、最終的には荘子の「混沌」

であり「斉物」であるとその根拠をある意味で共同主観的に論証していったように考えられる。私のこの井筒俊彦の〈「多」が「多」でありながらもしかも「一」、「有」が「有」でありながらしかも「無」。〉という思想哲学は、多くの詩歌などを生み出す文学者の詩的精神に内在化されていると、実作の中に共有される何かを読みながら感じていた。結局のところ井筒俊彦が、東洋哲学と西洋哲学の根底に根源的な詩的精神ともいえる東洋の共同主観的な「混沌」が内蔵されていることを明らかにしていったと私は高く評価している。

以上のような考えが根底にあり構想されたのが、昨秋の「コールサック」（石炭袋）99号で次のような呼び掛け文で公募された『アジアの多文化共生詩歌集―シリアからインド・香港・沖縄まで』だった。冒頭の部分を引用してみる。

《現在、日本人はアジアという多文化で重層的な地球の人口の60％を占める観点から自らを問われている気がする。アジアという他者であり、自らも実は極東のアジアの一員であることを自覚させられる詩歌を見出し、それらしなやかに結集させたアンソロジーを構想したいと考えている。ユーラシア大陸の極東の島国で、少子高齢化で人口も少しずつ減りだした日本は、トルコ以東の西アジア、インド・パキスタンなどの南アジア、ロシア・モンゴルなどの北アジア、ベトナム・フィリッピンなどの東南アジア、韓国・中国などの東アジアを含めた広域のアジアの四十八ケ国（約四十四億人）との交流や、国家間・民間レベルの交易などによって、最も豊かな恵みを得ている国の一つだろう。もしそれらの国々に触れた経験があるなら紹介したり、文化的に関わったりしたことを詩歌で書かれているのならぜひ作品を寄稿して頂きたい。（略）》

このような内容の公募趣意書に共感して下さった寄稿者たちの作品と編集部推薦作品の二七七名の詩・俳句・短歌から本書は成り立っている。全体の構成は、十章（西アジア、南アジア、中央アジア、東南アジアⅠ、東南アジアⅡ、北アジア、中国、朝鮮半島、沖縄、地球とアジア）に分けられている。

2 「西アジア」

一章「西アジア」の冒頭には、「ギルガメシュ叙事詩（すべてを見たる人）」の「第十の書板」が収録されている。この『ギルガメシュ叙事詩』は粘土書板に楔形文字で残されていた世界最古の叙事詩と言われ紀元前三千年位まで遡ることができ、最古の写本は紀元前二千年頃でありその十二書板には三六〇〇行あったと言われるが、現存しているのは二〇〇〇行だけだ。文明発祥の地のメソポタミアに数千年間栄えたアッシリア・バビロンの両国は、地中海のギリシャなどの勢力によって歴史の闇に消えていった。しかし『ギルガメシュ叙事詩』は、その後のヨーロッパの詩の歴史の源泉となった紀元前九世紀に作られた古代ギリシャのホメーロスの『オデュッセイアー』にも、同じ神々に試されて苦悩する人間の魂の在りかや、それでも勇敢に生きようとする英雄譚でもある叙事詩の系譜として、何らかの影響を与えたに違いない。その意味では古代ギリシャの文学の深層には『ギルガメシュ叙事詩』の影響があるとするならば、西洋の深層には西アジアの精神性が潜んでいると考えることは不思議なことではないだろう。つまり西洋（ヨーロッパ）の深層に東洋（アジア）が内蔵されていると詩的精神や思想哲学的な観点からは言えることができるだろう。『ギルガメシュ叙事詩』には神話的な要素もあるが、生々しい「死すべき人間」の葛藤やそれでも生き抜こうする思いが描かれている。紀元前数千年前にこのような叙事詩が口誦で伝えられて数多くの版が作られていたことは、人間の想像力や苦悩する精神世界は五千年前と実はあまり変わっていないことを示している。その古代人の精神世界から始まり、次のような現代の作者が西アジアで感受したことを様々な表現力で語っていく。

次の西アジアの作品において、現代の俳人・歌人・詩人たちは西アジアの地を足で歩いていることが分かる。宮坂静生の句「断食《ラマダン》のはじまる夜明け鳥渡る」では、断食の月に夜明けから日没まで水も食事も取らないイスラム教の教えを守るトルコの人びとを渡り鳥に重ねている。片山由美子の句「一日の終りの祈り冬薔薇」では、イランの人びとの祈る姿を冬薔薇に喩える。つつみ眞乃の句「中村医師の砂漠の青史とこしなへ」では、アフガニスタンで民間で医療活動や灌漑事業を行った中村医師の偉業が語り継がれることを願っている。太田土男の句「戦傷のシリアの母子やいわし雲」では、タイトルが「シリア一九九一年回想」となっているので、「戦傷のシリアの母子」はイスラエルから追われ隣国レバノン内戦からも逃れたパレスチナ難民であったかも知れない。永瀬十悟の句「夕焼に染まる岩石聖書の地」では、旧約聖書に出てくるヨルダン川やアンモン人のことを想起しているのだろう。長嶺千晶の句「風死すや地雷の眠る道白く」では、かつてはシリア高原と言われ今はイスラエルに実効支配されていてゴラン高原の緩衝地帯に埋められている地雷の道の恐怖感を伝えている。堀田季何の句「マッカとは北極よりも動かざる」では、メッカではなく正式な英語表記の発音を記した「マッカ」が用いられ、今も世界中のイスラム教徒から日に五回「マッカ」

の方角に礼拝されていることを「動かざる」と記している。**栗原澪子**の短歌「写真なる哲さんの髪霜をまし滔滔たるマルワリード用水路に月高し」では、中村哲氏がアフガニスタンの農民・地元民と一緒に築いた二十四ｋｍもの用水路を月が賛美していると物語る。**藤田武**の短歌「アフガンに爆破されたる子の片足あまりに細し地《つち》に立つには」では、子供たちの未来や希望を奪う地雷や爆撃の悲劇が足元から立ち上がってくる。**福田淑子**の短歌「無差別のテロ全身が泡立ちて細胞膜の千切れる音す」では、聖戦《ジハード》の自爆テロの当事者や巻き添えになった人びとの細胞の千切れる音を聞き取ろうとする。**小谷博泰**の短歌「引き裂かれ切りきざまれたと字幕出るクルド部隊の女兵士は」では、祖国を持たないクルド民族の若い女兵士の悲劇を書き残している。**新藤綾子**の短歌「含羞《はにか》める少年はトルコ桔梗の花束を吾に差し出すメルハバメルハバ」では、恥じらう少年がトルコ桔梗を「メルハバ（こんにちは）」と言いながら渡して、それに「メルハバ」と応える作者の自然な振る舞いが爽やかだ。

詩においては、**デイヴィッド・クリーガー**の詩「イラクの子供達には名前があった」では、米軍の爆撃で殺された子供達を悼み「イラクの子供達には夢があった／彼等は夢のない者達ではない」と子供達の尊厳を突き付けている。**永井ますみ**の詩「未来の兵士」では、湾岸戦争で「劣化ウラン弾」を扱う米兵たち全てが、帰国後に障がいを抱える子供を産まないために戦争に向かう際に精液を採取し「凍結された精子」を保存させられたことを問うている。**結城文**の詩「地雷埋設地帯の鹿」では、『「危険　地雷埋設地帯　立ち入り禁止」の標識（略）／煉瓦造りの廃墟―／元シリア軍陣地跡（略）／飛び乗ったりしながら／遊んでいる／イスラエルの鹿だそうだ』とかつてはシリア高原で現在はゴラン高原と言われる紛争地帯で暮らしているのは鹿などの動物であり、戦争の虚しさを物語っている。**みもとけいこ**の詩「神風」では、「イラクの神風が／日本の風景を黄ばませる」と言われた湾岸戦争時の〈「黄色い闇」と表現された砂嵐〉により西アジアとのつながりを再認識する。**洞彰一郎**の詩「暮秋」では、「さあ、こよいは／ルバイヤートを枕に／旅人《たびと》の歌を讃え／この世との／訣別の祝杯を干すのだ」と「ルバイヤート」というアラブの四行詩が永遠に向かう際に読まれるべきものと語られている。その他では**岡三沙子**の詩「旅と焼き栗　地下宮殿の美少女―イスタンブール」では「ブルー・モスクのミナレット（尖塔）が／紺碧の空を穿つ／トルコ国の象徴に見とれる」と記す。**ひおきとしこ**の詩「いのりの地　イスラエル」では、「ヴィア・ドロローサ　石ころの坂道は往時のまま　枯れ／老いた夫人は　先ほどからひざまずいて祈る」とキリストが十字架を背負った道に佇むのだ。井上摩耶の詩「ハヤという花」では、〈国境をこえて／無くした茎や花びらの為に／風を使って／飛ばしたのだ／「愛」という自分の中に溢れる想い〉とハトコのハヤがシリアの手足を無くした子供たちに義足や義手を支援するＮＰＯを立ち上げたことを讃えている。村尾イミ子の詩「らくだ色のコート」では、〈サファヴィー朝時代には／「イスファハンは世界の半分」といわれたほど／繁栄をきわめていたそうだ〉とかつて夫と訪ねた街を回想し夫を偲んでいる。郡山直の詩「アラブ文化覗き見」では、「今でも忘れることはできない／バビロンのあの小鳥も／バクダッドの市中を流れているチグリス川の魚たちも／あどけない駱駝の子どもたちも」と、湾岸戦争前のアラブ世界の詩祭であった詩人たちの無事を願っている。比留間美代子の詩「トルコの町角で」では、「大柄な太ったトルコ人」が、「アイスクリームを手品のように操って／売り手と買い手とで／楽しんでいた町角の小店」でトルコの暮らしを垣間見ている。斎藤彰吾の「バビロンの羊」では、「バビロンの森は／戦争のたびにいくつもこの世から姿を消した」と紀元前三千年に栄えたティグリス・ユーフラテス河流域のバビロンを思い起こす。苗村和正の詩「雨あがりの公園で」では、「戦火であけくれるシリアでは／くすぶる瓦礫のなかにかろうじてたつ少女が／小さな妹をすくいあげんとして」と報道写真を読み取る。岡村直子の詩「貸借対照表（令和元年度）」では、〈医師である前に／マッタキニンゲンデアッタ／「中村哲」／ココロの遺産が宙をカケメグル／／シンデナンカイマセン〉と「ココロの遺産」を心で感じている。若松丈太郎の詩「くそうず」では、「石油戦争はこれからもしばしば企てられよう／／われわれの文明は石油の海に漂う難破船だ／船体のあちこちに亀裂が入って／西山町草生水ではいまも原油が滲出する／われわれのはるかなご先祖の死骸から／臭水油《くそうず》がじっとりと滲出する」。

3「南アジア」

二章「南アジア」の冒頭は、紀元前一〇〇〇年〜六〇〇年ごろには作られたと言われる『リグ・ヴェーダ讃歌』から始まっている。一〇二八篇あると言われている中から「リグ・ヴェーダ讃歌―サラスヴァティー河の歌」が収録されている。その中の六「ヴァシシュタ（詩人の名）はここに汝のため、サラスヴァティーよ、天則の扉を開けり、恵み深き神よ、うるわしき神よ、讃美者に報酬を増し与えよ。―汝ら（神神）はつねに祝福もてわれらを守れ。」を読めば解かる通り、詩人が河を聖河として崇め、河は神々となって人間を祝福するという相互関係を築いていたことには驚かされる。これらの「リグ（讃歌）」・「ヴェーダ（知識）」によって宇宙創造を詩作し、さらにウパニシャッド哲学の帰一思想にも影響を与えた文学になったのは、尽きることのない詩的精神の源泉が存在していたからだろう。タゴールの「私の子供　おさな児　シバ神よ」（水崎野里子訳）では、「おお　シヴァ　幼子の神よ／知れ　私を　お前を愛する者と／お前の踊りの弟子と／教えてくれ　私に　解脱の知恵を」などのように太陽の光を神格化した神との豊かな対話が続いていく。黒田杏子の俳句「地に坐せばサリーかがやく胡麻を打つ」では、南アジアの国々の民族衣装サリーをまとった女性たちが、地に坐して働く姿を光り輝いていると伝えている。影山美智子の短歌「〈ナマステ〉と歓迎の意かおびゆるか牛の瞳《め》ひらく真夜埃道」では、「ナマステ」というインドやネパールで交わされる挨拶の言葉で、合掌して言われるらしいが、初対面なので歓迎と同時に複雑な感情が表現されている。葛原妙子の短歌「アジャンタの褐色の仏は水底の貝のごとくに薄目をひらきゐき」では、作者は仏陀の内面に肉薄しようと薄眼の中を覗いているかのようだ。淺山泰美の詩「青い罌粟《けし》」では、「沈みはじめた月の光に蒼い罌粟の花びらが幽かに顫《ふる》えている」とヒマラヤンブルーと言われる青い罌粟が月光の中で神秘的に輝いている。坂田トヨ子の詩「ネパールで」では、「街角の至る所に神殿やパティがあって／早朝には敬虔《けいけん》な祈りの時を持ち」とネパールの祈りに満ちた日常に共感を示している。佐々木久春の詩「出羽からヒマラヤへ―雲南のゆめ混沌」では、「カカルポ白く／あえぐ息の中で安らかに／バターの灯明を／香格里拉《シャングリラ》に見る／松贊林寺《しょうさんりんじ》の朝／遠く続く高原には／青ムギとヒマワリがゆれる」と桃源郷に紛れ込んだような情景を想起している。大村孝子の詩「ヒマラヤを越える鶴」では、「シベリアから印度まで数千キロ」を「鶴の一群はただヒマラヤを越えていく」と鶴の崇高さを伝えている。永山絹枝の詩「インドへの道」では、「差別撤廃の運動と真理の堅持／「サティヤーグラハ」の思想／真理が我らを自由にする／決して暴力に訴えず寛容さで」とガンジーの非暴力抵抗運動の思想を紹介する。髙橋紀子の詩「バクシーシー（喜捨）」では、「ほら　見て下さいよ／お腹をすかせて泣き止まない／―バクシーシー／おねがいですよ／お慈悲を」と言われて、一ルピーを落としてしまい、それを拾う青いサリーの女の眼の生きること痛切さを忘れることができない。菅沼美代子の「掲げる」では、「チベット高原の人々は／タルチョという旗に／ことばや　文字や　絵をかき／天に届くように掲げる／と　歓びの歌声が大地に響き渡る」と小児科病棟の少年の願いを伝える。室井大和の詩「天心とタゴール」では、「我を揺さぶる潮騒／白波が騒ぐ／天心の魂よ／タゴールの哲学よ／我の澪標となれ／松脂の香りがする五浦の海よ／蒼天よ／琥珀色の太陽よ」と茨城県五浦での岡倉天心とタゴールとの友情を伝える。**星野博**の「マドラスの熱狂の夜」では、「感情のすべてを出して映画を楽しむこの国の人たち／本当にうらやましい（略）／外はベンガル湾からの涼しい風／子供たちが親と手をつないでうちに帰って行く」とインドでの映画鑑賞の一夜を物語る。**日高のぼる**の詩「サラーム」では、「おはようもこんにちはもこんばんはも／あいさつはサラームという国／パキスタン」と「平和への道を歩むアジアの友人へ」エールを送っている。**万里小路譲**の散文詩「マザーテレサの願い」では、「貧しい国々の多くの貧困にもまして、富んだ国の貧困がいっそう貧しい。互いにほほ笑みあう社会を実現するにはどうすればいいのか」とわずか二枚のサリーをまとったマザー・テレサが残した実践思想を問いかける。**亀谷健樹**の詩「獅子吼《ししく》」では、「ヴァイシャリの／アショカ王石柱の／絶頂の獅子は／なぜか東方に向かって　吼える／／佛教東漸《とうぜん》の告知か／いや　常に呼びかけてくる声／私を確かに呼び寄せるもの」と僧侶である作者が仏教の原点を辿る。**香山雅代**の詩「なにかが　ほんのすこし」では、「持続する主音／寸分　狂わぬ　右手が／打ち　つづけるシタールの韻の中心に／身を　しずめている」と北インドのシタールや竹製横笛バーンスリーの世界に誘ってくれる。**間瀬英作**の「ユーラシア劇場の人びと」では、「シッキム固有の民は普通レプチャと称せられる蒙古人種の末派である」が、「ぼくにとってのレプチャとは、高所のハイキングに不慣れなぼくたちの荷物をゾッキョ（牛とヤクの混血）の背に載せたりじぶんでかついだりする人」と言い、その最後の王について語っている。**小田切勲**の詩「サム砂丘であったこと」では、「まわりには瞬時に多民族の人々の輪輪／雑多なかけ声／手拍子　足踏み／ヒゲ面　ターバン鮮やかなサリーがひるがえり／ヨーロピアン　太ったのやせたのが　混じりあい／砂ぼこりが舞いあがり」と砂漠の上での自然発生的な国境を越えた交流を描いている。**松沢桃**の詩「ベナレスにて」では、「川の水を手で掬ってみる　陽にこぼれる水は　色はついているが透きとおっていた　一瞬美しいと　内心のこえ（略）／川面に瞳を凝らしてみれば　ながれてゆく獣らしき屍骸が　ある／岸近くで沐浴する人々は川の水で口を漱《すす》ぐ　ヒマラヤの雪どけ水に端を発する大河ガンジス」と川の水を味わっている。

4「中央アジア」

三章「中央アジア」では、シルクロードに関わる作品が寄せられている。馬場あき子の短歌「匂ふといふ色雪にあり烏魯木斉《うるむち》の空に天山は暮れ残りゐつ」では、新疆ウイグル自治区のウルムチから天山山脈を眺めて、「匂ふといふ色」を雪に感じている。加藤楸邨の句「ゴビの鶴夕焼の脚垂れて翔《か》く」では、過酷なゴビ砂漠でも鶴は夕焼け空に優雅に懸命に舞っている。能村登四郎の句「胡人泊めし夜深の空の霾《よな》にごり」では、「中国より泊りの客はウイグル人なり」との前書きがあり、作者が春に黄砂によって曇り空になるという「霾《よな》ぐもり」を「霾《よな》にごり」と独自に言い換えている。ウイグルの友人と話しながら夜深の空が黄砂で「にごり」を増していると感じたのだろう。杉本光祥の句「僧院の裏鳥葬の鷹舞へり」では、チベットの僧院裏で鷹による鳥葬が行われているその本来的意味を噛み締めている。照井翠の句「楼蘭の木乃伊抱けば沙の音」では、ウルムチ市で発見された紀元前19世紀の「楼蘭の美女」と言われる木乃伊が愛しくなり抱きしめると古代の興亡の歴史が甦ってくるようだ。山田真砂年の句「緋のカンナ終生路上で生活す」では、インドの最下層の路上で暮らす民と「緋のカンナ」を重ねてこの世に生きる尊厳を暗示している。秋谷豊の詩「吐魯番《トルファン》」では、「アレキサンダーの夢を見た／蚕が糸を紡ぐ古い夢だ」と不思議な夢を語り始め、「天山北路の絹の道を越えてきたのは／木と絹の弦でできたトンプラだ／黄河の絹が／はるか西の地中海の町まで運ばれていったのは／大王東征よりのちのことである」というように楽器と絹が交換されることを夢想する。森三紗の詩「ビビハニム・モスクに別れを告げて」では、「丸い何日置いても食べることの出来る　ナンというパンの暖かさが伝わってくるサマルカンドの裏街　遠く雪を抱いている　パミール高原へ続く山々が見え　青いビビハニム・モスクのドームの屋根が空に浮いている」とウズベキスタンでの結婚式の在りようを伝えている。池田瑛子の詩「山の文化館で」では、〈登山家の詩人秋谷豊さんは／深田久弥の「中央アジア探検史」をめぐって話され〉、「フランスの登山家ジュプラの詩／いつか山で死んだら／古い山の友よ伝えてくれ／フランス語で愛唱していた深田久弥の訳詩という」中央アジアを愛した深田久弥、井上靖、秋谷豊たちの想いを伝えている。草倉哲夫の詩「アムダリア河畔の種売りの娘」では、〈アムダリアの大きな鉄の浮橋を／夕暮れ時に悪魔の子が渡ってきた／「ねえさんひまわりの種いくらだい」〉と呼び掛けた悪魔の子を撃退する少女の機転と言葉の巧みさを描いている。神原良の詩「砂漠の　影」では、「うつろい易い砂の予感／埋《うず》もれた湖《うみ》の輝よい／／乾いた雨音　太古の…／遠い海なかの横笛《フルート》」と、かつては砂漠が湖であったり、海であったりした痕跡が残っているのであり、その地球の生きている歴史を砂漠の「影」から汲み上げている。谷口ちかえの詩「天の星・地の星」では、「海の底が隆起して／三億年の時が刻んだカルスト・石林／古代の地殻変動が／五千を超える二つの峰を分けたところ・虎跳峡《こちょうきょう》」と、その16キロにわたる峡谷のスケールを伝え、またその雲南省にも攻め入った日本軍のことにも触れている。埋田昇二の詩「莫《ばっ》高窟《こうくつ》一五八窟—佛涅槃像　西壁」では、六百もの洞窟の中には二千四百ものもの仏像が収められていることだが、作者は一五八窟に入り、「（ぼくも仲間入りして）／羊水に漂いながら捨て子になった夢をみている／霊のまま／あなたの胎児になって／いつまでも／あなたの水子でいたい」とその魅力に惹き込まれていく。安森ソノ子の「楼蘭の美女」では、「タリム盆地のタクラマカン砂漠まで来た甲斐がありました／草で編んだ面覆をそっと掛けられ／雁の羽を一本挿したフェルトの帽子をしっかりとかぶり／仰臥の姿勢で永眠の旅につき―」と、作者は愛しい人に再会したかのように克明に記している。山口修の詩「信仰」では、「チベット・ラルンガルゴンパの仏僧は／父の死から僅か三ヶ月後に亡くなった母を／鳥葬で弔う　亡骸は人の手で骨肉を砕かれ／禿鷹が群れ　全てを食い尽くす」と、現代文明では想像もできない鳥葬を伝統として行ってきた信仰の意味を問いかけてくる。下地ヒロユキの詩「鳥に啄《ついば》まれるために」では、「僕の全身全霊は呟く。僕が死んだら鳥葬にしてくれ、」と言い、「だから鳥たちよ、思う存分、食べておくれ僕を、僕であった眼球、耳、脳髄、心臓、はらわた・・・。あらゆる気管のひとつひとつが鳥たちの胃袋に収まり、鳥とともに天空に舞い上がるだろう。」と「鳥葬」こそが再生するための有効な葬儀の方法であると語っている。林嗣夫の詩「大黄河」では、〈チベットの若い僧がでてきて／鳥葬される死者を前に／こう語っていた／「人を殺した者も馬を盗んだ者も／裏切り者も／みな　極楽浄土へ旅立つことができる……」と紹介し、若い僧と高校野球の選手たちの顔立ちが似ていることに対して、人を救済したり励ますことの意味を問いかけている。

5「東南アジアI」

四章「東南アジアI」ではミャンマー、タイ、カンボジア、ベトナム、マレーシア、シンガポールなどの東南アジアの北部の作品が収録されている。角谷昌子の俳句「乳海《にゅうかい》攪拌《かくはん》大蛇は鱗落しつつ」では、不老不死の霊薬「アムリタ」を奪い合う神々とアスラ（阿修羅）が戦い、天地創造を引き起こす「乳海攪拌」の神話を描いたアンコールワットの壁画が剝落していくのを憂いている。中永公子の句「菩提樹のねじれ花噴く　崩壊仏」では、アユタヤ朝の仏教遺跡の破壊された崩壊仏が菩提樹のねじれた根や野の花に囲まれているのを目撃した衝撃だろう。高野ムツオの句「アオザイや国の形も女体にて」では、ベトナムが魅力的な国で数千年前から中国、フランス、日本、アメリカから侵略されてもしなやかに反撃し決して負けない美しく強靱な国であることを物語っているようだ。秋野沙夜子の短歌「参道に手製竹笛奏でるは内戦犠牲者傷い軍人」では、アンコールワットに憧れてその遺跡を見る夢は実現できたが、内戦犠牲者の傷い軍人が竹笛で奏でた「赤とんぼ」の曲が胸に響いた。中田實の短歌「この部屋の床にぞ　血・血・血生生と血塗れの床二百万民《たみ》の」では、一九七五年から一九七九年にわたるポルポト政権の統治により罪もない二百万人が虐殺された悲劇がなぜ起こったのかを問い続けている。座馬寛彦の短歌「メコン川おのが記憶を食って吐き苦りもにごし〈今〉に居直る」はメコン川源流から流域でしたたかに生き抜いてきた東南アジアの多様な民族の記憶の苦さと希望を暗示している。金子光晴の詩「女たちへのエレジー」では、「ステレツの日本女《にほんをんな》たち。よごれ浴衣《ゆかた》一枚でしだらなくねそべつたあの女たちの腹の上を、紅殻色《べんがらいろ》の翅《はね》をおつ立てて、大きな油虫奴《め》の一群《いちぐん》が風を起して翔《と》びわたる。」と、ステレツ（戦前のシンガポールの花街）での女たちへの悲歌《エレジー》を男の加害者の一人として赤裸々に記している。小山修一の詩「ヤンゴン―『ミャンマーの旅』より」では、「「ビルマの竪琴」の国の日常に足を踏み入れた僕は戸惑いながら笑顔をつくり／マンゴスチンとバナナを買い求める」、そして「日本人墓地に向かう／ここは太平洋戦争下七万二千人の日本兵が亡くなったといわれている白骨街道の国なのだ」と、日本人司令官の無謀なインパール作戦で亡くなった兵士たち、それに関わった他国の人びとに線香を手向けている。安部一美の詩「水上の家」では、「カンボジアのシェムリアップから程近い／東南アジア最大のトンレサップ湖は／伸び縮みする湖として知られている」と言い、この湖上には筏上の上に建物が立ち、一万人以上が暮らしていることを紹介している。吉村伊紅美の「夕陽のしずく―ミャンマーの友へ―」では、「長い髪を独特の髪型に高く結いあげ／金色の櫛を挿し／ロンジーの裾さばきも軽やかに踊る水鳥の舞／岸辺の花とせせらぎが囁き合うミャンマーの舞踏」と、音信不通となった民族衣装のロンジーを着て踊る友からの便りを心待ちにしている。志田昌教の詩「からゆきさんの辿った道」では、「外貨を稼げる有効な手段と／逆に奨励をした文化人がいた／万民の自由と平等を掲げ／教育史に名を残す彼《か》の偉人だった」と、きっと福沢諭吉を指しているのであろう「からゆきさん」の存在で利益を貪った者たちの歴史を告発している。西原正春の詩「神々の供《そな》へに」では、「私に逡巡《しゅんじゅん》はない／私はうしなわれた／神々の供へに／私も行く／すべて古いことの終焉《おわり》に／すべて新しいことの嚆矢《はじめ》に／私は一枚のしへんと化し／私を需《もと》めた民族の次の日のために行く」と、ビルマ戦で死亡したプロレタリア詩人の逆説的で遺書のような思いを感じ取れる。呉屋比呂志の「ビルマ戦線―西原正春の戦闘幻視」では、「彼はついに発砲しなかった／引き金を引いたが／照準していなかった／撃つより撃たれる方が／突き刺すより刺される方がいい」という西原正春の非戦の思いを後世に伝えている。根来眞知子の詩「いつから」では、「かつて東南アジアの香辛料は／金と同じで取引されたとか」、「この前食べたタイの生春巻き／パクチーのパンチのある匂い／決してかぐわしいとはいえぬ／あの匂いに慣れて／おいしいと思ったのは／いつから」と、東南アジアの香辛料が生活を潤していることを告げている。安井高志の詩「鉄橋」では、〈橋の名前はどうやら「メクロン河永久橋」というらしかった。第二次大戦中、ビルマ占領を契機に作られた泰緬《たいめん》鉄道の一番の難所で、多くの捕虜兵が意志のない歯車として日本軍に強制労働をさせられた場所だった。／「こんな悲しい歴史があるんです。私たちもその事を決して忘れては……」と、タイとミャンマーとをつなぐ映画『戦場にかける橋』で知られている泰緬《たいめん》鉄道建設の「悲しい歴史」に触れている。日本軍が連合軍の捕虜や数十万とも言える「ロームシャ（労務者）」を使って建設を進め、多くの犠牲者を出して完成させ英国から「死の鉄道」と呼ばれている悲劇は決して忘れてはいけないだろう。志田道子の詩「エラワン哀歌」では、「エラワンの祭壇に香を捧げる人々／何かの運命に導かれてここに来た／まさにこの時この一点で交わった」と、タイの多くの人びとを惹き寄せる祈りのパワースポットで、何度か繰り返される爆破事件の謎に触れている。宇宿一成の詩「国道一号線」では、「ベトナムは／もともと北部の国だった／南下して／チャンパ王国を奪った／少数民族、たくさんいる／ロンさんがそう教えてくれる」と、世界遺産のミーソン遺跡を作り出したチャンパ王国を滅ぼしたベトナムが多民族国家であることを伝えている。太原千佳子の詩「ひとこと」では、「私が出かけたとき　あなたはまだ娘だった／いま　あなたは子供たちに囲まれている／ひとりを抱き　ひとりを背負い／ひとりを足にすがらせ　ひとりの手を引いている／／これはヴェトナムで見つけた写真集「わが祖国」のなかの写真に添えられた詩。」と「農耕民族の詩」を引用してベトナムの家族愛と稲作の豊かさを物語っている。美濃吉昭の詩「スーチンの女」

では、行方不明だったリトアニア生まれの画家スーチンが描いた絵が、シルクロードの海路を経て「百年の旅／おそらく／ベネッチア　イスタンブール／ドバイ　シンガポール／ハイフォン　長崎／港町を転々とながれ……」て、日本のテレビ番組「なんでも鑑定団」に現れた驚きを伝えている。**天瀬裕康**の「ベトナム証跡紀行」では、「南ベトナム解放民族戦線ことベトコンや／北ベトナム兵士の隠れていそうな森林に撒かれた／ダイオキシンなど猛毒の枯葉剤八万キロリッター／「ベトちゃん・ドクちゃん」の第二世代を超えて／第三世代にも催奇形作用をもたらすのであった／それが分かるのは後日だが／この犯罪性は大きい」と、米軍がベトナム戦争で使用したダイオキシンの枯葉剤がベトナムの民衆の遺伝子を破壊した戦争犯罪を広島原爆の被爆者でもある作者は記している。**萩尾滋**の詩「メコン―黄色い澱み」では、「始まりの　メコン／中国　ミャンマー　タイ　メコンデルタへ／河は　国々を分かち　言葉をたがえ　人々を裂く／争いの涙と暮らしの汗の砂粒を　寄せ集め／流れの中に黄色く濁り　透明な水の匂いを失う」と、チベットの奥地の一滴から始まったメコンがその流域を広げてメコンデルタ地帯を生んだが、基は一つであった国々は「言葉をたがえ　人々を裂く」争いごとを繰り返して歴史を作り上げてきた。**水崎野里子**の詩「シンガポールにて―歩く」では、「多元の古い歴史が今　多元の総合文化へ再生している今　シンガポール　新しい独立アジアの国エネルギーに満ちる　熱帯雨林を　見事　ハイカラ都市に変えた国」と、アジアの中でも経済・文化・教育などの多くの分野で発展を遂げているシンガポールを讃美している。**貝塚津音魚**の詩「マレーシア思郷の唄」では、「昭和50年代日本の会社が海外に生産拠点を展開／気候風土／社会環境／人／言葉／宗教／マレーシアという全く違った世界で／朝から起こる／激しい雷雨のスコール・道路の冠水／唯一同じなのは／人間であり・寝食・会話して・生きて居ること」と、猛烈なビジネスマンとして生きてきた作者がマレーシアの人びとへの友愛を語っている。**長谷川破笑**の詩「炎天下問我―マレーシア紀行」では、「マレーシアは他民族（マレー人、華人、インド人、他）、多言語（マレー語、英語、広東語、タミール語）、多宗教（イスラム教、仏教、ヒンドゥー教）が融合せず共存共生しているユニークな国である。」と言い、また「多民族多言語多宗教それに加えて省略の文化。国民の生活の優先度は一に宗教、二に家族、三、四がなくて、五に仕事のようである。素晴らしい。」とマレーシアから学ぶべき「多文化共生」を指摘している。

玉川侑香の詩「スンジョノ」では、「人手不足のためジャワで徴用された少年工たちは／食事もろくに摂っていなかった（略）／そこへ　マラリヤかアメーバ赤痢か（略）／その夜／スンジョノは　死んだ」というような作者の父の少年工を死に追いやった慚愧の思いを詩に記した。

6「東南アジアⅡ」

五章「東南アジアⅡ」には、インドネシア、東ティモール、香港、台湾、フィリピン、南太平洋の島々などの作品が収録されている。鈴木六林男の句「落暉無風煮えゐしは糧の青バナナ」では、中国戦線からフィリピン戦線に転戦し、夕暮れ時に食料もない兵士が命をつないだのは青バナナの煮物だったのだろうか。前田透の短歌「王《ラジャ》の子と肩くみ歌ふトラックの荷框《がけう》に風は打ち当るなり」では、「昭和十七年より同二十年十二月迄チモール島に原住民と暮す」という前書きがあり、占領していた東ティモールでは大きな戦闘がなく終戦になったようだが、作者と「王の子」の間には友情が芽生えていたように思われ、貴重な戦争詠が記されている。洪長庚の短歌「胆疾を纏《まと》ひて癒ゆる日を知らぬ侘《わ》びしさに詠む敷島の道」では、台湾の歌人が生涯をかけて和歌を詠むという敷島の道を志していたことが読み取れる。

星野元一の詩「バグース・父」では、「昭和二十一年春、父はボルネオのバリクパパンから帰ってきた。ハマダラカの勲章をつけた二等兵となって。その後の父は怒ることがなかった。子どものような上官にいじめられたからだ、と子どものわたしに母はいった」そうだが、父は相撲を見ながらインドネシア語でバグース（すばらしい）と言っていた。朝倉宏哉の詩「トラジャの樹」では、「インドネシアのスラウェシ島の／トラジャでは／嬰児が死ぬと／樹に埋葬する／／立木の幹に穴を穿ち／死児をおさめる／むしろでふたをする／樹の生育につれて／穴はふさがる」という。母親たちは森を訪れて樹を抱きしめて泣くそうだ。なべくらますみの「川の流れに（インドネシア・ダヤックの場合）」では、「切り落とした鶏の首／祈りの歌のあいだ／両足を握られてもがいていた／そしてあしたは／滅多にないご馳走／ソト・アイアムに／あるいはゴレ・アイアムにされる」と、かつては首狩り族と言われたダヤック族の暮らしの中に入り込んで紹介している。山本衛の詩「海のソネット／二題」では、「砂岩のすべり台をつかって海へ下りると／透き通った海溝の中で／たった今　スンダ列島を越えてきたブダイの群れが／虹色の日の光をはね返している」と言い、「スマトラ島・ジャワ島などインドネシアやブルネイ・マレーシアなどの東南アジアの列島」から日本までを回遊するブダイの群れの動きを辿っている。北畑光男の詩「ことばの汀」では、「運転手さんは話し続けます／インドネシア語と英語と日本語で／（日本モ津波、洪水、地震ソレニ噴火ノ国ネ／（日本　原発事故ノ国ネ／（ボクノ家族／（海ニ流サレタ」と、津波被害の体験を共有し合っている。石川樹林の詩「香港の君たち」では、「遺書を書く君たちを知りました／愛する誰に　何を書いたのでしょう／短い命を覚悟するなんて」と一国二制度という香港の表現の自由や人権を守る香港の若者たちの決意に共感している。梅津弘子の詩「マスク」では、「自由が身についた香港人／逃亡犯条例　再び香港には帰れない／豊かな生活より　自由を選ぶ香港人／自分が　香港人だったら／黒いマスク　黒いシャツ／デモに行くだろう」と、一人の人間として香港人の「黒いマスク」をしてデモに参加することを支持する。門田照子の詩「重たい空気」では、「子守り　犬の散歩　掃除　洗濯　買い物／休む暇もなく用事の多いメイドの時間／／香港の喧騒のエネルギーを支える／辛い女のたくましい細腕／差別の中を生きる女たちの吐く息の重さ」と言う、フィリピンから出稼ぎに来ている女たちの逞しさと苦悩を伝えている。周華斌《チュウフワピン》の『一番星の伝説―「台湾人元日本兵士の補償問題を考える会」を結成した王育徳先生へ―』では、「台湾人の宿命なのか／補償の請求に協力してくれる味方はいないのか／溜息をついて諦めようとする夕暮れに／

日本の方角に突然現れた一番星は／一番早く夜明けの方向に導いた」と、台湾出身の元日本兵たちへの補償問題を提起し実現させた活動を伝えている。近藤明理の詩「亡命者の帰郷―王育徳《おういくとく》紀念館《きねんかん》の創立―」では、〈父の大好きだった唱歌「故郷」／志を果たして／いつの日にか帰らん／山は青き故郷／水は清き故郷／国を出て七十年／亡くなってから三十三年／今父の魂は晴れて故郷の土を踏む〉と、台湾独立運動の思想家・実践者であった「父の魂」の帰郷が実現されたことを報告している。龍秀美の詩「潮音寺」では、「ついに日本人にはなれなかったそして台湾人にも／元日本人であることによって忘れ去られた台湾人／嵐の日には10万人の日本兵たちと一緒に叫ぶのだ／顔面に叩きつけるバシー海峡の潮風に／力いっぱい叫ぶのだ」と、「輸送船の墓場」と言われ中国戦線の兵士たちをフィリピンに送った輸送船などは米軍の潜水艦に撃沈されて少なくとも10万人が亡くなった。作者は流れ着いた遺体を台湾人が涙を流して潮音寺に葬ってくれたことを想起させてくれる。酒井力の詩「M葬送」では、「Mの魂は／ひそかに海原を漂いながら／悲惨な残影を追い／その一つひとつを　拾い集め／自分のなかに織り込んでいく／／人は全体の権力の前に屈し／一兵卒として立派に死ぬことが／国の誉《ほま》れとされた時代／いったい誰が／誰のために戦った戦争だったのか」という、叔父を亡くした作者の戦争の無意味さを突き付ける問いが響いてくる。志田静枝の詩「台湾の地を再び踏みたい」では、「何という山だったのか尋ねたいが／もう父はいない／私の中で台湾は幻のようで／故郷のようで懐かしく／ずっとこれからも私の懐に咲く／シャクナゲの香りが／いつまでも漂っている」と、作者は幼少の頃に暮らした台湾のことをシャクナゲの香りと共に故郷のように感じている。佐々木洋一の詩「骨骨《こつこつ》」では、「安さんが　闇を買ってくれと言うので／闇を買うことにした／人闇　二〇〇ドル　あまりの安さに悲しくなる／闇の向こう／安さんのハイヒールの踵が／骨　骨　うそぶいている」という詩行の「人闇」と言う造語に込めた人間社会の計り知れない闇の深さを暗示する。星清彦の詩「望郷の地　台湾」では、「少年期まで過ごした台湾の事を／何故か父は話したがらなかった／唯ひとつ十四才で志願した少年飛行兵の話だけは／機嫌よく話してくれたことがある」と言い、十四歳で戦場に行く覚悟をして少年兵になった父の沈黙の重さを伝えている。橋本由紀子の詩「霧中に立つキリン首　ビンロウヤシ」では、「ビンロウヤシの実を舌で回し／時々座席下に吐き出す／高速バス運転手（略）／世界を／少しかじっては　吐き出す／右窓の窓を確認　ルンとつぶやき発車／キリン首を越えて／台湾一周ツアーの始まり」と、植物に関心のある作者はビンロウヤシを通して台湾の人びとを理解しようとしている。清水マサの『「希望の国」の末路』では、「我が家では　身籠った新妻を遺して／二七歳の叔父がフィリピンのルソン島で戦死した／／七〇年が過ぎた今　歳月は　すべてを消し去り／その道を引き返そうとでもいうのか」と、戦争の悲劇を語り継ぐ声を絶やしてはならないと警鐘を鳴らしている。秋山泰則の詩「高雄の空」では、「耕一さんは高雄の上空でなくなった／小さな木の箱の中で石になって帰ってきた（略）／ぼくは心の中に平和がないことを知った／戦争が無いことが平和なのではなく／平和は戦争をさせない人間の心にあることを知った」と、「高雄の空」を見上げて不戦を誓うのだ。かわかみまさとの詩『「赤とんぼ」の車輪』では、〈機体は木製の骨組み／羽根は粗い布張り／いさぎよく燃えるには申し分ない／昭和20年7月28日早朝／「赤とんぼ」八機は台湾の基地を出発〉し、〈「赤とんぼ」は嘉手納沖に屯《たむろ》する／米国の駆逐艦一隻を撃沈し／艦船二隻を大破した〉という特攻隊を生み出した日本軍の狂気と若者達の悲劇は語り継がれなければならない。長津功三良の詩「夜の底」では、「真夏のフィリピンに行った／貧富の格差が激しい　実質貧困の生活から　抜け出せない（略）／このスラムでも　パンツ一丁で　人らは生きている（略）／僅かな金で　人を刺したり　臓器移植のため

に　二つあるものは／一つ売ったり　そう家族が生きていくためには　何でもやる世界が／ここには　ある」と、作者は被爆後の広島での壮絶な体験と重ねている。中川貴夫の詩「沈丁花」では、「戦争に敗れた日からこのかた　私には辛い時間でした　しかし今でも忘れられない事は　日本の領土であった南洋の島々の緑のきらめきです」と、介護職員をしていた作者は海軍兵学校の教官をしていたYさんの重たい戦争体験を記している。あゆかわのぼるの詩「微熱の伝説─あるいは令和元年9月28日─」では、「父　大工　昭和18年病死　47歳／長兄　満鉄社員　昭和20年6月戦死24歳／ボーゲンビル島ルンベン／ほとんどの兵士が餓死か病死」と言うように、作者は墓誌に刻むように詩を記していき、「少しきな臭い砂浜の嵐」と後世を憂いている。工藤恵美子の詩「南洋の木鉢」では、「テニアン島へ何度目かの慰霊の旅で知り合った　パラオ大学の先生から教えていただいた／─パンの木に魚が上ってくる話はギプダル島の話以外はない。」とパラオの神話伝説によって父への鎮魂の旅が豊かになっていく。

7 「北アジア」

六章「北アジア」には、ロシア、モンゴル、縄文、アイヌに関する北方志向の作品が収録されている。宮沢賢治の詩「オホーツク挽歌」で「おほきな赤いはまばらの花と／不思議な釣鐘草《ブリーベル》とのなかで／サガレンの朝の妖精にやつた／透明なわたくしのエネルギーを／いまこれらの濤のおとや／しめつたにほひのいい風や／雲のひかりから恢復しなけ〔れ〕ばならないから」と、妹の死の痛手から立ち上がるために「透明なわたしのエネルギー」を感受させてくれる。与謝野晶子の短歌「水《み》づきたる楊《やなぎ》の枝《えだ》もシベリヤの裸足少女《はだしおとめ》もあはれなりけれ」と、望月孝一の短歌『絶望のはての堕落を救うもの「そは子供なり」チェーホフの背骨』はシベリヤと流刑地サハリン島での絶望と希望を語っている。畠山義郎の詩「韃靼海峡─安西冬衛追想」で「間宮林蔵が発見し／シーボルトが西欧にもたらした／大陸とサハリン島の地峡よ」と韃靼海峡（間宮海峡）を詠った安西冬衛を追想している。その他の鳴海英吉の「歌、墓、鶴」、田澤ちよこの「見たことのない花」、猪野睦の「ノモンハン桜」、窪田空穂の長歌「捕虜の死」、近江正人の「吹雪く夜に」、渡辺恵美子の「俯瞰」、中林経城の「ノワノフカ」、森田美千代「カラカラと音がする」などの詩や長歌は、ノモンハン事件やシベリア抑留に関わる戦争について自らの経験や父や子の抑留経験や戦争によって影響を受けた人びとを記したものだ。青木みつおの「フジタと竣介」、中山直子の「父の写真とロシアの鐘」、うめだけんさくの「ルパシカ」、古城いつもの「マレーヴィチ―ロシア・アヴァンギャルドに奉げる」、草薙定の「賛成ですか」などの詩は、何度も戦火を交えたロシア対する複雑な思いやロシア文化への畏敬の念など多様な視点で書かれたものだ。州浜昌三の「張《ジャン》家口《ジャコウ》の崩れたレンガ塀」、佐々木萠子の「線（Ⅱ）」、堀田京子の「モンゴル紀行―ゲルの生活」、名古きよえの「モンゴルのミニ競馬」、比留間美代子の「モンゴルの空と風と声」などの詩はモンゴルの文化や暮らしに触れた詩や、子供の頃に暮らしていたモンゴル・中国国境付近に再訪したり、内モンゴルの文化などに触れその時の出会いを記した詩篇だ。徳沢愛子の「神の魚」、鈴木春子の「イランカラプテの歌」、若宮明彦の「海峡風」、甘里君香の「縄文ｂｒｅａｔｈ」などの詩は、日本列島の基層である縄文文化やアイヌ文化などに触発されてそこにもう一度立ち立ち返って再生の可能性を探っている詩篇だ。

8「中国」

七章「中国」は、紀元前一一〇〇頃から六〇〇年頃の北方の黄河流域で朗誦されていた詩を基にして紀元前五〇〇年頃に孔子によって編定されたと言われる『詩經國風』の「汝墳」から始まる。この詩集は中国最古の詩集で作者名は明らかにされていない。「國風」とは諸国の民謡の一六〇篇を指している。その中の「汝墳　三」を引用する。「魴魚《ほうぎょうてい》赬《び》尾／王室燬《おうしつや》くが如《ごと》し／即《すなわ》ち燬《やく》が如《ごと》しと雖《いえど》も／父母《ふぼはなは》孔だ邇《ちか》し／通釈／魴という魚は苦労すると尾が赤くなるものであるが、わが夫も、この動乱時代に王室の火の中にいるようなきびしい命令で苦労をして顔色は痩《や》せ病《つか》れている。今後はどんなに王室の命令がきびしくても、身近の父母のことを考えて再び戦争に行かないようにして欲しい。」などを読むと、一般的に「詩經」は抒情詩で、この影響もあり、日本の詩は日常を詠う「瞬間的な抒情詩」が主流になっていったと吉川幸次郎の解説は理解できる。ただ広い意味でこの詩を鑑賞すると、戦争を憎み平和を愛する民衆の抵抗精神を読み取ることは可能だろう。「詩經國風」が日本の抒情的な民衆詩となって『万葉集』につながっていくことは、その地域性や民衆を大切にしてその真実を伝えていこうとする詩的精神があったからに違いない。紀元前一〇〇〇年頃から黄河の流域でこのような「詩經」が謡われていたことは、メソポタミアの『ギルガメシュ叙事詩』やインドの『リグ・ヴェーダ讃歌』に匹敵する文化的な価値があるだろう。

そんな「詩經」を始めとした中国の古典文学に影響を与えられた松尾芭蕉を始めとする文学者たちの作品も次のよ

うに収録されている。

松尾芭蕉『おくのほそ道』では、『「国破《やぶ》れて山河《さんが》あり、城春《しろはる》にして草青《くさあを》みたり」＊と、笠打敷《かさうちしき》て、時のうつるまで泪《なみだ》を落とし侍《はべ》りぬ。／夏草や兵《つわもの》どもが夢《ゆめ》の跡　（＊杜甫「春望」）』と芭蕉にとって杜甫はいつも傍らにいたように感じられる。


次に収録された俳人と歌人と詩人たちの中国に触れた作品を引用する。「渋柿も熟《う》れて王維の詩集哉　夏目漱石」「金州城外　なき人のむくろを隠せ春の草　正岡子規」「拾得《じっとく》は焚き寒山《かんざん》は掃く落葉《おちば》　芥川龍之介」「涅槃寂静相　冬日没《い》る金色の女體かき抱《いだ》かれ　山口誓子」「砲音に鳥獣魚介冷え曇る　西東三鬼」「額《ぬか》日焼けて北方黄土層地帯の民　金子兜太」「昭和十六年暮、南京城外にて鈴木六林男と会ふ　会ひ別れ霙の闇の跫音追ふ　佐藤鬼房」「氾濫の黄河の民の粟しづむ　長谷川素逝」「星月夜シルクロードの端も見ゆ　能村研三」「万緑や千年前の騎馬軍団　渡辺誠一郎」「屈原の消えし青野にしやがんだる　恩田侑布子」「大陸に残りし墓や時雨虹　日野百草」

「銭塘江　たゝかひの日にくづしたる　石垣の荒石群《アライシムラ》や―。民は還らず　釈迢空」

「孔子廟辟雍殿　辟雍殿《へきようでん》の石階に差せる日《ひ》の光乾隆《ひかりけんりゅう》ここに学《がく》したまひき　斎藤茂吉」

「ころぶして銃抱《かか》へたるわが影の黄河の岸の一人の兵の影　宮柊二」

「教科書に載る〈南京〉を金輪際《こんりんざい》消しに来るなり赤黒き舌　吉川宏志」

「タクラマカン砂漠の果てのバザールに買ひしと絹のチーフ送らる　伊藤幸子」

「香港を見ている吾らの表現の自由も突っ立つ断頭台の前　今井正和」


その他には日本と中国との民間交流や中国戦線での体験や歴史認識を新たにしてくれるなどの詩篇の中で最も印象的で重要な詩行を紹介したい。

田中詮三の詩「日中友好ニコニコ」では、「つつましい庶民の心が通い合う」。前田新の「馬の話」では、「詩人の北川冬彦が／馬、〈軍港を内蔵している〉という奇妙な短詩を書いたのは／一九二八年、張作霖を爆死させ／大量の馬を船に乗せて大陸に送った時だと言う」。則武一女の「国慶節」では、「十月一日が中国の国慶節です／技術を持っている人が奉仕します」。古谷久昭の「遁天の刑」では、『荘子に「遁天《とんでん》の刑」ということばがある／自然に背いた者には／自然が怒って刑罰をあたえるというのだ』。松田研之の「おい、いるか」では、「木山捷平さんが満州から引き揚げてきたのは1946年8月であった」。速水晃の「御国のために」では、「日本ヨイ國　キヨイ國　世界ニ一ツノ神ノ國（略）／赤紙一枚　学業から引き剝がされ／替わりはいくらでもある／と野晒しに」。上手宰の「におい棒」では、父がよく読んでくれた「私たちのお気に入りは『西遊記』で觔《きん》斗雲《とうん》に乗った悟空が耳から如意棒を取り出し／巨大な獲物にして戦うのが痛快だった」。外村文象の「中国との信頼」では、「一歩一歩と足元を踏みしめて／心を交し合って行かねば」。鈴木文子の「枕木を踏んで」では、「ハルピン市内から平房地区の七三一部隊跡まで、二〇キロほどの距離を彼女は息つく間も惜しいように日本軍の侵略を、捕虜をマルタと呼び、人体実験で三千人も殺した歴史を語り続けた」。原詩夏至の「獣体拝領」では、『民以食為天《ミンイーシーウェイティエン》／頌むべきかな／人の／民衆の／「まずは食わねば話にならない」という／逃げも隠れもせぬ／火の真実』。田島廣子の「万里の長城」では、「華北平野が広がり／遠く　遠くへと／漢民族をせめて来たモンゴル草原が見える／黄河　長江の川が光り輝きながら流れる」。佐藤春子の「ピンクの桜」では、「日本のオカアサン？／一緒に桜を見に行きませんか？／陳さんから電話があった／彼女は中国からの研修生／東北大学の大学院に学んでいる」。山野なつみの「駅前の喫茶店で」では、「違います　国と国が戦っても／人間と人間は戦いません／この大地に生まれた　親戚です／いつの日か／中国と日本の橋渡しになりたい」。米村晋の「米軍のいた夜」では、「中国人港湾労働者の反乱／終戦間際、表日本の主要な港湾都市は、米軍の空襲により破壊され、港湾労働者も多数死亡。日本政府は労働力の不足を補うため、中国から三万四千名の農民を日本に拉致、各地の港湾で強制労働を課す」。柳生じゅん子の「地図―満蒙開拓平和記念館にて」では、「昼は山に隠れ　夜に逃避行を続けた／乳幼児は日毎に亡くなり埋められ／疲れて動けない老人達は　その場に捨て置かれた／国から配られていた青酸カリで集団自決もしている」。せきぐちさちえの「無駄」では、「人生に無駄はない／中国語を使うたびに／男は言う／昭和二十八年最後の引揚げ船で十七歳で帰国／日本語は読み書きも覚束なかったと言う」。こまつかんの「気の変容について～宇宙と交感する人体を巡る気～」では、「易経や老子道徳経の時代に／人々は甘露の流れに気づき／体内に握りこぶし大の　かたまりの流れを見／いのちを育む力を／気と呼んだ」。片山壹晴の『「日本と中国とはそりの合わない兄弟のように、似ていない。」（モーリス・ベジャール）』では、「両者の差異は非常に深いところから発しているのではないかと感じています」。

9 「朝鮮半島」

八章「朝鮮半島」では、一九四五年に福岡刑務所で獄死した尹東柱の詩から始まり、朝鮮半島に思いを寄せる作品から成り立っている。各作品から重要な箇所を紹介したい。

尹東柱の「星を数える夜」（上野都訳）では、「かあさん、そして／あなたは遠く北間島《ブッカンド》にいらっしゃる。／／僕はなぜだか切なくて／このたくさんの星の光が降りそそぐ丘のうえに／自分の名前を書いてみて／土で覆ってしまいました。／／そう　夜通し鳴く虫は／恥かしい名前を悲しむからです。／でも冬が去り僕の星にも春が来れば／墓に緑の芝が萌えでるように／僕の名前が埋められた丘にも／誇りのように青草が茂るでしょう。１９４１・11・５」。申東曄の「酒をたらふく飲んで休んだあくる朝（姜舜訳）では「その中立地帯が／世にも不思議な妖術を操っていたよ。／狸の仔　人間の子　熊の仔　鹿の仔たち／はだかで跳ねまわる幅一里の中立地帯が／／しだいに脹れあがり／その平和地帯の両側で／銃口を向けて狙い合っていた／戦車らが百八十度向きを変えていたよ」。

石川啄木の短歌では「地図の上朝鮮国にくろぐろと墨をぬりつつ秋風を聴く」。

高浜虚子の俳句では「京城」の前書きで「いつまでも稲を刈らざる税苛《きび》し」。

若山牧水の短歌では「この国の山低うして四方《よも》の空はるかなりけり鵲《かささぎ》の啼く」。

中城ふみ子の短歌では「鮮人の友と同室を拒みたる美少女も空襲に焼け死にしとぞ」。

髙橋淑子の短歌では「幾たびの戦禍を水面に映し来しソウルを西へ漢江《ハンガン》流る」。

池田祥子の短歌では『超モダンの都羅山駅は無人なり路線は「北」へと続いてゐるに』。

金野清人の「虐げられた李さん」では「チョウセン、チョウセン、パカニスルナ／オナシメシクテ、トコチカウ／竹馬の友と混ぜっ返した鬼子のボクを／ポク、ポクと／目を細めて呼んでくれた／寛大な李さん」。小野十三郎の「唐辛子の歌」では「俺はただあの頃毎日きみらの朝食のために／四斗樽一ぱいのヒジキの味噌汁が朱に染るほど薬味を利かせたことを想い出す。／それでもきみらは／まだまだ、まだまだと云つたものだ。／蕃紅色の大粒の朝鮮トオガラシ。乾燥して血の色をしたやつ」。清水茂の「漢江と臨津江の合流点に立って」では「場の記憶とは何なのか、凍土のなかに／埋もれて　なお何かが語りつがれてゆくとき、／季節が来れば　そこにも野の花は咲き／両の岸辺に人が戻って／手を振り合う日もあるのだろうか」。杉谷昭人の

「花群《はなむれ》―自伝風に」では「―花の好きな子供はきっと役に立つ／それから一年間／その男に三度の食事を運ぶのがぼくの仕事になった／男の名をぼくはずっと後になって知った／金日成……／やがてふるさとへ還った」。大石規子の「土饅頭の墓―韓国にて」では「低い禿山の／カササギの飛ぶあの麓に／二人の墓を作りましょう／お椀を二つ　ずらして重ねたように土を盛り／一mぐらいずつの円い墓／どちらかが　おおいかぶさるかたちの夫婦塚」。上野都の「地を巡るもの」では「来《きた》る日のために　私の手よ／銃剣をおろせ／銃剣をおろさせよ／ふたつの河に／溶けあう縁《えにし》あればこそ」。新井豊吉の「血筋」では「わたしは一人ではない／従兄から家系図をいただいた／かつて何故／朴は新井なのだと考え続けた夜／始祖　朴赫居世《パクヒョッコセヨ》から六十八世孫までの／氏名　生年月日　性別　住所が並ぶ（略）／愛　正義　最善《テグ》という家訓があったことにも驚いた」。崔龍源の「骨灰」では「潮騒は鳴っていた　サラン／サランと　父の骨灰を／海は　その身に溶かし込みながら／／やがて黄海の魚は美味しくなるだろう／父の骨灰をたらふく食べて／父が一つの生の実りへ入って行ったあかしに」。熊井三郎の「安重根の思い出」では「ぼくは金さんにふっかけてみた／〈安重根は日本では元勲伊藤博文を暗殺したテロリスト犯罪者ということになっているけどね〉／金さんはすかさず反駁した／〈アンジュングンは義兵中将で／日帝に対して義兵戦争をたたかっていたんです／テロリストではありません〉」。畑中暁来雄の「雨森芳洲《あめのもりほうしゅう》の墓」では「中国語朝鮮語にも通じた国際人／朝鮮使節と漢詩をやりとりすれば／碁も打って誠信の交わり／事件が起きても　ひとつひとつの折衝に／対話の精神で応待した／平和外交の役人」。青山晴江の「ソソン里」では「静かな星降る里に／突然現れた／高度ミサイル防衛システム、サード／黒山のように包囲する警察／潰され、滲み、砂利に染み入る血／パイプに通してつないだハルモニたちの腕」。うおずみ千尋の「洞」では『「ミサイル実験失敗」のニュース飛び交うなかで／ふと思うのだ／帰って行った少年たちの背の／それからの／遥かなる時間を』。青柳晶子の「花の色」では「佐渡の土産にもらった大きな百合の球根／ジェンキンスさん＊から買ったという／きっと朱鷺《とき》色の花が咲くのだろう／みんながそう思いこんだが／夏には大輪の純白の花をたくさん咲かせた（＊北朝鮮による拉致被害者）」。日野笙子の「トォーマンナヨ（またね）」では「祖国の人が迎えに来たと告げにきた／少女が泣いていたから／もう会えないんだと思った／そして少女はトォーマンナヨ（またね）と／立ち去った」。葉山美玖の「小さな携帯」では「彼女は大型のファーウェイで／色とりどりのハートを並べて／恋人とハングル語でカカオトークをしていた／私は自分の小さな格安携帯が恥ずかしくなって／リュックサックから出せなかった」。

10「沖縄」

九章「沖縄」の冒頭は八重洋一郎の散文詩「賭け」から始まり「沖縄人は現在、これまでの歴史と徹底的に対峙し、その歴史の対象化に成功しつつある。そしてみずからの内なる自由を自覚し、それを十全に育てあげようと試み始めている。」と語っている。俳句・短歌・詩から心に刻まれるものを紹介したい。

　おおしろ健の「宇宙の臍へいざ漕ぎ出さん爬《は》龍《りゅう》船《せん》」。正木ゆう子の「アカショウビンの声の水玉ころがりぬ」。栗坪和子の「三月の帯は紅型《びんがた》貝の紋」。垣花和の「和解てふ欺瞞を見抜くうりずん南風」。市川綿帽子の「桜まじ摩文仁の丘に胸開《はだ》け」。前田貴美子の「夏ぐれは福木の路地にはじまりぬ」。おおしろ房の「指先も花月桃となる慰霊の日」。大城さやかの「黒焦げの龍柱耐えて秋高し」。牧野信子の「別れ寒さ《ワカリビーサ》鎌首もたげる大和言葉」。本成美和子の「終戦の記憶を編むや牡丹蔓」。上江洲園枝の「オスプレイ人間狩りはまだ続く」。翁長園子の「風神の言いつけどおり福木並木」。柴田康子の「サンゴ産卵大波小波の子守歌」。山城発子の「花月桃ある日掻き出す胸の澱」。前原啓子の「ゲルニカに並ぶ位里《いり》の絵敗戦日」。

　大城静子の『「まーだだよ」洞窟《がま》の奥から聞えてくる幼友達かー子の声が』。謝花秀子の「山削り土砂入れ埋める辺野古の海サンゴもジュゴンも死して還らず」。玉城洋子の「骸らと躍るカチャーシー六月の摩文仁に平和月待てる今宵」。玉城寛子の「墜ちて後間なきを空にオスプレイ仏桑華《アカバナー》の炎《ひ》は焼かんとすらん」。

　新川和江の詩「海底公園」では「白いベンチがあったら／そこに掛けて／大好きなあのひとがくるのを／いつまでもいつまでも／待つのです」。うえじょう晶の「甘いお話」では「人頭税による容赦ない取り立て／納税のため潰した稲田から獲れる／甘い砂糖は血と涙の味がした」。若山紀子の「六月二十三日沖縄」では「独りで壕を掘っている人がある／沖縄の防空壕跡／髑髏《どくろ》が出てくる」。伊良波盛男の「ニーチェの復活　S・K氏の霊前に捧げる」では「ニーチェは、ニヒリストを唱え、／ニヒリズムが何であるかを解き明かした」。ローゼル川田の「燃えた」では「龍柱がポツンと立っている／炎を食べつくして／ポツンと立っている／朝露の涙に濡れて／立っている／／首里城が消えた」。玉木一兵の「やさしき人のノアの方舟譚」では「今も自分を死に追いつめる人が多い　自分で死んだら天国にいけな

くなるから　わんが　そんなウチナーンチュ（沖縄人）を救いたい」。久貝清次の「おばあちゃん」では「おばあちゃんは／くうしゅうでしんだ／あなをほってうめた／いくさがおわって／ほりおこした／おばあちゃんはどろになっていた」。与那覇恵子の「仰ぎ見る大国」では「ひっかき傷を残したまま／鋭い雄叫《おたけ》びをあげて　どこかへ去った／／ベトナムへ／イラクへ／そして今日は　どこの敵地へ」。佐々木淑子の「進工船《しんこうせん》」では「武器は乗せぬが　ヨーホイ／宝を乗せて　船を出す／生きて帰れよ　ヨーホイ／主《ぬし》待つ美童《みやらび》／泣かすなよ」。江口節の「歩く樹―榕樹《ガジュマル》では「おびただしい気根の　歩いてくる風景／／樹は　歩くのだ／／一夜　山中を巡って／冴々と朝　佇ちつくしている」。いとう柚子の「ゴールウェイの街で」では「なぜだろう／島唄のメドレーはこの街にとても似合っている／まるで何百年もこの街の路地や川べりに流れていたように／あの教会の鐘の音のように」。佐々木薫の「唯一の選択肢」では『選択肢は一つしかないのだった／何年も何十年も「唯一の選択肢」と迫られて／レイプされっぱなしの140年／「イヤです　どいて退いて　ドケッタラァ」／と叫んで最高裁判所に訴え出ても』。阿部堅磐の「沖縄の旅」では「こんなひどい壕の中／死んでいったうら若い乙女達／何ともいたいたしい／資料館では部隊の生き残りの老婦人が／物静かに当事の有様を語る」。岸本嘉名男の「忘れられぬ沖縄の印象」では『まぶしい女《ひと》の　花飾り／星砂さぐり　からまった／熱い思いが　よみがえる／目と目が愛を「君・アッパリシャー」（「美しい」の方言）』。酒木裕次郎の「沖縄悲歌」では「沖縄舞踊を踊っている／軽やかなテンポに　はち切れそうに舞っている／奄美の民謡のうら悲しいジャミセンの音色とは違う／のびやかなあかるさがひびきわたる」。矢城道子の「サラバ　ソコク　サヨナラ　オカアサン」では「一九四五年／沖縄本島沖／米艦隊に突撃した／特攻機／学生兵からのモールス信号に／嗚咽《おえつ》する私／戦後七十年」。飽浦敏の「ユングトゥ」では「親父は言いました／将来性は山にある　土地は肥沃だしさあヤブヌミー《ジャングル》に入るぞー。（略）／父は辛世《からゆ》を生きて逝きました」。藤田博の「西崎《いりざき》与那国島で」では「海の大河のやわらかさしずけさ／いりさてぃの岸辺を洗っている／人の歩みが世界のゆるやかな／海流であるように』。坂本梧朗の「日本語に対する罪」では『「何度も丁寧に説明してご理解を頂く」／この首相とその閣僚がよく使う日本語だ／／日本語の意味を／これだけスカスカにしてしまった／／この政権が犯した／これもまた重い罪だ』。見上司の「まほろば―首里城に寄せて―」では『昔も今もである。どんなに悲しく理不尽な境遇や歴史を背負ったとしてもだ。沖縄は不屈である。その不屈さに、私たちは心を打たれながら、そこに古い「日本」の姿、魂を見る。そして、自分自身の中にも、そうしたものを見たいと願う』。高橋憲三の「ハイジャンプ」では「(山之口貘さんは／詩に未練があり／自殺したつもりで生きることにした／とか)」。

11「地球とアジア」

十章「地球とアジア」にはアジア全般を俯瞰したり、またその根源や問題点を凝視するような数多くの俳句、短歌、詩が寄せられた。その特徴的な作品や一部を紹介したい。

河東碧梧桐の句では「埴輪《はにわ》の土のつく指さき日の筋」。西村我尼吾の俳句では「夏暮れてアジアの雲は低く厚し」。中津攸子の俳句では「杜甫逝きて千年余りや緑濃き」。鈴木光影の句では「春雨のアジアの迷路百人町」。奥山恵の短歌「モンスーンの海に小舟は揺れやまず船縁かたく摑むわれの手」。大湯邦代の短歌では「咲き盛る櫻岸辺に藍ふかし纜解きてカナンへ発たむ」。新城貞夫の短歌「ゆた・ゆたりアジアの家具に身をひたす動く風あり動かぬ風あり」。岡田美幸の短歌では、「板前は砂漠の国の青年で慣れた手つきの三枚おろし」。室井忠雄の短歌では「インド洋からのびる梅雨前線が那須高原に雨降らしおり」。高柴三聞の詩「アジアの日本と阿片、コカイン」では「帝国主義の大英帝国の衣鉢を継いで、遅れてやってきた大日本帝国は、ハーグ麻薬協定などで世界各国が阿片から手を引いていくのをしり目に阿片にしがみ付いて（略）日中戦争から太平洋戦争に突入し狂騒と阿鼻叫喚のうちに敗戦となった」。小田切敬子の「深い呼吸」では「わたしのアジアは机の上／地図をひろげ　地球儀をまわし／旅のアルバムを繰る／どっと噴き出す汗／なぐりかかってくる熱気／温気の中で息絶えていった／草葉の陰の若き兵士たちに線香を手向ける」。坂井一則の詩「海の暮」では『詩人辻征夫は春の海には／／南蛮から漂流してきた／「ヒネモス」がいる／っていうけれど／（春の海ひねもすのたりのたり哉・蕪村）／（略）／今　まさに落ちていく夕陽の海のことを話そう」。植松晃一の詩「終末を超えて」では「自分の足で立ち／前を向いて歩いていけるように／釈迦《しゃか》の願いを私も祈る」。小坂顕太郎の詩「九門」では「隠匿された九つの門の数だけ／僕らは逃走する／逃げなされ／逃げなされ／逃亡者の歌（略）／今僕らアジアの耀かしい軌跡」。萱野原さよの詩「公園」では「モンゴルの馬頭琴／タイの木琴／琴　三味線／竹の横笛　琵琶　中国のチター／フルート　チェロ　ヴィオラ　ヴァイオリン／旋律がまざり／揺れながら響きあう宴の絶頂」。梶谷和恵の詩「ほんとうのこと」では「私のおじいちゃんは／

人を殺しました。私はおじいちゃんが／好きです。／／私は、人を殺したかも、しれない」。

　その他に下記のような文明批評的であり諷刺的で相乗力を駆使した力作が収録されている。宮崎亨の詩「信州」。伊藤眞司の詩「元号」。くにさだきみの『平和ではなく「令和」だ』。みうらひろこの詩「ペットボトルの上手な捨て方」。星乃マロンの詩「私たちのチカラ」。青木善保の詩『「もしも」の枯渇』。山﨑夏代の詩「形骸に過ぎず」。勝嶋啓太の詩『ろくちゃんファミリーヒストリー「飛頭蛮の一族」』。根本昌幸の詩「アジアの海」。石川逸子の詩「国書って？」。洲史の詩「言葉」。高嶋英夫の詩「ようこそ日本語で」。篠崎フクシの詩「クロスボーダー」。植木信子の詩「晴れた冬至の日の午後」。あたるしましょうご中島省吾の詩「向かい風に吹かれたい」・「津波のあったアジアの浜辺で」。

　最後の佐藤文夫の詩『いま　地球は怒っている』では「いまから　五千年も前のこと　メソポタミアの大王／ギルガメシュは、森の王フンババを征服し殺害した／それからというもの　特産のレバノン杉は枯れはて／山々は禿山と化し水源は枯渇し　畑には塩害が拡大／やがてメソポタミアは滅亡し　人びとは難民となり／各地へと流れていった森の王フンババの正体とは／レバノン杉そのものであった　という／（略）この美しい惑星　地球を破壊するものたちよ／すみやかに自首せよ　その責任は地球より重い」と「地球の怒り」と自らの欲望の責任によって人類が滅びていくことに警鐘を鳴らしている。

　世界最古の古典から現在までの二七七名の作品には、荘子の言うアジアの多様で創造的な「混沌」が宿っていて、『ギルガメシュ叙事詩』、『リグ・ヴェーダ讃歌』、『詩經國風』などから始まり現在のアジアの四十八ヶ国に関わる詩歌文学が、私たちの深層で今も豊かに生きていることに気付かされるだろう。アジア四十八ヶ国は異なる歴史・文化・宗教・政治形態など様々な違いや利害関係があるが、共通することは叙事詩や抒情詩など詩歌文学を民衆たちが暮らしの中で育ててきたことだ。それらを再認識するためにもこの詩歌集が多くの人びとに読まれることを願っている。最後に、シルクロードの名画『四姑娘山《スーグーニャンシャン》の青いケシ』を装画に使用させて頂いた入江一子画伯に心より感謝の言葉を申し上げたい。

詩・俳句・短歌は「生物多様性」をいかに詠い続けてきたか

『地球の生物多様性詩歌集――生態系への友愛を共有するために』

1

「生物多様性」を考える際に、私は宮沢賢治の『銀河鉄道の夜』のラッコに関する次の箇所を不思議と想起させられる。


「ねえお母さん。ぼくお父さんはきっと間もなく帰ってくると思うよ。」

「あゝあたしもさう思ふ。けれどもおまへはどうしてさう思ふの。」

「だって今朝《けさ》の新聞に今年は北の方の漁は大へんよかったと書いてあったよ。」

「あゝだけどねえ、お父さんは漁へ出てゐないかもしれない。」

「きっと出てゐるよ。お父さんが監獄へ入るやうなそんな悪いことをした筈《はず》がないんだ。この前お父さんが持ってきて学校へ寄贈した巨《おお》きな蟹《かに》の甲らだのとなかいの角だの今だってみんな標本室にあるんだ。六年生なんか授業のとき先生がかわるがわる教室へ持って行くよ。一昨年修学旅行で〔以下数文字分空白〕

「お父さんはこの次はおまへにラッコの上着をもってくるといったねえ。」

「みんなぼくにあふとそれを云ふよ。ひやかすやうに云ふんだ。」

「おまへに悪口を云ふの。」

「うん、けれどもカムパネルラなんか決して云わない。カムパネルラはみんながそんなことを云ふときは気の毒さうにしてゐるよ。」

（宮沢賢治『銀河鉄道の夜「三、家」より』）


ラッコは今から百年以上前に高級な毛皮として乱獲されたため、一九一一年頃には捕獲が禁止されて保護動物となった。賢治がこの作品を書き始めて加筆し続けていたのは一九二〇年代頃であり、当時は絶滅種になりかけていて、ラッコ漁はかなり制限されていたに違いない。そのような社会的な背景の中で賢治は「ラッコの上着」を息子に届けるという漁師の父の帰りを待つ少年ジョバンニを主人公にした。ジョバンニは病気の母を抱えて「不在の父」の代わりに朝は新聞配達、学校から帰宅する夕方からは活版所で活字拾いなどをして家計を助ける。しかし同級生のザネリたちからは「ジョバンニ、お父さんから、ラッコの上着が来るよ。」と執拗にからかわれる。たぶん同級生の親御さんからジョバンニの父は噂でラッコ漁の嫌疑を抱えて戻ってこられないことを知らされて、それがジョバンニの弱みと考えていじめを繰り返す。その意味ではジョバンニの「不在の父」は生きるために、二十世紀初めの経済活動が野生動物を商品化して絶滅危惧種にしていくことに加担していることに対して、その父の十字架を背負わされているかのように感じられる。ザネリはそのいじめの中心人物であるが、そんな同級生をいじめて楽しむ性格の悪いザネリを助けるために、カムパネルラは水に飛び込みザネリを助けた後に水死してしまう。天気輪の柱の下の草原で母の牛乳が牛乳店に届くのを待つ間に仮眠をしてしまい、その時に見た夢の中でジョバンニとカムパネルラが銀河鉄道に乗り込み壮大な宇宙の旅は始まり、生きること死ぬことの意味を問い続ける。ラッコは東北地方では絶滅種になっていたと言われていた時期もあるが一九八〇年代に生存が確認されて徐々に増えてきているようだ。賢治は天上でラッコが復活してきたことはきっと喜んでいるかも知れない。

ところで賢治の童話『氷河鼠の毛皮』では、イーハトヴ停車場からベーリング行の列車に乗り三重もの毛皮をまとったイーハトヴのタイチたちが今まで数えきれない何百匹もの動物たちを仕留めて毛皮にしてきた自慢話やこれから行くベーリングで狩りの大風呂敷をして酒盛りをしているが、その話を聞いていたスパイの赤ひげによってその密猟の悪事が暴露されてしまう話が書かれている。仮説であるが賢治はもしかしたら「不在の父」のことをこの童話によって書いたのかも知れない。そのタイチと同行していた青年が次のように言って捕らえられたタイチたちをかばい、赤ひげの仲間の白熊のような男たちとの折り合いをつけるように語る。「おい、熊ども。きさまらのしたことは尤もだ。けれどもなおれたちだつて仕方ない。生きてゐるにはきものも着なけぁいけないんだ。おまえたちが魚をとるやうなもんだぜ。けれどもあんまり無法なことはこれから気を付けるやうに云ふから今度はゆるして呉れ」。この箇所を読むとこの青年は賢治の分身であり、野生生物たちの命を軽視してきた私たち人間存在そのものであり、また「不在の父」はこの青年かも知れないし、スパイの赤ひげかも知れないし、強欲なイーハトヴのタイチだったかも知れない。賢治は人間と野生生物との関係の様々な問題点を百年前に書き残した。その問いかけは「生物多様性」が問われる現在において重要性を増している。現在の地球の置かれている情況は、「今度だけはゆるして呉れ」という情況でないことは誰が見ても明らかになっている。詩や童話『銀河鉄道の夜』『氷河鼠の毛皮』を含め賢治の作品は「生物多様性」の観点から再読することによって新しい発見があるに違いない。また同じことは現代の詩歌においても「生物多様性」の価値を宿した作品に見い出せるに違いない。

私は今回の『地球の生物多様性詩歌集――生態系への友愛を共有するために』に参加を呼び掛けるために左記のような論考『詩・俳句・短歌は「生物多様性」をいかに詠っているか』を「コールサック」(石炭袋) 103号に記した。その主要な部分を引用する。

【1/(略)/「生物多様性」(バイオダイバーシティ)という言葉は、「社会生物学」を提唱した米国のエドワード・O・ウィルソンが、著書の『社会生物学――新しい総合』、『バイオフィリア』、『生命の多様性』などでキーワードとして論じている。それは経済のグローバル化による生態系を破壊し絶滅種を増やしていく在り様を根本的に考え直し、生態系システムを持続した方がマクロ的な経済においても有益であり、また思想・哲学・文明批評的な役割を担う根拠になる考え方だ。実際に国連環境計画 (UNEP) や国際自然保護連合 (IUCN) などの基本的な考え方に反映されて、「生物多様性条約」(Convention on Biological Diversity、CBD、アメリカを除く一九三か国が批准) に向かっていき様々な利害関係を超えて実現もされているものもある。ウィルソンの考えを解説しているデヴィッド・タカーチの『生物多様性という革命』によるとウィルソンは次のように「生物多様性」を語っている。

《生物多様性は、遺伝的多様性から、分類のかなめの単位と見なされるべき種、そして生態系にいたる、すべてのレベルの組織におよぶ生命の多様さのことです。全体像を描くために、この各レベルを個々に、あるいはいっしょに扱うことができるし、またそう取り扱われています。また各レベルを地域ごとにも、地球全体としても扱うことができます。》

というように「生命の多様さ」を「遺伝的多様性」、「種や個体群」、「生態系」、「地域」などの様々なレベルにおいてフィールドワークでその実態を明らかにして、現実の政策に反映させようとする試みだった。ウィルソンはさらにそれを推し進めるために「バイオフィリア」という仮説を次のように語っている。

《私たちの最も深いところにある欲求は、古来の、まだ十分に理解されていない生物的適応から生じたものです。そしてこうした要求のひとつが、「バイオフィリア」です。庭や森林で、動物園で、家のまわりで、そして原生自然の中で、人間だけでなく動物と植物が織りなす多様性に囲まれることで、人間の中に湧き出てくる豊かな、そして自然な喜び、それがバイオフィリアです。／他の生きものは人間の生得的な情緒的要求を満たしてくれるだけでなく、終わることのない知的な挑戦の対象でもあります。たった一匹のチョウのなかに、地上のあらゆる機会を凌駕する複雑さがあります。ましてやすべての生態系の複雑さといったらどれほどでしょうか。地上に生息する生物種の大部分を自然環境の不注意な破壊によって消滅させれば、私たち自身に対して本当に回復不可能なダメージを与えるでしょう》

「バイオフィリア」とは「バイオ」（生物）への「フィリア」（友愛）であり、「生きものたちへの友愛」という意味だろう。このウィルソンの考え方は、多くの短詩形文学者や作家たちが地域の自然の生きものたちを詠う際の精神と重なっていると考えられる。このウィルソンの言葉は私が暮らす里山の生態系が消滅した時に抱いた喪失感を正確に説明してくれていた。】

【2／例えば次の宮沢賢治の詩「風景観察官」などは、地域の風景を眺めながら生態系という環境への友愛に満ちている詩だと言えるだろう。

風景観察官　　**宮沢賢治**

あの林は
あんまり緑青を盛り過ぎたのだ
それでも自然ならしかたないが
また多少プウルキインの現象にもよるやうだが
も少しそらから橙黄線を送つてもらふやうにしたら
どうだらう
ああ何といふいい精神だ
株式取引所や議事堂でばかり
フロックコートは着られるものでない
むしろこんな黄水晶の夕方に
まつ青な稲の槍の間で

ホルスタインの群を指導するとき
よく適合し効果もある
何といふいい精神だらう
たとへそれが羊羹いろでぼろぼろで
あるひはすこし暑くもあらうが
あんなまじめな直立や
風景のなかの敬虔な人間を
わたくしはいままで見たことがない

宮沢賢治の詩集『春と修羅』の中にある詩「風景観察官」はとても魅力的なタイトルだ。手帖に記されていた「雨ニモマケズ」は、他者の幸せを願う精神性の高さによって多くの人たちから愛されて様々な形で論じられるだけでなく、一般の人びとからもこの詩の中の言葉は引用され続けている。しかしこの詩「風景観察官」に関してはそれほど批評家たちから論じられることはなかったが、賢治の詩的精神を考える際にこの詩の試みは興味深い。賢治は「プウルキインの現象」によって「黄水晶の夕方」が近づくと外界の輝度が落ちてくると、「緑青を盛り過ぎ」る状態になり青が深みを増すことを告げている。こんな科学者的な視線がある一方で、「羊羹いろでぼろぼろ」の「フロックコート」を着た農民が、真っ青な稲の穂先の周りで「ホルスタインの群を指導」をする農民の姿に憧れている視線を感じさせてくれる。どこか天上から降り注ぐ生態系を見つめる視線と同時に、土と共に稲作や酪農で生きようとする理想的な農民の視線が合わさって「風景観察官」という言葉が生まれているように思われる。】

このように地球の住人としての人類は、果たしてこのような《「バイオ」（生物）への「フィリア」（友愛）であり、「生きものたちへの友愛」》という「バイオフィリア」を取り戻すことができる「本当の地球人」になれるだろうか。また宮沢賢治のような《天上から降り注ぐ生態系を見つめる視線と同時に、土と共に稲作や酪農で生きようとする理想的な農民の視線が合わさって「風景観察官」》という天と地の複眼を持つ「天地人」に近づけるのだろうか。「今度だけはゆるして呉れ」と言われてから百年経ち、地球の気温は一℃も上昇した。今世紀末までには地球温暖化は加速度的に上がってしまう。そのような情況の中で詩人、俳人、歌人たちは次のような危機意識を以って作品を記してきた。その作品の紹介を次にしていきたい。

2

本書は二三四名の「生物多様性」に関わる作品から成り立っていて、十一章に分けられている。各章の作品の中で心に残る作品・詩行を紹介していきたい。

第一章「誰がジュゴンを殺したか」十八名の作品は、絶滅危惧種に関わる人間の痛切な思いを記している。

金子兜太の「おおかみ」の句「おおかみを龍神《りゅうかみ》と呼ぶ山の民」、「ニホンオオカミ山頂を行く灰白なり」では絶滅させたニホンオオカミの神々しさを甦らせている。玉城洋子の「儒艮《ザン》といふ人魚の歌」の短歌「人魚の歌聞こえて来たり若者が下ろすザン網のたゆたふ波間」では沖縄の漁師たちが儒艮《ザン》というジュゴンを「人魚の声」として語り継いでいる。上江洲園枝の「ジュゴンのヘソの緒」の俳句「初あかねジュゴンのヘソの緒絡みつく」では沖縄の女性たちは「ジュゴンのへその緒」を美しい花として描く。松村由利子の「霧に包まれ」の短歌「陸《りく》を棄て海へ戻りし海牛目《かいぎゅうもく》　争うことが嫌いであった」ではジュゴンという「海牛目」を平和の象徴として捉えて沖縄と重ねている。謝花秀子の短歌「限りある命」の短歌「限りある命なりせば島の宝ヤンバルクイナ・イリオモテヤマネコ」では本当の宝であるならその命を絶滅種にすべきでないと呼び掛ける。大河原真青の俳句「星生まる」の俳句「子蟷螂《ことうろう》に原爆の日の星生まる」、「儒艮《じゅごん》ねむる南十字を聖樹とし」では子蟷螂や儒艮を再生させたいと願っている。馬場あき子の「夏至の蛇」の短歌「庭に立つ榠樝《かりん》にほつそり寝てゐたのはこのへんの絶滅危惧種なる蛇」では蛇の夢見る権利を尊重している。照井翠の「鯨の耳骨」の句「息かけてやれば目を上げ病み夏蚕」では病んだ蚕の命を励ましている。おおしろ建の「絶滅種の男」の句「若水やヤンバルクイナの声も汲む」では「ヤンバルクイナの声」を同じ絶滅危惧種として聞き入っている。石川啓の詩「誰がジュゴンを殺したか」では「一頭の儒艮の死が報道されました／誰がジュゴンを殺したのか」と辺野古の生態系を破壊する罪深さを告発する。柴田三吉の詩「コスモス日記」では「花畑は老人が創造した宇宙だ。絶滅するのはあんたらの方さ、とは言わない」と老人が河川敷で花畑を育てている。栗原澪子の詩「主旨」ではイチモンジセセリという『蝶のせわしないいとなみを／「せせる」と見立てた　先人の目の素晴らしさ』に共感する。髙橋宗司の詩「都タナゴ」では「朱色の腹部や青い線に震える鰭／都タナゴと鮒の相違は明瞭だ」と故郷の川に生息していた絶滅危惧種の都タナゴが増えることを願う。神山暁美の詩「源五郎」では『池の名を冠して「ヤシャゲンゴロウ」』という絶滅危惧種の源五郎の中でもその池にしかいない源五郎を紹介している。森田和美の詩「青春の暦」では「苦しみの果てに新しい年が明けるという／十二月はニューパパナ」という北米先住民族の言葉に「多様性」の原点を探っている。萩尾滋の詩「黒い虹」では「刻まれた模様の数は少ないが／まちがいもない　タイラギの　稚貝」と諫早湾の干拓で消えた「タイラギ」という二枚貝が甦りつつあることを記す。築山多門の詩「虐げられた子どもたち」では「おまえが悪いんじゃない／おまえはいい子なんだよ　と／それ以外に　このわたしに何ができただろう」と親に愛されない子供たちの悲惨さを書き記す。斎藤紘二の詩「愛ふたり」では「人間としてこの世に生まれたばかりに／親に殺されてしまった結愛《ゆあ》と心愛《みあ》」と親に最も残酷な方法で殺された子供たちを悼み、動物であり得ない人間の残酷さを記す。

第二章「海のかなしみ」三十三名の作品は、海や水辺の生物たちが人間によって酷い扱いをされて生存の危機に遭遇していることを、同じ生きものの内面の痛みとして記している。

　金子みすゞの詩「大漁《たいりょう》」では「はまは祭りの／ようだけど／海のなかでは／何万の／いわしのとむらい／するだろう」。曽我貢誠の詩「海のかなしみ」では「ぼくはアカウミガメ／ある日クラゲと間違えて／ビニールを飲み込んでしまった／息ができなくて　苦しんだ」。草野心平の詩「ぐりまの死」では「ぐりまは子供に釣られてたたきつけられて死んだ。／取りのこされたるりだは。／菫の花をとつて。／ぐりまの口にさした」。新川和江の詩『水へのオード16』16 源流へ」では「多摩川は痩せ　汚れ／白いふくらはぎまで漬かって／手づくりの布をさらす娘も　もういない」。ドリアン助川の詩「汚染蟹《よごれがに》」では「雪のなかで動かない／おっかさん　目がにごっているよ／おっかさん　爪が割れているよ／おっかさん　尻からなにか滲んでいるよ／おっかさん」。淺山泰美の詩「渚にて」では「海豹《あざらし》の狩りをしていたそのシャチは／浜に近づきすぎ　軀を砂地に乗りあげて／海に帰れなくなった／沖から／仲間たちがやって来て／シャチが力尽き／息絶えるまで見守りつづけた」。中久喜輝夫の詩「ボネリア」では「光の射さない海底の泥の中に／生息するボネリア／ユムシ類のボネリアという／無脊椎動物をご存じでしょうか？」。うえじょう晶の詩「不条理の海」では「夢に描いた祖国が崩壊していった46年間／それでも日本語で思考し／日本語を愛さずにはいられないジレンマ／美しい日本語と美しくない日本の乖離／それでもなお美ら海を守ることを／諦めてはいけない」。村尾イミ子の詩「石の揺りかご」では「アダンの甘酸っぱい香りに／がさごそとヤシガニが集まる／荒々しい浜のこの場所でこそ／万年の夢を見ながら／化石たちは／石の揺りかごで波に揺られている」。星乃マロンの詩「深海の伝言」では「水底のうねりの底に在るものについて／あんこうは語る／／そこでは　魂を働かせなければ／何ひとつ　微動だにしない」。日野笙子の詩「アメフラシの乱」では「潮の引いた砂浜にアメフラシはぬらぬらゆらゆらごろごろいた。体長十五センチの大きさの手頃なものを捕まえた。自分史があるとしたらこのときほどぼくが無自覚に残酷だった時代はなかっただろう」。山本衞の詩「潮だまり」では「広く果てしない蒼空を／穴いっぱいに写した場所／いるわ　いるわ／溢れんばかりの小さなものども／チチコハゼ　ヤドカリ　カエルウオ　ベラ　コトヒキ」。青柳晶子の詩「弱肉」では「折しもクリスマス／どれだけたくさんの鶏や七面鳥が捌かれたろうか／／私たちは折り紙を丸めてつないだ長い鎖の輪のひとつ／七夕になれば銀河にむかって懺悔する」。門田照子の詩「眠る魚」では「瀬戸の大海原越えち／島ん娘に逢いに行く夢なんか見ちょっち／知らんなかま《間》に高級ブランド魚にさせられち／グルメん舌先い幻の味となっち消ゆるんは／関サバん不覚の涙じゃ」。植木信子の詩「浜べいっぱいに響く」では「初なつの夕はつばめがひらりひらり飛ぶ／浜べでは子育て真っ最中のヒバリが空と海いっぱいに鳴く」。坂田トヨ子の詩「耳を澄ませば」では「世界は会話が満ちている／草木の根とバクテリアの会話が映像で確認された／世界の会話を見つけ出す科学の力」。橋爪さち子の詩「もっと海へ」では「おびただしい染みを散らせた背中に比して／かあさんの胸はしろく張りに充ち／ほとんど齢をとらないようでした」。福田淑子の短歌「大王烏賊」では「生まれては消ゆる営み海深く大王烏賊の眼は炯々《けいけい》と開《あ》く」。青木みつおの詩「ヤドカリ異聞」では「ヤドカリは小指の爪にも満たない生きもの／ひょうきんで透明な風貌をする／小さな黒い点としかいいようがない眼／意外に表情が変化する」。秋野かよ子の詩「貝ですっと囁きに来て」では「体じゅうに海水を溜めながら／人は何もわかっていないのです／夜空の星や渦巻く銀河の映像を／水たまりのような　小窓を眺めて微笑んでいても」。ひおきとしこの詩「かいぼり　池はしなやかによみがえりつつ…」では『「るるるー」と甲高い鳴き声　ヒナを狙うゴイサギ／鋭い嘴　種を繋ぐいきもの　逞しく痛ましく競い／やがて淘汰される命と　深い哀しみの闇を超えた／慈しみ溢るる命のさけび　おごそかな輪廻』。勝嶋啓太の詩「水族館」では「海に帰った一族は　今の形のクジラになり／陸に残った一族はその後　カバになったのだそうだ／生物学的に根拠のある

話なのか　おとぎ話なのか／知らないが　ぼくはこの話が好きだ」。金野清人の詩「カンツカ」では「近くの小川からはとうに消えた／頭でっかちの剽軽者のカンツカに／しばらくぶりに出会ってみると／元の姿はどこへやら／丸焼きにされ／錆びた釘になって／影すら消えていた」。大塚史朗の詩「みあく夢だというのに」。

以上の「バイオフィリア」という「生きものたちへの友愛」が宿り、「生物多様性」の豊かな価値につながる作品を折に触れて読んで欲しいと願っている。

「無の場所」を名付けたい衝動を抱えた地名詩の試み

『日本の地名詩集——地名に織り込まれた風土・文化・歴史』

《有が有に於てある時、場所は物である。有が無に於てあり、而してその無が考へられた無である時、前に場所であつた物は働くものとなる。而して空虚なる場所は力を以て満たされ、前に物であつた場所は潜在を以て満たされる。超越的なるものが内在的となるといふのは、場所が無となることである、有が無となることである。併し有の場所となる無に種々の意味がある。単に先づ或有を否定した無即ち相対的無と、すべての有を否定した無即ち絶対的無とを区別することができる。前者は空間の如きものであり、後者は所謂意識の野の如きものである。意識の野に於ては前に物であつたものは意識現象となり、空虚なる場所は所謂精神作用をもつて満たされる。場所がすべての有を否定した無なるが故に、意識の場所に於ては、すべての現象が直接と考へられ、内在的と考へられるのである。精神作用も無の場所との関係ではあるが、物力の如き有の意味を有することはできぬ、判断の対象として、限定することができるぬ、唯所謂反省的判断の対象となることができるのみである。》

（『西田幾多郎全集』第四巻（岩波書店）所収『働くものから見るものへ』の「場所」より）

1

地名とは、「場所」を名付ける人間の認識活動の言語化であり、ある意味で主観客観を超えてその地域の風土・文化・歴史を踏まえて認知されてきた言葉であるだろう。哲学者の西田幾多郎は百年前に「場所」という論考を記していて、引用された箇所は西田哲学の真髄を明示しているようにも思われる。西田のいう「有」とは主観や主語から見られた客観的で二元論的な存在や物なのだろう。それに反して「無」とは、主観客観を超えるかその背後にある世界を包み込むような述語的な主客合一の世界なのだろう。西田哲学はその思索的な言語にしか宿っていないのだが、西田の「場所」は、物としての場所ではない、「意識の野」に広がる人間の多様で根源的な精神活動が生み出したものと私には読み取れる。その意味で西行、芭蕉たち古《いにしえ》からの詩人たちが「歌枕」の場所に心惹かれて旅に向かい、それが叶わぬ場合は想像で実朝のように「歌枕」の場所を詠んだ作品を記したことも、現代の詩人たちの地名詩集の先駆者であることは確かなことだろう。

本書『日本の地名詩集　―地名に織り込まれた風土・文化・歴史』は、福井県の詩人・民俗学者・日本地名研究所所長の金田久璋氏が研究所の四十周年の記念として発案された。その金田氏と私の二人が編者となり、企画・公募し、また故人の優れた地名の詩篇を話し合い一四二名の詩篇を刊行したアンソロジーであり、その試みの意義や内容を紹介して行きたい。

地名とは、人間にとってある意味で多様な記憶の宝庫に違いない。私の場合も例えば東京下町の「南千住」という地名を口遊《くちずさ》めば、生まれ育った街の細部が想起されてくる。南千住駅には常磐線の貨物列車の最終駅である隅田川駅が併設されていて、常磐炭田の石炭を満載した列車を引き込んでいく広い車輛置場があった。と同時に隣接する「北千住」と言う地名も芭蕉が「おくのほそ道」に旅立った場所であることも想起されてくる。また父母の田舎の福島県いわき市の「薄磯」という地名からは、太平洋に面した塩屋埼灯台下の海辺の町の風景や人々が想起される。また特に母の実家があった薄磯地区は東日本大震災で壊滅的な被害となり多くの死者も出した。いまは浜辺近くは十メートルものかさ上げによって復興も進んだ。しかし津波で亡くなった人びとへの鎮魂と同時に、この「薄磯」という地名が巨大津波には無力であった危険な場所であることも語り継がれていかねばならないだろう。この地区で半農半漁の暮らしをしていた先祖たちがなぜ「薄磯」という地名を付けたのか。そこにはもしかしたら津波などへの危険を示す意味があったのかも知れない。地名にはその地域の風土・文化・歴史や古代からの重層的な世界を喚起させる重要な役割がある。詩人はこだわりのある場所から「地霊」又は「地の精霊」（ゲニウス・ロキ）を感受してそれを手掛かりに実は魅力的な詩を生み出す。しかし多くの詩にはその地名を詩人は消してしまう傾向があり、地名を入れた詩は少数になってしまうのだろう。詩人たちは故郷や異郷での地名をあえて隠して、その場所から触発された固有の体験を普遍化しようと試みる。詩は説明をせずに地名や固有名を韜晦し謎を残し想像力で読んで欲しいと願っているのかも知れない。そうすると土地や場所のイメージが読者には分かりにくくなり、詩が読まれない一つの要因になっているのかも知れない。地名を隠すことは、土地や場所に親しませそれを喚起させる働きを奪う恐れがあり、詩を例えば地域性を排除したモダニズム詩的なものに収斂させて貧しくさせる可能性がある。それは方言や故郷の地名を使用する地域社会の共同性を脱して、都市に集まる人間にとって故郷を隠すことで成立する都市での暮らしがあるからだろうか。しかし都市もまた小さな場所から成り立っているのでありそこにも地名の宝庫が隠されている。故郷にまつわる地名の様々な記憶や伝承や山里の暮らしなどは、その土地や場所で生きるものたちにとって、地域社会を持続するための真の智恵の宝庫になりうるはずだ。科学技術は山河や大地や海辺などを均質に捉えるのではなく、場所から促された地名の膨大な智恵を将来のリスク管理や新たな地域作りの基礎データとして活用し、人間と多くの生物たちを生かし共存し持続可能な社会を目指すために活用されるべきだろう。

　地名を入れて詩作することは、その地名に秘められている、その地で生きた先祖や多くの民衆の歴史・文化の深層を呼び起こすことだろう。また、自然を開発し多様な生物が生きてきた場所を収奪して均一化して成立してきた近代・現代社会の科学技術の問題点は、地球の危機を引き起こし、他の生物との共存関係を求められている。そのような意味で地名という土地と場所の記憶を再認識しその差異を豊かに感じて生きることは、持続可能な未来を創造するためにも今日的意味があることだろう。また古代からの歌枕で読まれる地名は、例えば福島の「白河の関」などは、西行や芭蕉などの詩歌の作家たちを東北に誘ってきた。この異郷へ憧れこそが詩歌の歴史を作ってきた詩的精神だともいえる。このことは初めに引用した西田幾多郎の記した「精神作用も無の場所との関係ではある」との言説は、詩人たちがなぜ地名詩を書くのかという問いの有力な示唆になるのかも知れない。詩人たちは「無の場所」を名付けたいという衝動を絶えず抱えながら詩作を続けているのだろう。

2

　一四二名の詩篇は地域別に七章に分けられた。これらの詩における地名に込めた作者の思いを限定的だが紹介して行きたい。

第一章「沖縄・奄美の地名」は山之口貘の詩から始まる十二名の詩篇が収録されている。

山之口貘の「芭蕉布」は「暑いときには芭蕉布に限る」という「母の言葉」から「沖縄のにおい」を懐かしむ。八重洋一郎の「通信」は「石垣島の白保・竿根田原《さおねたばる》に埋まっていた頭蓋骨」が「二万年前の人骨」だと突き付ける。かわかみまさとの「与那覇湾」は「蘇鉄地獄は／島から追放された」が、「化学肥料で色あせた赤土は／年を追ってやせ衰える」と土地の劣化を危惧する。佐々木薫の「哭きうた」は「戦後13年、摩文仁の丘に立つ兄がみたものは……／紺碧にひろがる大海原」と兄を偲ぶ。うえじょう晶の「辺野古ブルー」は「4万5千の民衆が奥武山に集い／「NO辺野古新基地」の／メッセージボードを揚げ」る。中地中の「シマ宇宙」は「久高は神のシマ」で「琉球弧のシマジマから／漂浪の魂が集い／恩寵を授かるシマ」の来歴を語る。伊良波盛男の「池間《イキマ》」は「じつに誇らしくも偉大なるイキマよ！／まさにンヌツニー（命根）の島だ」と地霊を示す。高柴三聞の「うろうろうろ」は那覇が「日本のどこにもないアジアの香りに溢れて」いることを伝える。与那覇恵子の「沖縄から　見えるもの」は「沖縄の空を　アメリカの轟音が切り裂いていく」ことから、「したたり落ちる／血」を幻視してしまう。日高のぼるの「いのちの木―渡嘉敷島にて」では「渡嘉敷　阿波連　渡嘉志久の三つの集落からなる」その谷あいが「住民虐殺」の現場となった。鈴木文子の「ニライカナイ」は「「ウフ」は大きい「アガリ」は東」と南大東島の地名を身近にしてくれる。田上悦子の「上空から」は「母の故郷　奄美大島西古見村の人口」が戦前の一四〇〇人から現在では三五人に激減しているという。

第二章「九州の地名」は伊東静雄など十三名の詩が収録されている。

伊東静雄の「有明海の思ひ出」では「泥海ふかく溺れた児ら」らの悲劇を「しやつぱに化身をした」と物語る。谷川雁の「阿蘇」は「神が　かつていじくった途方もない土器」だと表現する。杉谷昭人の「日《ひ》の影《かげ》」は「日の光を／日の影とはじめて呼んだ／そのとき／わたしたちのかたわらを／すばやく駆けぬけていったものがあった」と地名の誕生する霊感に肉薄する。門田照子の「無刻塔」は「西蓮《さいれん》寺《じ》の脇ん曲がり角ん所じ待伏せしちょったんじゃ」と無理心中する若い男女の情念を刻む。南邦和の「浅ヶ部《あさかべ》」は「農夫が　消防士が　セールスマンが／神々に変身する」という「浅ヶ部は忽ち聖地」になる。高森保の「末盧《まつろ》・松浦」は「末盧がまつろわぬ非服従を意味したように反原発の生き方に共感するもの」を問いかけてくる。福田万里子の「柿若葉のころ」は「柿もぐと樹にのぼりたる日和なり／はろばろとして背振山みゆ」と亡父から遺言のように伝えられた。浅見洋子の「十二月の菜の花畑」は「茶褐色の大地が埋め立てられた／水俣湾／／朝日に輝く　水俣の海が／目前に　拡がることを　思い描く」と水俣湾を鎮魂している。働淳の「三つの池」は「三池炭鉱のあった大牟田市の東に三池山という山がある／その山頂には今でも三つの池があり」とその由来を記す。宇宿一成の「降り注ぐ灰に撃たれて」は「―燃えて上がるはおはらハァ桜島／降り注ぐ灰に撃たれて」と桜島のおはら祭りを伝える。志田昌教の「苧扱川《おこんご》」では「いつの時代も貧しい女」は「商品として生きることしか許されなかったのか」と遊郭の女たちを地名に読み取る。宮内洋子の「をとめ　づき」は「深い闇から　魔の触手」を振り払うように「獣道を　月が　照ら」した月を「乙女月」と名付けたという。後藤光治の「命日」は「松山ん窪《まつやまんくぼ》では死者たちが／坐棺の中で膝を抱き／礼儀正しく座っている」と村の墓所に父を葬る。

第三章「四国・中国の地名」は大崎二郎など二十名の詩が収録されている。

大崎二郎の「火」は「三椏《みつまた》。／仁淀川の／深みゆく山のわきの／その渓谷《たに》を遡ってゆく」と土佐の様々な村が広がる。片岡文雄の「山鬼　土佐国本川郷「寺川郷談」による」は「山鬼とはたれのたましいですろうか」と土佐の魂を問う。林嗣夫の「詩集『四万十川』　一、かたい苔がこびりつき」では「幡多郡《はたぐん》十和村立石《たついし》」の四万十川の山奥から墓を高知市内に移す時に、少年の頃に病死した牛が脳裏に甦ってきた。山本衞の「讃河Ｉ　誕生」は「四国カルストの大地は／壮大な宇宙設計事務所の／叡知の展示場フロアだ」と俯瞰する。永山絹枝の「足摺岬の野菊」は「アシズリノジギクの白い花／アゼトウナの黄色い花」を「小児麻痺を患っていた」少女からもらった。近藤八重子の「天狗高原」は「右は愛媛県／左に高知県の山並が／眼下に広がる天狗高原」を眺めて魂は無に変わる。／時には／雲海が山並みを覆い／天狗高原は雲の上」。水野ひかるの「法然寺晩秋抄」は「涅槃堂で出会った／大きな寝釈迦の像／蝸牛《かたつむり》や蝙蝠《こうもり》など」を畏怖する。大倉元の「祖谷の水」は「平家の落人が居を構え／父やん　爺やん　先祖代々と／多くの命を支えてきた」水音を感じている。山本泰生の「「第九」の空」は「今年も六月初めの日曜日」に「記念のドイツ館のある鳴門《なると》で」、平和を願い「第九」演奏会が開かれる。山口賢の「江舟《えふね》」は「江舟太郎は日本海にそそぐ阿武川《あぶがわ》を遡り／袋小路の盆地を切り拓いた／その川が江舟川、その山が江舟山だ」そうだ。峠三吉の「仮繃帯所にて」は「焼け爛れたヒロシマの／うす暗くゆらめく焔のなかから／あなたでなくなったあなたたちが／つぎつぎととび出し這い出し」てくる。原民喜の「原爆小景（抄）」は「ヒロシマのデルタに／若葉うづまけ／／死と焔の記憶に／よき祈よ　こもれ」と祈念する。長津功三良の「わが基町物語　五」では「いびせかったけぇ　（こわかった）／ピカのこたぁ　おもいだしとぉないけんねぇ」と指が癒着した小母さんは涙を見せずに語るのだ。**天瀬裕康**の「呉と呼ばれる港町」は「呉《くれ》は呉《ご》の人が　住み着いたから「呉」になったのだ」と「前世の記憶」を語りだす。**くにさだきみ**の「『岡山空襲』の記憶から」は『岡山空襲』は／―不謹慎だけど　あえて言うなら―／背筋も凍る軍国の／心に受けた　被災の「花びら」」だと痛みを語る。**今井文世**の「六島《むしま》」は「小さな船着場へ下りると／冬の陽の降りそそぐ墓の群れが／海に向かって立ち並び／島に入る者を　最初に迎える」と死者の眼差しを感受する。**坂本明子**の「吉備野」は「人から人へ／こころのとどかないことも／吉備野に沈む古代の時間に／ふくまれていて」と地霊が甦るのだろう。**洲浜昌三**の「石見銀山大森　仙の山」は「山頂「石銀《いしがね》」には「石銀山上六千軒」の言葉が残り／一六世紀のポルトガル地図に「銀鉱山王国」と書かれ」て西欧に知られていた。**永井ますみ**の「大山《だいせん》山麓地へ入植」は「瀬戸内海を渡り伯備線に乗った／空軍米子基地のあった葭津《さきつ》へ向かった」母の入植を辿っていく。**中村真生子**の「この空こそ冬の空」は「太平洋側から来た人は／「山陰の冬は重苦しい」という」が、「この空こそ、冬の空」こそ山陰そのものだと伝える。

第四章「関西の地名」は谷川俊太郎など十七名の詩が収録されている。

谷川俊太郎の「鳥羽」は「風は私の内心から吹いてくる／鳥羽は既に一望の荒野／乾いた菓子の一片すら／犠牲の上にしかあり得なかった」と「飢えながら生きてきた人」に思いを馳せる。**小野十三郎**の「大阪の木」は「火をくぐって／一本の銀杏《いちょう》の木が育つのを見た／大阪の堅《かた》い土に根をはり」と大阪大空襲に遭遇した木を同志のように感じている。**美濃吉昭**の「大和国の娘」は「大和の国／伊勢街道に沿って走る急行へ／黒いいでたちの娘／が、乗ってきた」時に、タイムスリップし「壬申の乱」を想起してしまう。**桃谷容子**の「平城宮跡のトランペット」は平城宮跡で「あなたは銀色のトランペットを高らかに青空に向って吹き鳴らしていた」と寄り添えなかった恋人を想起する。**安水稔和**の「神戸　はじまりの歌」では「あの人はわたしのなかで微笑《ほほえ》んでいる／わたしが忘れないかぎり」と生死を超えた関係を見詰めている。**川口田螺**の「神戸大震災」は「1995年1月17日未明、阪神淡路大震災が発生した」が、六日後にやっと神戸の街をさ迷い街の瓦礫に怨念を感じ取った。**江口節**の「印南野」は「印南野《いなみの》／鬼の多い地だった／野中の清水／地図を広げれば／神戸市西区岩岡町野中／ほそく清水川が流れている」と狂言「清水」から触発されて記された。**狭間孝**の「ハナミズキ」は「諭鶴羽山《ゆづるはさん》からの突風に／三原平野の稲穂の青が／扇のように広がり／海へと通り抜けていく」と故郷の山河を語る。間瀬英作の「兵庫県蘆屋市、第三チームはどこへ消えたのか。」では「弁当代わりに水筒持参の子がいた。粥を入れていたのだ。食事時間、黙って姿を消す子もいた」と貧しい家の「第三チーム」に自分がいることを誇りに思っている。真田かずこの「マキノの虹」は琵琶湖の「日々遠のき近づく／竹生島《ちくぶじま》」を慈しみながら暮らしている。下村和子の「湖北の水」は「湖に陽が差すと　湖水はゆっくり歓喜の踊りを舞いはじめる　暖められて　藍が湖底から　浮き上がり光りはじめる」のだ。浅山泰美の「旅路」は「父の故郷は／近江富士の麓／湖北　長浜市八幡中山／生家は村の八幡宮のそばにあった」と父の出身地に思いを馳せる。草薙定の「根本中堂」は「開山以来連綿と灯し続けてきた「不滅の法灯」の光」を見詰めた宮沢賢治と父の足跡を思い遣る。北條裕子の「補陀落」は「ここにいるよ／ここにいるよ／ささやく声が聞こえて」と愛する死者との対話が記されている。武西良和の「高畑という地名」は「高畑という土地の名は／底を流れる貴志川《きしがわ》から遠く離れ／山頂の畑に鍬を担いで／農夫が坂を登るところから来ている」という。秋野かよ子の「鬼―白崎海岸の辺り」は「怒りの鬼は歯ぎしりをたて　人々を海へ放り出す／すぐそこは稲叢《いなむら》「稲むらの火」を伝えた」と津波から命を守る知恵を伝えた。安森ソノ子の「霊は京都で」は「水鳥と霊と私／再会する場所は京都の鴨川」と京都の千数百年のただならぬものを記している。

第五章「中部の地名」は浜田知章など二十五名の詩が収録されている。

浜田知章の「閉された海」では「風雪の忍従を流してきた鴉の群だ。／一九五三年／内灘の揮発した夏空を覆う」。前川幸雄の「縄文の里」では「九頭竜川《くずりゅうがわ》は／（略）／古名、崩れ川の転かといい、上流の湖に眠る龍が暴れ下ったという伝説もある」。出雲筑三の「信濃川」では「越後三山八海山／令和の少年少女は境をこえ／ギンヤンマは稲穂に遊ぶ」。阿部堅磐の「惟神《かんながら》の徒」では「清津峡を右に眺め／／ホテル近くの高台から／懐かしい山／雪の八海山を仰ぐ」。片桐歩の「美ヶ原台地」では「ピンクのヤナギランが咲く山道を／下って登ると／王ケ鼻《おうがはな》の岩壁の上に立つ」。小山修一の「伊豆半島」では「伊豆山　熱海　錦ケ浦《にしきがうら》　来宮《きのみや》　伊豆多賀　網代《あじろ》／（略）／歴史を秘めた宝石のような地名」。宮田登美子の「帰郷」では「魚津駅を出て左に曲がると昔ながらの細い道だった。生家のあった仏田に向かった」。こまつかんの「湖畔の詩人　野澤一　～四尾連湖《しびれこ》（山梨）～」では「龍が　山の腹に片足をつき／飛び跳ねた跡にできた湖水だろうか」。鈴木春子の「河津桜物語」では

「桜前線が／沖縄から始まる頃／伊豆半島の東海岸にある河津町から／桜祭りの話題が聞こえ始める」。長谷川節子の「風そよぐ「小垣江町」」では「ゼロメートル地帯　軟弱な液状化地盤／危険地帯の赤い色付けした地図は／配られてはいるけれど」。井崎外枝子の「母よ　手取湖《てどりこ》の村へ」では「丸ごと村は沈んだ／いくつもいっしょに消えていった」。徳沢愛子の「加賀友禅流し」では「男川で産湯をつかった鐵山さんは／代々引染職人　胸まであるゴム長靴が似合う」。谷口典子の「刀利」では「「トウリ」はアイヌ語で／「山の上の湖」という／石川県と富山県の境の／人も訪れない深い山の頂にあった」。清水マサの「桜　散る中で」では「平成の大合併により／出生は新発田市　成育は新潟市江南区袋津／現住所は江南区北山となり」。植木信子の「佐渡島」は「順徳上皇　日蓮　世阿弥／佐渡人は都人を敬意をもってもてなし都の文化を継承した」。古賀大助の「数河《すごう》峠《とうげ》」では「峠はすっぽり白く包まれるだろう／ぼくはハンスとみつめる／眺望のきかない雪の峠をみつめる」。関章人の「浜みち」では「揚浜塩田《あげはまえんでん》や地引網など　村人が通ううちに／曲折しながら道が生まれ　浜みちと呼んできた」。黒田不二夫の「紫の稜線」では「足もとから山まで続く稲田、を抱える村々が点在する／妙金島《みょうきんじま》、坂東島《ばんどうじま》、「島」とつく名前の村が今なお残る」。上坂千枝美の「夕暮れのタウントレイン」では「北鯖江駅は無人駅／まばらな人の流れ／少し疲れた顔で／目が合って小さく笑う」。渡辺本爾の「一乗谷に在りし」では「戦国時代朝倉五代の百有余年／その影の向こうに／ときが流れそして動いた」。有田幸代の「菜の花」では「父の家の近くを通ると／九頭竜川の土手に広がる／一面の菜の花に驚いた」。龍野篤朗の「四か浦の道」では「四《し》か浦《うら》の道は海の道と山の道の出会い／大樟から新保、宿を通り織田へ抜ける」。西畠良平の「一乗の夢　まぼろしの如く」では「攻め追い立てられた人たちは／一乗の想念の谷から　韜晦《とうかい》し／北之庄の地で　医薬や商いを生業として街を支えた」。千葉晃弘の「住所」では「この駅で空襲に遭い父を残して母子三人は／女駅員と江端駅まで線路沿いに逃げ伸びた」。山田清吉の「だんだんたんぼ」では「あれが十日月田　あれが日光菩薩田／あの長い大きい田は寝釈《ねしゃ》迦《か》さんです」。

第六章の「関東の地名」の西脇順三郎など二十七名が収録されている。

西脇順三郎の「二人は歩いた」では「玉川の上水でみがいた色男とは江戸の青楼の会話にも出てくること」。金子光晴の「東京哀傷詩篇」では「ニコライのドームは欠け、神田一帯の零落を越えて／丸の内、室町あたり、業火の試練」。

高見順の「青春の健在」では「私はこの川崎のコロムビア工場に」勤めたことがある。鳴海英吉の「横浜・六月は雨」では「そこで　一人の娘さんが死んだのです」。茨木のり子の「根府川の海」では「根府川《ねぶかわ》／東海道の小駅／赤いカンナの咲いている駅」。新川和江の「犬吠埼の犬」では「何を投げてやったら／気をしずめてくれるのだろう」。大岡信の「地名論」では「名前は土地に／波動をあたえる／土地の名前はたぶん／光でできている」。金田久璋の「虚実の桜」では「千鳥足で　千鳥ガ淵を／引かれ者の小唄を歌い」。うめだけんさくの「コンビナートの見える海」では「対岸の大黒埠頭／その先に子安、鶴見、川崎がある」。大掛史子の「呑川」では「呑川《のみかわ》駒沢支流は蒼籠《あおご》もる延々三十キロの桜隧《ずい》道《どう》」。青柳晶子の「半月峠」では「立木観音《たちきかんのん》を通り過ぎ　中禅寺湖や男体山《なんたいさん》を一望」。大塚史朗の「産土風景」では「朝日の昇る赤城山／夕日の落ちる榛名山《はるなさん》」。神田さよの「言問橋」では「ひとりの老婆が／たもとの慰霊碑に／仏花《ぶっか》を供え念仏を唱えている」。山口修の「つづら折れの記憶」では「降り止まぬ雨に下山を強いられた／蓬峠《よもぎとうげ》からのつづら折れ」。ひおきとしこの「土合の地下道を踏んで　谷川連峰」では「眩い　朱い光　聳え立つ　谷川連峰の勇姿」。山﨑夏代の「埼玉県寄居町　縄文の地」では「寄居とは寄り集まる場／人間の　動物の　鳥　虫　草　木／水も　風も光りも」。水崎野里子の「吉祥寺の子守り唄」では「吉祥寺の駅裏に闇市の跡があったと」。志田道子の「神田明神下の日溜まりで」では「おばあちゃんが／「ショーウィンドー」に飾られてる」。田中眞由美の「武蔵郡新倉の里で」では「河岸段丘のふもとには／縄文人の里があり」。岡本勝人の「筑波山から東北をみる」では「上野をさまよって奥羽を透視する／筑波から東北がみえる」。鈴木比佐雄の「朝露のエネルギー　―北柏ふるさと公園にて」では「二〇〇㎞離れた核発電所からセシウム混じりの雨が降った」。宮本早苗の「明大通り」では「一匹のミンミンゼミが制圧している」。古城いつもの「大田稲荷大明神」では「どっちが法華経寺で／どっちが木下街道で／どっちへ行けばうちに帰れるのか」。石川樹林の「国立〜詩と喫茶も「共に生きる」」では「ネオンの街にならぬよう／子どもたちを　まもったまちのひと」。堀田京子の「望郷のバラード」では「浅間の山に積もる雪／上毛三山空っ風」。高田真の「狭山湖逍遥　1」では「樹齢四、五百年ほどの神々が笑う」。葉山美玖の「浦和23時」では「トマトスープ缶が／24時間働け！と嘯《うそぶ》いている」。

第七章の「東北・北海道の地名」は宮沢賢治など二十八名が収録されている。

宮沢賢治の「五輪峠」では「あゝこゝは／五輪の塔があるために／五輪峠といふんだな」。高村光太郎の「樹下の二人」では「あれが阿多多羅山《あたたらやま》、／あの光るのが阿武隈川《あぶくまがわ》」。村上昭夫の「岩手山」では「笑気のたつ奥羽の湿地原／魂を凍らせてやまぬ奥羽の大雪原」。寺山修司の「誰か故郷を想はざる」では「私は一九三五年十二月十日に青森県の北海岸の小駅で生まれた」。真壁仁の「蔵王に寄す」では「静かなる激情の山　蔵王蔵王よ」。若松丈太郎の「夷俘の叛逆」では「七七六（宝亀七）年、志波《しわ》・胆沢の蝦夷が叛逆する／七七七（宝亀八）年、蝦賊叛逆、出羽軍が敗れる」。亀谷健樹の「岩偶のわらい」では「岩偶の化身　さながらの／縄文のわらい　そこぬけのあかるさ」。根本昌幸の「わが浪江町」では「杖をついても／帰らなければならぬ。／わが郷里浪江町に」。みうらひろこの「歴史をつないで　―武士《もののふ》の夏」では「相馬の郷人《さとびと》たちが心を燃やす夏の祭り／相馬野馬追」。前田新の「会津幻論　―サトゥルヌス」では「会津という土地に／生まれ育ち／七十余年を生きてきた」。うおずみ千尋の「菊多浦―わたしの海」では「あの大海原に渦巻いた　灼熱の想い」。齋藤貢の「野に春は」では「阿武隈の山脈を吹き渡る風は／小高にも／浪江にも／双葉や／大熊の町並みにも」。金野清人の「五葉山」では「五葉山のふもとの山里／平山集落で／私は生まれ育った」。斉藤六郎の「大地震《おおじしん》」では「おじいさん・おばあさんの故郷は　双葉町両竹《ふたばまちもろたけ》」。石村柳三の「わたしの夢飛行　―津軽のけっぱれ人生」では「「けっぱれとは頑張れや努力しろ」の応援歌だ」。安部一美の「避難する日」では「陸沖でM九・〇の東日本大震災発生／郡山市は震度六弱の大揺れ　死者一名」。前原正治の「凍鶴《いでづる》のように」では「しほがまの浦こぐ舟のつなでを切り」。北畑光男の「救沢の風」では「岩手県下閉伊郡小川村救沢《すくえざわ》の風である」。東梅洋子の「一杯のコーヒー」では「大槌の中心あたりに／花やしきがある／／ドアを開けると／鈴がなる」。佐藤秀昭の「花一揆」では「種山ヶ原では／去年の芒がゆれている」。成田豊人の「伊《い》勢《せ》堂岱《どうたい》異聞」では「北面に田代岳、十ノ瀬山、烏帽子岳、駒ヶ岳」。宮せつ湖の「雪の葬列」では「磐越西線に乗り／猪苗代湖《いなわしろこ》へ向かう」。小熊秀雄の「飛ぶ橇」では「世間では津軽海峡のことを／『塩つぱい河』といふ」。矢口以文の「早苗さんが語るアイヌの着物（抄）」では「そのコタンの人たちはみんな／同じ模様の／アットウシを持っています」。神原良の「北海道共和国のさびれた街を」では「室蘭港の夕映え　死ではなく生を／（略）／あの日　僕たちは夢見ていた」。大竹雅彦の「モルエラニ」では「小さい下りみち、／という意味のアイヌ語地名の／場所だと教えてくれた」。日野笙子の「平和の滝―手稲《ていね》山麓まで」では「拷問を受け、わずか二十代半ばの短い生涯を閉じた平和活動家」。谷崎眞澄の「根釧原野で」では「たとえば　鹿たちが／五頭連れだって／わたしを視ている／生きているのだ」。

以上の全国の詩人たちのその場所や地名に込めた多様で豊かな試みを折に触れて読んでほしいと願っている。

「世界内存在」・「死に臨む存在」・「生物多様性」などの存在論的意味

『闘病・介護・看取り・再生詩歌集――パンデミック時代の記憶を伝える』

1

昨年の二〇二一年秋に『地球の生物多様性詩歌集　生態系への友愛を共有するために』を刊行した。アメリカの「社会生物学」エドワード・O・ウィルソンが提唱した「生物多様性」（バイオダイバーシティ）には、「バイオ」（生物）への「フィリア」（友愛）という「バイオフィリア」（生きものたちへの友愛）が存在している。この生きものたちの「生の危機」を我が事のように感ずる考え方は宮沢賢治を始めとした多くの短詩型作家たちは自らの作品の中に込めてきたと思われる。ただ人類の歩みは、経済・政治・軍事を最優先し「バイオフィリア」（生きものたちへの友愛）を軽視して数多くの絶滅危惧種を生み出して地球環境を破壊してきた。

そんな地球の「生物多様性」や環境を破壊し地球の脅威となっている人類に対して、大きな警鐘となったのが新型コロナウイルスだろう。二〇二〇年初めに本格的に始まった新型コロナは二〇二二年七月の統計によると累積感染者数は、世界中で約六億人、累積死亡者数は約六〇〇万人に達している。それから数ケ月以上たっているので、相当数増えている可能性があり、新型コロナは七波にも達してその後の収束は未だ不透明だ。日本においても直近では累積感染者数が約二千万人で、累積死亡者数は四万人を超えている。また感染者たちの後遺症も徐々に明らかになってきていて、今後も大きな社会問題として感染症対策は続いていくのだろう。

新型コロナの百年前の一九一八年三月頃にアメリカの兵士の間で始まったとされるスペイン風邪（インフルエンザ）は五月には日本に上陸し、当時の日本の人口五五〇〇万人の内の約二四〇〇万人が感染し約三十九万人が死亡したと言われている。その死亡した中には文学者の島村抱月、詩人・画家の村山槐多、福島県の俳人・批評家の大須賀乙字などがいた。また宮沢賢治の妹トシはスペイン風邪が引き金になって持病を悪化させて死亡した。芥川龍之介は二度もかかり友人に辞世の句を送り、斎藤茂吉は短歌に闘病を書き記している。

それから百年後の現在において、『闘病・介護・看取り・再生詩歌集―パンデミック時代の記憶を伝える』をタイトルとして現役の短詩型の作家たちから作品を公募し、また例えば宮沢賢治の詩「永訣の朝」などの古典的な作品も含む二四一名の「生の危機」や「存在の危機」をテーマとする作品から、本書は成り立っている。

それらの作品に分け入っていく前に、ハイデッガーの『存在と時間』の第二編「現存在と時間性」の「第一章　現存在の可能的な全体存在と、死へ臨む存在　第四七節」の次の箇所を引用する。

《たんなる死者とはことなって、「故人」は「遺族」から奪い去られたものであり、葬式や埋葬や墓参などの仕方でおこなわれる「配慮」の対象である。そしてそれというのも、「故人」はその存在様相において、たんに配慮される環境世界のなかの道具よりも「以上の」ものだからである。「故人」のもとに哀悼と追憶のこころをこめてとどまるとき、遺族たちは―敬虔ないたわりという待遇の様態で―故人と共同存在しているのである。それゆえに、亡き人へむかう存在関係を、身の廻りの道具にたずさわる配慮的存在としてとらえることも、やはり許されないことなのである。（略）／故人がもはや現に存在していないというありさまを、それにふさわしく現象的にとらえていけばいくほど、亡き人とのこのような共同存在においては、故人が終末に至ったという肝腎なことがらは、まさに経験されていないということが、いよいよ明瞭になってくる。そこでも死はたしかに喪失としてあらわになるけれども、しかし打ち明けていえば、それはむしろ、生き残っている人びとが蒙むる喪失なのである。この喪失を蒙むることのなかでは、末期の人が「こうむる」存在喪失そのものに接することはできないのである。われわれは、ほかの人びとの死ぬことを真正な意味で経験することはできない。われわれにできることは、せめてその場に「居合わせる」ことだけである。／そして、ほかの人びとの死去を「心理的に」実感として受けとろうとしてその場に立ち会うということが仮に可能であり穏当であるとしても、われわれがそのとき念頭においているあり方、すなわち終末に至るということは、それによって決して把捉されないであろう。なぜなら、問われているのは、死んでいく人の存在の存在可能性のひとつとしての彼の死去の存在論的意味なのであって、故人が遺された人びととまだ共に現に存在しているありさまではないからである。（略）／死ぬこと（Sterben）において、死（Tod）とは存在論的に各自性と実存とによって構成されているものであるということが、現われてくる。死ぬことは、なにかの事件ではなく、実存論的に理解さる

べき現象であり、それも、なお立ち入って画定されるような意味で、際立った性格をもつ現象なのである。》

（細谷貞雄・亀井裕・船橋弘 共訳、理想社刊）

ハイデッガーは人間存在が有限で実存的な「死へ臨む存在」であり、それゆえに存在を問う「現存在」（存在者）であり、またこの世界の多様な意味の連関の総体である「世界内存在」であるゆえに、様々な関係性の中で「故人」ともつながりを持つ「共同存在」であることを思索している。また「故人」の喪失は「生き残っている人びとが蒙むる喪失」であり、「存在喪失にそのものに接することはできない」のであり、〈せめてその場に「居合わせる」ことだけである〉と言い、「居合わせる」とは「世界内存在」であり「共同存在」である「現存在」の日常的な在りようを記している。それゆえに「死（Tod）とは存在論的に各自性と実存によって構成されているものである」と「居合わせる」ものたちが「故人」の存在論的意味を解釈し様々な表現で伝えようとすることの可能性を粘り強く思索していた。このハイデッガーの「世界内存在」・「共同存在」・「現存在」・「死に臨む存在」・「居合わせる」などの十九世紀・二十世紀以降の市民社会の基底を読み解く哲学的概念は、初めに触れたウィルソンの「生物多様性」や「生きものたちへの友愛」という地球そのものの「生の危機」を警告する考え方の基底を示唆し、さらにその考え方とつながり発展させていく可能性があると私には考えられる。

ハイデッガーは『ヘルダーリンの詩の解明』の中で「詩とは我々の理解するところによれば神々並びに事物の本質に建設的に名を賦与することである。」また「詩は歴史を担う根拠」であるとその存在論的な詩論を語っている。その意味でハイデッガーの哲学は「歴史を担う根拠」を存在論的哲学言説と詩的言語を同等のものとしても語っていた。そんな「歴史を担う根拠」を問う詩人・俳人・歌人の詩的言語を本書に収録したいと願った。

2

本詩歌集は序詩・宮沢賢治の「永訣の朝」から始まり、一章「闘病」、二章「介護」、三章「看取り」、四章「葬い・鎮魂」、五章「再生」の五章の二四一名の詩歌から成り立っている。「永訣の朝」には五章にわたるテーマの全てが入り込んでいると思われる。一部を引用する。

《ああとし子／死ぬといふいまごろになつて／わたくしをいつしやうあかるくするために／こんなさつぱりした雪のひとわんを／おまへはわたくしにたのんだのだ／あ

りがたうわたくしのけなげないもうとよ／わたくしもまっすぐにすすんでいくから／（あめゆぢゆとてちてけんじや）》宮沢賢治は妹トシからの末期の言葉「あめゆぢゆとてちてけんじや」を、「わたくしをいつしやうあかるくするために」と胸に刻んで、その生涯を妹トシと共に生き抜いたのだろう。

第一章「闘病⑴パンデミック」では、百年前のスペイン風邪や現在進行中の新型コロナの実相に触れた詩歌を紹介する。

斎藤茂吉の短歌「若き友ひとり傍《かたはら》に来つつ居りこの友もつひに病《やまひ》を持てり」では、「はやりかぜ」（スペイン風邪）を若き友人に移してしまう可能性を記した。村山槐多の詩「死の遊び」では「私のおもちゃは肺臓だ／私が大事にして居ると／死がそれをとり上げた」と一九一九年にスペイン風邪で亡くなった槐多の死生観を示している。福田正夫の詩「一つの列車とハンケチ」では「死にに行くのだ、死にに行くのだ、／なんといふ国民的の悲劇だ。」と一九一八年八月のシベリア出兵が兵士達にもたらす「国民的の悲劇」を予感していた。その悲劇には戦死とスペイン風邪の両方が重なっていた。前田新の詩「パンデミック」では「ＳＦ「復活の日」で小松は／パンデミックを人類文明への啓示として／ダンテの『神曲』に擬えた」と、パンデミックが警告している人類の今後の在り方に思いを馳せる。依田仁美の短歌「ブレークスルー感染と言え呼吸器に一抹五抹うごめく脅威」では、ワクチン接種後に感染してしまい、呼吸器にさえウイルスがいると恐怖を抱く。大畑善昭の俳句「青葉闇コロナウイルスまた化けて」では、微細な世界ではコロナウイルスの遺伝子が「化けて」、次々に化け物が出現する。櫟原聰の短歌「コロナ禍に面会ならぬこと多く最期を看取る幸を得たりき」では、コロナ禍前だったから母の「最期を看取る幸を得た」が、コロナ禍後では看取ることさえできない。阿部凞子の短歌「還らざる友等を思ふ暮れどきに耳をつんざく蟬の産声」では、新型コロナによって亡くなった友等を偲び「蟬の産声」となってその思いを伝えて欲しいと願う。向瀬美音の俳句「コロナ禍や受話器の奥の息遣ひ」では、コロナ禍にあった友人の息遣いを聞き、その胸の痛みに寄り添いたいと願う。鈴木光影の俳句「マスクてふ白装束の世なりけり」では、マスクの意味が変わりあたかも白装束を身に付けた死者のように振舞い人びとに緊張を強いているのだろう。酒井力の詩「コロナの現実」では、「コロナは　また／生きるために／やがて／わたしを殺すかも知れない」と、コロナの生きる力が人間のを生命力を超えていくと感じる。田中なつみの詩「コロナでオンライン面会二年」では、「息子の結婚式に歌うため　二人で覚えた歌」である「泣いてたまるか」をオンライン面会時に二人で泣きながら歌う。星清彦の詩「令和遅配欠配物語」では、「たった一袋のマスクが買えただけで／これほど喜べた時代が嘗てあっただろうか」と、コロナ禍が始まった頃の「不安な心情」を記す。近藤八重子の詩「尊い言葉たち」では、「日常を奪ったコロナウイルス出現の暗い時代」だからこそ「心のこもった応対で日々新たな情熱を持ち続けて」と願う。田島廣子の「施設でクラスター発生」では、「ガウン　マスク　手袋　帽子　フェイスマスクで／私達は食事介助したり、持続点滴をしたり」と、施設でのクラスターを乗り切った。曽我貢誠の詩「ふつう」では、「ふつうを取り戻すために／お医者さんや看護師さんたち／そしてたくさんの無名の人たちが／今日も昼夜を問わず汗を流している」と讃える。清野裕子の詩「半分の顔で」では、「いつかみんな／マスクを外す日が来るだろうか／そのとき私は／自分の顔全部で歩けるか」とマスク後の世界を思い描けないのだ。山﨑夏代の詩「ソーシャルディスタンスが怖い」では、「でもコロナウイルスが怖い？／いいえ　人間はもっともっと怖い」と人間の傲慢さと醜さを自省する。狭間孝の詩「伊弉諾《いざなぎ》の倭竜《やまとりゅう》」では、「私たちは地球が集めた星くずでできている」と、ウイルス感染症に覆われても「時間の長さ」から考えていく。八重洋一郎の詩「叫び」では、「ムンクが聞いた／全方向へのその叫び　私も今は／聞いている／危うい希望の橋の半ばで／大絶叫を聞いている」と、世界はムンクの「叫び」に満ちている。

「闘病⑵わが平復を祈りたまふ」では、様々な闘病や老いの切実な内面を描いた小林一茶などの古典を含め紹介する。小林一茶の俳句では、「あばら骨なでじとすれど夜寒《よさむ》哉」と、一茶が自らのあばら骨を触り、この世にあることの「夜寒」を感じさせてくれる。石川啄木の短歌では、「茶まで断ちて、／わが平復を祈りたまふ／母の今日また何《なに》か怒《いか》れる」と、闘病を支えている母の祈りとやるせない怒りを伝えている。明石海人の短歌では、「人間の類を逐《お》はれて今日を見る狙仙《そせん》が猿のむげなる清さ」と、ハンセン病患者への偏見と強制隔離に対して、「狙仙《そせん》が猿」の清らかな絵を心に秘めていた。中城ふみ子の短歌では、「冷やかにメスが葬りゆく乳房とほく愛執のこゑが嘲へり」と、乳房を葬ることへの絶望とその執着を吹っ切るような嘲りが響いてくる。鈴木しづ子の俳句では、「発熱の薔薇は白みてゐたりけり」と、自らを「発熱の薔薇」と擬して眠られぬ夜が白み始める頃に、病の中でも今日への希望を抱いたのかも知れない。平得壯市の短歌では、「子ありても共に暮らせぬ哀しみをこらえつつ妻は死出の旅へ行く」と、十代で沖縄愛楽園に強制収容され、園内で結婚し子が出来ても暮らせない悲しみを詠む。針谷哲純の短歌では、「息をする星に生まれしいきものの果てに哀しき韻律のいづ」と、睡眠時無呼吸症候群に苦悩する作者は「哀しき韻律」を詠み続ける。堀田季何の短歌では、「深海魚皆水壓につぶされし夢みて朝の蒲團つめたし」と、「電氣の光をつめたし」と感ずる作者は、深海魚を圧殺する夢を見て「蒲團」を冷たいと感ずる。園田昭夫の短歌では、「アンパンに齧《かじ》りつきたい衝動のガンに唇うばわれて湧く」と、唇の一部を喪失した哀しみから、立ち上がっていく生命力をアンパンに託している。玉城寛子の短歌では、『残照のごとく内耳に谺する「僕も頑張る、君も頑張れ」と』、心臓を患う作者と胃を患う夫が、極限でも励まし合う愛に満ちた言葉になっている。奥山恵の短歌では、「わたくしより放たれて病みし卵巣は拳のごとく鮮やかなりき」と、手術で摘出された「病みし卵巣」を「鮮やかなりき」と作者は痛切な思いを記す。座馬寛彦の短歌では、「木喰《もくじき》の仏像を削ぎ煎じ飲む　腹に沁みるか円かな笑みは」と、木喰の仏像が多くの人々に愛された江戸時代の民衆の内面を思いやる。金野清人の詩「脳梗塞に罹って」では、「一歩の重み／一歩の喜び／支えてくれる人々の手の温み／独りではないと知る安らぎ」と、手を差し伸べる人々に感謝し踏み出していく。金田久璋の詩「万が一」では、「たまゆらの万が一のいのちは／万が一の死のたまものにほかならぬ」と、手術へ臨む際に「万が一」の失敗があるから成功もあると達観する。木場とし子の詩「乳房」では、「女の底の底へ押し込めていた思いを／引きずり出して母は違う人になっていた」と、乳癌手術後の母の深い悲しみに作者は立ち竦んでいた。河原修吾の詩「赤い花」では、「茸の傘の裏に似た襞を持つ／この花が　こんな花が／私の生死を握っているのだ」と、医者の画像の説明を聞き「涙で／笑いたくなってしまった」。岩井昭の詩「サイレント」では、「のこされた時間はわずかです／宣告がカウントダウンをしている」と、医師からいつか宣告されるだろう言葉をさりげなく提示している。前田利夫の詩「線路」では、「ひとは　さびしいと感じるものがあれば／さびしさに耐えられる」と、父との思い出の通勤電車の「線路の横に添い寝をした」という。貝塚津音魚の詩「闘病の果て」では、『口でこそ「いつ死んでもいいんだ」と強がり言って／死の恐怖と壮絶な戦いを続ける母』の生と死に抗う姿を畏敬の眼差しで記している。ヨクトの詩「雪解けの暮鐘《ぼしょう》」では、「あら、咲いたわ！／手招きする彼女の声が蒼天にぬける／牡丹百合《チューリップ》の芽も、こんなに！」と、余命三月《みつき》の母の言葉を記す。天瀬裕康の詩「疾病連鎖を超えて」では、「これら疾病は／原爆から発した　病いではないか／ならばそのこと書かねばなるまい」と、被爆者の作者は自らの病歴を克明に記す。志田道子の「とみこ×90」では、『「大切なご家族のために」／ピンクの字は一人住まいの老女に囁《ささや》いている』と、家族に金銭的な負担をさせない葬儀ビジネスが活況を呈している。廣澤田をの俳句では、「数値より笑顔を診たる春の医師」と、医師が身体を数値で観察するだけでなく患者の表情を見ていることが患者を総合的に診ることなのだろう。岩崎航の詩「貧しい発想」では、「寝たきりになると／／生きているのがすまないような／世の中こそが／／重い病に罹《かか》っている」と、末期医療の課題を問うている。

「闘病(3)やわらかいいのち」では、闘病において若者から高齢者まで多様な病があり、それらを抱えて生きることを伝えてくれている詩歌を紹介する。

谷川俊太郎の詩「やわらかいいのち　思春期心身症と呼ばれる少年少女たちに」では、「あなたは愛される／愛されることから逃れられない／たとえあなたがすべての人を憎むとしても」と、少年少女たちの「やわらかいいのち」に語りかける。新川和江の詩「熟《じゅく》せ　メロン」では、「熟せメロン／少女のあたたかなてのひらの中で―／死んでゆくひとよ　いましばらく」と、危篤の祖母にメロンを届ける少女の優しい心が匂ってくる。尹東柱の詩「病院」では、「老いた主治医は若い者の病《やまい》が分からない。わたしには病《やまい》がないというのだ。」と、作者は失望するが、入院中の少女が「花壇から一本の金盞花《キンセンカ》を手折り胸に挿すと病室へと消えていった」ことに勇気づけられる。上野都の詩「点滴」では「滴り落ちるものに　ひとの名前がついて／そっと　腕が仕舞い込まれる／／あした　また、と。」、人びとの命を励ますのだ。こまつかんの詩「生きたい―ある摂食障害の方と―」では、『お母さんの／「きのうからまだ何も口にしてません」／との話をききながら／ぼくは二十二歳のあなたの脈診からはじめる』が、生を捨てようとしている若者との高度な身体と精神の交流が記されている。吉川宏志の短歌では、「退院のころに咲かむといくたびも言いし桜が雨《あめ》闇《やみ》に咲く」と、事故で緊急入院し手術しリハビリをした時間を「雨闇」とするなら、そこにもいつか桜が咲くのだろう。呉屋比呂志の詩「吾子の難病」では、「わたしには今も見える／難病を生き抜いて飛び立っていった／吾子の中に羽ばたく火の鳥が」と、幼児病病棟の子供たちや関係者を讃美する。水木萌子の詩「約束の日」では、「幾度かよろけながらも／花の息吹を吸い込んだ屈託のない笑顔で／確かに　あなたが／学び舎へ」と、作者との約束を果たしたのだ。美濃吉昭の「命」では、『「どないした……？」／「心臓のマッサージ、しよるが目を覚まさんけん／センセ　が馬乗りで／ドン！と叩いたんよ………」』と、急性の心筋梗塞から生還した。志田昌敬の詩「花のような夢」では、「花のような夢ひとつ欲し／枕辺にリルケの詩集置きて寝につく」との短歌を残し延命治療を拒否して亡くなった叔母のことを記した。望月逸子の詩「あの子の夏休み」では、「中枢抑制系の薬を十種類以上　医者に処方され／不眠の海で立ち泳ぎし続けながら……」と、生きていたあの子と暮らした夏休みを追想する。柏木咲哉の詩「回復の春」では、「けれど人よ、人には回復の春が訪れるのだ／だから決して自分の人生を投げてしまわないで欲しい」と、若い頃に精神を病んだ作者の言葉は重たい。長田邦子の詩「未遂」では、「そこで見たのは／手首から血を流し／青白い顔で横たわる母さん／これで三度目の死」と、母が繰り返す自殺未遂に子は深いトラウマを抱え込む。鈴木悦子の詩「ケイさんの朝」では、「わたしの介護をしたい彼の気持ちもわかるの／でもその気持ちだけ頂いておくことにするわ」と、幼なじみは夫の介護よりも施設を選んだ。松本文男の短歌では、「まだ何か遺すことある指文字を宙に書く子に長しひと夜は」と、肺を病んだ我が子が生ある限り指文字で伝えた思いを記している。堀田京子の詩「春を待つ娘　一難去ってまた一難」では、「食事もバランス／そのことに気づくのはいつのことだろうか／病は生き方を修正せよとの　警告のようにも思える」と、難病抱える娘を見守り続ける。

3

第二章「介護」では、介護をする側と介護を受ける側の豊かで切実な関係を明らかにしている作品群を紹介したい。「介護(1)障子明《あ》けよ」の冒頭には正岡子規の俳句から始まっている。

正岡子規の俳句では、「障子明《あ》けよ上野の雪を一目見ん」と子規が介護される身であっても、俳句を詠む美意識の極致である雪を見たいと願っていた。永山絹枝の詩「老い楽？生き方」では、「可能な限り普通の生活に近く／さいごまで人間らしく生きられる生活／それを支える福祉行政」と、デンマークの施設から学んだことを夫の介護に生かす。石村柳三の詩「わたしの命は」では、「いずれ人は死ぬ　必ず死ぬ／財産や名誉や地位に関係なくひとときのくらいに逝く／無へのくらいの回帰は必定のやすらぎ」と仏教詩人は記す。鈴木文子の詩「受話器から」では、「人間　七十歳過ぎたら／体力の衰えは五年毎です／七十五歳は　まだ大丈夫／八十歳でも　気力で頑張れる／けどね　その後は／一日・一日が勝負ですよ」と、師の言葉を伝える。黒羽由紀子の詩「老い人の良寛」では、「夜空には無数の星々が散らばって／まるで　仏のお慈悲の花が咲いたよう」と、「老境の寂静《じゃくじょう》」の豊饒さを掬い上げている。山口修の詩「探しもの」では、「めくるたび／私は生きている、私は生きている、と／丸まった背中がつぶやいていたようで」と、母はお休みと言った後で押入れの布切れなどをめくる。木村孝夫の詩「箱」では、「箱に入る日は／神様の領域にあるのだから／考え悩む事はない」と、今日を精一杯生きることを願っている。間瀬英作の詩「英作の晩年様式」では、「言葉がぼくの脳から消滅する。／言葉のないまま、意味は深化し増殖する。／認知症。それとも。」と、言葉の喪失する代わりに意味が進化し増殖する世界とはどういう世界なのだろうか。梶谷和恵の詩「抱っこ」では、『「抱っこ」と、／母が言う。／まあるい澄んだ瞳の、／母が言う。（略）お母さん。／今、／何が見える？／／お母さん。／今、／温かいよ。』と、母を全身で感じている。

「介護⑵車椅子日和」の冒頭は、歌人の齋藤史から始まっている。

齋藤史の短歌では、「死の側《がは》より照明《てら》せばことにかがやきてひたくれなゐの生《せい》ならずやも」と、死者たちの世界からの眼差しが作者の「ひたくれなゐ」の世界を際立たせるのだろう。桑原正紀の短歌では、「車椅子日和といふもあるを知り妻のせて押す秋晴れの午後」と、妻の回復を祈り秋晴れに車椅子を押すことを「車椅子日和」と言う。川村蘭太の俳句では、「朝粥を冬日にまぜて今日始まる」と、失明した妻を介護する作者は、朝粥に季節の陽光から生まれた野菜などを入れて、妻に朝食を食べさせるのだろう。藤島秀憲の短歌では、「里芋の煮物を箸でつかめずに死にたいという父の嘘つき」と、父がまだ生きていたいという「父の嘘」を感じとる。福田淑子の短歌では、「背を曲げて息切れ切れに一匙の粥をいただく老いの荘厳」と、食が細くなる義母《はは》が粥の一匙を食する様は、「老いの荘厳」を生きているのだろう。高橋憲三の詩「介護される人へ」では、「自分の終わりも／息子の終わりも／ふるさと離れるそのとき／枕辺の夢とともに持ち去ればいい」と、母の末期を受け入れていく。安部一美の詩「或る介護」では、『私たち家族を病床に呼び寄せ／「治療には悔いは無い　ありがとう」と／感謝の言葉を口にしていた』と、骨肉腫で亡くなった息子への介護を記す。三浦千賀子の詩「介護を受けるということは」では、「総てをゆだねることが出来るかということである／介護者も被介護者も」と、介護を受け入れる心の壁を取り払う。田尻文子の詩「ひぐらし」では、「妖怪の棲む家／古い家のあちらこちらに／タマシイをあずけて／舅はきょうも元気に動き回る」と、「要介護2」を《妖怪度2》と受け止める。富永加代子の詩「答えにならないこたえ」では、「答えなんかありますか／一日一日を丁寧に／何かあっても笑っていましょう」と、介護での笑い合う関係を提案している。長谷川信子の詩「肩掛け」では、「背中に褥瘡《じゆくそう》ができて／そこに虫が湧いていた／お婆やんが死ぬと虫も死んだ」と、かつての村では納戸に寝かされて終焉を迎えた。なかむらみつこの詩「私が入所させたの」では、「男の記憶が怪しくなっていく／テレビの再放送番組を見ながら／一初めて見た、は日常のこと」と、夫の記憶喪失の日常を伝える。今井啓子の詩「風葬二十一」では、「襖《ふすま》をあけた／たたみに咲く仇花／祖母が汚物をこねている／口もとの褐色の刺青／わらいかける歯も褐色にそまり」と、壮絶な祖母の介護を記す。福本明美の詩「ずっと綱渡り」では、「二人だけに通じるものがあったのだろう／介護に苛立っていた私を／何かが突き抜けた」と、母と弟との「通じるもの」に気付かされる。北村真の詩「月が谷」では、「谷に行ってくるわ。目をとじたまま　ベッドの母がいう。つきがたにと、老いた母は「租税を逃れるための隠れ田」を夢に見るのだった。和田たみの詩「初冬のベランダは暖かな光に満ちている」では、「夫が起きてくると紙パンツと衣服を替え／濡《ぬ》らしてしまったシーツやパットをはずして／消臭剤を振りかけたら布団を干す」と、介護の日常の「優しい日差し」を描いている。村上昭夫の詩「サナトリウム　1」では「肺病は大きな声を出すとカッケツするそうだけど／私の声があすこの金色の山にこだまして／サナトリウムまで帰ってくることを考えると」と、いう岩手の山河に生かされる思いを語っている。

4

第三章「看取り」、第四章「葬い・鎮魂」、第五章「再生―サヨナラは悲しみにあらず」に関しては、作品の中で魅力的で独特な表現の一部を紹介させて頂く。

第三章「看取り(1)母の窓辺に」

服部えい子の短歌では「漬物を噛むたび肩で息をする母の窓辺に雪のしらしら」。玉城洋子の短歌では「戦場を生き伸びし母の八十五年世の荒風を如何に聞くらむ」。森有也の俳句では「鉄線花母あればこそ長き文」「割烹着似合ひし母の終戦日」。上田玲子の俳句では「盆灯籠消さずに眠る母あかり」「亡き母の風鈴黄泉へ響くかな」。高橋公子の短歌では「杖もたず自在に空を飛びてゆけ鷗よかもめ　翼持つ母」。日向邦夫の短歌では『「ごめん」しか言えぬ我が声届きしかかすかに母は目を開け見つむ』。望月孝一の短歌では「わが母に筆談かないし日々疾《と》くすぎて薄きノートの二冊目残す」。いとう柚子の詩「逝ったひとに」では「風になったのだ　と人はいう／風になったあなたなどわたしのあなたではない」。富永加代子の短歌では「安らかな眠りより覚め病の母は手をさし伸ばしわれの頬撫づ」。谷光順晏の短歌では「含ませる末期の水に浮きたつやうピンクほのかな母のくちびる」。宮せつ湖の詩「夕のあたりで」では『「よく喧嘩するね父さんと母さん」／「うん」／「でも仲がいいんだよねあのふたり」』。飽浦敏の詩「ウヤウクリ（親を送る）」では「亀甲墓《きっこうばか》の扉は開かれていて／内には先祖たちが骨壺に入って並んでいた／その列の端に母は加えられ」。阿部堅磐の詩「母との別れの詩」では「この水無月《みなづき》の晦日《つごもり》／母の魂は／やすらかに　天に昇った」。二階堂晃子の詩「介護日記」では、「我慢はしないでねと／母に寄せる娘の覚悟は／介護をさらに深刻なものにして」。東尾あやの詩「つぼみ」では「お　は　よ　う　き　ぶ　ん　は　ど　う？／両手のつぼみの中　母の耳もとに」。岡隆夫の詩「母二〇二二」では「ぼくは不屈の母の思い遣りに／偽のない謝意を送りつづける」。豊福みどりの詩「話したいこと」では「別れて七年が過ぎた／話したいことが時々ある／私の近くに居るような／そんな気配がするので」。原詩夏至の詩「臨終」では「祖母ちゃんは／おおーっ！／と叫んで、／どろっとした／赤黒いものを／いっぱい／吐いたんだ」。石川樹林の詩「母の手編み」では「母であり　尊敬する女性／手編みの「なごみ」先生／二本の棒針と糸は　いつもそばに」。瀬野としの「縫う」では「子どもをつつむ衣服を／命をふりしぼって／縫った母／細い指に　きらきら光る針……」。岡部千草の詩「頬笑み」では「あなたの頬笑みに会いたい／その胸で思い切り泣いてみたい／赤子のように」。肌勢とみ子の詩「千の事情」では、「我が子を手放して／他人のこどもを育てた母／それが母の事情／たぶん　この世でいちばん哀しい事情」。新井啓子の詩「一分間」では「母は　一分間くらい息が止まる（略）呼吸が止まる一分間は　夕陽が沈むよりながい時間だ」。宮崎ま咲の詩「さいわいの河原、光り」では、「むすめよ／わたしのために／石を積まなくてもいいのだ」。武西良和の詩「また明くる日」では「ゴクッと吸う力に娘が呼びかける／―光子さあーん。／おばあちゃんとも／お母さんとも違って」。神山暁美の詩「花縛り」では「母と娘は　きょうも／花々の蕾をたしかめながら／季のうつろう庭をながめている」。こやまきおの詩「春のめまい」では「白粉《おしろい》でぬりつぶしたような骨をみて／母の淫靡《いんび》な姿を想像する／亡父との再会が待っているのだ」。

淺山泰美の詩「灰色の瞳」では「逝く母の目の縁《ふち》の凝《こご》った涙をぬぐう／満月から二日目／母の亡骸《なきがら》と二人きりの夜のひととき／うすい唇にさす紅」。萩尾滋の詩「送り人」では「─みんな／昨日はゆっくり眠ったか／朝ご飯は　食べたか／それじゃ　バイバイ」。

「看取り⑵父が見てゐし」

馬場あき子の短歌では「生き得じと折ふしに思ひ看取りたるわが眼しづかに父が見てゐし」。齋藤愼爾の俳句では「青麦の中来る鬣《たてがみ》なき父よ」「父を呼ぶ四億年の秋の暮」。新城貞夫の短歌では「父の日をわれが汚名の家継げば野の涯風に旗荒ぶかな」。小谷博泰の短歌では「慰霊碑の周りをかこむ彼岸花　一つ一つが子どもの笑顔」。池田祥子の短歌では『「わしはなしてここにおるのか」父は問ふ　その問ふ力健在なるに』。謝花秀子の短歌では「苦も楽も味わい父母は昭和を生く女男《めお》六人を生み育てたり」。片山壹晴の詩「谺」では「父との永訣の後の／やはり目覚めの混濁の出来事／私が棺に横たわり／今この世と別れ」。川島洋の詩「父のチョコレート」では「父は小さく僕の名を呼んだ／そしておだやかな声で　あのな／チョコレートを　と言った」。田中裕子の詩「凪」では「いま父は時間に固められ／時間の中にはちろちろと／いのちが棲《す》んでいる」。伊良波盛男の詩「さらばでござる」では「わが親父よ／あの世の空にも輝く億万の星の数ありがとう／さらばでござる」。村上久江の詩「生命《いのち》のきらめきに」では「もの寂しそうな／この男／だがなかなか根性がある／あきらめない／したたかなやつ」。草倉哲夫の詩「父の孤独」では「フワタリ　フワタリ　フワタリ／あの日の寡黙が／経済戦士の最後の矜持として／よみがえってくる」。池田瑛子の詩「炭籠」では『「みんなそろたがなら　死んがやめた」／最後の冗談をいった父─』。門林岩雄の詩「病床の父に」では「父の苦しみはおれの苦しみ／父の悲しみはおれの悲しみだ／だから父よ／嘆くのはよそう」。井上摩耶の詩「さよならではない別れ」では『私がホテルに帰る前に／手を握り　「パパが死んでも摩耶ちゃんと生きるからね」と』。勝嶋啓太の詩「家族だものと母は言った」では「母は　迷わず　断固とした口調で／お父さんが　それで一日でも長く生きられるなら／手術を受けさせる　と言った」。徳沢愛子の詩「お父さぁーん」では「その声は静寂に体当たり／〈お父さぁーん〉／ゆり子さんの大声　夫《つま》恋い絶唱」。ひおきとしこの詩「父へのレクイエム」では「父よ　あなたの哀しみを問い　そっと重ね合わせ／やっと見えた　遠白きひかりをゆっくり辿ろう」。苗村和正の詩「橋」では「ぼくが十一歳のとき父が死んだ／その夜は／鰐鮫《わにざめ》の顔をしたおびただしい爆撃機の爆音が／いんいんとみぞれの空に響いていた」。野口やよいの詩「トンネル」では「ありがとう／じゃ、／と／二度ほほ笑んで／いなくなったひと／／父よ／あれから／緑のトンネルを駆けていく少年を見ました」。

「看取り(3)レモン哀歌」

北村透谷の詩「雙蝶のわかれ」では「夕告《ゆふつ》げわたる鐘の音に、／おどろきて立つ蝶ふたつ／こたびは別れて西ひがし、振りかへりつゝ去りにけり」。高村光太郎の詩「レモン哀歌」では「そんなにもあなたはレモンを待つてゐた／かなしく白くあかるい死の床で」。金子兜太の俳句では「どれも妻の木くろもじ山茱萸山法師」「合歓の花君と別れてうろつくよ」。土屋文明の短歌では「終りなき時に入らむに束の間の後前《あとさき》ありや有りてかなしむ」。河野裕子の短歌では「身動きのひとつもできぬ身となりて明けの蟬声夕べかと問ふ」。永田和宏の短歌では『「ゆうこー」つと呼べば小さき息ひとつ吸ひ込みぬ最後にわがための息を』。影山美智子の短歌では「崩るるゆゑやさしきこゑはかけるなよきみの余命が占めゐるわが胸」。榎並潤子の俳句では「瞳には眩いばかり冬銀河」「夕焼雲ひとが帰ってくるような」。比留間美代子の詩「男は泣いた」では「娘たちの細やかな心遣いにも／婿《むこ》から安否《あんぴ》を尋ねる手紙にも／男は涙をこぼす」。恋坂道夫の詩「欠席届」では「身体障害者になっても生きなければと／家族や友人に励まされています」。赤木比佐江の詩「初雪に」では「夕鶴の「つう」のように痩せて／足元から冷えていく命を／一人で受け止めて逝ってしまった」。永田浩子の詩「スナップエンドウの花が咲いた」では「土気色の顔　放射線治療で腰の骨は炭／それでも　大地に鍬を振るった／スナップエンドウの種を蒔《ま》く」。吉田義昭の詩「夏のアルバム」では「妻の部屋で遺品を整理していると、妻が作った家族のアルバムがたくさんでてきました。家族の写真というより、息子と愛犬の写真ばかりでした」。長津功三良の詩「遥かな赤い空の果て」では「私の女《つま》は／自死をした／／ながく病に苦しみ／（略）病名は膠原病《こうげんびょう》の一種「結節性動脈周囲炎」という」。築山多門の詩「或る男の恋唄」では「二人ぼっちが／一人ぼっちに／なっちまった」。中川貴夫の詩「水仙」では「あふれるほどの花を供えよう／思い出の中の君はいつまでも若く／すでに老いた僕に／ほほえむ」。鳴海英吉の詩「五月に死んだ　ふさ子のために」では「俺は古い恋歌の流儀／どうしても　死んだふさ子と／五月に　結婚する」。杉谷昭人の詩「田代」では「きょう、妻が死んだ／剽窃《ひょうせつ》と言われようと／盗用と謗《そし》られようと／ほかに言いようもないではないか」。あさとえいこの詩「風が舞った日に」では「あなたが　病にたおれて／穏やかな詩人になった／まるで生まれ変わったかのような　繊細な言葉を投げかけた」。亀田道昭の詩「扉」では「もう一度この家に帰ってこられるかしら／入院する日の朝／妻は振り返って見つめていた」。沢聖子の詩「われがまま」では「ちょっと出かけてくる／いつものように家を出て／男は　それきり／この世からダイビングしてしまった」。小田切敬子の詩「こんどこそ　ずっといっしょにねー」では「静かに呼吸が／絶　え　る／／病院のおふろに入れる／いさおさんのおねえさん　娘　わたし／背中　胸　腹　ふぐり　すっかりきれいにする」。船曳秀隆の詩「伝書天馬―翼のレクイエム」では「貴女は、涙ぐみ、人工呼吸器を付けながらでも、僕の詩を、以前とは違う、遅過ぎる速度で、辛うじて声にして、読み出してくれた」。大塚欽一の詩「妻を想う歌」では「骨灰になったあなたには／蛆虫《うじむし》も寄り付かない　蚯蚓《みみず》もこない／それ以上解体されることもなく」。

第四章「葬《とむら》い・鎮魂(1)春日狂想」

中原中也の詩「春日狂想」では「愛するものが死んだ時には、／自殺しなけあなりません」。鈴木正一の詩「あなたの遺言」では『あなたは　浪江原発訴訟原告団の同志／七百余名の原告団が共有する　叶《かな》わぬ想い／「この無念を晴らしてくれ！」／これが　あなたの遺言』。坂井一則の詩「蟬」では「貴方が四十二歳で私は四十一歳／それから私は二十四回目の蟬の声を聴いたが／私はあと何回聴くか分からない」。鈴木昌子の詩「アリ地獄」では「幾重にも重ねられた小箱の中身は／遺骨ではなく　石ころが一つ／／父母は　涙を見せまいと／天を仰いでいる」。金子秀夫の詩「きさらぎの満月」では「かなしみをこらえているよりは／かなしみの海におぼれるほうがよほど慰ぐさめられる」。後藤光治の詩「サイパン」では「―そん時　おふくろの声がしてね／―「みのる　そっちじゃねえが　こっちに来んか！」／―何度も何度もそう言って　手招きする」。髙橋宗司の詩「花々の中で」では「兄の死を境に時間がいつもより早く進むようだった／信じられぬ思いは　死後の時間が積もる程　深まってくる」。新延拳の詩「今生の最後に読む本」では『「わをん」つて何だ／（略）いまじゃ、わかる気がする／五十音の最後だということが／もうこれでおしまい、ということが』。高森保の詩「土鍋の粥―祖母の思い出―」では「葬式前　父は祖母の遺体を裸にし湯灌した。／骨と皮だけ／小屋にいる時ぼくに食えと勧めた粥《かゆ》が目に浮かんだ」。植木信子の詩「家に帰る」では「Yさんは逝《い》った　同じ日同じ病院でした／愛語　言葉どおりに人を子供を愛した人」。うめだけんさくの詩「同時代を生きた男の死」では「疎開派としての傷を抱え／詩に託した言葉の数々が浮かび上がる」。あゆかわのぼるの詩「兄弟」では「末弟《バッチ》が一人残って／棒立ちとなり／長兄が見た地獄の猿芝居の／再びの幕開け前夜　酒に浸る」。日野笙子の詩「冬の宵のあと」では「かつてあなたは二人を病友と言った／わたしは苦笑したわね／怖れていたことは　白状しよう」。

第四章「葬い・鎮魂⑵螢呼ぶ」

黒田杏子の俳句では「兄に逢ふ弟に逢ふほたるかな」「母のこゑほうたるを呼ぶ母のこゑ」。長谷川櫂の俳句では「花おもふ心を花と思はずや」「西行の年まではと思ふ桜かな」。亀谷健樹の詩「さんだわら」では「水子地蔵さんに／だっこされた赤ん坊／雪ふりつみ／うずもれ、こごえながら／微笑んでいる」。董振華の俳句では「月落ちて梅散るころの離別かな」「再会は黄泉の苔の青むころ」。関悦史の俳句では「白髪散らす見知らぬ祖母やわが手摑み」「年暮れてわが子のごとく祖母逝かしむ」。本郷武夫の詩「焼場にて」では「火の車から降りる神の足／顔さえも見えない／舟が燃える　私の眼窩《がんか》の中で／悲しい言葉が生まれてくるのだ」。洲史の詩「唯ちゃんへ」には『「十八は　あまりに早すぎる」／君のお父さんとお母さんの嘆きは／深く深く大きかった』。中久喜輝夫の詩「旅立ち」では「いよいよものの平等の世界に帰る日が来ました／やっとヒトとしての首枷から解放される時が来たのです」。草薙定の詩「埋葬考」では「最近の新聞によれば、自分の葬儀をしてほしいと思う人は五十六％と割に少なく、しかもその大半が近しい人だけでこじんまりと、と望む」。常松史朗の詩「プエブロの黄泉」では「俺が死んだら／みんなで祝ってくれ／笑い声でいっぱいになる葬式を開いてくれ」。朝倉宏哉の詩「副葬」では「詩人Iさんを／会葬者ぼくらは花で飾った／いよいよ棺を覆うとき／妻が手にしたのは二冊の本／遺作の詩集と評論集を」。谷口典子の詩「骨になって　骨になって」では「炎の中から／いま／這い出てきたあなた／／喉仏だけが白くみずみずしく／かつての己を主張している」。岩崎明の詩「ガンと詩」では「ガンとわかったら必ず告知してくれよ／死ぬ前にぜひやっておきたいことがあるから／友人はつねづねそう言って微笑んだ」。やまもとさいみの詩「わたしの卒業式」では「いつまでも／手を振り続けていたというのに／わたしときたら／またね　っていつもの言葉で／／永遠の別れ」。及川良子の詩「無力」では「誰が／泣きさけんでも／薔薇色の　夜明け」。星乃マロンの詩「異国の老夫婦に出会って」では「人は老いさらばえて果てるのではない／錦のように輝いて／花火のように輝いて／ふと消えるだけ」。藤子じんしろうの詩「青空高く」では「十月半ば／親父の三十三回忌／青空が爽快だ」。成田豊人の詩「ある別れのために」では「生まれ落ちた時から／きっと別れを告げていたはず／母親は産んだ哀しみを微笑みの中に隠し続けていた」。くりはらすなおの詩「父の葬式」では『遺影に向かって「センセイ、センセイ」と涙ぐんで叫んでいる

ほとんどが女の人だったが　父は女というものが好きだったに違いない』。新倉葉音の詩「個人的な弔い」では『「お祖母様は亡くなりましたか」と／聞くこともできず／「残念です」／とも言えず』。琴天音の詩「母の納骨」では《母の夢に出てきた／『民彌さん、そっちでいい人見つけた？』って聞いたら／『うん』て　うなずいたのよ」》。安井高志の詩「詩人の旅〜一枚の銀貨〜」では「喉が渇き／詩人は泉の水を飲む／傍らに浮かぶ少女の死体／水は甘く／身体に沁み渡った」。万亀佳子の詩「心置きなく」では「何一つ残すことのなかった世界に／アヴァンギャルドの杭を一本／どうやってでも打ち込んで／それが葬式です」。

第四章「葬い・鎮魂⑶そは彼の人か」

松本高直の詩「そは彼の人か」では「あなたが消えるとき／いつもわたしは思い出す／大地の樹木は／硝煙に／まみれている」。藤谷恵一郎の詩「おーい」では「おーい　みんな／どこへ行ったんだ／／おーい　みんな／おれだけ道をそれたのか」。大崎二郎の詩「小尻記者への挨拶」では「君は二十九歳の若さのままで生き／厳しく時代を検証しつづけるだろう」。伊藤悠子の詩「人よ」では「ふだん子どもたちだって登って遊んでいたらしいよ／大川小学校はもとは石巻市じゃなかったんだ／合併で入ったんだ／うん、川の橋んとこあそこに向かったんだなあ」。志田静枝の詩「道標」では「師であった亡き詩人／福中都生子氏へのレクイエム」。古屋久昭の詩「蟻と登山靴」では「あの日　交通事故で即死したAさんのことを思った」。外村文象の詩「詩人は献体を申し出ていた」では「千葉龍は人々の心の中に生きている／献体は金沢の大学病院で解剖される」。植松晃一の詩「ある詩人の死」では「生と死の／刹那の境界で／在ることと／無いことは／輝きのなかで合一する」。武藤ゆかりの詩「詩人中谷江《なかたにこう》を悼む」では「あなたの魂を呼び戻して／ふるさとの霊峰に星は巡るよ」。中井絵美の詩「椅子」では「退屈そうに足を揺らす幻の少女であったり／頬杖をついて窓の外を見つめる／昔亡くした人であったりする」。青山晴江の詩「呼ぶようにひぐらしが」では「この五月／わたしの息子も逝《い》った／／あの世で父親と巡り会えているだろうか」。柳生じゅん子の詩「追悼」では「花のようなあの笑顔で側にいてもらえるのだ／友が命をかけて歩き示した道が／わたしの足もとに繋がってくる」。森田和美の詩「初恋」では「妻と娘を助けようと／燃える家に駆けこ

んで／煙に巻かれたという」。田中眞由美の詩「そのひと」では「黒い影のなかでは／いつもの微笑みをうかべて／そのひとは立っている」。斎藤久夫の詩「何処を流れて行くの」では「仮設で亡くなった／行き先のない死者たちの魂は／何処を流れて行くの」。坂田トヨ子の詩「小さな椅子」では「ホームレスの女が目障《めざわ》りだったと／小さな椅子に腰を下ろした人を殴り殺した／中年男の計り知れない孤独」。うおずみ千尋の詩「残光」では「このひととなら……／眼前に拡がる暗く深い海／思い詰めて立ち尽くす水際／そんな愛が／人生には有る」。安井佐代子の詩「街路」では「らんぷは幸福なわたくしの孤独／美しい蛾を焼き殺した／酷薄なあなたの夜をわすれないために」。安森ソノ子の詩「同志社大学西門で」では「坂本龍馬　西郷隆盛　多くの先達／あなた達の〝日本を洗い直す〟という信念のもと／歴史は迎えた　明治維新を」。羽島貝の詩「その夜、自動販売機の前で。」では「自分のとった／態度や／行動や／言動が／彼の人を自分から取り上げられる／要因になってしまったのではないかと」。

第五章「再生―サヨナラは悲しみにあらず」

若松丈太郎の詩「こころのゆたかさ」では「大胆な造形力がある／こころに響くものがある／どうしてなんだろう／数千年以上も過去につくられたものに」。かわかみまさとの詩「サヨナラは悲しみにあらず」では「ぽつねんと消える／サヨナラは悲しみにあらず／老いて死ぬは／またとない仕合わせ」。藤田博の詩「呼びかわすこえ」では「おまえのいのちは／また／あたらしい肉のための／うぶごえをふるえているとき」。山本萠の詩「聖なる場所」では「時空のとめどない暗《そこ》で　無数の　爛熟した死が　いのちの曙光となって　噴き上げられてくる場所」。つつみ眞乃の俳句では「魂もみんな容《い》れもの濃竜胆《こりんどう》」「逝きしひと人と歩める花野かな」。長嶺キミの詩「また会えるよ」では「きっとまた会えるよ　と／それは風だったり／それは水だったり／大地だったり」。坂本梧朗の詩「リラックスについて」では「ほぐすこと／解くこと／脱力すること／／すると／壁が消えていかないか」。徳弘康代の詩「円應寺」では「閻魔大王がその亡者／の行き場所を決める。地獄、餓鬼、畜生、修羅、人間、天上界のいずれかにである」。小野恵美子の詩「モモの花」では「ゆさゆさと／花々が語りかけてきます／大いなる滅びありて／蘇る生命／今　沸きあがる」。中原かなの詩「心配なさるな」では「真夜中に／神さまが宇宙に散歩に行かれると／なぜだか人は心配性になり／（略）迷い　悩み　おそれる」。佐々木淑子の詩「お眠りなさい　夜は」では「その時／愛がほとばしる／／だから／お眠りなさいな／夜は／心を解き放し」。矢城道子の詩「宙《そら》を翔ける」では「あなたが母さんでいてくれてよかった／あなたが父さんでいてくれてよかった／ありがとう」。田中俊輔の詩「研ぐ」では「新しい人が来るようにと／おれはいつものように／研ぐ」。末松努の詩「なくならぬ」では「いつまでも／このほしが／なくなりませんように／そして／いつまでも／あなたが／ここにいられますように」。砂川哲雄の詩「残照」では「残照が空にひろがり／あわい光の中で／双蝶が庭の草花と戯れている／別れを惜しむように／ひらひらと　ひらひらと」。高細玄一の詩「復元力（生きる力）」では「おやすみと親父が言う／きっと自分の今をなんとか伝えようと／そうなのかと　その必死さを思う／挫けても　復元力　それを信じよう」。渡辺信二の詩「テスのお通夜」では「あなたは　向こうから／わたしは　こちらから／でも　共に　垣間見ました」。方良里の詩「Avec《アベク》 fleur《フルーレ》」では「枯れてもまたそこから／種子がこぼれおち／再び花を咲かせて／連なっていく―」。小島きみ子の詩「苦しみのあとの安らぎのように」では「美しいって　楽しいってことよ　振り返れば総《すべ》てが／苦しみのあとの安らぎのように／そのことを　あなたに伝えたかった」。白鳥光代の詩「ラジオ」では「私の井戸は／死者とつながるラジオなのだ」。関中子の詩「暑くなる」では「生きていくのは考えることじゃあない／生きていくのは軽く空を持ち上げることだ／生きていくのは難しくない」。与那覇恵子の詩「沖縄の夏」では「降ってくる陽がまぶしくて／／哀しみは／音も立てずに／降り積もる」。福富健二の詩「一本の草は思った」では「世界の草原でたくさんの人が輪になり弁当を開く／遊戯をする　球技をする　合唱をする」。三谷晃一の詩「影」では「ない世界に／なんの影があるものか。／ある世界に／ちんまり胡坐《あぐら》をかいて／不味くて固い／朝のパンを噛んでいるほかに」。高柴三聞の詩「あめゆじゅとてちてけんじゃ」では「那覇に空襲があった日、妹が死んだ。喉が渇くと言いながら死んでいった。／私は、賢治のようにお椀一つの霙をあたえることもせず、傍らでただ立ち尽くしていた」。八重洋一郎の詩「クロイツフェルト・ヤコブ氏」では「沖縄の南部激戦地の崖《がけ》や石や砂礫《されき》や骨の欠片《かけら》やいろいろ雑ざった／岩石土砂《がんせきどしゃ》を／辺野古新基地建設に　大浦湾の埋めたてに使用するという／人間に人間を食べろ　と言うのだ」。鈴木比佐雄の詩「花巻・豊沢川を渡って―宮沢賢治さんへ」では「あの人の背中はいつのまにか／稲田の黄色い穂先をすべって／五輪峠を越えて／岩手山の方へ消えていった」。

宮沢賢治、妹トシ、村山槐多、斎藤茂吉などが経験したスペイン風邪（インフルエンザ）から百年後に到来した新型コロナウイルスは様々な変種を生み出しながら未だ猛威を振るっている。その後遺症はこれから本格的に顕在化するだろう。しかし人類はパンデミックという「世界内存在」の中で「現存在」・「死に臨む存在」・「共同存在」などの切実な問いを発して、「生物多様性」を生かす知恵を発していけるだろうか。それは一人ひとりの自らの実存的な行為に関わってくる。本書の詩歌の言葉がこの現代の賢治、妹トシ、槐多、茂吉のような新型コロナで苦悩する存在者たちを少しでも勇気づけることを祈っている。

あとがきに代えて

本書『沖縄・福島・東北の先駆的構想力――詩的反復力Ⅵ（2016―2022）』の序文において、本書がまとめられた経緯や内容について触れさせてもらったので、お読み頂ければ幸いだ。大半は二〇一六年から二〇二二年までのコールサック社で刊行した書籍の解説文または作家論であり、その中でも沖縄・福島・東北に関係する詩人・俳人・歌人・小説家・批評家たちの言語世界についての私なりの解釈を記した評論だ。その間にはそれ以外の地域の表現者たちの数多くの評論も執筆しているが、またの機会にまとめたいと考えている。コールサック社の出版活動や季刊文芸誌「コールサック」（石炭袋）や詩歌集などのアンソロジーの文学運動をご支援下さる皆様のおかげで、本書の批評文が誕生したことに、心より感謝の思いをお伝えしたい。本書のタイトルの中の言葉「先駆的構想力」は、序文でも触れたが、ハイデッガーとカントの言葉に由来している。また今日的にその言葉を体現する表現者の代表者として八重洋一郎氏、二〇二一年四月に亡くなった若松丈太郎氏、二〇二三年三月に亡くなった黒田杏子氏の三名は、本書を製作する原動力にもなったことを記したい。お二人のご冥福を心より祈念する。

最後に本書のあとがきに代えて「コールサック」112号に執筆した次の詩『「泣き叫ぶ権利」を問い直すアドルノ』を再録したい。

「泣き叫ぶ権利」を問い直すアドルノ

「アウシュヴィッツの後で詩を書くことは野蛮だ」／とドイツの哲学者アドルノは語った。／のちに《永遠につづく苦悩は、拷問にあっている者が／泣き叫ぶ権利を持っているのと同じ程度には／自己を表現する権利を持っている。／その点では、「アウシュヴィッツのあとではもはや／詩は書けない」というのは、誤りかもしれない。》／と前言を主著『否定弁証法』*の中で考え直した。／／アドルノは詩を「泣き叫ぶ権利」と同等のものと考えて／自己表現をする後世の者の権利を受け止める。／アドルノは粘り強く発語する言葉を根源的に問い直す。／この否定の勇気が西洋哲学の弁証法の神髄なのだろうか。／／「詩は歴史を担う根拠である」／「詩は言葉による存在の建設であるという」／ハイデッガーの『ヘルダーリンの詩の解明』の言葉を／アドルノは想起したのかも知れない。／／「広島・長崎の後で詩を書くことは野蛮だ」と同時に／「南京大虐殺の後で詩を書くことは野蛮だ」という／複眼的で内面的な問いを多くの日本人は発しなかった。／それは詩的言語に「歴史を担う根拠」を含んでいないからか／／それでも日本の詩人たちは被爆者の「泣き叫ぶ権利」を／『原爆詩一八一人』（日本語版・英語版）に託して／あえて世界に発信しようとしてきた。／しかし日本人が蹂躙したアジアの人びとの／「泣き叫び権利」を宿した詩に思いを巡らしていただろうか。／その日本人の良心は問われ続けるだろう。／／「言葉は存在の家である」とハイデッガーは記した。／今はこの「言葉」の中にウクライナの人びとの／／「泣き叫ぶ権利」も含まれているだろう。／ウクライナの詩人タラス・シェフチェンコのキーフの銅像前で／今も長編詩「遺言」が「歴史を担う根拠」として読み継がれる。／「わたしが死んだら／葬ってほしい／なつかしいウクライナの／ひろびろとしたステップに抱かれた／高い塚の上に／はてしない野のつらなり／ドニエプルも／切り立つ崖も／見わたせるように（訳／藤井悦子）」

＊『否定弁証法』（作品社・翻訳　木田元、徳永恂など）

二〇二三年三月

鈴木比佐雄

略歴　鈴木比佐雄（すずき・ひさお）

一九五四年　東京都荒川区南千住に生まれる。祖父や父は福島県いわき市から上京し、下町で石炭屋を営んでいた。
一九七九年　法政大学文学部哲学科卒業。
一九八七年　詩誌「コールサック」（石炭袋）創刊。（現在は季刊文芸誌となり一一三号まで刊行。）
二〇〇六年　株式会社コールサック社を設立する。
二〇一一年　東日本大震災・東電福島第一原発事故後は、若松丈太郎『福島原発難民』など福島・東北の詩人、評論家たちの書籍を数多く刊行した。
二〇二二年　沖縄の詩人の八重洋一郎、小説家の又吉栄喜・大城貞俊をはじめ、短詩型作家・批評家など沖縄人の書籍を二〇一六年から二〇二二年まで三十冊刊行し、合同出版記念会を那覇で開催した。

著書
◇詩　　集：『風と祈り』『常夜燈のブランコ』『打水』『火の記憶』『呼び声』『木いちご地図』『日の跡』『鈴木比佐雄詩選集一三三篇』『東アジアの疼き』『PAINS OF EAST ASIA／東アジアの疼き ―A Collection of Poems in English and Japanese』（英日詩集）『千年後のあなたへ』（以上十一冊）
◇評論集：『詩的反復力』『詩の原故郷へ―詩的反復力Ⅱ』『詩の降り注ぐ場所―詩的反復力Ⅲ』『詩人の深層探究―詩的反復力Ⅳ』『福島・東北の詩的想像力―詩的反復力Ⅴ』

『沖縄・福島・東北の先駆的構想力―詩的反復力Ⅵ』(以上六冊)

◇企画・編集：各種アンソロジー／『原爆詩一八一人集』(日本語版・英語版)〈宮沢賢治学会イーハトーブセンター「第18回イーハトーブ賞奨励賞」受賞〉『大空襲三一〇人詩集』『鎮魂詩四〇四人集』『脱原発・自然エネルギー218人詩集』(日本語・英語合体版)『ベトナム独立・自由・鎮魂詩集175篇』(日本語・ベトナム語・英語 合体版)『少年少女に希望を届ける詩集』『沖縄詩歌集〜琉球・奄美の風〜』『東北詩歌集―西行・芭蕉・賢治から現在まで』『アジアの多文化共生詩歌集―シリアからインド・香港・沖縄まで』『地球の生物多様性詩歌集―生態系への友愛を共有するために』『闘病・介護・看取り・再生詩歌集―パンデミック時代の記憶を伝える』など。

著作集など／『若松丈太郎著作集全三巻』『又吉栄喜小説コレクション全4巻』『村上昭夫著作集上・下巻』『黒田杏子聞き手・編者 証言・昭和の俳句 増補新装版』『飯田秀實随筆・写真集 山廬の四季』

◇所　属：日本ペンクラブ、日本現代詩人会、日本詩人クラブ、宮沢賢治学会、日本詩歌句協会、千葉県詩人クラブ、脱原発社会をめざす文学者の会、現代俳句協会各会員。㈱コールサック社代表。

〈現住所〉〒二七七―〇〇〇五　千葉県柏市柏四五〇―一二

石炭袋

鈴木比佐雄詩論集
沖縄・福島・東北の先駆的構想力 ——詩的反復力Ⅵ（2016—2022）

2023年4月28日初版発行
著者　　鈴木比佐雄
編集　　鈴木比佐雄
発行者　鈴木比佐雄
発行所　株式会社 コールサック社
〒173-0004　東京都板橋区板橋 2-63-4-209
電話 03-5944-3258　FAX 03-5944-3238
suzuki@coal-sack.com　http://www.coal-sack.com
郵便振替　00180-4-741802
印刷管理　（株）コールサック社　制作部

装幀　松本菜央

落丁本・乱丁本はお取り替えいたします。
ISBN978-4-86435-559-9　C0095　￥2000E